The History of Tom Jones, a Foundling
Henry Fielding

대산세계문학총서 114

업둥이 톰 존스 이야기 1

The History of Tom Jones, A Foundling

헨리 필딩 지음 ― 김일영 옮김

문학과지성사
2012

대산세계문학총서 114_소설

업둥이 톰 존스 이야기 1

지은이 헨리 필딩
옮긴이 김일영
펴낸이 홍정선
펴낸곳 ㈜문학과지성사
등록 1993년 12월 16일 등록 제10-918호
주소 121-840 서울 마포구 서교동 395-2
전화 02)338-7224
팩스 02)323-4180(편집) 02)338-7221(영업)
전자우편 moonji@moonji.com
홈페이지 www.moonji.com

제1판 제1쇄 2012년 12월 28일

ISBN 978-89-320-2375-5
ISBN 978-89-320-2374-8 (전 2권)
ISBN 978-89-320-1246-9 (세트)

이 책은 대산문화재단의 외국문학 번역지원사업을 통해 발간되었습니다.
대산문화재단은 大山 愼鏞虎 선생의 뜻에 따라 교보생명의 출연으로 창립되어
우리 문학의 창달과 세계화를 위해 다양한 공익문화사업을 펼치고 있습니다.

국가 재정위원이신 조지 리틀턴* 경께

경에게 이 헌사를 바치도록 허락해달라는 본인의 요청을 경께서는 계속 거절하셨지만 경께 이 작품을 보호해달라고 요구할 권리를 본인이 갖고 있다는 사실을 밝히고자 하오.

이 이야기는 경 때문에 시작된 것이오. 처음 이 이야기를 쓰기로 마음먹은 것은 바로 경의 바람 때문이었으니 말이오. 그 후 많은 세월이 흘러 경께서는 그때 일을 잊으셨는지 모르겠지만 경의 바람은 내게 명령과도 같은 것이었고 내 가슴 깊이 새겨져 내 뇌리에서 결코 떠난 적이 없었소.

다시 말씀드리지만 경의 도움이 없었더라면 이 이야기는 결코 완성되지 못했을 것이오. 나의 이런 주장에 놀라실 필요는 없소. 경이 로맨스 작가가 아니냐는 의심을 받도록 할 의도는 전혀 없으니 말이오. 내가 의도하는 건(경께 상기시켜드리고 싶은 사실이기도 하오), 이 이야기를 쓰던 동안, 내가 살아갈 수 있었던 데에는 경의 도움이 한몫했다는 사실을 알려드리고자 하는 것이오. 경께서는 그런 일은 잘 잊으시지만 앞으로 나는

---

* 조지 리틀턴(George Lyttleton, 1709~1773)은 재무장관을 지낸 정치가이자 문인으로 이 작품에 등장하는 올워디의 모델이기도 하다. 그는 영국의 시인 알렉산더 포프와 헨리 필딩에게 재정적 후원을 해주었다.

그 사실을 잊지 않고 영원히 기억할 것이오.

마지막으로 이 이야기가 지금의 모습을 갖출 수 있게 되었던 건 모두 경의 덕분이오. 어떤 사람 말처럼, 그 어떤 작품보다도 이 작품에는 인정 많은 사람이 그려져 있다고 할 수 있을 것이오. 그런데 그 인정 많은 사람의 모델이 누구인지, 경을 아는 사람들은, 특히 경의 특별한 지인들은 알 거라 생각하오. 세상 사람들은 내가 인정 많은 사람의 모델로 삼은 사람이 나 자신이라고 생각하지는 않을 것이오. 거기에 대해서는 남들이 어떻게 생각하든 신경도 쓰지 않겠지만 말이오. 하지만 내가 모델로 삼은 두 사람, 그러니까 이 세상에서 가장 훌륭한 사람의 모델로 삼은 두 사람이 모두 내 친구라는 사실을 세상 사람들은 인정해야 할 것이오. 이런 한 가지 사실만으로도 나는 만족할 수 있을 것이오. 하지만 내게 허영심이 있다고 할지는 모르겠지만 나에게는 그런 훌륭한 친구가 또 한 분 있소. 그분은 자신과 같은 신분의 사람 중에서뿐만 아니라 모든 사람들이 아는, 혹은 몇몇 사람들이 사적으로 아는 덕망 있는 사람 중에서도 가장 위대하고 고결한 분이오. 이 말을 하는 내 가슴은 베드퍼드 공작*에게서 받은 은혜로 벅차오르지만, 처음 그분에게 나를 천거해주신 분이 경이라는 사실을 상기시켜드려야 할 것 같소.

내가 드리는 간청을 경께서 받아들이시지 않는 이유가 무엇이오? 경께서 이 책을 칭찬해주셨다는 이유로 내가 이 책을 경께 헌사하는 걸 부끄럽게 생각하시는 것 아니오? 경께서 이 책을 칭찬해주신 걸 부끄러워하실 정도로 이 책이 형편없지 않다면, 이 헌사의 내용도 그렇게 형편없지는 않을 것이오. 따라서 경께서 이 책을 칭찬해주셨기 때문에 나는 경께

---

* 존 러셀(John Russell, 1710~1771)을 지칭. 그는 리틀턴과 정치적 뜻을 같이하여 로버트 월폴Robert Walpole에 반대했던 인물로 1743년부터 필딩에게 재정적 후원을 해오고 있었다.

이 책을 보호해달라고 요구할 권리를 가지고 있는 것이며, 그 권리를 포기하지도 않을 것이오. 내가 경께 많은 빚을 지고 있다는 사실을 인정해야겠지만, 나에 대한 우정과는 별 상관이 없는 은혜를 베풀어달라고 하지는 않을 것이오. 나에 대해 아무리 깊은 우정을 갖고 계신다 하더라도 경은 그 때문에 판단을 그르치거나 청렴 고결한 성품을 왜곡시키지는 않을 것이기 때문이오. 경은 공명정대한 분이라 적이라 할지라도 자격만 있다면 경의 칭찬을 받을 수 있을 것이고, 아무리 경의 친구라 할지라도 잘못을 저지를 경우엔 경에게 최대한 바랄 수 있는 건, 경께서 아무 말씀도 하시지 않아주는 것일 뿐이오(혹 경의 친구들이 남들에게서 너무 심한 비난을 받는 경우엔 그 허물을 크게 보시지 않아주길 바랄 수 있을 뿐이오).

간단히 말해 대중의 칭송을 받는 걸 꺼려하셔서 경이 내 소망을 들어주시지 않으려는 것이라 생각하오. 경께서는 다른 두 친구 분처럼, 남들이 경의 미덕에 대해 조금이라도 언급하는 걸 꺼려하시는 걸 나는 보아왔소. 어떤 위대한 시인이 경과 같은 분에 대해 말했듯이(세 분 모두에 대해 그 시인은 같은 말을 할 수 있을 것이오), 경께서는 남몰래 선행을 베풀고 그 사실이 널리 알려지는 걸 부끄러워하셨소.

사람들이 타인으로부터 비난받는 걸 피하려 하듯 이런 성품의 사람들이 남들로부터 칭찬받는 걸 피하려 한다는 것이 사실이라면, 경의 성품이 얼마나 훌륭한지 내가 알릴까 경이 걱정하시는 건 당연할 것이오. 내가 경에게 은혜를 입었듯 자신에게 피해 입은 사람이 자신을 공격하는 상황에 처하게 되면, 그 사람은 두려워해야 할 이유가 분명히 있을 것이오! 평생에 걸쳐 풍자의 대상이 되어왔던 사람이 분노한 풍자가의 수중에 놓이게 되면 두려움에 떨 이유가 분명히 있듯이 말이오. 이런 원리를 남들로부터 칭찬받기 싫어하시는 경에게 적용해보면 경께서 나를 두려워하시는 건 분명 당연한 일이오!

하지만 내가 항상 나 스스로가 원하는 것보다는 경이 바라는 것을 하려 했다는 사실을 아신다면 경은 내 소망을 들어주실 것이오. 지금 당장 경의 뜻대로 하겠다는 아주 확실한 증거를 보여드리겠소. 헌사를 써왔던 다른 작가들처럼 후원자의 미덕을 칭송하는 글보다는 후원자들이 읽고 싶어 하는 종류의 헌사를 쓸 작정이니 말이오.

더 이상의 허두는 그만두고, 몇 년간의 노고에 걸쳐 완성한 이 글을 경께 바치겠소. 이 글에 어떤 장점이 있는지는 이미 잘 알고 계실 것이오. 경이 호의적으로 평가해주셨기 때문에 내가 이 작품을 좋게 생각하는 것이지 결코 내 허영심 때문에 이 글을 좋게 생각하는 것은 아니오. 경께서 다른 사람의 작품을 좋게 평가하셨더라도 나는 경의 의견에 무조건 동조했을 테니 말이오. 거꾸로 내 작품에 어떤 큰 결점이 있다면 나는 이 작품을 결코 경에게 바치지 않았을 것이오.

내 후원자의 이름을 듣는 순간, 독자들도 이 책에는 종교와 미덕에 해가 되는 내용이나 엄격한 예법에 조금이라도 어긋나는 내용, 혹은 이 책을 정독하는 정숙한 사람들을 불쾌하게 할 내용이 전혀 없을 거라고 확신하게 될 것이오. 오히려 진심으로 내가 하고자 했던 것은 미덕과 순수함을 칭송하는 것이었고, 이를 위해 이 글을 썼다는 사실을 명심해주시오. 사실, 이런 목적은 이런 부류의 책에서 달성할 가능성이 가장 높소. 귀감이 되는 사람은 미덕을 눈으로 확인할 수 있게 하고, 플라톤이 주장했듯이 사랑스러움이 무엇인지 적나라하게 알려주는 그림과 같은 존재이기 때문이오.

사람들의 경탄을 자아낼 아름다운 미덕을 보여주는 것 말고도 미덕을 추구하는 것이 인간에게 진실로 득이 된다는 사실을 확신시켜줌으로써 미덕이 인간 행동의 동기가 될 수 있음을 보여주고자 했소. 이를 위해 나는, 죄의식은 정신적인 위안(순수함과 미덕이 항상 이를 동반하오)을 잃는 것에 대한 보상이 될 수 없으며, 또한 죄의식이 우리 마음에 불러들여온 공포와 걱정이라는 재앙을 조금도 상쇄시키지 못한다는 사실을 보여주고자 했소. 또한 죄의식 그 자체가 아무 가치 없듯이 죄의식을 갖게 한 수단도 비열하고 사악할 뿐만 아니라, 기껏해야 불확실하거나 위험에 가득 차 있다는 사실을 보여주고자 했소. 마지막으로 가장 애서 하고자 했던 것은 미덕과 순수함은 경솔함으로 인해 상처를 입을 수 있고, 또한 (책략과 악행이 펼쳐놓은) 함정에 빠질 수도 있다는 교훈을 가르치는 것이었소. 이 교훈을 가르치는 건 성공 가능성이 가장 높았소. 선량한 사람을 현명하게 만드는 게 나쁜 사람을 선량하게 만드는 것보다는 훨씬 쉽기 때문이오.

이런 목적을 이루기 위해 다음에 전개될 이야기에서(이 이야기에서 나는 인간에게 웃음을 선사함으로써 인간 자신들이 즐겨 빠지게 되는 어리석음과 악에서 벗어나도록 하고자 했소) 나는 내가 갖고 있는 모든 위트와 유머를 동원했소. 선의에서 나온 나의 이런 시도가 얼마나 성공을 거두었는지는 독자들의 솔직한 판단에 맡기겠소. 단 그러기에 앞서 독자들에게 두 가지 요청을 하고자 하오. 첫째는, 이 책이 완벽할 거라는 기대를 하지 말아달라는 것이고, 둘째는, 이 책의 특정 부분에 있는 장점이 다른 부분에는 없다 하더라도 이를 양해해달라는 것이오.

이제 더 이상 경을 붙들어놓지 않겠소. 헌사를 쓴다고 해놓고선 서문을 쓰고 있었으니 말이오. 하지만 달리 무엇을 할 수 있었겠소? 감히 경에 대한 찬사를 늘어놓지는 않을 것이오. 항상 경에 대한 생각으로 가득 찬 내가 경에 대한 찬사를 하지 않을 수 있는 유일한 방법은 완전히 입을 다물거나 다른 화제에 관해 이야기하는 것뿐일 것이오.

경의 승낙 없이, 그리고 경의 뜻을 거슬러 이런 말을 한 걸 용서해주시오. 하지만 경을 존경과 감사의 마음으로 흠모하고 있음을 만천하에 알리는 것만은 허락해주시오.

헨리 필딩 드림

업둥이 톰 존스 이야기 1

업둥이 톰 존스 이야기 2

2부

3부

일러두기

1. 이 책은 Henry Fielding의 *The History of Tom Jones, a Foundling*(Wesleyan University Press, 1975)을 우리말로 옮긴 것이다.
2. 본문의 각주 중 '필딩의 주'라고 표기한 것 이외의 주석은 몇몇 판본을 참고하여 옮긴이가 작성한 주이다.
3. 맞춤법과 외래어 표기는 1989년 3월 1일부터 시행된 「한글 맞춤법 규정」과 『문교부 편수자료』 『표준국어대사전』(국립국어연구원)을 따랐다.

1부

1권

이야기를 시작하기에 앞서,
업둥이의 출생에 관해 알아두어야 할 적절한 내용

1장

작품 소개 혹은 향연의 식단표

작가는 스스로를 돈을 받지 않고 개인적으로 식사를 대접하는 사람이 아니라, 돈만 내면 모두 환영하는 대중식당을 운영하는 사람으로 간주해야 하오. 잘 알려진 것처럼 전자의 경우, 접대자는 자신이 원하는 음식만 제공하면 될 것이오. 따라서 음식이 심지어 입맛에 맞지 않거나 아예 형편없더라도, 손님은 이를 타박해서는 안 되며 오히려 앞에 놓인 음식을 예의상으로라도 맛있다고 칭찬해야 하오. 하지만 식당 주인에게는 이와 정반대의 경우가 적용되는 법이오. 음식값을 지불하는 사람들은 자신들의 미각이 아무리 까다롭고 변덕스러울지라도 식당 주인이 이를 만족시켜주기를 요구할 것이며, 음식이 입맛에 맞지 않으면, 자신들에게 제공된 음식을 책잡고 욕하며 심지어 자제력을 잃고 마구 욕설을 퍼부을 권리가 당연히 자신들에게 있다고 주장할 것이기 때문이오.

따라서 이러한 실망감을 느끼며 고객이 화나지 않도록 하기 위해, 선의를 가진 정직한 식당 주인은 자기 식당을 찾아온 모든 손님들이 찬찬히 살펴볼 수 있는 차림표를 제공하는 것이오. 차림표를 통해 손님들은 무슨 음식을 기대할 수 있는지 숙지한 뒤, 자신들에게 제공될 음식을 즐기거나 자기들 입맛에 좀더 맞는 음식을 제공할 다른 식당으로 자리를 옮길 수 있기 때문이오.

기발한 생각이나 지혜를 빌려줄 수 있는 사람이라면 누구에게서든지 이를 빌려오는 걸 부끄럽게 생각하지 않기 때문에, 이 정직한 식당 주인 들에게서 힌트를 얻어 우리는 전체 연회에서 제공될 모든 음식의 차림표를 우리 글의 서두에 붙일 뿐만 아니라, 각 권마다 나올 코스요리를 알려줄 개개의 차림표도 독자들에게 제공하고자 하오.

우리가 여기서 제공하고자 하는 음식은 인간의 본성이오. 하지만 우리의 현명한 독자들이 아무리 호사스런 미식가의 입맛을 갖고 있다 할지라도 우리가 이 단 한 가지 음식만 제공한다는 사실에 깜짝 놀라 이의를 제기하거나 기분 나빠 할 거라곤 생각지 않소. 식도락에 정통한 브리스틀의 시의원들*도 많은 경험을 통해 알고 있듯이, 거북이만으로도 맛있는 칼리바시나 칼리피** 이외에 다양한 요리를 만들 수 있기 때문이오. 이와 마찬가지로 학식 있는 독자들이라면 인간의 본성은(비록 여기서는 하나의 포괄적인 명칭 아래 모아놓았지만) 경이적일 정도로 다양해 작가가 이 방대한 주제를 다 소진하는 것보다 요리사가 이 세상에 있는 모든 동식물을 (식재료로) 다 사용해 없애는 것이 오히려 더 용이할 거라는 사실을 모르진 않을 것이오.

좀더 예민한 독자들은 내가 제공한 음식들이 너무나도 흔해빠지고 평범한 것이라며 이의를 제기할지도 모르겠소. 하지만 노점의 헌책방에 넘쳐나는 로맨스, 소설, 희곡, 시 들 모두가 다루는 주제가 이것 아니면 무

---

* 18세기 영국 사회에서 이들은 다양한 향응을 제공받는 식도락가로 알려져 있었다.
** 칼리바시Calibash는 거북의 등껍질 아래 있는 살로 만든 요리, 칼리피Calipee는 거북의 등껍질 안에 있는 살로 만든 요리다.

엇이겠소? 같은 이름을 가진 음식들이 가금류를 파는 대부분의 식품 코너에 있다고 해서 미식가들이 이 음식들을 흔해빠지고 평범한 것이라고 비난하는 것이 타당하다면, 많은 맛있는 음식들이 식도락가에 의해 거부당할 수도 있을 것이오. 하지만 바욘햄이나 볼로냐소시지를 일반 가게에서 구하기 어렵듯이, 작가의 작품에서 진정한 인간의 본성을 접하기란 사실상 어려운 일이오. 이런 식의 비유를 계속하자면, 모든 것은 작가의 요리 솜씨에 달려 있다고 말할 수 있을 것이오. 포프 씨* 말처럼,

진정한 예술은 훌륭하게 꾸민 자연이며
종종 생각은 해보았겠지만, 그렇게 잘 표현된 적이 없었던 것이다.

자신의 살점 일부가 공작의 식탁에 오르는 영광을 누린 동물이 다른 곳에서는 좌천을 당해, 그 수족의 일부가 어느 초라한 가게에 매달려 있을 수도 있소. 그렇다면 소나 송아지를 똑같이 식재료로 사용한 귀족의 음식과 짐꾼의 음식 간에는 어떤 차이가 있겠소? 그것은 바로 향료와 고기의 손질 상태, 고기에 곁들이는 고명과 음식들의 배치요. 귀족들이 먹는 음식은 잃어버린 식욕을 다시 불러일으킬 만큼 자극을 주지만, 짐꾼이 먹는 음식은 왕성한 식욕조차 무디게 혹은 물리게 하기 때문이오.
마찬가지로 글이라는 정신적 접대의 성패 여부는 그 글이 다루는 주제 자체보다는 이를 다듬고 손질하는 작가의 기술에 달려 있소. 따라서 이제 곧 소개될 이 작품에서 현 시대 혹은 헬리오가발루스** 시대가 배출

* 알렉산더 포프(Alexander Pope, 1688~1744): 18세기 영국의 대표적인 시인. 위에 인용된 구절은 그의 『비평론Essay on Criticism』에 나오는 문구다.
** Heliogabalus: 3세기의 로마의 황제이자 식도락가.

한 가장 훌륭한 요리사의 제1원칙을 우리가 엄격히 고수할 거란 사실을 알게 된다면, 독자들도 매우 기뻐할 거라 생각하오. 상류층들이 먹는 음식을 좋아하는 사람들은 모두 잘 알고 있듯이, 이 위대한 요리사는 배고픈 손님을 위해 우선은 평범한 음식을 식탁 위에 올려놓고는, 그들의 식욕이 감소됨에 따라 점차 수준을 높여 마지막에는 최고급 소스와 향신료를 사용하오. 이와 마찬가지로 우리도 처음에는 왕성한 식욕을 가진 독자들에게 시골에서처럼 평범하고 소박한 방식으로 인간의 본성을 보여주고, 나중에는 이를 잘게 저며 여기에 궁정과 도회지가 제공하는 위선과 악이라는 고품격의 프랑스와 이탈리아 향신료를 섞어, 이를 스튜로 만들어 제공하고자 하오. 따라서 방금 앞에서 언급한 그 위대한 요리사가 사람들이 계속 음식을 먹게 만들었듯이 우리도 이와 같은 방법을 사용하여 독자들이 이 글을 계속 읽고 싶어 하게 만들 수 있을 것이오.

이 정도면 충분히 허두(虛頭)를 늘어놓았으니, 우리가 제공하는 차림표가 마음에 드는 사람들이 우리 이야기를 즐길 수 있도록 이제 그 첫 코스를 대접하겠소.

2장

올워디 영주에 관한 간략한 소개와
그의 누이 브리짓 올워디에 관한 좀더 상세한 설명

보통은 서머싯셔라고 부르는 영국 서쪽 지역에 올워디라는 이름을 가진 신사가 최근에 살고 있었소(아마 지금도 살고 있을 것이오). 그 신사는 자연의 여신과 행운의 여신의 총아라 불릴 만했는데, 이 두 여신 중 누가 더 그에게 많은 축복을 내릴 수 있는지 그리고 누가 그를 더 유복하게 만들 수 있는지 서로 경쟁이라도 하고 있는 것 같았기 때문이오. 자연의 여신은 이 신사에게 많은 선물을 주었지만, 행운의 여신은 줄 수 있는 선물이 하나밖에 없었던 탓에 몇몇 사람들은 자연의 여신이 이 경쟁에서 승리했다고 생각했소. 하지만 행운의 여신은 자신이 줄 수 있는 그 단 하나의 선물을 너무도 후하게 주었기 때문에, 어떤 사람들은 이 단 하나의 선물이 자연의 여신이 준 선물을 모두 합친 것보다 더 낫다고 생각할 수도 있을 것이오. 어쨌든 올워디 영주는 자연의 여신 덕분에 호감을 주는 용모와 건강한 신체, 뛰어난 지적 능력, 그리고 자애로운 마음을 지닐 수 있었고, 행운의 여신 덕분에 그 지역에서 가장 큰 영지를 상속받을 수 있었소.

이 신사는 젊은 시절 몹시 사랑했던 훌륭하고 아름다운 여성과 혼인해 세 명의 자식을 두었지만, 자식들 모두 어렸을 때 죽었고 이 이야기가 시작되기 5년 전쯤에는 불행히도 사랑하는 아내마저 여의게 되었소. 사랑하는 사람의 죽음으로 그가 겪었던 상처는 실로 컸지만, 분별력과 굳건한 마음을 지닌 덕분에 이를 잘 견뎌냈소. 솔직히 말해, 이 신사는 이 문제에 대해 이따금씩 별난 말을 하기는 했소. 즉 자신은 아직도 결혼한 몸으로, 자신도 뒤따라가야 할 여행을 아내가 약간 앞서 떠났을 뿐이라는 것, 그리고 조만간 더 이상 헤어지지 않을 곳에서 아내를 다시 만나게 되리라는 걸 추호도 의심치 않는다고 종종 말하곤 했던 것이오. 그의 이런 생각 때문에 몇몇 이웃 사람들은 그의 정신 상태를 또 일부 이웃은 그의 종교를, 나머지 이웃 사람들은 그의 말의 진정성을 의심했소.

평생의 대부분을 시골에 은둔하며 지낸 올워디 영주는 몹시 사랑하는 누이동생과 함께 살고 있었소. 악의적인 사람의 관점에서 보면, 노처녀라는 명칭이 붙어도 부적절하지 않을 서른이라는 나이*를 조금 지난 그의 누이동생은 미모보다는 훌륭한 덕목으로 칭송받는 여성, 즉 여성들이 일반적으로 말하는 '아주 훌륭한 여성', 또한 여성 독자들도 만나고 싶어 할 만한 '훌륭한 여성'이었소. 하지만 그녀는 자신의 미모가 좀 모자란다는 사실을 결코 한스러워하지 않았고 오히려 여성들의 장점인 미모(만일 미모를 장점이라고 부를 수 있다면)라는 단어가 언급될 때마다 그 단어에 대한 경멸감을 드러내었소. 그러고는 자신이 아무개 양처럼 아름답지 않다는 사실을 종종 하나님에게 감사드렸는데, 이는 그 아무개 양이, 아름답지 않았다면 피할 수 있었을지도 모를 어떤 과오를 미모 때문에 저지르게 된지도 모른다고 생각했기 때문이었소. 이처럼 여성의 아름다운 용모가 다른 사람들한테는 물론이요, 본인 스스로에게도 함정과 같은 것이라고 생각했던 브리짓 올워디(이것이 바로 이 여성의 이름이었소)는 분별 있게 행동했을 뿐만 아니라, 여자들에게 놓일 수 있는 온갖 덫들이 마치 자신을 목표로 삼고 있는 양 항상 신중히 경계했소. 하지만 지금까지 본 바에 따르면 (독자들은 이해할 수 없을지도 모르겠지만) 이 신중함이라는 경비병은 훈련받은 시민의용군**처럼 위험하지 않은 곳에서는 항상 근무 태세를 제대로 갖추지만 아름다운 여성(뭇 남성들이 소망하는 이 아름다운 여성은 남자들을 한숨짓게 하고 죽어가게 할 뿐만 아니라, 남자들로 하여금 자신들이 가지고 있는 모든 올가미를 펼치게 만들기도 하오) 앞에서는 비열하고 비겁하게도 꽁무니를 빼고 달아나더이다. 따라서 이 경비병이 항상 지척에서 수행하는 사람들은 남성들이 경외심과 존경심을 품는, 그래서 감히 공격할 시도조차 하지 못하게 하는(성공할 가망이 전혀 없어서 그럴 것이라

---

 * 8장에서 화자는 올워디 영주 누이의 나이가 마흔 가까이 되었다고 진술한다.
** 필딩은 시민의용군의 비겁함을 그의 초기작 『조지프 앤드루스 *Joseph Andrews*』에서도 꼬집고 있다.

고 추측은 하지만) 그런 고결한 여성들뿐인 것이오.

이야기를 계속하기 전에, 독자들에게 알려주어야 할 것이 하나 있소. 나는 필요하면 언제라도 여담을 할 거란 사실이오. 어떤 경우에 여담이 필요할지는 보잘것없는 비평가들보다는 우리가 더 잘 판단할 수 있으니, 비평가들은 자신들과는 아무 상관없는 이런 일에 간섭하지 말고 본인들 일에나 신경 쓰기 바라오. 그리고 비평가들이 자신들이 재판권을 가지고 있다고 주장할 경우, 그들이 임명받은 재판관임을 입증할 근거를 제시하기 전까지는, 결코 그들이 말하는 재판권을 인정하지 않고 거기에 항변할 것이오.

3장
올워디 영주가 집에 돌아왔을 때 벌어진 기묘한 사건
이에 대한 데보라 윌킨스의 적절한 행동과 사생아에 대한 그녀의 타당한 비난

앞 장에서 나는 올워디 영주가 막대한 재산을 상속받았고 착한 성품을 지녔으며 가족은 없다고 말한 바 있소. 따라서 많은 사람들은 올워디 영주가 정직하게 살았고 남에게 한 푼의 돈도 빚지지 않았으며 자기 것 외에는 그 어느 것도 취하지 않았고, 집안을 잘 꾸려나갔으며 이웃을 식탁에 초대해 환대했고, 가난한 사람, 다시 말해, 일하기보다는 구걸하기를 원하는 사람들에게 식탁에 남은 음식을 주었으며, 병원을 건립하고 아주 부유하게 살다 세상을 떠났을 거라고 생각할 것이오.

사실 그가 이런 일을 상당수 한 것은 사실이오. 하지만 그가 이 이상의 일을 하지 않았더라도, 나는 병원 문 앞에 있는 멋진 연석에 그가 스스

로 자신의 업적을 기록*하게 내버려두었을 것이오. 하지만 우리는 이보다 훨씬 더 놀라운 일을 다룰 것이오. 그렇지 않다면, 이처럼 방대한 글을 쓰느라 이처럼 많은 시간을 투자한다는 건 매우 잘못된 일일 것이기 때문이오. 현명한 친구들이여! 어떤 익살스런 작가가 농담 삼아『영국의 역사』라고 부를 수도 있을 이 책의 단 몇 쪽만 읽고도, 그대들은 영국 역사책**에서 기대할 수 있는 이득과 즐거움을 얻을 수 있게 될 것이오.

올워디 영주는 아주 특별한 용무로(오랜 세월 동안 한 번에 한 달 이상 집을 비운 적이 없었던 그가 이처럼 오랫동안 집에 들어가지 못했던 사실로 미루어 보아, 그 일이 얼마나 중요한 것이었을지 독자들도 판단할 수 있을 것이오) 런던에서 석 달을 보낸 뒤, 어느 날 저녁 늦게 집으로 돌아왔소. 누이동생과 간단히 저녁식사를 마친 뒤, 몹시 피곤한 몸을 이끌고 자기 방으로 들어온 그는 여태까지 한 번도 어기지 않았던 관례대로, 무릎을 꿇고 몇 분간 기도한 뒤, 침대에 들어갈 준비를 했소. 그런데 침대 커튼을 치운 순간 놀랍게도 거친 아마포에 싸인 채 침대 시트 위에 누워 달콤하고 깊은 잠에 빠져 있는 어린 아기를 발견하게 되었소. 이 광경을 본 올워디 영주는 너무 놀라 어찌할 바를 모르고 얼마 동안 우두커니 서 있었소. 하지만 본래 착한 천성을 지닌 그의 마음속에는 눈앞에 놓인 이 불쌍한 어린 아기에 대한 동정심이 일기 시작했소. 영주는 벨을 울려 하인을 부른 뒤, 나이 지긋한 여자 하인을 깨워 당장 자신에게 달려오도록 지시하고는, 잠자는 아기의 생기 있는 혈색이 돋보이는 그 순진무구한 귀여운

---

* 18세기 당시 영국에서는 자신이 베푼 자선사업을 과시하기 위해 자신이 세운 병원 앞에 자신의 업적을 기록한 연석을 세웠다고 한다.
** 필딩은 동시대 영국 역사가들이 개인적인 정치적 편견에 따라 역사를 부정확하게 기술한다고 비판했다.

모습을 응시하느라, 호출 받은 나이 지긋한 하녀가 방에 들어왔을 때 자신이 속내의 차림이라는 사실을 미처 생각하지도 못했소. 사실 나이 지긋한 하녀는 영주에게 옷 입을 시간을 이미 충분히 주었소. 하인이 아주 긴급하게 올워디 영주의 소환 명령을 전달했고, 이 나이 든 하녀 자신도 영주가 뇌졸중이나 어떤 발작으로 인해 숨을 거두는 중일지도 모른다고 생각했지만, 주인에 대한 존경심과 예의범절을 존중하는 마음에서, 거울을 보며 머리 정돈하는 데 많은 시간을 보냈기 때문이오.

옷매무새와 관련된 예의범절에 이처럼 각별한 주의를 기울이는 사람이라면 다른 사람이 이런 종류의 예의범절에서 약간이라도 벗어나는 걸 보게 될 경우 상당한 충격을 받게 될 거란 사실은 그리 놀랍지 않을 것이오. 따라서 방문을 연 뒤, 촛불을 든 채 속옷 차림으로 침대 옆에 서 있는 영주를 보았을 때, 이 나이 지긋한 하녀는 경악하여 뒤로 물러섰던 것이오. 만일 영주가 제대로 옷을 갖추어 입지 않았다는 사실을 여전히 깨닫지 못해, 순진한 데보라 윌킨스에게 더 이상의 충격을 주지 않기 위해 옷을 걸칠 때까지 문밖에서 기다리라고 요청하지 않았더라면, 윌킨스는 아마 기절하고 말았을 것이오. 그녀가 한 말이 맹세코 사실이라면, 쉰둘의 나이에도 불구하고 그녀는 여태껏 상의를 입지 않은 남자를 본 적이 없었기 때문이오.

냉소적인 사람들이나 저속한 재사들은 윌킨스가 이처럼 놀라는 것에 대해 비웃을지도 모르겠소. 하지만 그 야심한 시각에 그녀가 자고 있다가 호출 당했다는 사실과 그녀가 목격하게 된 영주의 모습을 고려해볼 때, 진지한 독자들은 윌킨스의 처신이 옳다고 인정함과 동시에 그녀의 행동에 찬사를 보내게 될 것이오. 윌킨스 나이 정도의 여자라면 신중함이라는 미덕쯤은 당연히 갖추고 있어야 한다는 생각에, 독자들의 경탄이 조금이라도 감소되지 않았다면 말이오.

다시 방에 들어와 올워디 영주로부터 아기를 발견하게 된 경위를 들은 윌킨스가 영주보다 훨씬 더 놀라워하며 경악하는 표정과 목소리로 "맙소사, 이 일을 우짠다죠?"라고 소리쳤소. 이에 영주가 그날 밤에 윌킨스가 아기를 돌보아주면, 다음 날 아침부터는 아기에게 유모를 붙이도록 지시하겠다고 말하자 윌킨스는 다음과 같이 대답했소. "예예, 글치만 치안판사님이시니 체포영장을 발부해 이 아기의 바람둥이 에미를 잡아들여야 하지 않을까요? 틀림없이 이 근방 사람일 꺼라고요. 아기 에미가 브라이드웰 감화원*에 갇히가 짐마차 뒤에 묶인 채, 채찍질 당하는 꼴을 보믄 좋것네요.** 이런 못된 더러븐 여자한테는 엔간한 벌은 택도 없어요. 뻔뻔시럽게 치안판사님 댁에 애길 놓고 간 걸로 봐서, 이런 일을 저지른 게 처음이 아인 게 틀림없고요." 이 말에 올워디 영주가 "이 아기를 우리 집에 놓고 간 걸로 보아, 오히려 아기 엄마가 그런 의도를 가지고 있었다고는 생각할 수 없소. 아기가 좋은 환경에서 자라도록 이런 방법을 택한 것 같으니 말이오. 솔직히, 난 아기 엄마가 이보다 더 잘못된 선택을 하지 않은 걸 다행으로 생각하고 있소"라고 대답하자, 윌킨스는 이렇게 소리쳤소. "이런 매춘부들이 즈그가 싸질러놓은 것을 선량한 남자 집 앞에 놔두고 가는 것보다 더 못된 짓이 어데 있겠어예? 영주님께선 스스로 결백하시다는 걸 잘 아시지만, 세상 사람들은 오만 탈을 다 잡을 텐데요. 불운

---

* Bridewell: 브라이드웰은 원래 병원 이름이었지만 후에 창녀나 부랑자와 같이 경범죄를 저지른 범법자를 수용하는 감화원을 지칭하는 명칭이 되었다. 필딩은 이곳에 수감된 사람들에 대한 비인간적인 대우를 비난하며, 이로 인해 수감자가 교화되는 게 아니라 오히려 범죄자가 된다고 주장했다.
** 18세기 영국 법에 따르면 사생아를 낳은 여성은 감화원에 1년간 수감되어 강제 노동을 하고 체벌까지 받게 된다.

하게도 많은 선량한 남자들이 즈그들이 낳지도 않은 아이의 아버지로 오인되가 왔지요. 영주님이 이 아기를 거두어 키우신다믄, 사람들은 더더욱 그럴 기라고 믿을 거고요. 게다가 교구에서 보육하도록 되어 있는 이 아이를 머한다꼬 맡으시려 하십니꺼?* 저라면 이 아이가 선량한 남자의 아이라 캐도 그렇게 하진 않을 거예요. 같은 인간으로도 안 뷔는 사생아는 정말이지 건드리기도 싫어요. 어휴! 무신 냄새가! 이건 기독교인 냄새가 아니에요. 한 말씀만 더 드릴게요. 저 같으면 말이지요, 이 애를 바구니에 넣어가꼬 교구의원** 집 문간에 갖다 놓겠어요. 오늘 밤엔 비가 오고 바람도 쪼매 불긴 하지만, 그냥저냥 개안을 거예요. 잘 싸서 따신 바구니에 넣어두믄, 내일 아침 딴 사람이 발견할 때까지 살아 있을 확률이 반은 될 거고요. 설령 살지 못한다손 치더라도, 웬만한 조처는 취했으니, 우린 할 일을 다 한 기죠. 말이 나왔으이 그러는데요, 이런 애는 살아서 이담에 지 에미처럼 되게 하느니, 아직 죄짓지 않은 상태에서 죽도록 놔두는 기 나을지도 몰라요. 그런 에미한테서 나온 애한테 그 이상 뭘 바랄 수 있것어요."

　세심한 주의를 기울였더라믄, 올워디 영주는 윌킨스의 말에서 자신을 화나게 했을지도 모를 어떤 독설을 발견할 수 있었을 것이오. 하지만, 올워디 영주가 쥐어준 손가락 하나를 마치 도움이라도 청하듯 살며시 잡은 아기의 손은, 윌킨스가 지금보다 열 배 이상의 뛰어난 웅변술을 발휘했다 하더라도, 그것을 능가하는 변론을 폈소. 따라서 올워디 영주는 윌킨스에게 아기를 그녀의 침실로 데리고 가고, 아기가 깰 때를 대비해 빵죽과 다

---

　* 영국의 엘리자베스 1세 때 제정된 법에 따르면 사생아는 교구에서 부양하기로 되어 있었다.
** 교구의원은 교구민에게서 빈민세를 징수하고, 교구의 빈민이나 버려진 아이를 경제적으로 부양하는 일을 책임지고 감독하는 역할을 담당했다.

른 필요한 것들을 다른 하녀를 통해 준비시키고, 아기가 입을 적당한 옷을 아침 일찍 마련해준 뒤, 자신이 일어나면 즉시 아기를 데려오라고 단호하게 지시했던 것이오.

올워디 영주 집에서 아주 좋은 일자리를 갖고 있던 윌킨스는 주인에 대한 지대한 존경심과 뛰어난 상황 판단에 의거해 좀 전의 주저하던 태도를 버리고, 영주의 단호한 명령을 곧 시행했소. 즉 아기가 사생아라는 사실에 조금도 혐오감을 드러내지 않고, 아기를 겨드랑이에 낀 채 사랑스런 아기라고 몇 번이고 말하고는 아기를 데리고 자기 방으로 향했던 것이오.

이제 올워디 영주는 선행을 베풀고자 갈망하던 사람이 아주 만족스럽게 그 뜻을 이루었을 때 즐기게 되는 기분 좋은 잠에 푹 빠졌소. 이런 잠은 배부르게 식사한 뒤에 찾아오는 잠보다 더 달콤한 것이기 때문에, 이러한 선행을 베풀고 싶은 욕구를 독자들에게 불러일으키기 위해서라도 앞으로 이 잠이 어떤 것인지 보여주기 위해 좀더 노력하겠소.

4장

풍경을 묘사하려다 독자들을 위험에 빠뜨린 일
그리고 그 위험으로부터의 독자의 탈출
브리짓 올워디의 대단한 양보지심

그 어떤 고딕풍의 건축양식을 사용하더라도 올워디 영주의 저택보다 더 품격 있는 집을 지을 수는 없을 것 같소. 내부는 넓고, 외부는 고색창연한 영주의 저택에는 사람들의 경외심을 불러일으키고, 가장 훌륭한 그리스 건축물에서만 볼 수 있는 아름다움에 필적할 만한 장엄함이 깃들어 있었기 때문이오.

언덕 남동쪽에 위치한 이 저택은 언덕 정상보다는 아래쪽에 위치해 있었는데, 그 위쪽으로 거의 8백 미터 정도로 정상을 향해 늘어선 오래된 참나무 숲 덕분에 자연스레 북동풍을 피할 수 있었소. 게다가 이 저택은 그 아래에 펼쳐진 아름다운 계곡을 감상하기에 충분한 높이에 위치해 있기도 했소.

숲 가운데에 있는 멋진 잔디는 경사를 이루어 아래편에 있는 올워디 영주의 저택까지 이어졌고, 숲 꼭대기 근방에는 전나무에 둘러싸인 바위에서 솟구쳐 흘러나온 풍부한 샘물로 9미터가량 높이의 폭포가 형성되었소. 일정한 모양의 일련의 계단을 따라 흐르지 않고, 이끼 낀 깨진 돌 위로 곤두박질치듯 떨어지는 폭포는 바위 하단에 이른 후, 다른 물줄기들과 합쳐져 조약돌 위로 흐르는 물길을 따라 흘러가다가, 이 저택보다 남쪽으로 4백 미터가량 아래에 위치한 (저택 정면에 있는 방에서도 보이는) 호수로 이어졌소. 양들이 풀을 뜯고 자작나무와 느릅나무가 어우러진 아름다운 평야로 빙 둘러싸인 이 호수로부터 발원된 강이 놀라울 정도로 다양한 모습의 초원과 숲 사이를 몇 킬로미터나 굽이쳐 바다로 흘러들어 가는데, 이 바다의 커다란 하구와 그 너머에 있는 섬 때문에 더 이상의 전경이 펼쳐지지는 않았소.

계곡의 오른쪽에는 이보다 작은 또 다른 전경이 펼쳐지고 있었소. 몇 개의 마을이 있었는데 그 끝에는 앞면 일부만 보존되고 나머지는 인동덩굴로 뒤덮인, 지금은 폐허가 된 오래된 수도원의 탑이 있었소.

계곡 왼쪽으로는 높낮이가 다른 땅으로 이루어진 멋진 공원의 전경이 펼쳐지고 있었소. 어느 놀라운 취향을 가진 존재가 구획한 것처럼, 그럼에도 인위적이기보다 자연적으로 생긴 것 같은 이 공원에는 여러 형태의 언덕과 잔디, 숲과 물이 잘 어울리게 배치되었고, 이 공원 너머로 지대가 차츰 높아져 구름 위에 우뚝 선 산의 능선까지 이어져 있었소.

때는 5월 중순으로 아주 평온한 아침이었소. 올워디 영주가 테라스로 나갔을 때, 새벽의 여신은 조금 전 묘사한 그 아름다운 광경을 시시각각 펼쳐 보여주었고, 잠시 후 떠오른 태양은 국왕의 영광을 과시하는 화려한 행렬의 선발대처럼 한 줄기 빛을 창공으로 쏘아 올렸소. 이때 이 태양보다 더 영광스런 지상의 유일한 피조물, 즉 하나님의 피조물에게 선행을 베풀며, 어떻게 하면 조물주의 마음에 들 수 있을까를 항상 생각하는 올워디 영주도 그 모습을 드러내었소.

독자들이여, 조심하시오. 경솔하게도 올워디 영주가 있는 이 높은 언덕 꼭대기까지 내 그대들을 안내했소만, 다치지 않고 그대들이 이곳에서 내려갈 수 있는 방법은 나는 모르오. 하여튼 우리 같이 언덕을 타고 내려 갑시다. 브리짓이 벨을 울려 올워디 영주는 아침식사를 하러 가야 하고, 나도 그곳에 참석해야 하니 말이오. 그대들도 그 자리에 함께하길 원한다면, 기꺼이 그대들과 함께 가리다.

브리짓과 의례적인 인사를 나눈 뒤, 브리짓이 차를 따르자, 올워디 영주는 윌킨스를 불러오라고 지시하며 누이동생 브리짓에게 줄 선물이 하나 있다고 했소. 이 말에 브리짓은 영주가 말하는 선물이 가운이나 장신구일 것이라고 상상하며, 영주에게 고마움을 표시했을 거라고 나는 생각하오. 사실 올워디 영주는 그런 종류의 선물을 자주 했고, 브리짓은 "오라버니에 대한 예의 차원에서" 그 장신구나 옷으로 자신을 치장하는 데 많은 시간을 들였기 때문이었소. 내가 여기서 "오라버니에 대한 예의 차원에서"라고 분명히 밝힌 이유는, 브리짓은 옷에 신경 쓰는 여자들과 옷 자체를 항상 경멸해왔기 때문이오.

40

만일 브리짓이 이런 기대를 했다면, 주인의 지시에 따라 윌킨스가 그녀에게 아기를 보여주었을 때, 브리짓이 느낀 실망감은 얼마나 컸겠소? 흔히 너무 놀라면 말을 잃게 된다고 하오. 독자들은 이미 알고 있다고 생각하기에 반복하지는 않겠지만, 올워디 영주가 상황의 전모를 말해줄 때까지 브리짓은 아무 말도 하지 않았소.

브리짓은 여자들이 흔히 미덕이라 부르는 것에 늘 지대한 관심을 표명해왔고, 좋은 평판을 엄격하게 유지해오고 있었소. 따라서 이번 일을 아주 신랄히 비난하며 아기가 마치 해로운 동물이라도 되듯 집 밖으로 당장 내보내자고 할 거라고 사람들은, 특히 윌킨스는 예상했었소. 하지만 예상과는 달리 브리짓은 이번 일을 선의로 받아들이며 의지할 곳 없는 이 아기에게 동정을 표하면서 아이를 받아들이기로 한 영주의 자비로운 행동을 칭송했소.

이 선량한 신사가 앞으로 자신이 이 아기를 돌볼 것이며 자기 아들로 키우겠다는 결심을 밝히며 이야기를 마쳤다는 사실을 독자들도 안다면, 브리짓의 이러한 행동은 올워디 영주의 결정을 존중하는 마음에서 연유한 거라고 짐작해볼 수도 있을 것이오. 사실 브리짓은 항상 올워디 영주의 뜻을 따를 준비가 되어 있었고, 그의 생각에 이의를 제기한 적이 거의 없었기 때문이오. 하지만 브리짓은 남자들이란 원래 고집 세고 자기 뜻대로 해야 하는 종족들이라며 자신도 경제적으로 자립할 수 있는 재산이 있었으면 좋겠다고 말하곤 했소. 물론 이런 말도 항상 작게 해서, 기껏해야 중얼거리는 수준이었지만 말이오.

하지만 브리짓은 아기한테는 자제했던 말을, 누군지도 모르는 이 가련한 아기의 엄마에게는 마구 쏟아 부었소. 미덕을 갖춘 여성이 여성 전체의 명예를 손상시킨 사람을 욕할 때 사용하는 온갖 호칭을 동원해, 아기의 엄마를 "뻔뻔한 계집" "음탕한 바람둥이" "대담한 창녀" "사악한 계집" "혐오스런 매춘부" 등등의 호칭으로 불렀던 것이오.

이제 이들은 아기 엄마를 찾기 위해 어떤 단계를 밟아야 할지에 대해 논의하기 시작했소. 우선 올워디 영주 집에서 일하는 하녀들에 대해 철저한 조사를 벌였으나, 이들은 모두 윌킨스에 의해 혐의를 벗었소. 윌킨스 자신이 직접 고른 이들은 각기 명백한 장점을 가지고 있었기 때문이었는데, 그 장점이란 이들처럼 말라깽이 집단을 다시 보는 것은 아마도 어려울 거란 사실을 통해 짐작할 수 있을 것이오.

그다음 단계는 교구 거주민들을 조사하는 것으로, 윌킨스가 최대한 부지런히 조사해 그날 오후에 그 결과를 보고하기로 했소.

이것으로 일단 일이 정리되자, 올워디 영주는 평소대로 서재로 들어갔고, 아기는 올워디 영주의 뜻에 따라 아기를 돌보기로 한 그의 누이동생에게 맡겨졌소.

5장
몇 가지 일상적인 일과 그에 대한 매우 특별한 언급

주인이 떠나자 윌킨스는 브리짓으로부터 모종의 행동지침이 내려지기를 기다리며 아무 말도 하지 않고 있었소. 방금 전 주인 앞에서 벌어진 일을, 이 신중한 하녀는 있는 그대로 받아들일 수가 없었기 때문이오. 이는 브리짓이 자기 오라버니 앞에서 밝힌 견해와 오라버니가 없을 때의 견해가 무척 다르다는 사실을 윌킨스는 종종 보아왔기 때문이었소. 하지만 브리짓은 어떻게 해야 할지 모르는 윌킨스를 그런 상태로 오래 내버려두진 않았소. 이 선량한 여인은 월킨스의 무릎 위에서 잠들어 있는 아기를 한동안 유심히 바라보더니, 아기의 귀엽고 천진난만한 모습이 몹시 마음에 든다며, 더 이상 참지 못하겠다는 듯이 아기에게 애정 어린 입맞춤을 했기 때문이었소. 이를 보자마자 월킨스도 "하이쿠, 사랑스런 아기야, 사랑스럽고 귀엽고 예쁜 아기야! 참말로, 너만큼 예쁜 남자 아긴 보도 못했구나!"라고 째지는 목소리로 소리치며, 마치 마흔다섯 살의 경험 많은 중년 여성이 젊고 원기 왕성한 신랑에게 이따금씩 느끼는 황홀한 감정으로, 아기를 꼭 껴안고 입을 맞추기 시작했던 것이오.

이렇게 시작된 월킨스의 찬사가 얼마간 이어지자, 브리짓은 이를 중단시킨 뒤, 자신의 오라버니가 위임한 일을 실행에 옮기기 시작했소. 우선 브리짓은 그 집에서 가장 좋은 방을 아기 방으로 지정하고, 아기에게 필요한 것들을 모두 마련하라고 지시했소. 그녀의 지시는 너무도 관대해 아기의 친엄마라 할지라도 그 이상 할 수 없을 정도였소. 태생이 천한 아기에게 은혜를 베푸는 건 종교에 위배된다고 법이 정하고 있음에도 불구하고, 브리짓이 아기에게 이처럼 지대한 관심을 보이는 것에 대해 정숙한 독자들은 비난할지도 모르니 여기서 한 가지 사실을 미리 밝혀두는 게 적절하리라 생각하오. 그것은 바로 브리짓이 "이 조그만 녀석을 양자로 삼겠다는 게 오라버니의 별난 생각이니, 이 아기를 아주 소중히 다룰 수밖에. 이렇게 하는 게 악행을 조장하는 거란 생각이 들긴 하지만, 남자들 고집을 잘 알고 있기 때문에 이런 우스꽝스럽고 별난 생각에 이의를 달진 않을 거야"라고 말했다는 사실이오.

이런 식으로 올워디 영주를 비난한 뒤, 이미 암시한 대로, 브리짓은 여느 때처럼 모든 일을 영주의 뜻에 따라 처리했소. 자신이 영주의 말에 복종한다는 사실을 가장 생색내며 알리는 방법은, 자신이 따르고 있는 오라버니의 의향이 어리석고 불합리하다는 것을 본인 자신도 잘 알고 있다고 말하는 것이었소. 말없이 하는 복종은 억지로 행하는 것이 아니며 따라서 별 노력 없이 손쉽게 할 수 있는 복종으로 여겨지는 법이오. 하지만 아내, 자식, 친척 또는 친구가 우리가 원하는 걸 하면서도, 거기에 대해 불평하고, 마지못해 하며 혹은 거기에 대해 반감과 불만, 그리고 자신들이 겪는 어려움을 명백하게 밝힐 때, 그들에게 우리가 지게 되는 마음의 빚은 한층 커지게 되는 법이니 말이오.

이런 사실은 극소수의 독자들만이 알 수 있으리라고 사료되는 심오한 진리이기 때문에, 독자들에게 도움을 주고자 하는 마음에서 나는 이 사실을 밝혔지만, 작품이 진행되는 동안 독자들은 다시는 이런 종류의 호의를 기대할 수 없을 것이오. 우리 작가들만이 갖고 있는 영감을 통해 독자들은 이러한 사실을 알아내야만 할 것이오. 우리는 앞으로 독자들에게 이런 호의를 결코 베풀지 않을 것이니 말이오.

6장

교구로 향하는 윌킨스를 비유를 통해 묘사하다
제니 존스에 대한 간략한 설명과 학식을 추구하는 젊은 여성에게
닥칠 수 있는 어려움과 좌절

주인의 뜻에 따라 아기 문제를 처리한 뒤, 윌킨스는 아기 엄마가 숨어 있으리라고 추정되는 집들을 방문할 준비를 했소.

무시무시한 매가 하늘 높이 떠 자신들 머리 위로 맴도는 것을 보았을 때, 사랑에 빠진 비둘기와 천진난만한 작은 새들은 널리 경보음을 내며

44

공포에 사로잡혀 자신의 은신처로 날아가는 법이오. 그사이 자신의 위엄을 의식하며 자랑스럽게 허공에서 날갯짓하는 매는 이들에게 어떤 해를 가할지 곰곰이 생각에 잠겨 있지만 말이오.

바로 이처럼 윌킨스가 오고 있다는 사실이 거리에 선포되자, 모든 교구민들은 공포에 떨며 집으로 달려갔고, 모든 여자들은 그녀의 방문을 받게 될 운명에 처할까 봐 노심초사했소. 이때 머리를 높이 쳐들고 당당한 걸음으로 오만하게 들판을 전진하는 윌킨스의 머릿속은 우월감으로 인한 자만심과 아기 엄마를 알아낼 책략으로 가득 차 있었소.

내가 이런 비유를 사용했다고 해서, 현명한 독자들이라면 절대로 이 불쌍한 사람들이 지금 자신들을 향해 다가오는 윌킨스의 의도를 알고 있을 거라고 생각하진 않을 것이오. 그러나 미래의 어떤 해설가가 이 일을 맡아 설명하기 전까지, 이 멋진 비유가 앞으로도 몇백 년 동안 잠만 자게 될지도 모르니, 독자들에게 이 비유의 의미를 이해하는 데 약간의 도움을 주는 게 적절하리라 생각하오.

내가 이런 비유를 한 목적은 작은 새를 잡아먹는 게 매의 본성이듯이, 약자를 모독하고 학대하는 것이 윌킨스와 같은 사람이 갖는 본성이라는 사실을 알리기 위해서요. 즉 상전에게 철저히 예속되어 복종하는 사람들이 이에 대한 보상으로 행하는 것이 바로 이런 것이란 사실이오. 노예나 아첨꾼이 상전에게 바쳤던 가혹한 세금을 모든 아랫사람에게 강요하는 건 지극히 당연한 일이기 때문이오.

따라서 브리짓에게 평소보다 더 복종하는 태도를 보여야만 할 때마다, 그리고 이로 인해 그녀의 타고난 성품이 더욱 심술궂게 될 때마다, 윌킨스는 짜증을 부려, 다시 말하자면 짜증을 배출시킴으로써, 자신의 성질을 순화하고자 교구민들을 찾아갔던 것이오. 따라서 이 때문에 윌킨스는 환영받는 방문객이 아니라, 솔직히 말하자면 모두가 두려워하고 싫어하는 존재였던 것이오.

이곳에 도착하자마자, 윌킨스는 나이뿐만 아니라 다행히 외모도 자신과 유난히 비슷해 그 누구보다도 호의적으로 대하던 나이 지긋한 어떤 부인의 집으로 달려갔소. 이 부인에게 올워디 영주 집에서 일어났던 일과 자신이 이날 아침 이곳을 찾아온 목적을 알려준 뒤, 윌킨스는 그녀와 함께 마을에 사는 몇몇 젊은 여자들의 성품을 면밀히 따져보기 시작했소. 그러고는 마침내 이런 일을 저지를 가능성이 가장 높은 사람은 제니 존스일 거라고 의견의 일치를 본 뒤, 그녀에게 강력한 혐의를 두게 되었던 것이오.

제니 존스라는 여자는 얼굴이나 용모가 대단히 아름답지는 않았지만, 자연의 여신은 그녀에게 아름다운 외모를 주지 못한 것에 대한 보상으로 (판단력이 원숙기에 접어든 여성들이 일반적으로 외모보다도 더 높이 평가하는) 뛰어난 이지력을 선물했고, 제니 존스는 이 선물을 갈고닦아 상당히 향상시켰소. 제니는 어느 학교 선생의 하녀로 일했는데, 그녀의 뛰어난 재능과 학문에 대한 남다른 열정을 발견한 이 학교 선생은(틈만 나면 학자들이 쓴 저서를 읽고 있는 제니를 자주 보았기 때문이었소) 선의로 혹은 어리석게도(어느 쪽이든 독자들 마음대로 생각하시오) 제니에게 라틴어를 가르쳐주어 제니는 라틴어에 관한 상당한 지식을 얻게 되어 결국은 지체 높은 대다수의 남자들만큼이나 라틴어를 훌륭하게 구사할 수 있게 되었소. 하지만 이러한 이점은 다른 대부분의 이점처럼 자그마한 불운을 수반하는 법이오. 이처럼 훌륭한 학식을 갖춘 젊은 여성이 신분은 자신과 같지만 교육 수준은 자신보다 훨씬 낮은 사람들과 어울리는 걸 탐탁지 않게 여기는 게 놀랄 일은 아니듯이, 제니의 이러한 우월한 점과 이를 의식한 데 따른 제니의 행동이 사람들에게 시기심과 악의적인 감정을 불러일으켰고, 이러한 감정이 제니가 학교 선생의 하녀 일을 그만두고 고향으로 돌아온 이래 줄곧 사람들 가슴속에서 은밀히 타오르고 있었다는 사실은 놀라운 일이 아닐 것이오.

하지만 처음에 이들은 자신들이 품고 있던 시기심을 공공연하게 드러내지는 않았소. 모든 사람들을 경악하게 할 그리고 이 지역에 사는 모든 젊은 여성들을 분노케 할 사건, 그러니까 이 가련한 제니가 새 실크 가운과 레이스 달린 모자, 그리고 거기에 어울리는 장식품으로 치장하고 어느 일요일에 사람들 앞에 그 멋진 모습을 선보이기 전까지는 말이오.

전에는 희미하게 타오르던 시기심의 불꽃이 바로 이때 폭발했던 것이오. 제니의 자부심은 학식에 대한 자부심으로 더더욱 커졌지만, 이웃 사람 중 그 누구도 제니가 요구하는 존경심을 보여주지 않았고, 오히려 제니의 화려한 의상을 보고는 존경이나 예찬이 아닌 증오심을 보이며 욕설만 퍼부었던 것이오. 심지어 교구민들 모두는 제니가 이런 것들을 정직하게 얻은 게 아닐 거라고 단언했고, 딸 가진 부모들은 자기 딸이 이런 것들을 갖길 바라기는커녕 오히려 이런 것들을 가지고 있지 않아 다행이라며 자축하기에 이르렀소.

이러한 연유로 윌킨스가 만난 선량한 부인은 이 가련한 여자의 이름을 가장 먼저 거론했던 것 같소. 하지만 윌킨스의 의혹을 더욱 굳히는 또 다른 정황이 하나 있었는데, 그것은 바로 최근에 제니가 올워디 영주 집을 자주 들락거렸다는 사실이었소. 제니는 심한 병으로 고생하던 브리짓 여사의 간병인 노릇을 하며, 그녀 곁에서 많은 밤을 지새웠고, 올워디 영주가 돌아오기 바로 전날에도 브리짓 곁을 지키고 있는 걸 윌킨스 자신이 직접 목격했기 때문이었소. 비록 이 현명한 사람은 처음에는 그런 일에 대해 제니에게 어떠한 의심도 품지 않았지만 말이오. 왜냐하면 월킨스 자신의 표현을 빌리자면, 자신은 제니를 아주 착실한 여자라고 항상 생각해오고 있어서(월킨스는 제니를 너무나도 몰랐다고 말했소), 오히려 스스로를 예쁘다고 생각하며 우쭐거리는 품행이 방정치 못한 계집애들을 의심했었기 때문이었소.

자신의 호출을 받은 제니가 즉시 나타나자, 재판관보다 더 준엄한 표정을 지은 월킨스는 재판관처럼 위엄을 부리며 "이 뻔뻔한 매춘부 같은 잡년아"라는 말을 서두로 장광설을 늘어놓기 시작하더니, 제니의 죄목을 추궁하는 대신, 바로 그 자리에서 선고를 내렸소.

앞에 제시된 근거에 따라 월킨스는 제니가 죄를 지은 게 틀림없다고 확신했지만, 올워디 영주라면 제니에게 유죄를 선고하기 위해선 좀더 명백한 증거가 필요하다고 할 게 분명했소. 하지만 제니는 자신이 받고 있는 혐의를 모두 솔직하게 인정하여 월킨스에게 이런 수고를 덜어주었소.

회개한다면서 제니가 자신의 죄를 자백했지만, 조금도 분노가 누그러지지 않던 월킨스는 더욱 심한 욕설로 제니에게 두번째 선고를 내렸고, 이제 수가 많이 불어난 구경꾼들도 한마디씩 더했소. 많은 사람들이 제니의 실크 가운이 결국은 어떤 결말을 가져올지 알고 있었다고 소리쳤고, 어떤 사람들은 제니의 학식에 대해 빈정댔소. 그곳에 모인 모든 여자들이 가련한 제니를 놓고 자신들의 혐오감을 표현할 방법을 나름대로 찾았던 것이오. 제니는 이 모든 것을 잘 참아냈지만, 어떤 여자가 그녀의 용모를 헐뜯으며 코를 치켜들고는 "저런 매춘부한테 실크 가운을 사주는 남자는 먹성이 억수로 좋은 놈이 분명해"라고 독설을 퍼붓자, 더 이상 참지 못했소. 자신을 순결하지 못하다며 퍼부은 온갖 욕설을 아무 말 없이 참고 있던 제니는 이 말에는 신랄하게 대꾸했는데, 이는 계속되는 추궁으로 제니의 인내심이 다 소진된 결과인 것 같았소.

기대 이상으로 조사에 성공을 거둔 윌킨스는 아주 의기양양하게 약속한 시간에 집으로 돌아와 올워디 영주에게 자신이 알아낸 사실을 보고했소. 하지만 올워디 영주는 윌킨스의 보고에 깜짝 놀랐소. 제니의 뛰어난 재능과 학식에 대해 들은 적이 있는 올워디 영주는 이웃에 사는 목사에게 작은 성직록이라도 주고 제니와 혼인시킬 생각을 하고 있었기 때문이었소. 따라서 이때 올워디 영주가 느낀 우려는 윌킨스의 표정에서 엿보이는 만족감만큼이나 컸는데, 많은 독자들에게도 영주의 이런 우려가 훨씬 더 타당해 보일 거라고 생각하오.

브리짓 여사는 성호를 그으며 앞으로는 그 어떤 여자도 좋게 보지 않겠다고 말했는데, 이런 말을 하게 된 이유는 이 일이 있기 전까진 자신도 제니를 좋게 생각해왔기 때문이라고 했소.

여하튼 올워디 영주는 이 불행한 죄인을 불러오기 위해 이 빈틈없는 하녀를 다시 급파했는데, 몇몇 사람들이 바라거나 모든 사람들이 예상했던 것처럼, 제니를 감화원에 보내기 위해서가 아니라 그녀에게 유익한 훈계와 꾸지람을 하기 위해서였소. 이와 같은 교훈적인 글을 음미하며 즐기는 사람들은 다음 장에서 이를 읽어볼 수 있을 것이오.

7장
작가를 비웃기 위해서라면 모를까,
독자들이 웃을 일이 하나도 없는 심각한 내용

제니가 나타나자 올워디 영주는 그녀를 서재로 데리고 가 다음과 같이 말했소. "본인도 알겠지만 본인이 한 일에 대해, 난 치안판사로서 자네에게 혹독한 벌을 줄 수도 있네. 그리고 어떤 의미에서 자네는 자네가 저지른 죄의 산물을 우리 집에 놓고 갔기 때문에, 더더욱 내가 나의 권한을 행사할 거라고 생각할지도 모르겠네. 하지만 바로 그 이유에서 난 자네에게 관대한 처분을 내리기로 결심했네. 사사로운 감정이 치안판사의 판단에 영향을 주면 안 된다고 생각하는 나로서는, 아기를 우리 집에 놓고 간 사실 때문에 자네의 죄질이 더 나쁘다고 생각하진 않기 때문이네. 오히려 그런 행동이 아기에 대한 자연스런 애정에서 비롯된 것이라고 생각하기 때문에, 난 자네를 좋게 생각하려고 하네. 그런 행동은 자네나 이 아기의 못된 애비가 해줄 수 있는 것보다 좀더 나은 환경에서 아기가 자라길 바라는 마음에서 한 것일 수 있으니 말일세. 만약 자네가 자신의 순결을 헌신짝처럼 버렸듯이 몰인정한 에미처럼 이 불쌍한 아이도 버렸다면 난 자네에게 화가 많이 났을 거네. 따라서 지금 내가 꾸짖고자 하는 것은, 자네가 저지른 다른 잘못, 그러니까 순결을 저버린 자네의 행동에 관한 것이네. 방탕한 사람들은 이를 대수롭지 않게 생각할 수도 있겠지만, 본질적으로 그것은 가증스러운 것이고 그 결과도 아주 끔찍한 것이네.

그 잘못이 얼마나 극악무도한지는 모든 기독교인들에겐 아주 명백하네. 자네의 행동은 우리가 믿는 율법과 우리의 종교를 세우신 하나님이 명시하신 계율을 무시한 것이기 때문이네.

이런 점에서 그 죄의 결과는 두려운 것이라고 말할 수 있을 걸세. 하나님의 율법을 어겨 하나님의 노여움을 사는 것보다 더 두려운 일이 어디 있겠나? 어길 시 가장 준엄한 벌을 내리시겠다고 하나님이 분명히 밝히신 이번 경우엔 특히 말이네.

사람들은 신경 쓰지 않겠지만, 이런 사실은 너무도 명백한 것이라서,

사람들에게 이런 사실을 일깨우기 위해 더 이상의 정보가 새삼 필요하지는 않을 걸세. 따라서 이 문제의 경우에도 자네의 각성을 촉구하는 한두마디만 하면 충분하다고 보네. 난 자네가 참회하기를 바라는 것이지, 자네를 절망에 빠뜨리려고 하는 것이 아니니 말일세.

하나님의 처벌만큼이나 두렵고 공포스럽지는 않지만, 곰곰이 생각해보면, 자네가 저지른 죄는 모든 사람들, 특히 여자들은 감히 저지르지 못하게 할 정도로 무서운 결과를 낳네.

이런 죄를 저지르면 평판은 나빠지고, 과거에 나병 환자들이 그랬던 것처럼 사회에서, 적어도 하나님에게 버림받은 사악한 사람들의 모임을 제외한 인간 사회에서 쫓겨날 것이고, 아무도 자네와 가까이하려 들지 않을 테니 말이네.

아무리 재산이 많다 하더라도, 자네는 이 죄 때문에 재산이 줄 수 있는 혜택을 누릴 수 없을 것이고, 만일 돈이 없다면 생계를 이어갈 정도의 돈도 벌기 어려울 걸세. 평판을 중시하는 사람들은 자네를 집에 들여놓지도 않으려 할 것이니 말일세. 결국 자네는 수치스럽고 비참한 상황에 내몰려 몸과 마음까지도 망가지게 될 게 분명하네.

그 어떤 쾌락이 이런 끔찍스런 결과를 보상해줄 수 있겠는가? 아무리 궤변과 기만술을 쓴다 해도 그 어떤 것이 이처럼 명백한 결과를 가져올 죄를 저지르도록 유혹할 수 있겠나? 아니면, 그 어떤 육체적 욕망이 자네의 이성을 마비시키고 잠들게 하여, 이러한 처벌이 항상 뒤따르는 이런 죄로부터 공포와 경악을 느껴 달아나려는 자네를 막을 수 있겠는가?

가장 하찮은 동물들도 가지고 있는 육체적 욕망 때문에, 자신이 갖고 있는 고귀하고 신성한 모습을 저버리고 가장 비천한 동물의 수준으로 떨어지는 여자는 얼마나 비천하고 초라한 인간이겠는가! 이런 여자들은 인간이라고 불리기 위해 갖추어야 할 품위와 자존심을 갖고 있지 못하네. 그 어떤 여자도 이런 잘못을 저지르게 된 구실로 사랑을 내세우지는 않을 걸세. 그러면 자신이 남자의 욕구를 충족하는 수단이나 그들에게 빈껍데기에 지나지 않는 노리개라는 사실을 자인하는 셈이 될 테니까 말이네. 사랑의 의미가 아무리 변질되고 왜곡됐다 하더라도, 사랑은 찬미할 만한 이성적 감정이며 서로 끌릴 때를 제외하고는, 결코 격렬하지 않는 법이네. 성경 말씀에 따라 원수도 사랑해야 하지만, 친구들에게 자연스럽게 품게 되는 그런 열렬한 마음으로 사랑하라는 의미는 아니네. 더더군다나 우리의 목숨, 아니 그보다 더 소중한 순결을 그런 원수들을 위해 희생하라는 의미는 더더욱 아니네. 여자를 유혹하여 조금 전에 자네에게 설명했던 그런 비참한 상황에 빠지게 하는 남자를, 찰나에 불과하고 하찮은 그리고 경멸스럽기조차 한 자신의 쾌락을 위해 여자에게 그처럼 큰 희생을 요구하는 남자를, 사리분별이 있는 여자라면 자신의 적이 아닌 그 어떤 존재로 간주할 수 있겠나! 관습에 따라 모든 수치스러움과 거기에 뒤따르는 끔찍한 결과는 전적으로 여자의 몫이 되기에 그렇다네. 상대방이 항상 잘되기 바라는 사랑하는 마음을 지녔다면, 그 어떤 남자가 자기 여자에게 그처럼 큰 손실을 입힐 일을 저지르겠는가? 만일 여자를 타락시킨 남자가 뻔뻔스럽게도 자신이 그 여자를 진실로 사랑하는 것처럼 군다면, 그 여자는 그를 자신의 적, 그중에서도 가장 흉악한 적으로 간주해야 되지 않겠나! 자신의 육신뿐 아니라, 분별력마저 망치기 위해 온갖 흉계를 꾸미는 믿을 수 없는 거짓 친구로 간주해야 하지 않겠나 그 말이네!"

이 말에 제니가 몹시 심란해하자, 올워디 영주는 잠시 말을 멈추더니 이렇게 덧붙였소. "이미 벌어져 돌이킬 수 없게 된 문제로 자네를 욕보이기 위해서가 아니라, 앞으로 좀더 주의하고 용기를 가지라는 의미에서 내가 이런 이야기를 한 걸세. 자네는 끔찍한 실수를 저질렀지만, 난 자네가 분별력 있는 사람이라고 믿어왔고, 자네의 솔직한 고백을 듣고 보니, 자네가 진정으로 뉘우칠 거란 희망을 갖게 되었기 때문에 이런 말을 한 걸세. 내가 헛된 희망을 품은 게 아니라면, 자네를 수치스런 이곳에서 벗어나 아무도 자네를 모르는 곳, 그러니까 자네가 죗값을 받지 않을 수 있는 곳으로 보내주겠네. 그리고 그곳에서 회개하여, 하나님이 저 세상에서 내리실 더 무거운 형벌을 자네가 피할 수 있게 되길 바라겠네. 자네가 남은 생을 착하게 살길 바라며, 가난 때문에 타락의 길을 걷도록 하지는 않겠네. 타락하고 사악한 삶을 사는 것보다는 선하고 착하게 사는 게 더 즐겁다는 사실을 명심하게.

아기 문제로 괴로워하지는 말게. 아기는 자네가 바라는 이상으로 내가 잘 돌봐주겠네. 그러니 자네를 유혹한 그 못된 사내가 누군지만 알려주게. 사실 난 자네보다 그 사내에게 훨씬 더 화가 나네."

이 말에 제니는 숙였던 고개를 들더니 겸손한 표정으로 다음과 같이 예의 바르게 말했소.

"영주님을 알게 되고서도, 영주님의 덕을 흠모하지 않는다면, 그건 그 사람이 분별력이 없거나 선한 품성을 지니지 않았다는 증거일 거예요. 특히 이 상황에서 영주님께서 제게 베푸신 그 크나큰 은혜를 제가 뼈저리게 느끼지 않는다면, 그건 극악무도할 정도로 배은망덕한 죄일 거고요. 지난 과오에 대해선 저의 이 붉어진 얼굴이 다시 한 번 제 생각을 말씀드린 것으로 여겨주실 거라 믿습니다. 앞으로의 제 행동이 지금 제가 할 수 있는 그 어떤 공언보다도 제 생각을 더 잘 보여드릴 거고요. 분명히 말씀드리지만, 영주님께서 제게 베푸시고자 하는 그 관대한 처분보다도 영주님이 지금 제게 하신 충고를 전 훨씬 더 감사하게 받아들이고 있습니다.

이미 말씀하셨듯이, 영주님이 그런 충고를 하신 것 자체가 저를 분별 있는 사람이라고 믿어주셨다는 증거이기 때문이죠." 이 말을 하고서 제니는 눈물을 펑펑 쏟더니만, 잠시 말을 멈춘 뒤 다시 말을 이었소. "영주님의 은혜에 어찌할 바를 모르겠습니다. 앞으로 저에 대해 갖고 계신 기대에 어긋나지 않도록 노력하겠습니다. 영주님께서 믿어주셨듯이 제가 분별 있는 사람이라면, 영주님의 충고는 헛되지 않을 겁니다. 그리고 의지할 곳 없는 그 불쌍한 아기한테 베푸시겠다고 하신 은혜에 진심으로 감사드립니다. 그 아기에게는 아무런 죄가 없습니다. 그 아기는 커서 영주님이 베푸신 은혜에 감사해할 거라고 생각합니다. 그렇지만 영주님, 무릎 꿇고 간청드리는데, 그 아기의 아버지가 누구인지 밝히라는 명만은 거두어주십시오. 분명히 약속드리지만, 영주님께서도 언젠간 아시게 될 겁니다. 하지만 지금은 아닙니다. 그 사람의 이름을 밝히지 않겠다고 하나님을 두고 맹세했을 뿐만 아니라, 제 명예를 두고 엄숙하게 약속해서 그렇습니다. 영주님께서도 제가 명예나 종교를 저버리길 원하시지 않으리란 걸 잘 알고 있습니다."

이 성스러운 용어를 듣는 것 자체만으로도 정신적 동요를 느꼈던 올워디 영주는 제니의 말에 답변하기 전 잠시 머뭇거렸소. 그러고 나서는 악당 같은 자에게 그런 맹세를 한 것은 잘못이지만, 일단 맹세를 했다니 그 맹세를 깨뜨리라고 하지는 않겠다며, 아기의 아버지를 알아내려는 이유는 쓸데없는 호기심 때문이 아니라, 그 아비를 벌주기 위해서 그리고 대접받을 가치 없는 자에게 자신도 모르게 호의를 베풀지 않기 위해서라고 말했소.

이 점에 대해서 제니는 아기의 아버지는 올워디 영주의 힘이 미치지 않는 곳에 있으며 또한 올워디 영주의 영향 아래 있거나 올워디 영주의 은혜를 입을 가능성이 전혀 없다고 엄숙하고도 아주 분명하게 말했소.

제니의 이러한 솔직한 행동에 그녀를 무척 신임하게 된 올워디 영주는 제니의 말을 믿게 되었소. 제니는 거짓말로 위기를 모면하는 걸 떳떳치 않게 여겼을 뿐만 아니라, 다른 사람을 팔거나 다른 사람의 신의를 저버리기보다는 자신의 분노를 살 위험도 감수했기 때문에, 올워디 영주는 제니가 자신에게 거짓말을 할 거라고는 생각지 않았기 때문이오.

따라서 올워디 영주는 오명으로 인해 피해를 입지 않을 곳으로 제니를 곧 보내주겠다는 자신의 약속을 다시 한 번 확언한 뒤, 참회하라는 훈계와 함께 "내가 자네에게 베푼 호의보다도 훨씬 더 큰 은혜를 베풀 수 있는 분의 뜻에 따라 앞으로는 살도록 하게"라고 마지막으로 말하곤 제니를 보내주었소.

8장
앞서의 대화보다는 더 재미있지만 덜 교훈적인 브리짓과 월킨스 간의 대화

앞에서 본 것처럼 올워디 영주가 제니 존스와 같이 서재로 들어갔을 때, 브리짓은 자신의 선량한 우두머리 하녀와 함께 앞에서 언급한 서재 바로 옆 문으로 가서는 열쇠구멍을 통해 올워디 영주의 교훈적인 훈계와 제니의 답변, 그리고 앞 장에서 벌어졌던 그 밖의 다른 세세한 내용을 직접 들었소.

올워디 영주의 서재 문에 난 이 구멍의 존재를 잘 알고 있던 브리짓은 그 옛날 티스베*처럼, 이 구멍을 종종 이용해왔소. 이 문구멍은 용도가 많았지만 그중에서도 올워디 영주가 자신의 생각을 브리짓에게 반복하

여 말하는 수고를 하지 않고도, 브리짓이 그의 의향을 알아내는 데 주로 사용되어왔소. 하지만 이러한 의사소통 수단에 몇 가지 불편한 점이 뒤따르는 것도 사실이었소. 셰익스피어 작품에 나오는 티스베처럼 브리짓이 "오, 너 못된 벽아"**라고 소리를 쳐야만 할 상황이 종종 발생했기 때문이었소. 치안판사인 올워디 영주가 사생아에 관해 심문하던 중 처녀의 순결한 귀에, 특히 브리짓처럼 마흔에 육박한 처녀의 순결한 귀에 크게 거슬리는 말이 오고 갈 경우에도, 브리짓은 남자들에게 자신의 붉어진 얼굴을 숨길 수 있다는 이점, 즉 **"미출현(未出現)한 것은 부존재(不存在)한 것처럼 취급(取扱)해야 한다"***는, 우리말로 하자면, "자신의 얼굴을 남이 보지 못했을 경우, 자신의 얼굴은 붉어진 것이 아니다"라는 말이 적용될 수 있는 이점을 누릴 수 있었던 것이오.

올워디 영주와 제니가 대화를 나누는 동안 이 두 명의 선량한 여인들은 내내 침묵했소. 그러나 이들의 대화가 끝나고 올워디 영주의 말이 들리지 않는 곳에 다다르자, 윌킨스는 주인의 관대한 처사, 특히 제니가 아기 아버지를 밝히지 않는 걸 올워디 영주가 허용한 것을 큰 소리로 비난하며, 해가 지기 전에 제니에게서 아기의 아버지가 누구인지 알아내겠다고 맹세했소.

그녀의 말에 브리짓은 얼굴을 찌푸리며 미소를 지었소(이는 여느 때

---

* Thisbe: 그리스 신화에 나오는 인물로 부모의 반대로 벽 틈으로 자신의 애인과 대화를 나눌 수밖에 없었던 여인.

** 셰익스피어의 『한여름 밤의 꿈』에서 이런 말을 하는 사람은 티스베가 아니라 그녀의 연인이 피라무스다.

*** '보이지 않는 것은 실제로 존재하지 않는 것처럼 다루어져야 한다'라는 의미로 에드워드 쿡 경(Sir Edward Coke, 1552~1634)이 쓴 『보고서Reports』에 나오는 구절. 원서에는 라틴어로 쓰인 것을 한문 투로 옮긴 것이다. 이하 궁서체로 표기한 것은 모두 원서의 라틴어 문장을 번역한 것이다.

와는 아주 다른 행동이었소). 하지만 독자들은 이 미소가 호메로스가 웃기 좋아하는 여신이라고 부른 비너스 여신의 자유분방한 미소와 같을 거라고 혹은 이에 필적할 만한 미소를 지을 수 있다면 비너스 여신조차도 자신의 불멸성을 포기하려고 할 그런 미소, 혹은 레이디 세라피나*가 무대 옆 특별관람석에서 짓는 그런 미소와 같을 것이라고는 상상하지 마시오. 이때 브리짓이 지은 미소는 오히려 위엄 있는 티시포네**나 티시포네의 자매 여신의 움푹 들어간 뺨에 깃든 미소와 유사했기 때문이오.

이러한 미소를 지으며, 기분 좋은 11월 저녁에 부는 북풍처럼 달콤한 목소리***로 브리짓은 윌킨스의 호기심을 점잖게 꾸짖었소. 즉 브리짓은 윌킨스가 호기심이라는 악에 지나치게 오염되었다며 혹독하게 꾸짖고는, 자신은 여러 결점을 갖고는 있지만 다행스럽게도 적으로부터 남의 일을 꼬치꼬치 알려 한다는 비난을 받지 않게 처신해왔다고 했소.

그런 다음 제니가 보여준 신의와 용기를 칭송하고는, 제니의 진솔한 고백과 연인에 대한 제니의 고결한 마음 씀씀이를 훌륭하다고 한 오라버니 말에 자신도 동조하지 않을 수 없다고 했소. 그러고는 자신은 제니를 훌륭한 여자라고 항상 생각해왔으며, 어떤 악당이 결혼 약속이나 그 밖에 다른 비열한 수단을 통해 제니를 유혹했을 거라며, 제니보다는 그 악당이 더 비난받아야 한다고 하고는, 제니가 그 악당의 유혹에 넘어간 게 틀림없다고 말했소.

브리짓의 말에 윌킨스는 무척 당혹스러웠소. 왜냐하면 주인이나 주인

---

* Lady Seraphina: 상류층 여성의 대명사격으로 작가가 사용한 이름.
** Tysiphone: 그리스 신화에 나오는 복수의 여신 중 하나.
*** 북풍은 차가운 바람이기 때문에 달콤함 목소리에 비유한 건 역설적인 표현이다. 실제로 찬 북풍처럼 호되게 꾸짖었다는 의미다. 이처럼 필딩의 화자는 역설적인 표현을 자주 쓴다.

여동생의 말에 늘 동의하고 이에 절대적 지지를 보내며 이들의 속마음을 알기 전까지는 절대 입을 열지 않았던 이 예의 바른 여성은 방금 전에 자신이 한 말에 내심 안도했기 때문이었소. 현명한 독자들이라면 월킨스가 제니를 비난했던 것을 두고 그녀가 예지력이 부족한 탓이라며 그녀를 비난하지는 않았을 것이오. 오히려 여주인의 의중을 잘못 판단했다는 사실을 깨닫고 그녀가 신속하게 방향전환을 한 것에 대해 감탄할 것이오.

이 유능하고 위대한 정치가는 이렇게 말했소. "마님, 지도 마님처럼 제니의 용기에 대해 경의를 표하지 않을 수 없네요. 그리고 마님 말씀처럼, 어떤 나쁜 놈한테 속았다 하든, 불쌍한 제니는 당연히 동정 받아야지요. 마님이 말씀하싯듯이, 제니는 항상 착하고 정직한 정상적인 여자였으니까요. 이웃 사는 방탕한 계집애들처럼 지가 이쁘기라도 한 듯 허영 떨지도 않았었고요."

이에 브리짓이 다음과 같이 말했소. "데보라 말이 맞아. 제니가 우리 마을에 사는 수많은 허영심 많은 계집애들 같았다면, 난 오라버니가 제니에게 베푼 관대한 처사가 잘못되었다고 했을 거야. 지난번 교회에서 목을 드러내놓고 다니던 두 명의 농사꾼 딸을 봤는데, 정말 충격적이었어. 그 계집애들이 사내들을 유혹하려고 꼬리를 치고 다닌다면, 나중에 그것들이 무슨 일을 당하든 상관없어. 난 정말 그런 족속들을 혐오하거든. 그런 계집애들은 얼굴이 수두 자국으로 뒤범벅이 되는 편이 훨씬 나아. 그렇지만 솔직히 난 불쌍한 제니가 그런 방탕한 짓거리를 하는 걸 본 적이 없어. 어떤 교활한 악당이 제니를 이런 일에 걸려들게 했거나 강제로 그런 일을 저질렀을 거야. 제니가 정말 불쌍해."

월킨스는 브리짓이 하는 모든 말에 공감을 표했고, 사람들이 아름다운 여자들에게 일반적으로 하는 통렬한 비난을 퍼부은 다음, 교활한 남자들의 사악한 술수에 속아 넘어간 정숙하고 평범하게 생긴 모든 여자들에게 동정을 표하면서 대화를 마쳤소.

9장
독자들이 놀랄 만한 내용

올워디 영주의 처분에 만족한 제니는 집에 돌아가 올워디 영주가 자신에게 베푼 관대한 처분을 마을 사람들에게 부지런히 알렸소. 이는 어느 정도 자신의 자존심이 손상되는 일이었으나, 어느 정도는 이웃 사람들과 화해하고 그들의 아우성을 잠재우려는 동기에서 한 것이었소.

하지만 이웃 사람들의 아우성을 잠재우려 한 그녀의 의도가(만일 제니가 이런 의도를 가졌다면) 타당해 보일 수도 있었겠지만, 그 결과는 제니의 기대에 부응하지 못했소. 제니가 처음 치안판사에게 소환되었을 당시, 대부분의 사람들은 제니가 감화원에 보내질 거라고 생각했고, 심지어 몇몇 젊은 여자들은 "고거 참 꼬시다"라고 목소리를 높여 말하며, 비단 가운을 입고 대마를 내려치는 제니의 모습*을 상상하며 즐거워했지만, 제니의 처지를 불쌍히 여기는 사람들도 많았소. 하지만 올워디 영주가 이일을 어떻게 처리했는지 알려지자 상황은 제니에게 불리하게 바뀌었소. 어떤 사람은 "제니는 참말로 운도 좋제"라고 말했고, 어떤 사람은 "사랑받는다는 기 어떤 건지 이제 알것제?"라고 비난의 목소리를 높였고, 또

---

* 18세기 영국의 풍속화가 윌리엄 호가스W. Hogarth가 그린 「매춘부의 편력A Harlot's Progress」이라는 연작에는 감화원에서 대마를 내려치는 노역에 종사하는 창부의 모습이 그려져 있다.

어떤 사람은 "이보래이, 배운 거 쪼매 있다고 이런 대접을 받은 기야"라고 말했던 것이오. 어쨌든 모든 사람들이 이 일을 두고 한두 마디씩 악의적으로 말하며, 치안판사의 판결이 불공평하다고 비난했소.

올워디 영주가 어떠한 힘을 가졌는지 그리고 그가 얼마나 많은 은혜를 베풀었는지 생각해본 독자들이라면 사람들의 이런 행동이 현명치 못할 뿐만 아니라, 배은망덕하다고 생각할 것이오. 하지만 올워디 영주는 자신의 힘을 다른 사람들에게 결코 부당하게 행사한 적이 없었고, 선행 또한 너무 많이 베풀어 모든 이웃 사람들의 비위를 거슬렀소. 은혜를 베푼다고 해서 한 명의 친구라도 항상 얻는 것은 아니지만, 많은 적을 만든다는 건 확실하다는 사실은 힘 있는 자들에게는 널리 알려진 비밀이기 때문이오.

하지만 제니는 올워디 영주의 배려와 호의에 힘입어 마을 사람들의 비난이 미치지 못하는 곳으로 떠날 수 있었소. 악감정을 가진 사람들은 더 이상 제니에게 분노를 표출할 수 없게 되자, 곧 다른 대상을 찾기 시작했는데 그것은 다름 아닌 올워디 영주였소. 마을 사람들은 올워디 영주가 그 업둥이의 생부라고 쑥덕거리기 시작했던 것이오.

올워디 영주의 행동이 자신들의 예상과 너무나도 잘 맞아떨어져, 대다수의 사람들은 자신들의 추측이 맞을 거라고 생각하게 되었고 따라서 올워디 영주의 관대한 처분에 대한 비난은 이제 그 불쌍한 여자에게 가한 올워디 영주의 잔인한 행동에 대한 비난으로 바뀌게 되었소. 용감하고 선량한 여자들은 아이를 낳고서도 자기 자식임을 부인하는 남자들을 비난했고, 제니가 마을에서 사라진 일을 두고 아주 흉측한 음모에 따라 제니가 납치당한 거라고 넌지시 이야기하는 사람들도 있었으며, 이 문제를 법적으로 조사해야 한다며, 제니를 납치한 사람은 이제 제니를 내놓아야 한다고 말하는 사람들도 있었소.

이러한 비방은 올워디 영주보다 미덥지 못하고 수상쩍은 사람에게라면 나쁜 결과를 초래했을 것이오(최소한 골칫거리는 되었을 것이오). 하지만 올워디 영주의 경우에는 그런 일이 발생하지 않았소. 올워디 영주가 이런 비방을 전적으로 무시했기 때문에 이런 비방은 이웃에 사는 떠버리들에게 한낱 유흥거리만 제공했던 것이오.

하지만 이 글을 읽는 독자들이 어떤 성품을 가진 사람들인지 짐작할 수가 없고, 앞으로 제니에 관한 이야기를 더 들으려면 상당한 시간이 흘러야 하기 때문에, 지금도 그렇지만 앞으로도 올워디 영주가 그 어떤 범법적인 의도를 갖지 않을 사람이라는 사실만은 일찌감치 알려주고자 하오. 사실 올워디 영주는 자비심 때문에 제니에 대한 처벌 수위를 낮춘 잘못과 제니를 동정하는 마음에서, 제니가 브라이드웰에 수감되어 치욕스런 생을 맞이하기 바라는 선량한 군중*들에게 그녀를 동정할 기회를 제공하지 않은 정치적 잘못 이외에 그 어떠한 잘못도 저지른 적이 없었소.

이 선량한 군중들의 의향을 따른다면 제니가 개과천선할 가능성이 사라지고 심지어 제니가 선한 길로 들어서려 한다 해도 그 길이 처음부터 막혀버릴 수도 있기 때문에, 올워디 영주는 제니가 선한 길로 들어설 수 있는 유일한 방법, 즉 아무도 제니를 모르는 곳에 보냄으로써 그녀에게 새로운 삶의 기회를 주고자 했던 것이오. 실제로 많은 여성들이 한 번의 실수를 만회하지 못하고, 자포자기해 최악의 길로 빠져드는 것은 분명한 사실이기 때문이오. 특히 아는 사람들 사이에서 살아갈 경우엔 항상 그럴 거라고 생각하오. 따라서 신망을 잃고 거기에 따른 쓰라린 결과를 맛본 제니를 올워디 영주가 오명이라는 족쇄가 없는 곳으로 데려간 것은 정말

---

* Mob: "이 글에서 이 용어는 미덕과 이성적인 판단력이 없는 모든 계층의 사람을 지칭하는데, 상류층의 많은 사람들이 여기에 속한다." (필딩의 주)

잘한 일이오.

따라서 그곳이 어디든 간에 제니가 그곳으로 즐겁게 여행하길 바라며, 독자들에게 알려주어야 할 훨씬 더 중요한 일들이 있기 때문에 당분간 제니와 제니의 아이인 업둥이와는 작별을 고하고자 하오.

10장
올워디 영주의 환대
영주가 손님으로 맞아들인 어느 의사와 대위의 성품에 관한 짤막한 소개

올워디 영주는 자신의 집과 자신의 마음을 그 어떤 사람에게도 닫지 않았지만, 특히 장점이 있는 사람들에게는 더더욱 열어놓았소. 솔직히 말해, 자격이 있다는 이유 하나만으로 식사 대접을 확실히 받을 수 있는 곳은 올워디 영주의 집뿐일 것이오.

그 누구보다도 재능과 학식을 겸비한 사람에게 각별한 호의를 베풀었던 올워디 영주는 사람들의 재능과 학식을 판단하는 데 상당한 통찰력을 지니고 있었소. 비록 정규 교육을 많이 받진 못했지만, 타고난 재능을 갖춘 데다 늦게나마 학문에 전념하고 각 방면에 뛰어난 사람들과 많은 대화를 나눈 덕분에 영주는 대부분의 학문 분야에 관해 상당한 판단력을 지니게 되었기 때문이오.

따라서 이런 장점에 대해 별로 호응하지도 않고, 이런 장점을 갖춘 사람들에게 별 대접을 하지 않는 이 시대에, 이런 장점을 갖춘 사람들이 확실하게 환대받을 수 있고 마치 자신들이 마땅히 누려야 할 권리인 양 경제적인 혜택까지 누릴 수 있는 곳인 올워디 영주의 집으로 앞다투어 모

여드는 건 놀라운 일이 아닐 것이오. 올워디 영주는 여흥거리나 가르침을 얻기 위해 혹은 아첨이나 비굴한 태도를 바라며 재사나 학자들에게 먹을 것과 마실 것, 그리고 숙소를 풍족하게 제공하는 그런 사람은 아니었소. 한마디로 그런 식의 대접을 받는 사람은 주인이 내주는 하인의 제복*만 입지 않고 봉급만 받지 않았다뿐이지, 실제로는 하인 명단에 이름을 올려야 할 사람이기 때문이오.

이와는 정반대로 이 집에 모여든 사람들은 모두 시간을 자기 마음대로 쓸 수 있었소. 법과 예의범절 그리고 종교에 위배되지 않는 한, 이들 모두는 하고 싶은 대로 할 수 있었기 때문에 건강상 혹은 기분에 따라 금주를 하거나 심지어 금식을 하고 싶은 경우에는 식사 시간에 나타나지 않아도 되었고, 원하면 언제든지 식탁에서 일어날 수도 있었소. 이들은 식탁에서 일어나지 말라는 요청을 받지도 않았는데, 이는 윗사람의 요청은 아랫사람들에게는 명령으로 여겨지기 십상이라고 영주가 생각했기 때문이었소. 하지만 이곳에서는 올워디 영주와 대등한 재산을 가지고 있어 다른 곳에서라면 참석 그 자체가 호의를 베푸는 것으로 여겨질 사람들뿐만 아니라, 궁핍한 처지라 무료 숙식을 반가워할, 따라서 대단한 지위를 가진 사람들에게는 별로 환영받지 못할 그런 사람들도 무례한 말을 듣지 않았소.

이런 사람들 중, 자신이 싫어하는 직업을 갖도록 교육시킨 완고한 부친 때문에 불행히도 자신의 재능을 발휘할 기회를 잃어버린 블리필이라는 의사가 있었소. 그는 완고한 부친이 고집을 피우는 바람에 젊은 시절 의학을 공부할 수밖에 없었소. 하지만 실제로 그가 잘 알지 못하는 유일한

---

* 18세기 영국에서는 같은 주인 밑에서 일하는 하인들은 같은 제복을 입었다. 따라서 옷을 보면 어느 주인 밑에서 일하는지 알 수 있었다.

책이 바로 이런 종류의 책들이었소. 모든 학문의 대가인 그는 불행히도 자신의 밥벌이가 될 이 분야에서만은 문외한이었고 따라서 나이 마흔이 되어서 먹을 밥이 없게 되었던 것이오.

바로 이런 부류의 사람들이 올워디 영주의 식탁에서는 항상 환영을 받았소. 이들의 불운이 자기 자신 때문이 아니라 타인의 어리석거나 못된 행위 때문에 야기된 것이라면, 그들은 올워디 영주의 식탁에서 그만큼 더 환영을 받았던 것이었소. 이러한 부정적인 이점 이외에 이 의사에게는 한 가지 긍정적인 장점이 있었소. 그것은 그가 매우 신앙심이 돈독한 것처럼 보인다는 사실이었소. 그의 신앙심이 진실한 것인지 혹은 외형적으로만 그렇게 보이는 것인지는, 진실과 거짓을 구별하는 척도를 가지고 있지 못한 나로서는 감히 말할 수 없지만 말이오.

하여튼 그의 이러한 면은 올워디 영주의 마음에 꼭 들었고, 브리짓에게는 큰 기쁨을 주었소. 그와 다양한 종교적 논쟁을 벌일 때마다, 브리짓은 이 의사의 학식에 대해서뿐만 아니라, 자신의 학식에 대한 그의 찬사에 매번 만족스러웠기 때문이었소. 사실 브리짓은 영국 신학에 관한 책을 많이 읽어 이웃 목사들을 당혹스럽게 했고, 순수한 언행과 현자와 같은 표정, 그리고 근엄하고 엄숙한 행동거지로 자신과 같은 이름을 가진 성인*이나 가톨릭의 성인 명부에 나오는 여자 성인의 이름을 가질 자격이 있는 것처럼 보였던 것이오.

어떤 종류든 간에 공감을 통해서만 사랑은 이어지는 법이오. 하지만 이성 간의 종교적인 공감대만큼 더 직접적으로 사랑으로 이어지는 것은 없다는 사실을 우리는 경험을 통해 알 수 있을 것이오. 브리짓이 자신에

---

* 아일랜드의 여수호성인 성 브리지드 St. Brigid를 말함.

게 호감을 갖고 있다는 사실을 알게 된 이 의사는 10여 년 전 자신에게 닥친 불운한 일, 즉 어느 여성과의 혼인을 한탄하기 시작했는데, 그녀가 아직 살아 있을 뿐만 아니라 더더욱 불행히도 올워디 영주 또한 그 사실을 잘 알고 있기 때문이었소. 그렇지 않다면 이 젊은 여성*과 얼마든지 행복을 누릴 수 있을 텐데 안타깝게도 그 결혼이 치명적인 장애물이 된 것이오. 블리필은 범법적인 쾌락에 빠지는 건 아예 생각조차 하지 않았는데, 그 이유는 십중팔구 그의 신앙심 때문이었거나, 범법적인 교제가 아니라 합법적인 결혼을 통해서만 얻을 수 있는 혹은 소유권을 가질 수 있는, 그 어떤 것에 대한 순수하고도 강렬한 집착 때문이었을 것이오.

이 문제에 대해 얼마 동안 곰곰이 생각해본 블리필은 자신과 같은 불운한 상황에 처해 있지 않은 동생이 생각났소. 그는 브리짓이 몹시 결혼하고 싶어 한다는 사실을 알아차렸기 때문에, 자기 동생은 성공을 거둘수 있을 거란 사실을 조금도 의심치 않았소. 독자들도 이 의사의 동생이 어떤 자격을 갖추고 있는지 알게 된다면 그가 자기 동생이 성공할 거라고 확신하는 걸 비난할 수만은 없을 것이오.

이 의사의 동생은 대략 서른다섯의 나이로 중간 키에 체격이 건장한 남자였소. 이마에는 상처가 있었지만, 이는 그가 용맹하다는(그는 휴직급을 받고 있는 장교였소) 사실을 증명할 뿐 그의 외모를 크게 손상시키지는 않았소. 치아가 고른 그가 기분 좋아 미소 지을 때는 사근사근한 면이 있었소. 그의 태도나 목소리, 그리고 용모에는 원래부터 우악스런 면이 있었지만, 언제라도 이런 것은 접어두고 품위 있고 쾌활한 모습을 내보일수 있었던 것이오. 그에게 품위나 위트가 전혀 없는 것도 아니었소. 최근

---

* 브리짓을 말한다. 그녀의 나이가 마흔에 가깝다는 사실을 생각해보면 이는 화자의 역설적 표현 혹은 반어법적인 표현임을 짐작할 수 있다.

에 그는 좀더 신중하게 보이려고 노력하고 있지만, 젊은 시절에는 활기에 넘쳤고 지금도 원할 때면 언제라도 활기찬 모습을 보일 수 있기 때문이오.

그도 자기 형처럼 고등교육을 받았는데, 이는, 앞서 언급했던 것처럼, 그의 부친이 그를 성직자로 만들 작정을 했기 때문이었소. 하지만 이 노신사는 아들이 성직에 임명되기 전 세상을 떠났기 때문에, 그는 그리스도의 적과 싸우는 군인의 길을 선택했소. 그는 주교의 명보다는 왕의 명을 더 받들고 싶어 했던 것이오.

그는 돈을 주고 기병대 중위의 지위를 사서* 나중에 대위가 되었지만, 그와 사이가 좋지 않던 대령의 압력으로 어쩔 수 없이 대위의 지위를 팔 수밖에 없었소. 그 이후 그는 시골에 은둔하며 성경 공부에 전념해 감리교**를 믿게 된 게 아닌가 하는 의심을 받을 정도가 되었소.

따라서 이와 같은 사람이 자신처럼 성자 같은 기질을 지닌, 그것도 결혼하는 데 온 신경을 기울이는 여성과의 관계에서 성공을 거두지 못할 이유는 없는 것 같았소. 하지만 동생에게 별다른 애정을 품었던 것도 아니면서 왜 이 의사가 자신을 그처럼 환대해준 올워디 영주에게 이처럼 배은망덕한 짓을 했는지는 그리 쉽게 설명할 수 없을 것이오.

선한 일을 행할 때 기쁨을 느낄 수 있듯이, 악한 일을 행할 때도 즐거움을 느껴서인가? 혹은 직접 할 수 없는 절도행각에 종범이라도 되는 것이 즐거워서인가? 마지막으로 추측해보건대(내 경험상 이 추측이 가장 개

---

* 18세기 영국에서는 장교 직을 돈으로 살 수 있었다.

** 18세기 존 웨슬리John Wesley와 조지 화이트필드George Whitefield의 주도 아래 영국에 널리 퍼졌던 기독교 분파. 기독교의 도덕적 측면과 선행을 중시했던 광교회주의자인 필딩은 감리교가 신앙과 종교적 열정만을 강조하며 선행을 베푸는 데는 인색하다며 부정적인 견해를 갖고 있었다. 필딩의 이런 종교관은 올워디 영주와 그의 초기작 『조지프 앤드루스』의 주인공 목사 애덤스를 통해서 제시된다.

연성이 높소) 이것도 아니면, 자기 가문에 대해 애정이나 존경심을 품고 있지 않더라도, 가문의 명예를 높이는 데서 만족감을 느껴서인가?

어떤 동기에서 그가 그랬는지는 단정 짓지 않겠소. 단지 드러난 사실은, 잠시 동안만 같이 있을 거라며 자기 동생을 불러들여 올워디 영주 집 안사람들에게 그를 소개했다는 것이오.

그의 동생이 올워디 영주의 집에 온 지 일주일도 채 안 되어, 이 의사는 자신의 통찰력이 얼마나 정확했는지 자축할 만한 충분한 이유를 갖게 되었소. 고대 로마의 시인 오비디우스*가 그랬던 것처럼, 사랑의 기술을 완전히 터득한 이 대위는 형에게서 받은 적절한 조언을 최대로 활용했던 것이오.

11장

사랑에 관한 많은 규칙과 그 예
아름다운 자태 묘사
결혼하고 싶게 만드는 여러 타산적인 동기

어떤 현명한 남자인지 혹은 어떤 현명한 여자인지 누가 말했는지는 잊었지만, 모든 사람은 평생에 한 번 숙명적으로 사랑에 빠지게 된다는 말을 들은 적이 있소. 내 기억에 이런 일은 특정 시기에만 일어나는 것은 아니라고 들었지만, 브리짓의 나이가 이런 일이 일어나기에 아주 적절한 시기인 것 같소. 사실 이런 일은 이보다는 훨씬 더 이른 시기에 발생하는

---

* Ovidius: 기원전 1세기의 고대 로마의 시인으로 사랑에 대한 자신의 경험과 신화를 토대로 『사랑의 기술Ars Amatoria』을 저술했다.

게 다반사지만, 그 시기에 일어나지 않을 경우 이 시기쯤 발생하는 것을 종종 보아왔기 때문이오. 더구나 나는 이 나이 때의 사랑이 젊은 시절에 하는 사랑보다 더 진지하고 변함없다는 사실도 보아왔소. 젊은 여자의 사랑은 불확실하고, 변덕스러우며, 어리석기도 해서 여자가 무얼 원하는지 우린 알 수 없으며, 여자 자신도 자기 마음을 아는지조차 의심스러운 경우가 태반이기 때문이오.

하지만 마흔 살가량의 여자가 원하는 것이 무엇인지 알아내는 건 결코 어렵지 않소. 근엄하고 신중하며 경험 많은 여자들은 자신의 속마음을 아주 잘 알고 있기 때문에, 약간의 통찰력만 갖춘 남자라면 누구나 다 이런 여자들의 마음을 아주 쉽게 그리고 정확하게 알 수 있기 때문이오.

바로 앞에서 한 말이 모두 사실임을 보여주는 하나의 예가 바로 브리짓의 경우요. 대위와 몇 번 만나지 않아 이러한 열정에 사로잡히게 된 그녀는 자신의 병명을 몰라 시름에 잠긴 채 집 주위를 우울하게 돌아다니는 어리석은 뭇 여자아이들과는 달랐소. 브리짓은 이 기분 좋은 감정이 전혀 잘못된 게 아닐 뿐만 아니라 오히려 칭송받을 만한 것이라고 확신했기 때문에, 이를 두려워하거나 부끄러워하지 않았고 오히려 이를 느끼고 알고 즐겼던 것이오.

사실 이 나이의 여자가 남자에게 품게 되는 합리적인 열정과 어린 소녀가 남자들에게 품는 하찮고 유치한 호감 사이에는 여러 면에서 상당한 차이가 있소. 어린 소녀들이 남자애들에게 품는 호감은 종종 별 가치 없고, 오래 지속되지 않는 외형적인 것, 가령 앵두 같은 뺨, 백합같이 희고 작은 손, 흑단 같은 검은 눈, 멋지게 늘어진 머리타래, 부드러운 턱, 날렵한 몸매 등에 고착되어 있소. 때때로 이들은 이보다 더 가치 없고, 당사자의 것이 아닌 것, 그러니까 본인이 가지고 태어난 것이 아니라, 재단사,

레이스 제조자, 가발 제조자, 모자상, 여성용 장식품 제조업자의 힘을 빌려 얻은 장신구 등에 더 많은 호감을 갖는 경우도 있소. 따라서 젊은 여자들은 자신의 감정을 스스로에게나 타인에게 인정하는 걸 부끄러워해야만 하고, 실제로 부끄러워하게 되는 것이오.

하지만 브리짓의 사랑은 이와는 달랐소. 대위는 자신의 의상을 위해 앞에서 언급한 멋쟁이 제작자에게 그 어떤 빚을 진 일이 없었고, 외모에서는 더더욱 자연의 여신에게 빚을 진 일이 없었기 때문이오. 그의 의상이나 외모는 정말 그렇고 그래, 상류사회 모임에 간다면 그는 필시 지체높은 귀부인들의 경멸과 비웃음을 샀을 것이오. 그의 의상은 매우 단정하나 소박하고 거칠며 볼품없는 장식이 달린 유행이 지난 것들이었고, 외모는 앞서 말했던 바와 같았소. 뺨은 전혀 앵두 빛이 아니었지만, 그것도 눈 밑까지 자라 올라온 턱수염으로 완전히 뒤덮여 그 색깔조차 알 수 없을 정도였소. 골격과 손발의 크기는 비율이 잘 맞았으나, 손은 너무 커 농부의 손처럼 힘세 보였고, 어깨는 보통 사람보다 훨씬 넓었으며 장딴지는 가마꾼의 장딴지보다 더 굵었소. 한마디로, 풍부한 소스와 감칠맛 나는 와인으로 이루어진 선조의 고귀한 피와 젊은 시절 도회지에서 받은 교육 덕분에 훌륭한 신사가 된 대다수의 사람들을 더욱 돋보이게 하는 (꼴사납게 힘만 센 것과는 정반대인) 우아함과 아름다움을 그는 완전히 결여하고 있었던 것이오.

브리짓은 아주 섬세한 취향을 가진 여성이었지만, 대위에게 흠뻑 빠져 그의 외모상의 결점을 완전히 간과했소. 대위보다 훨씬 외모가 출중한 다른 남자보다도 대위와 보내는 시간이 더 즐거울 거라고 생각했던(이는 매우 현명한 판단이었을 것이오) 브리짓은 실속 있는 만족을 얻기 위해 눈을 즐겁게 할 생각은 아예 포기했던 것이오.

이런 일에 눈치가 빨랐던 대위는 브리짓이 자신에게 열정을 품고 있다는 사실을 알아차리자마자, 자신도 상대방에 대해 열정을 품고 있다는 사실을 보임으로써 성실히 응답했소. 사실 이 여성의 미모도 그녀의 연인처럼 그다지 뛰어난 것은 아니었소. 이런 브리짓의 모습을 한번 그려보고는 싶지만, 나보다 뛰어난 대가 호가스 씨가 이미 했기 때문에 그만두겠소. 오래전에 호가스 씨의 그림 모델을 한 적이 있었던 브리짓은 호가스 씨가 최근에 출판한 「겨울아침」*이라는 판화에 등장하는데, 기도서를 든 굶주린 시종 아이를 대동하고 코번트가든 교회로 걸어가는(판화에서 그녀는 걷고 있었소) 여인(이때 브리짓의 모습은 겨울 아침의 상징으로 전혀 손색이 없소)이 바로 그녀요.

브리짓과 마찬가지로 대위도 외모가 주는 덧없는 매력보다는, 브리짓에게서 기대할 수 있는 좀더 실속 있는 즐거움을 선호했소. 그는 여성의 아름다움을 아주 값어치 없고 무의미한 것으로 생각하는, 좀더 솔직히 말하자면, 돈 없는 미인보다는 차라리 돈 많은 추녀를 선택하는 그런 부류의 현명한 사람이었기 때문이오. 식욕은 왕성하지만 섬세한 입맛을 갖추고 있지 않았던 그는, 아름다움이라는 향신료 없이도 결혼이라는 향연에서 자신의 역할을 잘 수행해야 한다고 생각했던 것이오.

독자들에게 솔직히 털어놓자면, 이곳에 도착한 이래로, 정확히 말하자면 브리짓에게서 어떤 가능성을 발견하기 오래전부터, 그러니까 자신의 형이 브리짓과의 결혼을 제안한 순간부터, 대위는 강렬한 사랑에 빠졌던 것이오. 즉 대위는 올워디 영주의 집과 정원, 그리고 올워디의 땅과 그의 보유 재산 및 상속 가능한 재산 모두와 열정적인 사랑에 빠져, 엔도르의

---

* 18세기 영국의 화가 호가스의 풍자적인 연작 중 하나.

마녀*를 덤으로 데려가야 한다는 조건을 내걸어도 분명히 이것들과 결혼했을 것이오.

올워디 영주가 자신은 재혼할 의사가 전혀 없다는 점을 의사에게 분명히 밝혔고, 의사는 올워디 영주가 누이동생의 자식을 자기 상속자로 삼을 의향이 있다는 것(올워디 영주의 누이동생이 올워디 영주와 가장 가까운 혈족이기 때문에 영주가 별다른 조처를 취하지 않으면 법에 따라 자연히 그렇게 되겠지만)을 탐지해냈기 때문에, 또한 행복을 가져다주는 가장 중요한 수단을 풍요롭게 누리게 될 인간을 낳는 것은 박애를 실천하는 행위라고 생각했기 때문에 의사와 그의 동생은 어떻게 하면 이 호감을 주는 여인의 애정을 얻을 수 있을 것인가에 모든 생각을 집중했던 것이오.

자식에 대한 사랑 때문에 자식들이 바라는 것 이상을 종종 베풀어주는 인자한 부모처럼, 운명의 여신이 대위를 위해 부지런을 떤 덕분에, 브리짓은 대위에게 열정을 품게 되었고, 결국은 어떻게 하면 너무 나서지 않는 것처럼 보이면서도(브리짓은 예법을 엄격히 준수하는 사람이었기 때문이오) 대위에게 적절히 용기를 북돋워줄 수 있을까 하는 나름대로의 궁리를 하기 시작했소. 이 점에서 브리짓은 쉽사리 성공을 거둘 수 있었소. 항상 주위를 살폈던 대위는 브리짓이 하는 그 어떠한 눈짓과 몸동작, 그리고 말도 놓치지 않았기 때문이었소.

브리짓의 이 고무적인 행동에 대위가 느꼈던 만족은 올워디 영주에 대한 걱정으로 상당히 감소되었소. 아무런 사심도 없다는 올워디 영주의 공언에도 불구하고, 세상 사람들처럼 이해관계의 측면에서 보면 불리할 수밖에 없는 이 결혼을 올워디 영주가 결국은 찬성하지 않을 거라고 생각

---

* which of Endor: 「사무엘서」 28장 7~25절에 언급된 인물이지만 필딩은 여기서 전형적인 마녀를 지칭하는 의미로 사용한 듯하다.

했기 때문이었소. 어떤 계기에서 그가 이런 생각을 품게 되었는지는 독자들의 판단에 맡기겠소. 하지만 어떤 근거에서 그랬든지 간에, 대위는 브리짓에게는 자기 감정을 즉시 알리면서도 그녀의 오라버니에게는 이를 숨기기 위해 어떻게 행동해야 할지 몹시 당혹스러워했소. 결국 대위는 둘만 있는 자리에서는 브리짓에게 애정표현을 하지만, 올워디 영주 앞에서는 조심스럽게 그리고 가능한 한 자신의 감정을 숨기기로 했는데, 이 결정에 그의 형도 대찬성이었소.

대위는 곧 분명한 말로 브리짓에게 청혼했고, 그녀로부터 적절한 답변, 그러니까 몇천 년 전에 누군가가 처음으로 한 답변이지만 그 이후로 어머니에게서 딸에게로 전통적으로 전해져 내려온 그런 답변을 들었소. 그 답변을 라틴어로 번역한다면, 이 경우와 다르긴 하지만, 아주 오래전부터 사용된 문구로 **"저는 주교(主教) 직을 불원(不願)하오"***라고 표현될 수 있을 것이오.

이런 사실을 어떻게 알았든 간에, 대위는 브리짓이 준 답변의 의미를 정확히 간파했소. 따라서 대위는 좀더 열성적이고 간곡하게 다시 청혼했고, 이 역시 적절한 절차에 따라 거부당했소. 하지만 대위가 자신의 열망을 점점 더 간곡하게 표현하자, 이에 맞추어 브리짓이 거절하는 강도도 적절하게 감소되었소.

이 구애 장면을 일일이 다 보여주면 독자들도 싫증 날 터이니(어떤 위대한 작가의 견해에 따르면, 배우에게는 이 장면이 가장 즐겁지만 청중에게는 지루하고 싫증 날 수 있을 것이기 때문이오) 간단히 말하겠소. 한마디로 말해 대위는 절차에 따라 진격을 했고, 그의 공격을 받은 요새는 절차

---

* "주교직을 원하지 않는다." 주교직에 임명되었을 때 의례적으로 하는 공식적인 답변으로 남자의 구애를 받아 좋으면서도 달가워하지 않는 척하는 여성들의 모습을 비꼰 것이다.

에 따라 수성되다가, 결국은 적절한 절차에 따라 조건 없이 백기를 들고 무너졌던 것이오.

거의 한 달 동안, 대위는 올워디 영주의 면전에서 이 여성과 상당한 거리를 두고 행동했소. 그리고 브리짓과의 관계를 성공적으로 이끌어가면 갈수록 남들 앞에서는 더욱 내색하지 않았소. 브리짓도 대위의 마음을 확보한 순간부터 다른 사람들 앞에서는 대위에게 무관심한 것처럼 행동해, 현재 상황을 조금이라도 눈치채려면 올워디 영주가 귀신같이 눈치가 빨라야 했을 것이오.

12장
독자들이 예상했을 법한 일

싸움을 하든 결혼을 하든 혹은 이런 종류의 일과 연관된 일을 하는데 양쪽 당사자가 진정으로 그 일을 성사시키고 싶어 한다면, 약간의 사전 의식이 필요한 법이오. 바로 지금이 그런 경우였소. 구애를 시작한 지 한 달도 채 지나지 않아 부부가 된 대위와 브리짓에게 이제 남은 큰 문제는 이 소식을 올워디 영주에게 어떻게 알리냐 하는 것이었는데, 이 일은 대위의 형인 의사가 맡기로 했소.

올워디 영주가 정원을 거닐고 있던 어느 날, 의사는 영주에게 다가와 아주 심각하고 근심스런 표정을 지으며 "영주님, 아주 중요한 문제를 말씀드리러 왔습니다. 그런데 어떻게 말씀드려야 할지 생각만 해도 괴롭습니다"라는 말로 서두를 시작했소. 그런 다음 남자들과 여자들을 통렬히 비난하기 시작하더니, 남자들은 자신들의 이해관계만 생각하고 여자들은 사악한 감정에 탐닉하기 때문에 서로를 믿고 맡길 수 없는 존재라고 하면서 "영주님, 그렇게 신중하고 분별력과 학식을 갖추신 숙녀분께서 그런 무분별한 감정에 빠지시리라고 어떻게 상상이나 했겠습니까? 또 제 형제가, 제가 왜 형제라고 했을까요? 그놈은 이제 더 이상 제 형제도 아닌데……"라고 말했소.

이 말에 올워디 영주가 "분명 선생의 형제가 맞지요. 제 형제이기도 하고요"라고 대답하자, 의사는 "맙소사! 이 충격적인 일을 이미 알고 계셨습니까?"라고 물었소. 그러자 이 선량한 사람은 이렇게 대답했소. "이보세요, 블리필 씨. 일단 벌어진 일은 최대한 좋은 방향으로 수습하자는 게 내 인생의 변함없는 좌우명이오. 나보다 나이는 많이 어리지만, 내 누이도 최소한 자기 일은 스스로 판단할 나이가 됐소. 선생의 동생분이 어린아이를 농락한 거라면 난 용서하지 않았을 것이오. 하지만 나이 서른이 넘은 여자는 어떻게 하면 자신이 행복할 수 있을지 분명히 알고 있을 거요. 선생 동생의 재산이 내 누이의 재산보다는 적지만, 어쨌든 간에 내 누이는 신사 신분의 사람과 결혼했소. 내 누이가 선생 동생에게서 자신의 부족한 부분을 메울 수 있는 어떤 완벽한 면을 발견했다면, 자신의 행복을 위해 내 누이가 선택한 남편을 내가 군이 반대할 이유는 없소. 난 재산만 많으면 행복할 수 있다고 생각하지 않기 때문이오. 난 누이의 의향을 무조건 따르겠다고 여러 번 공공연하게 이야기했기 때문에, 이번 일에 대해 누이가 내 의견을 물어볼 거라고 기대할 수도 있었을 거요. 하지만 이런 문제는 아주 미묘하고 말하기 뭐한 것이라, 누이도 망설였던 것 같소. 선생 동생에게도 정말이지 난 조금도 불쾌한 감정을 가지고 있지 않소. 선생 동생에겐 내 생각을 물어보아야 할 의무도, 내 허락을 받아야 할 필요도 없소. 이미 말했듯이, 오래전에 성년이 된 내 누이는 자기 행동에 스스로 책임질 나이가 되었으니 말이오."

이 말에 의사는 올워디 영주가 너무나도 관대하다면서 자기 동생을 다시 한 번 비난하더니, 자신은 더 이상 동생을 보지도, 형제로 인정하지도 않겠다고 딱 잘라 말했소. 그런 다음 올워디 영주의 자비로움과 호의에 극도의 찬사를 보내더니, 자신이 소중히 여기는 이곳을 이처럼 난처한 상황에 빠지게 한 자기 동생을 결코 용서하지 않겠다며 말을 맺었소.

이 말에 올워디 영주는 다음과 같이 대답했소. "설령 내가 선생 동생에 대해 불쾌하게 생각한다 할지라도, 아무 죄 없는 사람에게 화풀이하지는 않을 것이오. 허나, 분명히 말하는데, 난 그런 불쾌한 감정을 갖고 있지도 않소. 내 보기에 선생 동생은 분별력도 있고, 신의도 있는 것 같소. 난 누이의 선택이 잘못됐다고 생각하지도 않고, 또 선생 동생도 내 누이를 좋아하고 있다는 사실을 의심하지도 않소. 난 결혼생활을 통해서 얻을 수 있는 행복의 유일한 조건은 사랑이라고 항상 생각해왔소. 두 사람을 단단히 묶어주는 건 오직 사랑뿐이기 때문이오. 그래서 난 사랑 이외의 동기에서 한 결혼은 아주 큰 범죄라고 생각하고 있소. 그렇게 한 결혼은 신성한 의식을 더럽히는 것이고 마음의 평화를 깨고 불행으로 이끌기 때문이오. 그런 결혼은 자신의 욕정이나 탐욕을 채우기 위해 이 신성한 제도를 악용한 것이기 때문에, 분명히 신성모독이라고도 할 수 있을 것이오. 여인의 아름다운 외모나 재산만 보고 한 결혼을 어떻게 이보다 더 좋게 말할 수 있겠소?

아름다운 외모가 보기에도 좋고 어느 정도 찬미의 대상이 된다는 사실을 부인하는 건 거짓되고 어리석은 일일 것이오. 종종 성경에도 나오는 아름답다는 말은 항상 좋은 의미로 사용되어왔소. 난 운 좋게도 세상 사람들 모두가 아름답다고 생각하는 여인과 결혼했고 그 때문에 아내를 더 사랑했소. 하지만 아름다운 외모를 결혼의 유일한 조건으로 삼거나 아름다운 외모만을 가진 사람을 너무도 탐해 그 사람이 가진 결점을 간과하거나, 아름다운 외모를 가진 사람을 몹시 원해, 아름다운 외모를 가지진 않았지만 그보다 훨씬 더 중요한 신앙심과 미덕, 분별력을 지닌 사람을 배척하거나 경멸한다면, 그것은 현명한 사람한테나 참다운 기독교인에게는 맞지 않는 행동일 것이오. 우리가 배워왔듯이, 결혼이란 육체적 욕망을 충족시키기 위한 것이 아니기 때문에, 이런 사람들이 결혼한 이유가 자신들의 육신의 욕망을 충족하기 위해서가 아니라 다른 목적이 있어서일 거라고 단정하는 것은, 이들을 너무 관대하게 평가하는 것일 거요.

다음으로 재산 문제에 대해 말하겠소. 세상을 살아가자면 이런 문제를 어느 정도는 고려해야 하기 때문에, 재산 문제에 관심 갖는 것을 결코 비난하지는 않겠소. 결혼생활을 유지하거나 후손을 양육하자면 남들이 말하는 경제적 여건을 어느 정도는 고려해야 하기 때문이오. 필요 이상의 것을 원하는 인간의 어리석음과 허영심 때문에 우리가 필요로 하는 부의 양이 상당히 증가했소. 부인을 위한 전용 마부와 수행원이 딸린 고급 마차, 자식에게 물려줄 많은 재산이 이들의 필수품 항목에 으레 포함되게 된 것은 바로 이 때문이오. 그리고 이런 것들을 얻기 위해 사람들은 진정으로 가치 있고 소중한 것들과 고귀하며 양심적인 것들을 무시하거나 간과하게 되었소.

이런 욕심이 과하게 되면, 광기와 구분하기가 쉽지 않소. 나는 지금, 막대한 재산을 가진 사람들이 자신의 욕구를 충족시킬 정도의 재산을 이미 갖고 있음에도 불구하고, 이를 더 늘리기 위해 마음에 들지 않는 사람과 혹은 바보나 악당과 혼인하는 경우를 말하고 있는 것이오. 이런 사람들을 미쳤다고까지는 말할 수 없더라도, 이들 모두는 사랑이 주는 즐거움을 느끼지 못하고 있다는 사실과 허영심 많고 믿을 수 없고 어리석고 세속적인 사람들의 견해(이런 견해가 우리들에게 많은 영향력을 미치고 있지만, 이런 견해의 기반이 되는 것은 인간의 어리석음이오)를 따름으로써 이들은 자신들이 누렸을 수도 있는 크나큰 행복을 희생시켰다는 사실을 인정해야 할 것이오."

이 말을 마지막으로 올워디 영주는 자신의 훈계를 마쳤소. 간간이 얼굴 근육이 움직이는 것을 억제하느라 고생은 했지만, 올워디 영주의 훈계를 최대한 경청하려 한 블리필은 설교를 펼친 주교와 영광스럽게도 같은 날 저녁식사를 하게 된 젊은 신학자처럼 자신이 들은 훈계의 문장 하나하나에 찬사를 보냈소.

13장
인륜에 어긋나는 배은망덕의 한 사례를 보여주는 1권의 마무리 장

앞서 언급한 내용을 근거로 판단해볼 때, 독자들은 이 두 형제가 화해(진정으로 그렇게 부를 수 있다면)를 하는 것은 단지 형식상의 문제라는 사실을 짐작할 수 있을 것이오. 따라서 이들이 화해하는 장면은 제쳐두고, 분명코 중요하다고 간주될 수 있는 문제로 서둘러 넘어가겠소.

블리필은 자신과 올워디 영주가 나누었던 대화를 동생에게 알려준 뒤, 미소를 머금고 이렇게 말했소. "난 정말로 너한테 복수를 한 것 같아. 그 선량한 양반한테 널 절대 용서하지 말라고 말했으니 말이야. 그 양반이 너에 대해 좋게 이야기했기 때문에 그렇게 말해도 별일 없을 거라고 생각했거든. 나나 너에 대해 조금의 의심도 사지 않기 위해서 말이야."

당시 블리필 대위는 형의 이 말에 별 신경을 쓰지 않았던 것 같았지만, 나중에 이 말을 잘 활용했소.

최근에 이 세상을 방문했던 악마가 자기 제자들에게 남긴 좌우명 중에 토사구팽(兎死狗烹)이라는 것이 있소. 좀더 쉬운 말로 하자면, 친구의 도움으로 행운을 잡은 다음, 가능한 한 빨리 그 친구를 버리는 게 현명하다는 뜻이오.

블리필 대위가 이 좌우명에 따라 처신했는지는 단언할 수 없소. 하지만 지금까지는 그의 행동이 십중팔구 악마의 이런 행동방침을 따른 것이라고는 자신 있게 말할 수 있소. 그가 이렇게 행동한 이유를 다른 데서 찾는 건 실로 어렵기 때문이오. 왜냐하면 그는 브리짓을 얻고 올워디 영주와 화해하자마자, 자신의 형을 냉대하기 시작했고, 그 냉대는 나날이 심해져 결국에는 무례하다고 말할 수 있을 정도가 되어 모든 사람들 눈에 띄게 되었기 때문이오.

동생과 단둘이 있는 자리에서 블리필은 동생의 이런 행동에 항의했지만, 다음과 같은 답변만 들었소. "형도 알겠지만, 우리 처남 집이 마음에 들지 않으면 떠나는 건 자유야." 이 잔인하고도 이해할 수 없는 블리필 대위의 배은망덕한 태도에 이 가련한 의사는 몹시 비통해했소. 잘못을 저지르면서까지 도와준 사람한테 배은망덕한 대접을 받을 때만큼 사람이 더 비통하게 되는 경우는 없기 때문이오. 선행을 베푼 사람은 그 대상이 자신의 선행을 어떻게 받아들이건 간에, 즉 어떤 답례를 하든지 간에, 자신이 선행을 베풀었다는 그 사실 자체에서 어느 정도 위안을 받는 법이오. 하지만 그럴 가치도 없는 자를 도와주느라 자기 양심을 더럽힌 것을 스스로 질책하는 상황에서, 자신의 은혜를 입은 자로부터 배은망덕한 행동을 당하는 쓰라린 일을 겪을 때, 그가 어떤 위안을 받을 수 있겠소?

올워디 영주가 블리필 의사의 편을 들며 블리필 대위에게 그의 형이 무슨 잘못을 저질렀냐고 묻자, 이 냉혹한 악당은 유도 심문을 통해 자신이 직접 형에게서 알아냈다면서, 형이 자신을 위한다는 구실로 자신의 명예를 훼손했기 때문에 자신은 결코 형을 용서할 수 없다고 뻔뻔스럽게 대답했소.

이 말에 올워디 영주가 블리필 대위의 말은 사람으로서의 도리에 맞지 않는다며 강하게 비난한 뒤, 블리필 대위는 용서할 줄도 모르는 사람이라며 무척 화를 내자, 대위는 올워디 영주의 말에 수긍하는 척하며 겉으로 형과 화해하는 시늉을 했소.

한창 신혼의 단꿈에 젖어 있던 브리짓은 남편이 너무도 좋은 나머지 자기 남편은 어떠한 잘못도 저지를 수 없는 사람으로 생각해, 남편이 누군가를 싫어한다는 사실 자체를 그 사람을 싫어해야 할 충분한 이유로 여기고 있었소.

앞서 말했듯이 블리필 대위는 올워디 영주의 권고에 따라 겉으로는 형과 화해한 척했지만, 자신의 형에 대한 적대감을 여전히 갖고 있었소. 따라서 기회가 있을 때마다 자신의 이러한 감정을 형에게 은밀하게 드러내어, 이를 더 이상 참지 못하게 된 가련한 블리필 의사는 자신의 도움을 받은 동생에게서 이처럼 잔인하고도 배은망덕한 모욕을 당하느니 차라리 바깥세상에서 부딪힐지 모르는 불편을 감수하기로 결심하게 되었던 것이오.

한번은 그도 화가 너무 나 올워디 영주에게 상황의 전모를 알리려고도 했소. 하지만 그 잘못된 일에 자신도 상당히 관여했기 때문에 도저히 고백할 수 없었고, 게다가 동생이 얼마나 나쁜 사람인지 알려주면 줄수록, 자신의 잘못도 그만큼 더 크게 보이고 또한 자신에 대한 영주의 분노도 더 커질 거란 생각에 그렇게 할 수가 없었소.

. 따라서 블리필 의사는 처리해야 할 용무가 있어 영주의 집을 떠날 수밖에 없지만 곧 다시 돌아오겠다는 약속을 한 뒤, 아주 만족스럽다는 거짓 표정을 지으며 동생과 작별을 고했소. 블리필 대위도 그와 마찬가지로 완벽하게 자신의 역할을 다해, 올워디 영주는 이들이 진짜 화해했다고 믿으며 흡족해했소.

곧장 런던으로 간 블리필 의사는 얼마 안 있다 그곳에서 화병으로 세상을 떠났소. 보통 우리가 생각하는 것 이상으로 많은 사람들이 이 화병으로 목숨을 잃기 때문에, 화병은 사망 원인 목록에 버젓이 그 자리를 차지할 자격이 있는 질병이오. 다만 이 병이 다른 질병과 한 가지 다른 점이 있다면, 그 누구도 이 병을 치료할 수 없다는 것이겠지만 말이오.

두 형제의 과거의 삶을 꼼꼼히 파헤쳐본 결과, 블리필 대위가 이처럼 행동한 데에는 이미 언급한 그 악독한 좌우명 이외에 또 다른 이유가 있다는 사실을 우리는 알게 되었소. 앞서 밝힌 성격 외에도 블리필 대위는 대단히 건방지고 사나워서 자신과 성격이 아주 다른, 즉 오만하지도 사납지도 않은 형을 항상 오만하게 대했소. 게다가 많은 사람들은 형이 동생보다 훨씬 더 학식이 깊고 더 뛰어난 지적 능력을 가지고 있다고 생각했기 때문에, 이런 사실을 알고 있던 대위는 참을 수 없었던 것이오. 시기심이란 몹시 사악한 감정이지만 경멸감과 합쳐질 때 훨씬 배가되는 법이오. 여기에다 자신이 시기하고 경멸하는 사람에게 빚까지 졌다는 생각이 들면 그 사람의 마음속에는 감사가 아니라 분노의 감정이 생기게 마련이기 때문이오.

2권

여러 계층의 사람들이 결혼생활을 하면서 느끼는 행복
블리필 대위와 브리짓 올워디가 결혼한 뒤, 첫 두 해 동안 벌어진 일들

1장

이 작품이 어떤 종류의 역사책인지,
그리고 다른 책과 어떻게 비슷하고 어떻게 다른지 보여주는 장

요즘 유행처럼 이 작품을 '생에 대한 변명' 혹은 '생애'라고 부르지 않고* 하나의 '역사'라고 칭하는 것은 합당할 것이오. 많은 공을 들여 방대한 양의 글을 쓰는 역사가보다는, 한 나라에서 벌어지는 큼직한 사건만을 기술하겠다고 공언하는 작가들의 글쓰기 방식을 나는 이 작품에서 사용하고자 하기 때문이오. 방대한 양의 글을 쓰는 역사가들은 자신의 연재물이 정기적으로 나올 수 있도록, 특별한 일이 일어나지 않은 시기도 큰 사건이 벌어진 특정 시기를 묘사할 때처럼 상세히 묘사해야 한다고 생각하고 있소.

이러한 종류의 역사책은 새로운 뉴스거리가 있건 없건 간에 같은 수의 단어로 구성된 신문과 매우 유사해, 손님이 없건 꽉 찼건 간에 항상 같은 노선을 운행하는 승합마차에 비견될 수 있을 것이오. 이런 종류의 역사를 쓰는 사람들은 시간이 불러주는 대로 기술하는 서기와 같은 존재로

---

* 필딩의 단골 풍자 대상이었던 18세기 영국의 극작가이자 시인인 콜리 시버Colly Cibber의 자서전 『콜리 시버 씨의 생애에 대한 변명An Apology for the Life of Mr. Colly Cibber』을 떠올리는 구절이다. 실제로 이런 식의 제목을 가진 자서전이 18세기 당시에 많이 나왔다.

시간의 보조에 자신을 맞추어야 한다고 생각하는 것 같소. 따라서 이들은 수도 생활을 하는 사람들처럼 온 세상이 마치 잠이라도 자고 있듯이 몇 세기가 지루하게 흘러갈 때나, 혹은 어느 훌륭한 로마 시인의 말처럼,

"누가 솔도(捽倒)하고 누가 영광(榮光)의 지배자(支配者)가 될지 미정(未定) 상태(狀態)에서, 가파적(可怕的) 카르타고인이 군대동원(軍隊動員)하여 로마를 진습(鎭襲)하게 하고, 더 나아가 전세계(全世界)를 극심(極甚)한 공포(恐怖)로 진동(振動)케 하였던"*

그 빛나고 활기찬 시대를 묘사할 때나, 자신의 주인인 시간처럼 한결같이 똑같은 걸음걸이로 진행할 것이오.

하지만 이제부터 우리는 이와 정반대의 방식을 택할 것이오. 따라서 특별한 장면이 펼쳐질 경우(앞으로 종종 이런 일이 일어날 거라고 믿고 있소), 우리는 그 장면을 독자들에게 상세히 알려주기 위해 노고와 지면을 아끼지 않을 것이며, 독자들이 주목할 만한 일이 발생하지 않은 해에는 역사 기술에 생길 공백을 두려워하지 않고 그 시기에 대해선 전혀 언급하지 않은 채 중요한 사건이 일어난 시기로 건너뛸 것이오.

이런 공백 기간은 복권에서는 꽝으로 간주될 수도 있을 것이오. 따라서 이 시간을 기록하는 일종의 복권 제작자와 같은 우리는, 길드홀**에서

---

* 기원전 1세기의 로마 시인 루크레티우스(Titus Lucretius Carus, 기원전 94?~기원전 55?)가 쓴 『사물의 본질에 관하여 De Rerum Natura』에 나오는 라틴어 구절을 한문 투로 옮긴 것이다. 이 구절의 의미는 다음과 같다. "누가 쓰러지고 누가 영광스런 지배자가 될지 정해지지 않은 상태에서, 무시무시한 카르타고인이 군대를 동원해 로마를 두려움에 떨게 하고, 더 나아가 모든 세계를 극심한 공포로 떨게 했던."

** 17세기 말에서 19세기 초 영국 정부는 공공건물이나 다리를 짓기 위한 기금을 조성하기

추첨하는 복권을 팔기는 하지만 당첨되지 않은 수많은 복권에 대해선 전혀 신경 쓰지 않는 현명한 사람들이 하는 방식을 따라 할 것이오. 많은 상금이 걸린 복권이 당첨될 경우, 신문은 곧 그 복권에 관한 기사로 채워지고 세상 사람들은 그 복권이 어느 복권방에서 팔렸는지 알게 되오(대개는 두세 군데의 복권방 주인이 당첨된 복권은 자신들이 판 것이라고 주장하기는 하지만 말이오). 이런 사실을 통해 어느 복권 판매업자가 행운의 여신의 비밀을 알고 있으며 또한 어느 복권 판매업자가 행운의 여신이 주관하는 각료회의의 구성원인지를 복권 구입자가 이미 알고 있는 게 아닌가 하는 생각이 들기도 하오.

그러니 독자들은 이 작품이 진행되는 동안, 어떤 장은 아주 짧고 어떤 장은 아주 길더라도 놀라지 않기 바라오. 어떤 장에서는 하루 동안에 벌어진 일만을, 어떤 장에서는 몇 년 동안에 벌어진 일을 다룰 것이기 때문이오. 간단히 말해, 우리 이야기는 때로는 정지한 것처럼 때로는 날아가듯 급속하게 진행될 것이기 때문이오. 하지만 나는 비평가들이 주관하는 법정에서 나의 이러한 글쓰기 방식에 대해 해명해야 할 의무를 전혀 느끼지는 않소. 사실 나는 이러한 글쓰기 방식의 창시자이기 때문에 내 글쓰기 범주 내에서는 마음대로 글쓰기 법을 제정할 권한이 있고, 나의 백성과도 같은 내 독자들은 내가 만든 법을 존중하고 따라야 할 것이기 때문이오. 하지만 독자들이 내가 정한 이 법을 기꺼이 그리고 즐거이 따를 수 있도록, 이 법을 제정할 때 나는 독자들의 편의와 이득을 최우선으로 고려했음을 지금 확실히 밝혀두고자 하오. 그렇게 하는 이유는 자신의 권한은 신에게서 부여받았다고 주장하는 독재자*처럼 내가 내 독자들을

─────────

위해 복권을 종종 발행했는데, 복권의 추첨은 런던시티에 자리한 길드홀Guildhall에서 이루어졌다.

노예나 일용품으로 간주하지 않기 때문이며, 내가 독자들보다 윗자리를 차지한 것은 단지 독자들의 행복을 위해서, 즉 나 자신이 아니라 독자들을 위해서 이런 지위를 부여받은 것이라고 생각하기 때문이오. 따라서 나는 내 글쓰기의 근본 원칙을 독자들의 이득에 두고 있기 때문에, 독자들은 만장일치로 나의 위엄을 지켜줄 것이며, 또한 내가 받을 자격이 있는 혹은 받기 바라는 존경심을 내게 보여주리란 걸 의심치 않소.

2장
사생아에게 지나친 호의를 베풀지 말라는 종교적 경고
데보라 윌킨스가 알아낸 놀라운 사실

절세의 미녀이자 상당한 미덕과 재산을 겸비한 젊은 여인 브리짓 올워디는 블리필 대위와 혼례를 치른 뒤 8개월 만에(어떤 일로 지나치게 놀라는 바람에 예정일보다 일찍 출산했다고 전해지고 있소) 귀여운 사내 아기를 출산했소.** 어느 모로 보나 아기는 갖출 건 다 갖춘 정상아였지만, 산파는 이 아기가 예정일보다 한 달 먼저 태어났다는 사실을 알게 되었소.

사랑하는 누이동생이 낳은 자신의 상속자의 출생에 올워디 영주는 몹

---

* 필딩은 17세기 영국 철학자 존 로크(John Locke, 1632~1704)처럼 왕의 권한은 신에게서 위임받은 것이라고 주장하는 왕권신수설을 비판하며 민중의 동의하에서만 왕은 권한을 갖게 된다는 제한군주제를 옹호했다.
** 이미 화자는 브리짓이 젊지도 아름답지도 않다고 밝혔기 때문에, 여기서 신문의 결혼공지란에서 사용하는 용어로 브리짓을 절세의 미녀이자 아름답고 젊다고 묘사한 것은 아이러니를 자아낸다. 또한 브리짓이 놀라서 아이를 8개월 만에 출산했다는 것도 사실이라기보다는 혼전에 임신한 브리짓이 이 사실을 숨기기 위해 남들에게 한 변명임을 강하게 시사하고 있다.

시 기뻤지만, 자신이 기꺼이 대부가 되어주고 토머스라는 자신의 이름을 지어주었으며 적어도 하루에 한 번은 아기 방에 들러 만나보았던 어린 업둥이에 대한 영주의 애정이 이 일로 식지는 않았소.

올워디 영주는 누이동생에게 원한다면 새로 태어난 아기와 토미를 같이 키우는 것이 어떻겠느냐고 물었고, 이 제안에 브리짓은 약간 마지못해 하기는 했지만 결국은 동의했소. 오라버니의 의향을 진실로 존중했던 브리짓은, 아무런 죄를 짓지는 않았지만 인간의 음란함을 보여주는 살아 있는 기념비라고도 할 수 있는 이런 사생아들에게 엄격한 도덕을 강조하는 여자들이 의식적으로 베풀 수 있는 것 이상으로 이 업둥이에게 친절을 베풀었던 것이오.

하지만 블리필 대위는 자신이 올워디 영주의 결점이라고 여겨왔던 이런 처사를 쉽사리 받아들일 수 없었소. 따라서 죄의 산물을 인정하는 건 그 죄를 저지르도록 장려하는 것과 진배없다고 말하곤 했던 그는 여러 성경 구절(그는 성경에 무척 박식했소), 가령 "아비의 죄를 그 자식에게 물을 것이다"* "아비가 신 포도를 먹었으므로, 아들의 이가 시게 될 것이다"**와 같은 구절을 인용하면서, 이를 근거로 부모의 잘못 때문에 그들의 사생아가 벌 받는 것은 합법적이라며 이렇게 주장했소. "법은 이처럼 출생이 천한 아이의 목숨을 앗아가는 것을 분명하게 허용하지는 않았지만, 법에 의거해서도 이런 아이들은 그 누구의 자식으로도 인정되지 않고, 또 교회도 그 누구의 자식으로도 간주하지 않기 때문에, 이런 아이들은 가장 미천하고 하찮은 일을 하도록 키워야 합니다."

블리필 대위의 이 모든 말과 이 문제와 관련된 자신의 주장을 펴기

---

* 「출애굽기」 20장 5절에 나오는 구절.
** 「에스겔」 18장 2~3절에 나오는 구절.

위해 그가 늘어놓은 더 많은 말들에 대한 답변으로 올워디 영주는 다음과 같이 말했소. "부모가 아무리 큰 잘못을 저질렀다 하더라도 분명히 아이들에겐 아무런 죄가 없네. 자네가 인용한 성경 구절에 대해 이야기해보자면, 먼저 인용한 구절은 우상숭배를 하며 진정한 하늘의 왕을 저버리고 미워하기까지 한 죄를 저지른 유대인에게 하나님께서 특별히 내리신 경고였고, 뒤에 인용한 구절은 죄에 대한 심판이라기보다는 죄를 저지른 뒤에 필연적으로 뒤따라오는 결과를 비유적으로 표현한 것이네. 전지전능하신 하나님께서 잘못을 저지른 사람 대신 아무 죄 없는 사람을 벌할 것이라고 말하는 것은, 신성모독이라고 말할 순 없을지라도 적절하지는 않네. 그렇게 말하는 건 하나님이 공명정대함이라는 제1원칙을 어기며, 우리 인간의 마음속에 심어주신 옳고 그름에 관한 근본적인 개념(이를 통해 우리 인간은 계시되지 않은 일에 대해서도 판단 내릴 수 있을 뿐만 아니라, 계시의 진실이 무엇인지 판단할 수 있는 것이네)을 하나님 스스로가 위반하고 있다고 말하는 것이나 다름없기 때문이네." 그러고는 많은 사람들이 이 문제를 놓고 블리필 대위와 같은 주장을 하고 있으나, 자신은 그와 반대되는 생각을 확고하게 갖고 있기 때문에 합법적으로 출생한 아이가 받을 대접을 이 불쌍한 어린아이에게도 똑같이 베풀어주겠다고 했소.

어린 업둥이에 대한 올워디 영주의 애정에 점차 시샘을 하게 된 블리필 대위는 이 업둥이를 영주의 집에서 내보내기 위해 기회가 있을 때마다 이와 유사한 주장을 폈소. 그러는 동안 윌킨스는 올워디 영주를 설득하기 위해서 블리필 대위가 한 모든 말보다도, 결과적으로 이 불쌍한 토미에게 훨씬 더 불리하게 작용할 사실을 하나 알아냈소.

윌킨스가 이런 사실을 알아낸 것이 이 정의로운 여성의 끊임없는 호기심 때문이었는지, 아니면 겉으로는 업둥이에게 친절히 대했지만 영주가 없는 자리에서는 업둥이와 업둥이에게 애정을 보이는 올워디 영주를 자주 헐뜯던 블리필 부인의 마음에 들기 위해서였는지, 나로서는 쉽게 단정 짓지 못하겠소. 하여튼 윌킨스는 이제 이 업둥이의 부친이 누구인지 확실하게 알아냈다고 생각하게 되었소.

　이러한 사실을 알게 된 것은 매우 중요한 일이기 때문에, 이 사실을 알게 된 단초가 되는 시간으로 거슬러 올라갈 필요가 있을 것 같소. 따라서 이 사실이 알려지기 전에 벌어진 일들을 아주 상세하게 알려주기 위해, 나는 이제 몹시 특이한 가정 내의 위계질서로 인해, 결혼한 많은 사람들은 도저히 믿을 수 없는, 그리고 독자들도 여태껏 알지 못했을, 어느 가정의 비밀을 속속들이 밝힐 수밖에 없을 것 같소.

3장
아리스토텔레스의 원칙*과는 정반대의 원칙에 근거한 어느 가정의 지배 구조

　독자들은 제니 존스가 어떤 학교 선생의 집에서 몇 년 동안 기거했다는 사실을 기억할 것이오. 이때 제니의 간절한 요청에 따라 이 학교 선생은 제니에게 라틴어를 가르쳤는데, 그 덕분에 제니의 라틴어 실력은 무척 향상되어 결국엔 스승보다 라틴어를 더 잘 구사할 수 있게 되었소.

　이 가련한 학교 선생은 반드시 학식을 필요로 하는 직업을 선택했지만, 그가 내세울 수 있는 것 중 학식은 가장 미미한 것이었소. 아주 좋은 성격을 타고난 이 학교 선생은 유쾌하고 재미있는 사람이라 마을에서는

---

* 고대 그리스 철학자 아리스토텔레스는 자신의 저서 『정치학』에서 남편이 집안의 주인이라고 주장했다.

재사라는 평판이 났소. 따라서 모든 이웃 신사들이 그와 자리를 함께하길 바랐고, 거절하는 재능이 없었던 그는 학교에서라면 더 많은 소득을 올릴 수 있는 시간의 대부분을 그들의 집에서 보냈던 것이오.

이러한 성격과 기질을 지닌 이 신사가 이튼 학교나 웨스트민스터 학교와 같은 학문기관에 위협적인 존재가 될 가능성은 전혀 없었소. 좀더 분명히 말하자면, 그는 학생들을 두 반으로 나누었는데, 상급반에는 열일곱의 나이에 라틴어 문법 공부를 시작한 이웃 영주의 큰아들이 있었고, 하급반에는 같은 교구에 사는 일곱 명의 아이들 그리고 이들과 같이 라틴어를 읽고 쓰는 것을 배우는, 앞서 말한 영주의 둘째아들이 있었소.

따라서 여기서 생기는 수입금은 너무나 적어, 서기와 이발사 노릇을 겸하며 올워디 영주가 성탄절마다 주는 10파운드의 돈(이 돈으로 그는 이 신성한 축제일 동안 즐겁게 지낼 수 있었소)을 받지 않고서는 향락에 빠져볼 기회를 그는 전혀 누리지 못했을 것이오.

그가 가진 여러 보물 중에는 재산 때문에, 정확히 말하자면 올워디 영주 집에서 부엌일을 하며 모은 20파운드의 돈 때문에 결혼한 아내가 있었소.

이 여성의 외모는 그리 호감을 주는 편은 아니었소. 내 친구 호가스 씨의 그림 모델을 했는지는 모르겠지만, 그녀는 호가스 씨가 그린 「매춘부의 편력」의 세번째 그림에서 여주인에게 차를 따르고 있는 젊은 여성과 무척 닮았소. 게다가 그녀는 옛적에 크산티페*가 설립한 그 유명한 교파의 공공연한 추종자로, 학교에서는 남편보다 더 무서운 존재였소. 솔직히 말하자면, 이 학교 선생은 아내 앞에서라면 학교에서뿐만 아니라 그 어느

---

* 크산티페Xantippe는 고대 그리스의 철학자 소크라테스의 아내로, 악처로 소문난 악처의 대명사가 되었다.

곳에서도 우두머리 노릇을 한 적이 한 번도 없었던 것이오.

그녀의 외모는 그녀의 타고난 상냥한 기질*을 별로 드러내지는 않았지만, 결혼한 사람들의 행복을 흔히 깨뜨리기도 하는 어떤 일로 인해 좀 더 심술궂게 변했는지는 모르오. 즉 자식이 사랑의 증표라면, 그녀의 남편은 9년 동안의 결혼생활에서 이런 증표를 그녀에게 준 적이 없었던 것이오. 하지만 그가 이런 잘못을 저지르게 된 게, 나이가 많아서 혹은 건강이 좋지 않아서라고 변명할 수도 없었소. 그는 아직 서른도 채 안 된, 소위 말해 대단히 팔팔한 젊은이였기 때문이오.

게다가 이 가련한 학교 선생을 상당히 불안하게 만드는 불운한 요인이 또 하나 있었소. 그의 아내는 이 학교 선생을 끊임없는 의혹의 눈길로 지켜봤기 때문에 그는 교구에 있는 그 어떤 여자에게도 말조차 걸 수 없었던 것이오. 그가 어떤 여자에게 약간이라도 정중하게 대하거나 말이라도 건네면, 그의 아내는 그와 말을 나눈 여자뿐만 아니라 그도 괴롭혔기 때문이었소.

하녀를 둘 수밖에 없던 이 학교 선생의 아내는 아내로서의 자신의 위치를 위협할 수 있는 요인을 사전에 차단하기 위해 항상 정숙함을 보장할 수 있는 얼굴을 가진 여자 중에서 하녀를 골랐는데, 독자들도 이미 알고 있듯이 제니 존스가 바로 그런 부류의 여자 중 하나였던 것이오.

이 젊은 여성은 앞서 말한 정숙함을 아주 확실하게 보장해줄 정도의 외모를 가졌고 사리분별을 갖춘 여자처럼 늘 겸손하게 행동했기 때문에, 제니는 안주인의 의심을 조금도 사지 않고 패트리지(학교 선생의 이름이었소)의 집에서 4년을 넘게 지낼 수 있었소. 그뿐 아니라 제니는 이 집에서

---

* 화자 특유의 반어적인 표현이다. 이 학교 선생의 부인은 전혀 상냥한 성격이 아니다.

보기 드물게 관대한 대우를 받으며, 안주인의 허락하에 앞서 우리가 찬사를 보낸 교육을 패트리지에게서 받을 수 있었던 것이오.

하지만 의심은 통풍과도 같은 것이오. 핏속에 잠복해 있는 한 그 발병을 막을 확실한 방법이 없는 통풍처럼, 이 의심이라는 병은 아주 사소하거나 전혀 의심받지 않을 상황에서도 종종 발병하기 때문이오.

패트리지 부인은 남편이 4년 동안 이 젊은 여자를 가르치도록 내버려두었고, 이 젊은 여자가 공부를 하느라 자신이 할 일을 소홀히 하는 것도 종종 눈감아주었소. 그러던 어느 날, 책을 읽고 있던 이 젊은 여자는 자신의 머리 위로 그녀의 스승이 몸을 굽히고 있을 때, 스승의 아내가 그 곁을 지나자, 이유는 모르겠지만 갑자기 의자에서 벌떡 일어났던 적이 있었는데, 바로 그때가 패트리지의 아내에게 의구심이 깃들기 시작한 최초의 순간이었소.

하지만 패트리지 부인의 의구심은 그 당시 그 모습을 드러내지는 않았소. 자신의 존재를 공개적으로 알리지 않고 전투를 벌이기 전까지는 추가 병력이 보강되기만을 기다리며 몸을 숨기고 있는 적군처럼, 그녀의 의구심은 그녀의 마음속에 숨어 있었던 것이오. 그런데 그녀의 의심을 보다 굳히게 할 추가 병력이 곧 도착했소. 그 일이 있은 지 얼마 지나지 않은 어느 날, 패트리지와 그의 아내가 식사를 하고 있을 때, 패트리지가 자기 제자에게 라틴어로 **"회갈할 것 좀 줘"***라고 말하자 제니가 미소를 지었던 것이오. 아마도 스승의 형편없는 라틴어 실력 때문에 그런 것이었겠지만, 안주인이 제니를 쳐다보았을 때, 제니는 자신이 스승을 비웃었다는 데서

---

* '마실 것을 달라'는 의미로 라틴어를 구사했지만, 패트리지는 발음을 잘못했다. 원래 한문 투로 바꾸면 '해갈(解渴)할 것 좀 줘'라고 해야 맞을 것이다. 그의 잘못된 라틴어 발음을 나타내기 위해 '해갈'대신 '회갈'로 표기했다.

생긴 죄의식 때문인지 얼굴을 붉혔소. 하지만 이를 본 패트리지 부인은 노발대발하면서 먹고 있던 음식이 담긴 접시를 즉각 불쌍한 제니의 머리를 향해 던졌소. 그러고는 "이 뻔뻔시런 창녀 같은 개잡년을 봤나! 내 면전에서 내 서방하고 시시덕거려!"라고 소리치면서, 손에 칼을 든 채 의자에서 일어났소. 이때 이 젊은 여성이 안주인보다 문에 더 가까운 위치에 있었다는 유리한 점을 이용해 안주인의 분노를 피해 달아나지 않았더라면, 십중팔구 패트리지 부인은 그 칼을 사용해 아주 비극적인 복수를 감행했을 것이오. 이때 패트리지는 너무 놀라 꿈쩍도 안 했는지 아니면 두려워서 감히 아내를 저지하지 못했는지는 모르겠지만(후자의 가능성이 더 높을 것 같소) 의자에 가만히 앉아 이를 응시한 채 벌벌 떨고만 있었소. 그는 한 번도 움직이거나 말하려고 시도조차 하지 않았으며, 아내가 제니를 쫓다 돌아온 뒤에야 목숨을 부지하는 데 필요한 몇 가지 방어 조처를 취하고는 제니처럼 퇴각했소.

패트리지의 아내는 오셀로처럼 "질투에 사로잡혀 달이 그 모습을 바꿀 때마다 새로운 의심을 하는" 기질을 지녔으며 오셀로와 마찬가지로 "한번 의심을 품으면 이를 단번에 해결 짓는 성격이었소."* 따라서 그녀는 그날 밤 제니를 자기 집에서 재우지 않기로 결심하고는, 가진 것을 몽땅 싸가지고 떠나라고 제니에게 명령했던 것이오.

경험을 통해 많은 것을 터득한 패트리지 씨는 이런 문제에 개입하지 않고 여느 때처럼 참고 기다리는 비책을 썼소. 라틴어에 정통하지는 않았지만 '일단(一旦) 짐을 부대(負戴)하면 하중(荷重)이 경감(輕減)된다'**는 말을 기

---

* 셰익스피어의 『오셀로』 중 3막 3장에 나오는 구절.
** 로마의 시인 오비디우스의 『사랑*Amores*』에 나온 말로 '짐은 일단 지게 되면, 가벼워진다'는 뜻.

억하는 패트리지는 그 말에 담긴 교훈을 아주 잘 이해하고 있었기 때문이었소(패트리지는 항상 이 말을 입에 달고 다녔는데, 솔직히 말하자면 이 말이 옳다는 걸 그는 여러 번 경험했소).

제니는 아무런 잘못도 저지르지 않았다고 항변하려 했지만 폭풍우가 워낙 거세 그녀의 말은 들리지 않았소. 따라서 제니는 하는 수 없이 몇 장의 갈색 포장지로도 충분히 쌀 수 있는 약간의 짐을 부리나케 싼 다음 얼마 되지 않는 급료를 받아 자기 집으로 돌아갔던 것이오.

이 학교 선생과 그의 배우자는 그날 저녁을 아주 유쾌하지 못하게 보냈소. 하지만 다음 날 아침 어떤 일을 계기로 패트리지 부인의 분노가 다소나마 누그러진 바람에 그녀는 남편에게 변명할 기회를 허락했소. 패트리지는 아내에게 제니를 다시 불러오라고 요청하기는커녕, 하루 종일 책만 읽고 게다가 아주 건방져지고 고집이 세져 하인으로서 별 도움이 안 된다며 제니를 잘 쫓아냈다고 말하자, 패트리지 부인은 남편의 변명을 기꺼이 믿게 되었던 것이오. 사실 제니와 그녀의 스승 패트리지는 최근에 문학에 관한 논쟁을 종종 벌여왔소. 하지만 앞서 말했듯이 라틴어 실력이 더 뛰어난 제니가 이 논쟁에서 훨씬 더 우세했지만 패트리지는 이 사실을 결코 인정하려 하지 않고, 오히려 제니가 고집을 피운다고 생각하며, 상당한 적대감을 품고 미워하기 시작했던 것이오.

4장
지금까지 기록된 것 중 가장 피비린내 나는 집안 싸움 혹은 대결

앞 장에서 언급한 이유 때문에, 그리고 결혼생활을 하면서 마땅히 해

야 하는 양보(대부분의 남편들은 그것이 무엇인지 잘 알고 있지만, 프리메이슨 조합원*들의 비밀처럼 이건 그 영광스런 조직의 회원들에게만 밝힐 수 있는 비밀이오) 덕분에, 패트리지 부인은 아무 근거 없이 자신이 남편을 비난했다고 확신하게 되자, 잘못된 의심에 대한 보상으로 패트리지에게 친절히 대하려고 노력했소. 감정의 기복이 몹시 심했던 패트리지 부인은 감정이 기우는 방향에 따라 몹시 화를 내기도 하고 애정이 철철 넘치게 행동하기도 하는 사람이었기 때문이오.

패트리지 부인에게 이 두 가지 극단적인 감정이 교대로 일어나는 경우는 흔했으며, 패트리지가 하루에 이 극단적인 두 감정의 격랑을 겪게 되는 경우 또한 빈번했소. 패트리지 부인이 몹시 화를 내는 경우 그 뒤에 이어지는 너그러운 기간도 보통은 더 길어졌소. 바로 지금의 경우가 그랬소. 강한 의혹이 사라지자, 남편이 일찍이 경험하지 못했던 오랜 시간 동안 그녀는 패트리지에게 사근사근하게 대했던 것이오. 따라서 크산티페의 추종자들이 매일매일 해야 하는 약간의 실습만 없었더라면, 패트리지는 몇 달 동안 아주 평화로운 나날을 보냈을 것이오.

경험 많은 수부는 바다가 잠잠해지면 곧 폭풍이 불어 닥칠 수 있다는 사실을 항상 염두에 두는 법이오. 이런 미신을 믿지는 않지만, 여느 때와는 다른 평화와 평온이 찾아오면 이와 정반대되는 현상이 뒤따라 나타날 거라고 우려하는 사람들이 있소. 바로 이런 이유로 고대인들은 이런 경우

---

* Free Masonry: 18세기 초 영국에서 창설된 단체로 이 모임의 회원은 자신들이 회원임을 비밀에 부쳤으며 회원들끼리는 암호 등과 같은 은밀한 신호로 소통했다. 필딩은 『자코바이트 저널 *The Jacobite's Journal*』(1747년 12월호)에서 자코바이트Jacobite들이 자신의 정치적 성향을 숨기고 은밀하게 서로 연락하는 것을 프리메이슨 회원들의 행동에 비유하며 이들을 비판했다. 자코바이트는 명예혁명을 통해 쫓겨나 프랑스로 망명한 스튜어트Stuart 왕가를 지지하는 사람들의 통칭이다.

에 대비해 인간의 행복을 시샘하여, 이를 망치는 데서 특별한 쾌감을 느낀다고 생각하는 복수의 여신에게 재물을 바쳤던 것이오.

우리는 이런 이교도 여신의 존재를 전혀 믿지 않는 데다 어떠한 미신도 조장하고 싶지 않기 때문에, 행운이 갑자기 불운으로 변하는(이런 현상은 자주 관찰되어왔고, 그런 예를 곧 제시할 것이지만) 진짜 원인이 무엇인지, 존 프레 모모 씨*나 이런 일에 관심 있는 철학자 양반들이 알아봐주길 바라오. 우리의 직분은 사실만 진술하는 것이기 때문에 이런 현상의 원인이 무엇인지 알아내는 것은 우리보다 뛰어난 천재들의 몫으로 남겨둘 것이니 말이오.

인류는 다른 사람이 무슨 일을 했는지 알아내고 거기에 대해 상세한 해설을 다는 걸 늘 큰 기쁨으로 삼아왔소. 따라서 어느 시대 어느 국가를 막론하고 대중들이 모이는 특별한 회합 장소가 있었고, 그곳에서 호기심 많은 사람들이 만나 서로의 호기심을 충족시켜오고 있었는데, 이런 곳으로 가장 적합한 데가 바로 이발소요. 그래서 그리스인들은 "이발소 소식통"이라는 용어를 하나의 상용구처럼 사용했고,** 호라티우스는 서한을 통해 로마의 이발사에 관해 이와 비슷한 관점에서 언급했던 것이오.***

우리나라 이발사들도 그리스나 로마의 선배 이발사에 결코 뒤지지 않는 걸로 알려져 있소. 이곳 이발소에서 외교 문제는 커피하우스****에서

---

* 18세기 영국의 외과 의사 존 프레크(John Freke, 1688~1756)를 말함. 그는 윌리엄 왓슨William Watson이 1746년에 『실험과 관측Experiments and Observations』을 출판하여 전기현상에 대한 과학적 관심을 불러일으키자 그와 전기의 속성에 대한 논쟁을 벌였다.
** 고대 그리스의 철학자이자 역사가 플루타르코스(Plutarch, 46?~120?)는 『윤리론 Moralia』에서 수다에 관한 이야기를 하면서 이발사를 거론했다.
*** 고대 로마의 시인 호라티우스(Quintus Horatius Flaccus, 기원전 65~기원전 8)는 『풍자시편Saturae』에서 로마의 이발사에 대해 언급했다.
**** coffee-house: 18세기 영국에서 급속도로 유행하게 된 커피하우스는 남자들이 모여 정치나 국가정책 등 여러 이야기를 나누는 장소가 되었다.

보다 결코 열등하게 다루어지지 않으며, 가정사에 관한 일은 커피하우스에서보다 훨씬 더 자세하고 거리낌 없이 다루어지고 있기 때문이오. 하지만 이곳은 남성들만을 위한 장소요. 우리나라 여성들, 특히 하류층 여성들은 다른 나라의 그 어떤 여성들보다 사교적이고, 우리나라 인구의 나머지 반인 남성들보다 결코 열등하지 않기 때문에, 이들의 호기심을 충족시키기 위한 별도의 장소가 마련되지 않았다면 우리나라의 국가 체제는 매우 부적절하다고 말할 수 있을 것이오.

따라서 이러한 만남의 장소를 가지고 있는 우리나라 여성들은 다른 나라 여성들보다 행복하다고 생각해야 할 것이오. 이와 같은 장소를 나는 어떤 역사책에서도 읽은 적도, 여행 중에 본 기억도 없기 때문이오.

그곳은 바로 모든 소식, 속되게 말해, 모든 가십의 진원지로 잘 알려진 잡화점이오.

어느 날 패트리지 부인이 여자들이 모이는 이 집회 장소에 갔을 때, 옆에 있던 어떤 여자가 패트리지 부인에게 최근에 제니 존스에 관한 소식을 들은 적 있느냐고 물어보았소. 패트리지 부인이 못 들어보았다고 대답하자, 그녀는 웃으면서 패트리지 부인이 제니를 쫓아버린 걸 교구 사람들 모두가 몹시 감사해한다고 말했소.

독자들도 잘 알다시피, 제니에 대한 의심은 이미 오래전에 사라졌고 또 더 이상 제니와 싸울 이유가 없었기 때문에, 패트리지 부인은 자신은 제니만한 사람도 없다고 생각한다며 그 문제로 교구 사람들이 왜 자신에게 감사해야 하는지 그 이유를 모르겠다고 대답했소.

이 말에 이 떠버리 여자는 이렇게 말했소. "하모요, 제니 같은 사람은 진짜 읍죠. 허튼 여자들이 많기는 해도, 제니 같은 여자는 읍었으면 좋것네요. 그란데 부인은 제니가 사생아를 둘 낳았다 카는 소문 못 들어

보싯는가베요. 하지만 우리 남편하고 교구의 민생(民生) 위원이 그카는데, 그 아이들이 여기서 태어난 거는 아이라꼬, 우리 교구에서 그 아들을 책임질 필요는 없다 카데요."

그러자 패트리지 부인은 "사생아를 둘 낳았다고요! 그쪽 말을 들으이기가 딱 차네요. 우리가 그 애들을 책임지야 카는지 우짤란지는 모르겠지만, 여기서 제니가 그 애들을 임신했다 카는 건 틀림없것네요. 그 기집애가 여길 떠난 지 아직 아홉 달도 안 됐다 아인교"라고 다급하게 말했소.

희망이나 두려움이 혹은 이것들을 자신의 날품팔이 일꾼으로 거느리고 다니는 의심이 사람의 마음을 부추길 때, 우리 마음은 그 어느 때보다도 급박하게 움직이는 법이오. 이 말을 들은 패트리지 부인은 제니가 자기 집에서 살 때 집 밖으로 나간 적이 거의 없었다는 사실을 문득 떠올렸던 것이오. 그러고는 남편이 제니가 앉아 있던 의자 위로 몸을 굽혔던 일, 제니가 화들짝 놀란 듯 벌떡 일어났던 일, 남편과 제니가 주고받던 라틴어와 제니의 미소, 그 밖의 일들이 한꺼번에 그녀의 뇌리를 엄습했소. 이제 와 생각해보니, 제니가 떠났을 때 남편의 만족스런 표정은 단지 꾸민 것처럼 보이기도 하고 진짜처럼 보이기도 했소. 하지만 이는 남편이 제니에게 싫증 났거나 그 밖의 다른 이유에서 그럴 수도 있다는 생각이 들자, 패트리지 부인의 의심은 더욱 굳어지게 되었소. 한마디로 말해, 패트리지 부인은 남편이 잘못을 저질렀다고 확신하기에 이르며 허둥지둥 자리를 떴소.

고양이과(科) 중에선 가장 젊지만 다른 오래된 고양이과 짐승보다 사나움에선 뒤지지 않는, 그리고 외관이 당당한 호랑이보다 힘에서는 열세지만 잔인성에서는 결코 뒤지지 않는, 아름다운 늙은 암고양이는 오랫동안 장난삼아 괴롭히던 생쥐가 잠시 자신의 손아귀에서 벗어나 달아나면, 짜증 내고 앙알거리고 으르렁거리며 욕설을 내뱉소. 그러다 생쥐가 숨어 있는 트렁크나 상자가 다시 움직이기 시작하면 독기를 품고 번개처럼 달려들어 그 어린 짐승을 물고 할퀴고 살점을 찢어버리오.

패트리지 부인은 그런 늙은 암고양이에 뒤지지 않는 분노로 그 가련한 학교 선생에게 달려들었소. 그녀는 혀, 이빨, 손을 동시에 사용하며 남편을 공격하여 패트리지의 가발과 셔츠는 순식간에 머리와 등에서 제각기 찢겨져 벗겨졌고, 그의 얼굴에선 자연의 여신이 불행히도 그의 적에게 제공해준 무기인 손톱의 개수가 몇 개인지 알려주려는 듯 다섯 가닥의 핏줄기가 흘러내렸소.

패트리지는 얼마 동안 방어만 했소. 사실 그는 손으로 자신의 얼굴만 보호하려고 했소. 하지만 적의 분노가 조금도 누그러지지 않는 걸 보고는, 적을 최소한 무장해제, 보다 정확히 말하자면 적이 손을 사용하지 못하도록 하는 게 좋겠다는 판단을 내렸소. 따라서 아내와 드잡이를 벌이던 중, 아내의 모자가 벗겨져, 어깨까지 내려오기에는 너무도 짧은 아내의 머리털이 곤두선 모습이 드러났고, 맨 아래 구멍에만 레이스를 맨 아내의 코르셋이 터져 머리털보다 풍성한 아내의 가슴이 허리까지 축 늘어지게 되었던 것이오. 이때 남편의 피로 얼굴이 뒤범벅이 된 패트리지의 아내는 몹시 화가 나 이를 갈았고, 대장간에서나 볼 수 있는 그런 불꽃을 눈에서 뿜어내 아마존의 여전사 같은 이 여장부는 패트리지보다 훨씬 더 대담한 남자에게도 공포스러웠을 것이오.

패트리지는 마침내 아내의 팔을 붙잡아 다행스럽게도 아내의 손가락 끝에 달려 있던 그 무기를 무력화할 수 있었소. 하지만 이를 알아차리자마자 그의 부인은 화를 내는 대신, 여성 특유의 유약한 모습을 보이며 넋을 놓고 울기 시작하더니 곧이어 졸도까지 했소.

아내가 이처럼 화를 내는 이유는 몰랐지만, 아내가 이처럼 광분하는 와중에도 패트리지는 어느 정도의 분별력은 유지하고 있었소. 하지만 이 순간 그에게 남아 있던 그 약간의 분별력마저 완전히 사라져, 패트리지는 즉시 거리로 뛰쳐나가 아내가 죽어가고 있으니 당장 달려와 도와달라고 소리쳤소. 그의 호출에 응해 패트리지의 집에 들어온 몇몇 선량한 여자들이 이런 경우에 흔히 쓰는 응급 처치를 통해 그의 부인을 정신 차리게 해주자, 패트리지는 몹시 기뻐했소.

어느 정도 정신을 차린 뒤 강심제로 마음의 안정도 되찾자, 패트리지 부인은 그곳에 모인 사람들에게 남편이 자신에게 여러 군데 상처를 입혔다고 말했소. 즉 남편이 자기 침대를 더럽힌 것만으로는 성에 차지 않아, 이에 항의한 자신을 잔인하게 학대했으며 모자를 벗기고 머리털을 뽑았을 뿐만 아니라, 코르셋을 찢고 몇 차례 구타까지 해 자신은 그 구타 자국을 무덤에까지 가지고 가게 될 거라고 말했던 것이오.

얼굴에 아내의 분노의 흔적을 수없이 갖고 있던 이 가련한 남자는 아내의 이런 비난에 너무 놀라 아무 말도 할 수 없었소. 패트리지는 결코 아내를 단 한 번도 때린 적이 없었기 때문에, 독자들은 그녀의 비난이 진실에서 상당히 벗어난 것임을 그를 위해 증언해줄 수 있으리라 믿소. 하지만 이곳에 모인 모든 법관들은 패트리지가 침묵하는 이유가 그의 아내의 고발 내용이 사실임을 인정하기 때문이라고 생각하고는, 비겁한 남자만이 여자를 때린다고 말하면서 이구동성으로 패트리지를 비난하고 욕하기 시작했소.

패트리지는 이 모든 것을 인내하고 감내했으나, 아내가 자신의 얼굴에 묻은 핏자국이 패트리지가 저지른 야만적인 행동의 증거라고 말하자, 그것은 자기 피라며 아내의 진술을 반박할 수밖에 없었소. 패트리지가 이렇게 반박한 것은 (사실이 그렇기도 하지만) 자신이 흘린 피가 상대방에게 복수심을 불러일으킨다는 건 아주 합당하지 않다고(살해당한 사람의 피가 종종 이런 상황을 유발한다는 사실을 우리는 들어왔기 때문이오) 생각했기 때문이었소.

패트리지의 말에 이 여인들은 그 피가 패트리지의 심장에서 나온 게 아니라 유감이라고 대답했고, 자신들은 모두 자기 남편이 손찌검하려고 했다면 남편의 심장에서 피가 나오도록 할 거라고 힘주어 말했소.

그러더니 패트리지가 저지른 일에 대해 이런저런 훈계와 함께 앞으로 어떻게 처신해야 하는지 많은 충고를 늘어놓은 뒤, 그곳을 떠났소. 이들이 떠난 뒤 아내와 개인적인 회담을 가진 패트리지는 자신이 왜 이런 고통을 겪게 되었는지 곧 그 이유를 알게 되었소.

5장
독자들이 판단력과 사고력을 발휘해야 할 내용

비밀이 한 사람에게만 알려지는 경우는 거의 없다는 말은 사실인 것 같소. 따라서 이런 종류의 일이 전 교구민에게만 알려지고 더 이상 퍼져나가지 않는다면 그건 분명 기적 같은 일일 것이오.

며칠 지나지 않아, 이 마을에는 리틀 배딩턴에 사는 어느 학교 선생이 자기 아내를, 속된 말로 두들겨 팼다는 소문이 쫙 퍼졌소. 어떤 곳에서는 패트리지가 자기 아내를 살해했다고 또 어떤 곳에서는 아내의 팔을 부러뜨렸다고 또 어떤 곳에서는 아내의 다리를 부러뜨렸다고 소문이 났던 것이오. 간단히 말해, 패트리지가 자기 아내에게 온갖 상처를 입힌 게 확실하다고 여기저기에서 사람들이 떠들어대기 시작했던 것이오.

이와 마찬가지로 두 부부 사이에 벌어진 싸움의 원인도 여러 가지로 전해졌소. 어떤 사람들은 패트리지 부인이 남편과 하녀가 잠자리를 같이 하는 현장을 잡았기 때문이라고 했지만, 이와는 전혀 다른 이유를 대는 사람도 있었소. 심지어 어떤 이들은 패트리지의 아내가 부정을 저질렀고, 그녀의 남편은 질투 때문에 이런 일을 저지른 거라고 말하기까지 했소.

윌킨스는 이미 오래전에 이들의 싸움에 대해 들은 적이 있었지만, 자신이 들은 싸움의 원인이 사실이 아니라고 생각했기 때문에 이 일을 숨기는 게 적절하다고 생각했던 것 같소. 보다 정확히 말하자면, 윌킨스가 이 일을 숨긴 진짜 이유는 대다수의 사람들이 일방적으로 패트리지가 잘못했다고 한 데다, 그의 아내가 올워디 영주의 하녀로 일하던 시절, 결코 남을 용서하지 않는 성격의 윌킨스를 화나게 한 적이 있었기 때문일 것이오.

멀리 떨어져 있어도 상황 파악을 잘하고 몇 년 뒤의 일도 예측할 수 있는 윌킨스는 앞으로 블리필 대위가 자신의 주인이 될 가능성이 상당히 높다는 사실을 감지하게 되었소. 따라서 블리필 대위가 이 작은 업둥이에게 별다른 호감을 품고 있지 않다는 걸 명확히 알게 되었을 때(남들 앞에서 훨씬 능숙하게 연기해온 블리필 대위의 아내는 자신도 오라버니의 행동이 어리석다는 걸 잘 알고 있어 이에 누구 못지않게 분개는 하지만, 오라버니의 행동이 어리석다는 사실을 모르는 척하는 자신을 따라 하라고 종종 대위에게 충고했소. 하지만 블리필 대위는 올워디 영주가 아이에게 애정을 품고 있다는 사실에 불편한 심기를 눈에 띄게 드러냈고 심지어 영주 앞에서조차 이를 제대로 숨기지 못했기 때문이었소) 윌킨스는 이 아이에 대한 올워디 영주의 애정을 반감시킬 수 있는 어떤 사실을 알아낸다면, 블리필 대위에게 큰 도움이 될 거라고 생각했던 것이오.

패트리지 부부의 소동은 비록 오래전 일이었지만 우연히 그 사건의

(남들이 말하는) 진상을 알게 된 윌킨스는 이 일의 세세한 정황까지 확실히 알아냈다고 생각하기에 이르렀소. 따라서 그녀는 사생아의 진짜 아버지가 누구인지 자신이 결국은 알아냈다며 이를 블리필 대위에게 알려준 뒤, 주인이 그 사생아를 너무나 각별히 대하는 바람에 마을 사람들로부터 평판을 잃게 되었다며 이에 유감이라고 말했소.

올워디 영주가 마을 사람들로부터 평판을 잃었다는 그녀의 마지막 말에, 블리필 대위는 주인의 행동에 대해 주제넘게 왈가왈부하는 건 잘못이라며 윌킨스를 꾸짖었소. 자신의 명예와 판단을 따른다면 윌킨스와 동맹을 맺을 수도 있겠으나, 자존심 때문에 그렇게 할 수는 없었던 것이오. 하지만 그가 이렇게 한 것은, 주인에게 반기를 드는 하인과 연맹을 맺는 것만큼 책략적이지 못한 것은 없기 때문이오. 이런 방법에 의해 자신도 결국은 바로 그 하인의 노예가 될 수도, 즉 자신도 항상 그 하인에게 배신당할 위험에 처할 수 있기 때문이오. 아마도 이런 생각 때문에 블리필 대위는 윌킨스에게 좀더 노골적으로 자기 생각을 말하지 않았고 그녀가 올워디 영주를 험담하는 것조차 내버려두지 않았던 것 같소.

블리필 대위는 윌킨스에게 이런 사실을 알게 된 것이 유쾌하지 않다고 말은 했지만, 마음속으로는 쾌재를 부르며 이 사실을 최대한 이용해야겠다고 마음먹었소.

그는 올워디 영주가 다른 사람에게서 이 소식을 듣기 바라며 가슴속에 오랫동안 이 문제를 묻어두었소. 하지만 블리필 대위의 이런 태도에 대해 분개해선지 아니면 그의 이 교활한 처신을 이해하지 못한 윌킨스가 이 사실을 다시 거론하면 블리필 대위가 화를 낼까 봐 두려워서 그랬는지, 윌킨스는 그 후로 이 문제에 대해선 입도 열지 않았소.

지금 와 생각해보니 이 우두머리 하녀가 블리필 부인에게 이 소식을 알려주지 않은 게 좀 이상하기는 하오. 여자들에게는 우리 남자들한테보다는 같은 여자들에게 별의별 정보를 다 알려주는 성향이 있는데도 말이오. 내가 보기에 설명하기 어려운 이 현상의 유일한 실마리는 요사이 블리필 부인과 이 우두머리 하녀 사이에 생긴 거리감(이 거리감이 윌킨스가 업둥이를 지나치게 잘 대해주는 것이 아닌가 하는 블리필 부인의 의혹에서 연유되었든 아니든 간에)에서 찾을 수 있을 것 같소. 블리필 대위의 호감을 사기 위해 이 어린아이의 신세를 망치려 하면서도, 아이를 향한 올워디 영주의 애정이 나날이 깊어감에 따라 영주 앞에서는 이 아이를 더욱더 칭찬했던 윌킨스는 자신이 겉으로 보이는 것과는 정반대의 생각을 가지고 있다는 사실을 블리필 부인에게 알려주려고 무진 애를 썼지만, 그녀의 행동에 화가 난 블리필 부인은 아주 분명하게 윌킨스를 미워하게 되었던 것이오. 따라서 블리필 부인은 윌킨스를 쫓아낼 수는 없었지만 그녀를 힘들게 만들었고, 결국 이에 화가 난 윌킨스도 블리필 부인의 의중을 거스르며 공공연하게 어린 토미에게 온갖 관심과 애정을 표하기에 이르렀던 것이오.

상황이 이렇게 전개되어 소문이 잊히게 될지도 모른다는 위기 의식이 들자, 블리필 대위는 자신이 직접 그 소문을 알리고자 했소.

어느 날 올워디 영주와 사랑에 관해 이야기를 나누던 중, 블리필 대위는 사랑*이라는 단어가 성경 그 어디에서도 자선이나 관대함을 의미하는 단어로 쓰이지 않았음을 대단히 학문적인 논증으로 입증했소. 그러고는 이에 근거해 다음과 같이 말했소. "기독교는 많은 이교도 철학자들이

---

* Charity: 앞으로 이어질 블리필 대위와 올워디 영주의 '사랑'에 대한 서로 다른 해석은 감리교도인 화이트필드와 필딩이 지지하는 광교회주의자 이삭 배로우Issac Barrow의 견해에 기반을 두고 있다. 화이트필드는 물질적으로 베푸는 것보다는 사랑의 정신적인 측면을 더 강조했고, 배로우는 실제로 선행을 베풀고 실천하는 데 보다 중점을 두었다.

오래전부터 가르쳐왔던 교훈을 실천하는 것 이상의 고귀한 목적을 이루기 위해 세워졌습니다. 이교도 철학자들이 말하는 교훈을 도덕적 미덕이라고 부를 수는 있겠지만, 거기서 우리는 완벽에 가까운 순수함과 하나님의 은총을 통해서만 얻을 수 있고 표현될 수 있고 느낄 수 있는 장대하고 고양된 정신, 다시 말하면 숭고한 기독교 정신의 풍취를 느낄 수 없습니다. 사랑을 공명정대함으로 이해하거나, 동료에 대한 자애로운 생각 혹은 동료의 행위에 대한 우호적으로 판단 등으로 이해하는 사람들이, 성경에서 말하는 사랑의 의미에 보다 근접하고 있습니다. 성경에서 말하는 사랑은, 자기 가족에게 손해를 입히거나 심지어 자기 가족을 파멸시킬 수 있으면서도 정작 많은 사람들에게 혜택을 주지도 못하는 보잘것없는 적선 행위보다 본질적으로 훨씬 더 고귀하고 더 많은 사람들에게 영향을 미치는 미덕을 뜻합니다. 따라서 진정한 의미의 사랑은 모든 인류에게 미칠 수 있는 것이어야 합니다."

블리필 대위는 이어서 말했소. "십이 사도의 출신을 생각해볼 때, 그들이 적선하라는 설교를 들었을 거라고 생각하는 건 터무니없습니다. 하나님이 적선할 처지가 아닌 사람들에게 그런 설교를 했다고 상상할 수 없듯이, 적선할 수는 있지만 실행에 옮기지 않을 사람들이 사랑을 그런 식으로 이해할 리도 없기 때문입니다.

그런 식의 적선 행위는 별 가치는 없지만 선량한 사람들에게 상당한 기쁨을 가져다준다는 사실은 인정합니다. 한 가지 변수 때문에 그 기쁨이 경감되지만 않는다면 말입니다. 제 말은, 우리는 종종 속임수에 넘어가 자격도 없는 사람에게 큰 호의를 베풀게 될 수도 있다는 겁니다. 인정하시겠지만, 그 쓸모없는 패트리지란 인간에게 영주님이 자선을 베푸신 경우처럼 말입니다. 이런 일을 두세 번 겪다 보면 자선을 베풀 때 느끼는 만족감이 크게 감소될 것은 분명하고, 심지어 자신이 악을 조장하고 사악한 자들을 부추기게 되는 것은 아닐까 하는 의심이 들어, 자선을 베풀지 말지 망설이게 되는 상황에 이를 수도 있습니다. 자선을 베풀 대상을 선택하는 데 신중에 신중을 기하지 않았다면, 실제로 그러한 행위를 고무하려 하지 않았다 하더라도, 그것은 어떠한 변명의 여지도 없는 사악한 범죄 행위가 됩니다. 이런 이유로 많은 훌륭하고 신앙심이 깊은 사람들이 적선을 베풀려 하다가도 그만두었을 거라고 생각합니다."

이 말에 올워디 영주는 사랑이라고 번역되는 그리스 단어의 정확한 의미*를 모르기 때문에 어떤 말도 하지는 못하겠지만, 사랑은 행동으로 옮길 때만 의미를 갖는 것이기 때문에 적선을 베푸는 것은 적어도 사랑을 실행하는 한 가지 방법이라고 자신은 항상 생각해왔다고 대답했소.

올워디 영주는 사랑이라는 단어를 어떤 식으로 해석하든 간에, 『신약성서』의 전체 맥락에서 보면 사랑을 베푸는 것은 자신의 의무를 이행한다는 의미로 파악될 수 있기 때문에(이때 올워디 영주는 자신의 의무를 이행하는 것이 무슨 칭찬받을 일이겠는가 하고 반문했소), 사랑을 베푸는 것이 과연 칭찬받을 만한 일인가 하는 블리필 대위의 말에 자신도 동조한다고 말했소. 또한 사랑을 베푸는 것은, 기독교 교리와 자연법칙에 따라 우리 인간에게 지워진 피할 수 없는 의무, 아니 즐거운 의무라고 생각한다며 의무 자체가 보상이 될 수 있고 또한 의무를 수행하는 과정 자체가 보상으로 간주될 수 있는 게 있다면, 그것이 바로 사랑이라고 말했소.

올워디 영주는 말을 이었소. "솔직히 말해, 관대함 중에서도 모든 사

---

* 성경에서 '사랑'이라고 번역된 그리스어는 'agape'다. agape는 '정신적인 사랑'을 말하는데, 이 단어는 영어 성경에서는 'charity'로 번역되었다. 따라서 필딩의 글에서는 'charity'로 표기되어 있다.

람들이 훌륭하다고 인정할 만한 관대함(나는 그것을 사랑이라고 부르고 싶네)이 있네. 그것은 박애정신과 기독교 정신에 입각한 사랑에 따라 본인 스스로가 진정으로 원하는 것을 타인에게 주는 그런 관대함이네. 즉 본인 자신도 필요로 하는 것을 타인에게 주는 것, 다른 말로 하자면, 타인의 궁핍한 상황을 덜어주기 위해서 본인 자신도 없으면 안 되는 것을 타인에게 주어 본인 스스로 그와 같은 궁핍한 상황을 기꺼이 겪는 것을 말하네. 이런 것이 바로 칭송받을 만한 사랑이라고 나는 생각하네. 여분의 것으로만 형제의 고통을 덜어주는 것, 본인 자신은 희생하지 않고 금전적인 자선만 베푸는 것(현재로선 이런 경우에도 사랑이라는 용어를 사용할 수밖에 없지만 말이네), 집에 값비싼 그림을 걸거나 허황되고 우스꽝스러운 자신의 허영심을 충족하는 대신, 다른 몇몇 가족들을 비참한 상황에서 벗어나게 해주는 것은, 단지 기독교인, 보다 정확히 말하자면, 단지 인간이 되는 것에 지나지 않으니 말이네. 이를 좀더 확대해서 말하자면, 그런 식으로 자선을 베푸는 것은 어떤 면에서 보면 단지 식도락가가 되는 것일 뿐이네. 하나가 아니라 여러 개의 입으로 먹는 것만큼 식도락가가 바라는 것이 어디 있겠나? 이런 식의 자선을 베풀고 싶어 하는 것은 자신의 적선 덕분에 많은 사람들이 밥을 먹게 되었다는 사실에서 즐거움을 느끼는 사람들의 속성이라고 나는 확신하네.

실제로 그렇게 판명 난 경우가 많다 하더라도, 선량한 사람들은 자격도 없는 사람들에게 자선을 베풀게 될지도 모른다는 우려에서 자선 베풀기를 결코 그만두지는 않네. 배은망덕한 사례가 한두 건 혹은 그 이상 있다고 해서, 다른 사람의 불행을 모른 척하는 건 정당화될 수도 없고, 또한 그런 배은망덕한 사례가 인정 많은 사람에게 그런 식으로 영향을 미칠 수 있다고도 나는 믿지 않네. 선량한 사람이라면 모든 인간이 타락했다고

확신하는 경우(그럴 경우 틀림없이 그는 무신론*을 지지하거나 종교적 열정**
을 추구하는 자일 것이네)를 제외하고는, 사랑을 베풀고자 하는 마음에 빗
장을 걸어 잠그지는 않을 것이기 때문이네. 그리고 단지 몇 명의 사악한
사람들 때문에 모든 인간이 악하다고 주장하는 것은 분명히 잘못된 것이
네. 자신의 내면을 면밀히 검토해본 후 그들이 말하는 일반론에 하나라도
예외가 있다는 것을 알게 된 사람은 절대로 그런 주장을 하지 않을 거라고
나는 믿네." 이렇게 말하곤 올워디 영주는 블리필 대위가 가치 없는 인간
이라고 칭한 패트리지가 누구인지 물었소.

이에 블리필 대위가 "이발사인지 학교 선생인지 하는 그 패트리지란
자 말입니다. 그자가 영주님이 침실에서 발견한 그 아이의 애비입니다"라
고 대답하자, 올워디 영주는 몹시 놀라워했소. 그러자 블리필 대위는 올워
디 영주가 여태까지 그런 사실을 몰랐다는 게 오히려 더 놀랍다며 자신은
그 이야기를 들은 지 한 달 이상 되었다고 말했소. 그러고는 윌킨스에게서
그 이야기를 전해 들었다는 사실을 아주 어렵사리 기억해내는 척했소.

이 말을 듣자마자 올워디 영주는 윌킨스를 즉시 호출했고, 호출 당한
윌킨스는 대위의 말이 사실임을 확인해주었소. 이에 올워디 영주는 대위
의 충고에 따라 사실 확인을 위해 윌킨스를 리틀 배딩턴에 급파했는데,
이는 이런 범죄 행위를 다룰 때는 결코 서둘러서는 안 되며, 패트리지가

---

* Atheism: 필딩은 인간이 근원적으로 악한 성향을 지니고 있다고 주장한 17세기 영국 철
  학자 토머스 홉스Thomas Hobbes와 18세기 영국 사상가 버나드 맨더빌Bernard de
  Mandeville을 염두에 두고 있다.
** Enthusiasm: 인간은 선행에 의해 구원받는 것이 아니라 신의 은총에 의해서 구원받는다
   는 칼뱅주의파의 종교인들은 종교적 열정을 기독교인의 주요 덕목으로 삼았다. 필딩은 여
   기서 칼뱅주의파 또한 무신론자들과 마찬가지로 인간을 근본적으로 악한 존재로 보고 있
   음을 지적하고 이를 비판한다.

진짜로 잘못을 저질렀는지 확실히 알기 전까지는 아기나 아기의 아버지에게 그 어떤 불리한 결정을 내리는 것을 원치 않는다고 블리필 대위가 말했기 때문이었소. 이에 덧붙여 블리필 대위는 자신이 직접 패트리지가 사는 마을 사람들에게서 이 소문이 사실임을 확인했지만 올워디 영주에게 그런 말을 전하는 것은 소인배 같은 행동이라고 생각했기 때문에 미리 이야기하지 못했다고 말했소.

6장

학교 선생 패트리지의 음란한 생활에 대한 재판과 그의 아내의 증언
현명한 우리나라 법에 대한 짤막한 소견
이해력이 뛰어난 사람들이 몹시 좋아할 심각한 내용

이처럼 이미 널리 퍼져 있었고, 많은 잡담거리를 제공했던 이 소문을 올워디 영주가 전혀 듣지도 못했다는 사실은 놀라운 일일 것이오(아마도 올워디 영주는 이 마을에서 이 소문을 전혀 듣지 못한 유일한 사람이었을 것이오).

이런 일이 어떻게 가능한지 독자들에게 설명해주기 위해선, 앞 장에서 본 바와 같이 사랑에 대한 일반적인 견해에 대해 이 선량한 사람만큼 이의를 제기한 사람은 이 나라 전체를 통틀어 한 명도 없다는 사실을 우선 알려주는 게 필요하다고 생각하오. 올워디 영주는 두 가지 의미의 사랑을 모두 행하는 사람으로, 궁핍하다는 것이 무엇인지 그 누구보다도 잘 알고 있었고 그 누구보다도 타인의 고통을 덜어주고자 했으며, 그 누구보다도 타인의 명예를 존중했기 때문에 남에게 불리한 사실은 그 누구보다

도 잘 믿지 않는 사람이었던 것이오.

따라서 그의 식탁에서는 그 어떤 추문도 거론되는 일이 없었소. 사귀는 친구를 보면 그 사람이 어떤 사람인지 알 수 있다는 오래전부터 내려오는 말도 있듯이, 거물의 식탁에서 벌어지는 대화를 들으면 그 거물의 종교와 정치적 견해 및 취향 등 그 거물의 전반적인 성품을 알 수 있는 법이오. 몇몇 괴짜들은 장소를 불문하고 자기 생각을 밝히지만, 대부분의 사람들은 궁정인들이 그런 것처럼 윗사람의 취향과 성품에 따라 자신의 말을 조절할 줄 알기 때문이오.

이제 다시 윌킨스 이야기로 돌아오겠소. 자신이 맡은 일을 매우 신속하게 처리한 윌킨스가 이 학교 선생의 죄를 확인했다는 전갈을 25킬로미터 정도 떨어진 곳에서 보내오자, 그 범법자를 소환해 심문하기로 결심한 올워디 영주는 패트리지에게 출두를 명했소.

이에 따라 패트리지는 아내 앤과 자신을 고발한 윌킨스와 함께 올워디 영주가 지정한 시간에 파라다이스 홀에 나타났소.

재판장석에 앉은 올워디 영주 앞에 소환된 패트리지는 윌킨스에게서 직접 고발 내용을 듣고 난 뒤, 자신은 무죄라고 여러 차례에 걸쳐 아주 강력하게 주장하며 자신의 죄를 인정하지 않았소.

그다음으로 패트리지 부인에 대한 조사가 이루어졌는데, 그녀는 남편에게 불리한 진술을 할 수밖에 없게 된 상황에 대해 유감을 표명한 뒤, 독자들도 이미 알고 있는 내용을 모두 말하고는 남편이 본인의 죄를 자신에게 고백했다고 마지막으로 덧붙였소.

패트리지 부인이 남편을 용서했는지 아닌지에 대해선 단정하지 못하겠지만, 그녀가 마지못해 이 재판에 증인으로 나섰다는 것만은 확실하오. 윌킨스가 대단한 수완을 발휘해 패트리지 부인으로부터 모든 사실을 알아낸 다음, 올워디 영주의 이름을 걸고 그녀의 남편에게 내릴 처벌이 그녀의 가족에게는 그 어떠한 영향도 미치지 않게 해주겠다고 약속하지 않았더라면, 그 어떤 이유에서라도 그녀가 지금처럼 증인으로 나서지는 않았을 것이기 때문이오.

하지만 패트리지는 자신이 아내에게 그렇게 말했다는 사실을 인정하면서도, 여전히 자신의 무죄를 주장했소. 자신이 그렇게 말한 이유는 아내가 그의 죄를 확신한다며, 죄를 고백하면 이 문제를 다시 거론하지 않겠지만 그렇지 않으면 죄를 인정할 때까지 괴롭힐 거라며 계속 다그쳤기 때문에, 어쩔 수 없었다는 것이었소. 그러고는 자신은 아무 잘못도 저지르지 않았으나 그만 아내에게 속아 잘못을 저질렀다고 말하게 된 것뿐이며, 그와 같은 상황이라면 자신은 아마 저지르지도 않은 살인도 저질렀다고 말했을 거라고 대답했소.

패트리지 부인은 남편이 자신에게 모든 책임을 전가하는 걸 가만히 참고 들을 수가 없었소. 하지만 이런 자리에서는 눈물 이외의 다른 방도가 없었기 때문에 그녀는 눈물을 흘리며 올워디 영주에게 다음과 같이 말, 아니 보다 정확히 표현하자면 소리쳤소. "영주님, 이 비열한 인간한테 지만큼 상처받은 사람은 없을 겁니더. 저 작자가 지한테 거짓말을 한 것도 이번이 처음은 아이구요. 저 인간은 참말로 여러 번 제 침대를 더럽히왔거든요. 저 작자가 그 신성한 십개밍*을 어기지만 않았다믄, 술에 취해 고꾸라지까꼬 아무 일도 안 했어도 쉰네는 참았을 겁니더. 또 집 밖에서만 기집질 했사도 이마이 신경 쓰진 않았을 기구요. 하지만 제가 부리는 하녀와 제 집 지붕 밑에서 그런 짓을 벌이다니! 그 짐승 같고 역겨운

---

* 십계명이라고 해야 하는데 발음을 정확히 하지 못한 것이다.

창녀들을 불러들이가 내 정결한 침실을 더럽히다니! 그래, 이 악당 같은 작자야! 니가 내 침실을 더럽힛어. 그라고는 내가 닦달해가* 없는 사실을 고백하게 했다고 낼 욕하는 기야? 영주님, 쉰네가 이 작자를 닦달하긴 했을 깁니더. 그치만, 이 작자가 절 학대했다는 증거가 제 몸 곳곳에 남아 있습니더. 이 쌍놈아! 니가 남자라면 그딴 식으로 여자헌테 상처 입히는 짓은 창피해서도 안 했을 기다. 그래, 니놈은 남자도 아니제. 니놈도 잘 알겠지만 말이제! 내한테 지대로 남편 구실한 적 한 번이라도 있나! 내가 뻔히 아는데도, 창녀들이나 쫓아댕기고 말이야. 영주님, 이 작자가 제 성질을 건드릿으이, 지도 이 연놈들이 침대에 같이 있는 걸 봤다는 사실을 성체(聖體)를 두고 맹세하지예.** 계집질한 걸 내가 쪼깨 머라 칸 걸 갖고, 날 때려 기절까지 시키고 내 이마에서 피가 철철 흐르도록 한 걸 벌써 잊은 모양이제! 허지만 이웃 사람들이 다 증언해줄 끼야. 니놈은 진짜 내 속을 태아뿟어. 내 속을 다 태아뿟다고!"

여기서 올워디 영주는 패트리지 부인의 말을 중단시킨 뒤, 공정한 판결을 내려주겠으니 제발 진정하라고 말했소. 그러고는 반쯤은 놀라서, 반쯤은 두려움에 정신이 나가 기겁해 있던 패트리지를 향해 이 세상에 이처럼 사악한 자가 있다니 유감이라며 이리저리 발뺌하고 거짓말하는 건 자신의 죄질을 더 나쁘게 하는 것이고, 그가 속죄할 수 있는 유일한 방법은 죄를 고백하고 뉘우치는 것뿐이니, 당장 사실을 고백하고 이처럼 명백하게 (심지어 자기 아내를 통해서도 명백하게) 드러난 자신의 죄를 더 이상

---

* 원래는 '못살게 군다'는 의미의 bully란 말을 사용하려 했으나, 정확한 발음을 하지 못해 본문에서는 '황소처럼 돌진한다'는 의미의 bullock이라는 단어를 사용했다.
** 18세기 당시 기독교 국가였던 영국에서는 성체에 두고 맹세하는 것을 자신의 말이 사실임을 주장하는 가장 확실한 방법으로 생각했다.

부인하지 말라고 훈계했소.

　이쯤에서 아내가 남편에 대해 유리하건 불리하건 간에 그 어떠한 증언도 하지 못하게 하는 합리적인 우리나라 법에 대해 내가 정당한 찬사를 보내는 걸 독자들은 잠시 인내를 갖고 들어주기 바라오. 내가 알기로는 법률 서적에서만 인용되는 어느 학식 있는 분*이 말한 것처럼, 배우자에 대한 증언이 허용된다면 부부지간에 영구적인 불화가 생길 수 있을 뿐만 아니라 수많은 위증과 태형, 벌금형, 투옥, 추방, 교수형이 벌어질 수 있을 것이기 때문이오.

　올워디 영주가 잠시 침묵을 지키고 있던 패트리지에게 말을 한번 해보라고 하자, 패트리지는 자신은 이미 진실을 다 말했고 아무런 죄를 짓지 않았다는 걸 하늘에 두고 맹세하겠다고 했소. 그러고는 마지막으로 제니에게 물어봐달라며 제니를 즉각 소환해주기를 청했소(그가 이런 청을 한 것은 제니가 이 마을을 떠난 사실을 몰랐거나 혹은 모르는 척하기 위해서였던 것 같소).

　신중한 데다 원래부터 공명정대하여 피고인의 변론을 인내심을 갖고 경청하는 재판관인 올워디 영주는 제니가 도착할 때까지 이 문제에 대한 최종 판단을 유보하기로 하고는, 제니를 불러오도록 심부름꾼을 급파했소. 그러고는 패트리지와 그의 아내에게 사이좋게 지내라고 충고한 뒤 사흘 뒤에 다시 오라는 지시를 내렸소. 올워디 영주가 자기 집에서 하루 동안 가야 하는 거리에 제니를 보냈기 때문이었소.

　약속한 날짜에 당사자들이 모두 다시 모였으나, 제니를 부르러 갔다 돌아온 심부름꾼은 제니가 며칠 전 어떤 신병징모관과 함께 거주지를 떠

---

* 배우자의 증언이 가져올 폐해를 지적한 다음 내용은 에드워드 쿡 경의 『리틀턴에 관한 해설 Commentary upon Littleton』에 나오는 것이다.

나 만날 수 없었다는 소식을 전했소.

그러자 올워디 영주는 그처럼 품행이 방자한 여자의 증언은 신뢰할 수 없다고 하고는 설령 제니가 진실을 밝히러 이곳에 왔더라도, 패트리지가 아내에게 고백했다는 사실과 남편의 범행 현장을 잡았다는 패트리지 부인의 주장 그리고 그 밖의 여러 정황들이 이미 충분히 사실로 입증한 것을 다시 확인해주었으리라 생각한다고 말했소. 그러더니 패트리지에게 죄를 고백하라고 다시 한 번 훈계했소. 하지만 패트리지가 여전히 죄를 짓지 않았다고 주장하자, 올워디 영주는 자신은 패트리지가 죄를 지은 게 틀림없다고 확신한다며 그처럼 사악한 자에게는 더 이상 금전적인 배려를 하지 않겠다고 공언했소. 그러고는 그에게 주어왔던 돈을 더 이상은 주지 않겠다고 하고는, 내세를 위해서라도 회개할 것을 권하며 현세에서는 자신과 자신의 아내의 생계를 위해 열심히 일해야 할 거라고 말했소.

세상에서 이 불쌍한 패트리지보다도 더 불행한 사람은 많지 않을 것이오. 아내의 증언 때문에 수입금의 상당 부분을 못 받게 되었지만, 그의 아내는 남편 때문에 자신이 손해보게 되었다며 매일매일 그를 질책했기 때문이오. 하지만 이는 패트리지의 운명이었기 때문에 패트리지는 그 운명에 순응할 수밖에 없었소.

바로 전 단락에서 내가 그를 불쌍한 패트리지라고 불렀다고 해서, 독자들은 내가 그가 무죄임을 선언했다고 생각지 말고, 동정심에서 그런 형용사를 붙여주었다고 생각했으면 좋겠소. 그가 진짜로 잘못을 저질렀는지 아닌지는 아마 나중에 밝혀질 것이오. 그리고 설령 역사의 여신*이 그 일의 진상을 내게 알려준다 하더라도, 여신이 허락하기 전까지는 나는 결단

---

* Historic Muse: 아홉 명의 뮤즈 중 한 명으로 클레이오Clio라고 불린다.

코 그 진상을 누설하는 우를 범하지는 않을 것이오.

따라서 독자들은 이제 호기심을 접기 바라오. 그 일의 진실이 무엇이었든 간에 패트리지에게 죄가 있다는 사실을 올워디 영주 앞에서 입증할 증거가 충분했다는 것만은 확실하오. 이보다 훨씬 적은 증거로도 아기가 그의 사생아라는 결론을 내리기에는 충분하기 때문이오. 하지만, 이 문제를 놓고 패트리지 부인은 성체를 두고 맹세하겠다고 했지만, 패트리지가 아무런 잘못도 저지르지 않았을 가능성은 여전히 있소. 제니가 리틀 배딩턴을 떠난 시기와 아기를 낳은 시기를 비교해볼 때 제니가 그곳에서 임신한 것은 분명해 보이지만, 그 사실이 아기의 아버지가 패트리지라는 것으로 반드시 귀결되는 것은 아니기 때문이오. 다른 세세한 상황은 차치하더라도, 제니가 머물던 패트리지의 집에 열여덟 살가량의 젊은이가 있었고 그 젊은이는 제니와 친밀한 관계를 유지해왔다는 사실을 생각해보면 이런 생각을 할 수도 있기 때문이오. 하지만 질투에 사로잡힌 사람은 원래 눈이 멀게 되는 법인지라, 몹시 화가 난 패트리지의 아내는 이런 생각을 단한 번도 하지 못했던 것이오.

올워디 영주의 충고에 따라 패트리지가 자신의 행동을 후회했는지 안했는지는 분명하게 드러나지 않았소. 하지만 패트리지의 아내는 자신이 남편에게 불리한 증언을 한 것을 몹시 후회하게 되었다는 것만은 확실하오. 특히 윌킨스가 자신을 속였다는 사실을 알게 되었고 또한 자신을 위해 올워디 영주에게 탄원해달라는 부탁을 그녀가 거절했을 때 더욱 그랬소. 하지만 패트리지 부인이 블리필 부인에게 한 탄원은 어느 정도는 성공을 거두었소. 독자들도 분명 눈치챘겠지만, 윌킨스보다 훨씬 마음씨 고운 블리필 부인은 친절하게도 여태까지 패트리지에게 주어왔던 돈을 계속주자고 올워디 영주에게 건의했기 때문이오(하지만 블리필 부인이 이런 간청을 한 데에는, 그녀가 선한 성품을 가졌기 때문만이 아니라 이보다 더 강력하고 타당한 동기가 있었다는 사실이 다음 장에서 밝혀질 것이오).

하지만 블리필 부인의 간청도 성공을 거두지는 못했소. 올워디 영주는 최근에 몇몇 사람들이 글을 통해 밝힌 것처럼,* 죄인을 벌하는 것이 온정을 베푸는 방법이라고 생각하지 않았지만, 큰 죄를 지은 사람을 아무 원칙이나 근거 없이 용서하는 것도 결코 온정을 베풀고자 하는 정신에 부합되지 않는다고 생각했기 때문이었소. 사실이 아닐 가능성이 있는 경우와 정상참작을 할 수 있는 경우를 도외시하지는 않았지만, 범법자나 다른 사람들이 아무리 탄원해도 그의 판결은 조금도 흔들림이 없었던 것이오. 한마디로 말해, 올워디 영주는 죄인 자신이나 자신의 친지들이 죄인이 처벌받는 걸 원치 않는다고 해서 죄인을 용서하지는 않았던 것이오.

따라서 패트리지와 그의 아내는 자신들에게 내려진 가혹한 운명을 받아들일 수밖에 없었소. 하지만 수입이 줄어들자 패트리지는 분발하기는커녕 오히려 자포자기 상태에 빠졌소. 천성적으로 게을렀던 그는 더욱 게을러져 자신이 운영하던 작은 학교마저 잃게 되어, 어떤 선량한 기독교인이 자선을 베풀어 그들의 생계에 꼭 필요한 것들을 마련해주지 않았더라면 그와 그의 아내는 끼니조차 해결할 수 없었을 것이오.

신분을 드러내지 않은 어떤 이**로부터 도움을 받던 이들 부부는(독자들도 마찬가지 생각을 할 것이라고 나는 의심치 않소) 자신들을 몰래 도와주고 있는 은인은 올워디 영주일 거라고 생각했소. 올워디 영주는 공개

---

* 1746년 여름에 발행된 당시 신문에는 1745년에 일어난 자코바이트 난의 주동자 처벌에 관한 찬반 기사가 실렸다.
** 은밀히 패트리지 부부를 도운 사람이 누군지 명확하게 밝혀지지는 않지만 작품 말미에 이에 대한 강한 암시가 나온다.

적으로 악행을 묵인하지는 못하지만, 저지른 잘못에 비해 너무나 가혹하고 지나친 고통을 받게 될 경우 은밀하게나마 잘못을 저지른 사람의 고통을 덜어주고 싶어 하는 그런 사람이었기 때문이었소. 사실 이들의 비참한 생활은 운명의 여신이 보기에도 너무 가혹했던 것 같소. 운명의 여신도 비참한 상황에 처한 이 부부를 결국은 동정하기에 이르러 패트리지 부인의 비참한 상황에 종지부를 찍음으로써, 패트리지의 비참함 또한 상당히 덜어주었기 때문이오. 다시 말하자면, 패트리지의 부인은 곧 수두에 걸려 사망하게 되었던 것이오.

대부분의 사람들은 올워디 영주가 패트리지에게 내린 처벌에 대해 처음에는 공감을 표했소. 하지만 그 처벌의 결과가 패트리지에게 어떤 파장을 미치게 되었는지 알게 되자마자, 그들의 마음은 누그러져 패트리지를 동정하기 시작했고, 곧이어 전에는 정당한 판결이라고 칭송하던 것을 이제는 가혹하고 잔혹한 처사라고 비난하기 시작했소. 이제 이들은 올워디 영주의 처벌을 냉혹하다고 비난하며, 올워디 영주는 패트리지에게 자비와 용서를 베풀어야 한다고 노래하기 시작했던 것이오.

패트리지 부인이 죽자 마을 사람들의 이러한 아우성은 더욱 커져만 갔고, 패트리지 부인이 가난이나 궁핍 때문이 아니라 앞에서 말한 병 때문에 세상을 떠났지만 많은 사람들은 뻔뻔하게도 올워디 영주의 가혹한 처사(이들은 이제 '잔인한 처사'라고까지 했소) 때문에 그녀가 죽게 된 것이라고 수군거리기 시작했소.

아내와 학교를 잃고, 일 년마다 고정적으로 받던 돈은 물론이요 앞에서 말한 익명의 독지가로부터 전해지던 도움까지 중단되자, 패트리지는 새로운 곳으로 가기로 결심하고는 모든 마을 사람들의 동정을 받으면서도 결국은 굶어 죽게 될 이 마을을 떠났소.

7장

현명한 부부가 증오를 통해 얻을 수 있는 행복이 무엇인지에 대한 간략한 소개
가까운 사람들의 결점을 눈감아주는 사람들에 대한 짤막한 변론

블리필 대위는 불쌍한 패트리지를 완전히 파멸시켰지만, 업둥이를 올워디 영주의 집에서 쫓아내려던 자신의 목적을 이루지는 못했소.

이와는 반대로, 아기 아버지에 대한 가혹한 처사를 아기에 대한 과도한 사랑과 애정으로 상쇄라도 하려는 듯, 올워디 영주는 어린 토미를 나날이 더 좋아하게 되었소.

올워디 영주가 날마다 베푸는 후한 인심에 대해서도 그랬지만, 아기에 대한 올워디 영주의 이런 태도에도 블리필 대위는 몹시 화가 났소. 올워디 영주가 아낌없이 베푸는 바람에, 자기 재산이 줄어들고 있다고 생각했기 때문이었소.

이미 말한 것처럼, 이 점에서, 엄밀히 말하자면 모든 점에서, 블리필 대위는 아내와는 생각이 전혀 달랐소. 지적 능력에 끌려 싹튼 애정이 아름다운 외모에 끌려 시작된 애정보다 훨씬 더 지속적이라고 많은 현자들은 생각하고 있지만, 지금의 경우는 그렇지 않았소. 오히려 이 부부의 지적 능력이 바로 이들 간의 분쟁의 씨앗, 종종 이들 사이에서 벌어지는 많은 다툼의 주원인이 되었기 때문이오. 따라서 결국 블리필 부인은 남편을 몹시 경멸하게 되었고, 그녀의 남편도 자기 아내를 몹시 혐오하게 되었던 것이오.

이 두 사람은 신학 연구에 자신들의 재능을 주로 발휘해왔기 때문에, 신학은 두 사람이 처음 알게 된 뒤로 줄곧 이들 간의 가장 공통된 대화 주

제였소. 예의 바른 사람들이 그렇듯 결혼 전에 블리필 대위는 아내의 견해에 항상 승복했소. 하지만 윗사람의 견해에 공손하게 승복하면서도, 사실은 자신이 옳다고 생각하고 있다는 걸 알리고 싶어 하는 자만심 강한 바보들처럼 서투르고 어색하게 승복하지는 않았소. 이와는 반대로 그는 자부심이 매우 강했지만, 상대방에게 무조건 승리를 양보했기 때문에, 브리짓은 대위의 진정성을 조금도 의심치 않았고, 자신의 지적 능력에 스스로 감탄해하면서, 그리고 블리필 대위에 대한 애정을 그대로 간직한 채, 논쟁을 끝냈던 것이오.

자신이 몹시도 경멸하는 사람의 견해를 고분고분 따르는 것이, 승진하기 위해 호들리 주교*나 과학 분야에서 상당한 명성을 누리고 있는 사람의 견해에 굴복해야만 할 때만큼 힘든 것은 아니겠지만, 아무런 동기 없이 그렇게 하기엔 몹시 힘든 일일 것이오. 하지만 일단 결혼을 하게 돼, 그런 동기가 모두 사라진 지금, 전처럼 양보만 하는 것에 대해 블리필 대위는 진저리를 내게 되었소. 따라서 그는 경멸받을 만한 사람만이 취할 수 있고, 경멸받을 이유가 없는 사람만이 견뎌낼 수 있는, 그 오만하고 무례한 태도로 아내의 견해에 대응하기 시작했소.

처음에는 늘 넘쳐흐르기만 하던 애정이 식고, 이따금씩 찾아오는 열정 사이사이의 그 조용하고 긴 휴지기 동안, 이성(理性)을 되찾아 실제 상황에 눈을 뜨게 된 블리필 부인은 자신의 주장을 남편이 항상 코웃음 친다는 사실을 알게 되었소. 이런 모욕을 결코 얌전히 참고 받아들일 수만은 없었던 그녀는 처음에는 너무나도 화가 나 비극적인 일을 저지를 생각도 했지만, 오히려 이 때문에 남편의 지적 능력을 몹시 경멸하게 되어,

---

* 벤저민 호들리(Benjamin Hoadly, 1676~1761): 18세기 영국의 윈체스터 주교로 광교회주의 이론의 대변자.

결국은 남편에 대한 그녀의 강렬한 증오심이 오히려 감소되는, 즉 좀더 양호한 상황으로 바뀌게 되었던 것이오.

아내에 대한 블리필 대위의 혐오감은 좀더 근원적인 데에서 비롯된 것이었소. 아내의 키가 180센티미터가 안 된다고 해서 경멸하지 않듯이, 지식과 이해력 면에서 아내가 불완전하다고 해서 블리필 대위가 아내를 경멸한 것은 아니었기 때문이오. 아리스토텔레스*보다 여자에 대해 좀더 부정적인 견해를 갖고 있던 블리필 대위는 고양이보다는 여자가 좀더 중요한 일을 한다고 생각하고 있었기 때문에, 고양이보다는 여자를 약간 더 중요한 집안 동물로 간주했소. 하지만 그에게 이 둘 간의 차이는 너무도 미미한 것이라, 올워디 영주의 땅을 포함한 올워디 영주의 보유 재산과 결혼계약을 맺었을 때,** 이 둘 중 어느 것을 덤으로 가져갈지 고르라고 요청받았다면, 그 확률은 거의 반반이었을 것이오. 하지만 자부심과 관련되는 문제에는 몹시 민감했던 그는 아내가 자신을 경멸하고 있다는 사실을 깨닫게 되자(아내에 대해 이미 식상했기 때문이기도 하지만), 아내에 대해 극심한 구역질을 느끼며, 혐오감도 갖게 되었던 것이오.

결혼생활에서 즐거움을 느낄 수 없는 순간은 서로에 대해 무관심할 때요. 사랑하는 사람을 즐겁게 해주는 것이 얼마나 큰 기쁨인지는 대부분의 독자들이 알고 있겠지만, 미워하는 사람을 괴롭히는 것 또한 얼마나 만족스러운 일인지도 몇몇 독자들은 경험했을 것이오. 배우자가 그다지 혐오스러울 정도가 아닌데도 불구하고 결혼생활에서 얼마든지 누릴 수 있는 안락함을 굳이 포기하는 이유는, 바로 후자에서 얻을 수 있는 즐거움

---

* 아리스토텔레스는 『정치학』에서 천성적으로 여자가 남자보다 열등하다고 말했다.
** 영주의 재산과 결혼계약을 맺었다는 표현은 블리필이 재산을 보고 영주의 누이와 결혼했음을 뜻한다.

때문이라고 나는 생각하오. 종종 남편에게 애정 표현과 의심을 번갈아 하고, 자신이 누릴 수 있는 즐거움조차 포기하는 것은 바로 남편이 즐거움을 누리는 걸 방해하거나 막기 위해서인 것이오. 그리고 남편은 아내의 이런 행위에 대한 보복으로, 자신을 미워하는 아내와 종종 억지로 같이 있는데, 이는 아내 역시 자신이 혐오하는 대상과 함께 있도록 하기 위한 것이오. 끊임없는 불화와 갈등의 삶을 같이 영위한 남편의 유해를 보고 미망인이 눈물을 흘리는 이유는 더 이상 남편을 괴롭힐 수 없게 되었기 때문인 것이오.

이런 유의 즐거움을 누리고 있는 부부가 있다면, 그것은 바로 블리필 부부일 것이오. 이들에겐 상대방이 예전에 상반되는 주장을 했었다는 사실이, 지금 자신이 어떤 주장을 고집스럽게 펼 충분한 이유가 되었소. 따라서 한 사람이 어떤 놀이거리를 제안하면, 상대방은 거기에 대해 항상 반대했소. 또한 이들은 같은 사람을 똑같이 사랑하거나 미워하지도 않았으며, 그 사람에 대해 칭찬이나 욕도 같이 하지 않았소. 이런 연유에서 블리필 대위가 어린 업둥이를 악의적인 시선으로 바라볼 때, 그의 아내는 그 아이를 친자식처럼 사랑했던 것이오.

두 부부의 이런 태도는, 두 사람의 결혼을 통해 세 사람이 얻게 될 거라고 올워디 영주가 기대했던 평온한 행복에 별 도움이 되지 않았기 때문에, 올워디 영주의 마음이 그리 편안하지는 않았을 거라고 독자들은 생각할 것이오. 하지만 영주의 낙관적인 기대에서 조금 벗어나기는 했지만, 올워디 영주는 이들의 진상을 전혀 알지 못했소. 어떤 명백한 이유로 블리필 대위는 올워디 영주 앞에서는 항상 조심했고, 그의 아내도 영주의 노여움을 살까 봐 남편과 똑같이 처신했기 때문이오. 따라서 이 부부와 아주 가깝게 지내며 같은 집에 오랫동안 산 제삼자라도 이 신중한 부부가 서로에 대해 느끼는 이런 불쾌한 감정을 짐작조차 하지 못했을 것이오. 사랑뿐 아니라 미움을 표현하기 위해선 때로는 하루도 짧게 느껴지겠지만, 다른 사람들과 떨어져 단둘이 보낼 수 있는 단 몇 시간만 주어진다면 서로에 대한 사랑이나 미움을 충분히 표현할 수 있기에, 어지간히 절제할 줄 모르는 사람들이라 해도 다른 사람들 앞에서는 서로를 사랑한다고 시시덕거리지 않고, 서로 미워한다고 서로의 얼굴에 침을 뱉지 않고도 몇 시간 정도는 참고 있을 수 있기 때문이오.

하지만 올워디 영주는 마음이 불편할 정도로 실제 상황을 알고 있었을 수도 있소. 아이들이나 마음이 유약한 사람처럼 소리 지르고 비탄에 잠기지 않는다고 해서, 현자는 항상 상처받지 않을 거라고 생각해서는 안 되오. 하지만 블리필 대위의 결점을 알아차렸으면서도 올워디 영주가 전혀 마음 불편해하지 않았을 가능성도 있소. 진정으로 지혜롭고 덕을 갖춘 사람은 불완전한 사람이나 만족스럽지 않은 상황을 있는 그대로 받아들이는 법이기 때문이오. 거기에 대해 아무 불평도 하지 않고 바꾸려 하지 않고서 말이오. 이런 사람은 친구나 친척 혹은 지인들의 결점을 알면서도 그 결점을 당사자나 다른 사람들에게 말하지 않으며, 그 결점 때문에 그들에 대한 애정이 감소되지도 않소. 뛰어난 통찰력과 남의 잘못을 눈감아주는 너그러움이 어우러지지 않는다면, 우리는 우리가 속일 수 있는 어리석은 사람들하고만 우정을 맺게 될 것이오. 내 친구 중 결점이 없는 사람은 없다고 내가 말한다 하더라도, 친구들은 나를 용서해주기 바라오. 그리고 혹 내 결점을 보지 못하는 친구가 있다면, 나는 유감스럽게 생각할 것이오. 나는 결점이 있는 친구들을 용서할 것이고 친구들에게도 결점투성이인 나를 용서해달라고 요구할 것이오. 그렇게 하는 것이 우정을 실천하는 것이며, 기분 좋은 일이기 때문이오. 따라서 우리는 상대방의 결점을 개선하려 하지 말고 용서해야 하오. 사랑하는 사람들의 타고난 결점을 고치려고 하는 것만큼 어리석은 일은 없기 때문이오. 가장 훌륭한 도자기도 그렇듯이, 가장 훌륭한 인간에게도 타고난 결점은 있기 마련이며, 둘 다의 경우 그 결점은 고칠 수 없는 것이기 때문이오. 본바탕은 여전히 훌륭한 것이라 할지라도 말이오.

전체적으로 보았을 때, 올워디 영주는 블리필 대위에게서 몇 가지 결점을 분명히 발견했소. 하지만 몹시 교활했던 블리필 대위는 올워디 앞에서 늘 조심스럽게 행동했기 때문에, 그의 결점이 올워디 영주에게는 훌륭한 성품에 내재해 있는 작은 흠으로밖에는 보이지 않았던 것이오. 따라서 선한 성품을 지녔던 올워디 영주는 이를 못 본 척했고, 지혜롭게도 이 사실을 블리필 대위에게는 드러내지 않았던 것이오. 하지만 상황의 전모를 알았더라면 영주의 생각도 크게 달라졌을 것이오. 이 부부가 계속해서 이런 식으로 서로를 대했더라면, 올워디 영주도 모든 상황을 알게 되었겠지만, 친절한 운명의 여신은 이를 막기 위해 효과적인 조처를 취했소. 즉 운명의 여신은 블리필 대위가 아내에게 다시 사랑스런 존재가 되고, 아내의 애정과 사랑을 되찾을 일을 어쩔 수 없이 하도록 만들었던 것이오.

8장
아내의 애정을 되찾을 수 있는 (거의 가망이 없는 경우에도 결코 실패한 적이 없었던 것으로 알려진) 묘안

아내와 대화를 하면서 보내는 불쾌한 시간(블리필 대위는 가능한 한 이런 시간을 줄이려고 노력했소)에 대한 보상으로 블리필 대위는 혼자 있을 때 즐거운 명상에 빠졌소.

그는 명상의 시간을 통째로 올워디 영주의 재산에 할애했던 것이오.
먼저 그는 올워디 영주의 전 재산의 값어치를 (종종 자신에게 유리하게)
정확하게 계산하는 데 최대한 신경을 썼소. 그다음으로 저택을 더욱 위엄
있게 보이고 영지를 더욱 개선하기 위한 여러 계획을 세우며 즐거워했소.
이를 위해 그는 건축과 원예에 관한 연구에 전념했고, 이런 내용을 다룬
많은 저서를 숙독했소. 자신의 유일한 낙인 이 연구에 모든 시간을 할애
한 결과 그는 아주 멋진 계획을 완성했는데, 오늘날의 그 어떤 호사스러
운 계획도 그가 만든 이 계획에는 필적하지 못할 정도였소. 하지만 심히
유감스럽게도 블리필 대위의 계획이 무엇인지 독자들에게 알려주는 일은
우리의 능력 밖이오. 왜냐하면 오늘날의 그 어떤 사치스러움도 그의 계획
에는 필적할 수 없기 때문이오. 하지만 한 가지 확실한 사실은 이런 위대
하고 멋진 계획을 실행에 옮기는 데 필수적으로 두 가지 요소가 상당량
필요했다는 것이오. 즉 이 계획을 실행에 옮기는 데는 상당한 비용이 들
고, 이를 완성시키는 데는 상당한 시간이 소요된다는 사실이었소. 이 중
첫번째 요소는 지금은 올워디 영주가 소유하고 있지만 후에 자신이 상속
받게 될 상당량의 재산을 통해 효율적으로 제공받을 수 있을 것이고, 두
번째 요소 또한 자신이 강건한 체력을 지녔고 이제 중년의 나이밖에 안
되었기 때문에 이 계획을 완성할 때까지 자신이 살지 못할 염려는 거의
없을 것이라고 생각했소.

이 계획은 올워디 영주가 임종하는 즉시 실행에 옮길 수 있는 것이었
기 때문에, 블리필 대위는 올워디의 임종 날짜를 계산하기 위해 자신의
수학적 지식을 총동원했고, 심지어 인간의 수명과 상속권을 다룬 현존하
는 책들을 모두 구매했소. 그 결과 그 일은 당장 내일이라도 일어날 가능

성이 있으며, 수 년 안에 일어날 확률은 50퍼센트 이상이라고 확신하게 되었던 것이오.

하지만 블리필 대위가 이런 명상에 깊이 잠겨 있던 어느 날, 매우 불운하고도 시의적절하지도 못한 일이 그에게 닥쳤소(악의적인 운명의 여신도 이보다 더 잔인하고 시의적절하지 못한, 그리고 대위의 계획을 완전히 무산시키는 일을 벌이지는 못했을 것이오). 더 이상 독자들을 애태우지 않기 위해 간단히 말하자면, 올워디 영주의 죽음으로 자신이 얻게 될 행복에 대한 명상에 잠겨 있던 바로 그 순간, 블리필 대위 자신이 뇌졸중으로 사망하는 일이 벌어졌던 것이오.

불행히도 블리필 대위가 홀로 저녁 산책하던 중 이 일이 일어났기 때문에, 그의 곁에는 그를 도와줄 사람이 아무도 없었소(설령 누군가의 도움으로 블리필 대위가 살 수 있었다 하더라도 말이오). 따라서 대위는 앞으로 자신이 사용하게 될 땅의 넓이를 측정하고는 호라티우스의 말이 사실임을 입증하는(비록 살아 있지는 않지만) 훌륭한 본보기로서 대지 위에 죽은 채 눕게 되었던 것이오.* "그대는 묘혈가(墓穴街)에서 대리석판(大理石板)을 계약(契約)하고는 궁전건립(宮殿建立)을 하는구나. 묘혈(墓穴)은 망각(忘却)한 채."(우리글만 읽을 줄 아는 독자들에게 이 글의 의미를 설명하자면 "곡괭이와 삽만 있으면 되는데, 그대는 저택을 지을 때 필요한 고급 재료를 준비하고는 가로 150미터 세로 30미터의 집을 짓는다. 가로 1.8미터 세로 0.6미터의 집은 잊어버린 채"라고 표현될 수 있을 것이오.)

---

* 호라티우스의 『송시Ode』에 나오는 구절을 한무 투로 옮긴 것이다. 우리 말로 하면 다음과 같다. "그대는 무덤가에서 대리석판을 계약하고는 궁전을 세우는구나. 무덤은 잊어버린 채."

9장

미망인의 탄식에서도 보이지만,
앞서 언급한 묘안이 확실히 통한다는 사실을 보여주는 증거
의사와 그 밖의 인물들,
제대로 된 문체로 씌어진 묘비명과 같이 임종에 뒤따르는 부수적인 것

늘 모이는 시각에 올워디 영주와 블리필 부인, 그리고 어떤 부인이 식탁에 앉았소. 그런데 식사 시간에 항상 정확히 나타나는 블리필 대위가 평상시보다 훨씬 더 오래 기다렸는데도 나타나지 않자, 걱정이 되기 시작한 올워디 영주는 옥외에 있는 벨, 특히 블리필 대위가 자주 가는 산책로 쪽으로 향한 벨을 울리라는 지시를 내렸소.

하지만 심술궂은 운명의 여신의 장난으로 그날 저녁 산책길로 간 블리필 대위에게 이 호출은 전달될 수가 없었소. 이에 블리필 부인이 몹시 걱정하자, 블리필 부인과 아주 절친하면서도 블리필 부부의 금슬이 어떤지 잘 알고 있던 어떤 부인이 최선을 다해 그녀를 위로하려 했소. 그녀는 블리필 부인이 불안해하는 것은 어쩔 수 없는 일이지만 좋은 쪽으로 생각하자며, 아름다운 저녁 풍경에 이끌려 블리필 대위가 평소보다 멀리 산책을 갔거나 이웃 사람 집에 붙들려 있을지도 모른다고 말했소. 하지만 블리필 부인은 그럴 리가 없다며 남편은 자신이 얼마나 불안해할지 잘 알고 있기 때문에 다른 곳에 머물게 되면 항상 전갈을 보낸다며, 남편에게 무슨 사고가 일어난 게 틀림없다고 말했소. 달리 할 말이 없던 그 부인은 이런 경우 사람들이 보통 그러듯이 건강에 해로울 수 있으니 너무 놀라진 말라면서 술을 한 잔 가득 채워 블리필 부인에게 권했고, 그녀의 설득에 블리필 부인은 그 술을 마셨소.

블리필 대위를 찾아 나섰다 거실로 돌아온 올워디 영주는 안면에 몹시 당황해하는 기색을 띠며 아무 말도 하지 못했소. 사람마다 슬픔을 표현하는 방식은 다른 법이오. 근심에 잠긴 올워디 영주는 목소리를 낮춘 반면, 블리필 부인은 목소리를 높이며 사무치게 통곡하기 시작하더니 급기야 펑펑 눈물을 쏟았던 것이오. 이를 보자, 함께 있던 부인은 블리필 부인이 통곡하는 걸 나무랄 수는 없지만 너무 슬퍼하진 말라며 모든 인간이 언제라도 겪을 수 있는 수많은 가슴 아픈 일(그렇기 때문에 아무리 갑작스럽고 끔찍스러운 사고를 당할지라도 마음을 굳건히 먹어야 한다고 이 부인은 말했소)에 대한 철학자들의 말을 들려주며, 그녀의 슬픔을 덜어주려 했소. 또한 당사자는 아니지만 분명히 블리필 부인처럼 몹시 불안해하면서도 하나님의 뜻을 받아들이며 슬픔을 억누르고 있는 올워디 영주를 본받으라고 했소.

이 말에 블리필 부인은 이렇게 대답했소. "오라버니 이야기는 하지도 말아요. 부인이 불쌍히 여겨야 할 사람은 저뿐이니까요. 어떻게 내가 느끼는 두려움을 오라버니가 느끼는 두려움과 비교할 수 있어요? 그이는 죽은 거예요! 누군가 그이를 죽인 거라고요! 이젠 더 이상 그이를 볼 수 없을 거예요." 이렇게 말한 뒤, 눈물을 펑펑 쏟던 블리필 부인은 자신의 감정을 억누르고 있던 올워디 영주처럼 말을 잃었소.

이때 숨을 헐떡거리며 달려 들어온 하인이 블리필 대위를 찾았다고 소리치고는, 말을 더 잇기도 전에 시신을 든 두 명의 하인이 뒤따라 들어왔소.

이 장면에서 호기심 많은 독자들은 슬픔이 작용하는 또 다른 방식을 목격할 수 있을 것이오. 앞서 블리필 부인은 슬퍼서 큰 소리로 외친 반면, 올워디 영주는 아무런 말도 하지 않았소. 하지만 지금 올워디 영주는 슬퍼서 눈물을 흘렸지만, 블리필 부인은 완전히 눈물을 멈추었소. 즉 블리필 부인은 격한 비명을 지른 뒤, 기절하고 말았던 것이오.

방 안은 곧 하인들로 가득 찼소. 그중 몇몇 하인과 이곳을 방문한 부인은 블리필 부인을 돌보았고, 올워디 영주와 나머지 하인들은 블리필 대위를 따뜻한 침대로 옮긴 뒤 그를 살리기 위해 모든 수단을 강구했소.

두 사람을 돌보던 사람들이 모두 똑같이 성공을 거두었다고 독자들에게 알려줄 수만 있다면 얼마나 기쁘겠소? 블리필 부인을 돌보던 사람들은 성공을 거두어, 남 보기에 부끄럽지 않은 정도의 시간 동안 졸도한 뒤 정신을 차린 블리필 부인을 보고는 만족해했소. 하지만 블리필 대위를 돌보던 사람들은 대위의 피를 뽑고 몸을 문지르며 강장제 몇 방울을 대위의 입에 떨어뜨리는 등 온갖 조처를 취했지만 아무런 효험이 없었소. 동시에 도착하여 각기 진료비를 받은 두 명의 의사는 저승사자에게 조언을 했지만, 일단 선고를 내린 가혹한 재판관인 저승사자는 블리필 대위에게 내린 형의 집행을 유예하길 거부했던 것이오.

앞으로 악의적으로 거론되는 걸 막기 위해, A의사, B의사라고 부를 이 두 명의 의사는 블리필 대위의 맥을 짚더니(A의사는 블리필 대위의 오른팔을, B의사는 그의 왼쪽 팔의 맥을 짚었소) 대위가 완전히 사망했다는데 의견의 일치를 보았소. 하지만 블리필 대위가 무슨 병으로 사망했는지 혹은 사망의 원인이 무엇인지에 관해선 의견을 달리했소. A의사는 블리필 대위가 뇌졸중으로, B의사는 간질로 사망했다고 주장했던 것이오.

학식이 깊은 이 두 의사 간의 논쟁에서 각각의 의사는 자신이 갖고 있는 견해의 근거를 제시했지만 그 근거들은 똑같은 설득력을 지녀, 두 의사는 각기 자신의 견해가 옳다고 확신만 하게 되었을 뿐, 상대방에게는 그 어떠한 인상도 남겨주지 못했소.

솔직히 말해 거의 대부분의 의사들은 인간에 대해 저승사자가 거둔 승리*의 원인으로 자신들이 선호하는 질병을 제시하오. 신경성 열병 혹은 마음의 열병**뿐만 아니라, 통풍, 류머티즘, 결석, 요사(尿砂), 결핵 등은 각기 자신을 선호하는 의사들을 갖고 있는 법이오.*** 우리가 바로 앞에서 주장했던 사실****을 모르는 사람들은 무척 놀라워할 일, 그러니까 의과대학에 소속된 가장 학식 있는 사람 간에도 종종 벌어지듯이, 블리필 대위의 사망 원인을 놓고 두 명의 의사가 서로 의견의 일치를 보지 못하는 이유를 지금 설명하는 것이 좋을 성싶소.

이 학식이 깊은 신사들이 환자를 살리려고 하지는 않고 환자의 사망 원인에 대한 논쟁에 즉각 돌입했다는 사실에 독자들은 놀랐을지도 모르오. 하지만 이들이 그랬던 이유는 이들이 도착하기 전 다른 사람들이 이미 모든 실험을 마쳤기 때문이었소. 사람들은 블리필 대위를 따뜻한 침대로 옮긴 뒤, 핏줄을 터트려 피를 냈고, 블리필 대위의 이마를 문지르고, 입과 콧구멍에 온갖 종류의 강력한 강장제를 이미 투여했던 것이오.

따라서 자신들이 내리려 했던 처방이 이미 다 시도되었기 때문에, 두 의사는 수고비를 받기에 민망하지 않을 정도의 시간을 어떻게 보내야 할지 난감해하며, 함께 이야기를 나눌 주제를 찾아야 할 필요성을 느꼈던 것이오. 그러니 이 의사들에게 앞서 말한 주제보다 더 자연스런 주제가 어디 있겠소?

의사들이 떠나려 하자, 블리필 대위를 살리려는 노력을 포기하고 하

---

  * 인간에 대해 저승사자가 거둔 승리는 '죽음'을 말한다.
 ** 우울증이나 히스테리 증상을 지칭하는 용어.
 *** 사망 원인으로 의사들이 자주 지목하는 질병이라는 의미.
**** 모든 의사는 사망 원인으로 특정 질병을 지목한다는 사실을 말함.

나님의 뜻을 받아들이기로 결심한 올워디 영주는 누이의 상태를 물어본 뒤, 그들에게 그녀를 돌봐달라고 부탁했소.

이와 같은 상황에 처한 사람들은 모두 그럴 거라고 예견할 수 있듯이 (일반적인 표현을 사용하자면), 블리필 부인은 이제 정신을 차렸소. 따라서 새로운 환자를 맞이한 의사들은 적절한 인사치레를 한 뒤, 올워디 영주의 요청에 따라 시신에게 그랬듯이 이번에는 블리필 부인의 손을 각각 잡았소.

하지만 블리필 부인의 상태는 그녀의 남편과는 정반대였소. 그녀의 남편은 의술의 도움을 받을 수 없는 상황이었지만, 그녀는 의술의 도움이 전혀 필요하지 않았던 것이오.

의사를 저승사자의 친구라고 부르는 것만큼 부당한 말은 없을 것이오. 의술을 통해 회복된 사람의 수와 의술에 의해 순교한 사람의 수를 비교해보면, 전자가 후자보다 훨씬 많을 거라고 믿기 때문이오. 오히려 이런 문제에 너무나도 신중을 기하려는 몇몇 의사들은 환자를 죽일 수도 있는 일말의 가능성마저 완전히 배제하기 위해 그 어떤 치료도 시도하지 않고, 환자의 상태를 호전시키거나 악화시키는 데 아무런 영향을 미치지 않는 것만 처방한다고 하오. 어떤 의사가 자신의 금언이라며 진지하게 말하는 걸 들은 적이 있는데, 의사는 자연의 여신이 자신의 직무를 하도록 내버려두어야 하며, 단지 옆에 서서 자연의 여신이 일을 잘할 때 등을 두드려주고 용기만 주면 된다는 것이었소.

죽은 사람은 별로 달가워하지 않았던 두 의사는 보수를 받은 뒤, 곧 시신에서 손을 떼었소. 반면 살아 있는 환자는 혐오하지 않았던 두 의사는 환자의 병명에 대해서는 즉시 동의하며 서둘러 처방전을 내렸소.

처음에 의사들은 블리필 부인의 부인에도 불구하고 그녀가 지금 아픈 상태라고 믿게끔 하려 했지만, 이번에는 거꾸로 블리필 부인 스스로가 자신이 아프다고 믿게 된 것은 아닌지 하는 생각이 드오(하지만 이에 대해선 어떠한 판단도 내리지 않겠소). 하여튼 블리필 부인은 병에 걸렸을 때 뒤따라 일어나는 온갖 일들을 경험하면서 온전히 한 달을 보냈소. 즉 한 달 동안 블리필 부인은 의사의 왕진과 간호사의 간호를 받았으며, 안부를 묻는 친지들의 전갈을 받았던 것이오.

엄청난 슬픔에 몸져누워 있어야 할 적절한 시간이 마침내 지나자, 의사의 왕진은 중단되었고 블리필 부인은 다시 사람들을 만나기 시작했소. 다만 그전과 달라진 것이 하나 있다면, 블리필 부인의 얼굴에 슬픈 기색이 감돌았다는 것이었소.

이제 안장된 블리필 대위를 추모하기 위해, 대위와 우정을 나누었던 올워디 영주가 성실하고 천재적인 데다 대위를 아주 잘 알고 있던 어떤 사람에게 대위를 위한 묘비명*을 다음과 같이 쓰도록 하지 않았더라면, 블리필 대위는 사람들의 뇌리에서 이미 잊혔을지도 모를 것이오.

이곳에
존 블리필 대위의 시신이
행복한 부활을 기다리며 누워 있다.
런던은 영광스럽게도 그를 탄생시켰고,
옥스퍼드는 영광스럽게도 그의 교육을 맡았다.
그의 재능은 그의 직업과 고국에 영광스런 것이었다.

---

* epitaph: 다음에 나오는 묘비명에 적힌 글들은 죽은 이를 칭송하는 전형적인 묘비명의 내용을 담고 있어, 우리가 아는 블리필 대위의 행적과는 대조를 이루어 아이러니를 자아낸다.

그의 삶은 그의 종교와 인간이라는 존재에 영광을 안겨다주었다.

그는 효심 어린 자식이자, 애정 어린 남편, 다정한 아버지, 우애 깊은 형제

진솔한 친구, 경건한 기독교인, 선량한 사람이었다.

슬픔에 잠긴 그의 미망인은

그의 덕과, 그를 향한 사랑을 기리고자

이 기념비를 세운다.

3권

자녀 교육에 관해 독자들이 알아두어야 할 몇 가지 사항을
접할 수 있는 사건으로 토미 존스가 열네 살 되던 해부터
열아홉 살 되던 해까지 올워디 영주 집안에서 일어났던 중대한 일들

1장

별 내용 없는 장

이 책의 2권 시작 부분에서 이 책에 기록할 만한 일이 발생하지 않은 기간은 그냥 넘어가겠다는 우리의 말을 독자들은 기억할 것이오.

우리가 그렇게 하고자 한 것은 위엄을 지키고 여유 있게 이야기를 진행하기 위해서일 뿐만 아니라, 독자들의 이득과 편의를 위해서요. 왜냐하면 이런 방법을 통해 독자들이 아무런 즐거움이나 이득도 얻지 못하는 내용을 읽느라 시간을 낭비하게 되는 것을 방지할 수 있을 뿐만 아니라, 독자들이 추측을 통해 이 시간적 공백을 채우게 함으로써 독자들이 가지고 있는 놀라운 총기를 발휘할 수 있는 기회를 줄 수 있기 때문이오. 이런 연유에서 앞서 우리는 이 글을 읽을 독자의 자격을 제한하고자 했던 것이었소.

예를 들어 올워디 영주가 친구를 잃었을 당시 느꼈을 슬픔, 즉 돌로 이루어지지 않은 가슴과 역시 돌처럼 단단한 물질로 이루어지지 않은 머리를 가진 사람이라면 이런 경우에 느꼈을 법한 그런 슬픔을 이해하지 못할 독자가 어디에 있겠소? 또 어느 정도 시간이 지나면 철학과 종교를 통

해 이러한 슬픔은 누그러지고, 결국 우리는 이런 슬픔을 이겨낸다는 사실을 모를 독자가 또 어디에 있겠소? 철학은 이러한 슬픔이 어리석고 부질없다는 것을 가르칠 것이고, 종교는 이처럼 슬퍼하는 것은 잘못된 것임을 지적하고, 미래에 대한 희망과 확신(이를 통해 신앙이 굳건한 사람들은 친구의 임종을 마치 그가 긴 여행*을 떠날 준비를 하는 것으로 간주하며, 별다른 마음의 동요 없이, 그리고 친구를 다시 만나게 될 거라는 기대를 하면서 지켜볼 수 있을 것이오)을 불러일으킴으로써 우리의 슬픔을 누그러뜨리게 할 게 틀림없으니 말이오.

또한 현명한 독자들은 블리필 부인 문제로 당황해할 일도 없을 것이오. 독자들도 확신하고 있겠지만, 이 기간 동안 블리필 부인은 관례와 예법에 의거한 규범을 엄격히 준수하면서, 자신이 입기로 되어 있는 의상이 바뀜에 따라 얼굴 표정도 거기에 맞추어 바꾸며, 겉으로도 자신의 슬픔을 드러낼 것이기 때문이오. 즉 예전의 평온한 마음으로 돌아가도 되는 시기가 도래할 때까지, 즉 그녀가 입어야 할 의상이 미망인이 입는 상복에서 검은 옷, 검은 옷에서 회색 옷, 회색 옷에서 흰 옷으로 바뀜에 따라, 그녀의 얼굴 표정도 비탄에 잠긴 표정에서 음울한 표정으로, 음울한 표정에서 슬픈 표정으로, 그리고 슬픈 표정에서 심각한 표정으로 바뀌어갔던 것이오.

우리는 수준이 가장 낮은 독자들에게만, 이 두 가지 점에 대해 한번 추측해보라고 한 것이오. 이보다 훨씬 고차원적이고 고도의 판단력과 통찰력을 발휘해야만 하는 일은 당연히 비평에 좀더 조예가 깊은 사람들에게 하라고 요구할 것이오. 우리가 빼먹고 넘어가는 것이 적절하다고 생각

---

* 기독교에서는 현세의 삶이 끝나면 모두 내세로의 여행을 떠난다고 말한다.

하는 이 긴 기간 동안, 어떤 주목할 만한 일이 벌어졌을지 이런 독자들이라면 알아낼 수 있을 거라고 생각하오. 이 기간 동안에 다루어야 할 정도로 중요한 일은 아니지만, 많은 사람들이 읽느라 상당 시간을 소비하면서도 거의 도움이 되지 않는 몇 가지 사건들(매일매일 혹은 매주 역사가들이 기록하는 정도의 중요한 사건들이오)은 발생했소. 지금 내가 말하는 게 어떤 종류의 내용인지 추측하는 데는 아주 탁월한 지적 능력을 지닌 사람이 훨씬 유리할 것이오. 어떤 인물의 행동을 통해 그 인물의 성품을 판단하는 것보다는 그 인물의 성품을 통해 그가 어떤 상황에서 어떻게 행동할지 예측하는 것이 더 어렵기 때문이오. 솔직히 말해 후자의 경우에 더 큰 통찰력이 필요하지만, 진정으로 명민한 사람들은 전자를 할 수 있을 정도로 후자도 분명히 잘할 수 있을 것이오.

대부분의 독자들이 이런 능력을 가지고 있다는 사실을 잘 알고 있기 때문에, 독자들이 그 능력을 발휘할 수 있도록 12년의 공백 기간을 남겨놓았소. 그리고 많은 독자들이 우리의 주인공과 몹시 인사를 나누고 싶어 할 거란 사실을 의심치 않기에 이제 열네 살가량 된 우리의 주인공을 데려오고자 하오.

2장
앞으로의 조짐이 아주 좋지 않은 이 이야기의 주인공
몇몇 사람들은 신경 쓸 가치조차 없다고 생각하는 저급하고 사소한 이야기
어떤 영주와 관련이 있지만,
사냥터지기와 학교 선생과 더 관련 있는 한두 마디 말

이 이야기를 처음 쓰기로 했을 때 그 누구에게도 아첨하지 않고 진실

이 이끄는 데로만 글을 쓰겠다고 결심했기 때문에, 우리가 바랐던 것보다 훨씬 더 불리한 상황에 처한 우리의 주인공이 무대 위에 처음으로 그 모습을 드러내려는 바로 이 순간 '그는 분명히 교수형 당할 운명일 것이다'라고 올워디 영주 집안의 모든 식솔들이 생각하고 있다는 사실을 솔직하게 밝힐 수밖에 없소.

진실로 유감이지만 그들의 추측에는 상당한 근거가 있었소. 아주 어린 시절부터 우리의 주인공은 수많은 악행을 저지를 소양, 특히 사람들이 앞으로 그가 처하게 될 거라고 예언한 그런 운명을 그가 맞이하도록 할 악의 성향을 보여주었기 때문이었소. 그는 이미 세 번의 약탈, 즉 과수원을 털고 어느 농부의 마당에 있는 오리를 훔치고 블리필의 호주머니에서 공을 빼내는 등등의 약탈 행위를 저질러 유죄 선고를 받은 경험이 있었던 것이오.

존스와는 사뭇 다른 성격의 블리필은 집안사람들뿐만 아니라 모든 이웃 사람들의 칭송을 받았소. 따라서 모범적인 블리필과 비교하면 악행을 일삼는 존스는 상당히 불리한 상황에 놓이게 되어 그의 행동은 더욱 사악하게 보였던 것이오. 나이에 맞지 않게 침착하고 신중하며, 경건하기까지 한 블리필은 그를 아는 모든 사람들에게 호감을 주었지만, 이와 반대로 톰은 대부분의 사람들로부터 미움을 샀소. 따라서 블리필이 존스에게 물들어 타락할지 모르는데도, 올워디 영주가 존스를 자기 조카와 같이 교육받도록 허용한 것을 두고 많은 사람들은 놀라워했던 것이오.

이 무렵 그 어떤 긴 논설보다도 이 두 소년의 성격을 명확하게 드러내줄 사건이 하나 발생했소.

비록 못돼먹었지만 우리 이야기의 주인공 역할을 해야만 하는 톰은 집에서 일하는 하인 중 단 한 명만을 친구로 사귀었소. 윌킨스는 오래전에 톰을 포기하고 여주인과 완전히 화해했기 때문에, 이제 톰에게 남은 유일한 친구는 톰처럼 내 것 네 것에 대해 별 개념이 없는 흐리터분한 성격의 사냥터지기밖에 없었소. 하인들은 이들의 우정에 대해 이런저런 말로 빈정거렸는데 그중 대부분은 속담이거나 최소한 속담처럼 되어버린 것들이었소. 그들의 빈정거리는 말들의 요지는 "유유상종(類類相從)"이라는 짧은 속담에 담겨 있는데, 우리말로 이를 표현해보면 "끼리끼리 모인다"라고 할 수 있을 것이오.

존스의 극악무도함은 방금 언급한 세 가지 사례에서 드러나긴 하지만 사실 이 중 두세 가지는 법률상 사후종범자로 볼 수 있는 이 사냥터지기가 조장해서 벌어진 일이었고, 게다가 존스가 훔친 오리와 사과 대부분은 이 사냥터지기와 그의 가족이 쓸 용도로 모두 전용되었소. 또한 존스만 발각되었기 때문에, 불쌍한 존스 혼자 그 모든 고통을 감수했을 뿐만 아니라 모든 비난도 혼자 감당해야만 했소. 다음에 소개할 경우에서도 마찬가지였는데 이때도 존스 혼자 이 두 가지 모두를 겪게 되었던 것이오. 올워디 영주의 영지와 인접한 곳에 소위 사냥감의 수호자*로 불리는 신사의 영지가 있었소. 사냥감의 수호자라고 불리는 이런 부류의 사람들은 토끼나 자고(鷓鴣)를 죽인 사람에게 몹시 가혹한 보복을 해, 동물을 보존하고 보호하는 데 전 생애를 바쳤다고 전해지는 인도의 바니안**들이 믿는 미신을 이들도 믿고 있는 게 아닌가 하는 의심을 받을 정도였소. 하지만 영국의 바니안들은 적으로부터는 사냥감을 보호하면서도 정작 본인 자신들

---

* Preservers of the game: 18세기 영국에서는 남의 영지에서 사냥을 할 수 없었다. 그래서 많은 영주들이 자기 영지에서 사냥하는 사람들을 강하게 처벌하는 경우가 종종 있었다. 필딩이 말하는 사냥감의 수호자는 바로 그런 영주를 말한다.
** Banian: 모든 동물의 목숨은 신성하다고 믿으며 채식만 하는 힌두교의 상인계층.

은 매우 잔인하게 수많은 동물들을 죽였기 때문에 이교도들이 믿는 미신을 믿고 있는 게 아닌가 하는 의심에서 완전히 벗어날 수 있을 것이오.

나는 이런 부류의 사람들이 자연의 명을 따르고 있는 것이고 자신들이 부여받은 임무를 다른 사람들보다 다양한 방식으로 수행하는 사람들이라고 생각하기 때문에, 사실 몇몇 사람들이 생각하는 것보다 이들을 훨씬 더 높이 평가하오. 호라티우스가 말했듯이 "지상(地上)의 수확(收穫)물을 소비(消費)토록 배태(胚胎)된 일단(一團)의 사람들이 있소."* 이와 마찬가지로 "들판의 짐승" 그러니까 일반적으로 사냥감이라고 불리는 것을 소비하도록 태어난 사람들도 있다는 사실을 나는 조금도 의심치 않소. 따라서 이 영주들은 자신들이 창조된 목적을 수행하고 있는 중이란 사실을 아무도 부인하지 않으리라 믿소.

어느 날 존스는 이 사냥터지기와 함께 사냥을 갔소. 그런데 이들이 자연의 여신이 세운 목적을 달성하기 위해,** 운명의 여신이 어떤 사냥감 소비자***를 배치시켜놓은 영지 경계면에 다가가자, 한 무리의 자고가 올워디 영주의 영지 너머 대략 2, 3백 걸음 떨어진 금작화(金雀花) 수풀 속으로 날아갔고, 이를 본 이 두 명의 사냥꾼들은 그 새들을 소위 말해 찜했소.

올워디 영주는 사냥터지기에게 이웃 사람의 영지(이 영지의 주인뿐만 아니라, 그보다 이런 문제에 있어서 덜 엄중한 사람의 영지에도)엔 절대 들어가지 말 것이며, 이를 어길 시에는 쫓아낼 거라고 엄중 경고했었소. 이

---

* '지상의 수확물을 소비하도록 태어난 몇몇의 사람들이 있다'라는 뜻. 호라티우스의 『서한집Epistles』에서 인용된 문구다.
** 자연의 여신이란 이들의 마음속에 일어난 욕심 혹은 욕망을 말한다. 따라서 이 문구는 "사냥감을 잡고 싶은 마음에"라는 의미다.
*** 영지의 주인인 영주를 말함. 이들 대부분은 필딩의 말처럼 사냥하기 위해 자신의 영지에 들어온 사람들을 엄격하게 벌했다.

사냥터지기는 다른 영주들의 영지였다면 올워디 영주의 명령을 양심적으로 지키진 않았겠지만, 자고가 몸을 숨긴 영지 주인의 성품을 잘 알고 있었기 때문에 그곳으로는 들어가려 하지 않았소. 날아가버린 사냥감을 쫓고 싶어 안달하는 젊은 사냥꾼이 부추기지 않았다면, 이번에도 그러지 않았을 것이오. 하지만 존스가 너무나도 끈질기게 졸라댔고 본인 자신도 사냥감을 쫓고 싶었기 때문에, 존스의 설득에 넘어간 그는 이 영주의 영지에 들어가 자고를 향해 총을 쏘았소.

당시 이들로부터 약간 떨어진 곳에서 말을 타고 있던 이 영지의 주인은 총소리를 듣자마자 곧장 그곳으로 달려갔으나 불쌍한 톰만 발견할 수 있었소. 사냥터지기는 우거진 금작화 수풀로 뛰어들어 요행히도 몸을 감출 수 있었기 때문이었소.

존스의 몸을 뒤져 자고를 찾아낸 이 신사는 올워디 영주에게 반드시 이 사실을 알리겠다고 말한 뒤 보복을 다짐했소. 그러고는 자신의 말대로 올워디 영주의 집으로 곧장 말을 달려, 누군가가 자기 집을 부수고 가장 귀중한 가구를 도적질이라도 한 양 격앙된 어조로 톰이 자기 영지에 들어온 것에 대한 불만을 털어놓았소. 그러고는 누군지 알아내지는 못했지만 두 발의 총소리가 동시에 난 것으로 보아, 다른 사람이 또 있었을 거라며 "이 자고만 발견했지만 이 자들이 못된 짓을 얼마나 더 저질렀는지 누가 알겠소"라고 덧붙였소.

집에 돌아오자마자 올워디 영주 앞으로 즉각 불려간 톰은 사실을 인정하면서도, 자고 떼가 원래는 올워디 영주의 영지에 있다가 다른 곳으로 날아간 것이기 때문에 그랬던 것이라고 설명했소.

그러자 올워디 영주는 자신을 찾아온 영주와 그의 하인들이 두 발의 총성을 동시에 들었다고 증언했으니 톰이 누구와 함께 있었는지 반드시 알아내야겠다며 톰을 심문했소. 톰은 자신이 혼자 한 것이라고 완강하게 버텼지만, 톰이 처음에 잠시 망설이는 것을 본 올워디 영주는 자신을 찾아온 영주와 그의 하인의 말을 좀더 확인할 필요는 있겠지만, 그들의 말이 사실일 거라고 생각하게 되었던 것이오.

용의자로 지목받은 사냥터지기도 곧 소환되어 심문을 받았소. 하지만 그는 모든 것을 다 짊어지겠다는 톰의 약속을 믿고, 톰과 자신이 함께 있었다는 사실, 심지어 오후 내내 톰과 같이 있었다는 사실조차도 단호하게 부인했소.

그러자 올워디 영주는 그 어느 때보다도 얼굴에 가득 노기를 띠고 톰을 쳐다보면서 반드시 진실을 알아야겠다며 누구와 함께 있었는지 고백하는 게 좋을 거라고 했소. 하지만 톰이 여전히 자기주장을 고수하자, 몹시 화가 난 올워디 영주는 다음 날 아침엔 다른 사람이 다른 방식으로 심문할 테니 그때까지 이 문제에 대해 다시 생각해보라며 톰을 내보냈소.

블리필은 모친을 만나러 갔기 때문에, 평상시 늘 같이 지내던 친구도 없이 톰은 그날 더욱 우울한 밤을 보낼 수밖에 없었소. 톰은 이번 일로 자신이 받게 될 처벌에 대해선 별로 두려워하지 않았소. 그의 진짜 걱정거리는 자신이 끝까지 버텨내지 못해 결국 사냥터지기를 배신하게 되면 어쩌나 하는 것이었소. 그럴 경우 사냥터지기는 틀림없이 파면될 거라는 사실을 톰 자신이 잘 알고 있었기 때문이었소.

사냥터지기도 톰보다 별반 나은 시간을 보내지는 못했소. 그도 이 젊은이와 같은 걱정을 하고 있었는데, 이 젊은이의 신의에 그 자신도 많은 것을 걸고 있었기 때문이었소.

다음 날 아침 톰은 올워디 영주의 지시에 따라 스와컴 목사(올워디 영주는 두 소년의 교육을 그에게 위탁했소)를 찾아갔고, 전날 저녁에 받았던 질문을 그에게서 다시 받자 같은 답변을 했소. 하지만 그 결과는 범법자에게서 자백을 얻어내기 위해 어떤 나라에서 행하는 고문과 진배없을 정도로 가혹한 채찍질이었소.

톰은 아주 확고한 의지를 보이며 참아냈소. 매질 사이사이에 톰의 선생은 이제 고백하지 않겠느냐고 물어보았지만, 톰은 친구를 배신하거나 자신이 한 약속을 어기느니 차라리 살갗이 벗겨지는 고통을 감수하는 편을 택했던 것이오.

톰의 확고한 태도에 사냥터지기는 걱정에서 벗어나게 되었고, 톰이 너무나도 심한 고통을 당하는 것을 본 올워디 영주는 걱정이 되기 시작했소. 듣고 싶은 답변을 톰에게서 얻어내지 못한 스와컴이 몹시 화가 나 자신의 의도를 훨씬 벗어나 지나칠 정도로 가혹하게 톰을 처벌하는 게 아닌가 하는 생각이 들면서, 동시에 이웃 영주가 몹시 화가 나 오해한 것이 아닌가 하는 의심을 영주는 품기 시작했던 것이었소. 그가 이런 의심을 품게 된 이유는 이웃 영주의 하인들이 주인의 진술이 맞다고 확언해주었다는 사실에 크게 무게를 두지 않았기 때문이었소. 게다가 자신이 톰에게 잔인하게, 또한 부당하게 대하는 것이 아닌가 하는 생각이 들자 더 이상 견딜 수가 없었던 올워디 영주는 톰을 불러 여러 차례 따뜻하고 애정 어린 훈계를 한 뒤, "얘야, 내가 너를 잘못 의심했구나. 그리고 이렇게 심한 벌을 받게 해 미안하구나"라며 이번 일에 대해선 유감이라며, 보상 차원으로 톰에게 작은 말 한 필을 선물했소.

그 어떤 가혹 행위보다도 이 말에 톰의 얼굴에는 죄의식이 드러났소. 올워디 영주의 자비로움보다는 스와컴의 매질이 톰에게는 견뎌내기에 더 쉬웠던 것이었소. 올워디 영주의 말에 눈물이 솟구쳤던 톰은 무릎을 꿇고는 "제게 너무도 잘해주십니다. 그런 자격이 없는데도 말이에요"라고 소리쳤소. 그 순간 톰은 가슴이 벅차올라 사실을 말할 뻔했지만 사냥터지기의 수호신이 사실대로 말하면 그 불쌍한 사냥터지기에게 어떤 결과가 닥칠지 알려주어 그는 입을 다물 수밖에 없었소.

스와컴은 톰이 계속 거짓말을 하니 다시 한 번 매질을 하면 사실을 알아낼 수 있을 거라며 올워디 영주가 톰을 동정해 친절히 대하려는 걸 최선을 다해 막으려 했소.

하지만 올워디 영주는 스와컴의 실험에 결코 찬성하지 않았소. 그는 톰이 설령 잘못을 저질렀다 하더라도 사실을 숨긴 데 대한 벌은 이미 충분히 받았으며, 설령 사실을 숨겼다 하더라도 이는 그릇된 명예심에서 비롯된 것일 뿐 다른 이유는 없으니 톰의 심문을 그만두도록 했소.

이 말에 스와컴은 "명예라니요! 이건 단순히 고집일 뿐입니다. 명예가 거짓말하라고 가르칩니까? 아니면 명예가 종교와 무관할 수 있습니까?"라고 흥분한 듯 소리쳤소.

식사가 끝나자마자 벌어진 이 논쟁에 막 끼어든 또 다른 신사가 있었는데, 이야기를 더 진행하기에 앞서 그 사람에 대한 간단한 소개를 하겠소.

3장
스퀘어라는 철학자와 스와컴 목사의 성격
이들이 벌인 논쟁

얼마 전부터 올워디 영주의 집에서 거주하고 있는 이 신사의 이름은 스퀘어*였소. 타고난 재능은 뛰어나지 않았지만, 학문을 통해 이를 상당히 발전시킨 그는 고전 작가에 정통했고 플라톤과 아리스토텔레스가 쓴 모든 저서에 자칭 통달했소. 이 위대한 인물들을 모델 삼아 때로는 전자와 때로는 후자와 견해를 같이하면서 자신의 세계관을 형성한 그는 도덕적인 문제에선 자칭 플라톤주의자였지만 종교적인 문제에선 아리스토텔레스 쪽으로 기울었던 것 같았소.

하지만 앞서 말했듯이, 플라톤을 모델로 자신의 도덕관을 형성했지만, 플라톤을 입법자로서가 아니라 철학자 혹은 사색가로 간주한다**는 점에서 그는 아리스토텔레스의 견해에 전적으로 동조하는 것으로 볼 수 있을 것이오. 그는 이런 생각을 상당히 진전시켜 모든 선이란 결국 이론의 문제라고 여기게 되었지만 자신의 이런 생각을 그 누구에게도 말하진 않았소. 하지만 그의 행동을 조금만 주의해 살펴보면 그의 모순적인 성격을 설명해줄 수 있는 이러한 사실과 그가 진짜 갖고 있는 생각이 무엇인지 알 수 있을 거라고 나는 생각하오.

이 신사와 스와컴은 서로 정반대의 소신을 갖고 있었기 때문에 이들은 만나기만 하면 논쟁을 벌였소. 스퀘어는 인간의 본성은 완벽하고 올바른 것이며, 신체적 결함이 그렇듯이 악이란 우리의 본성에서 벗어난 것이라고 주장했던 반면, 스와컴은 인간은 하나님의 은총으로 정화되고 구원받기 전까지는, 타락한 이후로 지금까지 악의 온상에 지나지 않는다고 주장했던 것이오. 하지만 이들도 한 가지 점에서는 일치했는데, 그것은 도

---

* Square: 종교를 이성과 자연법칙에 근거하는 것으로 생각하며 신의 계시와 같은 초월적인 것을 받아들이지 않는 이신론을 숭배하는 인물. 그는 감리교도처럼 선행보다는 신앙만을 강조하는 스와컴 목사와 대조를 이루는데, 올워디는 이 두 사람의 세계관을 각각 비판하면서도 어느 쪽에도 치우치지 않는 세계관을 옹호하는 듯하다. 올워디가 톰과 블리필의 선생으로 이 두 사람을 선택한 이유는 바로 여기에 있다.
** 아리스토텔레스는 플라톤의 『공화국』과 『법률』을 이런 시각에서 보았다.

덕에 관한 이야기를 나누면서도 선이라는 용어를 단 한 번도 언급하지 않는 것이었소. 이런 이야기를 나눌 때 스퀘어가 좋아하는 용어는 "미덕 본연의 아름다움"이며, 스와컴이 좋아하는 용어는 "은총이라는 하나님의 권능"이었소. 스퀘어는 "존재하는 모든 것은 옳다는 불변의 원칙"과 "사물 본래의 합목적성"이라는 잣대로 모든 인간의 행위를 평가하는 반면, 스와컴은 권위 있는 책에 근거해 모든 문제를 판단했는데, 원문과 동등한 권위를 갖는 에드워드 쿡 경의 『리틀턴에 관한 해설』*이라는 책을 변호사들이 사용하는 것처럼, 그가 사용하는 책은 성경과 성경에 관한 주해서들이었소.

일단 간단하게나마 스퀘어에 대한 소개를 마쳤으니, 이제는 스와컴 목사가 그 누구도 이의를 제기할 수 없을 거라는 생각에, "명예가 종교와 무관할 수 있습니까?"라고 의기양양하게 질문을 던지면서 자신의 이야기를 끝냈다는 사실을 독자들이 기억하기 바라며 이야기를 다시 시작하겠소.

이 질문에 스퀘어는 스와컴이 언급한 두 용어만큼이나 애매하고 불분명한 의미를 가진 말은 없다며, 그 용어의 의미를 확실히 정의하기 전에는 철학적 논의가 불가능하다고 대답했소. 그러고는 종교라는 용어와 마찬가지로 명예라는 용어에 관해서도 여러 견해가 있다며 다음과 같이 말했소. "명예라는 단어를 '미덕 본연의 아름다움'이라는 의미로 사용한 것이라면, 명예가 종교와는 아무런 상관이 없소. 선생은 한 가지 종교를 제외한 모든 종교가 명예와는 아무런 관련이 없다고 생각할 것이오. 이슬람교도나 유대인, 다른 종교를 믿는 사람들 모두 다 그렇다고 생각할 것이기 때문이오."

---

* 토머스 리틀턴(Thomas Littleton, 1422~1481)의 부동산 보유권에 대한 해석을 기술한 에드워드 쿡Edward Coke의 설명서.

이 말에 스와컴은 그렇게 말하는 것은 진정한 종교를 거부하는 기독교의 적들이 으레 하는 악의적인 주장이라고 대답하면서, 이 세상의 모든 이교도와 이단자들은 명예라는 단어를 자신들이 생각하는 그 터무니없고 잘못된 의미로 혹은 가증스럽고 기만적인 의미로 해석하려고 한다는 사실을 자신은 잘 알고 있다며 이렇게 말했소. "명예에 관한 터무니없는 견해가 많다고 해서 명예가 여러 가지 있는 게 아니듯, 이 세상에 여러 종파와 여러 이단이 있다고 해서 진정한 종교가 여럿 있는 것은 아니오. 내가 종교라는 용어를 사용했을 때 그것은 기독교, 더 정확히 말하자면 기독교 중에서도 개신교 또 개신교 중에서도 성공회를 의미하는 것이오. 이와 마찬가지로 내가 명예라는 단어를 사용했을 때 그것은 다른 종교가 아니라 바로 이 기독교와 양립할 뿐만 아니라 기독교에 근거한 하나님의 은총을 보여주는 하나의 형태를 의미하는 것이오. 따라서 지금 내가 말하고 있고 전에도 말했던 그 명예라는 단어가 거짓을 옹호하고 심지어 거짓말을 하라고 시켰다는 건 상상조차 할 수 없는 터무니없는 주장이오."

이에 대해 스퀘어는 다음과 같이 대답했소. "내가 한 말 속에 명백하게 드러난 결론을 또다시 내리진 않겠소. 하지만 선생은 내 말의 결론이 무엇인지 알아차렸다 하더라도 거기에 대해 답변은 하지 않았소. 종교에 관한 이야기는 차치하더라도, 선생이 한 말로 미루어 보아 명예라는 용어에 관해 나와는 다른 견해를 가지고 있는 게 분명하오. 그렇지 않다면 명예의 의미를 설명하는 데 왜 같은 용어를 사용하지 않았겠소? 난 진정한 명예와 진실한 미덕은 거의 동일한 의미며 둘 다 '존재하는 모든 것은 옳다는 불변의 원칙'과 '사물 본래의 합목적성'이라는 원칙에 근거한다고 주장해왔소. 이 두 가지 원칙은 거짓을 혐오하며 또한 용납하지 않기 때문에, 진정한 명예는 거짓을 옹호할 수 없다는 사실은 확실하오. 그런 점에서 우리는 의견의 일치를 보았다고 나는 생각하오. 하지만 만일 종교가 어떤 긍정적인 법칙을 의미한다면, 종교보다 앞서 생긴 명예가 종교에 그 근간을 두어야 한다는 말은……"

이 말에 스와컴은 "명예가 종교보다 먼저라고 주장하는 사람 말에 내가 동의하다니! 영주님, 제가 이 사람 말에 동의했습니까?"라고 흥분하며 말했소.

하지만, 올워디 영주는 그의 말을 막으며 자신은 진정한 명예에 대해 말한 것이 아니라며, 두 사람 모두 자기 말을 잘못 이해했다고 냉담하게 말했소. 하지만 이들이 벌이던 논쟁에 종지부를 찍은 또 다른 사건이 발생하지 않았다면, 몹시 흥분한 두 논쟁가를 쉽사리 진정시킬 수는 없었을 것이오.

4장
작가에 대한 변명과 마찬가지로 변명이 필요할지도 모르는 유치한 사건

이야기를 더 진행하기에 앞서, 나는 몇몇 열성적인 독자들이 품을 수도 있을 오해를 피하고 싶소. 누구를 막론하고, 특히 미덕이나 종교 문제에 열정적인 관심을 가지고 있는 사람들을 결코 화나게 하고 싶지 않기 때문이오.

그 누구도 내 말의 의미를 터무니없이 오해하거나 곡해함으로써, 인간의 마음을 정화시키고 고귀하게 하며 동물보다 인간을 더 우월한 존재로 승화시키는 완벽한 인간의 본성을 내가 비웃으려 한다고 오해하지 않길 바랄 뿐이오. 독자들이여, (선량한 독자일수록 내 말을 더 잘 믿을 거라

생각하오) 그대들에게 감히 이렇게 말하겠소. 두 사람이 각각 밝힌 훌륭한 생각 중 어느 하나에라도 위해를 가하기보다는 차라리 두 사람의 생각을 영원한 망각에 묻어버리겠노라고.

이와는 반대로 이 미덥지 못하고 위선적인 두 사람의 삶과 행위를 기록하는 것은, 독자들에게 도움을 주기 위한 것이오. 배신을 일삼는 친구가 가장 위험한 적이듯, 종교나 미덕은 입담 좋은 탕아나 이교도보다 위선자로 인해 더욱 신망을 잃게 되는 법이오. 확대해서.말하자면, 이 두 가지는 그 순수함을 유지할 경우엔 시민사회를 결속하는 가장 큰 축복일 수도 있으나, 사기와 거짓 그리고 위선으로 더럽혀지고 타락하게 되면, 거대한 재앙의 씨가 되어 타인에게 가장 잔혹한 해악을 끼칠 수도 있는 것이오.

내가 지금 한 이 정도의 조롱은 허용될 수 있을 거라고 믿소. 하지만 이 두 사람은 종종 진실되고 올바른 진술도 했기 때문에, 이들의 말 모두를 내가 조롱한다고 오해하지는 않았으면 하오. 독자들도 생각해보면 알겠지만, 이 두 사람 중 그 누구도 바보는 아니기 때문에, 이들이 잘못된 원칙만 주장하고 불합리한 말만 한다고 생각해서는 안 될 것이오. 따라서 이들의 나쁜 점만 골라서 이야기한다면, 이들의 참모습을 공정하게 보여주지 못할 뿐만 아니라, 이들의 주장을 폄하하고 훼손하는 결과를 초래하게 될 것이오.

전반적으로 이들의 대화를 살펴볼 때 드러나는 사실은, 종교나 미덕 그 자체에 문제점이 있는 것이 아니라, 두 사람에겐 신앙심과 미덕이 결여되어 있다는 것이오. 스와컴이 미덕을, 스퀘어가 종교를 지나치게 경시하지 않았다면, 그리고 둘 다 타고난 인간의 선한 성품을 저버리지 않았다면, 이들은 결코 조롱의 대상으로 우리 이야기에 등장하지는 않았을 것이오.

지난 장에서 언급한 이들의 논쟁에 종지부를 찍은 것은 다름 아닌 블리필과 톰 존스 간의 말다툼이었소. 이 말다툼은 결국 블리필이 코피를 쏟은 것으로 끝이 났는데, 이는 블리필이 존스보다 더 젊고 몸집도 컸지만, 복싱이라는 그 멋진 기예에서 톰이 훨씬 월등했기 때문이오.

하지만 톰은 신중하게도 이 젊은이와의 싸움을 피하려 했소. 짓궂은 장난을 하기는 했지만, 톰은 남의 비위를 건드리는 것을 좋아하지 않았을 뿐만 아니라, 블리필을 진심으로 사랑했고, 항상 블리필 편만 드는 스와컴도 존스를 저지하려고 했기 때문이오.

하지만 어떤 작가*가 정확히 지적했듯이, 사람이란 항상 현명하게 행동하는 법은 아니오. 따라서 어린 소년들이 항상 현명하게 행동하지 못한다는 사실은 놀라운 일이 아닐 것이오. 같이 놀던 중 둘 사이에 이견이 생기자 블리필이 톰을 거렁뱅이 사생아라고 불렀기 때문에 흥분 잘하는 톰이 앞에서 언급한 것처럼 블리필의 얼굴에 그 현상을 일으키게 했던 것이었소.

코피를 줄줄 흘리고 눈물을 펑펑 쏟으며 외삼촌과 그 무시무시한 스와컴 앞에 나타난 블리필은 즉각 이들로 구성된 법정에서 톰이 자신에게 폭행과 구타를 가하고 상처까지 입혔다고 고발했소. 그러자 이에 대한 해명으로 톰은 상대방이 자신을 화나게 해 그런 거라고 그 이유를 밝혔는데, 이 사실은 블리필이 말하지 않은 것이었소.

블리필이 세세한 상황을 모두 기억하지 못했을 수도 있소. 답변에서 그는 톰을 그렇게 부른 적이 결코 없었다고 강력하게 주장하면서, 자신이

---

* 대(大)플리니우스(Gaius Plinius Secundus, 23~79)는 『박물지Historia Naturalis』에서 "사람은 항상 현명할 수는 없다"고 적고 있다.

그런 못된 말을 할 리가 없다고 덧붙였기 때문이오.

소송 절차에 어긋나기는 하지만,* 톰은 자신의 말은 사실이라고 반복해서 말했소. 그러자 블리필은 "한번 거짓말을 한 사람이 또다시 거짓말하는 건 놀랄 일은 아니지. 내가 너처럼 선생님께 그런 못된 거짓말을 했다면, 난 부끄러워 얼굴도 들지 못했을 거야"라고 말했소.

이 말에 스와컴이 "얘야, 톰이 무슨 거짓말을 했다는 거니?"라고 조바심 내듯 물어보자, 블리필은 "있잖아요. 자고 사냥했을 때 존스가 혼자 있었다고 했잖아요. 그런데 사실은요……" 이렇게 말을 꺼낸 뒤 블리필은 갑자기 눈물을 펑펑 쏟기 시작하더니 다음과 같이 말을 이었소. "그때 블랙 조지와 같이 있었다고 저한테 다 털어놨어요. 네가 분명히 그랬잖아! 아니면 아니라고 한번 해봐! 선생님이 아무리 혼내도 절대 사실을 말하지 않을 거라고 말했잖아!"

이 말을 들은 스와컴은 눈에 섬광을 번뜩이며 의기양양하게 소리쳤소. "오호! 이것이 네가 말하는 명예란 거구나! 이 아이가 다시는 매질을 해서는 안 되는 아입니까!" 하지만 올워디 영주는 좀더 온화한 표정을 지으면서 존스를 쳐다보며 말했소. "얘야, 그 말이 사실이냐? 그런데 어떻게 그렇게 끝까지 거짓말을 했니?"

그러자 톰은 자신도 거짓말하긴 싫었지만 같이 있었다는 사실을 말하지 않겠다고 그 불쌍한 사람에게 약속했기 때문에, 신의를 지키기 위해서라도 그렇게 할 수밖에 없었다고 했소. 그러고는 사냥터지기가 그 신사의 영지에는 제발 들어가지 말라고 했지만, 자신이 사냥터지기를 설득해서

---

* 법정에서 원고가 피고에게 자신이 고발한 이유를 설명한 뒤, 이에 대한 답변을 피고로부터 듣고, 이를 반박하기 위해 다시 새로운 자신의 주장을 펼 경우, 피고는 이에 대한 답변을 해야 하는데, 만일 앞서 말한 답변과 같은 내용의 말을 반복하게 되면 그 답변은 무효가 된다.

그곳에 같이 들어가게 된 것이기 때문에, 사냥터지기와 같이 있었다는 사실을 더욱더 감출 수밖에 없었다고 대답했소. 그러고는 이것이 그 일의 전모라며 지금 자신이 한 말은 모두 사실이라고 맹세라도 할 수 있다고 하고는, 모든 게 자기 잘못이고 사냥터지기는 자신이 아주 어렵게 설득해 그런 일을 저지르게 된 것이니, 그 사람의 불쌍한 가족을 위해서라도 사냥터지기를 용서해달라고 올워디 영주에게 아주 간곡히 청했소. 그러더니 존스는 이렇게 말했소. "제가 거짓말했다고 할 수도 없어요. 그 불쌍한 사람은 모든 상황을 전혀 알지도 못했으니까요. 저 혼자 자고를 쫓아갔어야 했는데! 그래요. 처음에는 저 혼자 갔고, 사냥터지기는 일이 잘못될까 봐 저를 따라오기만 한 거예요. 그러니 절 벌주세요. 제 망아지를 도로 가져가세요. 하지만 조지는 용서해주세요."

이 말을 들은 올워디 영주는 잠시 머뭇거리더니, 두 소년에게 좀더 사이좋게 지내라고 훈계하고는 보내주었소.

5장
두 소년에 대한 신학자와 철학자의 견해
이들이 갖고 있는 견해의 근거와 그 밖의 내용

아주 은밀하게 자신에게 알려준 비밀을 폭로함으로써 블리필은 오히려 동료가 호된 매질을 당하는 걸 막을 수 있었던 것 같았소. 블리필이 코피를 흘리게 했다는 것 자체만으로도 스와컴이 톰을 징계할 충분한 사유가 되었지만, 다른 문제를 생각하느라 이 문제는 완전히 묻히고 말았기 때문이오. 올워디 영주는 이 문제로 톰이 벌보다는 상을 받아야 한다는 게 자신의 개인적인 생각이라고 말했기 때문에, 스와컴은 대사면을 받은 톰에게 손을 댈 수 없었던 것이오.

매질할 생각에 골몰히 잠겨 있던 스와컴은 이 마음 약하고 '부도덕한 관용'(감히 그렇게 부르겠다고 그는 말했소)에 대해 반대의 소리를 높였소. 이런 죄를 지었는데도 벌을 주지 않는 건 죄를 부추기는 것이라며 「아가서」와 그 밖의 다른 구절에서 따온 구문을 인용하면서, 어린아이를 벌주는 것의 중요성을 상술했소(이런 내용은 다른 책에도 많이 나와 있기 때문에 더는 말하지 않겠소). 그런 다음 그 누구보다도 자신이 잘 알고 있는 주제인 거짓말이라는 죄악에 대해 열변을 토하기 시작했소.

스퀘어는 톰의 행위를 자신이 생각하는 완벽한 미덕의 개념과 연결해보려고 했지만, 연결이 되지 않는다고 했소. 그러고는 언뜻 보기에 톰의 행동에 불굴의 정신과 비슷한 무엇인가가 있다는 점은 인정하지만, 불굴의 정신은 미덕이고 거짓은 악이기 때문에 이 둘은 결코 양립되거나 결합될 수 없는 것이라고도 했소. 따라서 톰의 행동은 미덕과 악의 개념을 혼동하게 만들고 있어 톰에게 좀더 큰 벌을 내려야 할지 말지에 관해선 스와컴의 의견을 고려할 가치가 있을 수도 있다고 덧붙였소.

존스를 똑같이 질책했던 이 두 명의 학식 있는 사람들은 블리필을 칭송하는 데도 한목소리를 내었소. 스와컴 목사는 진실을 밝히는 것은 모든 종교인들의 의무라고, 스퀘어 철학자는 진실을 밝히는 것은 '존재하는 모든 것들은 옳다는 법칙'과 '사물 본래의 합목적성'이라는 영원불변의 진리와 부합한다고 주장했기 때문이오.

하지만 올워디 영주가 보기에 이들의 주장은 별로 설득력이 없었기 때문에 이들의 노력에도 불구하고 올워디 영주는 톰을 벌해도 좋다는 허락을 내리지 않았소. 스와컴의 종교관이나 스퀘어의 미덕에 대한 생각보다도, 올워디 영주의 마음에는 이 소년이 간직하고 있는 굴하지 않는 한 결같은 마음에 더 공감할 수 있는 무엇인가가 있었기 때문이었소. 따라서 올워디 영주는 이미 지난 일로 톰에게 다시 매질을 하지 말라고 스와컴에게 엄히 명했고, 마지못해서였지만 이 명령을 따를 수밖에 없던 이 교육자는 존스는 분명히 버르장머리 없는 아이가 될 거라며 여러 차례 투덜거렸소.

이 선량한 사람은 사냥터지기에 대해선 좀더 엄히 대했소. 곧 그를 소환해 호되게 야단친 뒤, 남은 급료를 주고는 해고했던 것이오. 자기 자신을 위해 거짓말하는 것과 남을 지켜주기 위해 거짓말하는 것 사이에는 큰 차이가 있다고 하고는, 사냥터지기 스스로 마땅히 자신의 잘못을 고백해 톰 존스가 그처럼 심한 벌을 받는 걸 막았어야 했는데도 자신을 위해 톰이 벌 받는 걸 비열하게 방치했기 때문에, 이런 혹독한 처벌을 내리게 되었다고 힘주어 말하면서 말이오.

이 이야기가 널리 알려지자 많은 사람들은 이 문제에 관한 두 소년의 행동에 대해 스퀘어나 스와컴과는 아주 다른 판단을 내렸소. 대부분의 사람들은 블리필을 '비열한 악당' '겁 많은 비열한 놈' 그리고 이와 유사한 여러 호칭으로 불렀고, 톰은 '용감한 소년' '괜찮은 녀석' '정직한 친구'라고 칭송했던 것이오. 특히 블랙 조지에 대한 톰의 신의는 모든 하인들에게 상당한 호감을 주었소. 그리고 전에는 조지를 좋아하지 않았던 대부분의 사람들은 조지가 쫓겨나게 되자 그를 동정하기 시작했소. 따라서 그들 모두는 톰 존스가 조지에게 베푼 우정과 의협심에 최상의 찬사를 보냈고, 블리필에 대해서는 그의 모친의 분노를 사지 않는 선에서 노골적으로 비난했소. 이렇듯 남들에겐 칭송을 들었지만 불쌍한 톰은 실제로는 많은 고통을 겪어야만 했소. 앞서 말한 이유로 스와컴은 팔을 휘두르는 걸 금지당했지만, '개를 두들겨 팰 막대기를 찾아내는 건 어렵지 않다'는 속담처럼, 회초리를 발견하는 것은 쉬웠기 때문이었소(스와컴이 불쌍한 톰을 체벌하지 못하게 막을 수 있는 유일한 방법은 회초리를 찾을 수 없게 하는 것뿐이었소).

체벌을 가하는 것에 즐거움을 느끼는 것이 스와컴이 이런 식으로 행동하는 유일한 동기였다면, 블리필도 아마 그 대상이 되었을 것이오. 하지만 그런 것 같지는 않았소. 올워디 영주는 두 소년을 차별하지 말라고 종종 말했지만, 스와컴은 블리필에게는 아주 친절하고 온화하게, 존스에게는 그만큼 더 가혹하게 심지어 야만적으로 대했기 때문이오. 솔직히 말해, 블리필이 스와컴의 사랑을 얻게 된 데에는 그를 항상 지극한 존경심으로 바라보는 데에도 일부 이유가 있겠지만, 스승의 가르침을 받아들일 때 블리필이 보이는 적절한 존경심에 더 큰 이유가 있는 것 같았소. 즉 블리필은 스승이 하는 말을 외워 그 말을 반복하기도 했고, 그처럼 나이 어린 사람들에게서는 찾아보기 어려울 정도의 열정으로 스승이 내세우는 모든 종교적 원칙을 옹호했기 때문에, 이 훌륭한 선생은 블리필에게 상당한 호감을 느끼지 않을 수 없었던 것이오.

반면 톰 존스는 스승이 다가올 때도 종종 모자 벗는 것을 잊거나 고개 숙여 인사하는 것도 잊는 등, 외견상으로도 스승에게 존경을 표하는 데 항상 부족했을 뿐만 아니라, 스승의 가르침에 대해서도 거의 신경조차 쓰지 않았소. 톰은 무분별하고 경솔했으며, 태도, 특히 얼굴 표정에 진지함이 부족한 소년이었던 것이오. 게다가 그는 종종 자신의 동료인 블리필의 신중한 행동을 몹시 뻔뻔하고도 꼴사나울 정도로 비웃기조차 했소.

스퀘어도 똑같은 이유에서 블리필을 편애했소. 톰은 스와컴과 학문적인 대화를 나눌 때도 그랬던 것처럼, 이 신사가 때때로 자신에게 건네는 학문적인 대화에 별다른 관심을 보이지 않았기 때문이오. 톰은 "존재하는 모든 것은 옳다"는 스퀘어의 믿음을 조롱한 적이 있었고, 또 언젠가는 아버지와 같은 분(올워디 영주는 톰이 자신을 그렇게 부르는 걸 허용했소)을 만들 수 있는 법칙은 이 세상에 존재하지 않는다고 말한 적도 있었기 때문이었소.

이와는 반대로 블리필은 열여섯이라는 어린 나이에도 불구하고 서로 너무나도 다른 두 사람에게 동시에 잘 보일 수 있는 묘안을 터득했소. 스와컴 앞에서는 아주 경건한 신앙인처럼, 스퀘어 앞에서는 상당한 미덕을 갖춘 사람처럼 행동했던 것이오. 그리고 이 두 사람 앞에선 항상 침묵을 유지했는데, 두 사람 모두 이것을 블리필이 각각 자신들을 호의적으로 생각하기 때문이라고 해석했던 것이오.

블리필은 두 사람의 면전에서만 아첨하는 데 만족하지 않고, 이들이 없을 때도 올워디 영주에게 이들을 칭송하곤 했소. 즉 영주와 단둘이 있을 때 블리필은, 자신이 밝힌 종교적인 혹은 미덕에 관한 견해를 영주가 칭찬할 경우(이런 경우는 여러 번 있었소) 이러한 생각을 갖게 된 것은 스와컴이나 스퀘어에게서 받은 훌륭한 가르침 덕분이라고 말했던 것이오. 블리필이 이렇게 말한 연유는 외삼촌이 자신이 한 말을 당사자에게 전할 거라는 사실과, 경험상 이런 식의 칭송은(사실 남을 통해 전해 들은 아첨만큼 거부하기 힘든 것은 없는 법이기 때문이오) 철학자나 신학자에게 상당히 좋은 인상을 남길 거라는 사실을 잘 알고 있었기 때문이었소.

더군다나 이 젊은이는 스승을 칭송하는 건 올워디 영주가 내세운 특이한 교육 방식을 칭송하는 셈이 되기도 하기 때문에, 올워디 영주에게도 상당히 기분 좋은 일임을 곧 알아차렸던 것이오. 공립학교는 불완전하고 남자아이들이 배우기 쉬운 악덕도 많다고 생각했던 올워디 영주는 자택

교육을 하게 되면 공립학교나 공립대학에 다닐 때 빠지기 쉬운 타락을 피할 수 있을 거라는 생각에, 조카와 어떤 의미에선 양자로 삼은 이 젊은이를 집에서 교육시키기로 결심했던 것이오.

따라서 아이들의 교육을 가정교사에게 맡기기로 결심한 올워디 영주는 자신이 보기에 상당한 지적 능력과 신뢰할 만한 인격을 지닌 매우 각별한 친구에게 부탁해 스와컴을 가정교사로 추천받았던 것이오. 올워디 영주의 친구가 거의 거주하다시피 하는 어느 대학의 특별 연구원이었던 스와컴은 깊은 학식과 독실한 신앙심 그리고 근엄한 행동거지로 널리 알려져 있었기 때문에 영주의 친구가 스와컴을 추천한 것이 틀림없었을 것이오. 올워디 영주의 친구가 사는 지역구에서 상당한 지위를 차지하던 스와컴 집안에 영주의 친구가 모종의 빚을 지고는 있었지만 말이오.

스와컴이 처음 이곳에 도착했을 때, 올워디 영주는 그가 몹시 만족스러웠소. 올워디 영주가 들은 평판 그대로였기 때문이었소. 하지만 스와컴을 좀더 알게 되고 그와 좀더 가까이서 대화를 나누게 되자 없었으면 좋았을 그런 결점을 발견하게 되었소. 하지만 결점보다는 훌륭한 점이 훨씬 많았기 때문에, 그가 가진 결점을 이유로 그를 내보내고 싶지 않았으며, 또 그럴 만한 정당한 이유라고 여기지도 않았소. 스와컴이 독자들에게 비추어지듯이 올워디 영주에게도 그렇게 보일 거라고 생각한다면, 즉 영감(靈感)을 통해 우리가 알아낸 사실을 스와컴과의 대화를 통해 올워디 영주도 알게 되었을 거라고 생각했다면, 그것은 상당히 큰 오산이오. 또 올워디 영주가 스와컴에 대해 잘못 생각하고 있다고 해서 그가 지혜롭지도 않고 통찰력도 없는 사람이라고 비방하는 독자들이 있다면, 이는 우리가 알려준 정보를 아주 잘못, 그것도 감사할 줄 모르며 사용하고 있는 증거라고 우리는 주저하지 않고 말할 것이오.

스와컴의 신조에 내재한 이러한 명백한 오류는 스퀘어의 신조에 내재한 그 정반대의 오류(이런 오류를 발견한 올워디 영주는 이를 역시 비난했소)를 상쇄하는 데 큰 역할을 했소. 올워디 영주는 두 사람의 극단적으로 다른 두 견해가 상대방의 견해에 내재한 불완전한 면을 바로잡아주고, 이를 통해 (특히 자신의 도움이 가미된다면) 두 아이들은 진정한 종교와 미덕에 관한 충분한 가르침을 얻게 될 거라고 생각했던 것이오. 하지만 올워디 영주의 예측과 다른 상황이 벌어진다면, 그것은 영주의 계획 자체에 내재한 오류(할 수만 있다면 독자들이 그 오류를 찾아내도 좋소) 때문일 것이오. 왜냐하면 우리는 이 작품에 인간의 본성에서는 찾을 수 없는 면을 지닌 완전무결한 사람을 등장시키지는 않을 것이기 때문이오.

다시 본론으로 돌아가자면, 앞서 언급한 두 소년의 각기 다른 행동이 (이미 그 실례를 독자들도 본 바와 같이) 서로 다른 결과를 낳은 것에 대해 독자들은 놀라지 않을 것이오. 이외에도 철학자와 목사가 이렇게 행동한 데는 또 다른 이유가 있었소. 하지만 그것은 매우 중요한 문제이니 다음 장에서 밝히고자 하오.

6장
앞서 말한 견해를 뒷받침할 수 있는 근거

우리 이야기에서 최근에 상당한 두각을 나타낸 이 두 명의 학식 있는 인물들은 올워디 영주의 집에 처음 왔을 때부터, 한 사람은 올워디 영주의 미덕에, 다른 한 사람은 올워디 영주의 신앙심에 각별한 호감을 품게 되어, 영주와 아주 가까운 인척관계를 맺을 생각을 했다는 사실을 지금 말해야 할 것 같소.

　이 목적을 달성하기 위해 이들은 (얼마 동안 언급하지는 않았지만, 독자들은 결코 잊지 않았으리라 생각하는) 아름다운 미망인에게 눈길을 주었소. 즉 블리필 부인이 바로 이들 모두가 열망하는 그 대상이었던 것이오.

　앞서 언급했던 (올워디 영주의 집에 기거하고 있는) 네 명의 인물 중 세 명이나, 외모에 관해서는 별 찬사를 받지 못한 데다 인생의 황혼기에 접어든 이 미망인에게 애정을 품었다는 사실이 놀라운 일처럼 보일 수 있을 것이오. 하지만 가까운 친구나 지인이 친구의 집에 머물고 있는 어느 특정 여성에게 호감을 갖는 것은 사실 자연스런 일이오. 특히 이들에게 돈이 많은 경우 이 집을 찾은 사람이 친구의 할머니, 어머니, 누이, 딸, 고모, 조카나 사촌에게 애정을 느끼고, 이들의 외모가 출중한 경우엔 이 집을 찾아온 사람이 친구의 아내, 누이, 딸, 조카, 사촌, 친구의 애인, 하녀 들에게 애정을 느끼는 건 지극히 자연스런 일이오.

　하지만 스와컴과 스퀘어 같은 인격자들이 사전에 철저히 검토도 하지 않고 혹은 셰익스피어의 말처럼 "양심에 합당한 문제"*인지 아닌지 고려해보지도 않고, 엄격한 도덕가들의 비난을 받을 수도 있는 이런 일에 착수했을 거라곤 생각하지 않았으면 좋겠소. 스와컴의 경우 이웃의 누이를 탐하는 걸 금지하는 조항이 그 어디에도 없다는 사실을 확인하고 이 일에 뛰어들었기 때문이오. "명료(明瞭)하게 천명(闡明)된 것은 암묵적(暗默的)으로 가정(假定)된 것을 무효화(無效化)한다"**는, 즉 "입법가가 자기 말의 의미를 명백히 밝히면, 입법가의 말을 우리가 자신이 원하는 의미로 해석할 수 없다"는 명제가 법해석의 기본적인 룰이라는 걸 알고 있었던 스와컴은 이웃

---

　*　셰익스피어의 『오셀로』 2막 1장에서 이아고Iago가 한 말.
　**　'분명하게 표현한 것은 암묵적으로 가정된 사실을 무효로 만든다'는 뜻.

의 재산을 탐하지 말라는 하나님의 율법에 거론된 몇 부류의 여성 중 누이라는 단어가 빠져 있었기 때문에 자신의 행동이 합법적이라는 결론을 내렸던 것이오. 그리고 외관상 '유쾌한 친구' 혹은 '미망인들이 좋아할 만한 남자' 같았던 스퀘어도 이 선택이 '사물 본래의 합목적성'이라는 원칙과 부합된다고 생각했던 것이오.

따라서 이 두 신사는 기회 있을 때마다 이 미망인에게 잘 보이려고 분주히 노력했고, 이를 위한 확실한 방법은 이 미망인의 아들을 톰보다 편애하는 것이라고 생각했던 것이오. 올워디 영주가 톰에게 친절히 대하며 사랑을 베푸는 것을 브리짓 여사가 몹시 불쾌하게 여긴다고 생각했기 때문에 이들은 기회 있을 때마다 톰을 모욕하고 헐뜯으면 브리짓 여사가 몹시 기뻐할 거라고 여겼던 것이오. 즉 이들은 브리짓 여사가 톰을 미워하기 때문에 그에게 상처를 주는 모든 사람들을 좋아할 거라고 생각했는데, 이 점에선 스와컴이 더 유리했소. 스퀘어는 기껏해야 이 불쌍한 젊은이의 명예에 흠집을 낼 수 있었지만, 스와컴은 톰의 살갗도 벗겨낼 수 있었기 때문이었소. 실제로 스와컴은 톰에게 가하는 채찍질을 연인에게 바치는 찬사로 간주하여 **"용장(用杖)을 하지 않는 자는 자식을 증오(憎惡)하는 자이고, 자식을 사랑하는 자는 자식을 상벌(賞罰)한다."*** 즉 "미워서가 아니라 사랑하기 때문에 벌을 주는 것이다"라는, 매질을 정당화하기 위해 아주 오래전부터 쓰던 말을 적절히 이용해왔던 것이오(이 말을 종종 입에 담았던 그보다 이 오래된 문구를 그대로 실행한 사람은 없었을 것이오).

앞서 보았듯이, 주로 이런 이유로 이 두 신사는 두 소년에 관한 한 견해가 일치했소. 하지만 이들이 동의한 유일한 사례는 이것뿐이었소. 소신

---

* '매를 아끼는 자는 자식을 미워하는 자이고, 자식을 사랑하는 사람은 자식에게 벌을 준다'는 뜻.

의 차이 이외에도, 이들 두 사람은 오래전부터 상대방의 의도에 강한 의혹을 품으며 서로를 미워했기 때문이오.

서로에게 느끼는 이러한 적대감은 상대방이 블리필 부인과의 일에서 소기의 목적을 달성할 때마다 더욱더 커졌소. 블리필 부인은 이들이 상상하는 것보다 더 오래전부터 이들이 무엇을 하려고 하는지 이미 알고 있었소. 아니, 그녀로선 알아야만 하는 일이었소. 이들은 블리필 부인이 이를 불쾌하게 여겨 올워디 영주에게 알릴까 염려스러워 몹시 조심스럽게 진행했지만, 사실 그럴 필요는 없었소. 블리필 부인은 자신만이 그 수확물을 거둘 수 있는 이들의 구애에 몹시 만족하고 있었기 때문이오. 따라서 그녀는 그들에게서 바라는 유일한 수확물인 아첨과 구애를 얻기 위해 오랜 기간 동안 번갈아 이들을 달래주었던 것이오. 그녀가 양쪽을 모두 달래주었던 이유는, 원리원칙의 면에서는 목사가 좀더 호감을 주었지만 외모 면에서는 스퀘어가 더 마음에 들었기 때문이었소. 즉 스퀘어는 잘생겼지만, 목사는 「매춘부의 편력」에 나오는, 브라이드웰 감화원에 수감된 여자들을 꾸짖고 있는 남자와 아주 많이 닮았던 것이오.*

결혼의 달콤함에 물렸는지, 결혼생활의 쓴맛에 혐오감을 느꼈는지 혹은 다른 원인에서 그랬는지는 모르겠지만, 블리필 부인은 이 두번째 청혼에는 귀를 기울이려 하지 않았소. 하지만 결국엔 스퀘어와 친밀하게 대화를 나누는 사이가 되자, 그녀에 관한 악의적인 말들이 오고 갔소. 그러나 그런 말들은 "존재하는 모든 것은 옳다는 원칙"과 "사물 본래의 합목적성"에 위배될 뿐만 아니라, 블리필 부인 자신에게도 결코 좋은 말은 아니었기 때문에, 우리는 신뢰하지 않을 것이고, 따라서 그런 말을 옮겨, 우

---

* 호가스의 연작 「매춘부의 편력」의 4번째 작품에 이와 같은 묘사가 나온다.

리의 지면을 더럽히지도 않을 것이오. 하지만 스와컴 목사가 자신이 목표로 삼은 곳으로 한 걸음도 가까이 가지 못하면서 자신을 태운 말에 쓸데없이 채찍질만 했다는 것은 사실이었소.

스와컴 목사는 실로 커다란 실수를 저질렀는데, 이 사실을 스퀘어가 그보다 훨씬 먼저 눈치챘소. 독자들은 이미 짐작했을지 모르겠지만, 블리필 부인은 죽은 남편을 별로 달갑지 않게 생각했소. 솔직히 말해 그녀는 남편을 몹시 미워해서 남편이 죽어서야 그에 대한 애정이 약간이나마 회복될 수 있었던 것이오. 따라서 그녀가 남편에게서 얻은 자식에게 대단한 관심을 갖지 않는다는 사실은 그리 놀랄 일이 아닐 것이오. 사실 블리필 부인은 자식에게 거의 관심도 갖지 않았기 때문에 자식이 어렸을 때도 거의 보지도, 신경 쓰지도 않았던 것이오. 따라서 올워디 영주가 업둥이를 자식이라고 부르며 모든 점에서 블리필과 똑같이 대우하고 호의를 베풀 때도, 처음엔 다소 주저했지만 잠자코 받아들였던 것이오. 이웃 사람들이나 가족들뿐만 아니라 모든 사람들은 블리필 부인이 영주의 이런 행위를 묵인하는 이유가 영주의 비위를 맞추기 위해서일 뿐, 마음속으로는 업둥이를 미워한다고 생각했소. 따라서 블리필 부인이 업둥이에게 친절하게 대하면 대할수록, 그들은 블리필 부인이 업둥이를 더더욱 미워하며 업둥이를 파멸시키기 위해 보다 확실한 계획을 세우고 있다고 생각했던 것이오(이들은 업둥이를 미워하는 것이 블리필 부인을 위하는 것이라고 생각했기 때문에, 사실은 그렇지 않다고 블리필 부인이 아무리 주장해도 그들의 생각을 바꾸기는 몹시 어려웠을 것이오).

매질을 몹시 싫어하는 올워디 영주가 외출했을 때, 블리필 부인은 아주 여러 번 교묘하게 스와컴을 부추겨 톰 존스에게 매질을 가하도록 했지만, 블리필에 대해서는 그런 지시를 내린 적이 없었기에, 스와컴은 자신의 생각이 옳다고 확신하게 되었소. 마찬가지로 스퀘어도 이와 비슷한 잘못된 생각을 가지고 있었소. 자기 아들을 혐오하는 게 분명한 블리필 부인은(아연실색할 사실 같지만, 블리필 부인이 유일한 예는 아니라고 확신하오) 겉으로는 올워디 영주의 뜻을 따랐지만, 마음속으로는 영주가 이 업둥이에게 온갖 호의를 베푸는 걸 몹시 불만스러워하는 것처럼 보였소. 그녀는 영주의 이런 면을 뒤에서 종종 불평했고, 이 문제로 스와컴과 스퀘어 두 사람에게 올워디 영주를 몹시 비난하기도 했으며, 심지어는 영주와 작은 말다툼이나 속된 말로, 티격태격 싸움을 벌일 경우, 영주의 면전에서 이 문제로 그를 닦아세우기도 했기 때문이오.

하지만 톰이 성장해 여성들에게 호감을 주는 씩씩하고 정중한 남성다운 성향을 보이자, 톰에 대한 블리필 부인의 혐오감은 점차 누그러지기 시작했소. 그러다 결국 블리필 부인은 자기 아들보다 톰에게 훨씬 더 강한 애정을 품게 되었는데, 그녀의 속마음을 오해하는 게 불가능할 정도로 이러한 사실은 분명하게 드러났소. 블리필 부인은 톰을 자주 보고 싶어 했고 톰과 같이 있을 때 자신이 얼마나 만족스럽고 즐거운지 확실히 드러내어, 톰은 열여덟 살이 채 되기도 전에 스퀘어와 스와컴의 사랑의 라이벌이 되었던 것이오. 설상가상으로 마을 사람들은 블리필 부인이 스퀘어에게 가졌던 호감에 대해 그랬듯이, 이번에는 톰에 대한 그녀의 호감에 대해 떠들어대기 시작했고, 이 때문에 이 철학자는 우리의 불쌍한 주인공을 마음속 깊이 증오하게 되었던 것이오.

7장

무대에 모습을 드러내는 작가

올워디 영주는 하루 사이에 누군가를 색안경을 끼고 볼 만큼 변덕스런 사람도 아니었고, 모든 이웃 사람들은 자자하게 듣지만 정작 형제나 남편은 거의 듣지 못한다는 그 소문이라는 걸 듣지도 못하는 사람이었소. 하지만 블리필 여사가 톰에게 애정을 보이며 자기 아들보다 눈에 띄게 편애하자, 톰을 좋지 않은 시선으로 보기 시작했소.

올워디 영주의 마음속에 자리 잡고 있는 동정심은 오직 공명정대함이라는 칼만이 정복할 수 있을 정도로 강한 것이어서, 어떤 면에서든 불운을 겪고 있는 사람이 있다면 동정심 때문에라도 (그 사람에게 영주의 동정심을 상쇄시킬 단점만 없다면) 영주는 그 사람에게 호의와 은혜를 베풀었소.

따라서 블리필이 자신의 모친에게서 상당한 미움을 받는다는 사실(실제로도 그는 미움을 받고 있었소)을 분명히 알게 되자, 올워디 영주는 블리필을 동정의 시선으로 바라보기 시작했는데, 그 동정심이 이 선량하고 자비심 많은 사람에게 어떠한 영향을 미쳤을지 이 자리에서 굳이 설명할 필요는 없을 거라고 생각하오.

하여튼 올워디 영주는 동정심으로 인해 이 젊은이의 장점은 확대해서 보고 결점은 축소시켜 보아 그에게는 블리필의 결점이 거의 눈에 띄지 않을 정도로 작게 보였고, 심지어 그의 결점조차도 칭찬할 만한 것으로 보이게 되었소. 하지만 영주의 다음 행동은 인간은 근원적으로 약점이 있을 수밖에 없다는 사실을 인정할 때만 너그럽게 넘길 수 있는 것이었소. 즉 톰이 블리필 부인의 편애를 받는다는 사실을 알게 된 올워디 영주는 톰이

160

(아무런 잘못도 없었지만) 블리필 부인의 사랑을 받으면 받을수록, 그만큼 더 자신의 애정전선으로부터 그를 밀어내기 시작했던 것이오. 이로 인해 존스가 올워디 영주의 마음에서 완전히 밀려나간 것은 아니었지만, 이는 존스에게 상당히 불리하게 작용해 앞으로 그에게 닥칠 큰 재앙(앞으로 다루겠지만, 이 불운한 청년 톰이 자유분방하고 무모하며, 신중함이 모자란다는 사실이 이런 재앙에 부딪히는 데 크게 일조했다는 것은 사실이오)을 야기하게 될 어떤 나쁜 인상을 영주의 마음속에 심어주었소.

앞으로 기록할 사례의 의미를 제대로 이해한다면, 앞으로 우리의 독자가 될 마음씨 고운 젊은이들은 매우 유용한 교훈을 얻게 될 것이오. 이 사례를 통해 선한 성품과 솔직한 천성이 본인들에게는 정신적으로 큰 위안을 주며 진정한 자부심을 갖게 하지만, 슬프게도 이것들은 세상을 살아가는 데 결코 도움이 되지 않는다는 사실을 깨닫게 될 것이기 때문이오. 신중함*과 용의주도함은 훌륭한 사람들에게도 필요한 것이오. 미덕을 지키는 일종의 경호원 같은 이것들 없이는 그 어떠한 미덕도 결코 안전하게 지켜낼 수 없기 때문이오. 자신의 의도가 혹은 행동이 본질적으로 옳다는 것만 가지고는 충분치 않기 때문에 실제로 그렇게 보이도록 우리는 신경 써야 하오. 더 나아가 설령 자신의 마음이 아름답지 않더라도, 외형적으로는 아름다운 모습을 갖추도록 그대들은 항상 신경을 써야 하오. 그렇지 않으면 악의를 품은 자들이나 시기심 많은 자들이 그대들을 모함하여, 올

---

* prudence: 이 작품의 핵심적인 주제 중 하나. 신중함은 이 작품에서 두 가지 상반되는 의미로 사용되는데 하나는 계산적이고 이기적인 의미에서의 신중함이고, 다른 하나는 충동에 이끌리지 않고 현명한 판단 아래 자신의 행동거지를 통제하는 것을 의미한다. 작가는 바로 이 후자의 의미에서 톰에겐 신중함이 결여되었기 때문에 그가 선한 성품(good nature)을 지녔지만 불운과 고통을 겪게 된다며 그 과정을 보여준다. 톰이 작품 말미에서 깨닫게 되는 것이 바로 이 신중함의 중요성이다.

워디 영주와 같이 현명하고 선량한 사람조차도 그대들의 아름다운 내면을 알아볼 수 없을 것이기 때문이오. 신중해야 한다는 원칙을 무시해도 괜찮을 정도로 훌륭한 사람은 존재하지 않는다는 사실과, 품위와 예의라는 외형적인 장신구로 치장되지 않으면 미덕은 아름다워 보이지 않는다는 사실을, 우리 젊은 독자들은 한결같은 좌우명으로 삼아야 할 것이오. 나의 훌륭한 제자들이여! 내 말을 주의 깊게 새겨듣는다면, 다음 장에서 접하게 될 사례들을 통해 나의 가르침이 사실임을 깨닫게 될 것이오.

연극 무대 위의 합창가무단*과 같은 역할을 하기 위해, 내가 이처럼 잠시 등장한 것에 대해 양해를 구하는 바이오. 사실 이것은 나 자신을 위한 것이었소. 이 세상에는 종종 순진한 사람들과 선량한 사람들을 파멸시키는 암초가 존재한다는 사실을 알려주면서 동시에 나의 훌륭한 독자들에게 스스로를 파멸시키도록 권장했다는 오해를 받지 않기 위해서였소. 이런 사실을 등장인물들에게 말해달라고 설득할 수 없어서, 직접 이야기하게 된 것뿐이오.

8장
톰 존스의 선한 품성이 엿보이는 어린 시절의 사건

톰 존스가 아무 잘못도 없으면서 벌을 받았다고 생각했던 올워디 영주가 거기에 대한 일종의 보상으로 톰에게 망아지를 선물했다는 사실을 독자들은 기억할 것이오.

---

* 고대 그리스극에서 합창가무단은 극 중 일어난 사건에 대한 일반인의 견해 혹은 작가의 견해를 제시하는 역할을 했다.

그런데 톰은 이 망아지를 6개월 이상 키우다가 어느 날 이웃 마을 장터로 몰고 가서 팔아버렸소.

장터에서 돌아온 톰에게 스와컴이 망아지 판 돈으로 무엇을 했느냐고 물어보았으나, 톰은 말하지 않겠다고 대답했소.

그러자 스와컴은 "아, 그래? 말하지 않겠다고! 그러면 네 거시기(이 곳은 무엇인가 의심스러운 일이 벌어지면 정보를 얻어내기 위해 스와컴이 항상 접근하는 곳이었소)에 매질을 해서라도 알아내야겠다"고 말했소.

이에 따라 스와컴이 톰을 하인의 등에 올려놓고 처벌을 가할 만반의 준비를 갖추었을 때, 올워디 영주가 들어와 이 죄인에게 집행유예를 선고하고는 다른 방으로 데리고 갔소. 그곳에서 톰과 단둘이 있게 된 올워디 영주는 스와컴이 좀 전에 물어보았던 질문을 톰에게 똑같이 했소.

그러자 톰은 도리상 올워디 영주에게는 그 어떤 것도 거부할 수 없지만 그 포악한 악당한테는 몽둥이로밖에는 대답할 것이 없다며 조만간 스와컴의 야만적 행동에 몽둥이로 답할 수 있게 되기 바란다고 말했소.

올워디 영주는 톰이 스승에 대해 이런 버릇없고 불경한 언사를 사용하고, 더욱이 복수까지 하겠다고 공언한 사실을 놓고 톰을 아주 호되게 꾸짖었소. 그리고는 자신은 결코 무뢰한을 편들거나 무뢰한의 친구가 될 수 없기 때문에, 다시 한 번 톰의 입에서 그런 말을 듣게 된다면 자신의 눈 밖에 날 줄 알라고 했소. 이 말에 톰은 올워디 영주에게 죄송하다고 했지만 진심에서 한 말은 아니었소. 톰은 스와컴이 자신에게 매질한 것에 대한 모종의 복수를 계획하고 있었기 때문이었소. 하지만 올워디 영주는 톰을 설득해 스와컴에게 분노를 품는 건 잘못된 것임을 인정하게 하고는 몇 마디 건전한 충고를 했소. 그러자 톰은 이렇게 대답했소.

"아버지, 전 아버지를 이 세상 그 누구보다도 사랑하고 존경해요. 아버지께 입은 그 큰 은혜를 너무도 잘 알고 있거든요. 그렇기 때문에 제가 아버지께 배은망덕한 짓을 한다면, 제 스스로가 절 혐오할 거예요. 아버지가 주신 그 망아지가 말을 할 수만 있다면, 아버지가 주신 선물을 제가 얼마나 좋아했는지 분명히 말해줄 거예요. 사실 전 그 망아지를 타고 다니는 것보다 먹이를 주는 게 더 즐거웠거든요. 그래서 망아지와 헤어지는 게 몹시 가슴 아팠고, 다른 이유에서였다면 결코 그 망아지를 팔지 않았을 거예요. 하지만 아버지도 저와 같은 상황이었다면 분명히 저와 똑같이 행동하셨을 거라고 생각해요. 아버지만큼 다른 사람의 불행을 마음 아파하시는 분은 없으니까요. 아버지, 자기 때문에 다른 사람이 불행하게 되었다는 생각이 든다면 기분이 어떠시겠어요? 그 사람들은 진짜 비참한 상황에 놓여 있어요." 이 말에 올워디 영주가 "애야, 누구를 말하는 것이냐?"라고 묻자, 존스는 "아버지, 아버지가 해고하신 뒤로 그 불쌍한 사냥터지기와 가족들은 추위와 배고픔으로 죽어가고 있어요. 그 불쌍한 사람들이 헐벗고 굶주리는 걸 전 차마 볼 수 없었고, 또 저 때문에 그렇게 되었다는 사실에 도저히 견딜 수가 없었어요. (이 말을 하는 톰의 뺨엔 눈물이 흘러내렸소.) 아버지가 주신 그 귀한 선물을 소중히 여겼으면서도 팔 수밖에 없었던 이유는 그 사람들이 죽지 않게 하기 위해서였어요. 망아지는 그 사람들 때문에 팔았고, 판 돈은 한 푼도 남김없이 그 사람들에게 모두 주었어요"라고 대답했소.

잠시 동안 아무 말 없이 듣고 있던 올워디 영주의 눈가에 눈물이 맺혔소. 하지만 곧이어 올워디 영주는 톰을 부드럽게 나무란 뒤, 설령 곤란한 처지에 있는 사람들을 도와주기 위해서라도 앞으로는 그런 방법을 쓰지 말고 자신에게 알리라고 말했소.

이 일은 후에 스와컴과 스퀘어 간에 많은 논쟁을 불러일으킨 주제가 되었소. 스와컴은 톰의 이러한 행동을 불복종을 저지른 그를 처벌하려던 올워디 영주에 대한 정면도전으로 간주하며, 이른바 사랑이라는 것이 경우에 따라선 특정인을 멸하려는 절대자의 뜻을 거스를 수 있듯이, 톰의 이런 행동도 올워디 영주의 뜻에 대적하는 것이기 때문에, 톰에게 매질할 것을 여느 때처럼 적극 권장하며 자신의 말을 마쳤소.

단지 스와컴의 견해에 반대하기 위해서였는지 혹은 존스의 행동을 상당히 우호적으로 보는 올워디 영주의 뜻을 따르기 위해서인지는 모르겠지만, 스퀘어는 스와컴과는 아주 다른 견해를 강하게 개진했소. 나는 대다수의 독자들이 이때 스퀘어가 한 말보다는 불쌍한 톰을 훨씬 잘 옹호할 수 있을 거라고 확신하기에, 이때 스퀘어가 무엇을 주장했는지 밝히는 건 불필요하다고 생각하오. 따라서 "모든 것은 다 잘못된 것이라는 원칙"과는 양립하지 않는 톰의 행동이 "모든 것은 다 옳다는 원칙"과 잘 조화를 이루고 있다고 그가 말했다는 것만 밝히겠소.

9장
좀더 끔찍한 사건과 이에 대한 스와컴과 스퀘어의 견해

나보다 훨씬 더 지혜로운 어떤 분이 화불단행(禍不單行)*이라고 말한 적이 있소. 불행히도 부정한 행위가 들통 난 사람에게도 이런 일이 벌어지는 걸 우리는 볼 수 있을 것이오. 이런 경우 그 사람이 저지른 부정한 행위의 전모가 밝혀질 때까지 그가 과거에 저질렀던 잘못들도 속속들이

---

* '불행한 일은 연이어서 일어난다'는 의미.

드러나기 때문이오. 이런 일이 불쌍한 톰에게도 벌어졌소. 망아지 판 일을 용서받자마자, 올워디 영주가 주었던 근사한 성경책도 그 전에 이미 팔았고, 그때 팔아서 생긴 돈도 마찬가지 방법으로 처분했다는 사실이 드러났기 때문이오. 블리필도 톰과 똑같은 성경책을 갖고는 있었지만, 성경책에 대한 존경심과 톰에 대한 우정 때문에, 그리고 성경책이 원래 가격의 반값으로 집 바깥으로 팔려나가는 게 싫었기 때문에, 그 반값을 톰에게 직접 지불하고 그의 성경책을 구매했소. 매사에 빈틈없고 특히 돈 쓰는 데 몹시 신중했던 블리필은 올워디 영주에게서 받은 돈을 거의 한 푼도 남김없이 저축해왔기 때문에 가능했던 것이오.

어떤 사람들은 자기 책만 읽는다고 하오. 하지만 이와 반대로 블리필은 이 성경책을 소유하게 된 순간부터 다른 책은 거들떠보지도 않아 자기 것보다는 톰의 성경책을 읽는 모습이 훨씬 더 자주 목격되었소. 게다가 블리필은 스와컴에게 성경에 나오는 어려운 구문을 설명해달라고 자주 요청하는 바람에, 유감스럽게도 스와컴은 성경책 곳곳에 적힌 톰의 이름을 볼 수밖에 없었고, 이로 인해 결국 조사를 받게 된 블리필은 상황의 전모를 스와컴에게 말할 수밖에 없었소.

자신이 보기엔 신성모독과 같은 이런 죄를 저지른 톰을 처벌하지 않으면 안 된다고 단단히 마음먹은 스와컴은 톰에게 매질을 했소. 하지만 이것만으론 성에 차지 않았던 그는 올워디 영주를 만나는 자리에서, 톰이 저지른 이 끔찍한 죄악을 알려주고 그를 예루살렘의 사원에서 쫓겨난 장사치와 매수인에 비유하며 톰을 호되게 비난했소.*

하지만 스퀘어는 이 문제를 아주 다른 각도에서 보았소. 다른 것을

---

* 예수는 예루살렘의 성전에서 장사하는 사람들의 상을 뒤엎고 쫓아버렸다. 「마태복음」 21장 12~13절, 「마가복음」 11장 15~17절, 「요한복음」 2장 14~16절 참고.

판 것보다 성경책을 판 것이 더 큰 죄라고 생각하지는 않는다며, 하나님의 법이건 인간의 법이건 성경책을 파는 것은 엄밀히 말해 합법적이기 때문에 톰의 행위는 부적절하지 않다고 하고는, 스와컴이 이번 일을 심각하게 우려하는 것을 보니, 아주 신앙심이 독실한 여성이 순수한 종교적 열정 때문에 잘 알고 지내던 어느 부인에게서 틸롯슨 목사*의 설교집을 훔친 사건이 떠오른다고 말했소.

이 말을 듣고, 본래부터 창백하지 않은 혈색을 지닌 스와컴 목사의 얼굴에 상당 양의 피가 몰렸소. 따라서 이 당시 논쟁의 현장에 있었던 블리필 부인이 자신도 스퀘어와 전적으로 같은 생각이라고 단언하지 않았더라면 몹시 흥분한 스와컴은 화를 내면서 스퀘어의 말을 반박했을 것이오. 블리필 부인은 스퀘어의 견해를 지지하면서 매우 학문적으로 자신의 논지를 피력했소. 결론적으로 말하자면 그녀는 톰이 잘못을 저지른 것이라면 자기 자식도 똑같은 잘못을 저질렀다고밖에 말할 수 없다며, 그 근거로 이번 사건에서 구매자와 판매자의 차이가 자신은 무엇인지 모르겠으며 성경을 보면 둘 다 똑같이 사원에서 쫓겨났다는 사실을 언급했소.

블리필 여사는 자신의 견해를 밝힌 뒤 이 논쟁에 종지부를 찍었소. 스퀘어로서야 설사 말을 더 할 필요가 있었더라도 승리감에 도취되어 말을 멈추었을 것이고, 앞서 언급한 이유로 블리필 부인을 화나게 할 수 없었던 스와컴은 너무도 화가 나 숨이 막힐 지경이 돼 말을 할 수가 없었소. 올워디 영주는 톰이 이미 벌을 받았기 때문에 이번 일에 대한 자신의 생각을 밝히지 않겠다고 해 그가 톰에게 화가 났는지 아닌지는 독자들의 추측에 맡길 수밖에 없소.

---

* 존 틸롯슨(John Tillotson, 1630~1694): 영국의 캔터베리 대주교이자 광교회주의의 지도자. 그의 설교집은 18세기 당시 상당히 인기가 있었다.

이 일이 있은 지 얼마 지나지 않아 톰과 사냥터지기가 자고 사냥을 했던 영지의 주인인 웨스턴 영주가 나타나 블랙 조지가 또다시 지난번과 비슷한 약탈을 저질렀다고 고발했소. 이는 블랙 조지에게는 몹시 불운한 일이었소. 이 일 자체만으로도 그는 파멸될 수 있기도 했지만, 이 일로 올워디 영주는 블랙 조지를 복직시키려던 마음을 접었기 때문이오. 어느 날 저녁 올워디 영주가 블리필과 톰을 데리고 산책 나갔을 때, 톰은 은근히 블랙 조지의 집으로 올워디 영주의 발길을 유도해, 영주는 추위와 배고픔, 헐벗음으로 상당한 고통을 받고 있던 블랙 조지의 가족, 그러니까 블랙 조지의 아내와 자식들을 보게 되었소(이들이 아직도 이런 고통을 겪고 있는 이유는 톰에게서 받은 돈을 그 전에 진 빚을 갚는 데 거의 다 썼기 때문이었소).

이들의 비참한 모습에 올워디 영주의 마음은 움직이지 않을 수 없었소. 아이들에게 옷을 사 입히라며 그 자리에서 아이들 어머니에게 2기니를 주자 이 불쌍한 여인은 왈칵 눈물을 터뜨리며 올워디 영주의 은혜에 감사하다고 하더니, 자신과 자식들이 굶어 죽지 않게 오랫동안 도와준 톰에게도 감사하다는 말을 하지 않을 수 없다고 했소. 그러고는 톰이 도와주지 않았다면 자신들은 먹을 것 하나 없었을 것이고, 불쌍한 자기 아이들은 누더기 하나 걸치지 못했을 거라고 했소. 사실 톰은 이 가난한 가족들을 위해 자기 망아지와 성경책 이외에도 자기 잠옷과 그 밖에 여러 물건들을 처분했던 것이오.

집으로 돌아오는 길에, 톰은 자신의 웅변술을 총동원해 이 사람들의 비참한 상황과 블랙 조지가 참회하고 있다는 사실을 상당히 성공적으로 전했소. 이에 올워디 영주는 블랙 조지가 충분히 벌을 받았다고 생각한다며, 이제 그를 용서하고 그와 그의 가족이 먹고살 방도를 생각해보겠다고 했소.

집에 도착했을 때는 이미 어두웠지만, 이 말을 듣고 뛸 듯이 기뻤던 톰은 이 기쁜 소식을 그 불쌍한 여인에게 전하기 위해 쏟아지는 빗속을 뚫고 1.5킬로미터를 되돌아갔소. 하지만 급하게 소식을 전하는 사람들 대부분이 겪게 되는 운명처럼, 톰은 이 소식을 번복하는 수고를 다시 하지 않을 수 없게 되었소. 불운하게도 블랙 조지는 톰이 없는 틈을 이용해 이 모든 상황을 뒤집을 일을 저지르고야 말았기 때문이었소.

10장
각기 다른 각도에서 조명되는 블리필과 존스

자비심이라는 온후한 품성에서 블리필은 톰에게 상당히 뒤처져 있었지만 좀더 고차원적인 품성인 정의감에서는 톰을 훨씬 능가했소. 블리필은 이 정의감을 스와컴과 스퀘어의 가르침을 통해 전수받았을 뿐만 아니라, 그들의 본도 따랐소. 스와컴, 스퀘어 두 사람 모두 자비심이라는 용어를 종종 사용하기는 했지만 사실 스퀘어는 자비심이 "존재하는 모든 것은 다 옳다는 원칙"에 부합되지 않는다고 생각했고, 스와컴은 자비심은 하늘에 맡기고 자신은 정의만 집행하기를 바랐기 때문이오. 이처럼 두 신사는 인간의 숭고한 미덕인 자비심에 대해 다소 다른 견해를 가지고 있어, 각자가 생각하는 자비를 실행에 옮긴다면 스와컴은 인류의 반을, 스퀘어는 나머지 반을 멸망시켰을 것이오.

당시 블리필은 존스 앞에선 침묵을 지켰지만, 곰곰이 이 문제에 대해 생각해보니 외삼촌이 자격도 없는 사람에게 호의를 베푸는 걸 자신이 방

관만 하고 있다는 생각이 들자, 이를 잠자코 넘길 수가 없었소. 따라서 그는 앞에서 우리가 독자들에게 살짝 암시한 사실을 올워디 영주에게 즉각 알려주기로 결심하게 되었던 것이오. 그 사건의 전모는 다음과 같소.

올워디 영주에게 해고된 지 1년가량이 지난 어느 날, 아직까지는 톰이 자기 망아지를 팔기 전이어서 자기 입 혹은 자기 가족의 입에 넣을 밥이 부족했던 블랙 조지는 웨스턴 영주 소유의 벌판을 지나던 중 토끼를 발견하고는 사냥법*은 물론이요, 사냥꾼의 법도를 어기며 이 토끼의 머리를 비열하고 야만스럽게 내리쳤소.

수개월이 지난 뒤 이 토끼를 사들인 사람이 붙잡혔을 때, 그의 수중에서 상당량의 사냥감이 발견되었소. 웨스턴 영주와 화해하기 위해 이 사냥감을 판 밀렵꾼**이 누구인지 증언할 수밖에 없게 된 그는 블랙 조지를 (그전에 이미 블랙 조지는 웨스턴 영주에게 미움을 받았던 인물이었고 마을 사람들의 평판도 좋지 않은 데다가, 이 일 이후로 더 이상 사냥감을 공급하지도 않았기 때문에, 이 장사치가 택할 수 있는 최상의 희생양이었소) 선택했던 것이오. 이 장사치는 블랙 조지를 선택함으로써 그보다 더 나은 거래자의 신분을 감출 수 있었는데, 이는 블랙 조지를 처벌할 수 있게 되었다는 사실에 기분이 좋아진 웨스턴 영주가 더 이상 그를 심문하지 않았기 때문이기도 했소.

이러한 사실이 올워디 영주 앞에서 제대로 밝혀졌더라면, 이 전직 사

---

* law of the land: 1691년 통과된 이 법은 연간 백 파운드의 수입이 없는 사람에게는 사냥을 허용하지 않았다.
** poacher: 18세기 영국의 사냥법에 따르면 밀렵꾼은 벌금을 내거나 벌금 낼 돈이 없을 경우엔 옥살이를 해야 했다. 하지만 밀렵꾼이 다른 밀렵꾼의 범죄를 입증할 증거를 제공하면 처벌을 면할 뿐만 아니라, 다른 밀렵꾼이 내야 할 벌금의 반을 포상금조로 받을 수 있었다.

냥터지기는 별다른 피해를 입지 않았을지도 모르오. 하지만 범법자를 처벌하려는 욕망만큼 맹목적인 열정은 없는 법이오. 블리필은 이 일이 발생한 시간상의 거리를 잊었고 게다가 사실 그 자체마저도 바꾸었던 것이오. 즉 급히 말하는 바람에 블리필은 명사에 복수형 어미를 첨가해 조지가 토끼 '들'을 덫으로 잡았다고 말함으로써 사실 자체를 상당히 왜곡해 전달했던 것이오. 이 사실을 올워디 영주에게 알리기 전에 반드시 비밀로 해달라는 약속을 영주에게 요구하지만 않았더라면, 블리필이 전한 잘못된 내용이 바로잡힐 수 있었을지도 모르오. 하지만 이 약속 때문에 불쌍한 사냥터지기는 자신을 변호할 기회를 얻지도 못한 채, 유죄 선고를 받게 되었소. 블랙 조지가 토끼 사냥을 한 것과 이로 인해 고발을 당한 것은 분명한 사실이었기 때문에, 올워디 영주는 블리필이 말한 나머지 내용도 사실이라고 생각했던 것이었소. 하여튼 이 불쌍한 사람들의 기쁨은 얼마 가지 못하였소. 다음 날 올워디 영주는 이유도 밝히지 않은 채 화를 낼 또 다른 이유가 있다고만 하고는 앞으로 조지에 관해선 더 이상 거론도 하지 말라고 톰에게 엄명을 내리고는, 조지의 가족이 굶어 죽지 않게는 하겠지만 당사자 조지는 그 누구도 거스를 수 없는 법의 심판에 맡기겠다고 했소.

블리필을 조금도 의심치 않았던 톰은 올워디 영주가 무엇 때문에 화가 났는지 도저히 짐작할 수 없었소. 하지만 아무리 실망스런 일을 겪어도 톰의 우정은 변함없었기 때문에, 톰은 이 불쌍한 사냥터지기를 파멸로부터 구해낼 또 다른 방도를 강구하기로 결심했소.

최근에 톰은 웨스턴 영주와 아주 가까운 사이가 되었소. 톰은 다섯 개의 가로장이 있는 차단물을 뛰어넘기도 하고 훌륭한 사냥 솜씨를 여러 차례 보여주어 웨스턴 영주로부터 상당한 호감을 샀던 것이오. 웨스턴 영주는 톰이 제대로 된 도움만 받으면 분명히 위대한 사람이 될 거라고 장담하며, 자신도 이런 재능을 가진 아들이 하나 있었으면 좋겠다고 종종 말하곤 했소. 그리고 어느 날은 술을 마시던 도중, 마을 사람 중 그 누구보다도 톰은 사냥개를 잘 다루고 사냥을 제대로 할 줄 안다며, 자신의 말이 사실이라는 데 천 파운드를 걸겠다고 아주 엄숙하게 선언까지 했소. 하여튼 이런 재능 덕분에 웨스턴 영주의 호감을 산 톰은 영주의 식탁에서 가장 환영받는 손님이자 영주가 가장 좋아하는 사냥 파트너가 되어, 영주가 가장 소중히 여기는 것들, 가령 총, 사냥개, 말 등을 자기 것인 양 마음대로 사용할 수 있게 된 것이오. 따라서 톰은 웨스턴 영주의 이러한 호의에 기대어 블랙 조지가 올워디 영주 집에서 하던 일을 웨스턴 영주의 집에서도 할 수 있도록 주선하기로 결심했소.

웨스턴 영주에게 블랙 조지는 그 이전부터 밉살스런 존재였고, 게다가 큰 잘못을 저질러 영주를 화나게 했다는 사실을 고려해본다면, 독자들은 톰의 이러한 생각이 어리석고 무모하다고 비난할지도 모르오. 하지만 바로 그런 이유 때문에 톰을 비난하지만 않는다면, 이처럼 곤란한 일에 최선을 다해 애쓰는 그를 칭찬할 수도 있을 것이오.

자신의 목적을 달성하기 위해 톰은 바로 앞에서 언급한 사냥 도구 다음으로 웨스턴 영주가 이 세상에서 가장 사랑하고 아끼는 열일곱 살가량 된 그의 딸에게 도움을 청했소. 영주의 딸이 그녀의 부친에게 어느 정도의 영향력을 행사할 수 있었듯이 톰도 영주의 딸에게 약간의 영향력을 미칠 수 있었기 때문이었소. 하지만 우리가 이미 사랑에 빠져버린, 우리가 독자들과 작별을 고하기 전 많은 독자들도 사랑에 빠지게 될, 웨스턴 영주의 딸은 이 이야기의 여주인공으로 내정되었기 때문에, 3권의 말미에 그녀를 등장시키는 건 합당하지 않을 것이오.

4권

1년 동안 벌어진 일

1장

5쪽으로 이루어진 장

나의 이 글은 사실만을 다룬다는 점에서, 기이한 것, 즉 실제가 아니라 병든 두뇌가 상상한 내용으로 가득 찬 하잘것없는 로맨스, 따라서 페이스트리를 만드는 요리사들만 사용하라고 어떤 비평가*가 권고한 로맨스와는 확연이 다르오. 따라서 나의 글이 항상 맥주 한잔 곁들이면서 읽기 때문에, 어떤 유명한 시인의 말처럼, 양조자의 수입을 올리는 데 적합한 그런 글과 비슷해지기를 나는 바라지 않소.

역사가 심각하고 슬픈 이야기를 하는 동안
자신의 동료인 맥주에게서 위로를 받는다**

맥주에서 영감을 얻을 수 있다고 주장하는 버틀러 씨***의 견해를 따른다면, 맥주는 현대 역사가들을 위한 술이자 심지어 그들의 뮤즈일 수도

---

* 18세기 산문작가이자 잡지 편집자 조지프 애디슨(Joseph Addison, 1672~1719)을 말함. 그가 발행하던 잡지 『스펙테이터*Spectator*』 85호에서 그는 이와 비슷한 발언을 했다.
** 알렉산더 포프의 『던시어드*Dunciad*』에 나오는 구절.
*** 새뮤얼 버틀러(Samuel Butler, 1613~1680): 『휴디브라스*Hudibras*』라는 풍자시를 쓴 17세기 영국 작가. 『휴디브라스』에서 그는 이와 비슷한 진술을 했다.

있기 때문에, 그들의 책을 읽는 독자들도 술을 마셔야 하오. 어딘가에 씌어 있듯이* 모든 책은 그 책을 쓴 작가가 가지고 있던 마음으로, 그리고 그 책이 저술된 방식과 똑같은 방식으로 읽혀져야 하기 때문이오. 따라서 『헐로스럼보』**를 쓴 그 유명 작가는 어느 학식 있는 주교에게, 자신의 훌륭한 작품을 제대로 음미할 수 없는 이유는 자신이 집필할 때 항상 들고 있었던 바이올린을 손에 들지 않고 자기 작품을 읽었기 때문이라고 답변했던 것이오.

따라서 우리가 하는 일이 이런 역사가들이 하는 일과 같은 것으로 인식되지 않도록 하기 위해 기회 있을 때마다 갖가지 비유와 묘사, 그리고 여러 종류의 시적 장식을 전 작품에 걸쳐 도입할 것이오. 이것들은 앞서 말한 맥주의 역할을 대신할 것이며, 긴 작품의 경우 작가는 물론이요 독자들에게도 으레 찾아오기 마련인 잠을 물리치기도 할 것이오. 명백한 사실만을 전달하는 훌륭한 이야기들도 이런 것을 가지고 있지 않다면, 독자들은 잠을 이겨내지 못할 것이오. 호메로스***의 말처럼 영원히 깨어 있을 수 있는 유일한 존재인 주피터 신과 같은 사람만이 사실만을 기록한 긴 글을 감당할 수 있기 때문이오.

이런 장식적인 요소를 어떤 경우에 작품에 삽입하는 게 좋을지에 대해선 독자의 판단에 맡기겠소. 하지만 상당히 중요한 등장인물, 그것도 이 글의 여주인공을 등장시키려는 이 순간보다 더 적절한 경우는 없을 것 같소. 따라서 지금 이 순간 실제 세계에서 도출할 수 있는 온갖 기분 좋은

---

* 알렉산더 포프의 『비평론』에 나오는 구절.
** 『헐로스럼보 *Hurlothrumbo*』: 1729년 영국의 댄스 교사였던 새뮤얼 존슨(Samuel Johnson, 1691~1773)이라는 사람이 쓴 광상극으로, 이 극에서 존슨은 극중 내내 바이올린을 켜며 춤을 추었다고 한다.
*** 호메로스는 『일리아드』에서 주피터 신의 이런 특성에 대해 언급했다.

이미지를 독자들 마음에 심어줌으로써, 독자들이 그녀를 맞이할 준비를 갖추도록 하는 게 적절하다고 생각하는 바이오. 사실 이런 방법을 쓴 사례는 많소. 독자들이 자기 작품의 주요 등장인물을 맞이할 준비를 갖추도록 하기 위해, 비극 시인들이 많이 사용해온 방법이기 때문이오.

항상 드럼과 트럼펫이 화려하게 연주되는 가운데 주인공들이 소개되는 것은 독자들 마음에 전투정신을 불러일으키고 독자들이 (로크 씨의 글에 나오는 장님*이 트럼펫 소리에 비견하기도 했던) 호언장담과 과장된 언사에 잘 적응할 수 있도록 하기 위한 것이오. 그리고 이와 마찬가지로 연인들이 무대 위에 등장할 때 부드러운 음악이 종종 흘러나오는 이유는 감미롭고 정서적인 음악으로 청중을 진정시키기 위해서이거나 달콤한 잠에 빠지게 하기 위해서인 것이오.

시인뿐만 아니라 연출가와 극장의 매니저도 이런 사실을 잘 알고 있는 것 같소. 주인공의 등장을 알리는 역할은 앞서 말한 드럼 이외에도, 여섯 명으로 구성된 대규모의 무대장치 담당자들도 하기 때문이오. 주인공이 무대 위에 등장하는 데 얼마나 많은 이들이 필요한지는 어느 극장에서 벌어진 다음 이야기를 들으면 알 수 있을 것이오.

피로스 왕 역을 맡은 어느 배우**가 극장 근처 술집에서 식사하고 있는 도중 무대에 등장하라는 연락을 받았다고 하오. 먹고 있던 양고기 어깨살을 포기하고 싶지도, 관중을 기다리게 해 동료 매니저인 윌크스 씨***를 화나게 하고 싶지도 않았던 그 배우는 자신보다 먼저 무대 위에 등장

---

* 17세기 영국의 경험주의 철학자인 존 로크의 『인간 오성론』에 소개된 장님.
** 18세기 영국의 극작가인 앰브로스 필립스Ambrose Philips의 극 「고난에 처한 어머니The Distressed Mother」(1712)에 나오는 피로스 왕 역은 바턴 부스(Barton Booth, 1681 ~1733)라는 배우가 맡아서 열연했다.
*** 로버트 윌크스(Robert Wilks, 1665~1732)는 부스와 함께 당시 이 극장의 매니저였다.

하기로 되어 있던 선발대에게 뇌물을 주어 숨어 있게 했다고 하오. 이에 월크스 씨가 "피로스 왕보다 먼저 무대 위에 등장해야 할 목수들이 도대체 어디에 있는 거야?"라고 외치며 분노를 터뜨리는 동안, 왕의 역을 맡은 배우는 아주 태연하게 양고기를 뜯었고 청중들도 안달이 나기는 했지만, 왕이 등장하지 않는 대신 흘러나오는 음악만 들을 수밖에 없었다고 하오.

솔직하게 말해 뛰어난 코를 가진 대부분의 정치가들은 이 방법이 얼마나 효과적인지 이미 어느 정도 냄새를 맡지 않았나 싶소. 경외심을 불러일으키는 시장님*께서는 자신의 행차에 항상 화려한 행렬을 앞세움으로써 1년 내내 사람들로부터 존경을 받는 것이라고 나는 확신하오(사실 이런 행렬에 별로 현혹되지 않는 나 자신도 이런 광경을 보면 상당한 영향을 받게 된다는 사실을 고백하지 않을 수 없소). 누군가를 일상적으로 만날 때보다, 그가 사람들을 앞세운 뒤, 뒤에서 우쭐거리며 걸을 때, 우리는 그 사람의 위엄을 더 높이 평가하기 때문이오. 내 말이 사실임을 입증하는 데 아주 딱 맞는 사례가 하나 있소. 지체 높은 사람이 행차를 시작하기에 앞서 자신이 가려는 길 앞에서 꽃바구니를 든 여인이 꽃을 뿌리게 하는 관례가 바로 그것이오. 이를 위해 고대 그리스나 로마인들은 분명히 꽃의 여신을 불러내었을 것이오. 그리고 고대 그리스나 로마의 신부들 혹은 정치가들은 별 어려움 없이 실제로 꽃의 여신이 나타났다고 사람들을 설득했을 것이오. 평범한 인간이 꽃의 여신으로 분장하고 그 역할을 했다 하더라도 말이오. 하지만 우리는 독자들을 속일 의향이 전혀 없소. 따라서 이교도 신의 등장에 불만이 있는 사람들은 꽃의 여신을 앞서 말한 꽃바구

---

* 새로 선출된 런던 시장은 취임 선서를 하는 10월 말에 화려한 행차를 했다.

니를 든 여인으로 바꾸어도 좋소. 간단히 말하자면 독자들의 존경심을 불러일으키기에 적절한 상황에서 최대한 엄숙하게 그리고 고상한 문체로 우리의 여주인공을 소개하려는 게 우리의 목적이오. 우리 여주인공의 모습이 아무리 호감을 준다 해도 실제 세계에서 볼 수 있는 여성을 모델로 한 것이오. 따라서 우리나라의 많은 아름다운 여성들이 내가 앞으로 묘사할 완벽한 여성상에 부합하고 또한 우리의 열정을 충족시킬 정도로 훌륭한 여성들일 거라고 확신하지 못했다면 더 이상 이 글을 읽지 말라고 남성 독자들에게 충고했을 것이오.

이제 더 이상의 허두는 그만두고 다음 장으로 넘어가겠소.

2장
장엄한 문체로 우리가 할 수 있는 것
소피아 웨스턴에 대한 묘사

모든 거친 바람들은 잠잠할지어다. 바람을 지배하는 이교도의 신*은 요란스런 북풍의 신 보레아스의 사지와 매서운 동풍의 신 에우로스의 뾰족한 코를 쇠사슬로 묶어주오. 향기로운 침실에서 일어난 그대 부드러운 서풍의 신 제피로스여! 서쪽 하늘로 올라가 향기로운 바람을 끌고 와주시오. 그러면 진주 같은 이슬로 장식한 꽃의 여신 플로라가 그대의 바람에 매료되어 방에서 일어날 것이오. 생일을 맞이한 6월 1일에 꽃의 여신이 낙낙한 옷을 입고 푸른 초원을 경쾌하게 거닐면, 온 벌판은 오색으로 물들고 색채

---

* 그리스 신화에 나오는 바람의 신 아이올로스Aeolus를 말함.

와 향기는 누가 더 여신을 매료시킬 수 있을지 경합을 벌일 것이오.

이제 우리의 여주인공은 바로 이처럼 매혹적인 모습으로 등장할 것이오. 헨델*도 능가할 수 없는 날개 달린 자연의 합창단**이여! 우리의 여주인공의 등장을 찬미하기 위해 감미로운 목청을 가다듬거라. 사랑에서 시작된 너희들의 음악은 사랑으로 이어질 것이니, 모든 젊은이들의 마음속에 그 부드러운 열정을 일깨우거라. 보라! 자연의 여신이 부여할 수 있는 온갖 매력을 갖춘, 그리고 아름다움과 젊음, 쾌활함, 순진함과 다소곳함, 상냥함, 장밋빛 입술에서 뿜어 나오는 달콤함, 생기 있는 눈가에서 흘러나오는 광휘로 치장한 사랑스런 소피아가 이제 등장하는 모습을.

독자들은 아마도 메디치 가의 비너스 상과 햄프턴 궁*** 화랑에 걸려 있는 미인들의 초상화들을 본 적이 있을 것이오. 또한 처칠 공작의 아름다운 딸들과 키트캣Kit-Cat 클럽**** 회원들이 칭송하는 미인들을 기억할 수도 있을 것이오. 혹은 그 시대에 태어나지 않았다 하더라도 그들 못지않게 눈부시게 아름다운 여인들을 최소한 보았을 것이오(여기에 그들의 이름을 다 쓴다면 책 한 권 분량은 될 것이오).

이 모든 것을 보았다면 로체스터 경*****이 많은 것을 본 어떤 사람에

---

* 게오르크 프리드리히 헨델(George Friedrich Handel, 1685~1759) : 영국에 귀화한 독일 태생의 작곡가로 바로크 음악의 거장이다. 필딩은 헨델의 음악에 매료되어 자신의 글에서 여러 차례 찬사를 보냈다.
** 지저귀는 새를 말함.
*** 소위 「햄프턴 궁의 미녀Hampton Court Beauties」라는 그림은 고드프리 넬러(Godfrey Kneller, 1649~1723)가 그린, 메리 여왕(Queen Mary)의 시중을 들던 8명의 귀부인의 초상화를 말한다.
**** 휘그당의 유명 정치인들의 모임으로 아름다운 여성에 대해 축배를 드는 관례를 가지고 있었다.
***** 17세기 영국의 시인이자 난봉꾼으로 널리 알려진 존 윌못(John Wilmot, 1647~1680)을 말함. 그는 「호기심 많은 비평가들과 시의 모든 예찬자들에게To all Curious

게 한 무례한 답변을 두려워하지는 마시오. 이 모든 것을 보았으면서도 아름다움이 무엇인지 모른다면 선생은 눈이 없는 것과 다를 바 없고, 이 모든 것을 보았으면서도 아름다움이 갖고 있는 힘을 느끼지 못한다면 선생은 가슴이 없는 것이나 다를 바 없기 때문이오.

하지만 친구여! 이 모든 사람을 보고서도 소피아가 정확하게 어떻게 생겼는지 당신은 알 수 없을지도 모르오. 소피아는 이들 중 그 누구와도 정확히 닮지는 않았기 때문이오. 소피아는 레이디 라넬라Lady Ranelagh* 와 그 유명한 마자랭Mazarine 공작부인**과도 많이 닮았다는 말을 들었소. 하지만 소피아는 그 누구보다도 내 마음속에서 결코 떠나지 않는 어느 여인***의 모습을 닮았소. 친구여! 당신이 그 여인의 모습을 기억한다면 소피아가 정확히 어떻게 생겼는지 알 수 있을 것이오.

하지만 당신이 그런 행운을 누리지 못한 사람일지도 모르니, 최고의 능력을 갖춘 사람에게도 매우 어려운 일이란 걸 잘 알고는 있지만 최대한 기술을 발휘해 이 절세의 미녀의 모습을 묘사하고자 하오.

웨스턴 영주의 외동딸인 소피아는 중간보다 약간 큰 키였고, 외형은 완벽하면서도 매우 섬세했소. 팔이 정확한 비율을 이룬 것으로 보아 소피아의 다리도 균형 잡혀 있을 거라 예상할 수 있을 것이오. 당시 유행에 따

Criticks and Admirers of Metre」에서 "폭풍우에 흔들리는 배, 시샘하는 소, 춤추는 요정들을 보았는가?"라고 이야기를 시작하다가, "이 모든 것을 보았다면, 내 엉덩이에 키스하라"고 말했다.

* 본명은 마거릿 세실(Margaret Cecil, 1673~1727)로 미인으로 소문난 영국의 백작부인.

** 본명은 오르탕스 만시니(Hortense Mancini, 1646~1699)로 프랑스에서 영국으로 이주한 여인인데 미모로 널리 알려졌다.

*** 1744년 세상을 떠난 필딩의 첫번째 부인 샬럿 크래독Charlotte Cradock을 말함. 필딩은 첫번째 부인을 이 작품의 여주인공뿐만 아니라 그의 마지막 소설 『아멜리아 Amelia』의 여주인공 아멜리아의 모델로 삼았다.

라 자르기 전까지 그녀의 풍성한 검은 머리는 허리까지 내려왔는데, 지금 소피아의 목 부분에서 물결치듯 늘어진 머리카락은 너무도 우아해서 그녀 자신의 머리라고 믿는 사람이 별로 없을 정도였소. 시기심에서 소피아의 이목구비 중 좀 덜 칭송할 만한 곳을 굳이 찾는다면, 그것은 아마도 그녀의 약간 높은 이마일 것이오. 하지만 그것도 그녀의 미모를 해칠 정도는 아니오. 풍성한 눈썹은 아무리 훌륭한 기술을 가진 자도 모방할 수 없을 정도로 고른 반달 모양이고, 검은 눈은 소피아 자신의 부드러움조차도 가릴 수 없는 광채를 띠었으며, 코는 완벽한 균형을 이루었소. 또한 상아 같은 치아가 두 줄로 늘어서 그녀의 입 모습은 존 서클링 경*이 쓴 다음 시구절과 정확히 일치했소.

> 그녀의 입술은 붉었소. 위쪽 입술은
> 턱 가까이 있는 입술에 비해 얇았소.
> 마치 최근에 윗입술을 벌에 쏘인 것처럼.**

뺨은 타원형으로 오른쪽 뺨에는 약간만 웃으면 보조개가 드러났소. 턱도 그녀의 아름다운 얼굴에 한몫했소. 하지만 소피아의 턱이 크다 혹은 작다라고 말하기는 어렵소. 큰 쪽에 좀더 가깝다고 할 수 있을지 모르겠지만 말이오. 그녀의 얼굴색은 장미보다는 백합에 가까웠소. 하지만 많이 움직이거나 수줍어 할 때면 그 어떤 붉은 빛도 소피아의 얼굴색을 따라잡을 수는 없을 것이오. 아마 그 유명한 시인 존 던***처럼 소리칠 자도 있

---

* John Suckling(1609~1642): 영국 찰스 1세 때의 궁정 시인 겸 극작가.

** 서클링이 쓴 「결혼식을 위한 발라드A Ballad upon a Wedding」에 나오는 구절.

*** John Donne(1572~1631): 영국의 성직자이자 이른바 형이상학파 시인(metaphysical

을 것이오.

> 그녀의 피는 자신의 순수하고 넘치는 감정을
> 그녀의 뺨을 통해 말했고, 너무도 또렷이 드러내,
> 그녀의 몸이 생각을 한다고 말할 수 있을 정도였네.*

소피아의 목은 길고 고운 곡선을 이루어, 그녀의 섬세한 마음에 상처를 주지 않는다면, 그 유명한 메디치 가의 비너스 상에서나 볼 수 있는 최상의 아름다움도 능가한다고 나는 말하고 싶소. 이는 틀린 말이 아닐 것이오. 소피아의 목은 백합이나 상아, 혹은 백옥도 견줄 수 없을 만큼 희었소. 따라서 아주 고운 흰 삼베옷이 자신보다도 훨씬 더 흰 소피아의 가슴을 시기하여 덮고 있는 게 아닌가 하는 생각이 들 정도로 그것은 실로 "파로스 도서(島嶼)의 백색 대리석보다도 더욱 교결(皎潔)한 광택(光澤)을 방사(放射)한다."**

소피아는 이런 아름다운 외형에 걸맞은 내면 또한 가지고 있었소. 소피아의 마음씨는 모든 면에서 그녀의 외모에 필적했소. 어쩌면 소피아의 외모가 내면의 아름다움 덕을 어느 정도 보고 있는지도 모르오. 소피아가 상냥하게 미소 지을 때, 반듯한 이목구비에서 느낄 수 있는 것 이상의 아름다움이 안면에 퍼지기 때문이오. 하지만 이 매력적인 젊은 여인과 가깝게 되면 그녀의 완벽한 내면세계가 자연히 드러날 것이기 때문에 지금 굳

---

poet)의 대표적인 인물.
 * 존 던이 쓴 「두 번째 기념일Second Anniversaries」에 나오는 구절.
** 호라티우스의 『송시』에 나오는 라틴어 구절을 한문 투로 옮긴 글이다. 이 글을 우리 말로 옮기면 "파로스 섬의 백색 대리석보다도 더 아름답고 눈부셨소"이다.

이 그녀의 내면에 대해서 언급할 필요는 없을 것 같소. 그렇게 하는 건 오히려 독자들의 지적 능력에 대한 무언의 모욕이며 소피아의 성품을 알게 될 때 독자들이 느끼게 될 즐거움을 강탈하는 셈이 될 것이기 때문이오.

하지만 소피아의 이러한 소양은 타고난 것이기는 하지만 훈육을 통해 더욱 나아지고 발전되었다는 사실을 밝히는 게 온당할 것이오. 시골로 내려와 살기 몇 년 전까지만 해도 궁중에서 젊은 시절을 보낸 덕에 세상일에 정통할 뿐만 아니라 상당한 분별력까지 갖춘 고모 밑에서 교육을 받은 소피아는 고모와의 대화를 통해 그리고 고모의 가르침 덕분에 완벽한 교양을 갖추게 되었으니 말이오. 물론 관습이나 이른바 상류사회의 생활을 통해서 얻을 수 있는 여유로운 태도는(이런 여유로움을 얻기 위해 사람들은 때로 너무나 비싼 대가를 치르기도 하오) 소피아에게 좀 부족했지만 말이오. 비록 이런 여유로운 태도가 뭐라고 표현할 수 없을 만큼 대단한 매력을 지녀 프랑스인들은 자신도 무엇인지 모르는 것*이라고 부를 정도지만, 대신 순수함을 충분히 갖추었거나 혹은 뛰어난 분별력과 타고난 고상함을 지닌 사람은 굳이 이런 태도가 필요 없을 것이오.

3장
몇 년 전에 벌어진, 사소하지만 앞으로 중대한 결과를 초래할 사건

사랑스런 소피아가 우리 이야기에 처음 등장하는 지금 그녀의 나이는 열여덟이었소. 앞서 말했듯이 소피아의 부친은 그 누구보다도 소피아를

---

* 프랑스어로 "내가 모르는 것(Je ne sais quoi)"은 말로 규정할 수 없을 정도로 아름다운 것을 지칭할 때 사용하는 문구다.

좋아했기 때문에 톰 존스는 사냥터지기를 위해 힘을 써달라고 소피아에게 부탁했던 것이오.

하지만 이 일을 다루기 전에 이보다 앞서 일어난 몇 가지 사건을 개괄적으로 말해줄 필요가 있을 것 같소.

올워디 영주와 웨스턴 영주는 서로 성격이 너무 달라 친밀하지는 않았지만, 소위 말해 웬만한 관계는 유지해오고 있었소. 따라서 양쪽 집안의 자녀들도 어려서부터 서로 알고 지냈으며 나이도 비슷해 종종 놀이 친구가 되기도 했소.

하지만 블리필의 심각하고 냉정한 기질보다는 톰의 쾌활한 성격이 소피아에게 더 잘 맞았소. 따라서 이 둘 중 소피아가 톰을 더 좋아한다는 사실이 종종 분명하게 드러나, 블리필이 좀더 감정적인 젊은이였더라면 불쾌감을 드러냈을지도 모르오.

하지만 블리필은 불쾌한 감정을 겉으로 드러내지는 않았소. 따라서 남 얘기하기 좋아하는 사람들이 친구가 얼마나 가난하고 비열한지 세상 사람들에게 알려주기 위해 친구의 가장 은밀한 구석을 파헤치고 때로는 친구의 벽장과 찬장을 들여다보는 것처럼, 블리필의 마음속 깊은 곳을 찾아가는 건 잘못일 것이오.

자신이 다른 사람들을 화나게 만드는 원인 제공자라고 생각하는 사람은 늘 상대방이 자기 때문에 화가 났을 거라고 결론 내리듯이, 블리필이 어떤 행동을 할 때, 소피아는 블리필이 화가 나서 그랬을 거라고 생각했소. 하지만 소피아보다 훨씬 현명한 스와컴과 스퀘어*는 그녀가 생각하는 것보다는 더 고결한 원리원칙에 따라 블리필이 그렇게 행동했을 거라고

* 실제로 이들은 소피아만큼 블리필의 마음을 읽지 못하므로 현명하다는 것은 역설적인 표현이다.

여겼소.

어린 시절 톰 존스는 둥지에서 새끼 새를 꺼내 자신이 직접 키우고 노래하도록 가르친 뒤 소피아에게 선물한 적이 있었소.

당시 열세 살이었던 소피아는 이 새를 몹시 좋아해 새에게 먹이를 주고 돌보는 일을 자신의 주요 일과로, 그리고 새와 같이 노는 것을 가장 큰 즐거움으로 삼았소. 그 덕분에 '작은 토미'라고 이름 붙인 이 새끼 새는 길이 잘 들어 주인이 손으로 주는 먹이를 받아먹고 주인의 손가락에 앉는 것은 물론 행복하고 몹시 만족스럽다는 듯이 소피아의 가슴에 눕기도 했소. 물론 소피아는 새가 날아갈까 봐 새의 다리를 늘 작은 끈으로 묶어놓았지만 말이오.

올워디 영주와 그의 가족들이 웨스턴 영주의 집에 식사를 하러 간 어느 날, 소피아와 정원에 같이 있던 블리펄은 소피아가 새끼 새를 몹시 좋아하는 것을 보고는 잠깐만 자기에게 새를 맡겨달라고 부탁했소. 이 어린 신사의 부탁에 소피아는 몇 가지 주의를 준 뒤 새를 건네주었소. 하지만 블리펄은 새를 손에 넣자마자 새의 다리에 묶인 끈을 풀더니 하늘로 던져 날려 보냈소.

그러자 이제 자신이 자유의 몸이 되었다는 사실을 깨닫게 된 이 어리석은 동물은 여태까지 소피아에게서 받은 호의를 까맣게 잊은 채 그곳에서 좀 떨어진 나뭇가지 위로 날아가 앉았소.

새끼 새가 날아간 것을 본 소피아가 큰 소리로 비명을 지르자 근처에 있던 톰 존스가 즉각 달려왔소.

사건의 경위를 듣게 된 톰은 블리펄에게 비열하고 심술궂은 악당이라고 욕을 하고는 즉각 외투를 벗어던지고 전력을 다해 새끼 새가 도망친 나무 위로 기어오르기 시작했소.

하지만 톰이 자신과 같은 이름을 가진 이 동물을 다시 손에 넣기 직전, 마침 그 새가 앉아 있던, 수로 위로 뻗은 나뭇가지가 부러져 이 불쌍한 소년은 물속에 풍덩 빠지게 되었소.

그 순간 소피아가 걱정하는 대상이 바뀌었소. 톰의 목숨이 위험하다고 생각한 소피아는 전보다 열 배는 더 크게 비명을 질렀고, 블리필 자신도 최대한 크게 소리를 질러 소피아를 거들었소.

이 소리에 정원 옆 거실에 앉아 있던 사람들이 깜짝 놀라 모두 달려 나왔소. 하지만 이들이 수로에 막 도착했을 때 톰은 안전하게 물 밖으로 나오고 있었소(톰이 빠진 곳은 다행히 물이 얕았던 것이오).

물을 뚝뚝 떨어뜨리며 떨고 있는 불쌍한 톰을 스와컴이 호되게 꾸짖기 시작하자, 올워디 영주는 스와컴에게 잠시 참으라고 하고는 어떻게 해서 이런 소동이 벌어지게 된 것인지 블리필에게 물었소.

이에 블리필이 대답했소. "외삼촌, 이런 일을 저질러서 진짜 죄송해요. 불행히도 저 때문에 이 소동이 벌어졌거든요. 소피아의 새를 들고 있었을 때 그 불쌍한 동물이 자유롭게 날아가고 싶어 할 거라는 생각이 들어 날려보내지 않을 수가 없었어요. 전 무엇이든 가둔다는 건 아주 잔인한 일이라고 항상 생각해왔거든요. 그렇게 하는 건 모든 것은 자유를 누릴 권리가 있다는 자연의 법칙에 위배될 뿐만 아니라, 기독교 정신에도 어긋나잖아요. 우리가 대접받고 싶은 대로 행하는 게 아니니까요. 소피아가 그렇게 속상해할지, 그리고 그 새가 어떻게 될지 알았더라면 절대 그렇게 하지 않았을 거예요. 새를 잡으러 나무 위로 올라갔던 존스가 나무에서 떨어져 물에 빠졌을 때, 다시 날아올라가던 그 새를 어떤 못된 매가 방금 전에 낚아채 가버렸거든요."

그제서야 어린 토미에게 닥친 운명에 대해 듣게 된 불쌍한 소피아는

(존스에 대한 걱정으로 그 일이 벌어질 당시 소피아는 이 사실을 전혀 알아차리지 못했소) 눈물을 펑펑 쏟았소. 이를 본 올워디 영주는 훨씬 더 멋진 새를 사주겠다고 약속하며 소피아를 달래려 했지만, 소피아는 두 번 다시 새를 키우지 않겠다고 말했소. 소피아의 부친은 그런 바보 같은 새 때문에 울지 말라며 딸을 야단치면서도 블리필이 자기 자식이었다면 엉덩이 살갗이 벗겨질 정도로 호되게 매질을 했을 거라고 말했소.

소피아는 자기 방으로 돌아가고 두 젊은이도 집으로 돌아가자 나머지 일행은 술자리를 가졌는데, 이때 이들이 나눈 대화는 새에 관한 것이었소. 하지만 그 내용이 너무도 진기해 다른 장에서 다루는 것이 적절하다고 생각하오.

4장
어떤 독자들은 좋아하지 않을 수도 있는 매우 심오하고 진지한 문제

파이프담배에 불을 붙이자마자 스퀘어는 올워디 영주에게 이렇게 말했소. "영주님, 사리분별을 갖추기 쉽지 않은 나이에 옳고 그름을 분간할 수 있는 능력을 갖춘 영주님 조카에 대해 축하의 말을 드리지 않을 수 없군요. 제가 보기에 무엇이든 간에 가둔다는 것은 '모든 것은 자유로울 권리를 가져야 한다'는 자연법칙에 위배됩니다. 그런데 영주님 조카가 그런 말을 했다는 사실이 제게 지워지지 않는 깊은 인상을 남겼습니다. 또 '존재하는 모든 것은 옳다'는 원칙과 '사물 본래의 합목적성'을 영주님 조카보다 더 잘 이해하는 사람이 있을지 모르겠네요. 어린 나이에도 이 정도인 걸 보니, 이 아이가 크면 두 브루투스*와 필적할 만한 인물이 될 수도

있을 거라는 기대가 드는군요."

이 말에 와인을 엎지른 뒤 남은 와인을 급히 들이켠 스와컴도 재빨리 끼어들며 말했소. "이 아이가 한 다른 말을 보면, 이 아인 그보다도 훨씬 더 훌륭한 인물을 닮은 것 같습니다. 자연의 법칙이라는 말은 특정 집단이 사용하는 아무 의미 없는 용어죠. 그런 법칙이나 또 그런 법칙을 근거로 옳고 그름을 따지는 사례를 들어본 적도 없고요. 이 아이 말대로, 자신이 대접받고 싶은 대로 남에게 행하라는 것은 진정한 기독교적 원칙입니다. 제 가르침이 이런 좋은 결과를 낳게 되어 정말 기쁘군요."

이에 스퀘어도 말을 이었소. "허영심이 부적절한 게 아니라면, 전 이번 일로 약간의 허영에 빠지겠습니다. 이 아이가 무엇이 옳고 무엇이 그른지 판단하는 걸 누구한테 배웠는지는 아주 분명하다고 생각합니다. 그리고 자연법칙이 존재하지 않는다면 옳고 그른 것도 없는 법입니다."

이 말에 스와컴 목사가 "그럼 선생은 하나님의 계시를 무시하겠다는 것이오? 지금 내가 이신론자 아니 무신론자하고 말을 섞고 있는 것이오?"라고 소리치자, 웨스턴 영주는 "술이나 마셔. 무슨 염병할 놈의 자연법칙이야. 당신들이 말하는 그 옳고 그름이란 걸 도무지 못 알아듣겠구먼. 내 생각에 딸아이의 새를 빼앗아 간 건 분명히 잘못이거든. 올워디 영주께서 잘 알아서 하시겠지만, 이런 일을 저지른 아이를 칭찬하면 그 아인 나중에 교수대에 서게 될 거요"라고 말했소.

이 말에 올워디 영주는 자기 조카가 이런 일을 저질러 유감이기는 하지만, 나쁜 동기가 아니라 고결한 동기에서 그런 일을 저질렀기 때문에

---

* 기원전 509년 로마 최초의 집정관이 된 루키우스 유니우스 브루투스Lucius Junius Brutus 와 기원전 1세기에 독재자 카이사르를 암살한 마르쿠스 유니우스 브루투스Marcus Junius Brutus를 말함.

조카를 벌주자는 데에는 찬동할 수 없다고 대답하며 "이 아이가 새를 훔쳤다면 호된 벌을 내리자는 말에 난 누구보다도 찬성했을 거요. 하지만 그런 목적으로 이런 일을 저지른 게 아닌 건 분명하오"라고 말했소. 올워디 영주는 블리필 스스로가 공언한 목적 이외에 다른 이유가 있을 수 없다고 생각했던 것이오(소피아가 의심하는 것처럼, 블리필이 악의를 갖고 이런 일을 저질렀을지도 모른다는 생각을 올워디 영주는 단 한 번도 하지 않았기 때문이었소). 따라서 그는 블리필의 행동은 사려 깊지 못한 것이라며 다시 한 번 꾸짖으면서도 아직 어린아이이니 용서는 받을 만하다고 말했던 것이오.

스퀘어는 자신의 견해를 이미 공개적으로 말했기 때문에 더 이상 아무 말도 하지 않는다면 자신의 판단이 잘못되었다는 타인의 비난을 묵인하고 수용하는 처지가 될 판이었소. 따라서 다소 흥분한 어조로 다음과 같이 말했소. "올워디 영주께서는 재산권이라는 천박한 문제를 지나치게 존중해주고 계십니다. 위대하고 원대한 뜻에 따라 행한 행위를 판단할 때에는 개인적인 입장은 모두 버려야 합니다. 편협한 규율에 집착한다면 젊은 브루투스*는 배은망덕이라는 죄를, 나이 든 브루투스**는 존속살해를 저지른 셈이 되니까요."

이 말을 들은 스와컴은 이렇게 소리쳤소. "그들이 그런 죄목으로 교수형 당했다 해도 응분의 처벌을 받은 것에 지나지 않소. 그자들은 사악한 이교도들이니 말이오! 오늘날엔 브루투스 같은 놈들이 없어 참 다행이오. 스퀘어 선생, 이제 내 제자들에게 그런 반기독교적인 생각은 그만 주

---

* 독재자 카이사르를 암살한 마르쿠스 유니우스 브루투스를 말함.
** 로마의 황제를 죽이고 로마의 해방을 가져온 로마의 집정관 루키우스 유니우스 브루투스를 말함.

입하기 바라오. 내가 이 아이들을 가르치는 한 매질을 해서라도 그런 생각은 아이들 마음에서 완전히 몰아낼 것이오. 선생 제자인 톰은 이미 다 망가진 아이요. 언젠가 블리필과 논쟁하던 중 실천하지 않는 신앙은 가치 없다고 말하는 걸 들은 적이 있소.* 난 그게 선생 생각이라는 걸 잘 알고 있기 때문에 톰이 선생한테서 그런 소리를 들었다고 생각하오."

그러자 스퀘어는 "내가 톰을 망쳤다고 비난하지 마시오. 미덕과 예법, 그리고 합당하고 올바른 것을 비웃도록 톰에게 가르친 사람이 누구요? 톰은 선생 제자요. 난 톰에 대해 아무런 책임이 없소. 내 제자는 블리필 하나뿐이니 말이오. 그리고 아직 어리긴 하지만 도덕적 올바름에 관한 블리필의 생각을 지워버릴 수 있다고 생각한다면 한번 해보시오"라고 말했소.

스와컴은 냉소를 띠며 대답했소. "오히려 내가 과감하게 그 아이를 선생에게 한번 맡겨보겠소. 그 아이는 생각이 제대로 박혀 있어서 선생의 그 개똥철학으로 망가지진 않을 거요. 절대 그렇게 되진 않을 거요. 이미 내 원칙을 이 아이에게 주입시켰으니 말이오."

그러자 스퀘어도 "나 역시 이 아이에게 내 원칙을 심어주었소. 미덕이라는 숭고한 이념 이외에 인간의 마음속에 자유를 부여하겠다는 그 고귀한 생각을 불어넣어줄 수 있는 것이 또 어디 있겠소? 자부심을 느끼는 게 합당한 일이 아니라면 내 다시 한 번 말하겠소. 그런 생각을 이 아이에게 불어넣어주었다는 걸 난 영광스럽게 생각하오"라고 소리쳤소.

이 말에 스와컴이 "자만심을 갖는 게 금지되지 않았다면** 이 아이 스스로가 그런 행동을 하게 된 동기라고 밝힌 그 의무감을 내가 가르쳤다

* 선행의 실천을 중시하는 톰의 생각은 올워디 영주의 생각이자 작가 필딩의 생각이기도 하다.
** 자만심은 기독교에서 말하는 인간의 7대 죄악 중 하나다.

고 자랑했을 것이오"라고 대꾸하자, 웨스턴 영주는 "그래, 이 젊은 친구가 당신 둘한테서 내 딸의 새를 강탈하는 법을 배운 기구만. 그라믄 인자부터 자고 넣은 새장을 단디 봐야겠네. 어떤 덕망 높고 신앙심 깊은 작자가 내 자고들을 언제 풀어주뿔지 모르니까 말야"라고 말하더니 같이 있던 변호사의 등을 치며 "변호사 양반, 우째 생각해? 이건 불법 아인가?"라고 소리쳤소.

이 말에 변호사는 매우 엄숙하게 대답했소.

"자고의 경우에 소송을 제기할 수 있다는 사실은 의심의 여지가 없습니다. 야생동물이기는 하지만 길들여진 자고는 재산에 속하기 때문이죠. 하지만 노래하는 새의 경우는, 설령 길들여졌다 하더라도, 자연세계에 속하는 것이기 때문에 무귀속 재산으로 간주될 수밖에는 없습니다. 따라서 이 경우에 원고의 소송이 기각될 것이 분명하므로 소송을 제기하시지는 말라고 권하겠습니다."

이 말에 웨스턴 영주는 다음과 같이 말했소. "그래, 그 새가 무귀 뭐하는 재산*이라면 술이나 한잔 하며 나라 돌아가는 이야기나 우리 모두 알아묵을 수 있는 이야기나 하지. 지금 해쌌는 말은 무신 소린지 당최 알아묵질 못하겠거든. 잘은 모르겠지만 그 말 알아들을라 카믄 학식도 있고, 판단력도 있어야 하는갑지? 글타고 낼 설득해가 그런 걸 갖차도록 하진 절대 못할 기구만. 염병할! 당신들 둘은 진짜 칭찬받아야 되는 저 불쌍한 친구 얘기는 한마디도 안 하는구만. 내 딸을 위해가꼬 위험을 무릅썼는데, 참말로 훌륭하고 용기 있는 행동 아인감. 내도 그거 알 정도의 학식은 있다고. 썩어 자빠질! 자, 톰을 위해가 한잔 하입시다. 앞으로 살

---

* 변호사가 새는 무귀속 재산(nullius in bonis)이라고 한 말을 웨스턴 영주가 제대로 알아듣지 못해서 잘못 발음한 것이다.

아갈 긴 세월 내내, 내 이 친구를 좋아할 기야."

이렇게 이들의 논쟁은 중단되었소. 하지만 올워디 영주가 곧이어 마차를 불러 이 두 논객을 데려가지 않았다면 이들의 논쟁은 다시 시작되었을 것이오.

우리가 이야기하고 있는 시점보다 몇 년 전에 일어난 일이지만 독자들에게 자세히 이야기할 수밖에 없었던, 새에 얽힌 뜻하지 않은 사건과 그 사건으로 야기된 대화는 이런 식으로 끝이 났소.

5장
모든 사람의 취향에 맞는 내용

"**소사**(小事)**가 변덕**(變德)**스런 인심**(人心)**에 영향**(影響)**을 미친다**"*는 말, 그러니까 "사소한 일이 쉽사리 변하는 인간의 마음에 영향을 미친다"는 말은 사랑이라는 감정에 정통한 어느 대가가 한 말이오. 하여튼 분명한 것은 이날 이후로 소피아는 톰 존스에게는 약간의 우호적인 감정을, 블리필에게는 상당한 혐오감을 갖게 되었다는 사실이오.

그 뒤로도 때때로 벌어진 많은 일들이 소피아의 이러한 감정을 더욱 증폭시켰소. 자세히 설명하지는 않았지만 두 젊은이의 서로 다른 기질을 이미 넌지시 알려준 바 있기 때문에, 독자들도 블리필보다는 톰이 소피아의 성격과 더 잘 어울릴 거라고 판단했을 것이오. 톰은 게으르고 부주의하며 좌충우돌하는 면이 있지만, 자신만 피해를 입지 그 누구에게도 해를

---

* 오비디우스의 『사랑의 기술』에 나오는 구절이다.

끼치지 않는 사람인 반면, 블리필은 조심성 있고 신중하며 침착하지만, 단 한 사람(더 이상의 우리 도움 없이도 그 단 한 사람이 누구를 말하는지 독자들은 짐작할 수 있을 것이오)의 이해관계에만 강하게 집착하는 사람이라는 사실을 소피아는 어린 시절부터 간파하고 있었던 것이오.

자신의 이해관계에 따라 타인을 대하는 세상 사람들은 이 두 사람에게 그들 각자에게 합당한 대접을 하지는 않았소. 여기에는 정치적인 이유가 있을 수도 있소. 진짜 인정 많은 사람을 발견할 경우 사람들은 자신이 보물을 발견했다고 생각하고는, 다른 좋은 것을 발견했을 때처럼 그 사람을 독점하고 싶은 마음을 갖게 되어, 자신이 발견한 사람을 널리 칭찬하고 다니는 것, 통속적으로 말해, 자신이 발견한 행운을 바보처럼 나발 불고 다니는 것은, 자기 혼자 독식할 수도 있는 것을 다른 사람과 함께 나누어 갖는 것과 마찬가지로 어리석다고 생각할 수 있소. 지금 제시한 이 이유가 독자들에게 별 설득력이 없다면, 인간에게 진실로 대단한 자랑거리이며 인간 사회에 지고선(至高善)을 베푸는 이런 인물에게 사람들이 별다른 관심을 보이지 않는 이유를 나는 달리 설명할 방법이 없소. 하지만 소피아의 경우는 달랐소. 존경과 경멸이라는 두 단어의 의미를 깨닫자마자 그녀는 톰 존스는 존경했던 반면 블리필 도령은 경멸했기 때문이오.

소피아는 3년여를 이 마을을 떠나 고모와 함께 지냈기 때문에, 그동안은 이 두 젊은이를 거의 보지 못했소. 자고에 얽힌 사건이 벌어진 지 며칠 후, 고모와 함께 올워디 영주 집에서 식사를 하게 된 소피아는 식사 도중 앞서 말한 이야기의 전모를 듣게 되었지만 아무 말도 하지 않았고, 집에 돌아올 때까지도 고모에게 별다른 말을 하지 않았소. 하지만 하녀가 소피아의 옷을 벗기면서 "애기씨, 오늘 블리필 도련님을 봤겠네요"라고 묻자, 소피아는 "난 비열하고 두 마음을 품는 사람은 진짜 싫어. 그래서 블리필이라는 이름은 듣기도 싫단 말이야. 그런데 톰이 착해서 한 일을 가지고 그 늙고 야만적인 선생이 그렇게 잔인하게 벌주는 데도 영주님이 가만히 내버려두시는 건 도무지 이해할 수가 없어"라고 몹시 흥분한 어조로 대답했소. 그런 다음 자고에 관한 이야기를 자세히 해주고는 "톰이 참 고결한 사람이라고 생각하지 않아?"라고 되물으며 자신의 말을 마쳤소.

소피아가 다시 집으로 돌아와 살게 되자, 소피아의 부친은 그녀에게 집안일을 맡기며 식사할 때면(사냥을 몹시 좋아하여 웨스턴 영주의 상당한 총애를 받던 톰도 종종 이들과 같이 식사를 했소) 식탁 위쪽 끝에 소피아를 앉혔소. 솔직하고 관대한 품성을 가진 젊은 남자들은 여자들에게 정중하고도 헌신적으로 대하려는 마음을 갖는 법이오. 그리고 그런 마음을 가진 사람이 톰처럼 제대로 된 판단력까지 겸비할 경우 모든 여자들에게 자상하고 친절하게 대하는 법이오. 바로 이 점에서 톰은 요란스럽고 야만스런 시골 영주나 근엄하고 다소 부루퉁하게 행동하는 블리필과는 확연히 달라, 이제 스무 살이 된 지금, 이웃에 사는 모든 여자들 사이에서 괜찮은 남자라는 평판을 얻기 시작했던 것이오.

다른 사람들에게보다는 좀더 많은 존경심을 보이는 것 이외에, 톰은 소피아를 특별히 다르게 대하진 않았소. 톰이 소피아를 다른 사람과 좀 다르게 대하는 이유는 소피아의 미모와 신분 그리고 소피아가 갖추고 있는 분별력과 상냥한 태도 때문이지, 소피아에게 별다른 마음을 품어서가 아니었소. 바로 이런 이유에서 독자들은 톰을 어리석다고 비난할지 모르겠지만, 톰이 이렇게 행동한 진짜 이유를 나중에 설명할 기회가 있으리라고 생각하오.

소피아는 몹시 순진하고 얌전했지만 상당히 쾌활한 면도 있었소. 소피아의 쾌활한 면은 톰과 함께 있을 때면 더욱 두드러져, 톰이 아직 어리

이렇게 말하고는 톰은 소피아의 손을 낚아채 열렬히 입을 맞추었소 (톰의 입술이 소피아의 몸에 닿은 최초의 순간이었소). 그러자 좀전에 소피아의 뺨을 떠났던 핏기가 다시 얼굴로 돌아와 충분한 보상을 해주었소. 소피아의 얼굴과 목 전체로 피가 강렬하게 몰려들어 그녀의 얼굴을 붉은색으로 바꾸어놓았던 것이오. 이때 처음으로 자신도 전에는 몰랐던 어떤 감정을 느끼게 된 소피아는 그 감정이 어떤 것인지 생각해본 뒤, 어떤 비밀(그 비밀이 무엇인지 독자들이 아직까지 짐작하지 못했다 하더라도, 적절한 시기가 되면 알게 될 것이오)을 알게 되었소.

말을 할 수 있을 정도로 정신을 차리게 되자(금방 그렇게 된 것은 아니었소) 소피아는 자신이 하고 싶은 부탁은 사냥할 때 자기 부친을 위험한 곳으로 인도하지 말아달라는 것이라고 말했소. 사람들 말을 듣고 나니 부친이 톰과 같이 사냥 갈 때마다 몹시 걱정이 되기 시작했다며, 언젠가 부친이 팔다리가 부러져 집에 실려 올 것만 같다고 했소. 그러고는 자신을 위해서라도 좀더 조심해달라고 하고는, 부친이 톰의 뒤를 따라가는 걸 톰 자신도 잘 알고 있을 테니, 앞으로는 너무 빨리 말을 달리지도 말고 또 위험하게 점프도 하지 말아달라고 간청했소.

이 말에 톰은 소피아의 명령을 따르겠다고 굳게 약속하고는 부탁을 들어줘 고맙다고 말한 뒤, 자신의 청이 받아들여져 몹시 흡족해하며 그곳을 떠났소.

소피아도 몹시 기뻤지만, 그것은 톰이 느끼는 것과는 아주 다른 부류의 기쁨이었소. 소피아의 이런 기분은 나보다는 독자들이 (혹 그럴 마음이 있다면) 더 잘 표현할 수 있을 것이오. 풍족하게 제공된 맛있는 음식을 다 먹기 위해 많은 입을 갖기 바랐던 어떤 시인*처럼 나에게 많은 입이 있다 하더라도 말이오.

웨스턴 영주는 매일 오후 술을 마신 뒤, 하나의 일과처럼 딸의 하프시코드 연주를 들었소. 음악을 몹시 좋아했던 웨스턴 영주는 런던에 살았더라면 음악 전문가로 통했을지도 모르오. 그가 가장 좋아하는 음악은 「올드 서 사이먼 더 킹Old Sir Simon the King」 「영국의 수호자 성 조지」 「바빙 조앤Bobbing Joan」** 등과 같은 가볍고 경쾌한 음악이어서, 헨델***이 작곡한 훌륭한 음악에 대해선 항시 불평했소.

훌륭한 음악가였던 웨스턴 영주의 딸은 헨델이 작곡한 곡 이외의 음악을 자진해서 연주하고 싶은 마음은 없었지만, 어떻게 하면 부친을 즐겁게 할 수 있을지 항상 골몰하고 있었던 터라, 부친의 요청을 들어주기 위해 이 모든 곡들을 습득했소. 하지만 소피아는 부친이 자신의 취향을 따르도록 유도하기 위해 종종 노력하기도 했소. 웨스턴 영주가 자신이 좋아하는 민요를 다시 연주해달라고 하면 소피아는 "그렇지만, 아버지"라는 말을 시작으로 다른 곡을 연주할 수 있게 허락해달라고 간청하기도 했던 것이오.

하지만 이 신사가 술을 마시고 난 이날 저녁, 아무런 부탁도 받지 않았는데도 소피아는 웨스턴 영주가 좋아하는 곡들을 세 번이나 반복해서 연주했소. 그러자 기분이 몹시 좋아진 이 선량한 영주는 소파에서 일어나 딸에게 입맞춤을 하고는 연주 솜씨가 상당히 좋아졌다고 칭찬했소. 톰에게 한 약속을 지키기 위해 소피아는 이 기회를 이용해 성공을 거두었소. 「올드 서 사이먼 더 킹」을 처음부터 끝까지 다시 연주해주면 다음 날 아침 블랙 조지에게 사냥터지기 임명장을 주겠다는 약속을 영주에게서 확실하

---

* 호메로스는 『일리아드』에서 자신이 열 개의 혀와 열 개의 입을 가졌으면 좋겠다고 말했다.
** 영국의 왕정복고 시대에 유행하던 음악.
*** 이 작품의 무대인 1745년 영국에서는 헨델의 인기가 시들해져, 그의 음악을 평가절하하려는 움직임이 있었다.

게 받아냈던 것이오. 그러자 소피아는 「올드 서 사이먼 더 킹」을 몇 번이고 연주했고, 이 곡에 매료된 웨스턴 영주는 곧 잠에 빠져들었소. 다음 날 아침 소피아가 지난밤의 약속을 상기시키자, 영주는 즉시 변호사를 호출해 더 이상 소송을 진행시키지 말고, 대신 사냥터지기 임명장을 작성하라고 지시했소.

이 일에 관한 톰의 성공담은 곧 마을 전체에 자자하게 퍼지기 시작했지만, 이에 대한 견해는 각양각색이었소. 어떤 이들은 톰의 이런 행동을 선행이라고 칭송하는 반면, 어떤 이들은 "게을러빠진 놈팡이가 다른 게으름뱅이를 좋아하는 기 뭐시 그래 놀랄 일이고?"라고 말하며 비웃었소. 블리필은 이 일에 몹시 화가 났소. 존스가 블랙 조지를 좋아하는 만큼, 그는 블랙 조지를 오랫동안 미워해왔기 때문이었소. 하지만 블리필이 블랙 조지를 미워했던 것은 불쾌한 일을 당해서가 아니라, 종교와 미덕을 몹시 중시하는 사람이었기 때문이었소.* 사실 블랙 조지는 행실이 몹시 나쁜 사람으로 평판이 나 있었기 때문에 블리필은 톰의 이러한 행위를 올워디 영주에 대한 도전으로 간주했고, 톰이 이런 파렴치한에게 은혜를 베푸는 데는 그 이외의 다른 동기를 찾을 수 없다며 심각한 우려를 표명했소.

스와컴과 스퀘어도 이와 유사한 취지의 말을 했는데, 이는 그들이 (특히 스퀘어가) 젊은 톰이 미망인이 된 브리짓과 가까워지는 것을 몹시 질투했기 때문이었소. 이제 스물한 살이 다 되어가는 톰은 진짜 멋진 남자로 변모했고, 톰에게 호감을 표하는 것으로 보아 브리짓도 그렇게 생각하는 것 같았기 때문이었소.

하지만 올워디 영주는 이들의 악의적인 발언에 조금도 동요하지 않았

---

* 블리필의 주장을 사실인 것처럼 그대로 전한 화자의 이 말은 역설적인 표현이다.

소. 오히려 존스의 행동이 몹시 마음에 든다며 톰의 한결같고 고결한 우정은 칭찬할 만하고 앞으로도 그가 이처럼 훌륭하게 행동하는 것을 보았으면 좋겠다고까지 말했소.

하지만 사람들이 자신에게 좀더 열렬히 구애하지 않으면 어쩌나 하는 우려 때문에 톰과 같은 멋진 남자를 별로 좋아하지 않는 운명의 여신은 올워디 영주로 하여금 여태까지의 톰의 모든 행동을 아주 다른 시각에서 (즉 지금까지보다 훨씬 덜 우호적인 관점에서) 보도록 유도했소.

6장
사랑스런 소피아의 아름다움에 존스가 둔감했던 이유이자,
현대 희극의 남자 주인공을 호의적으로 평가하는 재사들과
여자들에게 인기 있는 남자들이 존스를 과소평가하는 이유

소피아에 대한 태도 때문에 우리의 주인공 톰을 어느 정도 경멸하는 사람들은 두 부류로 나누어질 수 있을 것이오. 웨스턴 영주의 재산을 소유할 기회를 붙잡지 못하는 톰의 신중치 못한 면을 비난할 부류와 팔만 벌리면 자기 품으로 뛰어들 이 훌륭한 여인을 두고 주저하고 있는 톰을 경멸할 부류 말이오.

톰이 신중치 못하다는 것은 변명의 여지가 없는 사실이며, 두번째 비난으로부터 톰을 옹호해줄 근거도 별로 없기 때문에, 이 두 가지 비난에 대해 톰에게 면죄부를 줄 수는 없을 것이오. 하지만 톰에 대한 비난을 수그러뜨릴 만한 여러 사실을 때때로 제시는 할 수 있기 때문에, 우리는 명백한 사실만을 제시하고 나머지는 독자들의 판단에 맡기고자 하오.

뭐라고 부를지 완벽하게 합의에 이르지는 못했지만, 어떤 사람들의 가슴에는 분명히 존재하는 무엇인가*를 톰은 가지고 있었소. 이것은 옳은 것과 그릇 것을 구별하는 데 사용되는 것은 아니지만, 사람들로 하여금 올바른 일을 하도록 고무하고 격려하며 잘못된 일은 하지 않도록 하는 것이오.

이런 점에서 이것은 극장에 앉아 연극을 보는 그 유명한 팬츠 제조업자**와 닮았소. 이를 소유한 사람이 올바른 일을 할 때면 그 어떤 열렬하고 우호적인 청중도 그보다 더 열렬히 그 사람을 칭송할 수 없으며, 이와 반대로 이를 가진 사람이 잘못된 일을 저지를 때면 그 어떤 비평가도 그보다 더 통렬하게 그 사람을 야유할 수 없기 때문이오.

내가 말하는 이 원칙이 어떤 것인지 좀더 고차원적으로 설명하자면, 법정에서의 대법관처럼 우리의 정신세계의 권좌에 앉아 있는 존재라고 할 수 있을 것이오. 모든 것을 빠짐없이 다 알고 있는 박식함과 그 어느 것도 속일 수 없는 통찰력, 그리고 그 어느 것에 의해서도 타락하지 않는 고매함을 지닌 이것은, 마음의 법정에서 법을 주관하고 지시를 내리고, 사안의 시비곡직과 정의에 따라 판결을 내리며 죄의 유무를 선언하기 때문이오.

행위의 재판관인 양심은
권력도 습성도 아닌, 단지 하나의 행위.
즉 차이를 구별할 줄 아는 능력.

---

* 양심을 말한다.
** 극장의 가장 싼 좌석에 앉지만 과장된 행동으로 연극에 대한 자신의 호불호를 표현하는 사람으로 간주되었다. 필딩은 자신이 편집자로 관여했던 잡지 『챔피언*The Champion*』에 기고한 에세이에서 팬츠 제조업자를 "극시의 위대한 재판관"이라고 칭했다.

신데레시스* 혹은 그것의 본질은
선하고 정직한 일을 하도록 하며, 우리의 마음을
영원한 평화라는 호사스런 왕좌에 앉게 한다.

이런 행동 원칙이 인간과 짐승을 구분하는 가장 근본적인 척도라고 말할 수 있을 것이오. 인간의 형상을 하고 있으면서도 이 원칙의 영향을 받지 않는 존재가 있다면, 나는 그들을 인간이라는 종에서 벗어나 동물의 반열에 든 이탈자로(하지만 그들은 이탈자라는 숙명으로 인해 동물 사이에서도 최고의 지위에 오르지는 못할 것이오) 간주하겠소.

우리의 주인공은 이러한 원칙을 (스와컴에게서 전수받은 것인지 혹은 스퀘어에게게서 전수받은 것인지는 모르겠지만) 아주 잘 따르고 있었소. 항상 올바르게 행동한 것은 아니었지만, 잘못된 행동을 하는 경우에 톰은 항상 고통스러워했고 고통을 받았기 때문이오. 그리고 자신을 정중히 대접하고 환대한 사람의 집을 터는 행위는 가장 비열한 도둑질이라고 가르친 것도 바로 이 원칙이었소. 톰은 죄의 대가가 크다고 해서 이러한 범죄 행위가 덜 비열해지는 것은 아니라고 생각했소. 오히려 그와는 반대로 남의 음식을 훔치는 것이 사형 당하거나 공민권을 박탈당할 정도의 죄라면,** 다른 사람의 전 재산뿐만 아니라 그의 자식까지 훔치는 것은 어떤 벌을 주어야 합당할지 결정하기조차 몹시 어려울 정도의 중죄라고 생각했던 것이오.

따라서 바로 이 원칙 때문에 톰은 이런 방법을 이용해 부를 얻을 생각을 할 수 없었던 것이오(앞서 말했듯이 이것은 행동으로 옮겨야지 단순히

---

* synderesis: 태어날 때부터 가지고 있는 도덕의 근본 원칙에 대한 지식.
** 18세기 영국에서는 12펜스 이상의 값어치가 나가는 남의 물건을 훔치면 실제로 사형에 처해질 수도 있었다.

알거나 믿는 것만으로는 충족될 수 없는 원칙이기 때문이오). 하지만 소피아를 몹시 좋아했더라면 달리 생각했을지도 모르오. 내게 발언권이 주어진다면 사랑 때문에 다른 사람의 딸과 도망치는 것과 절도를 목적으로 이와 같은 일을 저지르는 것 사이에는 매우 큰 차이가 있다고 말하고 싶소.

이 젊은이가 소피아의 아름다운 면을 알아보지 못한 것은 아니었소. 톰은 소피아의 아름다운 자태를 좋아했고 그녀의 여러 훌륭한 점을 높이 평가했지만, 그런 소피아도 그의 마음에 깊은 인상을 심어주지는 못했소. 바로 이 때문에 톰이 어리석다고 혹은 취향이 저속하다고 비난받을지도 모르니 이제 그 이유를 설명하고자 하오.

솔직히 말하자면 톰은 이미 다른 여자에게 마음을 빼앗기고 있었소. 우리가 오랫동안 이 문제에 대해 침묵한 사실에 독자들은 놀랐을 것이오. 그리고 독자들은 그 여자가 누구인지 짐작조차 할 수 없을 것이오. 여태까지 우리는 소피아와 라이벌이 될 만한 사람에 대해 약간의 언급도 하지 않았으니 말이오. 우리는 블리필 부인이 톰에게 연정을 품고 있는 게 아닌가 하는 의구심을 드러내기는 했지만, 톰이 블리필 부인에게 연정을 품을 수도 있을 거라는 여지를 준 적은 결코 없었기 때문이오. 또 이런 말을 하긴 민망하지만 나이 든 사람이 황공스럽게도 젊은 사람에게 베풀어주는 관심에 대해 정작 젊은 사람들은 감사할 줄 모른다는 것도 사실이니 말이오.

독자들을 더 이상 안달 나게 하지 않도록 이제 말하겠소. 부인과 다섯 명의 자식으로 구성된, (사람들은 보통 블랙 조지라고 부르는) 사냥터지기 조지 시그림의 가족에 대해 우리가 종종 언급한 사실을 독자들은 기억할 것이오.

그의 자식 중에는 마을에서 제일 예쁘다는 평을 듣는 몰리라는 이름의 둘째 딸이 있었소.

콩그리브*가 정확히 지적했듯이 "진정한 아름다움에는 세속적인 사람들은 제대로 알아볼 수 없는 그 무엇인가가 있소." 따라서 아무리 먼지나 누더기로 그 무엇인가를 덮으려 해도 세속적이지 않은 사람에게는 감출 수 없는 법이오.

하지만 몰리보다 세 살가량 많은 톰이 처음으로 몰리를 애정의 눈길로 바라보기 전까지는, 그러니까 몰리가 열여섯이 되기 전까지는 톰은 몰리의 아름다움에서 별다른 인상을 받지는 못했소. 몰리를 소유하고 싶은 마음을 갖기 오래전, 톰은 이미 몰리에게 연정을 품고 있었지만, 자신의 원리원칙에 따라 그 욕구를 강하게 누르고 있었는데, 이는 아무리 신분이 천하다 할지라도 젊은 여자를 타락시키는 걸 아주 끔직한 범죄 행위로 여기고 있었기 때문이었소(몰리 부친과의 의리와 그의 가족에 대한 동정심 때문에 톰은 이 건전한 생각을 확고하게 유지할 수 있었소). 그가 3개월 동안 시그림의 집에 가지도 혹은 시그림의 딸을 보지도 않았던 것은 바로 이 때문이었소.

앞서 말했듯이 사람들은 몰리를 꽤 괜찮은 여자라고 생각했고 실제로 그렇기도 했지만, 몰리의 미모는 그리 호감을 주는 것은 아니었소. 사실 몰리의 외모는 여자보다는 남자에게 더 어울렸소. 솔직히 말해 몰리의 미모는 상당 부분 그녀가 갖고 있는 젊음과 건강한 혈색 덕을 많이 보았기 때문이오.

몰리의 성격도 외모만큼이나 여성적이지 못했소. 남자처럼 키도 크고 튼튼했던 몰리는 성격도 남자처럼 대담하고 저돌적이었기 때문이오. 또한 정숙함과도 거리가 멀었기 때문에, 몰리 자신보다도 존스가 더 몰리의 순

* 윌리엄 콩그리브(William Congreve, 1670~1729): 영국의 이른바 '풍속희극'의 대표적인 작가로 여기 인용된 글은 그가 쓴 『늙은 독신자 Old Bachelor』의 4막 3장에 나오는 것이다.

결을 소중히 여겼소. 톰이 좋아하는 만큼이나 몰리도 톰을 좋아했기 때문에, 톰이 망설이며 물러서려고 하면 이에 비례해서 몰리는 더욱 적극적으로 나섰소. 따라서 톰이 자기 집에 완전히 발길을 끊자, 몰리는 기회가 있을 때마다 톰 앞에 나타나서는 어떤 행동(이때 몰리의 모든 노력이 수포로 돌아갔다면, 이 젊은이는 주인공으로서의 자질이 아주 많거나, 아주 없다고 간주되었을 그런 행동이었소)을 했소. 간단히 말해, 몰리는 존스의 고결한 결심을 무너뜨렸던 것이오. 으레 그렇듯이 막판에 가서 몰리는 마지못한 척했지만 내 보기에 이는 몰리의 명백한 승리였소. 사실상 몰리는 자신의 목적을 이루었기 때문이오.

이 과정에서 몰리는 자신의 역할을 너무나도 잘 수행했기 때문에, 존스는 자신이 완벽하게 몰리를 정복했고 자신의 강렬한 열정에 이 젊은 여인이 굴복했으며, 몰리가 굴복한 궁극적 이유는 자신을 향한 그녀의 억제할 수 없는 사랑 때문이라고 생각하기에 이르렀소. 톰이 보기 드물 정도로 잘생겼다는 사실을 이미 여러 번 언급했고, 실제로도 외모가 출중한 젊은이였기 때문에, 그가 이렇게 생각하는 것은 아주 자연스럽고 가능한 일이란 걸 독자들도 인정해야 할 것이오.

블리필처럼 그 어떤 경우에도 자신의 이해관계만 생각하며 타인의 행복과 불행에 대해선 (자신의 쾌락이나 이득에 도움이 되지 않는 한) 전혀 관심을 기울이지 않고 오직 자기자신에게만 애정을 쏟는 사람이 있듯이, 이기적인 마음에서 오히려 타인에게 선행을 베푸는 아주 다른 기질을 가진 사람도 있소. 이런 부류의 사람들은 타인을 통해 만족을 얻게 되어야만 자신에게 만족을 가져다준 그 타인을 사랑하며, 그 타인이 행복해야만 마음도 편히 갖소.

우리의 주인공은 후자의 유형에 속하는 사람으로 이 불쌍한 여자의 행복과 불행이 전적으로 자신에게 달려 있다고 생각했소. 몰리보다 더 아름다운 여자가 나타날 수도, 새로운 열정의 대상이 나타날 수도 있었지만, 몰리는 여전히 톰의 열정의 대상이었소. 일단 열정의 대상을 소유함으로써 톰의 열정은 다소 감소했지만, 몰리가 자신을 사랑하고 있으며 그녀를 현 상황에 빠뜨린 장본인이 바로 자신이라는 생각에 톰의 열정은 다시 힘을 얻었소. 몰리가 자신을 사랑한다는 사실에 감사의 마음이 생기고, 그녀를 이런 상황에 처하게 한 것이 자신이라는 사실에 동정심이 생겼는데, 이 두 가지 감정은 몰리에 대한 욕망과 합쳐져 사랑이라고 불러도 그다지 틀리지 않은 어떤 열정을 톰에게 불러일으켰소. 비록 톰이 사랑의 대상을 현명하게 고르지 않은 것 같지만 말이오.

자신에게 구애하도록 독려하는 것으로 해석될 수도 있는 소피아의 행동이나, 소피아의 아름다움에 톰이 이처럼 무감각했던 진짜 이유는 바로 이것이었소. 존스로서는 비록 몰리가 가난하고 가진 것은 없어도 그녀를 버린다는 생각을 추호도 하지 못했던 것처럼, 소피아와 같은 여자를 기만한다는 생각은 꿈꿀 수조차 없었던 것이오. 소피아가 자신에게 조금이라도 열정을 품도록 톰이 조장했다면, 톰은, 처음 우리 이야기에 등장할 때 대다수의 사람들이 그에게 닥칠 거라고 예견한 운명, 즉 교수형을 당해도 마땅할 것이오.

7장
4권에서 가장 짧은 장

딸의 몸에서 어떤 변화를 감지한 몰리의 어머니는 이웃 사람들로부터 이를 숨기기 위해 어리석게도 소피아가 보내준 가운을 몰리에게 입혔소. 소피아는 몰리의 모친이 이런 용도로 딸에게 이 옷을 입힐 거라곤 전혀 생각지도 못했을 테지만 말이오.

몰리는 자신의 미모를 돋보이게 할 이 최초의 기회에 몹시 흥분했소. 싸구려 옷을 입었을 때도 거울에 비친 자신의 모습을 찬찬히 뜯어보았던 그녀는, 그런 옷을 입고도 존스나 뭇 사내들의 마음을 사로잡을 수 있었는데, 이런 멋진 옷을 걸치면 자신의 미모가 훨씬 돋보여 보다 많은 남자들의 마음을 사로잡을 수 있을 거라고 생각했던 것이오.

따라서 몰리는 이 가운을 입고 레이스 달린 새 모자를 쓰고 톰이 준 장신구로 치장을 한 뒤, 손에 부채를 들고 바로 다음 일요일에 교회로 갔던 것이오. 상류층 사람들이 자신들이 야망과 허영심을 독점했다고 생각한다면 그건 오산이오. 이런 고귀한 인간의 속성은 접견실이나 사실(私室)*에서뿐만 아니라, 시골 교회나 교회 경내**에서도 볼 수 있기 때문이오. 정치인들의 비밀회의 장소와 비교해봐도 조금도 손색없는 교회의 제의실(祭衣室)에서도 책략은 꾸며지기 마련이며, 내각이 형성되면 반대 세력이 등장하듯, 궁정에서 이루어지는 음모 그리고 당파와 파벌에 해당하는 것들이 이곳에도 있으니 말이오.

이곳에 있는 여성들도 지위나 재산에서 자신들보다 우월한 여성들 못지않게 여성들 고유의 기술에선 결코 뒤지지 않았소. 이곳에서도 숙녀인 체하는 여자, 교태 부리는 여자, 한껏 몸단장을 하고는 추파를 던지며 거짓말하는 여자는 있는 법이며, 시기심과 악의적 행동 그리고 추문도 찾아

---

* 접견실(drawing room)과 사실(closet)은 상류층 여성들의 사적 모임 장소로 사용되었다.
** 교회 경내(church yard)는 평민들이 묻히는 묘지도 있는, 평민층이 예배를 본 후 잠시 머물며 담소를 즐기는 곳이다.

볼 수 있소. 한마디로 말해, 화려한 회합이나 상류층 모임에서 흔히 볼 수 있는 것들 모두가 이곳에도 있다는 말이오. 따라서 상류층 사람들은 자신보다 열등한 사람들은 무지할 거라고 생각하며 더 이상 경멸하지 말아야 하고, 하층 사람들도 상류층 사람들의 악덕에 대해 더 이상 험담하지 말아야 할 것이오.

몰리가 자리에 앉은 지 얼마 되지 않아 근처에 앉았던 사람들이 몰리를 알아보았소. 하지만 교회에 나온 대다수의 사람들은 처음에는 그녀가 누군지 알아보지 못하고 "저 여자는 누고?"라며 귓속말로 숙덕거리기 시작했소. 그러다 몰리라는 사실이 밝혀지자 비웃음과 킥킥거리는 웃음소리 그리고 폭소가 여자들 사이에서 퍼져 나오기 시작하여, 올워디 영주는 질서 유지를 위해 자신의 권한을 사용할 수밖에 없는 상황에 이르렀소.

8장
고전 문학을 읽을 수 있는 독자만이 음미할 수 있는 호메로스의 스타일로 묘사한 싸움

이 교구에 영지를 갖고 있었고 또한 자기 교구에 있는 교회보다 이곳 교회가 집에서 더 가까웠기 때문에, 예배를 보기 위해 자주 이곳을 찾았던 웨스턴 영주는 당시에 사랑스런 소피아와 함께 이곳에 있었소.

소피아는 자신이 준 옷을 차려입은 몰리의 아름다운 모습에(몰리와 같은 계층의 사람들은 이를 시기했지만 말이오) 몹시 기뻤지만, 한편으로는 그 순박함이 측은해 보이기도 했소. 따라서 집으로 돌아오자마자 시그림을 불러 이제 곧 자기 집을 떠날 하녀 대신 몰리를 자기 곁에 두고 싶다며, 몰리를 데려오라고 지시했소.

이 말을 듣고 불쌍한 시그림은 적잖이 놀랐소. 딸의 배가 불러오고 있다는 사실을 그 자신도 모르는 바 아니었기 때문이오. 따라서 시그림은 몰리가 일을 한 번도 해본 적이 없어 서투를 거라고 더듬거리며 말했지만 소피아는 "그건 문제될 게 없어요. 곧 나아질 거니까요. 몰리가 마음에 들어 일을 한번 시켜볼 생각이거든요"라고 대답했소.

블랙 조지는 이런 곤란한 상황에서 빠져나올 수 있도록 아내가 도와줄 거라 기대하며 아내의 현명한 충고를 들으러 집으로 달려갔소. 하지만 집에 도착했을 때 집안은 혼란에 빠져 있었소. 올워디 영주와 다른 신사* 들이 교회를 떠나자마자, 몰리가 입은 가운을 몹시 시기하던 사람들이 그때까지 억누르고 있던 분노를 터뜨리며 큰 소동을 벌였던 것이오. 처음 그 소란은 욕설과 비웃음 그리고 야유와 여러 몸동작으로 표출되더니, 급기야는 무엇인가를 던지는 사태로 발전하게 되었소. 물론 그 물체가 딱딱하지 않은 것이라 목숨이나 신체에 위협을 가할 정도는 아니었지만, 정장을 한 여인에게는 몹시 위협적인 것이었소. 하지만 몰리도 이런 대접을 참기만 할 정도로 기백이 없는 인물은 아니었소. 따라서 몰리는…… 잠깐만! 솔직히 우리가 그럴 능력이 있는지 자신이 없는 관계로 고수에게 도움을 청하는 것이 좋겠소.

당신의 정체가 무엇이든 간에, 전쟁에 관해 노래하기 좋아하는 뮤즈여! 특히 휴디브라스와 트룰라**가 싸웠던 전쟁터에서 그 살육의 현장을

---

* gentry: 귀족보다는 아래이지만, 중산층 이상의 신분으로 가문의 문장(紋章) 사용이 허용된 사람들을 말함.
** 17세기 영국의 시인이자 풍자작가인 새뮤얼 버틀러가 쓴 『휴디브라스』에서 이 두 사람 간의 싸움이 묘사된다. 뮤즈에게 글을 쓸 영감을 달라고 기원하는 건 서사시를 쓰기 시작할 때 작가들이 관례적으로 하는 일이다.

그려냈던 그대여! 그대가 그대의 친구 버틀러와 함께 아사(餓死)*하지 않았다면, 이 중차대한 일을 해야 하는 나를 도와주시오! 모든 사람이 모든 일을 다 할 수는 없으니 말이오.

부유한 농부의 목장에서 젖을 짜고 있는 거대한 젖소 떼**는, 어떤 약탈 행위를 보고 탄식하는 어린 송아지들의 소리를 멀리서 듣게 되면, 고함치고 큰 소리로 울부짖는 법이오. 이와 마찬가지로 서머싯셔 사람들은 제각기 느끼는 감정에 따라 여러 종류의 비명과 외마디 소리를 질러 하나의 잡다한 소리를 구성했소. 그중 어떤 이는 분노로 어떤 이는 공포로 또 어떤 이는 단순히 재미삼아 소리를 질러댔소. 그러다 사탄과 쌍을 이루는, 사탄의 변함없는 동반자이기도 한 시기심이 군중 사이를 비집고 들어가 여자들의 분노를 폭발시켜, 결국 여자들은 몰리에게 다가가 오물과 쓰레기를 투척하기 시작했소.

점잖게 후퇴하려 했던 몰리는 자신의 뜻대로 되지 않자, 방향을 틀어 적의 선봉에 선 싸구려 옷을 입은 베스를 붙잡아 일격에 쓰러뜨렸소. 이를 본 적군의 수가 거의 백에 이르렀지만 이들 모두는 자신들의 장수의 운명을 지켜보고는 뒷걸음질 치며 새로 판 무덤 뒤로 달아나기 시작했소 (바로 그날 저녁에 장례식을 치를 예정이던 교회 묘지가 바로 이들의 전쟁터였던 것이오). 그러자 연전연승을 노리던 몰리는 무덤가에 놓여 있던 해골을 집어 들고는 강속구로 집어던져 재단사의 머리를 맞췄소(이 두 개의 해골은 똑같이 비어 있는 소리를 냈소. 재단사는 뒤로 발랑 나자빠져 두 개의

---

* 새뮤얼 버틀러는 굶어 죽었다고 전해진다.
** 앞으로 묘사될 몰리와 마을 사람들의 싸움은 호메로스가 『일리아드』에서 그리스군과 트로이군 간의 전쟁을 묘사할 때 사용한 서사시적인 영웅 문체로 진행되어 이 작품에 희극성을 더한다.

해골이 바닥에 나란히 놓이게 되었는데, 둘 중 어느 해골이 더 소중한 해골인지는 알기 어려웠소). 그러고는 넓적다리뼈*를 손에 들고는 달아나는 무리들 사이로 뛰어 들어가 사방으로 무수히 많은 연타를 날려 수많은 위대한 남녀 영웅들의 시신을 사방에 흩뿌렸소.

오, 뮤즈여! 이 운명의 날에 쓰러진 영웅들의 이름을 하나하나 열거해보시오. 우선 제미 트위들이 이 무시무시한 뼈로 뒤통수를 가격당했소. 아름답게 굽이쳐 흐르는 스투어 강의 멋진 기슭에서 자라 그곳에서 처음으로 노래를 배워, 그 노래를 경야(經夜)가 있거나 장이 선 곳을 찾아다니며 불렀던, 그리고 시골 청춘 남녀들이 푸른 풀밭에서 서로 뒤섞이며 활기찬 춤을 출 때는, 홀로 떨어져 바이올린을 켜며 자신의 음악 소리에 맞추어 점프를 하기도 하고 노래도 부르기도 하여 이들을 즐겁게 했던 그가 말이오. 하지만 그의 바이올린도 이제 무슨 소용이 있겠소? 이제 그는 시신이 되어 푸른 벌판 위에 쿵 하고 쓰러졌으니 말이오. 다음으로 돼지를 거세하는 늙은 에치폴이 이 아마존 여전사 같은 여인에게 이마를 세게 가격당하고는 땅바닥에 쓰러졌소. 너무 뚱뚱해 걸을 때도 몸이 몹시 흔들거렸던 그가 바닥에 쓰러지자 집이 무너질 때와 같은 소리가 났소(이때 그의 호주머니에서 담뱃갑이 튀어나오자, 몰리는 이를 자신의 합법적인 전리품으로 여기며 주워들었소). 다음으로 물방앗간에서 일하는 케이트가 불행히도 묘석에 걸려 넘어졌소. 대님으로 동이지 않은 케이트의 양말이 묘석에 걸려, 자연의 법칙을 거슬러서, 그러니까 그녀의 발이 그녀의 머리보다 높이 위치했기 때문에 벌어진 일이었소. 베티 피핀도 자기 애인 로저와 같이 바닥에 쓰러졌는데, 심술궂은 운명의 여신은 베티에겐 땅을, 베티의

---

* 넓적다리뼈로 많은 마을 사람들을 때려눕힌 몰리는 나귀의 턱뼈로 1천 명의 블레셋 사람을 죽인 삼손을 연상시킨다. 「사사기」 참고.

애인에겐 하늘을 마주보게 했소. 몰리의 분노의 다음 희생자는 대장장이의 아들 톰 프레클이었소. 훌륭한 나막신 제조업자이기도 한 그가 얻어맞고 쓰러진 나막신은 바로 자신이 만든 것이었는데, 당시에 교회에서 찬송가나 부르고 있었더라면 이처럼 머리가 깨지는 일은 면할 수 있었을 것이오. 농부의 딸 크로 양, 농부 존 기디시, 낸 슬라우치, 에스더 코들링, 윌 스프레이, 톰 베닛, '붉은 사자'라는 여관을 운영하는 포터라는 사람의 세 명의 딸들, 하녀 베티, 여관의 말구종 잭, 그 밖에 수많은 미미한 존재들이 무덤가에 쓰러져 뒹굴고 있었소.

하지만 몰리의 부단한 팔놀림이 모든 사람들에게 미친 것은 아니었소. 사실 이들 중 상당수는 달아나다 서로 걸려 넘어졌으니 말이오.

이제 자신의 본 모습에는 어울리지 않게 너무 오랫동안 한쪽 편만을 든 게 아닌지 염려하기 시작한, 특히 정의로운 편을 들었기 때문에 염려하기 시작한 운명의 여신은 갑자기 편을 바꾸었소. 남편 제키엘 브라운뿐만 아니라 절반가량의 교구민 남자들을 품에 안았던 브라운 여사가 등장한 것이오. 그녀는 사랑의 여신 비너스의 전쟁터에서뿐만 아니라 전쟁의 신 마르스의 전쟁터에서도 역시 이름을 떨쳤기 때문에, 그녀의 남편은 그녀가 이 두 전쟁터에서 쟁취한 전리품을 머리와 얼굴에 항상 지니고 다녔소. 즉 그녀의 남편의 머리에 난 뿔*이 그의 아내가 사랑이라는 전쟁에서 승리했다는 사실을 나타낸다면, 심하게 긁힌 그의 얼굴은 이에 못지않은 그의 아내의 다른 재능(혹은 맹수의 발톱)을 잘 보여주고 있었던 것이오. 동료들이 수치스럽게 달아나는 것을 더 이상 참을 수 없었던 이 여장부는 갑자기 발걸음을 멈추더니, 달아나는 사람들 모두에게 다음과 같이 큰 소

---

* 당시 서양에서는 아내가 다른 남자와 바람을 피우면 남편의 머리에 두 개의 뿔이 난다는 속설이 있었다.

리로 말했소. "그대 서머싯셔의 남자들이여! 차라리 서머싯셔의 여자들이라고 불려도 마땅한 그대들이여! 여자 하나 때문에 이렇게 도망치는 게 부끄럽지도 않은가! 아무도 저 여자를 막을 사람이 없다면, 나와 여기 있는 조앤 톱이 승리의 영광을 누리겠노라." 이렇게 말을 마치더니 그녀는 몰리 시그림에게 달려들어 그녀의 손에서 넓적다리뼈를 가볍게 빼앗았소. 그와 동시에 몰리의 모자를 벗긴 뒤, 왼손으로는 몰리의 머리를 잡고 오른손으로는 몰리의 얼굴을 강력하게 가격하여, 몰리의 코에선 피가 쏟아지기 시작했소. 하지만 그동안 몰리도 가만히 있었던 것만은 아니었소. 곧 브라운 여사의 싸구려 모자를 벗긴 뒤, 한 손으로는 그녀의 머리타래를 움켜쥐고 다른 손으로는 적의 콧구멍에서 피가 줄줄 흘러내리도록 했기 때문이오.

상대방의 머리에서 전리품으로 충분한 양의 머리카락을 뽑아낸 뒤, 이 두 명의 교전자는 상대방의 옷을 분노의 다음 표적으로 삼았소. 이들은 상대방의 옷을 공략하는 데 많은 힘을 쏟아서인지 얼마 지나지 않아 이 두 사람의 상의는 완전히 벗겨지고 말았소.

주먹을 사용하는 싸움에서 여성의 주요 공략 지점과 남성의 공략 지점이 다르다는 점은 여성들에게 참으로 다행스런 일이오. 싸움을 벌일 때 여자들은 지켜야 할 예의범절에는 다소 벗어나는 것 같지만, 서너 번만 맞아도 치명타가 될 수 있는 상대방의 가슴을 공략하기 때문이오(어떤 사람은 여자들이 남자들보다 상대방의 피를 보고자 하는 욕망이 더 크기 때문에 쉽사리 피가 나올 수 있는 신체 부위인 코를 공략한다고 하지만, 이는 잘못된 억측으로 보이오).

이 점에서 브라운 여사는 몰리보다 훨씬 유리했소. 사실 그녀는 가슴이 없는 거나 진배없었으니 말이오. 그녀의 가슴은 (혹 그렇게 부를 수 있다면) 색깔에서뿐만 아니라 여러 다른 점에서도 오래된 양피지와 매우 흡사하여 아주 오랫동안 두드려도 별 손상을 입힐 것 같지 않았소.

현재 불리한 상황에 처해 있기도 한 데다가, 몰리의 이 신체 부위는 브라운 여사의 그 신체 부위와는 원래부터 다르게 생겼기 때문에, 이 순간 톰 존스가 나타나 이 피의 현장을 즉각 종식시키지 않았다면 브라운 여사는 시기심으로 인해 몰리에게 치명타를 날렸을 것이오.

운 좋게도 톰이 이곳에 나타날 수 있었던 것은 스퀘어 덕분이었소. 블리필과 존스를 데리고 함께 예배를 본 뒤, 바람 쐬러 3, 4백 미터가량 말을 달리던 스퀘어는 갑자기 마음을 바꾸어(앞으로 기회가 있을 때 알려주겠지만, 여기엔 어떤 이유가 있었소) 처음 예정했던 곳이 아닌 다른 길로 가자고 제안했고, 이 제안이 받아들여져 이들은 다시 교회 묘지로 오게 되었기 때문이오.

앞쪽에서 말을 타고 가던 블리필은 사람들이 몰려 있는 것과 앞서 묘사한 자세로 일전을 벌이고 있는 두 명의 여인을 보고는 말을 멈추고 무슨 일인지 물어보았소. 이때 어느 촌부가 머리를 긁적거리며 "무슨 이윤지는 모르겠습니더, 나리. 근디, 브라운과 몰 시그림이 대판 싸우고 잇심더"라고 대답하자, 톰은 "누가 싸우고 있다고?"라고 소리쳤소. 하지만 난장판 가운데 서 있는 몰리를 발견한 톰은 답변을 기다리지 않고 말에서 급히 내린 뒤, 말도 팽개치고는 담을 넘어 몰리에게 달려갔소. 톰을 보자마자 몰리는 울음을 터뜨리며 자신이 얼마나 잔인한 취급을 받았는지 말했고, 이 말을 들은 톰은 몹시 화가 나 브라운 여사가 여자라는 사실을 잊고 아니면 여자라는 사실을 모르고(사실 브라운 여사는 페티코트를 입은 것을 제외하고는 여자 같은 구석이 전혀 없었는데, 톰이 이 페티코트를 보지 못했을 수도 있소) 말채찍으로 브라운 여사를 한두 차례 때렸소. 그러고는 몰리가 지목한 사람들에게 달려들어 사방팔방으로 채찍을 휘둘렀는데, 뮤즈의 도움을 다시 청하지 않는다면(지금까지 뮤즈를 지나치게 혹사했기 때문에, 선량한 독자들은 다시 뮤즈의 도움을 청하는 걸 가혹하다고 생각할 수 있을 것이오) 그날 톰이 휘두른 채찍질을 하나하나 열거하는 건 불가능할 것이오.

호메로스의 영웅이 그랬듯이 혹은 돈키호테나 이 세상의 모든 방랑의 기사들이 그러했듯이 적을 완전히 소탕한 뒤 톰은 몰리에게 돌아왔소. 우리나 독자들도 가슴 아파할 몰골을 한 몰리를 보자 톰은 미친 사람처럼 자기 가슴을 두드리고 머리를 쥐어뜯으며 발을 동동 구르면서, 이 일에 관여한 모든 사람들에게 철저히 복수하겠다고 맹세했소. 그러고는 코트를 벗어 몰리에게 입히고 단추를 채워주고는, 모자를 벗어 몰리에게 씌워주고 손수건으로 몰리의 얼굴에서 흐르는 피를 최대한 깨끗이 닦아준 뒤, 몰리를 안전하게 집에 데려다줄 수 있도록 보조 안장을 빨리 가져오라고 하인에게 소리쳤소.

하인이 한 명밖에 없었기 때문에 블리필은 하인을 심부름 보내는 것에 반대했지만, 스퀘어가 톰의 말대로 할 것을 지시했기 때문에 블리필은 가만있을 수밖에 없었소.

하인은 금방 보조 안장을 가지고 돌아왔고, 누더기처럼 된 옷을 최대한 추슬러 입은 몰리는 말에 올라 톰의 뒤에 앉았소. 스퀘어, 블리필, 존스를 대동하고 몰리는 이렇게 말을 타고 집으로 돌아갔던 것이오.

그녀의 집에 도착해서 코트를 돌려받은 톰은 몰리에게 은근슬쩍 입을 맞춘 뒤, 저녁때 다시 돌아오겠다고 귓속말을 하고는 그녀와 헤어져 말을 타고 먼저 떠난 일행을 뒤따라갔소.

9장

별로 평화롭지 않은 장면

몰리가 평소 입던 옷으로 갈아입자, 몰리의 자매들은 특히 몰리의 언니는 몰리를 몹시 야단치며 그런 일을 당해도 싸다면서 다음과 같이 말했소. "어떻게 웨스턴 아가씨가 엄마한테 보내준 가운을 뻔뻔스럽게 입을 수 있어! 우리 중 누군가 그 가운을 입어야 한다면 내가 입어야지. 넌 니가 예뻐서 그 가운을 입을 자격이 있다고 생각하는 거야? 넌 우리 중에서 네가 제일 예쁘다고 생각하는 것 같아!" 이 말에 다른 자매가 몰리 언니에게 "벽장에서 거울이나 갖다줘"라고 말하자, 몰리는 "내 미모에 대해 말하기 전에 얼굴에 묻은 피부터 씻어야겠어"라고 말했소. 그러자 몰리의 언니는 "넌 목사님 말을 잘 새겨들어야 돼. 남자들 꽁무니나 쫓아댕기지 말고"라고 말했고, 몰리의 어머니는 "글게, 애들아. 몰리가 진짜 그러고 댕겼어. 몰리 땜에 챙피해 죽겠구나. 우리 집안에서 행실이 그렇게 드런 앤 쟤가 처음이야"라고 흐느끼며 대꾸했소. 이 말에 몰리가 "엄마도 날 그런 식으로 야단칠 자격 없어요. 엄마도 결혼한 지 일주일도 안 돼 언닐 낳았잖아요"라고 소리치자, 화가 난 몰리의 어머니는 "그래, 이 바람둥이 가시나야. 그랬어. 그런데, 그게 뭐시 그래 중요해? 난 어쨌든 결혼했잖아. 네가 결혼만 하게 되면 나는 화내진 않을 거야. 허지만 지체 있는 사람하고 결혼해야 해. 행실 더러븐 계집애 같으니라고! 넌 애비 없는 애나 낳게 될 거야! 틀림없어! 날 흉볼 수 있는 사람 있으면 나와보라고 해"라고 대답했소.

블랙 조지가 집에 돌아왔을 때 집 안의 상황은 바로 이러했소. 그의 아내와 세 딸이 떠들어대며 소리를 지르고 있던 형국이라, 얼마간의 시간이 흘러서야 블랙 조지는 말할 기회를 갖게 되어, 소피아가 한 말을 가족들에게 그대로 전했소.

그러자 시그림 부인은 몰리에게 다시 욕을 하기 시작하더니 이렇게 말했소. "봐라, 니 땜에 우리 가족이 아주 추잡스런 꼴을 당하게 생겼잖아. 그 잔뜩 부른 배를 보면 소피아 아가씨가 뭐라고 하시겠냐? 살다 보니 이런 꼴까지 당하는구만."

이 말에 몰리는 분기탱천하여 말했소. "아버지, 아버지가 제게 얻어 주셨다는 그 대단한 일자리가 도대체 뭐예요?(사실 조지는 소피아가 자신 곁에 두겠다는 말의 의미를 정확하게 이해하지 못하고 있었소) 내 생각엔 요리사 보조 자리 같은데, 난 누구 밑에서 접시나 닦진 않을 거예요. 내가 만나고 있는 분이 그보단 나한테 잘해줄 거예요. 그분이 오늘 오후에 나한테 준 걸 한번 봐요. 돈이 떨어지지 않게 해주겠다고 약속까지 했어요. 엄마, 입만 다물고 있으면 앞으론 돈 때문에 고생하진 않게 될 거야." 이렇게 말하면서 몰리는 몇 기니의 돈을 꺼내 그중 1기니를 자기 어머니에게 주었소.

이 선량한 여인은 몰리가 손바닥에 놓아준 금화를 만지자마자 성질을 누그러뜨리더니(이런 게 바로 만병통치약의 위력이오) 말했소. "이봐요! 당신 같은 바보나 그게 무슨 일인지 물어보지도 않고 하겠다고 냉큼 말하지! 몰리 말처럼 그건 부엌일을 말하는 게 뻔해요. 나도 내 딸이 부엌데기나 되는 걸 바라지 않고요. 가난하지만 나도 어엿한 뼈대 있는 집안 출신이니까요. 목사님이셨던 부친이 빈털터리로 돌아가시는 통에 지참금으로 땡전 한 푼도 넘겨주시지 않아 당신 같은 가난뱅이와 결혼해야만 하는 꼬라지가 됐지만, 그딴 일을 참고 넘어갈 정도로 자존심 없는 사람은 아니라는 걸 좀 알아요! 별 꼬라지를 다 보겠네! 집안일을 하는 건 소피아 아가씨한테나 어울리지. 지 할아버지가 무얼 하던 사람이었는지 소피아 아가씨도 한번 생각해보는 게 좋을걸? 다른 사람들 조상들이 걸어 댕기는 신셀 때, 우리 조상들은 그 사람들이 지금 타고 다니는 마차를 타고 다녔을지도 모르는 일 아녜요? 낡아빠진 가운 하나 덜렁 보내주곤 무슨 대단한 은혜를 베푼 것처럼 생각하는 것 같네. 우리 가문 사람들은 그딴 누더기 같은 옷을 길거리에서 줍고 다니진 않았을 거야. 하지만 없는 사람들은 항상 이렇게 짓밟고 산다니깐! 교구 사람들이 몰리 때문에 그렇게 소란 피울 필욘 없었는데 말이야. 몰리야, 앞으론 그 사람들한테 니 할머닌 새로 나온 좋은 옷만 사 입었을 거라고 말해라."

"하여튼 함 생각해봐. 아가씨에게 머라꼬 대답해야 할지 말야." 조지가 이렇게 소리치자, 그의 아내가 대답했소. "뭐라고 대답할지 내가 알게 뭐야. 당신 땜에 항상 이런저런 골치 아픈 일을 겪게 된다니깐. 우릴 이래 비참한 꼬라지로 만든 자고 사냥 기억해? 내가 웨스턴 영주의 영지엔 절대 가지 말라고 안 했어? 무슨 일이 생길지 모른다고 한참 전에 말 안했냔 말야? 근데도 고집만 피웠지! 그래 고집만 부렸어. 이 썩을 놈의 인간아."

블랙 조지는 보통 이런 일은 조용히 넘기는 사람이었지 툭하면 화내는 성급한 성격은 아니었소. 하지만 옛사람들 말처럼 그도 한 성깔 하는 면은 있었소. 그의 아내가 좀더 지혜로웠다면 그의 이런 면을 분명히 두려워했을 것이오. 폭풍이 거칠게 몰아칠 때, 논쟁은 폭풍을 약화시키는 게 아니라 오히려 더 강화시키는 바람 같다는 사실을 오랫동안의 경험을 통해 알고 있었던 조지는 놀라운 치료 효과를 가진 작은 회초리를 거의 항상 준비해 가지고 다니며 이를 종종, 특히 '썩을 놈'이라는 단어가 나올 때면 치료책으로 사용해왔소.

따라서 이런 징후가 나타나자마자, 조지는 앞서 언급한 치료제(효능 있는 모든 약재들이 대개 그렇듯이 이 치료제도 처음에는 병을 더 악화시키고 염증까지 일으키는 것 같지만 곧 환자를 편안하고 평온하게 만들었소)를 즉각 사용했소.

하지만 이는 주로 말에게 사용하는 치료법이며 이 치료법을 감당하기 위해선 아주 강한 체력이 요구되기 때문에 하층민 사람들에게만 사용하는 게 적절할 것이오. 그러나 남편보다 자신이 우월한 신분이라고 주장하는 아내의 병이 발발할 경우, 남편이 이 치료법을 사용하는 걸 잘못이라고 생각해서는 안 될 것이오. 하지만 육체에 가하는 치료법처럼, 이 치료법은 이를 시행하는 사람의 품위를 떨어뜨리고 오염시키기 때문에 점잖은 사람이라면 이처럼 천하고 혐오스런 치료법을 사용할 생각은 하지도 말아야 하오.

조지의 가족 모두는 곧 완벽한 평화를 맞이하게 되었소. 이 약의 효능은 전기와 같이 이것을 접한 사람에게서 접하지 않은 다른 사람에게로도 종종 전파되기 때문이오. 사실 이 둘은 모두 접촉을 통해 작용하기 때문에, 둘 사이에는 뭔가 유사점이 있지 않나 한번 생각해볼 수 있을 것이오. 따라서 이 문제에 관해 프레크 씨*는 자신이 쓴 저서의 재판(再版)을 찍기 전 한번 조사해보는 것도 좋을 성싶소.

가족회의가 소집되어 많은 논의를 거쳤지만 몰리는 여전히 일하러 가지 않겠다고 고집을 피웠기 때문에, 시그림 여사는 자신이 직접 소피아를 찾아가 큰딸이 그 일을 몹시 하고 싶어 한다며 큰딸에게 기회를 달라고

---

* 영국의 외과 의사 존 프레크는 전기에 관한 논문에서 쇠를 잡은 사람 중 한 사람이 전기를 띤 물체를 잡으면 같이 쇠를 잡은 사람들도 전기 충격을 받는다고 주장했다.

부탁하기로 최종 결정을 내렸소(하지만 이 가난한 가정에 항상 적대적이었던 운명의 여신은 나중에 몰리 언니의 출세 길을 막았소).

10장

서플 목사가 한 이야기
웨스턴 영주의 통찰력과 딸에 대한 지극한 사랑
그 사랑에 대한 딸의 보답

다음 날 아침 웨스턴 영주와 같이 사냥 나갔던 톰 존스는 영주의 저녁 초대를 받아 영주의 집으로 돌아오고 있었소.

사랑스런 소피아는 그날 그 어느 때보다도 쾌활했고 아름다운 광채를 발했는데, 소피아의 주 공략 대상은 바로 우리의 주인공이었소. 정작 소피아는 자신의 의도가 무엇인지 몰랐지만 말이오. 따라서 소피아가 톰의 마음을 사로잡고자 했더라면 그때 성공을 거두었을 것이오.

올워디 영주 교구의 목사인 서플 씨도 여기에 참석했소. 선한 성품에다가 훌륭한 점을 많이 갖고 있던 그는 식탁에서는 입을 다물고 있는 법이 결코 없었지만, 평소에는 몹시 과묵한 사람이었소. 간단히 말해 그는 식욕이 몹시 왕성한 사람이었소. 하지만 식탁보가 일단 치워지면 그는 침묵했던 것에 대한 보상을 늘 충분히 했소. 아주 유쾌한 성격을 지닌 그의 대화는 재미있는 데다가 결코 남을 자극하지 않았기 때문이오.

로스트비프가 식탁에 올라오기 전 이곳에 도착한 서플 목사는 올워디 영주의 집에서 뉴스거리를 하나 가져왔다며 서두를 꺼낸 뒤 이야기를 시작하려 했소. 하지만 로스트비프를 본 그는 할 말을 잃고 간신히 식전기도를 마친 뒤, 우선은 남작*에게 경의를 표해야겠다고 했소. 그가 남작이라고 부른 것은 바로 쇠고기 등심이었던 것이오.

저녁식사가 끝나자, 그가 가지고 온 소식이 무엇이냐는 소피아의 질문에 서플 목사는 이렇게 말했소. "어제 저녁기도회 때 교회에서 아가씨가 입으시던 이국풍의 가운을 입은 젊은 여자를 보셨죠? 아가씨가 그런 옷을 입은 걸 본 적이 있는 것 같아서요. 하지만 이 시골에서 그런 옷은 '흑 백조(黑白鳥)처럼 희귀(稀貴)한 새,' 그러니까 '검은 백조처럼 아주 특이한 새'와 같죠.

유베날리스**가 쓴 시에 나오는 구절이죠. 하지만 본론으로 돌아가겠습니다. 그런 옷을 입은 사람은 이런 시골에선 진풍경이에요. 그리고 그것이 더 그랬던 이유는 그 옷을 입은 사람이 바로 영주님의 사냥터지기인 블랙 조지의 딸이었기 때문일 겁니다. 여태까지 그렇게 혼이 났으면 이젠 정신 차리고 자기 딸이 그런 번지르르한 옷을 입지 못하도록 했어야 했는데 말이에요. 하여튼 사냥터지기 딸 때문에 교회에서 소동이 벌어져 올워디 영주님께서 소동을 가라앉히시지 않았더라면 예배가 중단될 뻔했습니다. 사실 전 봉독하려던 첫번째 성서 구절을 읽다가 도중에 그만두려고까지 했으니까요. 하지만 예배가 끝나 제가 집으로 돌아간 뒤, 그 문제로 교회 묘지에서 싸움이 벌어졌다더군요. 그 싸움으로 많은 사람이 다쳤지만, 그중에서도 떠돌이 악사가 머리를 심하게 다쳤답니다. 오늘 아침 그 떠돌이 악사가 올워디 영주님께 영장을 발부해달라고 찾아간 바람에 결국 블랙 조지의 딸이 영주님에게 불려가게 됐지요. 올워디 영주님은 그 문제

---

* 영어로 남작이란 의미의 배런baron이라는 단어는 '소의 등심'이라는 의미도 가지고 있다.
** Juvenalis: 1세기 후반에서 2세기 전반에 살았던 로마의 풍자시인. 위 구절은 그의 『풍자 시집Saturae』에 나오는 구절이다.

에 관해 당사자들이 타협하기를 원하셨죠. 헌데, 아가씨 앞에서 이런 말씀을 드리게 되어 죄송하지만, 그 젊은 여자애가 해산하기 바로 직전처럼 배가 부르다는 사실을 갑작스럽게 아시게 된 거예요. 영주님이 아기의 아버지가 누구인지 말하라고 다그치셨지만, 몰리란 그 여자아인 완강하게 대답하길 거부하더군요. 그래서 제가 그 집에서 나올 때 영주님께서는 그 여자를 감화원에 수감하라는 명령서를 발부하려고 하셨습니다."

이 말에 웨스턴 영주가 "그깟 젊은 계집애가 애비 모르는 아들을 낳을 기라는 기 당신이 말한 뉴스거리야? 난 또 나랏일에 관한 굉장한 뉴스거린가 했네!"라고 소리치자, 목사는 "그러고 보니 아주 흔한 일이네요. 하지만 이 일을 말할 필요는 있다고 생각했어요. 나랏일에 관해선 영주님께서 제일 잘 아시겠지만, 제 관심은 우리 교구뿐이거든요"라고 대답했소.

웨스턴 영주가 "그렇고말고. 당신 말처럼 그런 문제에 대해선 내가 쪼깨 알지. 하여튼 톰, 술이나 한잔 하지. 술 안 마시고 뭐 해?"라고 말하자, 톰은 특별히 할 일이 있어 자리를 떠야겠다고 영주의 양해를 구했소. 그러고는 자신을 막으려고 일어난 웨스턴 영주의 손길을 피해 인사도 제대로 하지 않은 채 영주의 집을 나섰소.

톰이 떠날 때 웨스턴 영주는 톰에게 한바탕 악의 없는 욕설을 퍼붓고는 서플 목사를 쳐다보며 말했소. "냄새가 난다, 냄새가 나. 톰이 그애의 애비인 게 틀림없어. 목사 양반, 톰이 그 계집애 애빌 나한테 추천했던 거 기억하지? 망할 놈의 교활한 계집애 같으니라고! 톰이 그 사생아의 애비가 틀림없어."

이 말에 목사가 "그렇다면 참 유감입니다"라고 대답하자, 웨스턴 영주는 "왜 유감이야? 그게 뭐시 대단한 일이라고! 당신은 한 번도 사생아를 낳은 적 없는 척하는 거야? 염병할! 톰보다 운이 좋았겠지. 내 장담하지만, 당신은 아주 여러 번 그런 짓을 저질렀을걸" 하고 소리쳤소. 그러자 목사가 말했소. "절 놀리셔도 좋습니다. 그런 일을 저지른 건 비난받아도 마땅하지만, 그렇다고 그런 일이 범법 행위여서 이렇게 말씀드리는 건 아닙니다. 이런 일로 톰이 올워디 영주님께 밉보일까 봐 드리는 말씀이죠. 솔직히 말씀드려 톰이 약간 거친 구석은 있지만 남을 해칠 사람이라고는 전혀 생각하지 않습니다. 그리고 지금 영주님이 말씀하신 것 말고는, 톰이 남에게 피해를 입혔다는 이야길 들어본 적도 없고요. 물론 톰이 교회에 좀더 착실히 나왔으면 하는 생각은 있습니다만, 전반적으로 볼 때 톰은 '겸공(謙恭)하고 온양(溫良)한 젊은이'*죠. 아가씨, 이 말은 고전 문학에 나오는 말인데 우리말로 바꾸면 '정직한 외모의 겸손한 젊은이'라는 뜻으로 로마인이나 그리스인 사이에서도 높이 평가받는 덕목이죠. 제 보기에 이 젊은 신사(출생이 어떻든 간에 그렇게 부를 수 있다고 전 생각합니다)가 바로 이런 청년인데도 올워디 영주님께 밉보이게 된다면 정말 유감입니다."

이에 웨스턴 영주가 "흥! 올워디 영주에게 밉보인다고! 올워디 영주도 젊은 여자 좋아해! 이곳 사람 모두 톰이 누구 자식인지 다 알고 있지 않나? 딴 사람한테나 그렇게 말해! 난 영주의 대학 시절 때의 모습을 잘 기억하고 있거든"이라고 말하자, 목사는 "올워디 영주님은 대학에 다니시지 않은 걸로 전 아는데요"라고 대답했소.

그러자 웨스턴 영주는 "아니야, 다녔어. 우리 둘 다 젊은 여자애들과 아주 많이 놀았지. 8킬로미터 이내에서 우리같이 대단한 호색가는 없었어. 그러니 절대 그럴 리가 없어! 톰이 올워디 영주에게 밉보일 리는 절대로 없단 말이야! 그리고 밉보일 일도 아이고 말이야. 저기 소피한테 한

---

* '겸손하고 온화한 마음씨를 가진 젊은이'라는 뜻. 유베날리스의 『풍자시집』에 나오는 구절이다.

번 물어봐. 젊은 남자가 사생아 하나 낳았다 캐서 나쁜 사람이라고 생각하진 않지? 그치? 그럴 리 없어. 여자들은 오히려 그런 남자들을 더 좋아할 걸"이라고 말했소.

이건 불쌍한 소피아에게는 실로 가혹한 질문이었소. 서플 목사의 이야기에 톰의 안색이 변하고, 게다가 톰이 서둘러 떠나는 걸 보고는 부친의 의심이 근거 없는 게 아니라는 생각이 들었던 소피아는 조금씩 드러나고 있던 자기 마음속의 큰 비밀이 무엇인지 이 순간 확연히 알게 되었고 이 문제에 자신이 많은 관심을 갖고 있다는 사실을 알게 되었기 때문이었소. 이런 상황에서 부친이 갑작스럽게 던진 이 유들유들한 질문에 소피아는 수상쩍게 생각하는 사람들은 놀랄 수도 있는 어떤 반응을 보였소(하지만 공정하게 말해 이는 웨스턴 영주의 잘못은 아니었소). 소피아는 자리에서 일어나면서 귀띔만 하면 언제든지 자리를 뜰 준비가 되어 있다고 말하자, 웨스턴 영주는 소피아가 방을 나서는 걸 허락했소. 소피아가 나간 뒤 영주는 아주 근엄한 표정으로 자기 딸이 주제넘지 않고 오히려 지나치리만큼 겸손해서 더 좋다고 말하자, 서플 목사도 웨스턴 영주의 이런 생각을 높이 칭송했소.

이제 남은 두 사람은 신문과 정치책자에서 다룬 내용을 소재로 아주 훌륭한 정치적 대화를 나누며, 조국의 번영을 위해 네 병의 술을 마셨소. 그 후, 웨스턴 영주가 깊은 잠에 빠지자 서플 목사는 담배에 불을 붙이고는 말을 타고 집으로 돌아갔소.

30분 동안 낮잠을 자고 일어난 웨스턴 영주는 딸을 불러 하프시코드를 연주해달라고 했소. 하지만 소피아가 머리가 몹시 아프다며 그날 저녁은 쉬게 해달라고 간청하자, 이를 즉시 수락했소. 웨스턴 영주는 딸을 몹시 사랑했기 때문에 소피아가 같은 요청을 두 번 하도록 만드는 일은 거의 없었고, 딸의 청을 들어주는 걸 최고의 만족으로 여겼기 때문이오. 웨스턴 영주가 종종 부르듯이 소피아는 진정한 의미에서 웨스턴 영주의 '사랑스런 딸'이었으며 그렇게 불릴 자격이 충분했소. 소피아는 부친의 사랑에 충분히 보답했으니 말이오. 또한 소피아는 모든 점에서 부친에 대해 변하지 않는 효심을 갖고 있었는데, 이는 그녀가 부친을 사랑했기 때문에 어려운 것이 아니라, 오히려 즐거운 일이었소. 따라서 어느 젊은 여자가 소피아가 지나치게 복종적이며 자신의 이런 면을 자랑 삼아 내세운다고 비웃을 때, 소피아는 이렇게 대답했소. "이런 걸 가지고 내가 우쭐해한다고 생각한다면 그건 오해예요. 전 제가 해야 할 일을 하는 것뿐이고 또 그걸 하는 게 즐겁거든요. 솔직히 말해 우리 아빠를 조금이라도 행복하게 하는 것만큼 제게 즐거운 일은 없어요. 제가 우쭐댄다면, 그건 제가 할 일을 다 해서가 아니라 해야 할 일을 할 수 있기 때문일 거예요."

하지만 불쌍한 소피아는 이날 저녁 이런 만족을 전혀 누릴 수 없었소. 하프시코드 연주를 쉬게 해달라고 청했을 뿐만 아니라, 식사 자리에 참석하지 않아도 된다는 허락까지 내려달라고 청했으니 말이오. 다소 마지못했지만 웨스턴 영주는 소피아의 청을 들어주었소. 말을 타고 사냥개와 함께 있을 경우나 술을 마실 경우를 제외하고는 소피아가 자신의 시야에서 벗어나는 걸 허락한 적이 거의 없었는데도 말이오. 따라서 딸의 요청을 들어줄 수밖에 없었던 웨스턴 영주는 자신과의 독대(이런 식으로 표현할 수 있다면)를 피하기 위해 이웃에 사는 농부를 부를 수밖에 없었소.

11장

구사일생으로 위기를 모면한 몰리 시그림
인간의 본성을 깊이 연구해야만 알 수 있는 몇 가지 사실

톰 존스는 그날 아침 웨스턴 영주의 말을 타고 사냥을 나갔었기 때문에, 영주의 마구간엔 톰의 말이 없었소. 따라서 집으로 돌아갈 때 톰은 걸어갈 수밖에 없었지만, 워낙 빨리 걸어 30분도 채 안 돼 5킬로미터 이상을 갈 수 있었소.

올워디 영주의 저택 바깥문에 막 도착했을 때, 톰은 하층민들이 훌륭한 교훈을 배울 수 있는 곳, 그러니까 하층민들이 윗사람에게 존경과 경의를 표하는 법을 배울 수 있는 감화원(이곳에서는 잘못을 저질러 징계를 받아야 할 사람과 그렇지 않은 사람 간의 커다란 차이가 잘 드러나는데, 이곳에서 이러한 교훈을 얻지 못한다면 다른 훌륭한 교훈도 얻기 힘들뿐만 아니라 자신의 도덕성도 향상하지 못할 것이오)으로 몰리를 데려가기 위해 그녀를 호송하던 경찰관들을 만났소.

어떤 변호사는 이번 경우에 올워디 영주가 어느 정도 월권을 했다고 생각할지도 모르오.* 솔직히 말해 절차상 어떻게 해야 하는지에 대한 올바른 정보가 그에게 제공되지 않았기 때문에, 영주의 조처가 엄밀한 의미에서 절차에 맞는 것인지에 대해선 의문이 들긴 하오. 하지만 그의 의도는 순수한 것이었기 때문에 "양심(良心)이라는 재판정(裁判廷)"에서 올워디 영

---

* 사생아를 낳은 여자를 감화원에 보내기 위해선 지정된 치안판사를 포함한 2인 이상의 치안판사가 구속명령서에 서명해야 한다. 따라서 올워디 영주가 단독으로 몰리를 감화원에 보내는 데에는 법적인 문제가 있다.

주는 용서받아야 할 것이오. 특히 자신의 조처가 옳다고 내세울 수 있는 근거도 없는 치안판사들이 매일매일 수많은 전횡을 저지르고 있는 현실에서는 말이오.*

경관에게서 그들이 어디로 갈 건지 듣자마자(사실 톰 자신도 짐작하고는 있었소) 톰은 그들 앞에서 몰리에게 애정 어린 포옹을 하더니, 몰리에게 손끝 하나 대려는 사람은 맹세코 모두 죽여버리겠다고 했소. 그런 다음 몰리에게 눈물을 닦으라고 하고는 그녀가 어디를 가든 자신도 같이 갈 테니 걱정 말라고 했소. 그러고는 모자가 벗겨진 채 벌벌 떨고 있던 경관을 쳐다보며 자신이 몰리를 변호한다면 몰리는 틀림없이 무죄 방면될 거라며 잠시만 아버지(톰은 올워디 영주를 그렇게 불렀소)에게 같이 가자고 아주 부드러운 목소리로 말했소.

톰이 요구만 했다면 호송하던 죄수를 넘겨주기도 했을 이 경관은 톰의 요청에 기꺼이 응했소. 따라서 그들 모두는 올워디 영주의 저택으로 다시 갔고, 톰은 돌아올 때까지 그곳에서 기다려달라고 한 뒤, 올워디 영주를 만나러 집 안으로 들어갔소. 올워디 영주를 보자마자 톰은 그의 발아래 몸을 던지더니 자기 말을 끝까지 들어달라고 간청한 뒤, 몰리의 배 속에 있는 아기의 아버지가 바로 자신이라고 자백했소. 그러고는 몰리를 불쌍히 여겨달라고 간청하고는 이번 일이 죄라면 자기 때문에 벌어진 일이니 모두 자기 죄라고 말했소.

존스의 말에 올워디 영주는 흥분하여 "이 일이 죄냐고! 넌 하나님과 인간의 법을 어긴 이 일이, 불쌍한 여자를 타락시키고 망친 이 일이, 진짜 죄인지 아닌지 모를 정도로 방탕하고 파렴치한 난봉꾼이란 말이냐? 그

---

* 필딩은 법조항에 대해 잘 알지도 못하고 자신의 기분이나 이해관계에 따라 판결을 내리는 재판관에 대해 『조지프 앤드루스』에서도 신랄하게 풍자했다.

래 네 잘못이 크다는 말은 맞다. 하지만 그 죄가 너무도 커, 넌 파멸하게 될 거라고 생각해야 할 거다"라고 말했소.

이에 톰은 이렇게 대답했소. "앞으로 제 운명이 어떻게 되든 이 불쌍한 여자는 제발 구해주십시오. 제가 몰리를 타락시켰다는 건 인정합니다. 하지만 몰리가 파멸하느냐 아니냐는 아버지께 달렸습니다. 제발, 아버지, 체포영장을 철회하시고 몰리를 완전히 파멸시킬 그곳으론 보내지 말아주십시오."

올워디 영주가 즉시 하인을 불러오라고 하자, 톰은 그럴 필요 없다며 운 좋게도 이곳으로 오는 도중 경관 일행을 만나 (올워디 영주가 선처를 베풀 거라고 믿으며) 올워디 영주의 최종 결정을 기다리라며 그들 모두를 이곳으로 다시 데려왔다고 말했소. 그러고는 몰리가 필시 겪게 될 수치와 모멸을 당하지 않고 자기 부모 집으로 돌아갈 수 있도록 선처를 내려달라고 무릎 꿇고 간청하고는 다음과 같이 말했소. "제 청이 지나치다는 거 잘 알고 있습니다. 그리고 제가 이런 일을 일으킨 못된 장본인이란 것도요. 그래서 드리는 말씀인데, 할 수만 있다면 제가 보상을 하고 싶습니다. 절 너그러이 용서해주신다면, 앞으로는 아버지의 용서를 받을 자격이 있는 인간으로 살겠습니다."

이 말에 올워디 영주는 잠시 망설이다가 결국은 "그래, 영장은 철회하겠다. 경관을 데리고 오너라"라고 말했소. 이에 따라 즉각 호출된 경관은 집행하려던 일을 중지하라는 지시를 받고 돌아갔고, 몰리도 마찬가지로 집으로 돌아갔소.

올워디 영주가 톰에게 호된 훈계를 했으리라는 것은 충분히 짐작할 수 있을 것이오. 하지만 이 책 1권에서 올워디 영주가 제니 존스에게 한 말을 충실히 전한 바 있고 그중 대부분은 여자뿐만 아니라 남자에게도 적용될 수 있는 내용이기 때문에, 지금 여기에 영주가 한 훈계를 삽입하는 건 불필요할 거라 생각하오. 다만 덧붙이고 싶은 것은 상습적으로 이런 일을 저지르진 않았던 이 젊은이에게 올워디 영주의 꾸지람은 상당히 충격적이어서 그날 저녁 톰은 자기 방에 홀로 들어가 우울한 생각을 하며 보냈다는 것이오.

올워디 영주는 존스의 이런 위법 행위에 상당히 화가 났소. 웨스턴 영주의 주장과는 달리, 방탕한 여자들과의 쾌락에 빠진 적이 전혀 없었던 올워디 영주는 음란한 행동을 저지르는 사람들을 몹시 비난해왔기 때문이오. 이외에도 웨스턴 영주의 주장이 조금도 사실이 아니라는 증거는 또 있소. 올워디 영주는 대학이라는 곳을 한 번도 가보지 않았는데도, 웨스턴 영주는 올워디 영주가 대학에 다닐 때 그런 불순한 행동을 했다고 주장했으니 말이오. 사실 이 선량한 웨스턴 영주에게는 사람들이 보통 호언장담이라고 하는 것을 즐기는 성향이 다소 있었소. 하지만 그것은 호언장담이라는 단어보다도 훨씬 짤막한 단어, 즉 단음절의 단어*로도 종종 표현되는데, 재사들이나 해학가들의 세계에서 종종 벌어지는 일의 상당수가 엄밀히 말해 이 짤막한 단어로 지칭될 수 있지만, 예의범절에 어긋나는 것 같아 여기서는 그 단어를 사용하지 않겠소.

올워디 영주는 부도덕한 행위를 혐오하지만, 어떤 사람이 부도덕하다고 해서 그 사람의 다른 면을 보지 못하는 사람은 아니었소. 오히려 그는 잘못을 저지른 사람도 가지고 있을 수 있는 장점을, 마치 상대가 단점이 전혀 없는 사람인 것처럼 분명히 알아볼 수 있었소. 따라서 존스의 무절제한 행각에 화는 났지만, 스스로를 질책하는 톰의 명예롭고 정직한 행동

---

* 옮긴이는 거짓말이라는 의미를 가진 속어 '뻥'이라는 단어를 염두에 두고 monosyllable을 '단음절의 단어'로 옮겼다.

에 기뻤고, 독자들이 이 젊은 친구에게 갖고 있을 법한 그런 견해를 품기 시작했소. 즉 톰의 장점과 단점을 저울질하다 보니, 톰에게는 장점이 더 많아 보였던 것이오.

블리필에게서 즉각 사건의 전모를 전해 들은 스와컴이 불쌍한 톰에 대한 증오심을 쏟아냈지만 아무 소용이 없었소. 스와컴이 하는 욕을 인내심 있게 다 들은 올워디 영주는 "톰과 같은 성격을 가진 젊은이는 이런 잘못에 잘 빠지게 되는 법이오. 허나 톰은 내 말을 듣고 깊이 뉘우쳐 다시는 이런 잘못을 저지르지 않을 거라 생각하오"라고 냉담하게 대답했기 때문이오. 따라서 매질할 수 있는 기회를 얻지 못하게 된 스와컴에게 남은 유일한 화풀이 수단은 무기력하고 별 볼일 없지만 흔히 사용되는 복수의 수단인 입뿐이었소.

스퀘어는 스와컴보다는 덜 격한 성격이지만 더 교활했소. 따라서 스와컴보다 더 존스를 미워했던 그는 존스가 올워디 영주의 마음에 들지 않도록 하기 위해 교묘한 술책을 썼소.

독자들은 이 책의 2권에서 우리가 자세히 설명한 자고와 말 그리고 성경책과 관련된 몇 가지 사소한 사건들을 기억할 것이오. 그 사건들로 인해 톰에 대한 올워디 영주의 애정은 경감되었다기보다는 오히려 더욱 돈독하게 되었는데, 우정과 관대하고 고결한 마음이 무엇인지 아는 사람, 즉 조금이라도 선량한 성품을 지닌 사람이라면 올워디 영주처럼 존스에게 더욱더 호의적인 마음을 갖게 되었을 거라 믿소.

스퀘어 자신도 톰이 베푼 몇 가지 선행 덕분에 훌륭한 성품을 가진 올워디 영주가 톰에 대해 좋은 인상을 갖게 되었다는 사실을 모르는 바 아니었소. 미덕을 항상 일관되게 추구하지는 않았지만, 이 철학자는 미덕이 무엇인지 아주 잘 알고 있었기 때문이오. 하지만 스와컴은 어떤 이유에선지 이런 생각을 한 번도 해본 적이 없었소. 존스를 좋지 않게 보고 있었던 그는 올워디 영주도 자신과 같은 시각으로 존스를 보고는 있지만 자존심과 고집 때문에 톰을 포기하려 하지 않는다고 생각했던 것이오. 즉 톰을 포기하게 되면 처음부터 톰에 대한 자신의 생각이 잘못되었다는 사실을 암묵적으로 인정하는 셈이 되기 때문에 올워디 영주가 톰에 대한 생각을 바꾸려 하지 않는 거라고 그는 생각했던 것이오.

몰리 일이 터지자, 이를 기회로 스퀘어는 존스를 나쁜 사람으로 몰아가기 위해 여태까지의 일들을 악의적으로 해석했소. "영주님, 저도 영주님처럼 잘못 생각하고 있었다는 사실을 유감스럽지만 인정합니다. 솔직히 말씀드려, 전 톰의 그러한 행동이 우정에서 우러나온 거라고 생각했기 때문에 내심 기뻐할 수밖에 없었습니다. 톰의 행동이 도가 지나쳤고 모든 지나친 행동은 옳진 않지만, 톰이 젊다는 사실을 참작했던 겁니다. 또 영주님처럼, 저도 톰이 우정 때문이 아니라 사실은 사악하고 더러운 자신의 욕정 때문에 진실을 은폐했으리라곤 전혀 생각지 못했습니다. 톰이 사냥터지기의 가족에게 그처럼 많은 것을 베푼 이유가 무엇인지 이제 분명히 아셨겠지요? 톰이 사냥터지기를 도와준 것은 그자의 딸을 타락시키기 위해서였고, 그자의 가족이 굶어 죽지 않도록 한 것은 그자의 딸을 수치와 파멸의 길로 이끌기 위한 것이었습니다. 그런 게 우정 어린 행동입니까? 아니, 그런 게 관대함입니까? 그런 관대함은 리처드 스틸 경*이 '맛있는 음식에 많은 돈을 지불하는 대식가야말로 관대하다고 불릴 자격이 있다'고 말할 때 거론되는 관대함일 뿐입니다. 간단히 말해, 이 일을 계기로 전 인간에 내재한 근원적인 약점 때문에 더 이상 속아 넘어가진 않을 겁

---

* Richard Steele(1672~1729): 18세기 영국의 극작가. 인용된 구절은 그가 쓴 『양심적인 연인들The Conscious Lovers』(1722)에 나오는 것이다.

니다. 그리고 정의의 원칙에 정확히 부합되지 않는 건 결코 미덕으로 간주하지 않을 작정입니다."

올워디 영주는 선량한 천성을 지녔기 때문에 이런 생각은 하지 못했소. 하지만 다른 사람에게 이런 말을 듣게 되자, 너무도 그럴듯하게 들려, 이를 단박에 그리고 단호하게 물리칠 수는 없었소. 사실 스퀘어의 말은 올워디 영주의 가슴속에 아주 깊이 파고들어 영주의 심기는 불편해졌고, 이는 다른 사람의 눈에도 드러날 정도가 되었소. 비록 이 선량한 사람은 이 사실을 인정하지 않으려 하며 별 대꾸 없이 억지로 화제를 돌렸지만 말이오. 톰이 올워디 영주의 용서를 받은 뒤 스퀘어가 이런 말을 한 것은 불쌍한 톰에게는 실로 다행스러운 일이었소. 스퀘어의 말은 올워디 영주의 마음속에 존스에 대한 최초의 나쁜 인상을 확실하게 심어놓았으니 말이오.

12장
앞 장에서 다룬 내용과 같은 출처에서 나왔지만 훨씬 분명한 내용

이제 독자들은 기꺼이 나와 함께 소피아를 만나러 갈 것이라고 믿소. 우리가 소피아를 마지막으로 본 이래로, 그녀는 별로 유쾌하지 않은 밤을 보냈소. 잠도 잘 자지 못했을 뿐만 아니라 꿈자리도 사나웠으니 말이오. 아침이 되어 소피아의 몸시중을 드는 어녀가 평상시와 같은 시간에 찾아갔을 때, 소피아는 이미 자리에서 일어나 옷을 갈아입고 있었소.

3, 4킬로미터가량 떨어진 곳에 살고 있는 사람도 바로 옆집 사람처럼 생각하는 이 마을에선 어느 한 집에서 벌어진 일이 믿지 못할 속도로 다

음 집으로 전해지는 법이오. 따라서 몰리의 수치스런 일에 대해 이미 들은 수다쟁이 어너는 여주인의 방에 들어서자마자, 이렇게 말했소.

"어휴 기가 막혀! 애기씨, 어떻게 생각해요? 일요일에 애기씨가 교회에서 봤던 그 여자애 말이에요. 애기씬 그 여자애가 이쁘다고 하셨죠? 쪼매 더 가까이에서 보셨으면 절대 그마이 이쁘다고 생각하시진 않았을 텐데. 하여튼 그 여자애가 애를 배서 치안판사님 앞에 끌려갔는데, 글쎄 그 뻔뻔스런 창녀 같은 계집애가 아이 애비가 존스 도련님이라 캤다지 뭐예요. 마을 사람 모두가 그라는데, 올워디 영주님은 존스 도련님에게 억수로 화가 나가꼬 다시는 도련님을 안 보겠다 카네요. 그 불쌍한 분이 가엽긴 하지만, 그런 천한 싸구려 계집애하고 채신머리없이 놀아났으니 그래 동정 받을 자격은 없죠. 하여튼 그렇게 잘생긴 젊은 도련님이 쫓기난다면 참말로 안될 일이기는 해요. 분명히 그 계집애가 존스 도련님에게 들이댔을 거예요. 원래 그 계집앤 늘 주제넘게 굴었거든요. 계집애들이 그렇게 들이댈 때, 젊은 남자만 뭐라 칼 순 없잖아요. 남자들은 원래 그래 생겨먹은 거니까요. 하지만 그래 더럽고 헤픈 계집애랑 시시덕거리는 건 남자 즈그들 품위를 떨짜는 일이에요. 그라이 그런 짓거리를 하는 사람에게 무신 일이 일어나든 그건 꼬신 일이지요. 그캐도 그 천한 갈보 같은 계집애들 잘못이 제일 크죠. 그런 계집애들은 모두 바닥에 엎아놓고 곤장을 때릿으면 좋겠어요. 그런 것들이 그래 잘생긴 남자 신세를 조지는 건 진짜 맴이 글커든요. 존스 도련님이 아주 잘생긴 건 시상 천지가 다 알잖아요."

어너가 계속 이렇게 말하자, 소피아는 어느 때보다도 더 짜증스런 목소리로 소리쳤소. "그런 일로 왜 날 귀찮게 하는 거야? 존스 씨 일에 내가 무슨 상관이야. 내 보기엔 모두 똑같아. 본인이 존스 씨하고 일을 벌인 당사자가 아니라서 화난 것 아냐?"

"제가요? 애기씨! 애기씨가 절 그래 생각하시다이 참 섭섭하네요. 아무도 지한테 글타고 말 안 할 긴데요. 젊은 남자들 싸그리 불구뎅이에 떨어진다 캐도 전 상관없어요. 존스 도련님이 잘생깃다 캤다고 그래 말하시다니! 지만 그라는 것은 아이고 전부 다 존스 도련님이 잘생깃다고 말하는데, 젊은 남자보고 잘생깃다 카믄 안 되는 줄은 꿈에도 생각 못했네예. 하이튼 분명히 말씀드리지만, 이제부터는 존스 도련님이 잘생깃단 말은 안 할 거예요. 거죽보다 마음이 더 중요한 거니까요. 그놈의 빌어먹을 매춘부 같은 년."

어녀의 말에 소피아가 "그런 상스러운 말은 그만하고, 아침식사 때 아빠가 날 만나보고 싶어 하시는지나 알아봐줘"라고 소리치자, 어녀는 방에서 뛰쳐나와 연신 혼잣말로 구시렁구시렁했는데 그중 "밸꼴 다 보겠네"라는 말만은 분명하게 들렸소.

소피아가 어녀에 대해 넌지시 의혹을 제기했지만, 어녀가 실제로 그런 의혹을 살 만한 행동을 했는지는 알려줄 수가 없소. 하지만 보상 차원에서 소피아의 마음속에서 어떤 일이 벌어지고 있는지는 알려주겠소.

독자들은 존스를 은밀히 사모하는 마음이 소피아 자신도 모르게 그녀 마음속에 자리 잡았고, 소피아가 그것을 깨닫기 전에 너무나도 커졌다는 사실을 기억할 것이오. 소피아가 이런 사랑의 징후를 처음 깨달았을 때 그 느낌은 몹시 달콤하고 기분 좋은 것이어서, 그 느낌을 억제하거나 거부하려 하지 않았소. 소피아는 그 결과에 대해선 한 번도 생각하지 않고 그 열정을 가슴속에 간직해왔던 것이오.

하지만 몰리와 관련된 이 사건으로 말미암아 소피아는 처음으로 그 사실에 눈을 뜨게 되었고, 처음으로 자신의 약점도 의식하게 되었소. 이 사건은 그녀의 마음속에 커다란 동요를 일으켰지만, 한편으로는 구역질나게 하는 약품과 같은 효능을 지니기도 해 소피아의 증상을 놀랄 만큼 빨리 몰아내어, 어너가 떠나 있던 그 짧은 시간 동안 소피아가 앓고 있던 병의 징후는 완전히 사라졌소. 따라서 어너가 웨스턴 영주의 호출 명령을 전달하기 위해 돌아왔을 때, 소피아는 완전히 마음의 평온을 되찾고 존스에 대해선 전혀 개의치 않게 되었던 것이오.

하지만 마음의 병은 모든 세세한 점에서 육신의 병과 비슷하오. 이런 연유에서 우리가 존경하는 학식 있는 의사 선생들이 자신만 사용할 권리를 가진 것처럼 생각하는 몇 가지 용어와 문구를 여기서 부득불 사용할 수밖에 없게 된 점 양해해주기 바라오. 그들이 사용하는 용어나 문구를 사용하지 않고는 독자들을 제대로 이해시킬 수 없으니 말이오.

마음의 병과 이른바 육신의 병 간의 가장 큰 유사점은 둘 다 재발하는 경향이 있다는 것으로 이러한 사실은 야망과 탐욕이라는 심각한 병의 경우에 분명하게 드러나오. 궁정 생활을 할 당시 앓았던 야망이 상습적으로 겪은 실망*(이것이 야망을 치료하는 유일한 치료책이오)으로 치유되었지만 순회재판의 대배심원장을 뽑는 경합에서 이 야망이라는 병이 다시 도지고, 탐욕을 극복하고 사람들에게 돈을 나누어주기까지 한 사람이 임종 직전에 자신의 외동딸과 결혼한 장의사와 장례비용 문제를 논의하는 과정에서 자신에게 유리하게 거래를 하고는 만족스러워했다는 이야기를 들은 적이 있기 때문이오.

금욕주의 철학을 엄격히 준수하기 위해 이제부터 하나의 질병**으로

---

* 관직이나 좋은 자리를 주겠다고 약속을 받아낸 뒤에도 그 약속이 이루어지지 않은 것을 말함.
** 금욕주의자들은 사랑을 치료해야 할 질병으로 보고 있는데, 이러한 시각은 앙투안 르그랑 Antoine Le Grand의 『열정이 없는 인간 혹은 현명한 금욕주의자 Man Without Passion: or, The Wise Stoic』에도 나온다. 이 책에서 르그랑은 사랑을 광인의 병에 지나지 않는다고 역설하고 있다.

다룰 사랑도 다른 질병처럼 재발하는 경향이 있는데, 바로 이런 일이 우리의 가련한 소피아에게도 일어났소. 존스를 다시 만나게 되자, 소피아의 마음속에는 앞서 나타났던 징후들이 다시 생겨났고, 그 이후로는 냉담과 열정이 소피아의 마음을 번갈아 차지하게 되었던 것이오.

하지만 이 젊은 여성의 현재 마음 상태는 전과는 사뭇 달라졌소. 전에는 몹시 달콤하기만 했던 열정이 이제는 소피아의 마음속에서 한 마리의 전갈로 변했던 것이오. 소피아는 이에 저항하기 위해 최선을 다했고, 이를 억제하고 물리치기 위해 이성적으로 생각할 수 있는 논리(소피아는 나이에 비해 놀랄 정도로 이성적이었소)를 총동원했소. 이에 어느 정도 성공을 거두게 된 소피아는 시간이 흐르고 톰을 만나지 않으면, 이 병에서 완치될 거란 희망을 품게 되었소. 따라서 가능한 한 톰 존스를 피하기로 마음먹고는 고모의 집을 찾아갈 생각을 했던 것이오. 물론 웨스턴 영주의 허락을 받을 거라고 확신했기 때문이기는 하지만 말이오.

하지만 머릿속에 다른 계획을 갖고 있는 운명의 여신이 다음 장에서 소개할 어떤 사건을 일으켜 소피아의 이 계획은 즉각 무산되었소.

13장
소피아에게 일어난 무시무시한 사건
존스의 용감한 행위와 그 행위가 이 젊은 여성에게 미친 더더욱 무시무시한 결과
여성을 옹호하기 위한 짤막한 여담

웨스턴 영주는 나날이 딸 소피아를 사랑하게 되어 그의 애정 전선에서 그가 사랑하는 사냥개가 소피아에게 뒤처질 정도가 되었소. 하지만 사

냥개를 포기할 수 없었던 웨스턴 영주는 소피아에게 같이 사냥 갈 것을 요구함으로써 딸과 사냥개를 자기 곁에 동시에 두고자 했소.

너무도 거칠고 남성적인 이 스포츠가 기질적으로 맞지 않아 전혀 즐거움을 느끼지 못했지만, 부친의 말을 법처럼 여겼던 소피아는 영주의 뜻을 기꺼이 따랐소. 하지만 소피아가 이 노신사를 따라 사냥을 나간 데에는, 부친의 뜻에 순종코자 하는 마음 이외에 또 다른 동기가 있었소. 그것은 바로 자신이 부친의 성급한 행동을 어느 정도 억제하고 극도의 위험에 부친이 자주 노출되는 것을 막을 수 있을 거란 생각에서였던 것이오.

처음 소피아가 사냥에 나가고 싶지 않았던 가장 큰 이유는(전 같으면 소피아가 사냥에 나가고 싶어 했을 이유였겠지만) 앞으로는 보지 않기로 결심한 존스와 자주 만날 수밖에 없게 되기 때문이었소. 하지만 사냥 시즌이 거의 끝나가고 있었고, 고모 집에 잠시 머물며 차분히 생각하면 이 불행한 열병에서 완전히 치유되어 다음 사냥 시즌에는 아무런 위험 부담 없이 사냥터에서 존스를 만날 수 있을 거라고 믿어 의심치 않았기 때문에, 소피아는 사냥에 나가기로 결심하게 되었던 것이오.

사냥을 나간 둘째 날, 사냥에서 돌아온 소피아가 집 가까이 도착했을 때, 혈기방장하여 더 노련한 기수의 통제가 필요했던 소피아의 말이 갑자기 날뛰기 시작해 소피아는 말에서 떨어질 극도의 위험에 처하게 되었소. 이때 약간 뒤처져 오던 톰 존스가 그 모습을 보고는 소피아를 구하기 위해 즉각 말을 달렸소. 톰은 소피아 옆에 오자마자 말에서 뛰어내려 소피아가 타고 왔던 말의 고삐를 잡았소. 그러자 말은 곧 앞다리를 들고는 등에 있던 사랑스런 짐, 그러니까 소피아를 내동댕이쳤소. 다행히 말에서 떨어지는 소피아를 톰이 두 팔로 받았지만 말이오.

소피아는 너무 놀라 다치지 않았는지 몹시 알고 싶어 하는 존스에게 즉각 대답해줄 수가 없었소. 하지만 곧 정신을 차리고 다치지 않았다며 톰을 안심시킨 뒤, 구해주어 고맙다고 하자, 존스는 "제가 아가씨를 구했다면 그것만으로도 전 충분히 보상을 받은 셈입니다. 조금이라도 아가씨를 다치지 않게만 할 수 있었다면, 지금 제게 벌어진 이 불운한 일보다도 훨씬 더한 것도 기꺼이 감수했을 겁니다"라고 대답했소.

이 말에 소피아가 "무슨 불운이요? 혹시 어디 다친 거예요?"라고 황급히 묻자, 존스는 "걱정 마세요, 아가씨. 아가씨가 처했던 위험한 상황을 생각해보면 다치시지 않은 게 정말 고마운 일입니다. 아가씨 일로 걱정했던 것에 비하면 팔 하나 부러진 건 정말 일도 아니죠"라고 대답했소.

소피아가 비명을 지르며 "팔이 부러졌다고요! 세상에 어떻게 그런 일이!"라고 소리치자, 존스는 "부러진 것 같습니다, 아가씨. 하지만, 먼저 아가씨를 모시도록 허락해주십시오. 아직 오른팔은 쓸 수 있으니 저쪽 들판까지 모셔다드릴게요. 거기서 댁까지는 걸어서 얼마 안 되니까요"라고 말했소.

톰이 오른손으로 자신을 부축하며 가는 동안, 축 늘어진 톰의 왼팔을 본 소피아는 그의 말이 사실임을 깨닫고는 공포로 하얗게 질렸던 때보다도 훨씬 더 창백해졌소. 소피아가 팔다리를 몹시 떠는 바람에 존스는 소피아를 제대로 부축할 수 없었는데, 이때 소피아의 마음은 그녀의 육신 못지않게 몹시 동요되었소. 애정 어린 시선으로 존스를 쳐다보지 않을 수 없었던 소피아의 그때 표정은 감사의 마음과 연민을 동시에 품고 있는 마음 여린 여인이 느끼는 감정보다 더 강렬한 어떤 감정을 드러내고 있었소.

사고가 발생하던 당시 약간 앞서 가고 있었던 웨스턴 영주는 나머지 사냥꾼들과 함께 곧장 소피아에게로 달려왔소. 소피아가 이들에게 존스가 사고를 당했다며 존스를 돌봐달라고 부탁하자, 홀로 있는 딸의 말을 보고 몹시 놀랐던 웨스턴 영주는 소피아가 다치지 않았다는 사실에 몹시 기뻐하며 "더 끔찍한 일이 벌어지지 않아 다행이다. 톰의 팔이 부러졌으면, 접골사를 불러 다시 붙일 거야"라고 소리쳤소.

　말에서 내린 웨스턴 영주는 소피아와 존스랑 함께 걸어서 집으로 향했소. 혹 제3자가 길에서 이들을 보았다면, 이들이 짓던 제각각의 표정을 보고는 동정 받아야 할 사람은 소피아뿐이라고 생각했을 것이오. 존스는 뼈 하나 부러진 것을 대가로 이 젊은 여성의 목숨을 구해냈다는 사실에 몹시 기뻐하고 있었고, 웨스턴 영주는 존스가 사고 당한 것에 대해 별 관심이 없던 것은 아니었지만, 운 좋게도 자기 딸이 다치지 않았다는 사실에 몹시 기뻐하고 있었기 때문이오.

　너그러운 마음을 지닌 소피아는 톰의 이런 행동을 대단히 용기 있는 행동으로 생각하며 깊은 인상을 받았소. 이런 용기 있는 행동만큼 남자가 여자의 마음을 사로잡는 방법은 없다는 건 분명한 사실이니 말이오. 일반적인 견해에 따르면 이러한 일은, 오스본 씨*가 말했듯이, "하나님이 만드신 피조물 중에서 가장 겁쟁이"인 여자들의 타고난 겁 때문에 생긴 현상이오. 하지만 오스본 씨의 말은 사실이어서라기보다는 그 퉁명스런 표현 때문에 더 주목을 받았소. 내 생각엔 아리스토텔레스가 『정치학』에서 "남자의 겸손함과 용기는 여성의 그것과는 다르다. 여성에게 어울리는 용기는 남자에게는 비겁함이, 남성에게 어울리는 겸손은 여성에게는 건방짐이 될 것이다"라고 한 말이 여자에 대한 좀더 올바른 평가인 것 같소. 즉 여자들이 용감한 사람에게 호감을 보이는 이유는 자신들이 몹시 겁이 많

---

* 프랜시스 오스본(Francis Osborne, 1592~1659): 17세기 영국의 여성혐오자로 자신의 저서 『아들에게 보내는 충고 Advice to a Son』(1656~1658)에서 이와 비슷한 취지의 말을 했다.

아서는 아닌 것 같소. 베일 씨*는(아마 헬레나**에 대한 글에서 그랬다고 생각하오) 그 이유가 여성들이 영광을 몹시 추구했기 때문이라고 좀더 그럴싸한 설명을 했소. 그의 말이 맞다는 사실은 인간의 본성을 누구보다도 잘 꿰뚫어보며, 『오디세이아』의 여주인공***(정절을 지켜 부부간의 사랑의 귀감이 된 그녀는 남편의 영광을 자신이 남편을 사랑하는 근원****으로 생각하였소)을 소개한 사람의 말을 들으면 알 수 있을 것이오.

사실이 어떻든 간에, 이 사건은 소피아에게 매우 커다란 영향을 미쳤소. 또 이 사건을 심도 있게 조사해보니, 바로 이 순간 소피아도 이에 못지않은 상당히 깊은 인상을 존스에게 남겼다는 사실을 알게 되었소. 사실 톰도 이전부터 소피아에게 거부할 수 없는 매력을 느끼고 있었기 때문이었소.

14장
의사의 도착과 수술
소피아와 하녀 간의 긴 대화

매우 힘들게 비틀거리며 따라 걷던 소피아는 웨스턴 영주의 저택에

---

 * 피에르 베일(Pierre Bayle, 1647~1706): 프랑스의 합리주의 철학자.
 ** 호메로스가 쓴 『오디세이아』에 나오는 이타카Ithaca의 왕 오디세우스의 아내인 페넬로페Penelope를 말함. 그녀는 남편이 전쟁에 나갔다 돌아오기까지 무려 20년 동안 수많은 구애자들에게 시달렸지만, 모두 물리치고 남편을 기다린 정숙한 아내다.
 *** Helen: 트로이 전쟁의 발단이 된 미모의 스파르타 왕비.
 **** "영국 독자들은 이 서사시에서 이 내용을 찾지 못할 것이오. 번역서에서 이 내용이 완전히 빠졌기 때문이오."(필딩의 주)

도착하자마자 의자에 맥없이 주저앉았소. 하지만 각성제와 물 덕분에 기절하지는 않았던 소피아가 정신을 차렸을 무렵, 존스의 치료차 부른 의사가 나타났소. 그러자 말에서 떨어져 딸이 이렇게 된 것이라고 생각했던 웨스턴 영주는 소피아가 혼절하는 것을 막기 위한 하나의 방법으로 방혈을 권했소. 의사도 웨스턴 영주의 생각에 맞장구치며 방혈해야 하는 여러 이유를 댄 뒤, 방혈하지 않아 죽은 사람의 사례를 여럿 들었소. 이 말에 웨스턴 영주는 소피아에게 방혈을 하라고 조르더니 급기야는 방혈을 해야만 한다고 단호한 어조로 말했소.

웨스턴 영주나 의사와는 달리 자신의 상태가 위험하다고 생각지 않았던 소피아는 전혀 그러고 싶지 않았지만, 부친의 명령에 따라 아름다운 팔을 뻗었고 의사는 방혈 준비를 시작했소.

하인들이 방혈 도구를 준비하느라 바쁜 사이, 소피아가 무서워서 방혈을 망설였을 거라고 생각한 의사는 조금도 위험하지 않다며 그녀를 안심시키려 했소. 아무것도 모르면서 의술을 한다고 나서는 사람들 때문에 그렇지 방혈하다가 사고가 나는 경우는 결코 없다고 덧붙이면서 말이오. 이 말에 소피아는 자신은 전혀 그런 걱정을 하고 있지 않으며, 의사가 설령 동맥을 잘못 건드린다 하더라도 탓하지 않겠다고 약속했소. 이 말을 들은 웨스턴 영주가 "그카기만 해봐. 니가 조금이라도 다치면, 이자의 심장에 있는 피를 모두 뽑아뿌고 말 끼니까"라고 소리치자, 그런 조건에서 소피아의 피를 뽑기로 동의한 의사는 스스로 장담한 것처럼 아주 놀라운 솜씨로 그것도 재빠르게 방혈했소. 한 번에 많은 양의 피를 뽑는 것보다는 여러 번에 걸쳐 조금씩 뽑는 게 훨씬 더 안전하다며 피를 아주 조금만 뽑았던 것이오.

의사가 방혈을 끝내고 그녀의 팔에 붕대를 감자마자, 소피아는 자리를 떴소. 존스가 치료받는 자리에 있고 싶지(엄밀히 말해 그건 예의범절에 맞지도 않았소) 않았기 때문이었소. 방혈하는 데 반대하진 않았지만, 소피아가 방혈을 하지 않으려던 진짜 이유는 존스의 부러진 뼈를 잇는 일이 지연되기 때문이었소. 소피아가 이런 걱정을 하고 있을 때, 웨스턴 영주는 딸 이외에 그 어떤 생각도 하지 못했고 "샛노란 수심에 잠겨, 마치 인내의 상처럼 슬픔을 악물고 웃고 있던"* 존스는 사랑스런 소피아의 팔에서 피가 흘러나오는 것을 보며 자신에게 벌어진 일에 대해선 아무 생각도 하지 못하고 있었소.

환자에게 속옷만 남겨두고 다 벗으라고 지시한 의사는 톰의 팔을 완전히 드러내놓고는 팔을 당겨가면서 진찰하기 시작했소. 자신이 가한 고통으로 존스가 몇 번 얼굴을 찡그리자, 이를 본 의사는 몹시 의아해하며 "왜 그러시죠? 절대 아플 리가 없는데"라고 소리치고는 톰의 부러진 팔을 잡고서 인간의 신체 구조에 관한 학술적인 강의를 길게 늘어놓기 시작했소. 그러고는 단순골절과 이중골절에 대해 아주 정확한 설명을 한 뒤, 팔이 부러질 수 있는 여러 방식에 대해 적절한 설명을 곁들이며 이 중 어떤 것이 현 상황보다 낫고 어떤 것이 더 나쁜지도 알려주었소.

청중들이 한마디도 이해할 수 없었던 열변을(이 열변은 청중들로부터 상당한 관심과 찬사를 불러일으켰으나 이들은 자신들이 들은 내용을 전혀 이해하지는 못했소) 마친 뒤, 의사는 준비하는 데 걸린 시간보다 더 빨리 치료를 끝냈소.

그 후 의사가 존스에게 묽은 죽을 먹으라는 선고를 내리며 침대에 누워 있어야 한다고 하자, 웨스턴 영주는 강제로 존스에게 자기 집 침실을

---

* 셰익스피어의 『십이야』의 2막 4장에 나오는 구절.

사용하도록 했소.

의사가 접골을 하는 동안 홀에서 이를 지켜보던 사람 중에는 어너도 있었소. 치료가 끝나자마자 소피아에게 호출된 그녀는 톰의 상태가 어떠냐는 질문에 "이렇게 잘생긴 사람을 더욱 매력적으로 만드는" 톰의 "도량 넓은 행동"*에 찬사를 보내고는, 톰의 외모 하나하나, 마침내 흰 피부까지 언급하더니 그의 잘생긴 외모를 열렬히 찬미했소.

이 현명한 하녀가 자신의 말이 소피아의 얼굴 표정에 어떤 영향을 미쳤는지 알아차리지 못하지는 않았을 것이오. 말을 하는 동안 여주인의 얼굴을 한 번이라도 쳐다보았다면 말이오. 하지만 아주 편리하게도 맞은편에 놓인 거울이 어너가 그 무엇보다도 즐겨 보았던 어떤 사람의 모습을 살펴볼 기회를 주었기 때문에, 그녀는 말하는 내내 그 사랑스런 모습에서 한 번도 눈을 떼지 않아 소피아를 볼 수 없었소.

어너는 자신의 혀로 열심히 칭송하던 대상과 바로 눈앞에 있는 거울 속에 비친 자신의 모습에 완전히 몰입되어 있었기 때문에, 소피아는 당혹감에서 벗어날 시간적 여유를 얻을 수 있었소. 따라서 소피아가 어너를 향해 미소 지으며 "그 젊은 신사분을 사랑하는 게 분명한 것 같네"라고 말하자, 어너는 "제가 사랑에 빠졋다고요? 애기씨! 분명히 말씀드리는데 절대 그건 아니에요"라고 대답했소. 이에 소피아가 "사랑에 빠지는 게 어때서? 창피하게 생각할 이유는 없잖아? 존스 씨는 괜찮은 사람이 분명한데 말이야"라고 말하자, 어너는 이렇게 대답했소. "하기사, 애기씨, 존스 도련님은 지가 평생 만나본 사람 중에서 젤로 잘생긴 분이에요. 참말이라니까요. 글고 지보다 신분이 높기는 해도, 애기씨 말대로 존스 도련님 사

---

* '도랑이 넓다'라고 해야 하는데 발음을 정확히 하지 못한 것이다.

랑하는 기 남사시러븐 일은 아이죠. 신사 양반들도 우리 하인들처럼 먹고 싸고 다 하니까요. 글고 올워디 영주님이 그래 키우시가 글치, 사실 존스 도련님보다 지가 신분이 더 낫고요. 지는 가난하긴 해도 누구도 욕할 수 없는 집안 자식인걸요. 못된 친척들이 무신 말을 할지 모르겠지만, 내 참 기가 맥히가! 우리 부모님은 당당하게 결혼하셨으니깐요. 하이튼, 존스 도련님은 피부가 참말로 뽀예요. 여태까지 지가 본 사람 중에서도 젤로 허연 피부를 가짓다 아입니까. 저도 존스 도련님처럼 기독교인이고요. 지 보고 출생이 천하다 칼 수 있는 사람은 아무도 없을걸요. 목사님*이셨던 우리 할아버지께서는 우리 집안사람 중에 몰리 시그림이 내다버린 더러운 인간을 좋아하는 사람이 있었다믄 억수로 화내싯을 거예요."

독자들도 짐작하겠지만 어너의 입을 막는 건 결코 쉽지 않은 일이었고, 게다가 그녀의 입을 막을 기력도 없었기 때문에 어너가 이처럼 계속 떠들어대는 걸 소피아가 허용했는지 모르오. 하지만 어너의 말 중에 몹시 귀에 거슬리는 말이 있었고 또 말이 끝없이 이어질 것 같았기 때문에, 소피아는 그녀를 저지하며 이렇게 말했소. "우리 아빠와 가까이 지내시는 분에 대해 그렇게 말하다니, 참 주제넘네! 그리고 내 앞에서 그 여자 이름은 다시는 꺼내지 마. 그리고 그분 출생을 흉볼 수 없는 사람은 그 문제를 아예 거론하지 않는 게 좋을 거야. 앞으로 본인도 그래야겠지만 말이야."

이에 어너는 다음과 같이 대답했소. "애기씨, 화나싯다믄 죄송해요.

---

* "이는 이 이야기에 우리가 기록하고 있는 두 번째로 낮은 신분의 성직자를 말한다. 이 하위 성직자의 가족들을 위한 생계 대책이 이루어지는 미래에는 이런 경우가 지금 생각되는 것보다 더 기이하게 보이길 바란다."(필딩의 주)
필딩은 『챔피언』 1740년 3월 29일 자 사설에서 적은 월급으로 생활이 어려워 타인의 존경심을 받을 수 없는 낮은 신분의 성직자들의 경제적 상황을 개선시켜주어야 한다고 주장했다.

저도 애기씨맨큼이나 몰리 시그림이 싫어요. 그리고 지가 존스 도련님을 흉봤다고 생각하시는 거 같은데, 사생아라 카는 얘기가 튀나올 때마다 지가 항상 존스 도련님 편을 들어줏다는 걸 모르는 사람은 아무도 없을 거예요. 오죽하믄 지가 하인들한테 이래 말하기도 했으니께요. '신분이 쪼매라도 나아질 수만 있다믄, 니들 중에 사생아라도 되는 걸 마다할 놈 있어?'라고요. 그리고 말했죠. '존스 도련님은 진짜 훌륭한 신사야. 이 세상에서 젤로 허연 손을 갖고 있기도 하고.' 분명히 그렇기도 하고요. 그리고 또 전 '존스 도련님은 시상에서 젤로 온화하고 성격도 좋으신 분 아이가. 그라이 우리 마을 하인들하고 이웃 사람들이 모두 존스 도련님을 좋아하는 거겠지'라고 말했죠. 근데 드릴 말이 쪼매 있는데, 애기씨가 화내실 거 같아가." 이 말에 소피아가 "나한테 할 말이 뭔데?"라고 묻자, 어너는 "존스 도련님도 분명히 별 의미를 갖고 한 건 아일 거예요. 그러니 괜히 애기씨가 화내실지도 모르는 이야기는 안 할라구요"라고 대답했소. 그랬더니 소피아는 "무슨 일인지 말해봐. 무슨 일인지 당장 알아야겠어"라고 말했고, 이에 어너는 이렇게 대답했소. "지난주 언젠가 지가 일하고 있는데, 존스 도련님이 방에 들어왔어요. 그때 애기씨가 바로 전날 지한테 준 머프가 의자 우에 올려져 있었는데, 존스 도련님이 그 머프에 손을 갖다 대는 거 아입니꺼. 그래 지가 말했죠. '아이구, 도련님, 그라믄 애기씨 머프가 늘어나가 망가집니더'라고요. 그런데도 존스 도련님은 계속 머프를 만지고 키스까지 하는 거예요. 분명히 말씀드리는데, 그렇게 키스하는 건 평생 본 적이 없었어요." 이 말에 소피아가 "그게 내 머프인지 몰랐을 거야"라고 말하자, 어너가 대답했소. "애기씨, 말씀드리죠. 존스 도련님은 그 머프에다가 몇 번이고 키스를 해쌌더니 이 세상에서 젤로 이쁜 머프라고 하시데요. 그래 지가 말했죠. '하이고, 존스 도련님도 백 번은 보싯잖아요'라고요. 그랬더니 도련님은 '그건 그렇소. 하지만 아가씨가 눈앞에 있을 때 아가씨 이외에 다른 걸 볼 수 있는 사람이 어디 있겠소?'라고 말씀하시데요. 근데 이기 다가 아이라니까요. 그나저나 애기씨가 화내시지는 않았으면 좋겠네요. 분명히 별다른 뜻으로 한 말은 아니었을 거니까요. 애기씨가 영주님한테 하프시코드를 연주해 주시던 날, 옆방에 앉아 계시던 존스 도련님이 억수로 우울해 보였거든요. 그래 전 '어메, 뭔 일 있는갑죠? 뭘 글케 멍하니 생각해요?'라고 물었죠. 그랬더니 존스 도련님은 꿈에서 막 깨어난 사람처럼 벌떡 일나드니 '천사가 연주하고 있는데, 내가 어떻게 다른 생각을 할 수 있겠소?' 카면서 지 손을 꼭 잡드니 '어너, 그 남자는 얼마나 행복할까?'라고 말했어요. 그라고는 한숨을 내쉬더라고요. 그때 존스 도련님의 숨결은 참말이지 꽃다발처럼 향기롭데요. 암튼 나쁜 맘을 갖고 그런 말을 한 건 분명 아니었을 거예요. 그러니 애기씨도 이 문제에 대해선 한마디도 안 하셨음 좋겠네요. 존스 도련님은 절대로 이 일을 입 밖에도 내지 말라 카면서 저한테 1크라운을 주고는 책에 두고 맹세를 시킷거든요. 제 생각에 분명히 성경책은 아니었지만 말이에요."

심홍색보다 더 아름다운 붉은색이 존재하지 않는다면, 이 순간 소피아의 얼굴색에 대해 더 이상 말하지 않겠소. 하여튼 이 말에 소피아가 "어너, 그 일을 나한테나 다른 누구한테도 더 이상 말하지 않는다면, 내가 어너에게 한 약속을 어기진 않을게. 내 말은 화내지 않을 거란 말이야. 하지만 어너가 입조심을 제대로 할지 그게 걱정이야. 또다시 그런 식으로 말하고 다닐 거야?"라고 말하자, 어너는 "안 그랄 거예요, 애기씨. 애기씨를 화나게 하느니, 차라리 제 혀를 잘라버리죠. 애기씨가 원하지 않는 말은 절대 한마디도 안 할 거예요"라고 대답했소. 그러자 소피아가 "지금 한 말을 결코 다시는 하지 마. 어너 말처럼, 난 존스 씨가 별 의미 없이 그런 말을 한 거라고 생각해. 하지만 그 일이 일단 우리 아빠 귀에 들어가면, 존스 씨에게 무척 화를 내실 거야. 그리고 나도 몹시 화가 날 거고, 만일 혹시라도……"라고 말하자, 어너는 이렇게 대답했소. "애기씨, 존스 도련님이 별 생각 없이 그런 말을 한 게 틀림없어요. 그때 존스 도련님은 지정신이 아인 것 같았거든요. 그리고 도련님 자신도 그 말을 할 때, 지정신이 아인 거 같았다고 말했고요. 그래 지가 말했죠. '도련님, 지도 그래 생각해요'라고요. 그캤더니 도련님이 이래 대답하시데요. '그래요, 어너……' 애기씨, 미안해요. 애기씨 화나구로 지가 계속 말하느이 차라리 지 혀를 뽑아뿌는 게 낫겠어요." 이 말에 소피아가 "계속해봐. 아직 나에게 말하지 않은 게 있으면 해도 좋아"라고 말하자, 어너는 다음과 같이 말을 이었소. "지한테 1크라운을 주시더니 존스 도련님이 이래 말했어요. '그래요, 어너. 난 아가씨를 나의 여신으로 생각했지, 골빈 놈들이나 악당들처럼 딴 마음을 품은 적은 없었소. 그리고 살아 있는 동안 아가씨를 나의 여신으로 생각하고 항상 숭배하고 찬미할 거요.' 참말로 지가 기억하는 건 이게 다예요. 지도 도련님이 나쁜 맘으로 그런 말을 한 기 아이라는 사실을 알기 전까지는 화가 마이 났거든요." 이 말에 소피아가 "그래, 어너. 나도 어너가 나를 진심으로 사랑한다고 믿어. 하지만 지난번 어너에게 경고했을 때는 나도 화가 많이 났었어. 하여튼 내 옆에 계속 있고 싶으면, 앞으로도……"라고 말하자, 어너가 대답했소. "말이라꼬요, 지도 애기씨 곁을 절대로 떠나기 싫그든요. 그래 저번에 애기씨가 지한테 갱고하싯을 때, 지는 눈알이 빠질 정도로 울었다 아입니꺼. 지가 애기씨 곁을 떠날라 칸다믄, 그기 바로 배은망덕한 기죠. 이마이 좋은 일자리를 우예 다시 얻을 수 있겠어요. 지는 애기씨하고 죽을 때까지 같이 살라꼬요. 그 불쌍한 존스 도련님 말처럼, 행복한 사람은……"

사고를 당했을 당시보다 방혈이 더 필요할 정도로 소피아에게 충격을 안겨준 이 대화는 저녁식사 시간을 알리는 종소리 때문에 중단되었소. 소피아의 현재 정신상태가 어떤지 제대로 묘사할 자신이 전혀 없기 때문에, 나는 호라티우스의 전례*를 따르고자 하오. 하지만 대부분의 독자들은 소피아의 상태가 어떤지 쉽사리 짐작할 수 있을 것이오. 그렇지 못한 몇몇 독자들은 설령 내가 소피아의 상태를 제대로 묘사한다 하더라도 이를 이해하지 못하거나 기껏해야 자연스럽지 못하다고 여길 것이지만 말이오.

---

* 호라티우스는 『시학Ars Poetica』에서 "자신의 필치로 멋지게 표현할 수 없는 것은 포기한다"고 말했다.

5권
반년이 조금 넘는 기간 동안 벌어진 일

1장
엄숙한 내용의 글에 관해서,
그리고 이런 엄숙한 내용이 작품에 도입되는 목적

이 방대한 이야기 중에서 우리가 제일 힘들여 기술했던 내용이 독자들에게 가장 적은 즐거움을 선사했을 것이오. 이 책의 각 권에서 이야기가 본격적으로 시작되기 전에 우리가 제시한 에세이가 바로 이런 내용에 속하겠는데, 이는 우리가 최초로 시도한 이런 종류의 글에 반드시 필요한 것이라는 결론을 내렸소.

하지만 우리는 이런 결론을 내린 이유를 밝혀야 할 하등의 의무를 느끼지 않기 때문에, 산문으로 씌어진 모든 희극적인 서사시*의 규칙으로 이를 결정했다는 사실만 밝히겠소. 극시가 따라야 할 필수조건으로 시간과 장소가 일치해야 한다는 까다로운 규칙**이 이미 정착되었지만, 이를 만든 이유가 무엇인지 밝히라고 요구한 사람이 있었소? 연극이 하루 동안

---

* 필딩은 『조지프 앤드루스』의 서문에서 자신의 글을 "산문으로 씌어진 희극적 서사시 Comic-epic poem in prose"라고 규정했다. 이는 자신의 글이 서사시와 같이 다양한 액션과 사건들로 이루어졌지만 서사시와는 달리 운문이 아니라 산문으로 씌어졌으며 등장인물들도 희극에서처럼 주로 평범한 사람임을 나타낸다.

** 아리스토텔레스는 『시학』에서 드라마는 플롯에 일관성이 있어야 한다고 주장했는데, 프랑스 신고전주의 비평가들은 여기에 시간과 장소도 일치해야 한다는 규칙을 더했다.

에 벌어진 일을 다루는 건 괜찮고 이틀 동안 벌어진 일을 다루는 건 왜 안 되는지, 혹은 8킬로미터나 80킬로미터 떨어진 곳까지 관객을 이동시켜서는 왜 안 되는지 질문을 받은 비평가가 있었소?(유권자들은 자기 돈 한 푼 들이지 않고 여행할 수 있는데도 말이오) 드라마는 5막으로만 구성되어야 한다는 법칙을 어떤 고대 비평가*가 왜 정했는지 제대로 설명할 수 있는 주석가가 과연 있소? 혹은 현재 드라마에 대한 평가를 내리는 사람들이 유머를 금기시하여 무대를 재미없게 만들기 위해 사용하는 "저급하다"** 라는 용어의 의미가 과연 무엇인지 설명할 수 있는 사람이 있소? 이런 경우에 세상 사람들은 **"누구든 자기 분야(分野)의 전문가지언(專門家之言)을 필신(必信)해야 한다"***는 격언을 받아들였던 것 같소. 아무런 근거 없이 예술이나 학문에 관련된 절대적 규칙을 내세울 정도로 뻔뻔한 사람이 존재한다고는 상상하기 어렵기 때문에, 우리는 불행히도 그 이유에 대해서는 알 수 없지만 거기에는 분명 타당한 이유가 있을 거라고 결론을 내렸기 때문이었을 것이오.

사실 세상 사람들은 비평가들에게 지나칠 만큼 경의를 표해왔고, 그들은 실제보다도 훨씬 더 심오한 사람들로 간주되어왔소. 이런 극진한 대접을 받아와서인지 비평가들은 자신들이 전제적인 권한을 가지고 있다고 대담하게 주장하며 이를 마음껏 행사해왔소. 따라서 오늘날의 비평가들은 선배 작가들에게서 전수받은 법칙을 마치 자기 것인 양 스스로 주인 행세

---

* 호라티우스는 『시학』에서 극이 5막으로 구성되는 게 바람직하다고 했다.
** 왕정복고(1660년) 이후에 씌어진 대부분의 영국 희극이 남녀 간의 불륜과 반도덕적 내용을 담고 있다는 비판이 17세기 말에 일기 시작하면서, "그런 드라마는 저급하다"는 평가와 함께 도덕적이고 교훈적이 드라마에 대한 옹호가 일어났다. 필딩은 저급하다는 이유로 비평가들이 유머와 활기 넘치는 드라마를 무대에서 추방하려 한다고 불만을 표했다.
*** '누구든지 자기 분야의 전문가의 말은 믿어야 한다'는 뜻.

를 하며 현재의 작가들에게 이를 지키라고 뻔뻔스럽게 명령하기에 이르게 된 것이오.

비평가는 원래 위대한 재판관(뛰어난 자질로 자신의 학문 분야에서 일종의 입법가의 위치를 차지하게 된 사람들이오)이 정한 규칙과 법을 그대로 옮겨 적는 일을 했던 서기에 지나지 않았소. 오래전부터 비평가들은 재판관과 같은 역할을 하길 열망해왔지만, 판결의 근거가 되는 과거 재판관이 정한 법의 지지를 받지 않고서는 그 어떠한 판단도 내리지 못했소.

하지만 세월이 흘러 무지가 판을 치는 시대가 도래하자, 서기는 주인의 권한을 침범하고 주인의 위엄을 사칭하기 시작했소. 따라서 글쓰기 법칙은 더 이상 작가의 실제 글쓰기 행위에 근거하지 않고, 비평가의 명령에 의해 결정되었던 것이오. 단순한 서기에 지나지 않았던 자들이 이제는 입법가 행세를, 즉 처음에는 법령을 옮겨 적는 일만 했던 자들이 이제는 강압적으로 법을 집행하기에 이른 것이오.

이로 인해 명백하긴 하지만 피할 수 없는 잘못이 저질러지게 되었소. 비평가들은 본래 보잘것없는 능력만을 가지고 있기 때문에 외형적인 것을 아주 쉽사리 본질로 착각했던 존재들이었소. 즉 그들은 생명 없는 법의 자구 하나하나에 매달려 법의 본질을 외면하는 재판관처럼 처신했던 것이오. 따라서 비평가들은 위대한 작가들이 우연히 갖고 있는 사소한 면을 그들의 주요 장점으로 오인해, 이를 모든 후배 작가들이 따라야 할 지침인 양 전했던 것이오. 게다가 기만을 조장하는 데 상당한 역할을 하는 시간과 무지가 이 잘못된 지침에 권위를 부여하여, 사실이나 글쓰기의 본질에 근거하지 않은 수많은 글쓰기 규칙이 세워졌던 것이오. 하지만 이 규칙 대부분은 천부적인 재능에 재갈을 물리고 구속하는 것 말고는 별다른 목적을 가지고 있지 않았소. 춤을 출 때 모든 사람은 사슬로 몸을 감아야 한다고 규정한 춤에 관한 수많은 훌륭한 논문들이 댄스 교사를 구속하듯이 말이오.

따라서 '아무개가 말했다'는 것으로 정당성을 부여받는 그런 규칙(사실 우리는 이런 종류의 규칙에 대해 대단한 존경심을 가지고 있지는 않소)을 후손에게 정해주었다는 오명을 피하기 위해, 앞에서 비평가들이 주장해왔던 특권을 포기하고 우리 이야기에 이처럼 여러 편의 여담을 실은 이유를 독자들에게 밝히고자 하오.

이제 우리는 새로운 사실(이미 사람들이 알고 있었다 하더라도, 우리가 기억하는 한 고대 작가나 현대 작가 중 그 누구도 말하지 않은 사실이오)을 하나 알리고자 하오. 이는 모든 창작물에 적용되는 것으로서, 자연적인 아름다움이건 인위적인 아름다움이건 간에 어떤 것이 아름답다고 여겨지기 위해선 그것과 대조되는 것이 있어야 한다는 사실이오. 삼라만상의 아름다움이나 우월함을 드러내는 데 그것과 상반되는 것만큼 이를 잘 드러내는 것이 어디 있겠소? 낮과 여름의 아름다움은 밤과 겨울의 공포와 대비될 때 더 부각되는 법이오. 따라서 대비되는 것 없이 낮과 여름의 아름다움 그 자체만 보게 된다면, 그것이 갖는 아름다움을 제대로 알 수 없을 것이라고 생각하오.

너무 심각하게 이야기하진 않겠소. 이 세상에서 가장 아름다운 여자도 다른 여자를 한 번도 보지 못한 남자에게 자신의 아름다움을 제대로 각인시킬 수 없을 거라는 사실을 누가 의심할 수 있겠소? 여자들 자신도 이런 사실을 잘 알고 있기 때문에 대조를 통해 자신을 돋보이게 할 사람을 확보하려고 몹시 애쓰는 것 같소. 심지어 어떤 경우에는 자신을 돋보이기 위해 스스로가 대조적인 인물이 되기도 하오. 여자들이, 특히 바스*에 머무는 여자들이, 저녁에 자신의 미모를 돋보이기 위해 아침에는 최대한 추하게 보이려고 애쓰는 걸 나는 본 적이 있기 때문이오.

　대부분의 예술가들도(몇몇 예술가들은 이 원리를 별로 연구하지 않았는지 모르겠지만) 이 비법을 실행에 옮기고 있소. 보석상인은 가장 화려하고 눈부신 보석도 그 아름다움을 돋보이게 하기 위해서는 대조가 되는 보석이 있어야 한다는 사실을 알고 이를 실행에 옮겨왔고, 화가들 또한 자신이 그리는 인물들의 대조적인 외모를 통해 최고의 찬사를 종종 받아왔던 것이오.

　한 대단한 천재가 이 원리가 얼마나 효율적인지 잘 보여줄 것이오. "예술(藝術)을 통해 인생(人生)을 윤택(潤澤)하게 만든 예술가(藝術家)"**의 반열에 오를 자격이 있기 때문에, 일반 예술가로 분류될 수 없는 이 천재***는 팬터마임이라고 불리는 그 훌륭한 여흥거리를 창시하며, 이를 엄숙한 부분과 희극적인 부분으로 나누었소. 엄숙한 부분에서 청중들은 최악의 우둔한 이교도의 신들과 영웅들을 접하게 되는데(이는 몇 사람들만이 알고 있는 비밀이오) 이는 이 여흥거리의 희극적인 부분과 대조를 이루게 하기 위해서이며, 장난스런 할리퀸을 더욱더 돋보이게 하기 위한 것이오.

　이렇게 하는 것은 신이나 영웅과 같이 지체 높은 분들을 예의 바르게 대접하지 않는 것일 수도 있소. 하지만 이런 방식은 아주 절묘하기도 하고 그 효과 또한 매우 크오. 그리고 이러한 사실은 엄숙한 부분과 희극적인 부분이라는 명칭 대신, 더 재미없는 부분, 가장 재미없는 부분이라는

---

　* Bath : 온천장이 많이 있는 영국의 지역으로 18세기 당시 많은 남녀들의 교제 장소로도 이용되었다.
　** 베르길리우스의 『아이네이스』 중에 나오는 구절.
　*** 18세기 영국의 코벤트가든 극장(Covent Garden Theatre)의 지배인이었던 존 리치 (John Rich, 1682~1761)를 말함.

252

용어를 사용하여 설명한다면 더욱 극명하게 드러날 것이오. 희극적인 부분도 여태까지 무대에서 선보였던 그 어느 것보다도 재미없는 것이어서 엄숙한 부분을 구성하는 가장 재미없는 내용과 대비될 때만 돋보이기 때문이오. 여기에 등장하는 신이나 영웅들은 참기 힘들 정도로 엄숙한 인물들이어서 그 어떤 할리퀸*(우리나라의 할리퀸은 프랑스의 할리퀸과 아무런 관계가 없소. 우리나라 할리퀸이 프랑스의 할리퀸보다 훨씬 더 근엄하기 때문이오)도 환영받게 되오. 할리퀸의 등장은 이 할리퀸보다도 더 지독한 사람과 같이 있어야 하는 고통에서 청중들을 벗어나게 해주기 때문인 것이오.

현명한 작가는 항상 이 대조의 기법을 사용해 대성공을 거두어왔소. 따라서 호메로스가 사용한 이 기법에 대해 호라티우스가 트집을 잡았다는 사실은 실로 놀라운 일이오. 하지만 호라티우스는 트집을 잡은 바로 다음 행에서 자신의 말을 뒤집고 있소.

위대한 호메로스가 잠이 든다면 슬픈 일이오.
하지만 긴 작품을 대할 때, 잠은 슬그머니 다가오는 법이오.**

우리는 이 구절을 작가가 글을 쓰던 도중 실제로 잠들었다는 의미로 (어떤 사람은 그렇게 생각했을지도 모르겠지만) 받아들여서는 안 되오. 독자는 잠이 들 수 있지만, 올드믹슨***의 저서처럼 아무리 긴 작품이더라도, 작가는 자신이 하는 작업에 흥미를 느껴 조금도 조는 일은 없기 때문이오. 포프 씨의 말처럼, 작가는 "독자들을 잠들게 하기 위해 자신은 잠

---

* 극에 등장하는 어릿광대.
** 호라티우스의 『시학』에 나오는 구절.
*** John Oldmixon(1673~1742): 방대한 분량의 저서를 남긴 18세기 영국의 작가.

자지 않소."* 사실 이 졸린 부분들은 나머지 부분과 대조를 이루어, 돋보이게 하기 위해 교묘하게 짜 넣은 것들이오. 자신이 하는 지루한 말에는 어떤 의도가 있을 수 있다고 한 어느 익살스런 작가**의 말은 바로 이런 의미였던 것이오.

따라서 독자들이 이런 관점에서, 더 정확히 말하자면 뭐가 뭔지 알지도 못하는 상태에서 각 권의 첫 장에 나오는 내 에세이들을 보아주었으면 하오. 하지만 이런 설명을 했음에도 불구하고 에세이 이외의 부분에서도 엄숙한 내용이 많다고 생각한다면, 우리가 애써 지루하게 만들려고 했던 첫 장을 읽지 말고, 두번째 장부터 읽어도 좋소.

2장

아파 꼼짝하지 못하는 동안 호의적인 방문을 여러 차례 받는 존스
눈에는 잘 보이지 않는 사랑이라는 열정에 대한 세세한 묘사

아파서 꼼짝 못하는 동안, 톰 존스는 많은 방문객(이 중 몇몇 방문객은 그리 달갑지만은 않았소)을 맞이하게 되었소. 거의 매일같이 찾아온 올워디 영주는 톰의 부상을 안쓰러워하면서도 톰이 부상을 입게 된 원인이 되었던 톰의 용감한 행동을 몹시 칭찬했소. 하지만 그는 지금이 바로 톰이 자신의 경솔함을 깨달을 수 있는 좋은 기회라고 생각했소. 사실 올워디 영주가 톰에게 건전한 충고를 하기에 지금보다 더 적절한 때는 없었을

---

* 알렉산더 포프의 『던시어드』에 나오는 구절.
** 18세기 영국의 작가이자 잡지 편집자였던 리처드 스틸 경은 『태틀러 The Tatler』라는 잡지에서 이와 비슷한 말을 했다.

것이오. 톰은 고통과 아픔으로 기가 한 풀 꺾인 상태에다가 당시 겪었던 위험으로 인해, 쾌락을 추구하는 격렬한 열정의 영향권에서 벗어나 있었기 때문이었소.

따라서 이 젊은이와 단둘이 있을 때마다, 특히 이 젊은이가 아주 편한 상태일 때마다, 이 선량한 사람은 톰이 과거에 저지른 잘못을 상기시켜주었던 것이오. 하지만 올워디 영주는 아주 온화하고 부드럽게 톰의 잘못을 말해주었는데, 이는 톰이 자신의 눈 밖에만 나지 않는다면, 그의 양아버지로서 자신이 줄 수 있는 행복과 사랑을 베풀 테니, 앞으로의 행동에 유념하라는 뜻에서였소. 올워디 영주가 "지난 일은 모두 용서하고 잊을 것이다"라고 말하고 나서는 "이번 일을 하늘이 널 돕기 위해 내린 시련으로 생각하라"고 충고했던 것도 바로 이런 맥락에서였던 것이오.

올워디 영주처럼 스와컴도 아주 열심히 찾아왔는데, 톰이 병상에 눕게 된 것을 그에게 훈계할 수 있는 좋은 기회로 간주했기 때문이었소. 하지만 그의 훈계 방식은 올워디 영주의 방식과는 달리 혹독했소. 톰의 팔이 부러진 건 하늘이 그에게 내린 천벌이며, 목이 아니라 팔만 부러진 것에 대해 매일매일 무릎 꿇고 하나님께 감사 기도를 올려야 한다고 했소. 그러고는 앞으로 계속 벌어질 일에 대비해 하나님이 아직까지 살려둔 것이 틀림없다면서, 톰의 목이 부러질 날도 얼마 남지 않았다는 악담을 퍼부었소. 그뿐만 아니라 이번 일이 벌어지기 전에 톰이 천벌을 받지 않은 것을 종종 의아하게 생각했지만 이번 일을 통해 하나님은 늦더라도 반드시 천벌을 내린다는 사실을 알게 되었다며 이렇게 말했소. "아직 닥치진 않았지만, 이번처럼 확실하게 더 큰 재앙이 조만간 네게 닥칠 거란 사실을 알아야 한다. 이처럼 큰 재앙은 철저하고 진지한 참회를 통해서만 피할 수 있다. 하지만 젊은 시절부터 너처럼 타락하고 정신이 완전히 썩은 인간에게 그런 참회는 기대할 수도, 희망할 수도 없기 때문에 결국 내 훈계가 아무 소용없을 거라는 거 나도 잘 알고 있다. 하지만 참회하도록 훈계하는 게 나의 의무이고, 난 그 의무를 다했으니 '난 나의 생명을 보존하리라.'* 네가 이 세상에서 분명히 맞게 될 고통을 향해 가고 있고, 내세에서는 확실히 저주받게 될 거라는 걸 잘 알고 있기 때문에 염려는 되지만, 나는 내 의무를 게을리 하지 않았기 때문에 양심의 가책을 느끼지는 않는다."

스퀘어는 이와는 아주 다른 식으로 말했소. "뼈가 부러지는 것 같은 사고는 현자가 신경 쓸 일이 아니네. 그런 정도의 불운은 현인에게도 일어날 수 있는 일이니 수용할 수 있어야 하고 또 전체의 선을 위해 벌어진 일이란 사실을 깨달아야 하네. 도덕과는 아무 상관없는 이번 일을 천벌이라고 부르는 건 순전히 말의 오용이야. 이런 일에 뒤따라올 수 있는 최악의 결과인 고통이란 것도 아주 하찮은 거고." 그러고는 툴리우스**가 쓴 『투스쿨란의 대화』라는 책의 제2권과 새프츠베리 경***의 글에서 발췌한 이와 비슷한 취지의 말을 덧붙였소. 어느 날엔가도 그는 아주 열성적으로 이와 같은 말을 하던 도중 불운하게도 자기 혀를 깨물어 그의 주장은 마침표를 찍게 되었을 뿐만 아니라, 이에 화가 나 한두 마디 욕설까지 퍼부은 적이 있었소. 하지만 최악의 결과는 스퀘어의 교리를 이단적이고 무신론적이라고 생각하던 스와컴에게 그의 등짝을 보란 듯이 한 대 내리칠 기회를 주었다는 것이오. 이때 스와컴은 몹시 악의적으로 비웃으며 스퀘어

---

* 「에스겔」 3장 19절에 나오는 구절.
** 고대 로마의 정치가이자 저술가 마르쿠스 툴리우스 키케로(Marcus Tullius Cicero, 기원전 106~기원전 43)를 말함.
*** Earl of Shaftesbury: 본명은 앤서니 쿠퍼(Anthony Ashley Cooper, 1671~1713)로 18세기 영국의 대표적인 이신론자.

의 등을 내리쳤기 때문에 혀를 깨물어 화가 나 있던 이 철학자의 꼭지를 완전히 열리게(내가 이런 표현을 써도 된다면) 했소. 따라서 혀를 다쳐 입으로는 분노를 표출할 수 없었던 스퀘어는 다행히도 당시에 같은 방에 있었던 의사가 (자신에게는 득이 되지 않는 일에) 끼어들어 둘 사이의 평화를 유지시키지 못했다면 좀더 과격한 방법으로 스와컴에게 복수했을 것이오.

블리필도 병문안 차 톰을 찾아가긴 했지만, 그것은 거의 드문 일이었고, 갈 때도 혼자서는 가지 않았소. 이 훌륭한 청년은 자신이 톰에게 상당한 관심을 갖고 있으며 또 그의 불운을 몹시 우려하고 있다고는 했지만 톰을 가까이하지 않으려 했소. 스스로 밝혔듯이 자신의 인격이 오염될지도 모른다는 우려에서였소. 그의 이런 생각은 그가 실제로 「잠언」에 나오는 악한 자와의 교분을 비난하는 솔로몬의 말을 항상 입에 달고 다녔다는 사실에서도 짐작될 수 있을 것이오.* 블리필이 이러는 것은 스와컴처럼 모진 사람이어서는 결코 아니었소. 사실 그는 올워디 영주에게 "톰이 철저하게 타락한 사람이 아니라면 삼촌이 이번에 베푸신 전대미문의 자비에 분명히 개과천선할 겁니다"라고 말하며, 자신이 존스가 개과천선하리라는 희망을 버리지 않았음을 피력했기 때문이오. 하지만 결론에 가서 블리필은 "그럼에도 불구하고 존스가 앞으로도 죄를 짓는다면 그를 위해 한마디도 변호할 수는 없을 거예요"라며 말을 맺었소.

반면에 웨스턴 영주는 사냥하러 갈 때나 술을 마실 경우를 제외하곤 톰의 병실에서 나오는 법이 거의 없었소. 심지어 그는 맥주를 마시러 종종 톰의 병실을 찾기도 했는데, 이때 그가 톰에게 억지로 맥주를 권하는

---

* 실제로 악한 자와의 교분을 경계하라는 말은 「잠언」이 아니라 「고린도 전서」 15장 33절에 나온다. 필딩은 후에 『코번트가든 저널 *Covent Garden Journal*』에서 자신의 실수를 바로잡았다.

걸 막는다는 건 쉬운 일이 아니었소. 왜냐하면 돌팔이 의사가 자신의 만병통치약에 대해 갖는 믿음보다 웨스턴 영주가 술에 대해 갖는 믿음이 더 강했고, 약방에 있는 그 어떤 약보다도 술의 효능이 더 낫다고 믿었기 때문에, 그가 술이라는 약을 사용하지 못하도록 설득하는 것은 상당히 힘들었던 것이오. 하지만 사냥 나가는 날 아침에 웨스턴 영주가 톰의 병실 창문 아래에서 사냥피리로 세레나데를 연주하는 걸 저지하기는 불가능했소. 게다가 웨스턴 영주는 사람들을 만날 때마다 "쉿" 하는 사냥개 부추기는 소리를 내곤 했는데, 존스를 찾아올 때마다, 그가 깨어 있건 잠들어 있건 상관치 않고 이 소리를 내었소.

피해를 주려고 한 것도 아니었고 또 다행히 피해를 주지도 않았지만, 웨스턴 영주의 이런 요란스런 행동은 톰의 병실을 찾아올 때마다 그가 으레 데리고 오는 소피아를 통해 충분히 보상되었소. 이곳에 온 지 얼마 지나지 않아 존스는 소피아를 따라 하프시코드가 있는 방으로 가 몇 시간 동안 그녀가 연주해주는 아름다운 음악을 들을 수 있었고, 거기에 매료되기도 했소. 웨스턴 영주가 「올드 서 사이먼 더 킹」이나 그 밖에 다른 자신의 애창곡을 연주하라고 고집 피울 때까지는 말이오.

소피아는 아주 조심스럽게 행동하려 했지만, 자신의 본심이 간간이 표출되는 걸 막을 수는 없었소. 사랑이란 질병과 같아서 어느 한쪽으로 발산되지 못하면 다른 쪽으로 터져 나오는 법이기 때문이오. 따라서 소피아의 입이 감춘 것을 그녀의 눈과 붉어진 얼굴, 그리고 의도하지 않았던 수많은 사소한 행동이 드러내었던 것이오.

톰이 소피아의 하프시코드 연주를 경청하고 있던 어느 날, 웨스턴 영주가 들이닥치면서 소리쳤소. "톰, 난 아래층에서 그 멍청한 스와컴 목사하고 자네 문제로 한바탕했네. 그자가 내 면전에서, 자네 뼈가 부러진 건 천벌을 받아 그래 된 기라고 올워디 영주에게 말하더만. 그래 내가 말했지 '빌어먹을, 우예 그게 천벌이야? 여자를 구할라 카다 다쳤는데 말이야. 천벌이라니! 떠그랄! 목사들은 몰라도 톰은 분명히 천국에 갈 수 있을 거야. 그 일은 부끄러워할 께 아이라 자랑스러워할 일이니까 말이야." 이 말에 톰이 "어르신, 전 그 일을 부끄러워해야 할 이유도 자랑스러워할 이유도 없습니다. 아가씨를 구했으니 전 그 일을 제 일생 중에 일어난 가장 행복한 사고라고 생각할 거니까요"라고 대답하자, 웨스턴 영주가 "그거 갖고 그넘이 올워디 영주한테 자넬 헐뜯다니. 떠그랄! 그 목사넘이 목사만 아니라믄 내가 한 대 패뿔 낀데. 내가 자넬 얼마나 좋아하는지 아나? 자넬 위해서라면 할 수 있는 건 다 해줄 끼다. 내일 아침 마구간에 가 슈발리에*와 슬라우치만 빼고 원하는 말을 가지가라." 존스는 고맙다고 하면서도 그 제안을 받아들이지는 않았소. 이에 웨스턴 영주가 "어허, 그럼 소피가 타던 그 밤색 말을 가지가라. 50기니 주고 산 기야. 올봄에 여섯 살이 되지"라고 말하자, 톰은 흥분하며 "백만금을 주고 사신 말이라 해도 그런 말은 개한테나 줄 겁니다"라고 소리쳤소. 이에 웨스턴 영주가 "아니! 그 말이 자네 팔을 부러뜨릿다고 그카나? 이제 잊고 용서하게. 말도 몬하는 짐승을 미워하는 건 사내답지 못한 기라"라고 말하자, 소피아

---

* 슈발리에는 제임스 에드워드 프랜시스 스튜어트(James Edward Francis Stuart, 1688~1766)의 애칭이다. 명예혁명으로 왕좌에서 쫓겨나 프랑스에 망명해 있던 제임스 2세의 아들로 1714년 독일계 조지 1세가 영국 왕위에 앉자, 자신이 진정한 왕위 계승자라며 1715년 자코바이트들의 지지를 받아 영국으로 진격해왔으나 결국 실패한다. 역사는 영국의 왕위를 요구했다고 해서 제임스를 "왕위계승 요구자"라는 의미로 "프리텐더Pretender"라고 불렀는데, 1745년 그의 아들 찰스 에드워드 스튜어트(Charles Edward Stuart, 1720~1788)도 같은 이유로 자코바이트들의 도움을 받아 영국으로 진격하다가 실패한다. 둘을 구분하기 위해 제임스 에드워드는 '올드 프리텐더Old Pretender'로 찰스 스튜어트는 '영 프리텐더 Young Pretender'로 불렸다. 이 작품의 역사적 배경은 바로 두번째 자코바이트의 난이 일어났던 1745년이다.

가 이들의 말을 막으며 웨스턴 영주가 결코 거절하는 법이 없는 자신의 요청, 즉 연주할 수 있도록 허락해달라고 간청함으로써 이들의 대화를 끝내게 했소.

앞서의 대화가 이어지는 동안 소피아의 안색은 여러 번 변했소. 아마도 톰이 말에게 화가 난 이유를 소피아는 자기 부친과는 다른 데서 찾았기 때문인 것 같소. 당시 소피아는 눈에 띌 정도로 동요했기 때문에 연주도 몹시 엉망이 돼서, 곧 잠들지 않았더라면 웨스턴 영주도 이 사실을 분명히 눈치챘을 것이오. 하지만 웨스턴 영주와는 달리 잠들지도 않았고, 눈과 귀가 있었던 탓에 이 사실을 눈치챈 존스는 앞서 벌어진 여러 정황과 이 사실을 연관 지어 전반적으로 검토해본 뒤, 소피아의 마음이 편치 않다고 확신하기에 이르렀소. 많은 젊은 신사들은 소피아의 이런 상태를 톰이 오래전에 알아차리지 못한 걸 몹시 의아해할 거라고 생각하오. 사실 톰이 이를 알아차리지 못한 이유는, 지나치리만큼 자신감이 없고, 젊은 여성이 자신에게 마음을 품고 있다는 사실을 알아차릴 정도로 주제넘지 못하다는 약점(톰의 이런 약점은 현재 널리 유행하고 있는 조기 도회지 교육으로만 치유될 수 있는 것이오)을 가지고 있었기 때문이었소.

존스의 뇌리를 점유하게 된 이런 생각은 존스보다 덜 순수하고 덜 한결같은 성품을 지닌 사람에게는 매우 위험한 결과를 초래할 수도 있는 어떤 정신적인 동요를 불러일으켰소. 사실 톰은 소피아의 훌륭한 면모를 잘 알고 있었소. 그는 소피아의 외모뿐만 아니라 그녀의 교양과 선한 성품을 진실로 흠모하고 있었던 것이오. 사실 톰은 소피아를 자기 사람으로 만들 생각도, 소피아에게 자신의 감정을 드러낼 생각도 해본 적이 없었기 때문에, 스스로 인지하는 것 이상으로 소피아에게 훨씬 더 강렬한 열정을 품고 있었던 것이오. 하지만 자신이 흠모하는 대상도 자신을 사랑하고 있다는 확신이 든 지금 이 순간, 존스는 자신에게조차 숨겨두었던 비밀을 확실히 깨닫게 되었던 것이오.

3장
가슴이 따뜻하지 않은 사람들은 별것 아닌 일로 소동 피운다고 생각할 수도 있는 일

지금 존스의 마음속에서 일고 있는 감정은 너무나도 달콤하고 황홀한 것이어서, 앞서 언급했던 그런 위험한 결과가 아니라, 기분 좋은 마음의 평온을 가져다줄 거라고 독자들은 생각할지도 모르오. 하지만 이런 종류의 감정은 아무리 황홀하다 할지라도 처음 인지했을 땐 폭풍우처럼 몹시 격렬하여 사람의 마음을 안정시키지는 못하는 법이오. 더군다나 톰이 느끼는 이 감정은 어떤 요인들로 인해 현재 쓴맛까지 띠게 되었소. 즉 그의 감정은 달콤한 것과 쓴 것이 섞여 쓰디쓰면서 달콤하다고 표현될 수 있는 한잔의 음료와도 같았소(우리 입맛에 이런 음료보다 맞지 않는 건 없듯이, 인간의 마음에 이런 감정보다 해로운 것도 없다고 할 수 있을 것이오).

소피아의 마음을 알게 되어 기쁘기는 했지만, 처음에는 그녀의 동정심이거나 기껏해야 자신을 존중해주는 마음을 자신이 오해하고 있는 게 아닌가 하는 의심을 톰은 품지 않을 수 없었소. 사실 톰은 자신에 대한 소피아의 감정이 점차 커져가면 결국에는 좋은 결실을 맺을 수도 있을 거라는 낙관적인 생각을 전혀 하지 않았던 것이오. 게다가 톰은, 소피아는 자신의 행복에 장애물이 되진 않겠지만, 소피아의 부친은 틀림없이 강력한 장애물이 될 거라고 생각했소. 취미로 봐선 전형적인 시골 영주가 분명했지만, 재산과 관련된 문제에서는 아주 세속적이었기 때문이오. 이러한 사실은 외동딸을 깊이 사랑하는 웨스턴 영주가 술에 거나하게 취했을 때, 이 근방에서 제일 부유한 사람과 자기 딸이 결혼하면 좋겠다는 말을 여러 번 했다는 사실에서도 드러나오. 게다가 톰은 웨스턴 영주가 자신에게 호감을 갖고 있기는 하지만, 자기 때문에 소피아를 좋은 집안에 시집보내고 싶은 마음까지 포기할 거라고 생각할 정도로 허영심 많고 분별력 없는 거드름쟁이는 아니었소. 이런 문제에서는 훌륭한 부모들조차도 재산을 유일하지는 않지만 주요한 고려 사항으로 생각한다는 사실을 톰은 아주 잘 알고 있었던 것이오. 가까운 사람의 이익을 위해서는 적극적으로 나서지만, 가까운 사람의 열정을 충족시키는 일에는 아주 냉담한 것이 사람들의 일반적인 모습이오. 가까운 사람의 열정을 충족시키는 데서 오는 행복을 느끼기 위해서는, 자기 자신이 그런 열정을 가져야 하기 때문이오. 소피아의 부친으로부터 결혼 허락을 받을 수 있을 거란 기대를 하지 않았던 톰은 영주의 허락 없이 자신의 뜻을 이루어볼까도 생각해보았지만, 그렇게 하는 것은 웨스턴 영주 일생의 염원을 무산시키는 것이고 또한 그의 환대를 악용하는 것이며 그에게서 받은(점잖은 방식으로 받은 것은 아니지만) 수많은 작은 호의에 대한 배은망덕한 행위라고 생각했소. 따라서 그런 결과가 초래되는 걸 톰 자신이 몹시 증오하고 혐오한 데다 친자식 이상의 의무감과 효심을 갖고 있는 올워디 영주에게 그 일이 미칠 여파(올워디 영주는 비열한 짓이나 배신 행위를 몹시 혐오하여, 조금이라도 이런 일을 저지르려는 사람을 보기 싫어하고 심지어 이름조차 듣기 싫어한다는 사실을 톰은 아주 잘 알고 있었기 때문이오)는 더더욱 충격적일 수도 있기 때문에, 소피아와의 결합을 간절히 바라면서도 이를 넘을 수 없는 난관으로 여겼던 톰은 절망에 빠졌던 것이오. 톰의 이러한 열망은 또 다른 여인에 대한 동정심으로 인해서도 억제되었소. 사랑스런 몰리가 그의 뇌리에 떠올랐던 것이오. 톰은 몰리를 안고 영원히 변치 않겠다고 맹세했었고, 몰리도 톰이 자신을 버린다면 죽어버리겠다고 여러 번 단언한 바 있었기 때문에, 톰은 죽어가는 몰리의 모습 등 온갖 충격적인 모습을 떠올리며, 자신에게 유혹당한 뒤 버림받음으로써 자신에 의해 두 번씩이나 몸이 더럽혀지게 될 몰리가 앞으로 겪게 될 온갖 비참한 상황을 상상했던 것이오. 게다가 톰은 이웃들뿐만 아니라 심지어 친자매들조차도 몰리에게 증오심을 품고 있으며, 기회만 오면 이들은 언제든지 몰리를 난도질할 거란 사실을 잘 알고 있었소. 사실 톰은 몰리에게 수치를 안겨주었다기보다 시기의 대상으로 만들었던 것이오. 정확히 말하자면, 남들의 시기심으로 인해 몰리는 수치스런 일을 겪게 되었던 것이오. 많은 여자들이 몰리의 애인과 몰리가 입은 아름다운 의상을 부러워했기 때문에, 똑같은 대가를 치르더라도 이런 것을 얻고 싶었으면서도 몰리를 창녀라고 욕했기 때문이오. 따라서 자신이 몰리를 버리면 이 불쌍한 여인은 틀림없이 신세를 망치게 될 거라는 예상을 할 수 있기에, 톰은 몹시 괴로웠던 것이오. 가난하고 곤궁하다는 이유로 누군가를 더 불행하게 만들 권리는 아무에게도 없다고 생각하는 톰은 몰리의 신분이 낮다고 해서 그녀의 고통을 대수롭지 않게 여기지 않았으며 또한 그런 고통을 겪게 한 자신의 잘못이 정당화되거나 경감될 수 있다고도 생각지 않았소. 하지만 '정당화'라는 단어는 여기서 사용하기에 적합하지는 않은 것 같소. 사실 톰은 자신을 사랑하고 그 사랑 때문에 순결까지 희생한 사람의 신세를 망칠 사람은 아니었으며 게다가 선량한 성품까지 지니고 있어, 돈으로 좌지우지되는 냉혈한 변호인으로서가 아니라 진심 어린 관심을 갖고 상대방이 겪는 모든 고통을 진심으로 함께 나누는 변호인으로서 몰리의 편을 들고 있었기 때문이오.

이 강력한 변호인은 불쌍한 몰리가 처하게 될지도 모르는 온갖 비참한 상황을 제시함으로써 존스의 마음속에 동정심을 불러일으키며, 동시에 존스가 갖고 있던 또 다른 열정에게 교묘히 도움을 청했소. 이에 이 변호인의 요청을 받은 열정은 몰리의 젊음과 건강 그리고 미모를 우호적으로 보여줌으로써 몰리를 갈망의 대상, 특히 선량한 성품을 지닌 존스 같은 사람에게 동정과 갈망의 대상 그 이상으로 승화시켰소.

이런 생각을 하면서 잠 못 이루는 밤을 보내고 아침을 맞이한 불쌍한 톰은 소피아 생각은 더 이상 하지 않고 몰리 곁에 머물기로 결심하게 되었소.

이런 가상한 결심을 한 톰은 다음 날 저녁까지 몰리만 생각하고 소피아에 대한 생각은 떨쳐내려 했소. 하지만 이날 저녁 일어난 아주 사소한 사건으로 말미암아 톰의 열정에는 다시 불이 붙었고 그의 마음도 완전히 바뀌게 되었소. 그 사건이 무엇인지는 새로운 장에서 말하는 게 합당할 거라고 생각하오.

4장
작은 사건을 다룬 짤막한 장

병실에 갇혀 지내던 이 젊은 신사를 예의상 방문했던 사람 중에는 어너도 있었소. 전에 어너가 우연히 내뱉은 말을 곰곰이 생각해보면, 그녀가 존스에게 아주 특별한 감정을 갖고 있다고 독자들은 생각할지 모르겠지만 사실 그렇지는 않았소. 톰은 외모가 준수한 청년이었고 어너는 그런 남자들에게 어느 정도 관심을 갖고는 있었지만, 이는 그녀가 누구에게나

쏟는 관심이었소. 어느 귀족의 하인을 사랑하고 결혼 약속까지 받았다가, 비열하게도 버림을 받는 바람에 사랑의 좌절을 맛보았던 어너는 그 일 이후로 마음의 문을 꼭꼭 잠그고 그 어떤 남자에게도 마음을 주지 않았기 때문이오. 따라서 감정에 휩싸이지 않는 덕망 있는 사람들이 선에 대해 갖고 있는 관심과 호의로 어너도 잘생긴 모든 남자들을 바라보았기 때문에, 소크라테스를 인류를 사랑한 사람이라고 부를 수 있듯이, 어너는 남자를 사랑하는 사람이라고 부를 수 있을 것이오. 단지 소크라테스가 정신적으로 우월한 사람을 좋아했다면, 어너는 신체적으로 우월한 남자를 좋아했다는 것만이 다를 뿐이었소. 하지만 어너는 결코 자신의 철학적 평정을 깨뜨릴 정도로 남자들에게 관심을 갖지는 않았소.

앞 장에서 보았듯이 존스가 정신적으로 갈등하고 있던 그다음 날, 존스의 방에 들어온 어너는 그가 혼자 있는 것을 보고는 이렇게 말문을 열었소. "도련님, 지가 어데 갔다 왔는지 아세요? 골백 년이 지나도 짐작도 못하실걸요. 설령 짐작하신다 캐도 절대 말할 수도 없고요." 이 말에 존스가 "내게 말하면 안 될 내용이라면 궁금해서라도 물어보아야겠소. 내 청을 거부할 정도로 못된 사람은 아니란 걸 잘 알고 있으니 말이오"라고 말하자, 어너는 "그 문제에 대해서라 카믄 지도 도련님 청을 거절할 이유가 하나도 없는 것 같네예. 도련님이 어데 가가꼬 이야기를 하고 댕기지는 않을 기니까예. 그라고 지가 어데 있었는지 아신다 카더라도, 지가 뭘 하고 있었는지만 모른다믄 지가 어데 있었는지 알고 있는 기 별로 중요한 일은 아이니까요. 그라이 만다꼬 이 일을 숨기겠습니꺼. 그라고 울 애기씬 시상에서 젤 훌륭한 분이시기도 하고요"라고 대답했소. 이 말에 존스가 그 비밀을 알려달라며, 절대 누설하지 않겠다고 굳게 약속하자, 어너는 다음과 같이 말했소. "도련님도 아시야겠지만, 몰리 시그림이 우예 지

내는지, 필요한 것이 뭔지 알아보라고 애기씨가 절 보냈습니더. 지는 참
말로 가기 싫지만 하인들이사 시키는 대로 해야지 우야겠습니꺼. 근데 도
련님은 와 그래 싸게 군데요? 하여튼 애기씨가 내의 몇 점캉 옷 몇 가지
갖다주라 카데요. 우리 애기씬 참말로 착하죠. 그래 건방지고 천한 기집
애들은 싸그리 감화원에나 보내뿌야 되는데 말이에요. 그래가꼬 전 애기
씨한테 그래 하면 그 계집애들은 더 놀고 먹을라꼬만 할 끼라고 그랬죠."
그 말에 톰이 "우리 소피아가 그렇게나 인정이 많소?"라고 묻자, 어너는
"우리 소피아라니예! 별꼴이네! 하이튼 도련님이 상황을 모두 아신다믄,
글고 저라믄 몰리 시그림 같은 천한 가시나보단 쪼매 더 나은 사람을 알
아볼 거예요"라고 대답했소. 이 말에 존스가 "그게 무슨 말이오? 내가 상
황을 모두 안다면이라니?"라고 묻자, 어너는 "말 그대로라예. 도련님이
우리 애기씨 머프를 만잤단 일 기억하십니꺼? 지금 지가 하는 얘기를 우
리 애기씨 귀에 절대로 안 들어가도록 하겠다 카믄 알리드릴게예"라고 대
답했소. 이에 존스가 절대로 이야기하지 않겠다고 몇 번이고 엄숙하게 맹
세하자, 어너는 말을 이었소. "분명히 우리 애기씨가 그 머프를 지한테
주싯거든요. 근데 도련님이 그 머프를 만지봤다는 말을 나중에 듣디마
는……" 이 말에 존스가 어너의 말을 막으며 "그 얘긴 내가 한 일을 아가
씨한테 고해바쳤다는 말이군"이라고 항의하자, 어너는 "제가 말했다 카더
라도 화내실 일은 아니지요. 우예 될지 알기만 한다믄 많은 남자들이 우
리 애기씨한테 그 얘기를 듣게 할라꼬 목숨이라도 기꺼이 바칫을 거니까
말이죠. 우리나라에서 젤로 위세 높은 사람도 아마 자랑스러워했을걸요.
근데 인자는 그 얘기를 하고 싶은 맘이 없어져뿟네요"라고 대답했소. 이
말에 존스가 말해달라고 다시 간청하자, 이내 설득당한 어너는 이야기를
계속했소. "우리 애기씨가 그 머프를 내한테 주싯다는 건 이제 아싯죠?

근데 우리 애기씨한테 그 얘기를 하고 하룬가 이틀인가 지나이, 애기씨는 새로 산 머프가 맘에 안 든다 카며 툴툴대시는 거예요. 지 눈에는 여태까이 본 것 중에 젤로 이쁘던데도 말이에요. 그러더니 애기씬 '어너, 이 머프가 너무 지긋지긋해. 너무 커서 낄 수가 없어. 다른 머프를 구할 때까지 내가 쓰던 것 좀 돌려줘. 대신 이걸 가져도 좋아'라고 말하시데요. 우리 애기씬 참말로 좋은 분이라 물건을 줏다가 도로 뺏는 일은 절대로 안 하는 분인데도 말이죠. 그래서 지가 애기씨한테 머프를 돌려줏더니 그 이후론 맨날 그 머프를 팔에 끼고 댕기시데요. 그리고 장담하는데 아무도 안 볼 때 그 머프에 여러 번 입도 마찼을 거예요."

이때 웨스턴 영주가 톰에게 하프시코드 연주를 같이 듣자고 찾아오는 바람에 이들의 대화는 중단되었소. 하프시코드 연주를 들으러 가던 도중, 창백해진 얼굴로 온몸을 떠는 이 가련한 젊은이를 본 웨스턴 영주는 어너를 슬쩍 쳐다본 뒤 엉뚱한 데서 그 이유를 찾았소. 그러고는 농담반 진담반으로 존스에게 친근감 있게 상스런 말을 몇 마디 하고는 자기 사냥터에서 밀렵하지 말고 다른 데 가서 사냥감을 찾아보라고 했소.

이날 저녁 존스의 눈에는 소피아가 그 어느 때보다도 아름다워 보였소. 소피아가 오른팔에 바로 그 머프를 감고 있었기 때문이었소.

소피아가 부친이 좋아하는 노래를 연주할 때, 웨스턴 영주는 소피아의 의자에 몸을 기대고 있었소. 그때 소피아의 손가락으로 머프가 흘러내려 소피아가 당황하자, 이에 몹시 화가 난 웨스턴 영주가 머프를 낚아채더니 욕설을 퍼부으며 벽난로로 집어던졌소. 그러자 소피아는 자리에서 벌떡 일어나 다급하게 불속에서 머프를 끄집어내었소.

이 사건은 대다수의 독자들에게는 별로 중요치 않은 일로 보일 수 있고, 사실 사소한 일이기도 하오. 하지만 이 일은 우리의 가련한 톰에게 상당한 영향을 미쳤기 때문에, 이를 알려야 한다고 생각했던 것이오. 사실 현명하지 못한 역사가들은 중차대한 사건을 야기한 사소한 상황들을 종종 빠뜨리는 경우가 있소. 하지만 이 세상은 시력이 아주 뛰어난 몇 사람을 제외한 나머지 보통 사람들에게는 거의 보이지 않을 정도로 작은 것들에 의해 움직이는, 커다란 바퀴가 달린 하나의 거대한 기계와도 같은 것이오.

따라서 누구와도 비견될 수 없는 소피아의 매력, 소피아의 눈부신 광채와 수심에 잠긴 듯한 부드러운 눈길, 소피아의 아름다운 목소리와 외모, 위트와 유머, 그리고 소피아의 고귀한 마음 씀씀이와 상냥함도, 이 머프에 얽힌 사소한 사건만큼 존스의 마음을 사로잡지는 못했던 것이오. 어떤 시인이 트로이에 대해 다음과 같이 노래했던 것도 이 때문이었을 것이오.

"디오메데스나 테티스의 위대한 아들,
수천 척의 전선(戰船)과 십 년의 공격(攻擊)이 정복(征服)치 못한 도시(都市)를,
간사(奸詐)한 안루(眼淚)와 첩언밀어(惏言蜜語)가 정복(征服)했도다."*

"디오메데스나 테티스의 위대한 아들이,
그리고 수천 척의 배와 십 년 동안의 공격이 얻어내지 못한 도시를,
거짓 눈물과 아첨이 얻어내었다."

—드라이든 옮김**

---

* 베르길리우스의 서사시 『아이네이스』에 나온 트로이 목마에 대한 언급. 디오메데스 Diomedes는 아르고스의 왕으로 80척의 아르고스 선단을 이끌고 트로이 전쟁에 그리스 장군으로 참전했다. 여기서 바다의 여신 테티스Thetis의 아들은 그리스의 영웅 아킬레스 Achilles를 말한다.
** 존 드라이든(John Dryden, 1631~1700) : 왕정복고 시대의 대표적인 영국 시인이자 극작가 겸 비평가. 위에 인용한 『아이네이스』를 영어로 번역했다.

존스라는 요새는 이제 불의의 습격을 당했소. 이 습격으로 우리의 주인공이 군사 작전상 최근에 자신의 심장 입구에 배치시켰던 보초병인 명예와 신중함이 초소에서 달아났고, 사랑의 신이 승리의 행군을 하며 그 자리에 들어오게 되었던 것이오.

5장
매우 중요한 사건을 다룬 매우 긴 장

승리를 거둔 신은 자신의 공공연한 적들을 존스의 심장에서 쉽사리 퇴각시킬 수는 있었지만, 정작 자신이 배치해놓았던 주둔군의 자리를 차지하는 데는 좀더 많은 어려움을 겪었소. 이런 식의 비유는 그만두고 단도직입으로 말하자면, 이 훌륭한 젊은이는 불쌍한 몰리가 앞으로 어떻게 될 것인가 하는 걱정에 몹시 혼란스럽고 당혹스러웠던 것이오. 소피아의 월등한 장점이 이 불쌍한 여인의 아름다움을 완전히 가려버렸지만(보다 정확히 말해, 완전히 제압했던 것이오), 사랑이 끝난 뒤 존스의 마음에 찾아온 것은 경멸이 아니라 동정심이었소. 존스는 몰리가 자신에게만 애정을 쏟고 있고, 미래의 행복도 자신에게만 걸고 있다고 확신했소. 몰리에게 많은 애정을 쏟아왔기 때문에 자신이 몰리에게 그렇게 생각할 여지를 충분히 주었다는 사실을 잘 알고 있던 톰은 기회 있을 때마다 몰리에 대한 사랑을 항상 간직하겠노라고 말했고, 몰리도 톰의 약속을 굳게 믿는다며, 그가 약속을 지키느냐 깨느냐에 따라 자신이 이 세상에서 가장 행복한 여자가 될지 가장 불행한 여자가 될지가 결정된다고 아주 엄숙하게 말했기 때문이었소. 따라서 톰은 자신이 다른 사람에게 극도의 불행을 안겨다줄 장본인이 될 수도 있다는 생각에, 견딜 수 없을 정도로 괴로웠던 것이오. 톰은 이 불쌍한 여자가 자신을 위해 모든 것을 해왔고, 자신의 쾌락을 위해 자신을 희생했으며, 지금 이 순간에도 자신 때문에 한숨짓고 고뇌한다고 생각했기 때문이오. 따라서 톰은 몰리가 그처럼 간절히 염원했던 것, 즉 톰이 건강을 되찾아 둘이 다시 만나는 기쁨을 자신이 안겨주기는커녕, 그녀를 불행과 절망의 나락으로 일순간에 내동댕이치게 하는 것은 아닐까? 혹은 자신이 그런 못된 짓을 하는 악당이 되어야만 하는가? 하는 등등의 질문을 스스로에게 해보았소. 하지만 불쌍한 몰리의 수호신이 승리할 것처럼 보이는 순간, 자신을 향한 소피아의 사랑이 존스의 마음 앞에 놓인 모든 장애물을 일순간에 휩쓸어가버렸소.

결국 톰은 다른 식으로라도 몰리에게 보상해주어야겠다는 (즉 몰리에게 돈을 주어야겠다는) 생각을 하게 되었소. 하지만 이 세상 모든 것들을 다 준다 해도 절대로 톰을 포기하지 않겠다고 몰리가 종종 힘주어 말했던 사실이 떠오르자, 그녀가 자신의 제안을 받아들일 가망은 거의 없을 거라는 생각이 들었소. 하지만 몰리가 극도로 빈곤한 상황에 처해 있는 데다 허영심(이에 대해선 우리도 독자들에게 이미 몇 번 암시한 바 있소)도 몹시 많았기 때문에, 몰리가 공공연히 자신을 사랑한다고 말은 했지만 자기 계층의 사람들보다 자신을 우월하다고 느끼게 해줄, 따라서 자신의 허영심을 충족시킬 수 있는 기대 이상의 돈을 얻게 되면, 결국은 만족해하지 않을까 하는 약간의 기대를 가지고 있었기 때문에, 결국 톰은 될 수 있는 한 빨리 이 제안을 하기로 결심하게 되었소.

팔이 많이 회복되어 팔걸이 붕대에 팔을 걸고 웬만큼 걸을 수 있게 된 어느 날, 톰은 웨스턴 영주가 사냥 나간 틈을 타, 영주의 집을 슬며시 빠져나와서는 사랑하는 여인의 집으로 향했소. 당시 차를 마시고 있던 몰리의 모친과 자매들은 처음에는 몰리가 집에 없다고 했지만, 잠시 후 몰리의 언니는 악의적인 미소를 지으며 몰리가 이층 침실에 있다고 알려주었소. 이에 톰은 별말 없이 몰리의 침실로 향하는 사다리를 타고 재빠르게 이층으로 올라갔소. 하지만 사다리 꼭대기에 도달했을 때, 톰은 놀랍게도 몰리의 방문이 잠겨 있다는 사실을 알게 되었고, 게다가 얼마 동안 방 안에서는 그 어떤 인기척도 없었소(나중에 몰리가 한 말에 따르면, 이때 몰리는 깊이 잠들어 있었다고 했소).

극도의 슬픔과 극도의 기쁨은 아주 유사한 결과를 초래한다는 사실을 우리는 보아왔소. 이 두 가지 감정이 갑작스럽게 엄습할 때, 우리 마음속에는 커다란 동요와 혼란이 일어나 우리의 신체는 그 기능을 제대로 하지 못하는 경우가 종종 있소. 따라서 전혀 예기치 않게 존스를 만나 큰 충격을 받고 혼란에 빠진 몰리가 몹시 놀란 나머지 얼마 동안 자신의 기쁜 마음(독자들도 이런 경우 그럴 거라고 상상할 수 있을 것이오)을 표현할 수 없었던 건 놀라운 일은 아닐 것이오. 사랑하는 여인의 모습에 매료된 존스도 소피아라는 존재, 더 나아가 자신이 이곳을 찾아온 목적을 잠시 동안 잊고 말았던 것처럼 말이오.

하지만 톰은 이곳에 온 목적을 곧 상기하게 되었소. 몰리와의 만남이 가져다준 황홀한 기쁨이 사라지자, 그는 몰리에게, 다시는 그녀를 만나지 말라고 한 올워디 영주가 자신이 아직도 몰리를 만난다는 사실을 알게 되면 어떤 결과가 벌어질지에 대해 이야기하기 시작했소. 즉 톰은 자신들을 못마땅하게 생각하는 사람들의 됨됨이를 생각해보면 자신들의 행위가 발각되는 건 피할 수 없는 일이며, 결국 그렇게 되면 자신은 파멸할 것이고 이에 따라 몰리도 자연히 파멸할 수밖에 없을 거라고 했소. 따라서 가혹하지만 헤어져야 하는 것이 자신들의 운명이니, 마음 단단히 먹고 이 운명을 감내해야만 한다고 몰리에게 충고했던 것이오. 그러고는 살아 있는 한 기회 있을 때마다, 몰리의 기대 이상으로, 가능하다면 몰리가 바라는 것 이상으로 그녀를 돌보아주어 몰리에 대한 자신의 애정이 얼마나 진실한지 보여주겠다고 맹세하며, 자신과 함께 수치스럽게 사느니, 몰리를 훨씬 더 행복하게 해줄 남자를 만나 결혼하라는 충고로 자신의 말을 맺었소.

얼마 동안 아무 말도 하지 않던 몰리는 갑자기 눈물을 펑펑 쏟더니 다음과 같이 톰을 책망하기 시작했소. "나를 이렇게 망가뜨리고선, 이런 식으로 날 버리는 게 나에 대한 당신의 사랑이야? 남자들은 모두 다 거짓말쟁이들이고, 맹세를 밥 먹듯이 깨뜨리며, 여자들을 이용해 못된 자기네들 욕심만 채운 다음 금방 싫증 내는 족속들이라고 했을 때, 당신은 절대로 날 버리지 않을 거라고 얼마나 여러 번 맹세했어? 결국 당신도 밥 먹듯이 맹세를 깨뜨리는 그런 남자야? 당신이 없다면 암만 돈이 많아도 그게 나한테 무슨 의미가 있어? 이미 내 마음을 다 가져갔는데 말이야! 근데 왜 딴 남자 이야기를 해? 살아 있는 동안 난 절대 딴 남자를 사랑할수 없단 말이야. 딴 남자들은 나한테 아무 의미도 없다고! 우리나라에서 제일 지체 높은 사람이 내일 청혼하러 온다 해도, 난 따라가지 않을 거야. 절대 안 갈 거야! 이제부턴 난 당신 때문에 남자들이란 족속을 영원히 미워하고 경멸할 거야!"

이렇게 말을 쏟아내던 몰리가 자신이 하려던 말의 채 반도 다 하기 전에, 어떤 일이 벌어져 몰리는 입을 다물 수밖에 없게 되었소. 다락이라고 부르는 게 더 정확할 몰리의 방은 사다리 위쪽, 즉 이 집 꼭대기에 위치해 있었는데, 비스듬히 기울어진 형태라 그리스 알파벳 델타의 대문자 (Δ)와 비슷하게 생겼소(우리글만 아는 독자들은 이 방 한가운데에서만 사람이 똑바로 설 수 있다고 말하면 내 말이 무슨 뜻인지 더 잘 이해할 것이라고 생각하오). 그런데 이 방에는 벽장이 없던 터라 몰리는 그 단점을 보완하기 위해 집 서까래에 헌 융단을 못질하여 걸어 그 사이에 작은 공간을 마련하고, 거기에다가 전에 언급한 적 있는 찢겨진 헐렁한 웃옷과 모자 그리고 최근에 마련한 여러 옷가지들, 즉 몰리가 갖고 있는 최고의 의상들을 먼지가 타지 않도록 걸어두었소.

이 밀폐된 공간은 정확히 침대 발치 쪽으로 나 있어, 침대 발치 아주 가까이에 걸려 있던 융단은 일종의 커튼 역할을 했소. 존스의 말에 몹시 화가 난 몰리가 발로 융단을 밀어서 그랬는지 아니면 존스가 건드려서 그랬는지, 그것도 아니면 핀이나 못이 저절로 떨어져나가 그랬는지 확신할 수는 없지만, 앞에서 전한 마지막 말을 몰리가 한 순간, 그 못된 융단이 떨어져 내리면서 그 뒤에 감추어졌던 것들이 모두 드러났는데, 그중에는 여성용품 사이에서(이런 사실을 전하는 나는 수치스럽지만, 이 글을 읽는 독자들은 슬픔을 느낄 것이오) 상상할 수 없을 정도의 우스꽝스런 자세(장소가 비좁아 똑바로 서 있을 수 없었던 것이오)로 서 있는 철학자 스퀘어도 있었소.

이때의 스퀘어의 자세는 목과 발이 묶인 채 서 있는 군인의 자세, 보다 정확히 말해, 고통스럽지는 않지만 그런 자세로 벌 받아야 마땅한 사람들이 종종 런던 대로에서 취하는 자세와 매우 유사했소. 융단이 떨어지는 순간, 몰리의 취침용 모자를 쓰고 있던 그의 큰 두 눈은 존스를 정면으로 응시하고 있었는데, 이때 그의 모습을 바라보면서 그가 철학자라는 사실을 상기한다면 그 누구도 포복절도하지 않을 수 없었을 것이오.

이 장면을 보고 독자들도 존스만큼 놀랐을 거라 생각하오. 이런 장소에서 그처럼 현명하고 근엄한 철학자를 봤을 때 떠오르는 생각은 그가 여태까지 견지해온 성품과 지금의 모습은 부합하지 않기 때문일 것이오.

하지만 부합돼 보이지 않는다고 생각하는 것은 실제 모습을 보지 못한 채 본질이 어떨지 상상만 했기 때문일 것이오. 철학자들도 보통 사람처럼 피와 살로 이루어진 존재며, 얼마나 세련된 이론을 갖고 있는지는 모르겠지만, 다른 사람들처럼 약점을 가지고 있기 마련이오. 앞서 암시했듯이, 그들과 우리의 차이는 (자신이 옳다고 생각하는 것을) 실행에 옮기는 데 있는 것이 아니라 단지 이론에 있소. 즉 이 위대한 인물들은 우리보다 훨씬 더 잘, 그리고 더 현명하게 사고는 하지만, 행동에 있어서는 우리와 똑같기 때문이오. 이들은 인간의 욕망과 열정을 어떻게 하면 제어하는지, 고통과 쾌락을 왜 경멸해야 하는지 아주 잘 알고 있으며, 손쉽게 얻을 수 있는 이런 부류의 지식에서 즐거운 명상거리를 찾기도 하오. 하지만 이를 실천에 옮기는 것은 성가시고 귀찮은 일이기 때문에, 이 지식을 가르친 지혜의 여신은 자신이 가르친 지식을 실행에 옮겨야만 하는 상황은 절대 피하라고 또한 가르쳤던 것이오.

독자들도 기억하겠지만, 몰리가 헐렁한 웃옷을 입고 나타나 소란을 일으켰던 일요일에 우연히 스퀘어도 교회에 있었소. 이날 처음 몰리를 보게 된 스퀘어는 그녀의 미모에 이끌려, 몰리의 집 근처를 지나가면 혹시 몰리를 다시 한 번 볼 수 있지 않을까 하는 생각에서(당시에 스퀘어는 그 이유를 누구에게도 말하지 않았기 때문에, 우리도 그 이유를 독자들에게 알리는 건 합당하지 않다고 생각했소) 같이 가던 젊은 신사들을 설득하여, 그날 저녁에 말을 타고 가기로 한 경로를 변경했던 것이오.

스퀘어는 만물의 부적격성을 형성하는 세부 항목 중 두 가지로 위험성과 어려움을 들었기 때문에, 이 젊은 여인을 타락시키는 데 겪게 될 어려움과 그 사실이 발각되었을 때 그의 명성이 처하게 될 위험으로 인해 처음에는 이 미인을 바라만 보는 것으로 만족하려 했을지도 모르오. 이런 부류의 근엄한 사람들은 심오한 명상이라는 식사를 충분히 즐긴 다음, 일종의 디저트로 이런 종류의 즐거움을 누리길 원하기 때문이오. 이런 목적으로 어떤 특별한 종류의 책이나 그림*이 이들 서재의 아주 은밀한 구석을 차지하고, 자연철학에 관한 논의 중 외설적인 내용이 종종 이들이 나누는 대화의 주요 화제가 되는 것이오.

하지만 하루 이틀 뒤 몰리가 이미 다른 남자에게 몸을 주었다는 이야기를 전해 들었을 때, 이 철학자는 좀더 큰 욕망을 품게 되었소. 그는 다른 사람이 먼저 맛보았다고 해서 맛있는 것을 먹지 못하는 그런 까다로운 식성을 가진 사람은 아니었기 때문이오. 간단히 말해 몰리가 이미 처녀성을 상실했기 때문에 더욱 그의 마음에 들었던 것이오(몰리가 순결을 지키고 있었더라면, 이는 그가 쾌락을 추구하는 데 방해가 되었을 것이 틀림없었을 것이오). 따라서 스퀘어는 몰리를 쫓아갔고, 결국 그녀를 얻게 되었던 것이오.

하지만 몰리가 자신의 젊은 연인보다 스퀘어를 더 좋아한 게 아니냐고 생각한다면, 그건 독자들의 판단 착오요. 몰리가 한 사람만 선택할 수 있다면, 이 둘 중 톰이 승자가 되리라는 것은 의심할 바 없기 때문이오. 또한 스퀘어의 성공이 하나보다는 둘이 더 낫다는 진리에(비록 이 점이 어느 정도 사실일 수는 있지만) 근거한 것도 아니었소. 불운하게도 톰이 웨스턴 영주의 집에 틀어박혀 지내는 사이, 철학자 스퀘어는 신중하게 고른 몇 가지 선물로 몰리의 마음을 녹이고 무장해제해 그나마 그녀에게 남아 있던 정조의식을 정복했기 때문이오.

스퀘어와 침실에 같이 있던 몰리를 존스가 찾아간 이날은 스퀘어가

---

* 음란한 내용을 담은 책이나 그림을 뜻한다.

몰리를 정복한 지 2주가량 지난 뒤였소. 앞서 보았듯이 이것이 몰리의 모친이 몰리가 집에 없다고 한 진짜 이유였던 것이오. 몰리의 모친은 딸이 몸을 팔아 얻은 이득을 나누어 가졌기 때문에, 몰리의 이런 행동을 부추겼고 그녀를 최대한 보호하려 했던 것이오. 하지만 몰리를 몹시 시기하고 증오했던 그녀의 언니는 동생의 전리품 일부를 나누어 가지긴 했지만, 그녀를 파멸시키고 그녀의 장사를 망치기 위해선 그 전리품도 기꺼이 포기할 마음이 있었던 것이오. 따라서 스퀘어의 품안에 있는 몰리를 톰이 현장에서 잡을 수 있을 거란 기대에, 몰리가 이층 방 자기 침대에 있다는 사실을 알려주었던 것이오. 하지만 문을 잠가놓았기 때문에 몰리는 자신의 행위가 발각되는 것을 막을 수 있었고, 자신의 애인을 융단 혹은 담요 뒤에(불행히도 지금 발각되기는 했지만) 숨길 수 있었던 것이오.

스퀘어가 발각되자마자 몰리는 침대에 몸을 던지더니 절망감에 자신은 이제 망했다고 소리를 질렀소. 이런 일에선 아직 초보자에 지나지 않았던 이 가련한 여인은 이런 극한 상황에서도 무사히 빠져나오는 도회지 여인들의 뻔뻔함을 아직 제대로 체득하지 못했던 것이오(이런 뻔뻔함을 지닌 여자들은 즉흥적으로 핑계를 대거나 남편에게 뻔뻔하게 들이대, 그녀들의 남편들은 평화를 사랑해서건 혹은 자신의 명성이 더렵혀지는 게 두려워서건, 그것도 아니면 연극에 나오는 콘스탄트*처럼 칼 찬 아내의 애인이 두려워서건 간에, 눈 딱 감고 자신이 얻은 뿔**을 호주머니에 집어넣을 수밖에 없게 되오). 따라서 이런 여자들과는 달리, 증거 앞에서 할 말을 잃은 몰리는 눈물을 펑펑 쏟으면서 자신의 사랑은 순수하며, 정조를 버린 적이 결코

---

* 존 밴브루 경(Sir John Vanbrugh, 1664~1726)이라는 영국 드라마 작가의 대표작 중의 하나인 『화가 난 아내The Provoked Wife』(1697)에 나오는 인물.
** 17, 18세기 영국에서는 아내가 바람을 피우면 남편의 머리에 뿔이 생긴다는 속설이 있었다.

없다고 강력하게 주장하기를 완전히 포기했던 것이오.

커튼 대용으로 걸어놓은 융단 뒤에 숨어 있던 이 신사도 몰리 못지않게 몹시 당황하여 잠시 동안 미동도 하지 않은 채, 무슨 말을 해야 할지 시선을 어디다 두어야 할지 모르는 것 같았소. 이 세 사람 중 가장 놀란 사람은 존스였지만 맨 먼저 입을 연 사람도 존스였소. 몰리의 질타로 마음이 불편했던 존스는 불편한 마음을 벗어던지고 호탕하게 웃고는, 스퀘어에게 인사를 건넨 다음 손을 뻗어 스퀘어를 그곳에서 꺼내주었소.

유일하게 똑바로 설 수 있는 방 한가운데로 온 스퀘어는 아주 엄숙한 표정으로 톰에게 말했소. "자네가 이 놀라운 사실을 알게 된 걸 즐기고 있다는 거 잘 아네. 오늘 이 일을 다른 사람들에게 알린다는 생각에 기분이 아주 좋겠지. 허나 이 일을 공정하게 생각해보면 비난받아야 할 사람은 자네뿐이라는 사실을 알 수 있을 걸세. 난 순진한 사람을 타락시키는 죄를 짓지는 않았거든. 모든 문제를 '존재하는 것은 모두 옳다'는 원칙에 따라 판단하는 사람들이 비난할 만한 행동은 난 전혀 하지 않았으니 말이네. '사물의 적합성'은 관습이나 법이 아니라 자연스러움에 의해 결정되니, 부자연스럽지 않은 것은 부적합 것이 아니네." 이 말에 존스가 "참, 논리적으로 말씀하시네요. 그런데 제가 왜 오늘 일을 폭로할 거라고 생각하십니까? 정말이지 제 평생 지금처럼 선생님이 마음에 든 적이 없었는데 말입니다. 선생님 스스로 이 일을 알릴 생각만 아니라면, 전 이 일을 극비에 부칠 겁니다"라고 대답하자, 스퀘어는 이렇게 말했소. "존스, 난 평판이란 걸 대수롭지 않게 여기지는 않네. 좋은 평판은 칼론*의 일종이기 때문에 그걸 무시하는 건 적합한 일은 아니니 말이네. 게다가 자신의 평

---

* Kalon: 18세기 영국의 신학자이자 철학자 비숍 버클리(Bishop Berkeley, 1685~1753)는 『알키프론*Alciphron*』에서 정신적·도덕적 아름다움을 의미하는 칼론Kalon에 대해 논했다.

판을 더럽히는 건 일종의 자살 행위고 또한 혐오스럽고도 가증스런 악행이네. 완벽한 사람은 존재하지 않듯이 나에게도 그런 약점이 있을 수 있네. 하지만 자네가 내 약점을 감추어주는 게 적절하다고 생각한다면, 내 스스로 밝히지는 않겠다고 약속하겠네. 자랑하기에는 적합하지 못하지만, 행하기에는 적절한 일도 있는 법이네. 세상 사람들의 왜곡된 판단에 따라 종종 비난받는 일이 사실은 아무 잘못도 아닐뿐더러 오히려 칭송받을 만한 일일 수도 있으니 말이네." 이 말에 존스가 "맞습니다! 자연스런 욕망을 충족시키는 것보다 더 순수한 일이 어디 있겠습니까? 그리고 종족을 번식시키는 것보다 더 칭송받을 일이 또 어디 있겠고요?"라고 소리치자, 스퀘어는 "솔직히 말해 나는 항상 그렇게 생각해왔네"라고 대답했소. 이에 존스가 "그런데 선생님은 저와 이 여자와의 일이 처음 알려졌을 때는, 전혀 다른 견해를 갖고 있었던 것 같은데요?"라고 반문하자, 스퀘어는 "솔직히 말해 당시에 스와컴 목사가 사실을 왜곡해서 말해주었기 때문이었네. 또 순진한 사람을 타락시킨 건 비난받을 일이기도 하고. 그래서 그랬네, 그래서 그랬어. 존스, 자네도 알아야겠지만, 적합성의 측면에서 고려해볼 때는 아주 사소한 상황, 진짜 아주 사소한 상황도 큰 변화를 일으킬 수 있거든"이라고 대답했소. 이에 존스는 "알겠습니다. 어찌 됐든 전 약속대로 할 테니, 이 일이 소문나면, 그건 선생님 잘못 때문일 겁니다. 그리고 여기 이 여자에게 잘해주세요. 그러면 이 일에 대해 전 그 누구한테도 입도 뻥긋하지 않을 겁니다. 그리고 몰리, 이제부터 여기 있는 당신 친구를 한결같은 마음으로 대해야 해. 그러면 날 배신한 걸 용서해줄 뿐만 아니라, 앞으로도 최대한 도와줄 테니 말이야"라고 말하고는 이들과 바삐 작별을 고한 뒤, 사다리를 미끄러지듯 타고 내려가 재빨리 그 집을 떠났소.

이 일이 더 이상 악화되지 않고 일단락될 것 같자 스퀘어는 기뻤소. 당혹스런 상황에서 이제 벗어난 몰리는 스퀘어 때문에 존스가 떠났다며, 처음에는 그를 비난하기 시작했소. 하지만 스퀘어가 몰리를 포옹하며 지갑에서 언짢은 기분을 몰아내고 기분 좋게 만드는 데 놀라운 효능이 있다고 알려진 작은 만병통치약을 꺼내주자, 몰리의 분노는 가라앉았소.

몰리는 화를 가라앉힌 것뿐만 아니라 한 발 더 나아가, 새 애인에게 애정 어린 말을 쏟아내 존스에게 자신이 한 말 자체를 웃음거리로 만들었소. 그러고는 존스가 자기 몸을 가진 적은 한 번 있지만 앞으로는 스퀘어만이 자기 마음의 주인이 될 거라고 단언했소.

6장

사랑이라는 단어를 사용할 때 독자들이 저질렀을지도 모르는
말의 오용을 바로잡게 해줄 수도 있는 장

몰리의 부정(不貞)을 알게 되었던 당시, 존스가 몰리에게 실제로 화낸 것보다 훨씬 더 화를 냈다 해도 그의 행위는 정당화되었을 것이오. 따라서 바로 그날 이후에 몰리를 버렸다 하더라도, 톰을 비난할 사람은 거의 없을 거라고 생각하오.

하지만 톰이 몰리를 불쌍히 여겼다는 것은 분명한 사실이오. 몰리에 대한 톰의 사랑은 몰리가 부정을 저질렀다는 사실에 톰이 몹시 언짢아 할 그런 부류의 사랑은 아니었지만, 몰리를 이처럼 타락시킨 장본인이 바로 자신이라는 사실에 톰은 상당한 충격을 받았소. 몰리가 이 모든 악행에 탐닉하게 된 원인은 그녀를 타락시킨 자신에게 있다고 생각했기 때문이오.

이런 생각에 톰은 상당한 고심에 빠졌지만, 몰리의 언니 베티는 몰리를 처음 유혹한 남자는 톰이 아니라 윌 반스이며, 톰이 여태까지 자기 핏줄이라고 생각했던 아이는 반스의 아들일 가능성이 높다는 언질을 친절하게도 해주어 톰의 고민은 완전히 해결되었소.

베티의 말을 근거로 톰이 그 일의 진상을 부지런히 추적한 결과 얼마 되지 않아 몰리 언니의 말이 사실임을 그 남자의 고백뿐만 아니라 몰리 자신의 고백을 통해서 충분히 확인할 수 있었던 것이오.

시골 한량인 윌 반스란 사람은 군대의 기수나 변호사의 사무관처럼 이런 일에 매우 능숙하여 많은 여인을 정복해왔소. 그로 인해 어떤 여자들은 철저히 방탕한 생활에 빠지게 되었고, 어떤 여자들은 몹시 상심했으며, 영광스럽게도 어떤 불쌍한 여자는 물에 뛰어들어 자살까지 했소(사실 그에 의해 익사되었을 가능성이 더 높소).

그가 정복한 여자 중에는 베티 시그림도 있었소. 오래전부터 베티와 애정행각을 벌이던 그는 몰리가 적절한 유희 대상이 될 만큼 성장하자 베티를 버리고 몰리에게 접근해 곧바로 성공을 거두었던 것이오(현재 몰리의 애정을 독점하고 있는 인물은 사실상 윌이었고, 존스와 스퀘어는 단지 몰리의 이권과 자만심의 희생물이었던 것이오).

따라서 베티의 마음속에는 우리가 앞서 목격한 달랠 수 없는 증오가 자라게 되었던 것이오. 시기심 그 하나만으로도 우리가 언급한 이 모든 일들이 벌어진 원인을 설명할 수 있기 때문에, 사실을 좀더 일찍 밝힐 필요가 있다고 생각지 않아, 이제야 말하는 것이지만 말이오.

몰리의 이러한 비밀을 알게 된 뒤 존스의 마음은 몹시 편해졌지만, 소피아를 생각할 때 그의 마음은 결코 편안하지 않았을 뿐만 아니라, 극도의 동요마저 느꼈소. 은유적으로 표현하자면, 톰의 마음은 텅 비었고,

소피아가 그 자리를 독차지했던 것이오. 억제할 수 없을 정도로 소피아를 열정적으로 사랑했던 톰은 소피아가 자신에게 연정을 품고 있다는 사실을 분명히 알긴 했지만, 그녀 부친의 허락을 얻어내기란 거의 불가능할 거라는 사실에서 오는 절망감과 자신이 비열하게 뒤통수치는 방식으로 소피아를 얻으려 하는 게 아닌가 하는 생각에서 오는 스스로에 대한 혐오감이 감소되지는 않았소.

웨스턴 영주에게 끼칠 피해와 이로 인해 올워디 영주가 겪게 될 근심이 떠올라 톰은 하루 종일 괴로웠소(심지어 잠자리에 든 밤에도 이런 생각은 줄곧 톰을 따라다녔소). 톰의 하루 일과는 그의 마음속에서 번갈아 승리를 거두는 영예로운 결단과 열정 사이의 끊임없는 투쟁이었소. 소피아와 함께 있지 않을 때, 톰은 소피아 부친의 집을 나와 앞으로는 더 이상 소피아를 만나지 말아야겠다는 결심을 했지만, 소피아와 함께 있을 때면, 좀 전의 결심은 다 잊고 설령 자신의 목숨이 위험에 처해지더라도, 아니 자신의 목숨보다 훨씬 더 소중한 것을 잃게 된다 할지라도, 소피아를 얻고 말아야겠다는 결심을 했기 때문이오.

톰의 이러한 심리적 갈등은 몹시 심해져 곧 남의 눈에 띌 정도의 결과를 낳았소. 톰은 평상시의 명랑함이나 쾌활함을 잃고, 혼자 있을 때는 우울해하고 다른 사람과 함께 있을 때는 낙담한 사람처럼 멍한 표정을 지었던 것이오. 웨스턴 영주의 기분에 맞추려고 억지로 명랑한 척이라도 할 때면, 억지로 그러는 게 빤히 보여 톰이 겉으로 숨기려 했던 것이 오히려 명백하게 드러났던 것이오.

톰의 속마음이 드러나게 된 것이, 톰이 자신의 열정을 숨기기 위해 사용한 방법 때문이었는지 아니면 자신의 열정을 드러낼 수밖에 없던 톰의 정직한 성품 때문이었는지는 의문의 여지가 있을 수 있소. 톰은 자신의 열정을 숨기는 방법으로, 어느 때보다 더 자신의 속마음을 보이지 않기 위해 소피아에게 말을 걸지도 심지어 눈도 마주치지 않으려 했소. 하지만 톰의 정직한 성품 때문에 그의 계획은 차질을 빚을 수밖에 없었소. 소피아가 다가올 때면 그의 얼굴은 창백해졌고, 특히 소피아가 갑작스럽게 다가오는 경우엔 깜짝 놀라기까지 했기 때문이오. 또 소피아의 눈과 우연히 마주치기라도 하면 그의 뺨은 물론이요 얼굴 전체가 붉어졌고, 식탁에서 소피아의 건강을 위해 건배하면서 예의상 말을 건네야 할 경우에도 항상 더듬거렸소. 그러다 소피아의 손이라도 닿게 되면 그의 손, 아니 몸 전체가 떨렸소. 조금이라도 사랑에 관한 생각을 떠올리게 하는 말이 나오면 톰은 자신도 모르게 한숨을 내쉬었는데, 놀라울 정도로 이런 일들은 매일매일 여러 번 벌어졌소.

웨스턴 영주는 톰의 이런 증상을 전혀 눈치채지 못했지만, 소피아는 그렇지 않았소. 존스가 동요하고 있다는 사실을 곧 알아차린 소피아는 그 이유를 알게 되자 어찌할 바를 몰랐소. 사실 소피아 자신도 자기 마음속에 그런 증상이 생겼다는 사실을 인지하고 있었기 때문이오. 이렇게 서로 상대방의 감정을 인지하게 되는 것은 연인들 사이에서 종종 목격되는 공감에 기인하는 것으로 바로 이 때문에 소피아는 부친보다도 훨씬 빨리 이를 알아차릴 수 있었다고 생각하오.

어떤 사람들은 누구보다도 탁월한 통찰력을 갖는 경우가 있는데 그 이유를 설명할 좀더 단순하고 명확한 방법, 연인들의 경우에서뿐만 아니라 그 밖의 다른 경우에서도 도움이 되는 방법이 있소. 어떻게 악당들은 자신들보다 훨씬 더 뛰어난 이지력을 가진 정직한 사람들도 종종 속아 넘어가는 파렴치한 속임수를 재빨리 알아차릴 수 있는 것이오? 서로 공감을 느끼지도 않고, 프리메이슨 조직처럼 서로에게만 사용하는 공통의 신호도 가지고 있지 않은데도 말이오. 그 이유는 이들이 같은 생각을 하고 같은 방식으로 사고를 하기 때문일 것이오. 따라서 소피아는 존스에게서 명백한 사랑의 징후를 발견했지만, 웨스턴 영주는 이를 전혀 알아차리지 못했다는 사실은 웨스턴 영주의 머릿속에는 사랑이라는 개념이 전혀 없는 반면, 현재 영주의 딸은 사랑 이외에 그 어떤 생각도 할 수 없다는 사실을 고려해볼 때 놀라운 일이 아닌 것이오.

  이 가련한 톰을 괴롭히는 그 강렬한 열정이 무엇인지 그리고 자신이 그 열정의 대상이라는 사실 역시 분명하게 알게 된 소피아는 톰이 지금처럼 행동하는 진짜 이유를 알아내는 데 별 어려움이 없었소. 또한 이 때문에 소피아는 톰을 더 소중하게 생각하게 되었고, 그녀의 마음속에는 모든 남자들이 자신의 연인에게 바라는 가장 소중한 두 가지 마음, 즉 존경심과 연민이 생겨나게 되었던 것이오. 아무리 경직된 여자라도 자신 때문에 괴로워하는 사람에게 연민을 느끼는 소피아를 이해할 수 있을 것이며 또한 저 유명한 스파르타의 도적*처럼 자신의 심장을 갉아먹는 열정의 불꽃을 (아주 고결한 이유에서) 끄려고 안간힘을 쓰는 사람을 소피아가 존경한다고 해서 그녀를 비난할 수는 없을 것이오. 톰이 거리를 두고, 자신을 외면하며, 냉담한 척 침묵했던 게 오히려 소피아가 그를 좋게 생각하도록 만들었던 것이오. 톰의 이런 면모가 따뜻한 마음의 소유자인 소피아의 마음에 강력하게 파고들어, 그녀는 고결하고 숭고한 여성에게 어울리는 따뜻한 감정을 느끼게 되었소. 간단히 말해 존경심과 감사하는 마음 그리고 연민을 가진 여자가 자신에게 호감을 주는 남자에게 느끼는 감정(즉 까다롭고 섬세한 여자들도 허용하는 그런 감정)을 갖게 되었던 것이오. 한마디

---

* 『플루타르코스 영웅전』에는 여우를 훔쳐 외투 속에 감춘 채 자신의 절도 행각이 들통 나지 않도록 여우가 자신의 내장을 찢는 고통까지 감수하는 젊은이의 이야기가 나온다.

로 말해 소피아는 미친 듯이 톰과 사랑에 빠지게 되었던 것이오.

어느 날 이 두 젊은이는 양쪽 산책길이 만나는 끝부분에(양쪽으로 난 이 산책길은 과거에 소피아가 놓쳐버린 새끼 새를 되찾기 위해 존스가 물에 빠질 위험을 감수했던 수로와 접한 곳이었소) 위치한 정원에서 우연히 만나게 되었소.

최근 이 정원을 자주 찾았던 소피아는 이곳에서 현재 자신의 가슴속에서 무르익게 된 애정의 첫 씨앗을 뿌린 사건(사건 자체는 사소한 것이지만 말이오)을 생각하며 괴로움과 즐거움이 뒤섞인 감정을 느끼곤 했소.

이곳에서 만난 두 젊은 연인은 상대방이 다가오고 있다는 사실을 몰라 서로 부딪칠 뻔했소. 제3자라면 이 두 사람의 얼굴에 역력히 드러난 당혹감을 충분히 알아차렸겠지만, 정작 당사자들은 몹시 당황하여 이를 알아차리지 못했소. 깜짝 놀란 존스가 어느 정도 정신을 차린 뒤 의례적인 인사말을 건네자, 소피아도 마찬가지 방식으로 이에 화답했소. 대개 그렇듯이 아름다운 아침에 관한 이야기로 시작된 이들의 대화가 어느덧 이들이 현재 있는 장소의 아름다움에 관한 이야기로 바뀌게 되자, 존스는 이곳 풍경의 아름다움을 열렬히 찬미했소. 그러던 중 이들의 발길이 톰이 과거에 올라갔다가 떨어지는 바람에 수로에 빠졌던 나무에 다다르자, 소피아는 그때의 사고를 톰에게 상기시키며 "존스 씨는 저 수로를 볼 때마다 좀 떨릴 것 같은데요?"라고 물었소. 이에 톰이 "그 새끼 새를 잃어버렸을 때 아가씨가 하던 걱정이 제일 많이 기억납니다. 불쌍한 '작은 토미'가 앉았던 나뭇가지가 저기 있네요. 행복하게 살 수 있도록 해주었는데 바보같이 도망치다니, 참 불쌍한 녀석이에요. 그렇게 배은망덕하게 굴었으니 그런 벌을 받게 된 거죠, 뭐"라고 대답하자, 소피아는 "위험하게 그런 일을 해 존스 씨도 큰 사고를 당할 뻔했잖아요. 그때 일로 존스 씨도 분명히 뭔가 달라졌을 거예요"라고 말했소. 이에 톰은 "그래요, 아가씨. 그때 일을 슬프게 생각할 이유가 있다면, 물이 좀더 깊지 않아서일 겁니다. 물이 좀더 깊었더라면, 운명의 여신이 제게 안겨준 이 쓰라린 가슴앓이를 하지 않아도 되었을 테니 말이죠"라고 말했소. 그러자 소피아는 미소를 지으며 "말도 안 돼요. 존스 씨. 지금 진심으로 하시는 말씀은 아니죠? 짐짓 살기 싫다고 하시는 건 제게 예의상 하시는 말씀이죠? 저 때문에 두 번씩이나 위험을 무릅쓴 일을 별것 아닌 것처럼 말씀하려고 그러시는 거죠? 하지만 그런 일은 또다시 일어날 수도 있으니 조심하세요"라고 형용할 수 없을 정도로 부드럽게 말하자, 존스는 한숨을 쉬며 "조심하기엔 이미 늦은 것 같습니다"라고 말하며, 애정 어린 표정으로 소피아를 유심이 쳐다보면서 소리쳤소. "오! 아가씨. 아가씬 제가 살기 바라십니까? 아가씬 제가 그렇게 불행하기를 바라나요?" 그러자 소피아는 시선을 아래로 하고는 다소 머뭇거리며 "물론 존스 씨가 불행하길 바라지 않죠"라고 대답했소. 그러자 존스는 "아! 전 아가씨의 그 천사 같은 마음을 잘 알아요. 누구보다도 아름다운 그 천사 같은 마음 말입니다"라고 말했소. 이에 소피아가 "존스 씨, 무슨 말씀을 하시는지 모르겠네요. 더 이상 여기에 있을 수가 없군요. 전……" 하고 말하자, 톰은 이렇게 말했소. "저도 아가씨가 제 마음을 아시길 바라진 않습니다. 제 마음을 이해하실 수도 없고요. 저도 제가 하는 말이 무슨 말인지 모르겠거든요. 여기서 아가씨를 예기치 않게 만나게 되다니! 제가 방심한 탓입니다. 아가씨께 불쾌한 말씀을 드렸다면 용서하세요. 그럴 의도는 아니었으니까요. 그렇게 하느니 차라리 제가 죽는 게 낫죠. 아가씨를 화나게 했다는 생각만 들어도 전 죽고 싶을 겁니다." 이 말에 소피아가 "절 놀라게 하시는군요. 어떻게 존스 씨가 절 불쾌하게 했다고 생각하세요?"라고 묻자, 톰이 대답했소.

"아가씨, 두려움은 쉽게 광기로 변합니다. 아가씨를 화나게 하는 것만큼 두려운 일도 없고요. 그러니 제가 어떻게 이야기를 할 수 있겠습니까? 그렇게 화난 표정으로 보지 마세요. 아가씨가 화난 표정을 지으면 전 죽고 싶습니다. 아니, 이 말을 하려던 게 아닌데. 제 눈을 꾸짖어주세요. 아니, 아가씨의 아름다움을 자책하세요. 지금 도대체 내가 무슨 소리를 하고 있는 거지? 말을 너무 많이 한 걸 용서하세요. 가슴이 너무 벅차서요. 여태까지 전 새로이 느끼게 된 이 사랑이라는 감정과 필사적으로 싸워왔어요. 그리고 제 가슴을 파먹는 그 열병을 감추려고도 했지요. 하지만 조만간 아가씨를 더 이상 불쾌하게 하지는 못할 거라고 생각합니다."

이렇게 말하고는 존스는 갑자기 학질에라도 걸린 듯 온몸을 떨기 시작했소. 이에 톰과 별반 다르지 않은 상태였던 소피아는 이렇게 대답했소. "존스 씨, 존스 씨 말을 못 알아듣는 척하지는 않겠어요. 존스 씨 말이 무슨 뜻인지 잘 알고 있어요. 하지만 저를 아끼신다면, 집으로 빨리 돌아갈 수 있도록 해주세요. 집에 가서 제 자신부터 추슬러야겠어요."

자신의 몸을 간신히 지탱하고 있던 존스가 소피아에게 팔을 내밀자, 그 팔을 잡은 소피아는 당분간 이런 말은 한마디도 하지 말아달라고 부탁했소. 그러자 톰은 자신의 의지와는 상관없이 사랑 때문에 그랬으니 용서해주기 바란다며 다시는 그런 말을 하지 않겠다고 약속했고, 소피아는 그건 앞으로 톰이 어떻게 행동하느냐에 따라 결정될 문제라고 대답했소. 이후 이 두 젊은이는 비틀거리며 함께 집을 향해 걸어갔는데, 이때 톰은 소피아의 손을 살짝 잡기만 했을 뿐, 한 번도 꼭 잡을 엄두를 내지는 못했소.

소피아는 방으로 들어오자마자 어너를 불러 각성제를 먹었소. 사랑이라는 이 질병에서 불쌍한 톰을 벗어나게 해줄 유일한 방책은 반갑지 않은 소식이었는데, 이는 지금까지 독자들이 보았던 것과는 판이한 장면을 연출할 것이기 때문에 다음 장에서 알려주고자 하오.

7장
병상에 누운 올워디 영주

웨스턴 영주는 존스를 몹시 좋아했기 때문에 톰의 팔은 오래전에 다 나았지만 그를 집으로 보내고 싶어 하지 않았소. 존스도 사냥을 좋아해선지 아니면 어떤 다른 연유에선지 모르겠지만 계속 머물라는 웨스턴 영주의 말에 쉽게 설득당해 2주일 동안이나 올워디 영주의 집에는 한 번도 가지 않고, 집안 소식조차 전혀 듣지 못한 채 이곳에서 생활했소.

그사이 올워디 영주는 약간의 열을 동반한 감기로 며칠째 앓고 있었지만 자리를 보전해야 하거나 평소대로 활동하지 못할 정도로 아픈 것은 아니었기 때문에 대수롭게 여기지는 않았소. 하지만 그의 이런 행동은 결코 옳은 것도 혹은 따라 하라고 추천할 만한 것도 아니었소. 한쪽 문으로 병이 들어온 순간, 다른 쪽 문으로는 의사를 들여놓아야 한다는, 의술을 행하는 신사 양반들의 충고는 분명 옳은 것이기 때문이오. "병(病)은 시작시(時)에 조당(阻撞)하라"*는 오랜 속담이 바로 이 사실을 말하는 것이 아니라면 무엇이겠소? 그래야만 의사와 질병이 공정하게 싸움을 할 수 있게 될 터이니 말이오. 그렇게 하지 않고 질병에게만 시간을 준다면, 질병이 프랑스 군인처럼 요새를 만들고 참호를 쌓도록 내버려두는 셈이 되어, 학

---

* 고대 로마의 풍자시인 페르시우스 플라쿠스(Aulus Persius Flaccus, 34~62)의 『풍자시집』에 나오는 구절. 이 구절의 의미는 "병은 시작될 때 막아야 한다"이다.

식 있는 의사 양반들이 이 적을 공략하는 데 매우 커다란 어려움을 겪게 되고 때로는 이 적을 공략하기가 불가능해질 것이기 때문이오.* 게다가 시간을 번 질병이 프랑스군과의 싸움을 관장하는 정치권에 손을 뻗어 이들을 자기편으로 만든다면** 그 어떤 뛰어난 의술도 시기를 놓쳐 효력을 발휘할 수 없게 될 것이오. 내 기억에 "맙쏘사. 내 환자드리 나알 장이사라 생각하나바. 으사들이 다 주기논 다음에 날 찾아오니 말야"라고 탄식했던 미소뱅***이라는 위대한 의사의 말은 환자들이 자신을 너무 늦게 찾아와 자신이 능력을 발휘할 기회가 없었다는 의미인 것이오.

이처럼 방치되었던 탓에 올워디 영주의 병은 그 세력을 넓혔고, 열도 더 심해져 도움을 청하기 위해 불러온 의사는 도착하자마자 고개를 젓더니 좀더 일찍 자신을 찾아왔어야 했다며 올워디 영주는 언제 어떻게 될지 모르는 위중한 상태라고 선언했소. 현세에서의 일은 이미 다 정리했고, 사람이 할 수 있는 한에선 저 세상에 갈 준비를 이미 다 해놓았던 올워디 영주는 의사의 말을 아주 침착하게 그리고 별일 아니라는 듯이 받아들였소. 그는 비극에 나오는 카토****처럼 안식의 세계로 가게 될 때

---

* 필딩을 포함한 18세기 영국인은 오스트리아 왕위 계승 전쟁(1740~1748)에서 영국이 고전했던 이유는 프랑스의 교활한 전략 때문이었다고 생각했다.
** 많은 영국인들은 18세기에 벌어진 영국과 프랑스와의 전쟁에서 영국의 동맹국인 네덜란드의 한 지역을 관장하던 장군이 프랑스에게 뇌물을 받고는 싸움도 하지 않은 채 항복했다고 생각했다.
*** 존 미소뱅John Misaubin: 18세기에 영국에 정착한 프랑스 의사. 외국인이라 영어가 서툰 것으로 표현돼 있어 우리말도 어법에 맞지 않게 옮겼다.
**** 18세기 영국의 극작가 조지프 애디슨Joseph Addison이 쓴 『카토Cato』(1713)라는 작품의 주인공으로 고대 로마의 장군이자 정치가이다. 다음에 나오는 구절은 이 극에 나오는 것이다.

죄의식이나 두려움이
다른 사람들의 휴식은 방해할지 몰라도,
카토는 그런 것을 몰랐소.
잠자는 것이나 죽는 것이나
차이가 없었으니

라고 말할 수 있는 사람이었기 때문이오. 사실 올워디 영주는 카토보다도 혹은 자부심 많은 고대나 현대의 그 어떤 위인보다도 이렇게 말할 이유나 자신감이 훨씬 많았소. 그는 두려움이 없었을 뿐만 아니라, 추수가 끝난 뒤 관대한 주인에게서 보상 받기 위해 부름을 받은 성실한 일꾼*과도 같은 사람이었기 때문이오.

이 선량한 사람은 자기 식솔들(런던에 있던 블리필 부인과 우리가 웨스턴 영주 집에 방금 두고 온, 그리고 소피아와 이제 막 헤어진 다음에야 이 소식을 전해 들은 존스를 제외하고는 모두 집에 있었소)에게 즉시 모이라고 지시했소.

올워디 영주의 병세가 위급하다는 소식에(올워디 영주의 하인은 그가 죽어가고 있다고 톰에게 알려주었소) 사랑에 관한 문제는 톰의 뇌리에서 완전히 사라졌소. 톰은 올워디 영주의 집에서 보내준 마차에 즉시 올라타고는 최대한 서둘러 가라고 마부한테 지시했소. 따라서 마차를 타고 가는 도중 톰은 소피아 생각을 한 번도 하지 않았으리라 생각하오.

모든 집안사람이, 그러니까 블리필, 존스, 스와컴, 스퀘어, 그리고 올워디 영주가 불러오라고 지시한 몇몇 하인들이 침실 주변에 모이자, 이

---

* 추수란 임종을, 관대한 주인은 기독교의 신을 각각 상징한다. 이런 비유는 「마태복음」 20장 1~6절에 나온다.

선량한 사람은 자리에서 일어나 말을 시작하려 했소. 이때 블리필이 엉엉 울며 큰 소리로 비통하게 한탄하자, 올워디 영주는 그의 손을 잡고 한번 흔들어주더니 이렇게 말했소. "애야, 아주 일상적으로 일어나는 인간사에 그렇게 슬퍼하지 말거라. 우리가 아끼는 사람에게 불운이 닥칠 때 슬퍼하는 건 당연하다. 종종 그런 유의 사고는 피할 수 있는 것이고, 누구보다도 그 일을 당한 사람을 특히 더 불행하게 만들기 때문이지. 하지만 죽음은 피할 수 없는 것이고 따라서 모든 사람이 겪어야 하는 운명이니, 죽음이 언제 자신에게 닥칠지는 그리 중요한 게 아니란다. 현자들이 인생을 한 뼘 길이*에 비유했으니, 우리는 인생을 하루 동안에 비유할 수는 있겠지. 오늘 저녁에 인생을 하직하는 게 내 운명인 것 같구나. 나보다 좀더 일찍 세상을 하직한 사람은 한탄할 가치도 없는 단 몇 시간(오히려 힘들고 피곤하게 살아가야 할, 그리고 고통스럽고 슬픔에 잠겨 보내게 될 시간들이지) 덜 산 것뿐이란다. 어느 로마의 시인**이 생을 하직하는 걸 향연에서 떠나는 것에 비유한 게 기억나는구나. 사람들이 좀더 여흥을 즐기고 싶어하고, 친구들과 조금이라도 더 시간을 보내려고 발버둥치는 것을 볼 때마다, 종종 떠오르는 글이지. 얼마나 슬픈 일이냐! 여흥을 아무리 연장한다 해도 결국 그것이 얼마나 짧은지 안다면 말이다. 가장 먼저 떠나는 자와 가장 늦게까지 남아 있는 자의 차이란 아주 하찮은 것인데 말이야! 이런 생각을 하는 것은 그래도 현세의 삶이 긍정적이어서 그런 것이다. 가족이나 친구와 헤어지기 싫어서 이 세상을 하직하는 게 싫다면, 죽음을 두려워하는 이유치고는 가장 괜찮은 이유지. 하지만 이 세상에서 우리가 기대할 수 있는 최장의 즐거움도 사실 지속되는 시간은 너무도 짧아, 현자들

---

* 「시편」 39장에서는 인생을 한 뼘의 길이에 비유한다.
** 루크레티우스 『사물의 본질에 관하여』.

에게는 진짜 하찮게 여겨지는 법이다. 하지만 이런 식으로 생각하는 사람은 거의 없을 거라고 생각한다. 대부분의 사람들은 죽음의 문턱에 가까이 가서야 죽음을 생각하니 말이다. 죽음이 가까이 다가올 땐 끔찍스럽게 보이지만, 죽음이 멀리 떨어져 있을 땐 우리 인간은 죽음을 보지 못하는 법이다. 자신이 죽음의 위험에 처해 있다고 생각될 때는, 놀라고 두려워하지만, 일단 그 걱정에서 벗어나는 순간 죽음에 대한 공포는 마음속에서 사라지게 되니 말이다. 죽음을 피했다고 해서 죽음에서 면제된 것은 아니다. 그건 단지 집행유예를, 그것도 아주 잠시 동안의 집행유예를 받은 것에 지나지 않으니 말이다.

애야, 그러니 이런 일로 더 이상 슬퍼하지는 말거라. 이런 일은 언제라도 일어날 수 있는 것이고, 우리 주변의 모든 것 혹은 아주 사소한 것들로 인해서도 벌어질 수 있는 일이니 말이다. 그리고 결국에 가서는 우리 모두에게 닥치게 될, 피할 수도 없는 것이기 때문에 이런 일로 놀라거나 한탄해서는 안 되는 거란다.

내가 곧 자네들을 떠나야 할 것 같다고 의사 선생이 고맙게도 알려주었네. 이별해야 할 시간이 점점 다가오고 있고 또 병이 급속도로 진행되고 있기 때문에 더 늦기 전에 몇 마디 하기로 했네.

하지만 힘이 아주 많이 들 것 같네. 우선 내 유언에 대해 한마디 하겠네. 이미 오래전에 결정했지만, 자네들 각자와 관련된 부분을 이야기해주는 게 좋을 것 같아서네. 내가 마련해준 것에 모두들 만족해하는 걸 본다면 위안이 될 것 같아서 말이네.

블리필, 너에게는 내 전 재산을 남겨주겠다. 네 어머니가 임종하게 되면 너에게 귀속될 예정이었던 매년 5백 파운드의 돈과 매년 5백 파운드의 수입이 생기는 토지 그리고 다른 사람들에게 배분할 6천 파운드의 현금은 제외한다.

일 년에 5백 파운드의 수입이 생기는 토지는 존스, 네게 주겠다. 그리고 현금이 없으면 여러 불편한 점이 있으니, 금화 1천 파운드의 돈을 추가로 주겠다. 이게 네 기대 이상인지 아니면 네 기대에 못 미치는지는 모르겠다. 넌 내가 너무 조금 주었다고 생각할지도 모르고, 세상 사람들은 너무 많이 주었다고 날 비난할지도 모른다. 하지만 세상 사람들의 비난은 개의치 않을 것이다. 자발적으로 자선을 베풀어주어도 감사하기는커녕 충족시키기 어려운 요구만 계속한다며 이를 자비를 베풀지 않는 구실로 삼는 사람들을 종종 보아왔는데, 네가 그런 잘못된 생각을 품지 않는다면 설사 네가 불만을 갖더라도 나는 무시하겠다. 이런 말을 한 것 자체가 유감스럽구나. 네가 그럴 거라고는 추호도 의심하지 않으니 말이다."

자신의 은인의 발아래 몸을 던진 존스는 올워디 영주의 손을 꼭 잡고는, 지금도 그렇지만 올워디 영주가 자신에게 베풀었던 자비는 항상 분에 넘쳤을 뿐만 아니라 자신이 바라는 것 이상이어서 그 어떤 말로도 그 고마움을 표현할 수 없을 거라고 말했소. 그러더니 "그런데 저에게 이런 자비를 또 베풀어주시다니, 전 지금 이 슬픈 일 이외에는 아무 생각도 할 수 없습니다, 아버지!"라고 말하고는 쏟아지기 시작하는 눈물을 감추려 고개를 돌렸소.

올워디 영주는 톰의 손을 살며시 잡으며 이렇게 말했소. "얘야. 난 네가 천성적으로 착하고 마음도 넓으며 명예를 중시한다는 걸 잘 알고 있단다. 그런데 거기에다 신중함과 신앙심만 더 갖춘다면 너는 틀림없이 행복해질 거다.* 물론 네 착한 천성 때문에라도 넌 행복해질 자격이 있지만, 너에게 행복을 확실히 안겨다줄 수 있는 것은 바로 신중함과 신앙심이기 때문이다.

스와컴 목사, 목사에게는 1천 파운드를 남겨주겠소. 그 정도면 필요 이상의 액수고 바라던 것보다 크게 상회하는 돈이라 생각하지만 목사에 대한 내 우정의 증표로 생각하고 받아주기 바라오. 그리고 혹 돈이 남는다면 여태까지 엄격히 신앙생활을 해오셨으니 그 돈을 어떻게 사용할지 잘 아시리라 생각하오.

똑같은 액수의 돈을 스퀘어 선생에게도 남겨주겠소. 그 돈이면 하던 일을 더 잘할 수 있게 되리라 생각하오. 한탄스런 일이지만, 가난이 남에게 동정심을 사기보다는 경멸을 받기 쉽다는 사실을 종종 보아왔소. 특히 가난을 능력 부족의 탓으로 여겨 돈벌이에 치중하는 사람들한테는 말이오. 얼마 되지는 않지만 내가 남겨주는 돈으로 선생은 과거에 힘겹게 싸워왔던 난관에서 벗어날 수 있을 것이오. 그리고 선생처럼 철학적인 자질을 갖고 있는 사람들이 필요로 하는 걸 베풀 수 있을 정도로 풍요로운 삶을 누리게 될 거라고도 생각하오.

점점 힘이 빠지는군. 나머지 돈을 어떻게 처분했는지는 내 유언장을 보면 알 수 있을 거네. 하인들도 나를 기억할 증표를 갖게 될 거야. 그리고 거기엔 내 유언집행자가 성실하게 수행할 거라고 믿는 몇 가지 자선사업 건도 적혀 있네. 모두에게 축복이 내리길 비네. 난 자네들보다 단지 조금 일찍 이곳을 떠나는 것뿐이네."

이때 급히 방으로 들어온 하인이 솔즈베리에서 온 어떤 변호사가 올워디 영주에게 직접 전해야 할 특별한 소식이 있다며 만나길 청한다면서 몹시 바빠 보이는 그 변호사는 할 일이 너무 많아 자기 몸을 넷으로 쪼개도 모자랄 지경이라고 말했다고도 전했소.

---

* 작가는 톰 존스에게 부족한 신중함prudence의 중요성을 올워디 영주의 입을 빌려 다시 말하고 있다.

이 말에 올워디 영주는 블리필에게 "얘야, 네가 가서 그 변호사가 무슨 일 때문에 왔는지 한번 알아보거라. 난 지금 아무것도 할 수가 없구나. 그 변호사도 이런 나와 뭘 할 수 있을 것 같지 않고. 물론 너도 마찬가지 겠지만 말이다. 하여튼 지금은 더 이상 정신을 집중할 수도 없어 아무도 만나보지 못하겠구나"라고 말하더니, 주위에 모인 사람들에게 인사를 하고는, 다시 볼 수는 있겠지만 지금은 말을 하느라고 기운이 많이 빠져 쉬고 싶다고 했소.

이곳에 모였던 사람 중 몇몇은 올워디 영주의 방을 나서면서 눈물을 흘렸소. 심지어 감상적인 것과는 거리가 먼 철학자 스퀘어의 눈가에도 눈물이 맺혔고, 치료에 효험이 있다고 전해지는 아라비아 나무의 수지처럼,* 윌킨스도 진주 같은 눈물을 재빠르게 쏟아내었소. 윌킨스에게 눈물은 적절한 때 결코 빠뜨리는 법이 없는 의례적인 것이었기 때문이오.

이들이 나간 뒤 올워디 영주는 다시 쉬려고 베개를 베고 누웠소.

8장
기분 좋다기보다는 자연스러운 일

윌킨스가 홍수처럼 눈물을 펑펑 쏟은 데는 죽어가는 주인에 대한 슬픔 이외에 또 다른 이유가 있었소. 방을 나서자마자 그녀는 다음과 같이 익살스런 어조로 이렇게 중얼거렸소. "내하고 다른 하인들하고는 쪼매 구별해야 되는 거 아인가? 내한테 상복을 입게 할 거면서 말이야. 환장할!

---

* 셰익스피어의 『오셀로』 5막 2장에 아라비아 나무가 수지를 떨구듯 눈물을 흘린다는 표현이 나온다.

내한테 주겠다는 기 그기 전부라면 상복은 내 대신 악마나 입으라 캐. 내가 거지가 아니란 걸 분명히 깨닫게 해주야겠어. 지를 위해 뼈 빠지게 일하면서 고작 5백 파운드밖에 못 모았는데, 결국 이런 대접이나 받다니! 이러면 누가 정직하게 일하겠어? 가끔씩 쪼끔만 챙깃어도 지금보다 열 배는 더 챙깃을 거야. 그런데도 날 다른 하인들과 똑같이 도매금으로 취급하다니. 그깟 하찮은 유산 악마나 가져가라지! 아니지, 그걸 포기할 순 없어, 누구 좋으라꼬? 아니야, 포기하지 않고 젤 화려한 가운을 사 입고 저 늙은 노랭이 무덤가에서 춤을 추야지. 마을 사람 모두가 자기 사생아를 저런 식으로 키운다고 욕할 때 내가 그렇게 많이 두둔해줬는데, 거기에 대한 보상이 기껏 이거야? 하여튼 이제 죄의 대가를 치러야 할 곳으로 가게 되는 기야. 자기 죄를 자랑으로 여기고 부정하게 얻은 자식한테 재산을 물려주기보다는, 자기 죄를 뉘우치는 게 세상 하직하는 처지엔 더 나았을 텐데 말이야. 뭐? 침실에서 발견했어! 참말로 어이없네! 참말로 어이없어! 그래, 어디서 찾을 수 있는지는 숨긴 사람이 잘 알고 있는 법이제. 주여, 주인을 용서하소서! 사람들이 모르는 사생아도 아주 많을 거야. 그래도 한 가지 위안이 되는 건, 세상을 뜨게 되면 그동안 낳은 사생아들이 모두 알려질 거라는 거지. '하인들은 날 기억할 증표를 갖게 될 거야'란 말, 천년을 산다 해도 내 평생 잊지 않을 거야. 그래, 날 다른 하인들과 똑같이 도매금으로 취급한 거 평생 기억할 거야. 스퀘어 이야기를 할 때, 내 이야기도 같이 할 거라고 사람들은 생각했을 텐데 말이야. 하기사, 스퀘어란 작자 신사긴 하지! 처음 여기 왔을 땐 걸칠 옷도 제대로 없었지만 말이야. 근데 그런 작자가 무신 놈의 신사야! 여기서 그렇게 오래 살았는데도 그 작자가 돈 꺼내는 걸 본 하인은 한 놈도 없을 거야. 귀신은 저런 작자 안 데려가고 뭐 하는 기야?" 이런 식으로 윌킨스는 한참이나 중얼거렸소. 하지만 이 정도 맛만 봤어도, 독자들에게는 충분할 테니 이제 그만두겠소.

스와컴이나 스퀘어도 올워디 영주가 자신들에게 남겨준 유산에 대해 별로 만족스러워하지 않았소. 화가 났다는 걸 큰 소리로 표현하지는 않았지만, 이들이 나누는 대화와 불만스런 표정에서 이들이 별로 기뻐하지 않는다는 사실을 추측할 수 있을 것이오.

병실을 나선 지 한 시간가량 지난 뒤, 스퀘어는 복도에서 스와컴을 만나 이렇게 말을 걸었소. "이보시오, 선생 친구와 헤어진 이후 그에 관해 새로운 소식이라도 들은 거 있소?" 이에 스와컴이 "올워디 영주를 말하는 거라면, 그 사람은 당신 친구라고 부르는 게 더 맞는 것 같은데. 내 보기에 올워디 영주는 그런 칭호를 받을 자격이 있는 것 같으니 말이오"라고 대답하자, 스퀘어는 "그런 칭호는 선생한테도 어울려. 그자가 우리 둘에게 준 하사품이 똑같으니 말이오"라고 말했소. 그러자 스와컴은 다음과 같이 소리쳤소. "내가 먼저 그런 말을 하려고 하진 않았소만, 선생이 일단 시작했으니 나도 한마디 하지. 나도 선생 생각과 다르지 않다는 거 말이오. 마음에서 우러나와 호의를 베풀었는데, 거기에 대한 보답치고는 너무 적지. 내가 이 집과 두 아이들 교육에 쏟은 노고를 생각한다면, 딴 사람 같으면 이보단 더 큰 보답을 기대했을 거요. 그렇다고 내가 불만이 있다고 생각지는 마시오. 성 베드로*는 작은 것에도 만족하라고 가르쳤으니 말이오. 더 조금 받았더라도 어떻게 해야 하는지 난 알고 있소. 하지만 성경에서 작은 것에도 만족스럽게 생각해야 한다고는 했지만, 내 공과가 얼마나 큰지, 그리고 내가 부당하게 비교당해 손해보았다는 사실은 분

---

* 「빌립보서」 4장 11절에서 베드로는 가진 것에 항상 만족하라고 말한다.

명히 알게 할 거요." 그러자 스퀘어는 "선생이 내 화를 돋우니 하는 말인데, 손해는 내가 봤지! 난 올워디 영주가 월급이나 받는 사람하고 똑같이 취급할 정도로 날 가볍게 봤다고는 생각한 적이 없었소. 하지만 왜 이렇게 됐는지는 알고 있소. 그건 위대하고 고귀한 것을 우습게 여기는 선생이 영주의 마음에 오랫동안 주입시키려 했던 그 편협한 원칙 때문이오. 우정의 고귀함과 아름다움은 흐린 눈을 가진 자가 알아보기에는 너무도 강렬한 법이거든. 그리고 그건 선생 친구의 분별력을 손상시키기 위해 선생이 그렇게 조롱했던 '존재하는 모든 것은 절대적으로 옳다'는 원칙을 통하지 않고는 절대 알 수 없는 것이기도 하고 말이오"라고 대꾸했소. 이 말에 스와컴은 화를 내며 소리쳤소. "올워디 영주의 영혼을 위해서라도 당신의 그 저주받을 교리가 영주의 믿음을 왜곡하지 않았길 바라오. 기독교인답지 않은 영주의 지금 행동이 바로 그 때문이라는 생각이 드는군. 치러야 할 셈을 치르지 않고서 세상을 떠날 생각을 하는 사람이 무신론자 말고 또 누가 있겠소? 자기 죄를 고백하지도 않고 또 이 집에서 유일하게 죄를 사해줄 수 있는 권한을 가진 사람에게서 사죄(赦罪)를 받지도 않고 말이오! 그랬어야 했다는 걸 알게는 되겠지만 그때는 이미 늦을 거요. 통곡과 이를 악물고 견뎌야만 하는 고통만이 있는 그곳*에 도착했을 때, 선생이나 요사이 다른 이신론자들이 숭배하는 그 미덕이라는 이교도 여신이 얼마나 별 볼일 없는 존재인지 알게 될 테니 말이오. 그때 가서 목사를 찾겠지만 거기선 목사를 만날 수도 없으니 미리 사죄 받지 못한 걸 한탄하게 될 거요. 사죄 받지 못하면 그 어떤 죄인도 무탈할 수는 없는 법이니 말이오." 이에 스퀘어가 "그게 그렇게 중요하다면 왜 직접 그 이야기를

---

* 지옥을 말함. 「마태복음」 8장 12절에 이와 유사한 표현이 나온다.

영주에게 하지 않았소?"라고 묻자, 스와컴은 "사면을 바랄 정도로 은총을 받은 사람한테만 사면이 효력 있기 때문이오. 그런데 내가 왜 이런 이단자, 아니 무신론자하고 말을 섞고 있는 거지? 영주에게 그런 걸 가르친 사람은 바로 당신이오. 그 대가로 당신은 많은 보상을 받았고, 당신 제자는 곧 저 세상 사람이 되겠지만 말이오"라고 소리쳤소. 이에 스퀘어는 "보상이라니! 그게 무슨 소리야? 영주가 내 우정에 대한 보잘것없는 증표로 남겨준 것을 의미한다면, 난 그 증표를 경멸한다는 사실을 분명히 밝혀야겠소. 내 상황이 나쁘지만 않았다면 절대 받지 않았을 테니 말이야"라고 대답했소.

이때 의사가 도착해 이 두 명의 논객에게 올워디 영주의 상태가 어떠냐고 물어보자, 스와컴은 "참담하오"라고 대답했소. 이 말에 의사가 "예측했던 대로군요. 그런데 내가 그 방에서 나온 뒤, 어떤 다른 징후라도 있었나요?"라고 소리치자, 스와컴은 "별로 좋은 징후는 없던 것 같소이다. 우리가 나올 때 일어난 일로 미루어 보아 별로 희망이 없는 것 같았소"라고 대답했소. 육신을 치료하는 의사는 영혼을 치료하는 사람의 이 말을 오해한 것 같았소. 하지만 이들이 서로의 말을 제대로 이해하기도 전에 몹시 우울한 표정으로 등장한 블리필은 슬픈 소식을 가져왔다며 자신의 모친이 임종했다는 사실을 이들에게 알려주었소. 블리필의 모친이 솔즈베리를 떠나 집으로 향하던 중, 머리와 위에 통풍이 발병해 몇 시간 뒤 세상을 떠났다는 것이었소. 이 말에 의사는 "아, 슬픈 일이군요! 아무도 그 결과를 책임질 순 없지만, 내가 가까이 있었더라면 좋았을 텐데. 통풍은 난치병이긴 하지만 난 통풍 치료에 상당히 많은 성공을 거둬왔으니 말이오"라고 말했고, 스와컴과 스퀘어 모두 모친을 잃은 블리필을 위로했소. 스퀘어는 모친을 여읜 것을 사내답게, 스와컴은 기독교인답게 참으라고 충고하자, 이 젊은 신사는 인간은 모두 죽음을 맞이하게 되어 있으니 자신도 모친의 임종을 받아들여야겠지만, 악의적인 운명의 여신이 언제라도 가혹한 운명을 안겨다줄지 모르는 이런 상황에서, 갑작스럽게 이처럼 큰 불행을 맞이하게 된 것이 너무 가혹하다고 했소. 그렇지만 지금이 바로 스와컴과 스퀘어에게서 배운 그 훌륭한 근본원리를 시험할 수 있는 때라며, 이 불운을 잘 이겨낼 수 있다면 그것은 전적으로 이들 덕분이라고 덧붙여 말했소.

곧이어 올워디 영주에게 그의 누이의 임종 사실을 알려야 하느냐 마느냐에 관한 논쟁이 벌어졌소. 의사는 알리는 걸 극력 반대했지만(모든 의사들도 그와 같은 견해를 가졌을 거라고 믿소) 블리필은 외삼촌으로부터 그 어떤 것도 비밀로 해서는 안 된다는 엄중한 지시를 여러 번 받았다며, 외삼촌이 받게 될지도 모르는 정신적 충격이 우려되긴 하지만 결과가 어떻든 외삼촌의 말을 거역할 수는 없다고 했소. 그러고는 외삼촌의 신앙심과 철학자다운 성품을 고려해볼 때 이런 걱정을 하는 의사의 견해를 따를 수 없다며, 외삼촌이 회복하면(블리필 자신이 진정으로 그렇게 되길 기도하듯이) 이 일을 숨기려 했던 자신을 절대 용서하지 않을 것이기 때문에 어머니의 임종 사실을 알려야겠다고 했소.

다른 두 명의 학식 있는 신사들도 블리필의 이러한 결단을 몹시 칭송했기 때문에, 블리필의 뜻을 따를 수밖에 없게 되었던 의사는 그와 함께 병실로 향했소. 병실에 먼저 들어간 의사는 침대로 다가가 환자의 맥을 짚어보더니, 올워디 영주의 상태가 훨씬 호전되었다고 했소. 그러더니 자신이 마지막으로 내린 처방이 기적을 일으켜 영주의 열이 멈춘 게 틀림없다며, 전에 희망이 별로 없다고 말했던 것처럼 이번에는 별다른 위험은 없을 것 같다고 말했소.

사실 올워디 영주의 병세는 이 신중한 의사의 말처럼 그리 심각한 것은 아니었소. 하지만 적군의 병력이 아무리 열세라 할지라도 현명한 장군은 적군을 절대로 깔보지 않듯이, 현명한 의사는 아무리 사소한 질병이라 할지라도 결코 우습게보지 않는 법이오. 아무리 적군이 약하더라도 현명한 장군은 엄격한 규율을 똑같이 유지하고 보초병을 세우며 똑같은 정찰병을 파견하듯이 아무리 별것 아닌 병이라 할지라도, 현명한 의사는 똑같은 근엄한 표정을 지으면서 의미심장한 태도로 고개를 젓는 법이오. 이들이 이렇게 행동하는 데는 여러 이유가 있겠지만, 가장 확실한 이유는, 이렇게 함으로써 자신들이 승리를 거두게 되는 경우엔, 보다 큰 영예를 누릴 수 있고 혹 불운한 사고로 패배한다 할지라도 수치심을 덜 느낄 수 있기 때문이오.

회복될 거라는 의사의 말에 올워디 영주가 눈을 들어 하나님에게 감사드릴 때, 블리필은 아주 낙담한 표정으로 그에게 다가와서는 눈물을 닦아내기 위해 혹은 오비디우스가 어디선가 말했듯이 "**부재(不在)한다고 할 정도의 소량(小量)의 것을 닦아내려는 듯이,**"* 눈에 손수건을 갖다 댄 뒤, 독자들도 조금 전에 들은 그 소식을 전했소.

올워디 영주는 몹시 걱정스런 표정으로 꿋꿋하게 이 사실을 받아들였소. 가슴이 아파 눈물을 흘리던 올워디 영주는 이내 표정을 가다듬은 뒤 "모든 일은 하나님의 뜻대로 이루어지는 법이야"라고 소리치고는 이 소식을 전한 사람을 찾았소. 그러자 블리필은 그가 당장 처리해야 할 중대한 일이라도 있는 것처럼 너무도 서두르는 바람에 잠시 동안만이라도 더 붙잡아둘 수 없었다고 했소. 그러고는 몹시 바빠 혼이 다 빠질 지경이라고

---

* 오비디우스가 쓴 『사랑의 기술』에 나오는 구절로 원서에는 라틴어로 기술되었다. 여기선 블리필이 거의 눈물을 흘리지도 않았는데 마치 눈물을 흘린 시늉을 하는 것을 비꼰 것이다.

불평하던 그 사람은 자기 몸을 사등분해도 할 일을 다 하기엔 너무 바쁠 거라고 아주 여러 번 말했다고도 전했소.

올워디 영주는 블리필에게 장례식을 책임지고 거행하라고 지시하고 는, 자기 예배당에 누이동생을 안장하겠다고 했소. 그러고는 이 일을 누 구에게 시킬지 말한 뒤, 나머지 세세한 사항은 블리필의 판단에 맡기겠다 고 했소.

9장
거울이 사람의 모습을 비추어주듯이, 술이 사람의 진심을 말해줄 수 있다는
아이스키네스*의 주장에 대한 논평이 될 수도 있는 장

독자들은 지난 장에서 존스에 관해 아무런 이야기도 듣지 못한 것에 대해 의아해할지도 모르오. 사실 존스의 행동은 앞 장에서 거론된 사람 들의 행동과는 너무도 달라 다른 사람들과 함께 거론하고 싶지 않았던 것 이오.

올워디 영주가 말을 마쳤을 때, 그의 방을 마지막으로 나선 사람은 존스였소. 그곳을 나와 자기 방으로 돌아가서야 존스는 걱정을 드러내었 소. 하지만 너무도 마음이 심란해 방에만 있을 수 없었던 그는 살며시 방 을 나와 올워디 영주의 방문 앞으로 갔소. 그러고는 상당히 오랫동안 귀 를 기울여보았지만, 방 안에서는 그 어떤 인기척도 들리지 않았소. 그러 다 갑자기 코고는 소리가 크게 들려오자 두려움에 떨고 있던 톰은 이를

---

* Aischines(기원전 약 390~기원전 약 314): 고대 그리스 아테네의 웅변가.

신음 소리로 오인하고 너무 놀라 방 안으로 뛰어들어가지 않을 수 없었소. 하지만 방에 들어선 톰은 침대에서 편히 단잠을 자고 있는 올워디 영주와 앞서 말한 것처럼 요란하게 코를 골고 있는 간병인을 보게 되었던 것이오. 이에 톰은 올워디 영주의 수면을 방해할지도 모른다는 생각에, 계속 연주되는 이 베이스 소리를 멈추기 위한 유일한 조처를 취한 다음, 간병인 옆에 꼼짝 않고 있었소. 그때 블리필과 의사가 함께 방 안으로 들어와 병자를 깨웠는데, 의사는 환자의 맥을 짚어보기 위해서, 블리필은 모친의 임종 소식을(이때 그 소식이 무엇인지 존스가 알았더라면 블리필은 이 소식을 전달하기 무척 어려웠을 것이오) 전하기 위해서였던 것이오.

블리필이 영주에게 블리필 부인의 임종 사실을 이야기하는 걸 처음 들었을 때, 존스는 그의 무분별한 행동에, 특히 의사가 고개를 설레설레 흔들며 자신은 그 소식을 환자에게 알려주는 걸 바라지 않았다고 했을 때, 끓어오르는 화를 억누르기가 무척 힘들었소. 하지만 블리필에게 격한 표현을 하면 환자에게 안 좋은 결과를 초래할 수도 있다는 걸 모를 정도로 이성을 잃진 않았기 때문에 톰은 당분간 자신의 화를 눌렀소. 그리고 블리필로부터 그 소식을 전해 들은 후에도, 올워디 영주의 병세가 더 악화되지는 않는 것을 보고는 자신의 분노를 가슴속에서 삭혀버렸소.

그날 의사는 올워디 영주의 집에서 식사한 뒤 환자를 다시 살펴보고는 같이 식사하던 일행에게로 돌아와 이제 영주의 병세가 위기 상황에서 벗어났다고 말했소. 그러고는 자신이 환자의 발열을 완전히 중지시켰고, 해열제인 키니네를 투여했기 때문에 열이 다시 오르는 일은 결코 없을 거라며 아주 만족스러워했소.

의사의 말에 너무도 기뻤던 존스는 실제로 기쁨에 취했다고 말할 수 있을 정도로 엄청난 환희에 빠졌소. 이때 이미 상당량의 술을 마셔(존스

302

는 다른 사람들뿐만 아니라, 의사의 건강을 위해 술을 가득히 따라 여러 잔 마셨소) 취기가 돌았던 그는 이 즐거운 소식에 더더욱 취기가 올라 곧 실제로 취하게 되었소.

존스는 천성적으로 혈기 넘치는 사람이었소. 하지만 그의 혈기가 술로 인해 자극을 받아 더욱 왕성해지자 과도한 행동으로 이어졌소. 의사와 입을 맞추고 아주 열정적인 애정 표현을 한 뒤, 의사를 포옹하면서 자신은 올워디 영주 다음으로 의사를 사랑한다고 맹세까지 하더니 이렇게 말했소. "의사 선생, 선생은 선량한 사람들이 모두 좋아하고, 이곳 사람들에게는 축복과도 같은 분, 같은 나라 사람임을 영광스럽게 여기게 하실 분, 더 나아가 우리 모두가 인간임을 자랑스럽게 생각하게 만들 그런 분을 살려주셨소. 그러니 나랏돈을 써서라도 선생의 동상을 세워주어야 한다고 난 생각하오. 또 그럴 자격이 분명히 있기도 하고. 난 내 목숨보다 그분을 더 사랑하니 말이오."

이 말에 스와컴은 다음과 같이 말했소. "그러니 더더욱 부끄러운 줄 알아라. 올워디 영주가 워낙 많이 베풀어주었으니 좋아하는 것은 당연하겠지만 말이야. 올워디 영주가 자신이 베푼 것을 스스로 회수해야 할 이유를 깨닫기 전에 이 세상을 떠나는 게 누구한테는 유리할지 모르겠지만 말이야."

그러자 존스는 몹시 경멸하는 태도로 스와컴을 보면서 대답했소. "비열한 분이니, 내가 그런 생각이나 할 거라고 상상하나 보지요? 결코 아니오! 내가 사랑하는 이 거룩한 분을 땅이 삼키도록 내버려두느니(설령 내가 백만 평의 땅을 가지고 있다 하더라도 그렇게 말하겠소) 차라리 땅이 스스로를 삼키게 할 거요." 그러고는 다음 시구를 낭송했소.

아무리 신중(愼重)하려고 또 절제(節制)하려고 하여도

붕우(朋友)와 동행(同行)코저 하는 심정(心情)을 어찌 자제(自制)하겠는가!*

이 순간 의사가 끼어들어 존스와 스와컴 사이에 감돌기 시작한 전운이 불러올지도 모를 참사를 막았소. 이후 존스는 자신의 기쁨을 마음껏 드러내며 두세 곡의 외설적인 노래를 부르더니, 통제하지 못할 환희에 빠져 격한 그리고 주체 못할 행동을 하기 시작했소. 하지만 시비를 걸기 위해서가 아니라, 취하지 않았을 때보다 기분이 훨씬 더 좋아져서 그랬던 것이오.

술만 취하면 성질이 고약해지고 시비를 잘 거는 사람은, 취하지 않았을 때는 아주 훌륭한 사람이라는 일반적인 견해는 아주 잘못된 것이오. 술은 사람의 본성을 바꾸거나 있지도 않은 열정을 생기게 하지도 않기 때문이오.** 술은 이성이라는 감시자를 쫓아내어, 취하지 않았을 때 교묘하게 감추고 있던 여러 증후들을 드러내는 작용을 하는 것뿐이니 말이오. 술은 우리의 감정(일반적으로 우리 마음에 가장 두드러지게 존재하는 감정)을 상승시키고 자극하여, 술에 취하면 우리가 갖고 있던 분노, 사랑, 관대함, 상냥함, 탐욕, 그리고 그 밖에 여러 감정들은 더욱 배가되어 밖으로 노출되는 것이오.

----

* '아무리 신중하려고 또 절제하려고 해도 소중한 사람과 함께하고 싶은 마음을 어떻게 억누를 수 있겠는가!'라는 뜻. 이 라틴어 구절은 호라티우스의 『송시』에 나온다.
"'어떤 중용이 혹은 어떤 방도가 소중한 친구와 같이하고 싶은 욕망을 억제할 수 있겠는가?' 여기서 Desiderium(욕망-옮긴이)이라는 단어는 쉽게 번역이 될 수 없다. 이 단어는 다시 친구와 화해하고 싶은 욕망과 그 욕망에 뒤따르는 슬픔을 포함하고 있다."(필딩의 주)
** 1세기경 로마의 사상가이자 저술가인 루키우스 세네카(Lucius Annaeus Seneca, 기원전 4?~65)의 『도덕에 관한 서한Epistulae morales』 중 「만취에 관해서」라는 장에 이와 비슷한 내용이 나온다.

하지만 우리나라 하층민들처럼(그들에게 있어서 술 마시는 것과 싸우는 것은 동의어나 다를 바 없소) 술에 취해 자주 싸움을 벌이는 민족은 없을 것이오. 그렇다고 해서 우리나라 사람들이 가장 포악한 성격을 지닌 민족이라고 생각하지는 않소. 이들이 싸움을 많이 하는 근저에는 아마도 영광을 추구하는 마음이 있기 때문일 것이오. 따라서 내가 내릴 수 있는 합당한 결론은, 우리나라 사람들이 다른 나라 사람들보다 영광을 더 추구하며 더 용감하다는 것이오. 싸움을 할 때도 우리는 비열하거나 부당한, 그리고 심술궂은 행위는 저지르지 않소. 서로 다툴 때도 서로에 대한 호의를 표하며 술에 취해 흥겹게 지내다가도 결국은 싸움으로 마감하듯, 대부분의 싸움도 결국은 우정을 표하는 것으로 끝나기 때문이오.

이제 다시 우리 이야기를 시작하겠소. 존스가 자신을 화나게 할 의도는 없었다는 것을 알기는 했지만, 분별력 있고 신중하며 자제할 줄 아는 블리필은 자신의 기질과는 전혀 맞지 않는 존스의 행동에 몹시 화가 났소. 특히 지금과 같은 상황에서 존스의 행동은 몹시 꼴사나워 보여 참기 힘들었던 것이오. 따라서 블리필은 올워디 영주가 회복될 거란 사실은 몹시 기뻐할 일이지만, 자기 모친이 임종하여 상을 치르게 된 이 마당에 술에 취해 떠드는 것(블리필은 그렇게 하는 것은 하나님의 분노를 피하기는커녕, 노여움을 가중시키는 것이라고 했소)보다는, 감사의 기도를 올려 그 기쁨을 표현하는 게 옳지 않느냐고 말했소. 블리필의 이 신앙적인 열변에 존스보다 술을 더 많이 마시기는 했지만 뇌에 그 어떤 악영향도 입지 않았던 스와컴은 지지를 보냈지만 스퀘어는 독자들도 짐작할 수 있는 모종의 이유에서 전적으로 침묵했소.

블리필이 모친의 임종을 언급하자, 그 사실을 기억하지 못할 정도로 취하지는 않았고 또 누구보다도 자기 잘못을 언제든 인정하고 뉘우칠 줄 알았던 존스는 올워디 영주가 건강이 회복되어 몹시 기쁜 나머지 다른 일들은 모두 까맣게 잊었다며, 블리필에게 용서를 구한다면서 악수를 청했소.

하지만 블리필은 존스의 손을 경멸하듯 뿌리치고는, 아무리 비극적인 장면이라도 장님에게는 아무런 인상도 남기지 못하는 게 놀라운 일은 아니지만, 불행히도 자신은 자기 부모가 누구인지 알고 있기 때문에 부모를 잃은 사실에 충격을 받을 수밖에 없다며 몹시 분개하듯 대답했소.

이 말에 쾌활한 성품이지만 다소 성격이 급한 존스는 갑자기 의자에서 벌떡 일어나 블리필의 목덜미를 잡고는 "이 자식이 내 태생 가지고 날 모욕하는 거야?"라고 소리치면서 거칠게 대응했소. 블리필도 이내 자신의 온화한 성품을 버리고 존스와 맞서서 둘 사이에는 드잡이가 벌어지게 되었고, 스와컴과 의사가 끼어들어 이를 막지 않았다면, 누군가는 다쳤을 게 분명한 싸움으로 번졌을 것이오. 한편 자신의 철학적 원칙에 따라 모든 감정에 초연한 스퀘어는(담배파이프가 자기 입에서 부러질 염려가 없는 한, 어떤 싸움이 벌어져도 그랬듯이) 아주 침착하게 담배만 피우고 있었소.

서로에게 앙갚음을 하지 못하게 되자, 화를 풀지 못했을 때 사람들이 대개 그러듯, 이들은 서로를 위협하고 으름장을 놓으며, 자신들의 분노를 표출했소. 하지만 몸을 사용한 싸움에서는 존스에게 호의적이던 운명의 여신은, 말로 하는 싸움에서는 거꾸로 그의 적에게 전적으로 호의적이었소.

하지만 중립 진영의 중재로 이들은 마침내 휴전하기로 합의했고, 모두 테이블에 앉았소. 이들의 중재로 존스는 사과하고 블리필은 존스의 사과를 받아들여 이제 다시 평화가 찾아오고 모든 것이 정상으로 돌아온 것 같았소. 하지만 당사자들이 화해하여 겉으로 보기엔 이 싸움이 완전히 끝난 것 같았지만, 싸움 때문에 망친 유쾌한 분위기는 결코 회복되지 않았소. 흥이 다 사라진 가운데 이들의 대화는 사건의 진상에 관한 심각한 이야기와 이에 관한 각자의 진지한 견해로 이어졌소. 즉 이들은 교훈적이지만 별 재미없는 이야기만 나누었던 것이오. 따라서 이들이 나눈 대화는 빼고 마지막 상황만 독자들에게 전달하고자 하오. 즉 사람들이 하나둘씩 자리를 떠 이제 마지막으로 남게 된 스퀘어와 의사는 두 젊은이 사이에 벌어진 일을 나름대로 논평함으로써 자신들의 대화를 약간 고조시켰소. 간단히 말해, 의사는 둘 다 악당 같은 놈들이라고 했고, 매우 현명하게 고개를 젓고 있던 철학자도 이내 그 칭호에 동의를 표했소.

10장
오비디우스의 수많은 진술*과 사람들은 술을 마시면 종종 음란하게 된다고
주장한 많은 근엄한 저술가들의 진술이 사실로 밝혀지는 장

존스는 같이 있던 사람들을 떠나 들판으로 나왔소. 올워디 영주를 찾아가기 전에 이곳에서 산책하며 평상심을 되찾고자 했던 것이오. 여기서 존스가 자신의 은인이 걸린 위중한 병 때문에 잠시 접어두었던 소피아를 다시 생각하고 있을 때, 슬프지만 이야기해야만 할 그리고 슬프지만 독자들도 읽어야만 할, 어떤 사고(우리가 꼭 지키겠다고 공언한 역사적 진실을 위해 우리 후손들에게 알려줄 수밖에 없는 사고였소)가 발생했소.

우리의 주인공이 상쾌한 숲 속을 걷고 있던 이때는 6월 말 어느 기분

---

* 『사랑의 기술』.

좋은 저녁이었소. 나뭇잎에 부는 부드러운 산들바람과 감미롭게 졸졸 흐르는 시냇물 그리고 나이팅게일의 화음이 서로 어우러져 매혹적인 하모니를 이루며, 사랑에 빠진 사람의 마음과 멋진 조화를 이루는 이곳에서 존스는 사랑하는 소피아에 대한 상념에 잠겨 있었소. 무한히 넘쳐나는 상상력을 통해 아름다운 소피아를 마음껏 상상하며 그 아름다운 처녀의 매혹적인 모습을 생생하게 떠올리고 있을 때, 열정으로 불타올랐던 존스는 조용히 흐르는 개울가 옆에 몸을 던지며 이렇게 외쳤소.

"오, 소피아! 신이 그대를 내 품으로 보내준다면, 나는 얼마나 축복받은 사람이겠소! 우리 사이를 갈라놓으려는 운명의 여신은 저주받을 것이오. 그대가 한 벌의 누더기밖에 가진 것 없다 할지라도, 그대만 얻을 수 있다면 이 지상에서 내가 부러워할 자는 없을 것이오! 인도의 모든 보석으로 치장한 아름다운 서카시아 족 여인*도 나에게는 하찮게 보일 것이오! 그런데 내가 왜 다른 여자 이야기를 하지? 이 두 눈이 다른 여자를 사랑스럽게 쳐다볼지도 모른다면, 이 두 손으로 내 눈을 뽑아버릴 것이오. 하지만 그런 일은 결코 없을 것이오, 나의 소피아! 잔인한 운명의 여신이 우리를 영원히 갈라놓는다 할지라도, 난 그대만을 생각할 것이오. 한결같은 나의 순결한 마음을 그대에게 바치겠소. 아름다운 그대를 안아볼 수 없다 하더라도, 나의 생각, 나의 사랑, 나의 영혼은 그대만이 차지할 것이오. 오! 천사 같은 그대에게 온 마음 빼앗겨, 제아무리 아름다운 여인도 나에게는 돌덩이 같을 것이고, 그 어떤 은둔자도 아름다운 여인을 포옹하면서 나만큼 냉담할 수는 없을 것이오. 소피아, 그대만이 나의 것이 될 것이오. 그대의 이름 그 자체만으로도 나에게는 너무도 벅찬 환희

* 서카시아 족: 카프카스 산맥 북부의 흑해에 면한 지방에 사는 종족으로 여자들이 아름답다고 전해진다.

이기에 모든 나무에 그대의 이름을 새기겠소."

이 말을 하고 톰은 자리에서 벌떡 일어났소. 하지만 그가 본 것은 소피아도, 터키 왕의 첩이 입는 화려하고 우아한 의상을 입은 서카시아 족 처녀도 아니었소. 가운도 없이 거친 천으로 만들어진 헐렁한 원피스만 입고 하루 종일 일을 해 더럽고 고약한 악취를 풍기며 건초용 갈퀴를 든 채 다가오고 있는 몰리 시그림이었던 것이오. 당시 우리의 주인공은 앞서 말한 것처럼 나무껍질에다 소피아의 이름을 새기기 위해 주머니칼을 들고 있었는데, 이를 본 몰리는 웃음을 머금고 가까이 다가오며 소리쳤소. "영주님, 저를 죽이시려는 것은 아니겠죠?" 이 말에 존스가 "내가 왜 당신을 죽이려 한다고 생각하는 거지?"라고 묻자, 몰리는 "지난번 마지막으로 만났을 때 절 잔인하게 대하시는 걸 보고는, 절 죽이기만 해달라고 부탁하는 것도 저한테는 바라기조차 과분한 친절 같아서요"라고 대답했소.

그러고는 두 사람 사이에 회담이 벌어졌는데, 그 내용을 전할 의무가 내게는 없다고 생각하기에 그건 생략하기로 하고, 다만 15분은 족히 지속되었던 이 회담을 마친 뒤 두 사람이 제일 우거진 숲 속 한가운데로 들어갔다는 사실만 알려주겠소.

어떤 독자들은 이런 일이 억지스럽다고 생각할지도 모르오. 하지만 이 일이 벌어진 것은 분명 사실이고, 존스 입장에서는 여자가 하나도 없는 것보다는 하나라도 있는 것이 더 낫다고 생각했을 수도 있고, 몰리의 경우는 한 남자보다는 두 남자가 더 낫다고 생각했을 수 있다는 점을 고려한다면, 이런 일이 왜 벌어졌는지 충분히 납득할 수도 있을 것이오. 존스가 이때 이런 행동을 하게 된 데에는 앞서 말한 이유 이외에도, 근엄하고 현명한 사람들도 제어하기 어려운 열정을 통제하고 금지된 여흥을 거부하게 해주는 이성이라는 것을 이 당시 제대로 갖추고 있지 못했기 때문이오(독자들은 이런 사실을 호의적으로 고려해주기 바라오). 이 순간 존스가 갖고 있던 통제력은 술에 의해 완전히 제압당해, 설령 이성(理性)이 존스에게 충고하기 위해 끼어들었더라도, 그의 이성은 저 옛날 클레오스트라투스라는 현인이 어떤 어리석은 자에게 오래전에 한 답변(그 어리석은 자가 클레오스트라투스에게 "술에 취해서 부끄럽지 않느냐?"고 물어보자, 클레오스트라투스는 "당신은 술 취한 사람에게 훈계하는 게 부끄럽지도 않소?"라고 반문했다고 하오)만을 듣게 되었을 것이오. 사실 정의를 심판하는 법정에서는 술에 취했다고 해서 잘못을 면해주어서는 안 되오. 하지만 양심을 심판하는 법정에선 충분히 그럴 수 있소. 따라서 술 취한 사람에게 두 배의 처벌을 가한 피타코스*의 법을 아리스토텔레스가 칭송한 이유는 이 법이 정의를 실현해서라기보다는 정책적인 측면에서 이 법을 옹호할 필요가 있었던 것뿐이오. 그러니 술에 취했기 때문에 용서받을 만한 잘못이 있다면, 그것은 존스가 이때 저지른 그런 잘못이 분명하오. 이 문제에 관해 나의 풍부한 학식을 토로할 수도 있소. 독자들이 재미있다고 생각하거나 혹은 이미 알고 있지 않다면 말이오. 하지만 그럴 것 같지는 않으니, 독자들을 위해 나의 학식은 나 혼자 간직하고 우리 이야기로 돌아가겠소.

우리는 운명의 여신이 대충대충 일처리를 하지 않는다는 사실을 보아왔소. 솔직히 말해, 누구를 기쁘게 하거나 화나게 하려고 마음먹었을 때, 변덕스런 운명의 여신은 끝까지 물고 늘어지기 때문이오. 따라서 우리의 주인공이 자신의 디도**와 함께 들어가자마자 "동일(同一)한 동굴(洞窟)로 블

---

* Pittacus(기원전 650~기원전 579): 그리스의 일곱 현인 중 한 사람. 아리스토텔레스는 『정치학』에서 이 법을 칭송했다.
** 베르길리우스의 『아이네이스』의 주인공 아이네이아스Aeneas의 애인이자 이 작품의 여주인공.

리필과 목사(牧師)도 도래(到來)하였소."* 스와컴 목사와 산책하고 있던 블리필이 숲으로 이어지는 계단 앞에 도착했을 때, 블리필은 자신의 시야에서 막 사라지려던 이 연인들을 목격했소.

백 미터 이상 떨어져 있었지만 블리필은 존스를 알아보았고, 구체적으로 누구인지는 몰랐지만 존스와 같이 있던 사람이 여자라는 것도 확실히 알았소. 따라서 이를 본 블리필은 깜짝 놀라며 성호를 긋고는 매우 근엄하게 외마디를 질렀소.

블리필의 갑작스러운 이런 모습에 다소 놀란 스와컴이 그 이유를 묻자, 블리필은 어떤 남녀가 못된 마음을 품고 함께 숲으로 들어가는 것을 보았다고 대답했소. 하지만 블리필은 존스의 이름은 거론하지 않는 게 적절하다고 생각했소. 그가 왜 그렇게 생각했는지는 현명한 독자들의 판단에 맡기겠소. 잘못된 판단을 내릴 가능성이 있을 땐, 타인의 행동의 동기가 무엇인지 말하고 싶지 않기 때문이오.

스스로에게도 몹시 엄격했을 뿐만 아니라, 자신의 원칙에 반하는 타인의 행동을 몹시 적대시했던 스와컴 목사는 이 말을 듣고 분기탱천하여, 블리필에게 즉시 그곳으로 안내하라고 했소. 블리필의 안내를 받아 그곳으로 향해 가는 도중에도 스와컴 목사는 연신 탄식을 하며 그들을 혼쩌겸 내주겠다고 벼르고는 올워디 영주를 은근히 비난했소. 올워디 영주가 존스 같은 사생아에게 과도한 친절을 베풀고, 방종한 여자에게는 혹독한 벌을 내리도록 한 정의롭고 건전한 법을 무력화시킴으로써 악을 조장했기 때문에, 이런 악행이 퍼지게 된 것이라고 하면서 말이오.

이 사냥꾼들이 사냥감을 찾아가던 길은 찔레나무로 에워싸여 있었기

---

* 『아이네이스』에서 디도Dido와 아이네이아스는 비를 피해 동굴로 들어갔다가 그곳에서 사랑을 나누게 된다. 이 구절은 이 장면을 패러디한 것이다.

때문에, 이들은 걷는 데 상당한 지장을 받았소. 뿐만 아니라 부스럭거리는 소리까지 나서 존스는 이들이 조만간 들이닥칠 거라는 사실을 미리 알 수 있었소. 게다가 자신의 분노를 억제할 수 없었던 스와컴 목사가 한 걸음 한 걸음 옮길 때마다 이들을 혼내주겠다고 중얼거렸기 때문에, 이것만으로도 존스는 자신들의 은신처가 이미 발각(사냥꾼의 용어를 빌리자면)되었다는 사실을 충분히 알 수 있었던 것이오.

11장
칼과 차가운 철제 도구 없이도 벌어질 수 있는 잔혹한 혈투를 포프가 말한 1마일이나* 되는 긴 스타일로 또 비유적으로 묘사한 글

(나무가 제대로 늘어선 햄프셔 숲**에서 야생의 암수 동물들 사이에서 벌어지는 가벼운 희롱을 일반 대중들이 부를 때 사용하는 조야한 용어인) 발정기가 되어 긴 뿔을 쳐든 수사슴이 사랑의 유희를 생각하고 있을 때, 두마리 강아지들이 혹은 달갑지 않은 소리를 내는 다른 짐승들이 야생동물의 사랑을 주관하는 신의 신전 가까이 다가오면, 아름다운 암사슴은 자연의 여신이 모든 암컷들에게 부여하거나 최소한 가지고 있는 것처럼 가장하라고 지시한 두려움, 장난스러움, 까다로움 혹은 겁 때문에 뒷걸음질치게 마련이오(이는 둔감한 수컷 몰래 깨끗하지 못한 마음을 지닌 자들이 사모

---

* 알렉산더 포프가 쓴 『성 바올로 대성당의 사제장(司祭長)인 존 던 박사의 네번째 시적 풍자 *The Fourth Satire of Dr. John Donne, Dean of St. Paul's. Versified*』에서 포프는 비숍 호들리Bishop Hoadley의 문체를 1마일이나 되는 긴 장광체라고 언급하고 있다.
** "이것은 모호한 구문이다. 숲에 나무가 많다는 의미가 될 수도 있고 나무가 없다는 의미가 될 수도 있다."(필딩의 주)

스 섬*의 신비를 엿보는 것을 막기 위해서요). 여사제는 베르길리우스(당시에 그는 한창 이 의식을 거행하고 있었을 것이오)처럼 다음과 같이 소리칠 것이오.

"불경지자(不敬之者)여 이곳에서 격원(隔遠)하라.
이 수림(樹林)에 근접(近接)을 불허(不許)하노라. 시빌은 이렇게 고함(高喊)쳤다."**

"불경스런 자여 이곳에서 멀리 떨어져라. 이 숲 가까이 오지 마라. 이렇게 시빌은 소리쳤다."

——드라이든 옮김

모든 유생지물(有生之物)***이 공통적으로 하는 이 성스러운 의식이 수사슴과 그 애인 사이에서 거행되는 동안, 적개심에 불타는 어떤 짐승이 대담하게도 이들에게 너무 가까이 다가가 이에 놀란 암사슴이 이 사실을 알리면 수사슴은 사납게 그리고 맹렬하게 수풀 입구로 달려가 자신의 연인을 지키기 위해 발로 땅을 구르며 뿔을 하늘 높이 치켜든 채 적으로 의심되는 자와 당당하게 일전을 벌이는 법이오.

적의 접근을 알아차렸을 때, 우리의 주인공은 이처럼 아니 이보다 더 사납게 뛰어나갔소. 떨고 있는 암사슴을 숨기고 가능하면 암사슴의 퇴로

---

* 사모스 섬: 결혼과 출생을 관장하는 그리스의 여신 헤라의 신전이 있는 섬.
** 베르길리우스의 서사시 『아이네이스』에는 "개가 으르렁거리고, 다른 불길한 징조가 일어날 때 시빌은 저승세계의 입구에서 이 말을 외쳤다"라는 구절이 나온다. 라틴어 문장을 한문투로 옮긴 것이다.
*** '살아 있는 모든 피조물'이라는 의미의 라틴어 문장을 한문 투로 옮긴 것이다.

를 확보하기 위해 최대한 앞으로 전진했던 것이오. 이를 본 스와컴은 이글거리는 눈에서 격노의 빛을 쏟아낸 뒤, 호통을 치기 시작했소. "꼴불견이군, 진짜 꼴불견이야. 존스, 이런 짓거리를 한다는 게 도대체 가능한 거야!" 이 말에 존스가 "보다시피 제가 이곳에 있는 건 가능한 일이죠"라고 대답하자, 스와컴은 "그런데 같이 있던 그 못된 계집애는 누구야?"라고 물었소. 그러자 존스는 "설령 제가 어떤 못된 여자와 함께 있었다 하더라도, 그 여자가 누구인지 선생에게 알려주지 않는 것도 가능할 겁니다"라고 대답했소. 그러자 스와컴이 말했소. "당장 누군지 나한테 말해! 네 나이쯤 되면 그동안 받은 교육의 효과가 어느 정도 줄어든다는 건 사실이야. 하지만 그렇다고 해서 스승으로서의 내 권위까지 완전히 없어졌다고는 생각하지 마. 다른 모든 관계처럼 스승과 제자의 관계는 불변하는 것이니까 말이야. 모든 관계는 근본적으로 하나님이 부여하신 거니, 너한테 처음 기본원리를 가르쳤을 때처럼 넌 지금도 내 말에 복종해야 할 의무가 있어." 이 말에 존스가 "선생은 그러길 바라겠지만, 저를 설득하기 위해 회초리를 사용하지 않는 한, 그런 일은 절대 없을 겁니다"라고 소리치자, 스와컴은 "그러면 너한테 분명히 말하지. 난 그 못된 계집애가 누군지 반드시 알아야겠다"라고 말했소. 이 말에 존스가 "저도 분명히 말하죠. 저는 선생이 절대 알지 못하게 할 겁니다"라고 대꾸하며, 앞으로 나아가려는 스와컴의 팔을 잡았소. 이에 블리필은 자신의 옛 스승이 모욕당하는 걸 더는 볼 수 없다고 소리치더니, 스와컴의 팔을 풀어주려 했소.

두 사람을 상대해야 한다는 사실을 깨닫게 된 존스는 자신의 적 중 한 사람은 가능한 한 빨리 제거할 필요가 있다고 생각했소. 따라서 약한 쪽을 먼저 공략하기로 마음먹고는 스와컴 목사는 놓아주면서 블리필의 가슴에 정확하게 일격을 가하자, 블리필은 사지를 뻗고 나자빠졌소.

달아난 여자가 누구인지 알아내는 데 골몰했던 스와컴은 존스에게서 풀려나자마자 그사이 자신의 동료가 어떻게 될지 별다른 생각도 하지 않은 채, 양치류 덤불이 있는 쪽을 향해 곧장 나아갔소. 하지만 덤불을 향해 몇 걸음 채 옮기기도 전에, 블리필을 쓰러뜨린 존스가 뒤따라가 스와컴 목사의 코트 자락을 잡고 끌어당겼소.

스와컴 목사는 젊은 시절 복싱 챔피언이었고 중고등학교 시절뿐 아니라 대학 시절에도 복싱으로 많은 상을 타기도 했소. 오랫동안 이 훌륭한 기술을 사용하진 않았지만, 스와컴 목사의 용기는 그의 신앙심처럼 대단했고, 신체도 여기에 뒤지지 않을 정도로 강했소(게다가 독자들도 추측할 수 있겠지만, 그는 다소 성마른 성격의 소유자였소). 따라서 뒤를 돌아보았을 때 자기 동료가 큰대자로 뻗어 누워 있고 자신과 갈등이 있을 때마다 항상 수동적으로 당하기만 했던 존스가 자신을 이처럼 거칠게 대하는 것을 보고는(이는 모든 상황을 몹시 악화시켰소) 마침내 인내심을 잃었소. 이에 그는 공격 자세를 취하며 힘을 한데 모아 과거에 존스의 후면을 공략했을 때처럼, 이번에는 존스의 정면을 강력하게 공격했소.

이에 기죽지 않고 대담무쌍하게 적의 공격을 받아들인 우리의 주인공의 가슴에서는 퍽 하는 소리가 났소. 곧이어 존스도 목사의 가슴을 겨냥하며 이에 못지않은 강력한 힘으로 화답하려 했지만 스와컴 목사가 존스의 주먹을 교묘하게 아래쪽으로 유도하여 그의 배에만 다다랐소(이때 스와컴의 배 안에는 한 근의 쇠고기와 역시 한 근 분량의 푸딩이 들어 있어, 뱃속이 비었을 때와 같은 소리는 나지 않았소). 읽거나 묘사하는 것보다는 보는 게 훨씬 더 편하고 유쾌하기도 한 강력한 펀치를 서로 수없이 날린 뒤, 존스의 무릎에 가슴을 맞아 기진맥진한 상태에서 스와컴 목사는 바닥에 쓰러졌기 때문에, 누가 이 싸움의 승자가 될지는 더 이상 의심의 여지가 없는 것 같았소. 기운을 차린 블리필이 다시 싸움판에 뛰어들어 스와컴 목사에게 거친 숨을 고를 시간을 주지 않았더라면 말이오.

이제 이 두 사람은 우리의 주인공을 함께 공격했고, 스와컴과의 일전으로 진이 빠진 존스는 처음 주먹을 날렸을 때만큼의 힘을 유지하지는 못했소. 인간을 악기 삼아 혼자 연주하는 데 익숙했던 스와컴 목사는 지금 이 순간 혼자서 이 악기를 연주하고 싶었지만, 이중주를 연주할 때 자신은 어떤 역할을 해야 하는지도 알고 있었소.

최근 우리가 보아온 것처럼 인원이 많은 편이 승리*하려는 바로 이 순간 제4의 주먹이(이 주먹의 주인은 "둘이 한 사람을 공격하다니, 부끄럽지도 않아? 이 빌어먹을 놈들아"라고 소리를 질렀소) 이 싸움판에 등장하여, 스와컴 목사에게 즉시 경의를 표했소.**

일반 싸움과 구별하기 위해 대격전이라고 부를 수 있는 이 전투는 수 분 동안 격렬하게 벌어졌소. 이 싸움에서 블리필이 존스에게 맞아 사지를 뻗고 두번째로 쓰러지자, 스와컴은 수치를 무릅쓰고 새로 등장한 적(알고 보니 그는 웨스턴 영주였소. 한창 싸우느라 누구도 그를 알아보지 못했던 것이오)에게 살려달라고 빌었소.

이날 오후 일행과 함께 산책하던 웨스턴 영주는 이 피비린내 나는 전투가 벌어지는 들판을 우연히 지나가다 세 명의 남자가 싸우는 것을 본 뒤, 두 명은 같은 편이 틀림없다고 생각하고는 (정치적 고려보다는 의협심으로) 약자의 편을 들기 위해 일행과 떨어져 서둘러 이곳으로 왔던 것이

---

* 필딩은 당시에 벌어진 영국과 프랑스와의 전쟁에서 프랑스가 더 많은 승리를 거둔 것은 군사의 수적 우세 때문이라고 1745년 12월 10일 『진정한 애국자 True Patriot』라는 잡지에 실은 에세이에서 여러 차례 직접적으로 언급했다.
** 때렸다는 사실을 완곡하게 돌려서 말한 것으로 필딩 특유의 재치와 유머가 보인다.

오. 웨스턴 영주의 고귀한 행동으로 존스는 스와컴의 분노의 희생자 혹은 블리필이 옛 스승에게 품고 있던 경건한 존경심의 희생자가 되는 것을 피할 수 있었소. 수적인 열세 이외에도, 존스의 부러졌던 팔이 과거의 힘을 아직 충분히 회복하지 못했기 때문이었소. 하지만 이 증원군 덕분에 교전은 곧 끝이 났고 존스와 그의 연합군은 함께 승리를 쟁취할 수 있었던 것이오.

12장
스와컴과 블리필, 그리고 이들과 같은 20명의 사람들이 흘리는 피보다도
우리를 더욱 감동시키는 장면

싸움이 막 끝나자 웨스턴 영주의 일행, 즉 웨스턴 영주의 식탁에서 일전에 우리가 보았던 정직한 목사와 소피아의 고모 웨스턴 여사, 그리고 마지막으로 사랑스런 소피아가 나타났소.

당시 이 피비린내 나는 전쟁터의 장면은 다음과 같았소. 한쪽에선 패배한 블리필이 창백한 얼굴로 숨을 헐떡거리며 누워 있었고, 그 옆에는 정복자 존스가 자신의 피와 최근까지 스와컴 목사의 소유였던 피로 뒤범벅이 된 채 서 있었으며 또 다른 쪽에선 앞서 말한 스와컴이 포루스 왕*처럼 침울한 표정으로 자신의 정복자에게 항복을 표하고, 이 장면에 마지막으로 등장한 웨스턴 대왕은 정복당한 적들에게 관용을 베풀고 있었소.

처음 보았을 때 블리필은 살아 있는 것처럼 보이지 않아 모든 사람들,

---

* Porus: 기원전 4세기경의 인도의 왕으로 알렉산드로스 대왕에게 항복했다.

특히 웨스턴 여사는 많은 걱정을 했소. 하지만 웨스턴 여사가 호주머니에서 각성제를 꺼내 블리필의 코에 직접 갖다 대려 했을 때, 이곳에 모인 모든 사람들의 관심은 이 가련한 블리필(이때 블리필은 그럴 마음만 있었다면 저 세상으로 조용히 떠날 수 있는 기회를 잡을 수도 있었을 것이오)에게서 다른 사람에게로 쏠리게 되었소.

블리필보다 더 애처롭고도 더 사랑스런 사람이 쓰러져 미동도 하지 않았던 것이오. 그 사람은 다름 아닌 소피아였는데, 피를 보아서인지 아니면 부친이 걱정이 되어서였는지 혹은 그 어떤 다른 이유에서였는지는 모르지만, 그녀를 부축하러 누군가가 미처 달려가기도 전에 소피아는 혼절하여 쓰러졌던 것이오.

이를 처음 본 웨스턴 여사가 비명을 지르자, 옆에 있던 사람들도 즉각 "소피아가 죽은 것 같아"라고 소리치더니, 각성제를 가져와라 물을 가져와라 하고는 모든 방법을 총동원해야 한다고 소리쳤소.

이 숲 속을 흐르는 개울에 대해 전에 내가 언급했던 사실을 독자들은 기억할지 모르겠소. 그런데 이 개울은 통속적인 로맨스에 나오는 것처럼 단지 졸졸 소리를 내기 위해 흐르는 그런 개울은 아니었소. 운명의 여신은 아카디아*의 평원에 흐르던 그 어떤 개울보다도 이 개울을 더 영광스럽고도 고귀하게 만들 작정이었기 때문이오.**

너무 많이 때린 게 아닌가 하는 걱정이 들기 시작한 존스가 블리필의 관자놀이를 비벼주고 있을 때 "소피아"라는 말과 "죽었다"라는 말이 한꺼번에 들리자, 존스는 자리에서 벌떡 일어나 블리필은 자신의 운명에 맡

---

* Arcadia: 고대 그리스의 산속에 있었다고 전해지는 이상향.
** 숲 속에 흐르는 개울을 운명의 여신이 영광스럽게 만들 작정이라는 의미는 이 개울이 소피아를 살리는 데 도움이 될 것이라는 의미를 완곡하게 표현한 것이다.

겨두고, 소피아에게로 날아가듯 달려갔소. 사람들이 한 방울의 물도 없는 숲 속에서 물을 찾아 서로 부딪치며 사방으로 달려가고 있을 때, 톰은 소피아를 안고 들판을 가로질러 앞서 언급한 그 개울로 가서는, 물가에 몸을 던지며 소피아의 얼굴과 머리 그리고 목에 흠뻑 물을 뿌렸소.

소피아의 일행은 너무도 당황해 소피아를 도와주지도 존스를 막지도 못했는데, 이것이 오히려 소피아에게는 다행이었소. 소피아를 안은 존스가 물가로 반쯤 갔을 때야 비로소 이들은 존스가 무엇을 하려는지 알아차렸던 것이오. 물가에 도착하기 전, 존스의 도움으로 정신을 차릴 수 있었던 소피아는 부친과 고모, 그리고 목사가 도착하자 팔을 뻗으며 눈을 뜨고는 "어머나" 하고 소리를 쳤소.

이 사랑스런 짐을 안고 있던 존스는, 소피아가 정신을 차리자 그녀를 내려놓으면서 동시에 사랑스럽게 포옹했소. 이 당시 소피아가 완전히 정신을 차렸더라면 분명 이를 알아차렸을 것이오. 따라서 톰의 이런 방자한 행동에 불쾌해하지 않았던 점으로 미루어 보아, 혼절했던 소피아가 그 당시 정신을 완전히 차리지는 못했을 것이라고 추정하는 바이오.

비극적인 장면은 이제 갑작스럽게 환희의 장면으로 바뀌었고, 우리의 주인공은 분명 이 장면의 주인공이었소. 구조된 소피아가 느끼는 기쁨보다 그녀를 구한 데서 존스가 느낀 기쁨이 더 컸기 때문에, 축하한다는 말에 소피아가 느낀 기쁨은 다른 사람들이 건넨 축하 인사말(특히 웨스턴 영주가 자기 딸을 한두 번 포옹한 뒤 존스를 껴안고 키스하며 그에게 건넨 축하 인사말이 그랬소)에 존스가 느낀 기쁨에 미치지 못했소. 심지어 웨스턴 영주는 존스를 소피아의 수호천사라고 부르며 소피아와 자기 영토를 제외한 모든 것을 줄 수 있다고까지 말했소(잠시 생각에 잠긴 뒤, 여우사냥개와 자신이 좋아하는 암말 슈발리에, 그리고 슬라우치는 그 항목에서 제외시켰지만 말이오).

일단 소피아에 대한 걱정이 사라지자, 존스에게로 관심을 돌린 웨스턴 영주가 "보게, 웃통 벗고 낯이나 씻게나. 자네 꼴이 말이 아니야. 어여 씻게. 그라고 내랑 집으로 가세. 자네가 입을 옷이 눈에 뷔는지 뒤져보지"라고 말하자, 존스는 즉시 코트를 벗고 물가로 가 얼굴과 가슴을 씻었소(가슴도 얼굴만큼 많은 공격을 당해 피를 많이 흘렸기 때문이오). 하지만 물로 핏자국을 씻어낼 수는 있었지만, 스와컴이 존스의 얼굴과 가슴에 남겨놓은 멍 자국은 지울 수 없었기 때문에, 이를 본 소피아는 한숨을 쉬며 몹시 안쓰러운 표정을 지었소.

존스는 그 표정의 의미를 정확히 알아차렸소. 소피아의 표정은 존스가 좀 전에 입은 타박상보다도 훨씬 강력한, 하지만 성격은 전혀 다른 영향을 미쳤소. 그녀의 표정은 몹시 부드럽고 위안이 되어서, 설령 좀 전에 칼에 찔렸다 하더라도, 존스는 통증을 얼마 동안은 느끼지 못했을 것이오.

일행이 톰이 싸움을 벌였던 곳으로 돌아왔을 때 스와컴은 블리필을 일으켜 세우고 있었소. 이 장면에서 우리는 경건한 소망을 하나 말하지 않을 수 없소. 싸울 때 자연의 여신이 인간에게 제공한 무기만을 사용했으면 하는 것과, 차가운 쇠는 땅을 팔 때 사용하고 사람의 내장을 파는 데는 사용하지 않았으면 하는 것이오. 그렇게 되면 군주들의 오락거리인 전쟁이 일어난다 하더라도 사람들은 거의 피해를 입지 않을 수 있을 것이고, 또 몇몇 신분 높은 귀부인의 특별 요청에 따라 부대 간의 대규모 전쟁도 벌일 수 있을 것이며, 귀부인들도 왕과 같이 직접 전쟁을 참관할 수 있게 될 것이오. 또한 그렇게 되면 당장에는 전쟁터 곳곳에 시체가 널리게 되겠지만, 얼마 지나지 않아 죽은 자들 모두는 혹은 죽은 자들 중 상당수는 베이에스의 극에 나오는 병사들처럼* 벌떡 일어나 드럼이나 바이올린 소리에 맞추어 행군할 수도 있을 것이오.

농담을 싫어하는 근엄한 사람들과 정치인들이 콧방귀 뀌지 않도록 가능한 한 이 문제를 우스꽝스럽게 다루지는 않겠소. 하지만 전쟁의 승패가 사실상 난도질당하고 살해당한 시체의 수에 따라 결정되는 것처럼, 머리가 깨지고, 코피가 터지고, 눈가에 멍이 든 사람의 숫자가 어느 쪽에 더 많은가에 따라서도 결정될 수 있지 않겠소? 누가 도시를 차지하느냐의 문제로 서로 다툴 때에도 이와 같은 방식으로 결정하면 어떻겠소? 이런 방식은 프랑스에게 더 불리하다고 생각할지도 모르오. 뛰어난 계략가들을 많이 갖고 있어 그 어느 나라보다도 유리한 입장에 있는 프랑스인들은 이런 식으로 싸움을 할 경우 자신들의 이점을 상실할 수도 있으니 말이오. 하지만 프랑스인들이 용맹하고 관대하다는 사실을 고려해볼 때, 그들이 자신의 적과 대등한 조건에서 싸우길, 다른 말로 하자면, 상대방을 자신과 싸울 만한 상대로 만들어주길 거부하지는 않을 거라고 나는 확신하오.

하지만 이런 개선안은 실제로 이루어지길 기대할 수 있는 것이라기보다는 단순한 희망사항에 불과하기 때문에, 이 제안을 잠깐 하는 것으로 만족하고 이제 우리 이야기로 돌아가고자 하오.

웨스턴 영주가 싸움이 벌어진 원인을 물어보았지만, 블리필과 존스 중 그 누구도 대답을 하지 않자 스와컴이 퉁명스럽게 말했소. "그 원인은 멀리 있지 않습니다. 이 수풀을 뒤지면 그 여자를 찾아낼 수 있을 테니까요." 그러자 웨스턴 영주는 "여자를 찾아내다니! 그럼, 당신들 지금 여자 때문에 싸우고 있었던 거야?"라고 물었소. 이에 스와컴이 "저기 조끼를

---

* 영국의 버킹엄 공작인 조지 빌리어스(George Villiers, 1628~1687)가 쓴 드라마 『리허설 The Rehearsal』(1671)에서는 베이에스라는 드라마 작가가 나오는데, 그가 공연한 드라마에서는 전쟁터에서 쓰러진 군사들이 어떤 소리를 들으면 모두 일어난다.

입고 있는 신사에게 물어보시죠. 그자가 제일 잘 알고 있을 겁니다"라고 말하자, 웨스턴 영주는 "그래, 그라믄 여자 때문이 틀림없군. 이봐 톰, 자네는 진정한 바람둥이야. 하여튼, 이보게들, 친구처럼 지내. 나랑 우리 집에 가서 술이나 한잔하며 화해하지"라고 소리쳤소. 그러자 스와컴이 대답했소. "영주님, 저 정도 신분을 가진 사람이 소임을 다하기 위해 음탕한 여자를 찾아내 벌주려 했다 해서, 이런 애송이한테 이런 취급을 당하며, 심지어 얻어맞기까지 한 것은 영주님 생각처럼 그렇게 사소한 일이 아닙니다. 하지만 진짜 잘못은 올워디 영주님과 웨스턴 영주님께 있습니다. 두 분께서 법을 제대로 집행만 하셨더라면 이 버러지 같은 인간들을 죄다 없애버릴 수 있었을 테니까요."

이에 웨스턴 영주는 "난 우리 마을에 있는 여우나 다 없애뿟으믄 좋겠어. 오히려 난 사람들이 전쟁터에서 매일 죽는 군인 수만큼* 아를 낳도록 권장해야 한다고 생각해. 그건 글코 그 여잔 어데 있나? 이보게, 톰, 나한테 좀 보여줘"라고 소리치더니, 토끼를 잡기 위해 수풀을 뒤질 때 하는 말을 하면서 수풀을 뒤적거렸소. 그러더니 마침내 "저기, 저 있네. 토끼는 멀리 못 갔을 거야. 이건 분명히 그 토끼 발자국이니 말이야. 그러니 '토꼈다'고 해야 되겠군"이라고 말했소. 사실 웨스턴 영주는 그렇게 말할 수도 있었을 것이오. 싸움이 벌어질 무렵, 그 가련한 여인이 토끼가 이동할 때 사용하는 개수만큼의 다리로 달아났던 곳을 지금 웨스턴 영주가 발견했으니 말이오.

소피아는 힘이 너무 없어 다시 쓰러질 것 같다며 집으로 돌아가자고 영주에게 간청했소. 이에 자식을 유난히 사랑한 웨스턴 영주는 즉시 딸의

---

* 오스트리아 왕위 계승 전쟁에서 오스트리아와 영국의 연합군은 프로이센과 프랑스 연합군과의 싸움에서 고전을 면치 못했다.

청을 들어주겠다고 하고는, 그곳에 있는 사람들 모두에게 자기 집으로 가서 식사나 하자고 했소. 이에 블리필은 말은 못하지만 이런 영광스런 초대를 거절해야만 할 여러 이유가 있다며, 스와컴 목사는 자신과 같은 신분을 가진 사람이 지금 이런 모습으로 그곳에(그곳이 어떤 곳이든 간에) 간다는 건 적절치 못하다며(아마도 그의 말이 맞을 것이오) 영주의 권유를 완강히 뿌리쳤소.

하지만 소피아와 함께 있을 수 있는 즐거움을 거부할 수 없었던 존스는 웨스턴 영주 그리고 여자들과 함께 먼저 출발했고, 맨 뒤에서 서플 목사가 이들을 따라갔소. 떠나기 전 서플 목사는 성직자로서 자신은 스와컴 목사를 버리고 갈 수 없다며 함께 남겠다고 했지만, 그의 호의를 받아들이지 않으려는 스와컴 목사가 예의를 갖추지도 않고 서플 목사를 웨스턴 영주 쪽으로 밀쳐내었기 때문이오.

이렇게 피비린내 나는 싸움도 끝이 났으니, 이제 5권도 끝을 내야겠소.

6권

3주 동안 벌어진 일

1장

사랑에 관하여

지난 5권에서 사랑이라는 열정을 많이 다룰 수밖에 없었지만, 이어지는 6권에서도 이 주제를 좀더 광범위하게 다룰 수밖에 없을 것 같소. 따라서 여기에서는 최근에 나온 학설, 그러니까 인간의 마음에는 사랑이라는 열정 같은 건 없다고 주장하는 몇몇 철학자들의 진술을 철저하게 검토해보는 것도 부적절하지는 않을 거라 생각하오.

이 철학자들이 그 어떤 학문이나 학식의 도움 없이, 단지 자신들이 갖고 있는 천재적인 통찰력을 통해 신은 존재하지 않는다는 그 심오한 비밀을 발견했다고 고(故) 스위프트 박사*가 칭송했던 그 놀라운 집단에 속하는 사람들인지, 혹은 인간의 본성에는 사실 도덕성이나 선이라는 것이 존재하지 않으며, 인간의 훌륭한 행동은 단지 자만심에서 비롯된 것이라고 주장해 세상을 무척 놀라게 했던 사람들**과 같은 부류의 사람들인지, 지금 결

---

* 조녀선 스위프트(Jonathan Swift, 1667~1745): 영국의 풍자 소설가이자 시인. 「영국에서 기독교를 폐지하려는 것이 불편을 수반하게 될 것이고 아마도 그것에 의해 제안된 많은 훌륭한 효과가 산출되지 않을 것을 입증하기 위한 논문An Argument to prove, that the Abolishing of Christianity in England, May, as Things now Stand, be attended with some Inconveniences, and perhaps, not produce those many good Effects proposed thereby, 1711」에서 스위프트는 무신론자들을 비판했다.
** 필딩은 인간은 근본적으로 타락했다는 토머스 홉스의 사상에 반대하며 인간은 근본적으로

론 내리지는 않겠소. 사실 나는 진실을 찾는 사람은 소위 "금을 찾는 사람"*과 똑같지 않나 하는 생각을 해왔소. 진실을 찾으려는 사람과 금을 찾으려는 사람은 똑같은 방식을 사용하기 때문이오. 즉 이 둘은 똑같이 불결한 곳을 찾고, 뒤지고, 조사하는데, 특히 진실을 찾으려는 사람은 그중에서도 가장 불결한 곳, 그러니까 인간의 "사악한 마음"을 뒤지기 때문이오.

이 경우에, 특히 그 일이 성공을 거둘 경우, 진실을 찾는 자를 금을 찾는 자에 비유하는 건 매우 적절할 거라고 나는 생각하오. 하지만 겸손함에선 이 둘은 서로 비교도 될 수 없을 정도로 다르오. 금을 찾으려다 실패한 사람이 이 세상에는 금이 없다고 뻔뻔스럽게 혹은 어리석게 주장하는 걸 들어본 적 있소? 하지만 진실을 찾는 사람은 변소간 같은 자신의 마음을 뒤져본 뒤, 그곳에서 그 어떤 신성(神性)도 그 어떤 고결하거나 선량하거나 사랑스럽거나 혹은 사랑하는 마음을 발견할 수 없는 경우, 아주 공정하고 정직하게 그리고 논리적으로, 그런 것은 이 세상에 존재하지 않는다는 결론을 내리오.

하지만 가능한 한 이들 철학자들(이들을 이렇게 부를 수 있을지는 모르겠지만)과의 그 어떠한 논쟁도 피하기 위해 그리고 이 문제를 평화롭게 조정할 의향을 내가 가지고 있음을 보여주기 위해, 이런 논쟁에 종지부를 찍을 수 있는 그들의 주장 몇 가지를 인정하고자 하오.

첫째, 많은 사람들은 그리고 특히 앞에서 예를 든 철학자들은 사랑이

선한 성품good nature을 지녔다고 주장한다. 톰 존스가 선한 성품을 지녔다고 작가가 여러 번 강조하는 이유는 여기에 있다. 따라서 그는 성악설을 주장하는 철학자를 비판하고 있는데 지금 이 구절은, 18세기의 철학자 버나드 맨더빌에 대한 간접적인 공격이다. 맨더빌은 『꿀벌의 우화The Fable of the Bees』에서 인간이 근원적으로 악하며 인간의 선행은 자만심에서 비롯된 것이라고 주장하고 있기 때문이다.
* '금을 찾는 사람'은 영국의 속어로 '변소 치우는 사람'이라는 의미가 있다.

라는 열정을 조금도 가지고 있지 않다는 점을 우리는 인정할 것이오.

둘째, 보통 우리가 사랑이라고 부르는 것, 그러니까 보드랍고 하얀 인간의 육체를 통해 자신의 탐욕스런 욕정을 충족시키고자 하는 욕망은, 우리가 논의의 대상으로 삼고자 하는 열정이 아니라는 것이오. 그런 것은 오히려 굶주림이라고 불러야 더 적절할 것이오. 그 어떤 대식가도 자신의 식욕에 사랑이라는 단어를 사용하는 것을, 그러니까, 자신은 그러그러한 음식을 사랑한다고 말하는 것을 부끄러워하지 않듯, 이런 종류의 사랑을 하는 사람은 자신은 그러그러한 여자를 배고파 한다고 말할 수 있을 것이기 때문이오.

셋째, 이건 가장 인정하기 쉬울 거라고 생각하는데, 우리가 옹호하고자 하는 사랑도, 훨씬 더 미묘한 방법을 사용하긴 하지만, 인간의 가장 천한 욕구와 마찬가지로 자신의 만족을 추구한다는 점이오.

그리고 마지막으로, 이 사랑이 이성(異性)에 대한 것일 경우, 완전한 만족을 얻기 위해 앞에서 언급한 배고픔의 도움을 요청하는 경향이 아주 강하다는 점이오(이 배고픔은, 욕망에서 비롯된 감정만을 느끼는 사람들은 결코 상상할 수 없을 정도로, 사랑의 기쁨을 배가하는 법이오).

우리가 앞에서 언급한 몇가지 사항을 인정해준 것에 대한 보답으로, 철학자 당신들도 어떤 사람은(우리는 많은 사람들이 그렇다고 믿고 있소) 타인을 행복하게 해주는 데서 만족을 느끼는(동정심과 자비심 많은) 성품을 지니고 있다는 사실을 인정해주기 바라오. 또한 우정이나 부모와 자식 간의 사랑, 그리고 일반적인 박애주의처럼, 이때 느끼는 만족감은, 최고의 기쁨을 수반한다는 사실도 인정해주기 바라오. 그리고 이런 마음을 사랑이라고 부르지 않는다면, 그것을 달리 칭할 명칭이 없다는 사실, 그리고 그런 순수한 사랑에서 파생되는 즐거움은 욕망으로 인해 더욱더 커지고 달콤해지지만, 욕망 없이도 존재할 수 있으며, 욕망의 개입으로 파괴되지도 않는다는 사실도 인정해주기 바라오. 마지막으로, 젊음과 아름다움이 욕망을 불러일으킬 수 있듯이, 존경과 감사하는 마음도 사랑을 품게 할 수 있다는 사실, 따라서 사랑하는 대상이 나이 들거나 병이 들어, 그 대상에 대한 욕망이 자연스럽게 사라진다 해도, 그 대상에게 갖고 있던 사랑은 어떠한 영향도 받지 않는다는 사실, 그리고 그런 일이 일어난다고 해서 선한 품성을 가진 사람들은 감사하는 마음과 존경심에 근간을 둔 이 사랑이라는 열정을 상실하지 않는다는 사실 또한 인정해주기 바라오.

　우리의 주장을 입증할 명백한 사례를 종종 접하면서도 이 사랑이라는 열정이 존재한다는 사실을 부인하는 건 아주 기이하고 불합리한 것 같소. 그럼에도 불구하고 이런 열정이 존재한다는 사실을 부인하는 건 앞서 우리가 언급했듯이 본인의 모습에 근거해 판단을 내렸기 때문이오. 하지만 이건 상당히 잘못된 것이오. 본인의 마음속에서 그 어떤 탐욕이나 야망도 발견하지 못했다고 해서 이를 근거로 인간의 본성에는 탐욕이나 야망이 자리 잡고 있지 않다고 결론 내려서야 되겠소? 타인의 악에 대해 판단 내릴 때처럼, 선에 대해서 판단 내릴 때에도, 이와 같은 방식을 사용해서야 되겠소? 셰익스피어의 말처럼, 그렇게 하는 것은 "이 세상을 우리 자신 속에 가두려는 것"*은 아니오?

　지금 내가 한 말의 근저에는 유감스럽게도 상당한 허영심이 관련된 것 같소. 우리가 얼마나 훌륭한 사람인지 스스로에게 찬사를 보내는 것이니 말이오. 하지만 대부분의 사람들이 이런 일을 하오. 아첨꾼이라는 소리를 듣기는 몹시 싫어하면서도, 아주 부끄러운 방식으로 자화자찬하지

---

* 셰익스피어의 『헛소동Much Ado about Nothing』 2막 1장에 나오는 대사.

않는 사람은 거의 없으니 말이오.

따라서 앞에서 내가 한 진술이 사실인지 아닌지는, 내가 진술한 말에 대해 증언할 수 있는 사람에게 그 판단을 맡기겠소.

선량한 독자들이여! 당신들도 자신의 마음을 한번 살펴본 뒤, 내 생각에 동의하는지 아닌지 결론을 내리시오. 그리고 내 말을 믿는다면, 내 말이 사실임을 보여주는 사례를 다음 장에서 발견할 수 있을 것이오. 하지만 내 말을 믿지 못한다면, 당신은 이해할 수도 없는 글을 읽고 있는 것이니, 음미할 수도 이해할 수도 없는 글을 읽는 데 더 이상의 시간을 허비하지 말고, 당신 본업이나 당신이 하고 싶은 일을 하는 게 더 현명할 것이오. 당신과 함께 사랑이 미치는 영향에 대해 논하는 것은, 태어날 때부터 앞을 못 보는 사람과 색깔을 논하는 것처럼 불합리할 것이 틀림없기 때문이오. 당신이 갖고 있는 사랑에 대한 개념은, 분홍색을 트럼펫 소리와 유사하다고 느끼는 장님처럼 황당해서, 당신에게 사랑은 수프 한 접시나 구운 쇠고기 등심과 같은 것으로 느껴질 것이기 때문이오.

2장

웨스턴 여사의 성품
그녀의 대단한 학식과 세상사에 대한 박학한 지식
그리고 이것을 통해 그녀가 얻은 통찰력의 예

독자들은 웨스턴 영주와 그의 누이동생, 소피아와 젊은 청년 존스, 그리고 서플 목사가 함께 웨스턴 영주의 자택으로 향하는 것을 지난 장에서 보았을 것이오. 웨스턴 영주의 집에 도착한 이들은 심각한 표정을 한 소피아를 제외하고는 매우 즐겁고 유쾌한 저녁을 보냈소. 사랑하는 마음으로 충만했던 존스는 올워디 영주가 회복됐다는 기분 좋은 사실과 자신에게 간간이 보인 소피아의 사랑스런 표정, 그리고 소피아와 함께 있다는 생각에 한껏 고무되어, 그 누구보다도 쾌활한 이 세 사람이 벌이는 이 유쾌한 자리에 기쁜 마음으로 동참했던 것이오.

다음 날 아침식사 시간에도 소피아는 여전히 심각한 표정을 지으며, 부친과 고모를 남겨둔 채, 여느 때보다 일찍 식탁에서 일어섰소. 하지만 웨스턴 영주는 딸의 이런 변화를 전혀 눈치채지 못했소. 솔직히 말해, 그는 지방당* 후보자로 선거에 두 번 나선 적이 있어 정치인이라고 볼 수는 있었지만, 대단한 관찰력을 지닌 사람은 아니었기 때문이오. 하지만 그의 누이는 기질적으로 그와는 달랐소. 궁정 주변에서 살았던 탓에 세상에 관한 모든 지식을 습득했고, 풍습과 관습, 예법, 그리고 상류사회의 관례에 완전히 통달해 있었으니 말이오. 하지만 그녀의 박학다식은 여기서 끝나지 않았소. 공부를 통해 웨스턴 여사는 상당한 수준의 교양까지 갖추었기 때문이오. 즉 웨스턴 여사는 모든 현대 드라마와 오페라, 오라토리오, 시와 로맨스를 읽었고, 이를 비평할 수 있었을 뿐만 아니라, 라팽**의 『영국사』와 에커드***의 『로마사』, 그리고 무슨무슨 역사에 유용한 프랑스 비

---

* 1743년부터 1754년까지 영국 수상을 역임했던 휘그당파의 헨리 펠햄(Henry Pelham, 1694~1754) 정부에 대항하여 지방의 이득을 옹호하기 위해 나선 토리당 사람들은 스스로 지방당(country interest 혹은 country party)이라고 불렀다. 따라서 웨스턴 영주가 지방당 후보로 나섰다는 사실은 그가 자코바이트이자 전형적인 토리 성향을 가지고 있음을 보여준다.
** 폴 드 라팽(Paul de Rapin, 1661~1725): 프랑스의 역사가로 『영국사Histoire d'Angle-terre』(1723~1725)를 저술했다.
*** 로렌스 에커드(Laurence Echard, 1670~1730): 17세기 영국의 역사가로 『로마사The Roman History』를 저술했다.

망록*이라는 이름으로 시작하는 수많은 책들을 통독했고 여기에 더해 지난 20년 동안 출판된 방대한 양의 정치 팸플릿과 잡지를 읽어 대단히 뛰어난 정치 기술을 습득했으며, 유럽 문제에 관해서도 대단히 학문적인 대화를 나눌 수 있는 사람이었던 것이오. 게다가 사랑의 전술에도 몹시 밝아, 그 누구보다도 정확히 누가 누구와 함께했는지를 잘 알고 있었소. 웨스턴 여사가 이런 전략에 관한 정보를 쉽게 얻을 수 있었던 것은 본인 스스로는 결코 사랑에 빠지지 않아 이런 정보를 얻는 데 방해받는 일이 없었기 때문이오. 이는 웨스턴 여사가 사랑하고자 하는 마음이 없거나, 아무도 웨스턴 여사의 사랑을 애원하지 않았기 때문이었을 텐데, 후자가 훨씬 더 타당한 이유인 것 같소. 키가 거의 180센티미터나 되고 남자 같은 체격, 남자 같은 태도와 학식 때문에, 비록 속치마는 입었지만 남자들은 그녀를 여자로 볼 수 없었을 것이오. 하여튼 그녀는 사랑의 전략에 대해 과학적으로 연구해보았기 때문에, 자신이 직접 실행에 옮기지는 않았지만, 훌륭한 여성들이 남성들의 구애를 받고 싶을 때 혹은 자신이 좋아하고 있다는 사실을 숨기고 싶을 때 사용하는 전략과 현재 사교계에서 실행되고 있는 미소와 추파, 그리고 눈짓과 그 밖의 부수적인 것들을 훤히 꿰뚫고 있었소. 간단히 말하자면, 그 어떤 가장이나 꾸민 행동도 웨스턴 여사의 눈을 속일 수 없었지만, 정직한 사람들의 솔직하고 꾸밈없는 행동은 전혀 본 적이 없었기 때문에, 거기에 대해선 거의 알지 못했던 것이오.

이 놀라운 총명함 덕분에, 웨스턴 여사는 소피아의 마음속에서 무엇인가 일어나고 있다고 생각하게 되었소. 그녀가 이를 처음 눈치챈 것은 존스와 블리필이 싸움을 벌였을 당시 소피아의 행동을 보았을 때였으며,

---

* 이 당시 프랑스에서는 "……역사를 위한 비망록"이라는 제목의 책들이 많이 쏟아져 나왔다.

자신의 의혹이 사실임을 확신하게 된 것은 그날 저녁과 그다음 날 아침 그녀가 관찰한 바를 통해서였소. 하지만 매우 신중한 성격이라 자신이 오해했을 수 있다는 생각에 이 사실을 2주 동안이나 비밀로 한 채, 단지 선웃음치고 윙크하며 혹은 고개를 끄덕이거나, 종종 소피아를 몹시 놀라게 하면서도 웨스턴 영주에게는 그 어떠한 반응도 일으키지 않는 애매모호한 말을 툭툭 던짐으로써, 자신이 소피아의 비밀을 알고 있다는 사실을 완곡하게 전했던 것이오.

하지만 결국 자신의 생각이 맞다고 확신하게 된 웨스턴 여사는 웨스턴 영주와 단둘이 있게 된 어느 날 아침, 휘파람을 불던 영주에게 이렇게 말했소. "오라버니, 최근에 소피아에게서 뭔가 이상한 점 못 봤어요?" 이 말에 웨스턴 영주가 "아니, 못 봤는데. 그 아이한테 뭔 일이라도 있든?" 하고 묻자, 웨스턴 여사는 "내 생각엔 무슨 일이 있어요. 그것도 아주 중차대한 일이오"라고 대답했소. 그러자 웨스턴 영주는 "내한테는 아프다는 말 안 하던데, 그 애가 수두라도 걸릿단 말이냐?"라고 소리쳤고, 이에 웨스턴 여사가 "오라버니, 여자아인 수두 말고도 다른 병에, 때로는 그것보다 훨씬 더 나쁜 병에 걸릴 수도 있어요"라고 대답하자, 웨스턴 영주는 그녀의 말을 막으며 자기 딸이 무슨 병에라도 걸렸다면 즉시 알려달라고 간곡하게 부탁하고는, 자신은 딸을 자신보다 더 사랑하기 때문에 소피아를 위해서라면 훌륭한 의사를 부르러 지구 끝에라도 갈 거라고 말했소. 그러자 웨스턴 여사는 미소를 지으며 이렇게 대답했소. "아니에요, 그 병이 그렇게 끔찍한 건 아니에요. 하여튼, 오라버니. 오라버닌 내가 세상 돌아가는 걸 잘 안다고 생각은 하지요? 장담하건대, 소피아는 아주 지독한 사랑에 빠진 게 틀림없어요." 이 말에 웨스턴 영주는 화가 나서 소리쳤소. "우째, 사랑에 빠져! 내한테는 알리지도 않고 사랑에 빠짓단 말이야?

내 소피아와 의절하고 발가벗기가 한 푼도 주지 않고 집 밖으로 쫓아버려 야겠다! 내가 그마이 아끼고 아낏는데 내 허락도 없이 사랑에 빠져?" 그러자 웨스턴 여사는 "오라버닌 자신보다도 더 사랑한다는 딸이 선택한 남자가 오라버니 마음에 드는지 안 드는지 알아보기도 전에 소피아를 내쫓아버리진 않겠죠? 오라버니도 원하는 사람을 소피아가 선택했다면 화내진 않을 거 아니에요?" 라고 물었고, 이에 웨스턴 영주는 "물론 화 안 내제, 그걸 말이라꼬. 그건 얘기가 다른 기니까. 소피아가 내가 바라는 사내랑 결혼한다믄야 아무나 사랑해도 괘안타. 난 그깟 일로 골머리 싸매지는 않을 기니까" 라고 소리치듯 대답했소. 그러자 웨스턴 여사는 "말은 분별 있게 하네요. 소피아가 선택한 사람은 오라버니도 소피아의 신랑감으로 꼽았을 사람일 거라고 난 생각해요. 내 말이 틀렸다면, 내가 세상 돌아가는 걸 좀 안다고 말한 거 취소하겠어요. 하여튼 오라버니도 내가 세상 돌아가는 걸 좀 안다는 사실을 인정하게 될 거라고 믿어요" 라고 말했소. 이에 웨스턴 영주는 "난 네가 다른 여자들만치 세상을 안다고 믿어. 그리고 그건 분명히 여자 일이야. 하지만 너도 알다시피, 네가 정치에 대해 떠드는 건 듣고 싶지 않아. 그건 남자들 일이지, 치마 입은 여자들이 관여할 일이 아니거든. 하이튼, 상대 남자가 누구냐?" 라고 물었소. 그러자 웨스턴 여사가 대답했소. "별꼴이네! 원하면, 오라버니가 직접 알아내요. 그렇게 위대한 정치가이신 오라버니께서 그것 하나 알아내지 못한다는 건 말도 안 되죠. 국왕의 회의실에서 무슨 일이 벌어지는지 꿰뚫어볼 수 있고, 유럽의 모든 정치를 조정하는 그 거대한 기계를 실제로 작동시키는 스프링을 찾아낼 판단력을 갖추었다면, 미숙하고 아무것도 모르는 여자애가 속으로 무슨 생각을 하는지 정도는 쉽게 알아내겠죠." 이에 웨스턴 영주는 "궁중에서 쓰는 그 잠꼬대 같은 소리는 내한테 하지 말라고 그마이 이야기했을 텐데. 다시 말하지만, 난 그 따위 알쏭달쏭한 말은 도무지 이해할 수 없어. 하지만 난 잡지도 읽을 수 있고, 『런던 이브닝 포스트』*도 읽을 수 있어. 가끔 보면 철자를 반이나 빠뜨려** 이해가 잘 안 가는 구절이 엥가이 있긴 해도 말이야. 하지만, 그 말이 무슨 뜻인진 잘 알아. 뇌물과 부패 때문에 이놈의 나라가 제대로 돌아가지 않는다는 것도 잘 알고 있고 말이야"라고 소리쳤소. 이에 웨스턴 여사가 "오라버니가 시골뜨기같이 무식한 게 진짜 안쓰럽네요"라고 소리치자, 웨스턴 영주는 "그래? 난 네가 런던에서 배워온 게 진짜 안쓰럽다. 난 다른 건 다 돼도, 누구처럼 궁정에 가서 아첨이나 떠는 인간이나 장로파주의자, 하노버 왕가의 똘마니***는 안 될 기구만"이라고 대답했소. 이 말에 웨스턴 여사가 "그게 날 말하는 거라면, 알다시피 나도 여잔데! 하여튼 내가 누구인지는 중요한 게 아니에요. 게다가……"라고 말하는 순간, 웨스턴 영주는 그녀의 말을 가로막으며 "글치, 네가 여자란 걸 잘 알지. 근데 네가 여자란 사실을 다행으로 알아라. 분명히 말하지만, 네가 남자였다면 벌써 오래전에 내한테 한 대 얻어맞았을 기야"라고 소리쳤소. 그러자 웨스턴 여사는 "맞아. 남자들이 우리 여자들보다 더 낫다고 생각하는 게 바로 그 주먹질이지. 남자들이 우리 여자보다 강한 건 그 몸뚱이지 머리는 아니니까. 하여

---

* The London Evening-Post: 18세기 당시 영국에서 발행되었던 자코바이트Jacobites 성향의 반정부 신문.
** 당시에 명예훼손죄로 고발당하는 것을 피하기 위해 풍자의 대상이 되는 인물의 이름 철자 중 모음만 빼서 기술하는 경우가 종종 있었다.
*** 당시의 영국 왕은 개신교를 믿고 있던 독일의 하노버 왕가 출신의 조지 2세(재위 1727~1760)로 휘그당을 지지했다. 따라서 가톨릭을 지지하며 자코바이트이자 토리당의 정책을 지지하던 웨스턴 영주에게 당시 정권은 못마땅할 수밖에 없었다. 이에 반해 궁중 세력과 긴밀한 관계를 유지해왔던 웨스턴 여사는 정치적으로 휘그당 편에 서 있어 두 남매는 상반되는 정치적 성향을 갖고 있는 것이다.

튼 남자들이 그 점에선 여자들보다 나은 걸 다행으로 알아요. 아니면 남자들보다 똑똑한 우리 여자들이 모든 남자들을 (그 남자들이 용감하고 현명하고 위트가 넘치고 정중하든 상관없이) 우리 여자들의 노예로 만들었을 테니까 말이에요"라고 대답했소. 이 말에 웨스턴 영주는 "니 본심을 알아 다행이다. 하지만 그 문제는 난중에 더 이야기하기로 하고, 지금은 소피아 이야기나 하자. 그래, 네 생각엔 소피아가 좋아하는 남자가 누군 것 같냐?"라고 말했고, 웨스턴 여사는 이렇게 대답했소. "잠깐만. 남자들에 대한 내 이 극도의 경멸감을 좀 삭일 때까지 기다려요. 안 그러면 오라버 니한테도 화낼 거니까. 자, 이제. 그럭저럭 화를 참고 삼켰으니 시작하죠. 훌륭한 정치가이신 오라버니, 블리필을 어떻게 생각해요? 블리필이 바닥에 쓰러져 숨을 헐떡거리고 있는 걸 보았을 때, 소피아가 기절했죠? 정신을 차린 뒤 블리필이 있던 곳으로 갔을 때, 소피아의 얼굴이 다시 창백해졌죠? 그날 저녁식사 시간과 다음 날 아침에, 그리고 그때 이후 줄곧 소피아가 울적해했는데 다른 이유가 있을 것 같아요?" 이 말에 웨스턴 영주는 다음과 같이 소리쳤소. "글고 보이 글네. 네 말을 들으니 기억이 난다. 인제 전부 생각이 나네. 그래, 분명히 그랬어. 억수로 기분 좋은데. 내는 말야, 소피아는 착한 애라꼬, 그래서 이 애비를 화나게 할라꼬 사랑에 빠지진 않을 기라는 걸 잘 알고 있었지. 내 평생 지금처럼 기분 좋은 적이 없네. 우리 두 사람 영지만큼 가까이 붙어 있는 영지는 이 세상에 없거든. 옛날부터 이 문제에 대해 함 생각해봤는데, 이번 혼사로 우리가 갖고 있는 두 영지가 어떤 의미에선 이미 합치진 거나 다름없어. 그러이 두 영지를 갈라놓는 건 참말로 안타까운 일이야. 우리 영지보다 더 큰 영지가 있기는 하지만, 이 근방에서는 아이지. 난 우리 딸을 쌩판 모르는 놈들이나 외국 놈들에게 시집보내느니 차라리 내 영지가 줄어드는 게 나아. 그마이 큰 영지들은 귀족이라는 작자들이 다 갖고 있지. 난 그 머시기라 카는 귀족 놈들 이름도 듣기 싫어. 하여튼, 내가 우예 하면 되나? 우리 남자들보다 여자들이 이런 문제는 더 잘 알잖아." 그러자 웨스턴 여사가 대답했소. "남자들의 비천한 종에 지나지 않는 우리 여자들이 어떤 면에서건 남자들보다 능력이 있다고 인정해주셔서 감사할 따름입니다. 위대한 정치가이시기도 한 나리께서 제 충고를 듣고 싶어 하신다면, 나리께서 직접 올워디 영주님께 이 결혼을 제안하시는 것이 좋을 성싶습니다. 양가 부모가 혼인을 제안하는 건 예법에 어긋나는 일이 아니에요. 포프가 번역한 『오디세이아』에 나오는 알키노스 왕*도 자기 딸을 율리시스**에게 주겠다고 했으니까요. 오라버니처럼 현명한 분께 '내 딸이 사랑에 빠졌소'라는 말은 하지 말라고 주의 줄 필요는 없겠죠? 그건 예법에 어긋나는 것이니까요." 이 말에 웨스턴 영주가 "그래 내가 혼사를 제안하겠다. 근데 내 제안을 거절하면 진짜 한 방 먹이뿔 기다"라고 말하자, 웨스턴 여사는 "그런 걱정은 말아요. 이 결혼은 조건이 너무 좋아 거부하진 않을 거예요"라고 소리쳤소. 이에 웨스턴 영주는 "그건 잘 모르겠다. 올워디 영주는 쪼매 이상한 친구거든. 그 인간한테는 돈도 안 통해"라고 대답했소. 그러자 웨스턴 여사가 말했소. "오라버니, 오라버니 정치 수준이 참 놀랍군요. 그 말을 진짜로 믿어요? 오라버니는 올워디 영주가 남보다 그런 소릴 더하고 다닌다고 해서 실제로 다른 사람보다 돈을 더 싫어한다고 생각해요? 그렇게 남의 말을 잘 믿는 건, 정치를 하도록 태어난 현명한 남자들보다는 약한 우리 여자들한테나 어울려요. 오라버닌 프랑스와 협상했던 그 훌륭하

---

* 호메로스의 『오디세이아』에 나오는 인물로 딸 나우시카Nausicaa와 오디세우스의 결혼을 제안한다.
** 오디세우스의 라틴어 이름.

신 전권대사의 자질을 갖추고 있군요. 단지 자신들을 방어하기 위해 도시를 점령했다는 프랑스인들의 말을 오라버닌 금방 믿을 것 같으니 말이에요." 그러자 웨스턴 영주는 아주 경멸하는 듯한 어조로 "도시를 빼앗긴 일은 궁정이나 기웃거리는 니 친구놈들 보고 책임지라 캐. 넌 여자니, 널 욕하진 않겠다. 그자들도 여자들한테 비밀을 말할 정도로 멍청이는 아이겠지"라고 냉소적인 웃음을 지으며 말하자, 웨스턴 여사도 더 이상 참을 수 없었소. 이런 예민한 문제로(실제로 그녀는 이런 문제에 정통해 있었기에 이런 상황을 참을 수 없어 격렬하게 반응했소) 내내 짜증이 나 있었던 웨스턴 여사는 영주의 말에 버럭 화를 내기 시작하더니 웨스턴 영주를 시골뜨기, 멍청이라고 부르고선 더 이상 그의 집에 머물지 않겠다고 선언했소.

웨스턴 영주는 마키아벨리*의 책을 읽어본 적은 없지만 여러 점에서 완벽한 정치인이었소. 런던의 증권거래소 거리에 있는 정치적 소요학파** 들이 가르치는 그 훌륭한 교의 모두를 아주 강력하게 신봉하고 있었기 때문에, 돈의 정확한 가치와 유일한 사용 방식, 즉 돈을 쌓아두는 것이 얼마나 중요한지 잘 알고 있었고, 계승권과 재산상속권 등 재산에 관련된 여러 가지 것들의 진가도 정확히 알고 있었기 때문에 종종 자신이나 자신의 후손이 누이의 재산을 상속받을 가능성에 대해서도 생각해보았소. 따라서 너무도 현명한 웨스턴 영주는 이런 사소한 문제로 화를 내 누이의 재산을 상속받을 가능성을 무산시킬 수는 없었기에, 자신이 이 문제를 지

---

 * 니콜로 마키아벨리(Niccoló Machiavelli, 1469~1527): 이탈리아의 정치 사상가로 『군주론』에서 권모술수의 필요성을 역설했다.
** 아리스토텔레스가 학도들과 산책하면서 강의하고 토론을 해서 아리스토텔레스 학파는 소요학파라고도 불리는데 여기서 필딩이 말하는 소요학파는 런던의 증권거래소가 있는 거리를 돌아다니는 상인이나 은행가, 증권거래인 등을 지칭한다.

나치게 확대했다는 사실을 깨닫게 되자마자 누이와 화해해야겠다는 생각을 하게 되었던 것이오. 하지만 그가 누이와 화해하는 것은 그리 어렵지 않았소. 웨스턴 여사는 오빠에게 많은 애정을, 조카딸에게는 더 많은 애정을 가지고 있었기 때문이었소. 게다가 대단한 자부심을 갖고 있던 정치 문제에 대한 자신의 판단이 모욕당한 것에 대해 매우 민감하게 반응은 했지만, 여자란 원래 대단히 선량하고 착한 마음씨를 가진 존재이기 때문에 웨스턴 여사는 영주와 쉽게 화해할 수 있었던 것이오.

웨스턴 여사와 화해하기 위해 웨스턴 영주는 우선 마구간에서 말이 떠나지 못하도록 창문을 제외한 모든 곳을 봉쇄하고 웨스턴 여사가 타고 있는 말을 꼭 붙잡은 다음, 그녀에게 다가가 자신이 했던 말을 모두 취소했소. 그러고는 그녀를 화나게 했던 말과는 정반대 내용의 말을 해 그녀의 마음을 누그러뜨리고 위로했소. 마지막으로 그는 소피아에게 웨스턴 여사에게 말 좀 잘해달라고 부탁했는데, 그 이유는 소피아가 품위 있고 정감 있게 말을 잘하기도 하지만, 웨스턴 여사가 특히 소피아의 말은 아주 호의적으로 그리고 각별한 애정을 가지고 들었기 때문이었소.

결국 이 일은 웨스턴 여사가 친절한 미소를 지으며 다음과 같이 말하는 것으로 매듭지어졌소. "오라버니, 오라버니는 진짜 완벽한 야만인이에요. 하지만 여황제*의 군대에서 야만인도 나름대로의 쓸모가 있었듯이, 오라버니도 쓸모는 있을 거예요. 그래서 다시 한 번 오라버니와 평화협정을 맺고, 그 협정을 오라버니가 지킬 것이지 아닌지 두고 볼 거예요. 최소한 오라버니는 훌륭한 정치가이니까, 프랑스처럼 동맹관계는 유지할 거

---

* 18세기 보헤미아와 헝가리의 여왕이었던 마리아 테레지아(Maria Theresia, 1717~1780)를 말한다. 프로이센의 프리드리히 왕이 1744년 보헤미아를 침공했을 때 그녀의 군대 중 크로아티아 비정규군이 프리드리히의 군대를 공략해 퇴각시켰다.

라고 생각해요.* 자기 이해관계에 따라 동맹을 깨기 전까지는 말이에요."

3장
비평가에 대한 두 가지 도전

지난 장에서 보았듯이 누이동생과의 문제가 일단락되자, 웨스턴 영주는 올워디 영주에게 혼사를 제안하고 싶어 안달이 나, 웨스턴 여사는 그가 병상에 누워 있는 올워디 영주를 찾아가려는 것을 막는 데 상당한 어려움을 겪었소.

하지만 병에 걸릴 무렵 웨스턴 영주와 저녁식사를 같이하기로 이미 약속한 바 있던 올워디 영주는 병상에서 일어나자마자, 중요하건 사소하건 간에 늘 그러했듯이, 자신이 한 약속을 이행할 생각이었소.

지난 장에서 웨스턴 영주와 대화를 나누었던 때부터 두 영주 간의 만찬이 이루어진 이날까지, 웨스턴 여사는 모호하지만 뭔가를 암시하는 듯한 말을 툭툭 던졌기 때문에, 소피아는 이 현명한 여자가 존스에 대한 자신의 열정을 눈치챈 게 아닌가 우려가 되기 시작하여 이번 만찬을 기회로 그런 의심을 차단하기 위해 자신의 행동을 철저히 통제하기로 결심했소.

우선 소피아는 두근거리고 울적한 마음을 쾌활한 표정과 언행으로 숨기려 했고, 다음으로는 불쌍한 존스는 하루 종일 본 척도 하지 않으면서 블리필하고만 이야기를 했소.

딸의 이러한 행동에 너무도 기쁜 나머지 저녁식사도 제대로 하지 못

---

* 당시 많은 영국인들은 프랑스가 자신들뿐만 아니라 다른 열강들과 맺은 협정을 깨는 신의 없는 국가라고 생각했다.

했던 웨스턴 영주는 누이에게 윙크를 하거나 고개를 끄덕이면서, 자신도 딸의 이러한 행동이 마음에 든다는 신호를 보내는 데 대부분의 시간을 보냈소. 하지만 이 장면을 목격한 웨스턴 여사는 처음에는 웨스턴 영주처럼 만족스러워하지 못했소.

간단히 말하자면, 소피아가 지나칠 정도로 과장되게 행동하여, 깜짝 놀란 웨스턴 여사는 조카딸이 일부러 마음에도 없는 행동을 하고 있는 게 아닌가 하는 의심을 품기 시작했던 것이오. 하지만 대단한 책략가였던 웨스턴 여사는 소피아의 이러한 행동을 곧 고도의 술책으로 간주하게 되었소. 소피아가 사랑에 빠졌다는 걸 자신이 알고 있다는 암시를 여러 번에 걸쳐 했다는 사실을 상기하게 된 그녀는 소피아가 자신의 의심에서 벗어나기 위해 지나치리만큼 블리필에게 친절히 대하는 것이라고 생각하게 되었던 것이오. 즉 소피아가 지나치리만큼 쾌활하게 행동하여 웨스턴 여사는 자신의 추측이 사실일 거라고 거의 확신하기에 이르렀던 것이오. 소피아가 그로스브너 스퀘어(이곳에서는 젊은 여성들이, 런던에서 150킬로미터 떨어진 시골에서라면 심각하게 생각했을 사랑이라는 열정을 가지고 노는 법을 배울 수 있는 곳이오)와 같은 곳에서 10년만 살았더라면 웨스턴 여사의 추측은 좀더 근거가 있었을 것이오.

상대방의 속임수를 간파하기 위해선 본인의 술수도(이런 표현을 써도 된다면) 상대방의 술수와 같은 수준이어야 하오. 술수를 잘 부리는 사람들은 종종 상대방이 실제보다 더 현명하다고, 다른 말로 하자면, 실제보다 더 지독한 악당이라고 생각해 실패를 맛보기 때문이오. 이는 상당히 심오한 진리이기 때문에, 짤막한 이야기를 통해 설명해보겠소. 세 명의 윌트셔 출신 사람이 동향 출신의 도둑을 쫓아 브렌트포드를 지나가고 있었다고 하오. 이 중 제일 단순한 사람이 '윌트셔 하우스'라고 씌어진 표지

판을 보고는 자신들과 동향 출신인 그 도둑을 찾아낼 가능성이 많다며 그 집에 들어가보자고 했소. 그러나 그보다 좀더 현명한 두번째 사람은 그의 이 순진한 말에 웃음을 터뜨렸소. 하지만 그보다 더 현명한 세번째 사람이 "그 도둑이 동향 사람을 찾아갈 거라고 우리가 생각하지는 않을 거라고 생각할 수도 있으니, 들어가봅시다"라고 말하여, 이들은 그 집에 들어가 뒤져보았지만, 이 때문에 당시 그들보다 얼마 떨어져 있지 않던 도둑을 결국은 따라잡지 못하게 되었소. 이들은 그 도둑이 글을 읽지 못한다는 사실을 알고 있었으면서도, 당시에는 그 사실을 한 번도 떠올리지 못했던 것이오.

이처럼 귀중한 정보를 알려주는 여담이라면 독자들도 너그러이 봐줄 거라 생각하오. 상대방의 의표를 찌르기 위해서는 상대방의 수를 정확하게 읽는 것이 필요하다는 사실은 모든 도박꾼들도 인정하는 것이고, 게다가 현명한 사람이 자신보다 모자란 사람에게 속는 이유와 단순하고 순진한 사람들이 많은 오해를 받게 되는 이유를 이 여담이 알려주기 때문이오. 하지만 이 여담의 가장 중요한 역할은 소피아가 어떻게 정치술에 능한 고모를 속이게 되었는지 그 경위를 알려주는 데 있소.

저녁식사가 끝나자 모두 정원으로 나갔소. 이곳에서 누이의 말이 사실이라고 확신하게 된 웨스턴 영주는 올워디 영주를 옆으로 불러내어, 아주 툭 터놓고 소피아와 블리필을 맺어주자고 제안했소.

올워디 영주는 세속적으로 득이 될 만한 소식을 예기치 않게 그리고 갑작스럽게 듣게 되었다고 해서 흥분할 사람은 아니었소. 그의 정신세계에는 인간에게 또한 기독교인에게 어울리는 철학이 자리 잡고 있었기 때문이었소. 그는 모든 쾌락과 고통, 모든 즐거움과 슬픔을 완전히 초월한 사람인 척하지는 않았지만, 한바탕 휘몰아치는 광풍과 같은 일이나 운명의 여신이 미소 짓거나 찡그리는 일로 마음의 평정을 잃고 혼란에 빠지는 그런 사람도 아니었소. 따라서 올워디 영주는 자신의 감정을 드러내지 않고 아무런 표정 변화 없이 웨스턴 영주의 결혼 제안을 들었소. 웨스턴 영주의 말이 끝나자, 올워디 영주는 이 혼사는 자신이 진정으로 바라던 것이었다면서 소피아의 훌륭한 점에 찬사를 보내기 시작했소. 그러고는 경제적인 측면에서 볼 때 이 결혼이 자신에게 유리하다는 점을 인정한 뒤, 웨스턴 영주가 자기 조카를 호의적으로 생각해줘서 고맙다고 하고선, 두 젊은이가 서로 좋아한다면 이 혼사가 성사되기를 무척 바란다며 자신의 말을 맺었소.

자신이 기대했던 만큼의 열의가 보이지 않는 올워디 영주의 이 답변에 웨스턴 영주는 다소 실망하지 않을 수 없었소. 그는 이 두 젊은이가 과연 서로를 좋아하게 될지 의구심을 갖고 있는 올워디 영주에게 아주 경멸적인 어조로, 자식들의 적절한 배우자가 누구일지는 부모가 가장 잘 판단할 수 있기 때문에, 자신은 딸에게 자신의 뜻을 무조건 따르라고 요구할 거라며, 만일 어떤 젊은이가 소피아 같은 여자를 아내로 맞이하길 거부할 수 있다면, 자신은 기꺼이 그의 종이라도 될 것이며 아무런 피해도 입히지 않을 거라고 대답했소.

이 말에 올워디 영주는 소피아에 대해 수많은 찬사를 늘어놓은 뒤, 블리필이 이 결혼 제안을 아주 기꺼이 받아들일 것을 조금도 의심치 않는다며, 웨스턴 영주의 화를 누그러뜨리려고 했소. 하지만 올워디 영주의 노력은 아무 소용없었소. 그는 "더 이상 말은 하지 않겠소. 난 단지 남에게 피해를 끼치지 않았기 바랄 뿐이오. 그게 다요"라는 웨스턴 영주의 답변(헤어지기 전까지 웨스턴 영주는 이 말을 최소한 백 번은 반복했소)밖에는 듣지 못했던 것이오.

올워디 영주는 웨스턴 영주를 너무도 잘 알고 있었기 때문에, 그의 이런 행동에 화를 내지는 않았소. 혼사 문제에 있어서 부모가 자식을 가혹하게 대하거나 강요하는 것에 반대했던 올워디 영주는 블리필에게 절대로 강요하지 않겠다고 결심은 했지만, 블리필이 소피아와 결합할 수도 있을 거란 기대감에 기분이 무척 좋았소. 마을 사람들 모두 소피아를 칭찬했고, 올워디 영주 자신도 소피아의 특출한 마음씨와 미모가 몹시 마음에 들었기 때문이었소. 거기에다가 소피아가 갖고 있는 상당한 재산도 올워디 영주가 이 결혼 제안을 기쁘게 생각하는 이유로 추가될 수 있을 것이오. 올워디 영주는 냉철했기 때문에 재산 문제로 좌지우지될 사람은 아니었지만, 현명한 사람인 관계로 이를 하찮게 여기지도 않았기 때문이오.

공연히 떠들어대는 비평가들의 항의에도 불구하고, 나는 지금 진정한 지혜(올워디 영주는 선한 성품을 가진 사람의 귀감일 뿐만 아니라, 진정한 지혜를 가진 사람의 귀감이기도 하오)가 어떤 것인지 보여주는 에피소드를 하나 소개하고자 하오.

호가스 씨 작품에 나오는 '가난한 시인'*이 부(富)를 비난하는 글을 쓰고, 호의호식하는 부유한 성직자가 쾌락을 비난하는 설교를 하긴 하지만, 진정으로 지혜로운 사람은 이 두 가지 중 그 어느 것도 경멸하지 않는 법이오.** 막대한 재산을 가진 사람도 길거리의 걸인만큼 지혜로울 수 있고, 아름다운 아내와 진정한 친구를 가진 사람도 사회를 등지고 자기 등에 채찍질을 가하며 배를 곯는 찌무룩한 가톨릭 은둔자만큼이나 현명할 수 있

---

* 호가스의 「가난한 시인」이라는 그림에 나오는 시인은 부에 관한 시를 쓴다.
** 세네카의 에세이 「행복한 생활에 대하여De Vita Beata」에서 세네카는 부와 쾌락을 적절히 누리는 것이 진정한 지혜라고 말하는데 필딩이 밝힌 지혜는 세네카가 말한 것과 상당히 유사하다.

기 때문이오.

솔직히 말해 현명한 사람은 세속적인 축복을 누릴 가능성이 상당히 많소. 지혜롭게 사는 데 필요한 절제는 부를 얻는 가장 확실할 방법이면서 동시에 최대한의 즐거움을 맛보도록 해주기 때문이오. 어리석은 자는 한 가지 욕구를 물릴 정도로 추구하기 위해 나머지 욕구와 열정을 모두 희생하지만, 현명한 자는 자신이 갖고 있는 모든 욕구와 모든 열정을 충족하려고 하기 때문이오.

현명한 사람도 악명 높을 정도로 탐욕스러웠다며 내 주장에 이의를 제기하는 사람이 있을지도 모르겠소. 하지만 그런 경우, 나는 그 사람은 현명한 사람이 아니라고 대답하겠소. 현명한 사람도 젊은 시절에는 과도하게 쾌락을 좇았을 수 있소. 하지만 당시에 그는 현명하지 않았다고 대답하겠다는 뜻이오.

지혜를 배울 수 있는 학교에 한 번도 가본 적 없는 사람들은 마치 지혜라는 것이 배우기 어려운 것처럼 말하오. 하지만 간단히 말해 지혜는 일반적으로 널리 알려져 있고, 최하층민도 따르는 간단한 금언을 좀더 확대시킨 것이며, 따라서 이런 지혜는 값비싼 대가를 치르고 사야 하는 것이 아니오.

'절제해야 한다'는 이 금언을 세상이라는 거대한 시장에 가지고 가, 명예와 부, 쾌락, 그리고 세상에 나와 있는 다른 일용품에 적용하는 사람은 누구나 다 현자라고 나는 과감히 단언하겠소(세속적 의미에서도 그들은 현자로 인정되어야 할 것이오). 다른 사람들은 앞에서 언급한 것들을 얻기 위해 건강과 순수한 마음 그리고 자신의 명성을 그 대가로 지불하지만, 현명한 사람들은 이것 모두를 온전히 보존하면서도 약간의 수고만 하여, 앞에 언급한 것들을 모두 집으로 가져가기 때문에 최상의 거래를 하는 셈이기 때문이오.

이와 마찬가지로 현명한 자는 절제를 통해 자신의 인격을 완성시키는 두 가지 교훈을 배우게 될 것이오. 첫째는, 최상의 거래를 했다고 해서 이에 도취되지 않아야 한다는 것이며, 둘째는, 시장에 물건이 없거나 구매하기에 지나치게 비싸다 해서 낙담하지 말아야 한다는 것이오.

하지만 지금 내가 다루고 있는 주제에서 벗어나서는 안 되기 때문에 또한 마음씨 고운 비평가의 인내심에 편승해서 하고 싶은 이야기를 마음대로 해서도 안 되기 때문에, 이쯤에서 이 장을 마감하겠소.

4장
여러 기이한 사건들

집으로 돌아오자마자 올워디 영주는 블리필을 불러 서두로 몇 마디 건넨 뒤, 웨스턴 영주가 혼인을 제안했다는 사실을 알려주면서 자신도 그 제안이 몹시 흡족하다고 말했소.

사실 블리필은 소피아의 아름다움에 별다른 인상을 받지 못했소. 하지만 이는 블리필이 다른 사람한테 마음이 있어서도, 아름다움을 인지할 능력이 없어서도 혹은 여자를 혐오해서도 아니었소. 단지 천성적으로 여자에 대한 욕구가 많지 않았던 탓에, 자신의 철학이나 학문 혹은 그 밖의 다른 방법을 통해 이 욕구를 쉽게 억제할 수 있었기 때문이오. 하지만 무엇보다도 그가 소피아에게 별다른 인상을 받지 못했던 진짜 이유는 이 책의 첫번째 장에서 논한 바 있는 열정이라는 것을 조금도 가지고 있지 않았기 때문이었소.

미덕과 아름다움을 갖춘 소피아는 우리가 앞에서 다루었던 그 복잡 미묘한 열정의 대상이 되기에 충분했지만, 블리필은 이런 열정을 전혀 가지고 있지 않았고, 대신 소피아의 재산만이 충족시킬 수 있는 다른 종류의 열정을 가지고 있었는데, 그것은 바로 탐욕과 야망이었소. 소피아의 재산을 차지하는 게 얼마나 바람직한 일인지 여러 번 생각해보았던 블리필은 그런 기대를 희미하게나마 품기는 했지만, 자신과 소피아가 아직은 젊다는 사실, 특히 웨스턴 영주가 재혼하여 자식을 더 낳을지도 모른다는 사실에 서둘러 이 일을 추진하고 싶지 않았던 것이오.

하지만 웨스턴 영주가 직접 혼사를 제안했기 때문에, 마지막에 언급한 가장 중대한 장애물이 상당 부분 제거된 셈이어서, 블리필은 아주 잠시 동안 망설인 뒤, 아직까지 결혼에 대해 생각해보진 않았지만, 올워디 영주가 자신을 부모와 같은 마음으로 그리고 부모와 같은 관심을 가지고 자신을 대해주고 있다는 사실을 잘 알고 있기 때문에, 그의 뜻을 전적으로 따르겠다고 대답했소.

올워디 영주는 천성적으로 열정적인 사람이었소. 따라서 현재 그가 갖고 있는 진중함은 진정한 지혜와 철학에서 나온 것이지, 냉담한 성격 때문은 아니었소. 그렇기 때문에 젊은 시절 불같은 사랑으로 아름다운 여자와 결혼한 바 있는 올워디 영주에게 조카의 이런 냉담한 답변은 별로 마음에 들지 않을 수밖에 없었소. 따라서 그는 소피아를 칭찬하기 시작하면서, 동시에 블리필이 이미 다른 사람을 마음에 두고 있지 않다면 이처럼 아름다운 여인에게 어떻게 무감각할 수 있는지 의아스럽다고 말했소.

블리필은 따로 마음에 두고 있는 사람은 없다고 하고는, 사랑과 결혼에 관해 매우 현명하고도 종교적으로 논하기 시작해 올워디 영주보다 훨씬 덜 독실한 부모라면 그 앞에서 입조차 열 수 없었을 것이오. 블리필의 말을 다 들은 이 선량한 사람은 블리필이 소피아를 못마땅해하는 게 아니라 오히려 (건실하고 덕망 있는 사람들 사이의 우정과 사랑의 확실한 근간이 되는) 존경심을 갖고 있다고 생각하고는 만족스러워했소. 그리고 시간이 지나면 소피아도 블리필에게 호감을 갖게 될 거라고 믿으며, 이 적절하고 바람직한 결혼을 통해 당사자 모두 행복하게 될 거라고 생각하기에 이르렀던 것이오. 따라서 올워디 영주는 블리필의 동의 아래 다음 날 아침 웨스턴 영주에게, 자기 조카가 이 결혼 제안을 매우 감사히 생각하며 기쁘게 받아들였다면서, 소피아가 허락하기만 하면 언제라도 그녀를 찾아갈 것이라는 내용의 편지를 썼소.

이 편지를 받고 상당히 기뻐한 웨스턴 영주는 즉시 답장을 보내, 블리필이 구애를 시작할 시기로 바로 그날 오후를 지정했소. 딸에게는 한마디 귀띔도 하지 않은 채 말이오.

심부름꾼을 급파한 즉시 웨스턴 영주는 누이를 찾아갔소. 당시 그의 누이는 서플 목사에게 『가제트』지*에 실린 기사를 읽어주고 거기에 대해 설명해주던 참이어서, 성급한 성격의 웨스턴 영주는 못마땅했지만 거의 15분이나 참고 기다릴 수밖에 없었소. 15분 뒤에 알려주어야 할 아주 중대한 일이 있다고 웨스턴 영주가 말하자, 웨스턴 여사는 "오라버니, 무엇이든지 분부만 내리세요. 오늘은 북쪽** 상황이 좋은 것 같아 기분이 아주 좋네요"라고 대답했소.

이 말에 서플 목사는 자리를 떴고, 웨스턴 영주는 누이에게 그간에 벌어진 일을 들려주며 소피아에게 이 상황을 알려주라고 부탁했소. 웨스

---

* 1666년에 처음 간행된 영국의 공식 정부 기관지인 『런던 가제트 The London Gazette』를 말함.
** 18세기 영국의 정치적 슬랭으로 '북쪽'은 스웨덴, 덴마크, 프로이센, 러시아를 말함.

턴 여사는 기꺼이 그리고 즐겁게 그 일을 떠맡았지만 웨스턴 영주가 너무 서둘러서 그리고 너무 급작스럽게 일을 처리했다는 건 분명한 사실이오. 비록 웨스턴 여사가 북쪽 형세 때문에 기분이 좋아져 웨스턴 영주의 성급한 일처리에 대해선 한마디도 하지 않았지만 말이오.

5장
소피아와 웨스턴 여사 사이에 벌어진 일

웨스턴 여사가 소피아 방에 들어왔을 때, 소피아는 책을 읽고 있었소. 하지만 웨스턴 여사를 보고 소피아가 재빨리 책을 덮자, 이 선량한 여인은 "무슨 책을 읽고 있었는데 그렇게 안 보여주려고 하니?"라고 묻지 않을 수 없었소. 이 말에 소피아가 "이 책은 읽기 부끄럽거나 창피한 책은 결코 아니에요. 어느 지체 높은 집안의 젊은 여자 분이 쓴 책*이거든요. 그분의 뛰어난 지성 덕분에 우리 여자들이 좀더 자부심을 느낄 수 있고, 그분의 선한 품성을 보면 인간은 본래 고귀한 품성을 지녔다는 것을 알 수 있다고 생각해요"라고 대답하자, 웨스턴 여사는 소피아가 읽던 책을 집어 들더니 이내 내려놓으며 말했소. "그래, 이 책을 쓴 사람이 아주 훌륭한 가문 출신이라는 건 사실이야. 하지만 책의 평판은 그저 그래. 그래서 난 읽지도 않았지. 최고의 비평가가 이 책엔 별 내용이 없다고 했거든." 이 말에 소피아가 "고모, 최고의 비평가가 한 말이 틀렸다고 하지는 못하겠지만, 이 책은 인간의 본성을 잘 보여주고 있는 것 같아요. 그리고

---

* 필딩의 누이인 세라 필딩Sarah Fielding이 쓴 『데이비드 심플David Simple』을 말하는 듯하다.

책의 많은 부분에 진실한 사랑과 섬세한 감정이 묻어나 있어, 전 많이 울었어요"라고 대답하자, 웨스턴 여사는 "아니! 그러면 넌 우는 게 좋단 말이냐?"라고 소리쳤소. 이에 소피아가 "전 감정이 섬세하게 묘사된 글을 좋아하거든요. 그래서 그런 장면이 나오면 항상 눈물이 나요"라고 대답하자, 그녀의 고모는 다음과 같이 말했소. "그렇다면 내가 이 방에 들어왔을 때, 네가 어떤 부분을 읽고 있었는지 좀 보여다오. 그건 분명히 애정이나 사랑에 관한 내용이었을 거야. 소피아, 너 얼굴이 빨개졌구나! 넌 내숭도 좀 떨고 자기 생각을 잘 감추는 방법을 가르쳐주는 그런 책을 읽어야 해." 이에 소피아가 "전 들키는 걸 부끄러워해야 할 그런 생각은 하고 싶지 않아요"라고 대답하자, 웨스턴 여사가 말했소. "부끄러워해야 한다고! 아니지! 난 네가 부끄러워해야 할 생각을 품고 있다고는 생각지 않아. 하지만 얘야, 내가 사랑이라는 말을 하자마자, 네 얼굴이 붉어졌어. 소피아, 난 네가 무슨 생각을 하는지 다 알고 있다는 사실을 명심해. 우리가 행동으로 옮기기 오래전부터, 프랑스가 우리의 움직임을 훤히 꿰뚫고 있었듯이 말이야. 얘야, 넌 네 아버지를 속일 수 있었다고 해서 나까지 속일 수 있다고 생각하는 거니? 네가 어제 블리필 씨에게 지나칠 정도로 친절히 대했던 이유를 내가 모를 거라고 생각하는 거야? 난 세상 돌아가는 것을 잘 알기 때문에 그렇게 쉽게 속아 넘어가진 않는단다. 아니, 다시는 그렇게 얼굴 붉히지 말아라. 다시 말하지만, 그건 부끄러워해야 할 감정이 아니야. 그런 감정을 갖는 건 잘못이 아니라고! 그래서 네 아버지도 너의 그런 마음을 인정하고 받아들이도록 내가 이미 조처를 취했단 말이야. 난 말이야, 네가 원하는 게 무엇인지만 생각해. 때론 더 나은 미래를 희생해야 할지도 모르지만, 가능하면 네가 원하는 걸 항상 들어주고 싶어. 자, 네가 아주 좋아할 소식이 있어. 그러니 날 믿어. 그러면 내

장담하지만, 넌 더 이상 바랄 수 없을 정도로 행복해질 거야." 이 말에 그 어느 때보다도 멍해 보였던 소피아가 "글쎄요, 무어라 말씀드릴지…… 그런데 왜 절 의심하시는 거죠?"라고 묻자, 웨스턴 여사는 이렇게 대답했소. "거짓말할 생각은 하지도 마라. 넌 지금 같은 여자한테, 그것도 고모한테 말하고 있단 사실을 명심해야 해. 그리고 지금 내가 네 편을 들고 있단 사실도 분명히 알았으면 좋겠다. 세상 돌아가는 걸 잘 모르는 사람들은 분명히 속겠지만, 넌 내가 이미 알고 있는 걸, 그러니까 네가 아무리 교묘하게 가장하려 해도 내가 어제 분명히 알아냈던 사실을 말할 뿐이란 것도 명심해야 해. 그리고 마지막으로, 나도 네가 그런 감정을 갖는 걸 아주 만족스럽게 생각한다는 것도 말이야." 이에 소피아가 "고모가 갑작스럽게 그런 말씀을 꺼내시니 어안이 벙벙하네요. 하지만 고모, 전 분명히 눈이 멀지는 않았어요. 설령 제게는 그 사람이 모든 점에서 완벽한 것처럼 보인다 하더라도 말이에요. 그런데 아빠와 고모도 그 사람에 대해 저와 같은 생각을 하시는 거예요?"라고 묻자, 웨스턴 여사는 "그래, 우린 너의 선택에 대찬성이야. 그래서 네 아버지는 바로 오늘 오후에 네 애인을 이리로 오도록 하셨다"라고 대답했소. 이에 소피아가 갑자기 얼굴을 붉히면서 "아빠가요! 오늘 오후예요?"라고 소리치자, 웨스턴 여사가 말했소. "그래, 오늘 오후란다. 네 아버지 급한 성격 잘 알잖니? 네가 들판에서 기절했던 날 저녁 네 아버지한테 내가 처음으로 알아낸 네 감정에 대해 알려주었거든. 네가 기절할 때 어떤 감정을 가지고 있었는지, 네가 정신이 돌아온 순간에, 그리고 그날 저녁식사 시간과 다음 날 아침식사 시간에도 네 감정이 어떤지 난 알았지. 너도 알다시피, 난 세상사에 훤하거든. 네 아버지에게 그 사실을 알려주자, 네 아버지는 당장에라도 올워디 영주에게 혼사 문제를 꺼내고 싶어 하시더구나. 그래서 어제 네 아버지가 혼사를 제안했고, 올워디 영주도 받아들였어. 분명 기쁘게 받아들였을 거야. 그러니 오늘 오후엔 예쁘게 하고 있거라." 이 말에 소피아가 "오늘 오후라니요! 고모, 너무 놀라 어떻게 해야 할지 모르겠네요"라고 소리치자, 웨스턴 여사는 "금방 제정신으로 돌아올 거다. 아주 훌륭한 젊은이지. 그건 사실이야"라고 말했소. 이에 소피아가 "저도 인정해요. 저도 그렇게 완벽한 사람을 본 적이 없어요. 너무도 용감하고 신사답고 위트도 많고, 남한테 불쾌감을 주지 않고, 인간적이고 정중하고 예의 바르고 아주 잘생겼고요. 이렇게 좋은 점이 많은데 출생이 좋지 않다는 게 무슨 문제가 돼요?"라고 말하자, 웨스턴 여사는 "출생이 좋지 않다니! 그게 무슨 말이냐? 블리필의 출생이 좋지 않다고!"라고 반문했소. 블리필이라는 이름을 듣는 순간 순식간에 얼굴이 창백해진 소피아는 작은 목소리로 그 이름을 반복했소. 그러자 웨스턴 여사는 "블리필, 그래 블리필이야. 내가 누구 이야길 했겠니?"라고 소리쳤고, 당장이라도 풀썩 주저앉을 듯했던 소피아는 이 말에 "이런! 전 존스 씨를 생각하고 있었어요. 그리고 제가 아는 사람 중 그런 말을 들을 만한 사람도 그 사람밖에는 없고요"라고 대답했소. 그러자 웨스턴 여사는 "이젠 네가 날 제대로 놀라게 하는구나. 네가 좋아하는 사람이 블리필이 아니라 존스야?"라고 소리쳤고, 소피아는 "블리필이라니요! 진담이 아니겠죠! 만일 진담이라면, 전 이 세상에서 제일 불행한 여자가 될 거예요"라고 대답했소. 이에 분노로 눈이 이글이글 붙타던 웨스턴 여사는 잠시 동안 아무 말도 하지 않더니, 이내 다음과 같이 또박또박한 말로 호통을 치기 시작했소.

"네가 어떻게 근본도 모르는 사람과 혼인을 해 우리 집안을 망신시킬 생각을 하는 거니? 넌 웨스턴 가문의 피를 더럽힐 작정이냐? 그런 끔찍한 감정을 억제할 정도의 분별력은 없더라도, 적어도 우리 집안의 자존심을 위해서라도 그런 친한 감정에 빠지면 안 된다고 생각해. 그런데 내 면전에서 자신이 그런 감정을 갖고 있단 사실을 뻔뻔스럽게 인정까지 하다니, 그건 상상도 못할 일이다!"

이 말에 소피아는 온몸을 떨면서 대답했소. "고모, 지금 제가 한 말은 고모가 하도록 만드신 거예요. 전 누구한테도 존스 씨 이름을 거론한 적이 없어요. 그리고 제가 존스 씨를 만나는 걸 고모가 찬성하지 않는다고 생각했다면, 전 지금도 존스 씨 이름을 말하지 않았을 거예요. 그 불쌍하고 불행한 사람에 대해 제가 어떤 생각을 품든, 전 그 생각을 무덤까지 가지고 갈 작정이었거든요. 그런데 지금 보니, 그 무덤이 제가 쉴 수 있는 유일한 곳인 것 같네요." 이 말을 하고선 소피아는 의자에 털썩 주저앉았소. 그러더니 눈물에 잠긴 채, 형언할 수 없는 슬픔에 젖어 아무리 매정한 사람도 이를 보았더라면 측은해했을 것이오.

하지만 이처럼 슬퍼하는 소피아를 보고도 웨스턴 여사는 아무런 동정도 하지 않았소. 오히려 그녀는 몹시 화를 내며 격한 목소리로 다음과 같이 말했소. "네가 그 사람과 결혼해 네 자신이나 우리 가문을 수치스럽게 만드는 걸 보느니, 차라리 나도 너를 따라 무덤으로 가겠다. 맙소사! 내가 이렇게 오래 살아 조카딸년이 그런 사람한테 그딴 감정을 품고 있다는 소리까지 듣게 되다니! 네가 처음이야! 웨스턴이란 성을 가진 우리 집안에서 그런 천박한 생각을 품은 사람은 네가 처음이란 말이다! 그것도 여자들은 모두 분별력이 있다고 알려진 우리 가문에서 말이야." 그러고는 거의 15분 동안이나 내리 떠들어대더니(화가 누그러져서라기보다는 숨이 가빠져 말을 마쳤소) 웨스턴 영주에게 이 사실을 알리겠다는 말로 자신의 말을 마쳤소.

그러자 소피아는 웨스턴 여사의 발아래 몸을 던진 뒤, 그녀의 손을 잡고는 부친의 성품이 격하다는 사실을 강조하면서, 자신은 아무리 하고 싶은 것이 있어도 부친이 화낼 일은 절대 하지 않을 테니, 이 사실을 비밀에 부쳐달라고 눈물로 애원했소.

잠시 동안 소피아를 쳐다보던 웨스턴 여사는 마음을 가라앉힌 뒤, 한 가지 조건만 따라준다면 이 사실을 웨스턴 영주에게 알리지 않겠다고 했소. 그녀가 말한 조건은 바로 그날 오후에 블리필을 보게 되면 그를 자신의 청혼자로서 대접해주고 남편 될 사람으로 여기겠다고 약속하라는 것이었소.

완전히 웨스턴 여사의 수중에 놓이게 된 소피아는 그 어떤 것도 단호히 거부할 수 없는 처지였기 때문에, 이날 블리필을 만나고 최대한 친절히 대하겠다는 약속을 할 수밖에 없었소. 하지만 소피아는 결혼은 서두르지 말아달라고 간청한 뒤, 자신은 블리필에게 그 어떤 호감도 갖고 있지 않으니 자신을 이 세상에서 가장 불행한 사람으로 만들지 않도록 아버지를 설득해주었으면 좋겠다고 말했소.

이 말에 웨스턴 여사는 다음과 같이 말했소. "이 결혼은 이미 완전히 합의를 본 것이기 때문에, 이제 막을 방법은 없다. 솔직히 처음에 난 이 혼사에 대해 대수롭지 않게 생각했고, 어떻게 보면 좀 주저했던 면도 있었지만, 네가 이 혼사를 몹시 바랄 거라는 생각에 주저하지 않기로 마음먹었었다. 하지만 이제는 이 혼사가 아주 바람직하다는 생각이 드는구나. 그래서 이젠 일분일초라도 지체하고 싶지 않다."

그러자 소피아는 "고모나 아빠가 주실 수 있는 최소한의 시간만 주세요. 그러면 그 사람에 대해 갖고 있는 혐오감에서 벗어날 수 있도록 노력할 테니까요"라고 대답했고, 이 말에 웨스턴 여사는 자신은 세상을 잘 알아 속지 않는다며, 소피아가 다른 남자를 사랑하는 걸 잘 알고 있기 때문에 가능한 한 혼인을 서두르라고 웨스턴 영주를 설득할 거라며 다음과 같이 말했소. "적의 군대가 바로 코앞에 있는데, 공격을 미루어 적군을 살려줄 수도 있는 일을 자초하는 건 잘못된 전략이야. 그건 안 되지, 절대 안 돼. 소피아, 너의 그 강한 열정을 충족하기 위해선 좋은 평판을 유지할 수 없다고 확신하기 때문에, 네 평판 문제로 우리 집안이 더 이상 골머리를 싸매지 않도록 최선을 다할 생각이다. 일단 결혼하면 그런 건 네 남편이 신경 써야 할 문제가 되거든. 그리고 네 신분에 맞게 처신할 수 있을 정도로 항상 신중하길 바란다. 설령 그 정도로 신중하지 않더라도, 일단 결혼을 하면 많은 여자들이 그랬던 것처럼 파멸을 막을 수는 있단다."

소피아는 고모가 하는 말의 의미를 잘 알고 있었지만, 대답은 하지 않는 게 낫겠다고 생각했소. 하지만 블리펄을 만날 때 최대한 정중하게 대해야겠다고는 결심했소. 웨스턴 여사의 술수가 아니라, 불운 때문에 소피아가 고백하게 된 톰에 대한 애정을 오직 그런 조건에서만 비밀로 부치겠다고 웨스턴 여사가 말했기 때문이었소.

6장
앞 장면을 본 선량한 독자들이 갖게 될 수도 있는 걱정을 다소 덜어줄 수 있는 소피아와 어너 간의 대화

지난 장에서 본 것처럼 웨스턴 여사가 소피아에게서 약속을 받아낸 뒤 방을 나가자마자 어너가 들어왔소(옆방에서 일하고 있던 어너는 소피아와 웨스턴 여사의 대화 도중 큰 소리가 나자 열쇠구멍에 귀를 대고 이들의 대화가 끝날 때까지 있었소). 방에 들어왔을 때, 눈물을 뚝뚝 떨구며 미동도 하지 않고 서 있는 소피아를 본 그녀는 즉시 자신의 눈에서도 적절한 양의 눈물이 흘러나오도록 한 다음 "아이고, 애기씨, 무슨 일이에요?"라고 물었소. 이에 소피아가 "아무것도 아니야"라고 소리치자, 어너는 "아무것도 아니라니요, 애기씨! 애기씨가 지금 이 지경이 됐고, 웨스턴 마님하고 그런 말까지 오고 갔는데, 그래 말씀하시면 안 되죠"라고 대답했소. 이에 소피아가 "날 못살게 굴지 마. 내가 아무 일도 없다고 했잖아! 난 이 세상에 왜 태어난 거지!"라고 소리치자, 어너는 "애기씨, 아무것도 아닌 일로 애기씨가 그렇게 슬퍼하고 있는 거라고 지가 생각하리라곤 꿈도 꾸지 마세요. 하인 주제지만 전 항상 애기씨 편을 들어왔고, 앞으로도 애기씰 위해서라면 목숨도 바칠 거니까요"라고 말했소. 이 말에 소피아가 "어너, 어너는 날 결코 도와줄 수가 없어. 이제 난 완전히 끝났어"라고 말하자, 어너는 "절대 그럴 리 없어요. 하지만, 지가 애기씨에게 아무런 도움이 되지 못한다 카더라도, 말씀은 한번 해보세요. 알면 지도 좀 위안이 될 것 같네요. 그러니 애기씨, 무슨 일인지 제발 말 좀 해보세요"라고 대답했소. 이에 소피아가 "내가 제일 경멸하고 싫어하는 남자한데 아빠가 날 시집보내려고 하셔"라고 소리치자, 어너는 "애기씨, 그 나쁜 사람이 누구죠? 분명히 아주 나쁜 사람일 거예요. 글치 않으믄 애기씨가 이렇게 경멸한다고 하시진 않을 테니까요"라고 말했소. 그러자 소피아는 "그 사람 이름은 내 혀에 독과 같아. 어너도 금방 알게 될 거야"라고 대답했소. 솔직히 말해 어너도 이미 알고 있었기 때문에 이 문제에 별다른 호기심을 갖고 있진 않아서 이렇게 말을 이었소. "주제님께 애기씨에게 충고하진 않을 거예요. 그 일이라 카믄 지 같은 하인보단 애기씨가 훨씬 더 잘 아실 테니까 말이에요. 하지만 울 아버지도 절 억지로 결혼시키지는 못하셨을 거예요. 그리고 영주님은 좋은 분이라, 애기씨가 경멸하고 미워한다는 걸 아시면, 분명히 그 남자랑 결혼하는 걸 바라시진 않을 거예요. 영주님께 제가 말씀드려도 좋다는 허락만 해주시면…… 그렇지만 애기씨가 직접 말씀하시는 게 분명히 나을 거예요. 하지만 그 사람의 역겨운 이름은 말하고 싶지도 않다고 하시니……" 이 말에 소피아가 "어너가 잘못 알고 있어. 나한테 그 문제에 대해 말씀도 하시기 전에 아빠 이미 결정을 내리셨단 말이야"라고 말하자, 어너는 이렇게 대답했소. "그러면 영주님은 더 부끄럽게 생각하셔야지요. 그 사람과 같이 자는 건 영주님이 아니라 애기씬데 말이에요. 그 사람이 남자로선 꽤 괜찮을지 모르겠지만, 모든 여자들이 그 사람을 잘생겼다고 생각하지 않을 수도 있잖아요. 주인님 혼자 생각에 이렇게 행동하시는 건 절대 아니라고 봐요. 자기 일에나 신경 쓸 것이지! 그런 사람들도 이런 식으로 취급받는 걸 싫어할 거예요. 제가 하녀라고 해서 모든 남자들이 다 마음에 드는 건 아니거든요. 애기씨 보기에 젤로 잘생긴 남자를 고를 수 없다면, 그렇게 많은 재산을 가지고 있다는 게 뭔 의미가 있겠어요? 더 이상 말은 하지 않겠지만, 더 좋은 집안에서 태어나지 못해 불행한 사람도 있어요. 하지만 저 같으면 그런 문제엔 신경도 안 쓸 거예요. 물론 그렇게 되면 돈이 많지는 않게 될 거예요. 그런데 그러면 어때요. 애기씬 두 사람이 쓸 정도로 돈도 있는데 말이에요. 그런 곳보다 돈 쓸 만한 일이 어디 있겠어요? 그분이 젤로 잘생기고 매력도 있고 훌륭하고 키도 크고, 젤로 괜찮은 사람이라는 건 누구나 다 인정해야 하는 사실이니까요." 이 말에 소피아가 "무슨 의미로 나한테 이런 식으로 계속 떠들어대는 거야? 그렇게 제멋대로 말하라고 내가 시키기라도 했어?"라고 아주 엄한 표정으로 소리치자, 어너는 이렇게 대답했소. "아니에요, 애기씨. 미안해요. 나쁜 의미로 한 말은 아니에요. 하지만 오늘 아침에 그분을 본 뒤로 그 불쌍한 분 생각이 머리에서 떠나질 않네요.

조금 전 그분 모습을 보셨다면, 애기씨도 분명히 불쌍히 여기셨을 거예요. 불쌍한 양반 같으니! 그분에게 불행이 닥치지 않았으면 좋겠어요. 팔짱 낀 채, 우울한 표정으로 아침 내내 이리저리 걷고 계셨거든요. 그때 전 그 모습을 보고 거의 울 뻔했어요." 이 말에 소피아가 "누구를 보았다고?"라고 묻자, 어너는 "존스 도련님 말이에요"라고 대답했소. 이에 소피아가 "그 사람을 봤다고! 어디서?"라고 소리치자, 어너가 말했소. "수로 옆에서요. 오늘 아침 내내 거기서 걷다가 누우시더라고요. 아마 아직도 거기에 누워 계실 거예요. 하녀 꼬라지에 나설 수 없어서 그랬지, 그렇지 않았더라면 가서 말이라도 붙였을 거예요. 혹시 아직까지 거기에 있는지 알아볼까요? 그냥 제 생각이 맞나 한번 확인해보려고요." 이 말에 소피아가 "피! 그곳에 있다고! 아니야, 아냐. 거기서 무엇을 하고 있겠어? 분명히 지금쯤 거길 떠났을 거야. 게다가…… 그런데 어너는 왜 그 사람을 만나려고 하지? 그건 그렇고 어너한테 좀 시킬 일이 있어. 우선 내 모자하고 장갑 좀 갖다줘. 식사 전에 고모하고 숲에서 산책할 예정이거든"이라고 말하자, 어너는 즉각 지시받은 대로 했소. 어너가 가져온 모자를 쓴 뒤 거울을 본 소피아는 모자를 묶은 리본이 어울리지 않는다는 생각이 들자, 어너에게 다른 색깔의 리본을 가져오게 했소. 그러고는 바로 그날까지 끝내야 한다며, 절대 하던 일을 멈추지 말라고 어너에게 재차 지시를 내리곤, 숲으로 가야 한다고 중얼거리면서도, 가냘픈 다리를 떨며 최대한 빠른 속도로 수로를 향해 곧장, 그러니까 숲과는 정반대 방향으로 향했소.

어너의 말처럼 존스는 그곳에 있었소. 그날 아침 존스는 소피아를 생각하면서 우울한 상념에 잠겨 두 시간가량을 그곳에서 보냈던 것이오. 하지만 소피아가 정원의 한쪽 문으로 들어오는 순간, 존스는 정원의 다른 쪽 문으로 나가, 리본을 바꾸는 데 걸린 그 불운한 몇 분 때문에 두 연인은 만나지 못하게 되었던 것이오. 이 불운한 사건을 통해 여성 독자들은 아주 유익한 교훈을 얻을 수 있을 것이오. 하지만 이 이야기는 여성 독자들만을 위한 것이고, 여성 독자들만 의견을 말하도록 허용하고자 하니 남성 비평가들이 끼어드는 건 엄격히 금하겠소.

7장
공식적인 구애의 축소판
상세히 묘사한 연인 사이의 애틋한 장면

어떤 사람이(아마도 한 사람 이상이었을 것이오) 말했듯이, 화불단행(禍不單行)이라는 말은 참으로 맞는 말이오. 이 금언이 맞다는 사실은 사랑하는 사람을 만나지 못했을 뿐만 아니라, 싫어하는 사람을 맞이하기 위해 짜증스럽게도 몸치장을 해야 하는 소피아의 경우가 입증하고 있소.

그날 오후 웨스턴 영주는 웨스턴 여사가 이미 다 얘기했다는 걸 잘 알고 있다면서, 처음으로 자신의 의향을 딸에게 알렸소. 그런데 이 말을 듣고 몹시 심각해진 소피아의 눈가에 진주 같은 눈물이 맺히자, 웨스턴 영주는 "자, 자, 이제 여자아이처럼 굴지는 말거라. 다 알고 있어. 네 고모가 모두 이야기해주었거든"이라고 말했소.

이 말에 소피아가 "고모가 벌써 제 비밀을 다 말했나요?"라고 묻자, 웨스턴 영주가 대답했소. "무슨 소리야! 네 비밀을 말하다니! 어제 저녁에 네 스스로 비밀을 다 털어놓고선! 넌 네 감정을 아주 분명하게 드러내던걸. 너같이 젊은 여자애들은 즈그들이 무얼 하는지 절대 모르는 법이제. 그래, 네가 사랑하는 사람과 결혼시켜주겠다 카니까 울고 있구나! 내기억엔, 네 엄마도 지금 너와 똑같이 울먹이고 푸념을 늘어놓았지. 하지만 결혼한 지 스물네 시간도 지나기 전에 다 끝났어. 블리필은 아주 활달한 청년이니, 넌 곧 까탈스럽게 굴지 않게 될 끼다. 그러니 얼굴 좀 펴라. 얼굴을 피란 말이야. 금방 갸가 도착할 거니 말이다."

고모가 자신과의 약속을 지켰다는 사실을 이제 확실히 알게 된 소피아는 부친의 의심을 조금도 사지 않기 위해 유쾌하지는 않았지만 가능한 한 굳은 결의로 그날 오후를 견뎌내기로 마음먹었소.

얼마 뒤 블리필이 도착했고, 곧이어 웨스턴 영주가 자리를 비켜주었기 때문에 이제 이 두 젊은이만 남게 되었소.

하지만 이 둘 사이에는 거의 15분 동안이나 긴 침묵이 흘렀소. 먼저 말을 꺼내야 할 이 신사가 어울리지도 않게 수줍어했기 때문이었소. 말을 하려다가도, 말을 내뱉기 직전 그는 말을 멈췄던 것이오. 그러다 마침내 억지로 부자연스런 찬사를 쏟아내자, 소피아는 우울한 표정으로 고개를 약간 숙이거나 짤막하고 공손하게 대답했소. 여자를 만나본 경험이 전혀 없는 데다, 자만심에 가득 찬 블리필은 소피아의 이런 행동을 자신의 구애를 수줍게 받아들이는 것으로 이해했소. 따라서 더 이상 참기 힘든 이상황에서 벗어나기 위해 소피아가 일어나 방을 나섰을 때도, 블리필은 소피아가 부끄러워서 그랬을 거라고 여기면서 자신과 소피아는 곧 함께하게 될 거라고 믿으며 마음 편히 생각했던 것이오.

블리필은 자신의 구애가 성공을 거둘 거라고 생각하며 몹시 만족해했소. 모든 낭만적인 연인들이 바라는 것, 그러니까 연인의 마음을 온전히 소유하고자 하는 욕망이 블리필에게는 없었소. 그 이유는 소피아의 재산과 육신이 그의 유일한 소망의 대상이었기 때문이오. 게다가 블리필은 이 소망의 대상에 대한 절대적 소유권을 갖게 될 거라고 확신했는데, 이는 웨스턴 영주가 이 결혼을 몹시 원하고 있다는 사실과 소피아가 자기 부친의 뜻에 항상 절대적으로 복종한다는 사실, 그리고 필요 시 웨스턴 영주가 자기 딸에게 더한 복종을 강요할 때도 소피아가 이를 따를 거라는 사실을 잘 알고 있었기 때문이었소. 따라서 웨스턴 영주의 아버지로서의 권위가 자신을 밀어주고 있고, 여기에 자신의 멋진 외모와 대화술만 가미된다면 (자기 생각에 아직 아무한테도 마음을 준 적이 없는 이 젊은 여성에 대한) 자신의 구애는 반드시 성공을 거둘 거라고 생각했던 것이오.

블리필은 존스가 자신의 라이벌이 될 수도 있다는 생각은 조금도 하지 않았소. 그런 생각을 전혀 하지 않았다는 게 좀 놀랍기는 하지만, 마을 전역에 존스가 아주 방종하다는 평판(그 평판이 얼마나 정당한지는 독자들이 판단하겠지만)이 나 있었기 때문에, 타의 모범이 될 정도로 정숙한 소피아에게는 그런 존스가 가증스럽게 보일 거라고 생각해서 그럴 수도 있었을 것이오. 또 설령 블리필이 존스에 대해 의심을 품었다 하더라도, 함께 있을 때의 소피아나 존스의 행동이 그의 의심을 잠재웠을 것이오. 마지막으로 그리고 가장 중요한 이유로, 블리필은 소피아에게 또 다른 사람이 있을 수 없다고 확신했기 때문이었소. 블리필은 자신이 존스를 너무도 잘 안다고 생각했으며 그가 자신의 이해득실을 따지지 않는 상당히 어리석은 사람이라고 경멸했기에 존스가 소피아를 사랑하게 될 거라고는 전혀 상상도 하지 않았소. 존스와 같이 어리석은 사람은 금전적인 문제에 거의 영향을 받지 않는 사람이고, 또 존스는 몰리 시그림과 계속 교제하고 있기 때문에, 결국은 몰리와 결혼하게 될 거라고 생각했기 때문이었소 (올워디 영주가 병석에 누웠을 당시 블리필이 한 행동 때문에 존스와의 관계가 소원해지기 전까지는, 어린 시절부터 블리필을 좋아했던 존스는 그에게 그 어떤 것도 비밀로 하지 않았소. 몰리에 대한 존스의 애정에 변화가 생긴 걸 블리필이 몰랐던 것은 그 싸움 이후 아직 화해하지 않았기 때문이오).

따라서 이런 이유로 소피아와의 혼사에 그 어떤 장애물도 없다고 생각했던 블리필은 소피아의 이런 행동이 구애자를 처음 맞이할 때의 모든 여자들의 행동과 같으며, 이는 자신이 예상했던 일이라고 생각했던 것이오.

블리필이 소피아의 방에서 나올 때까지 기다리고 있던 웨스턴 영주는 자신의 성공에 무척 고무된 블리필이 소피아의 응대에 무척 만족스러워하는 것을 보고는 너무나도 기뻐서 홀 주위를 뛰어다니며 춤을 추고 익살스런 행동을 수없이 해댔소. 웨스턴 영주는 자신의 감정을 조금도 통제하지 못할뿐더러, 시시각각 일어나는 감정에 따라 과도한 행동을 하는 사람이었으니 말이오.

웨스턴 영주에게서 수많은 키스와 포옹을 받은 블리필이 떠나자마자, 이 선량한 영주는 즉시 딸을 찾아갔소. 딸을 보자마자, 영주는 소피아에게 원하는 옷과 보석을 고르라며 주체할 수 없는 기쁨을 쉴 새 없이 드러내었소. 그러고는 자기 재산은 모두 소피아의 행복을 위한 것이라며, 애정을 듬뿍 담아 딸아이의 이름을 몇 번이고 부르다가 포옹까지 하더니, 소피아가 자신이 살아가는 유일한 기쁨이라고 힘주어 말했소.

그 이유는 전혀 알 수 없었지만, 부친이 이처럼 폭발적으로 자신에게 애정 표현을 하는 것을 본(여느 때보다 격렬했지만, 웨스턴 영주가 이처럼 격렬하게 애정 표현을 하는 건 특별한 일은 아니었소) 소피아는 지금이 자신의 속마음을 (최소한 블리필에 대한 자신의 속마음을) 밝힐 최적기라고 생각했소. 또한 자신은 조만간 모든 실상을 밝혀야만 될 상황에 처하게 되리라는 것을 너무도 잘 알고 있었기 때문에, 소피아는 부친이 베풀겠다고 공언한 애정에 고맙다고 하고는 형언할 수 없을 정도로 부드러운 표정을 지으며 "이 소피를 행복하게 해주는 데서 아빠가 가장 큰 기쁨을 느끼신다는 게 사실이에요?"라고 물었소. 이 말에 웨스턴 영주가 소피아에게 키스를 하며 맹세코 그렇다고 하자, 그녀는 그의 손을 잡고 무릎을 꿇더니 자신도 아버지를 사랑하며 자식으로서의 도리도 잘 알고 있다고 진심 어린 어조로 여러 번 힘주어 말한 뒤, 자신이 혐오하는 사람과 억지로 혼인하게 해 자신을 이 세상에서 제일 비참한 사람으로 만들지 말아달라고 애원했소. 그러고는 "아빠, 제 자신과 아빠를 위해 진심으로 그렇게 해주세요. 제가 행복한 게 아빠의 행복이라고 말씀하셨잖아요"라고 말했소. 이 말에 웨스턴 영주가 소피아를 사나운 눈초리로 응시하며 "도대체 어떻게 된 기야! 뭐라꼬!"라고 소리치자, 소피아는 "아빠, 아빠의 딸인 이 불쌍한 소피의 행복뿐만 아니라 목숨까지도 아빠가 제 청을 들어주시느냐 아니냐에 달렸어요. 전 블리필 씨하고는 같이 못살아요. 억지로 그 사람과 혼인시키시는 건 절 죽으라고 하시는 것과 마찬가지라고요"라고 말했소. 이에 웨스턴 영주가 "블리필과 같이 못산다고!" 하고 소리치자, 소피아는 "네, 맹세코 같이 못살아요"라고 대답했소. 이 말에 웨스턴 영주가 소피아를 밀치며 "그럼, 죽어! 빌어먹을 것 같으니라고!" 하고 소리치자, 소피아는 웨스턴 영주의 코트 자락을 잡으면서 "아빠! 절 불쌍히 여겨주세요. 제발요! 그렇게 절 쳐다보시면서 그런 잔인한 말씀은 하지 마세요. 아빠는 아빠의 소피가 이런 끔찍한 처지에 놓인 걸 보시면서도 아무렇지 않으세요? 이 세상에서 제일 좋은 우리 아빠가 제 마음을 이렇게 아프게 하시고, 절 가장 고통스러운 죽음으로 잔인하게 내모실 거예요?"라고 말했소. 이에 웨스턴 영주가 "흥, 무신 귀신 씻나락 까먹는 소리야! 모든 계집애들이 쓰는 술수군! 내가 니를 죽이다니! 결혼한다고 니가 죽어?"라고 소리치자, 소피아는 "아빠! 전 그런 사람과 결혼하는 게 죽는 것보다 싫어요. 그 사람한테 관심이 없는 정도가 아니에요. 전 그 사람을 진짜 미워하고 증오해요"라고 대답했소. 이에 웨스턴 영주는 "니가 암만 가를 미워해도, 넌 가랑 결혼할 끼다"라고 소리치고는, 반드시 그렇게 하도록 만들겠다며 너무도 충격적인지라 여기에 옮기기엔 적절치 않은 말로 맹세를 하더니, 몹시 격한 발언을 여러 번 했소. 그러더니 "난 이미 이 결혼을 성사시키려고 맘먹었다. 내 말을 듣지 않는다믄, 니한테 한 푼도 주지 않을 끼다. 설령 니가 길거리에서 굶어 죽는 걸 본다 캐도 니한테는 밥한 술 주지 않을 끼다. 이게 내 확고한 결심이다. 그러이 이 문제에 대해함 곰곰이 생각해봐라"라고 결론적으로 말하곤 소피아를 세게 밀쳐내, 소피아는 바닥에 내동댕이쳐졌소. 하지만 웨스턴 영주는 바닥에 쓰러져 있는 불쌍한 소피아를 홀로 남겨둔 채, 곧장 방을 뛰쳐나가버렸소.

홀에 도착한 웨스턴 영주는 그곳에서 존스를 만났소. 몹시 흥분하여 숨을 헐떡이는 웨스턴 영주를 본 존스는 그 이유를 묻지 않을 수 없었소. 이에 웨스턴 영주는 그에게 곧 상황의 전모를 알려주고 소피아를 통렬하게 비난한 다음, 불행히도 딸 가진 모든 아버지들의 불행을 애처롭게 한탄하며 말을 맺었소.

웨스턴 영주가 블리필을 위해 어떤 결심을 했는지 아직 알지 못했던 존스는 그의 말을 듣고 처음에는 거의 실신할 지경이었소. 하지만 가까스로 정신을 차린 뒤, 본인 스스로도 나중에 말했듯이, 너무도 절망감에 빠진 나머지 아주 뻔뻔스럽게도 영주의 뜻을 따르도록 소피아를 설득해보겠다며 그녀를 만나도록 허락해달라고 했소.

웨스턴 영주가 설령 눈치 빠른 사람이었다 하더라도(사실 그는 영 눈치가 없었소) 그 당시에는 몹시 화가 난 상태라 상황 판단을 제대로 하지 못했던 관계로, 존스가 이 일을 떠맡겠다고 하자 고맙다고 했소. 그러고는 "가봐라, 가가 최대한 이야기 함 해봐라"라고 말하면서, 소피아가 결혼하지 않겠다고 하면 쫓아내겠다며 지독한 욕설을 여러 번 퍼부었소.

8장
존스와 소피아의 만남

당장 소피아를 찾아 나선 존스는 눈물을 줄줄 흘리며, 입술에선 피가 흐르는 소피아(웨스턴 영주가 밀쳐 바닥에 쓰러졌던 소피아는 이때 막 일어났소)를 보았소. 그는 즉시 소피아에게 달려가 애정 어린, 동시에 걱정스런 목소리로 소리쳤소. "나의 소피아! 이런 끔찍한 모습을 하다니, 어찌된 것이오!" 그러자 소피아는 잠시 동안 부드러운 시선으로 그를 응시하더니 "존스 씨, 어떻게 이곳에 오셨어요? 지금은 절 좀 내버려두세요"라고 말했소. 이에 존스가 "나한테 그런 가혹한 명령은 하지 말아요. 내 마음에선 당신의 그 입술보다도 더 많은 피가 흘러내리고 있다오. 소피아! 당신의 그 고귀한 피가 한 방울만이라도 덜 흘러나오도록 할 수만 있다면, 혈관에 있는 내 피가 모조리 빠져나가도 좋소"라고 말하자, 소피아는 "전 이미 존스 씨에게 너무 많은 빚을 졌어요. 존스 씨가 그런 의미로 말했다면 말이에요"라고 대답하고는, 거의 1분 동안이나 애정 어린 표정으로 존스를 바라보다가 비탄에 젖어 갑자기 소리쳤소. "존스 씨! 왜 제 목숨을 구해주셨나요? 제가 죽었더라면 우리 둘 다 지금보다는 행복했을 거예요." 이 말에 존스는 "우리 둘 다 행복했을 거라니요! 어떤 고문대나 형틀도 소피아 당신의 죽음보다 나를 더 고통스럽게 할 순 없을 거요! 그런 소리만 들어도 참을 수 없으니 말이오. 소피아, 내가 당신 없이 살아갈 수 있을 것 같소?"라고 말했소. 말로 표현할 수 없는 애정이 가득 담긴 목소리와 얼굴로 이 말을 하면서, 존스는 소피아의 손을 살며시 잡았지만, 소피아는 손을 빼지 않았소. 사실 소피아는 자신이 무엇을 했고 무엇을 허락했는지 전혀 의식하지 못했던 것이오. 두 연인 사이에 얼마간의 침묵이 흐르는 동안, 존스의 눈은 소피아를 응시했고, 소피아의 눈은 아래를 향해 있었소. 함께 있는 게 발각되면 어떻게 해볼 수도 없는 상황에 처하게 될 게 불 보듯 뻔했기 때문에, 마침내 정신을 차린 소피아는 존스에게 나가달라고 하면서 "오! 존스 씨, 존스 씬 몰라요. 오늘 오후에 어떤 잔인한 일이 제게 있었는지 모르실 거예요"라고 말했소. 그러자 존스는 "다 알고 있소, 소피아. 당신의 잔인한 부친께서 모든 것을 말해주고, 직접 나를 당신에게 보내신 거요"라고 대답했소. 이에 소피아가 "우리 아빠가 존스 씨를 저한테 보내시다니요! 존스 씬 지금 꿈을 꾸고 있는 것 같네요"라고 대꾸하자, 존스는 이렇게 외쳤소. "나도 이게 한낱 꿈이길 바라오. 오! 소피아, 당신 부친이 날 당신에게 보냈소. 그것도 밉살스런 내 경쟁자를 받아들이도록 당신을 설득하라고 말이오. 난 당신을 만나기 위해 그 어떤 것도 마다하지 않았던 거요. 말 좀 해보시오, 소피아. 내 아픈 마음을 좀 위로해주시오. 나처럼 당신을 사랑하고 좋아하는 사람은 분명히 없소. 이 사랑스럽고 부드러운 손을 매정하게 거두어가진 마시오. 언제라도 당신과 영원히 이별하게 될지도 모르니 말이오. 미안하오, 너무나도 잔인한 상황에 당신에게 무례하게 군 것 같소." 그러자 혼란스러워하며 잠시 동안 아무 말도 하지 않던 소피아가 살며시 눈을 들어 존스를 쳐다보면서 "무슨 말을 듣고 싶으세요?"라고 물었소. 그러자 존스는 "소피아, 약속만 해줘요. 절대 블리필에겐 가지 않겠다고 말이오"라고 대답했소. 이에 소피아가 "그 혐오스런 이름은 꺼내지도 마세요. 제 마음대로 주지 않을 수 있는 건 절대로 그 사람에게 주지 않을 거예요"라고 말하자, 존스는 "기왕 나에게 자비를 베풀어주었으니, 조금만 더 자비를 베풀어 내가 희망을 가질 수 있도록 한마디만 더 해주시오"라고 애원했소. 이 말에 소피아가 "슬프네요. 제가 어떻게 하길 바라시나요? 제가 존스 씨에게 무슨 희망을 줄 수 있어요? 존스 씨도 우리 아빠의 뜻이 무엇인지 잘 아시잖아요"라고 말하자, 존스는 "하지만 영주님도 아가씨에게 자신의 뜻을 강요할 수는 없소"라고 대답했소. 이 말에 소피아가 "제가 아빠 말을 거역하면 어떤 결과가 벌어질지 아세요? 제 인생이 망가지는 건 거기에 비하면 대수롭지도 않은 일이에요. 저 때문에 우리 아빠가 불행하게 될지도 모른다는 건 생각하기도 싫어요"라고 말하자, 존스는 "순리에 어긋난 권한을 행사하려고 하시기 때문에 스스로를 불행하게 만드시는 거요. 그러니 아가씨를 잃게 될 때 내가 겪을 불행도 한번 생각해주시오. 그리고 누구를 더 동정해야 할지도 한번 생각해보고요"라고 소리쳤소. 이에 소피아가 "그 문제에 대해 생각해보라고요! 존스 씨, 제가 존스 씨 원하는 대로 할 경우, 존스 씨가 어떤 파멸로 치닫게 될지 제가 모를 거라고 생각해요? 영원히 제 곁을 떠나 스스로의 파멸을 피하라고 존스 씨에게 부탁하려고 했던 것도 바로 그런 생각 때문이었어요"라고 대답하자, 존스는 "당신을 잃는 게 두렵지, 파멸이 두렵진 않소. 가장 쓰라린 고통에서 날 벗어나게 해주고 싶다면, 그 잔인한 선고는 철회해주시오. 소피아 난 당신과 헤어질 수 없소. 절대로 헤어질 수 없단 말이오"라고 소리쳤소.

두 연인은 아무 말 없이 떨고만 있었소. 소피아는 존스에게서 손을 뺄 수도, 존스는 소피아의 손을 제대로 붙잡고 있을 수도 없었으면서 말이오. 그러던 중 이와는 판이한 성격의 장면 때문에 몇몇 독자들은 이미 충분히 보았다고 생각할 이 장면이 중단되었는데, 문제의 다른 장면은 다음 장에서 설명하겠소.

9장
앞서 일어난 일보다 훨씬 더 소란스러운 일

두 연인 사이에서 벌어진 일을 계속 이야기하기 전에, 이들이 만나고 있는 동안 홀에서 벌어진 일을 상세히 말해주는 게 적절할 것 같소.

존스가 웨스턴 영주와 헤어진 지 얼마 지나지 않아, 웨스턴 영주를 찾아온 그의 누이는 영주로부터 블리필 문제로 소피아와 영주 사이에서 벌어진 일을 모두 알게 되었소.

웨스턴 여사는 조카딸의 이런 행동을 존스에 대한 사랑을 비밀에 부치기로 한 전제조건의 완벽한 파기로 간주하여 자신이 알고 있는 사실을 이제는 거리낌 없이 다 말할 수 있게 되었다고 생각하고는, 그 어떤 격식도 차리지도 않고 아주 분명하게 자신이 아는 사실을 모두 웨스턴 영주에게 고해바쳤소.

사실 웨스턴 영주는 존스와 자기 딸이 결혼할 수도 있다는 생각(존스에게 강한 애정을 느낄 때도 또 그의 행동이 의심스러울 때도)을 단 한 번도 해본 적이 없었소. 결혼을 하려면 성별이 달라야 하는 등등 여러 필수조건들이 있는데, 웨스턴 영주는 결혼의 필수조건으로 대등한 재산과 신분을 꼽았기 때문이었소. 따라서 웨스턴 영주는 자기 딸이 다른 종의 동물과 사랑에 빠질 수 없듯이, 소피아가 이 가련한 사람과 사랑에 빠질 수 있을 거라는 우려를 전혀 하지 않았던 것이오.

누이의 말을 들은 웨스턴 영주는 벼락이라도 맞은 기분이었소. 처음 그는 너무 놀라 거의 숨을 쉴 수가 없었고 그 어떤 대답도 하지 못했소. 하지만 다른 경우에서도 으레 그랬던 것처럼, 잠시 중단되었던 그의 말은 곧 배가된 힘으로 그리고 분노에 가득 차 터져 나왔소.

갑자기 놀라 한동안 말문이 막혔던 웨스턴 영주는 어느 정도 정신을 차리게 되자, 한바탕 욕설과 저주를 퍼붓고는 두 연인이 함께 있을 거라고 예측되는 소피아의 방으로 황급히 향했소. 한 걸음 한 걸음 옮길 때마나 앙갚음을 하겠다고 중얼거리면서, 보다 정확히 말하자면 고함을 지르면서 말이오.

두 마리의 집비둘기 혹은 산비둘기가, 아니면 스트레폰과 필리스*가 (이 말이 가장 진실에 가깝소) 즐거운 사랑의 밀담을 나누기 위해(남들 앞에선 말하지 못하는 이 수줍은 사랑의 신은 동시에 두 명 이상의 사람에게 좋은 동반자가 절대로 될 수 없기 때문이오) 아주 호젓한 숲 속으로 들어갔을 때, 산산이 흩어진 구름 사이로 천둥이 갑자기 요란스럽게 치기라도 하면, 처녀는 놀라서 이끼 긴 제방 또는 푸른 잔디에서 벌떡 일어나게 되오. 그리고 이때 사랑의 신이 처녀의 뺨을 물들였던 붉은색은 창백한 죽음의 색으로 바뀌고 두려움으로 온몸을 떠는, 특히 사지를 후들거리는 이 처녀를 그녀의 연인은 간신히 지탱해줄 수 있을 것이오.

그런가 하면 솔즈베리를 처음 방문한 두 신사가 그곳의 놀라운 장난꾼에 대해서는 전혀 모른 채로 어느 선술집에서 술을 마시고 있을 때, 몇 사람이 광대 노릇을 하며 분위기를 잡는 동안, 광인 흉내를 잘 내는 그 위대한 다우디 씨**가 몸에 쇠사슬을 두르고 덜거덕거리며 꼭 잡고야 말겠다고 무시무시한 어조로 중얼거리며 복도를 따라 걷는다면, 두 신사는 그

---

* 목가적인 시에 등장하는 전형적인 남녀의 이름.
** 광인 흉내를 잘 냈다고 알려진 대니얼 피어스Daniel Pearce라는 이름의 18세기 영국인.

끔찍한 소리에 겁을 먹고는, 자신들에게 다가오는 위험을 피할 수 있는 곳을 찾아, 창살이 촘촘히 쳐진 창문으로 빠져나갈 수만 있다면 목이 다칠 위험도 감수하려 했을 것이오.

바로 이 신사들처럼 떨고 있었던 불쌍한 소피아는 듣기에도 몹시 두려운 목소리로 욕설과 저주를 퍼부으면서 존스를 반드시 파멸시키겠다고 맹세하며 다가오는 부친의 고함 소리에 창백해졌소. 사실, 신중한 사람이었다면 이 당시 이 젊은이는 이곳보다는 다른 곳에 있기를 더 바랐을 것이오. 소피아에 대한 사랑 때문에 그녀가 겪게 될 일을 자신도 함께 겪겠다는 생각 대신, 이 일이 자신에게 미칠 파장을 잠시만이라도 생각해보았다면 말이오.

문을 열어제치고 들어갔을 때, 웨스턴 영주는 존스에 대한 모든 분노를 순식간에 잊게 할 어떤 광경을 목격하게 되었소. 그것은 실신하여 죽은 듯이 연인의 품에 안겨 있는 소피아의 모습이었소. 이 비극적인 장면을 보고 일순간에 분노를 잊게 된 웨스턴 영주는 도와달라고 있는 힘을 다해 소리쳤소. 그러고는 소피아에게 달려갔다가 다시 문으로 돌아와서는 물을 가져오라고 소리친 뒤, 다시 돌아왔소. 그러는 동안 웨스턴 영주는 소피아가 누구 품에 안겨 있는지 생각할 겨를도 없었을 뿐만 아니라, 존스라는 인물이 존재한다는 사실조차도 떠올리지 못했소(딸의 상태가 그의 모든 생각을 사로잡는 유일한 관심사였기 때문이었을 거라고 생각하오).

웨스턴 여사와 많은 하인들이 물과 강심제 그리고 이런 경우에 필요한 것들을 모두 가지고 소피아에게 달려왔소. 이런 치료책들이 성공을 거두어 곧 정신을 차리게 된 소피아가 살아 있다는 징후를 보이기 시작하자, 웨스턴 여사와 하녀는 소피아를 데리고 나갔소. 나가면서 이 선량한 웨스턴 여사는 영주에게 그의 분노(웨스턴 여사의 표현대로라면, 그의 광기)가 얼마나 끔찍한 결과를 초래했는지 매우 건전한 훈계를 늘어놓았지만 말이오. 웨스턴 여사는 아주 애매모호하게, 그리고 어깨를 으쓱거리며 마치 감탄이라도 하듯 훈계를 했기 때문에, 웨스턴 영주는 이 훌륭한 충고를 이해하지 못했을지도 모르오. 설령 이해했다 하더라도, 이 충고는 그에게 별 도움이 되지는 못했을 것이오. 일단 딸에 대한 걱정에서 벗어나자마자, 그는 전처럼 다시 화를 내기 시작하며 존스에게 적대적인 행동을 하려 해, 힘이 무척 센 서플 목사가 이를 힘으로 막지 않았다면 존스와 웨스턴 영주 간에는 싸움이 벌어졌을 게 틀림없었을 테니 말이오.

소피아가 방을 나서자마자, 존스는 서플 목사가 붙잡고 있던 웨스턴 영주에게 다가가서는, 그렇게 계속 화만 내면 어떤 설명도 할 수 없으니 제발 진정하라고 간청했소.

그러자 웨스턴 영주는 "니놈 오늘 맛 좀 함 바라. 웃통 벗어! 니 뒈질 때까지 내한테 한 번 처맞아바라"라고 하고는, 현안에 상반되는 견해를 가진 시골 신사들 사이에서 오고 가는 험한 말을 퍼부으며, 경마장이나 투계장 혹은 그 밖의 공공장소에서 하층민 간에 벌어지는 논쟁에서 보통 언급되는 그 신체 부위*에 입을 맞추라고 여러 차례 말했소. 사람들은 농담 삼아 이 신체 부위를 종종 언급하지만, 대부분의 사람들이 지금 내가 한 재담을 이해하지 못하는 것 같으니 다시 이야기하겠소. 내 말은 누군가가 내 엉-이를 차겠다고 위협하면 이에 대한 응수로 상대방에게 자신의 엉-이에 입을 맞추라고 할 때 사용하는 바로 엉-이라는 단어를 웨스턴 영주가 사용했다는 뜻이오. 하지만 내가 보아온 바에 따르면, 아무도 자신의 그 신체 부위를 상대방이 차는 걸 바라지 않으며, 아무도 다른 사람

---

* 영어에서는 '엉덩이에 키스하라'는 욕설이 있는데, 여기서 말하는 신체 부위는 바로 엉덩이를 가리킨다.

의 그 신체 부위에 입을 맞추고 싶어 하지는 않는 것 같소.

　시골 신사와 대화를 나누었던 사람들은 이런 종류의 친절한 요청을 수없이 들었겠지만, 이 요청을 들어준 사례를 한 건이라도 본 사람은 없을 거라 생각하오. 이는 이들이 예의 없다는 사실을 단적으로 보여주는 사례요. 런던에 있는 훌륭한 신사분들은 아무도 자신들에게 그런 호의를 베풀어달라고 요청하지 않았지만, 매일매일 윗사람들에게 이런 예의를 지키고 있기 때문이오.*

　웨스턴 영주의 이런 재담에 존스는 아주 조용하게 대답했소. "어르신, 절 이렇게 대하신다면, 어르신께서 여태까지 제게 베푸신 은혜가 모두 없던 일이 될 겁니다. 허나 어르신이 베푸신 은혜 중 절대 없던 걸로 할 수 없는 것이 하나 있습니다. 절 아무리 욕하고 화나게 하셔도 전 소피아의 부친께 대들 수는 없으니까요."

　이 말에 웨스턴 영주가 더 화를 내자, 서플 목사는 존스에게 제발 이곳을 떠나라며 "자네가 지금 여기 있어서 영주님이 더 화가 나신 걸 보면 모르겠나. 그러니 제발 이곳을 떠나게. 영주님은 지금 화가 너무 나셔서 자네와 이야기를 나눌 수 있는 상태가 아니네. 그러니 오늘은 이만 하고, 하고 싶은 말이 있으면 다음 기회에 하게"라고 말했소.

　이 충고를 감사히 받아들이며 존스가 즉각 집을 나서자, 서플 목사는 웨스턴 영주의 손을 놓아주었소. 그러자 어느 정도 이성을 되찾은 웨스턴 영주는 서플 목사가 자신을 붙잡은 게 다행이라며, 안 그랬다면 틀림없이 존스의 머리를 부숴버렸을 거라고 하고는 "저런 악당 같은 놈 때문에 교수형 당하는 건 진짜 화나는 일일 거야"라고 말했소.

---

* 런던과 같은 도회지 사람들은 시골 사람들과는 달리 윗사람에게 상습적으로 아부를 한다는 의미.

화해시키려던 자신의 노력이 성공을 거두자 의기양양해진 서플 목사는 화를 경계하라는 내용의 훈계(이는 성질이 급한 사람에게는 화를 가라앉히는 것이 아니라, 도리어 화를 더 나게 할 수도 있는 그런 훈계였소)를 하기 시작했소. 서플 목사는 고대 작가, 특히 '화'라는 주제를 다룬 세네카*의 글(몹시 화가 난 사람을 제외한 모든 사람들이 커다란 즐거움을 누리고 도움도 받은 글이었소)에서 따온 수많은 귀중한 인용문으로 이 훈계를 장식했고, 나중에는 알렉산드로스 대왕과 클레이토스**에 관한 유명한 이야기(이 이야기는 내 비망록에서는 '만취'라는 항목으로 분류되어 있기 때문에, 여기서는 말하지 않겠소)로 이 장광설을 마무리했소.

웨스턴 영주는 이 이야기뿐만 아니라, 목사가 말한 그 어떤 이야기에도 귀를 기울이지 않았던 것 같소. 서플 목사가 이야기를 끝내기도 전에 "화가 나면 목이 마르다"(이렇게 흥분한 경우에 아주 잘 들어맞는 말 같소)라는 말이 사실이라는 걸 입증이라도 하려는 듯, 맥주 한 조끼를 가져오라는 지시를 내렸으니 말이오.

맥주를 벌컥벌컥 들이켜자마자 웨스턴 영주는 존스에 관한 이야기를 다시 시작하면서, 다음 날 아침 일찍 올워디 영주에게 이 사실을 알리겠다는 자신의 결심을 밝혔소. 단순히 선의에서 서플 목사는 그러지 말라고 영주를 설득하려 했으나 별 소용없었고, 오히려 그로부터 몹시 충격적인 욕설과 저주만 수없이 들었을 뿐이었소. 하지만 서플 목사는 소위 웨스턴 영주가 말하는 "자유롭게 태어난 영국인이 누릴 수 있는 특권"에 대해서는 감히 이의를 제기하지 못했소. 사실, 그는 웨스턴 영주로부터 이따금씩 이런 거친 말을 듣는 대가로 그의 식탁에서 자신의 혀를 만족시켜왔기

---

* 세네카의 『도덕에 관한 서한』에는 '화'를 소재로 한 글이 실려 있다.
** 알렉산드로스 대왕은 만취한 상태에서 홧김에 친구 클레이토스를 살해했다.

때문이오. 하지만 서플 목사는 웨스턴 영주의 이런 사악한 행동을 조장하지 않았으며, 자신이 영주의 집을 찾지 않았더라도 그가 욕을 덜하지는 않았을 거라며 자위했소. 이렇듯 서플 목사는 웨스턴 영주의 집에서 영주를 꾸짖는 무례를 범하지는 않았지만, 설교단에 섰을 때는 간접적으로(웨스턴 영주를 개과천선시키는 데는 별다른 효과를 거두지 못했지만) 영주에게 보복을 했소. 영주의 욕설을 묵과하는 것이 양심에 께름칙했던 목사는 다른 사람들에게는 욕을 금하는 법을 엄격히 준수하도록 했던 것이오*(때문에 이 마을에서는 웨스턴 영주만이 욕을 하면서도 아무런 처벌을 받지 않은 유일한 사람이 되었소).

10장
올워디 영주를 찾아간 웨스턴 영주

조카에게서 소피아와 만난 일이 성공적으로 끝났다는 말을 전해 듣고 몹시 흡족한 올워디 영주(소피아의 재산보다는 인품 때문에 올워디 영주도 이 결혼을 몹시 바랐소)가 조카와 함께 아침식사를 마친 뒤 자리에서 일어났을 때, 급작스럽게 들이닥친 웨스턴 영주는 아무런 격식도 차리지 않은 채 다음과 같이 말했소.

"영주께서는 진짜 대단한 일을 하셨더만요. 사생아를 대단한 인물로 키우싯으이 말이오. 사람들 말처럼, 영주께서 고의로 이 일에 관여했다고

---

* 필딩은 『대배심에게 전달한 고발장A Charge Delivered to the Grand Jury』에서 욕이나 저주를 하는 것을 죄악시했으며, 욕을 하면 벌금형에 처하는 당시의 법을 엄격히 시행하도록 촉구했다.

믿는 건 아이요. 하지만 그놈 때문에 우리 집에 골치 아픈 문제가 터지뿟소." 이 말에 올워디 영주가 "무슨 문제라도 있습니까?"라고 묻자, 웨스턴 영주는 대답했소. "참말로 문젯거리가 하나 생깃죠. 내 딸년이 영주의 그 사생아 자슥과 사랑에 빠졌으니 말이오. 그게 다요. 하지만 난 갸한텐 한 푼도, 진짜 땡전 한 푼도 안 줄 끼요. 근본도 모르는 놈을 귀공자처럼 키우고, 너므 집을 넘보게 하는 게 어떤 결과를 가져올지 난 항상 생각해 왔소. 내가 글마를 잡지 못한 것이 그노마한테는 다행일 거요. 아님 내 이 잡것을 디지게 팼을 거니까. 하어튼 내가 글마한테 너무 오냐오냐 대했어. 내가 그 팽이 새끼가 부뚜막 올라가구로 내비둔 셈이지. 그놈은 이제 내한테선 고기 한 점도 못 얻어먹을 끼고, 고기 살 땡전 한 푼도 못 얻을 거요. 그리고 소피아가 글마랑 결혼할 끼라고 고집 피아대믄, 지참금으로 속옷 한 벌만 줄 거요. 차라리 하노버 가 놈들이 우리나라 사람들 망치는 데 사용하는 감채기금*에 쓰라고 내 땅뙈기를 전부 주뿌겠소." 이 말에 올워디 영주가 "진짜 유감이군요"라고 대답하자, 웨스턴 영주는 이렇게 말했소. "무슨 빌어먹을 놈의 유감! 차라리 내가 외동딸을 잃는 게 훨씬 낫소. 우리 불쌍한 소피 말이오. 내 기쁨이고, 늙었을 때 내 모든 희망이자 위안이 될 아이지만, 이제 갸를 쫓가내뿔 거요. 그 아인 이제 길거리에서 구걸하다, 굶어 죽어, 몸뚱어린 썩게 될 거요. 갸한테 이젠 땡전 한 푼도, 참말로 땡전 한 푼도 안 줄 거요. 그 개자식은 토끼가 숨은 곳을 항상 잘 찾아냈어. 써거 자빠질 놈 같으니라고! 그놈이 어떤 토끼를 찾고 있었는지 상상도 못했지만, 그놈이 발견한 토낀 최악의 토끼가 될

---

* 1717년 당시 영국의 수상이었던 휘그당의 로버트 월폴Robert Walpole은 국채를 갚기 위해서 감채기금을 마련했는데, 반대 당 사람들은 하노버 왕가의 군대를 유지하는 데 이 기금을 사용했다며 강한 이의를 제기했다.

거요. 소피아는 썩은 고기나 매한가지가 될 꺼니, 글마가 얻게 되는 건 소피아의 꺼죽밖에는 없을 꺼요. 글마한테 그래 말해도 좋소." 이 말에 올워디 영주가 "내 조카와 소피아가 서로 만나서 이야기를 나눈 게 바로 어젠데, 영주 말씀을 들으니 참 놀랍군요"라고 말하자, 웨스턴 영주는 "맞소, 이 일의 전모가 드러난 건 영주의 조카와 내 딸아이가 만난 뒤였소. 블리필 군이 떠나자마자, 그 화냥년 자식이 뭘 훔칠라 캐선지 우리 집 주위를 어슬렁거리더군. 난 그놈의 사냥 솜씨가 맘에 들었지만, 내 딸을 밀렵할 기라고는 전혀 상상도 못했소"라고 대답했소. 그러자 올워디 영주는 "그 아이에게 소피아 양을 가까이할 기회를 많이 주시지 말았어야 했는데 그랬습니다. 그럴 거란 의심을 하지는 않았지만, 저도 그 아이가 영주 댁에 너무 자주 머무르는 걸 항상 탐탁하게 여기지 않았다는 건 인정하시죠?"라고 말했고, 이에 웨스턴 영주가 "에잇, 누가 그렇게 될 끼라고 생각이나 했것소? 내 딸이 그노마랑 그렇게 될 줄 누가 알았겠난 말이오? 그놈은 나랑 사냥하러 온 거지, 연애질하러 온 게 아니었는데 말이오"라고 소리쳤소. 이 말에 올워디 영주가 "둘이 그렇게 자주 같이 있는 걸 보시고도 둘 사이가 심상치 않다는 걸 전혀 눈치채시지 못했단 말씀이오?"라고 묻자, 웨스턴 영주는 "전혀, 참말로 전혀 몰랐소. 내 단 한 번도 그놈이 내 딸한테 키스하는 것도, 더구나 수작 부리는 건 보도 못했소. 그노마는 우리 딸아이와 같이 있을 때 더더욱 말을 하지 않았으이 말이오. 우리 딸도 우리 집에 찾아오는 다른 사람보다도 글마한테 덜 싹싹하게 굴었단 말이오. 이런 일에 내가 딴사람들보다 더 잘 속는 사람은 아이니, 낼 바보로 생각지는 마이소"라고 소리쳤소. 웨스턴 영주의 이 말에 올워디 영주는 하마터면 웃음을 터뜨릴 뻔했지만 참았소. 인간에 대해 잘 알고 있었고 예의범절을 갖춘 선량한 성품의 소유자라, 몹시 흥분한 웨스턴 영주를 화나게 하고 싶지 않았던 것이오. 올워디 영주가 어떻게 하면 좋겠느냐고 물어보자, 웨스턴 영주는 그 악당 같은 놈을 자기 집에 얼씬 도 못하게 해주면, 자신은 소피아를 집에 가두어놓고, 소피아가 아무리 반대해도 블리필에게 시집보내겠다고 대답했소. 그러고는 블리필과 악수 를 하더니, 블리필 이외의 다른 사람은 절대 사위로 삼지 않을 거라고 맹 세까지 했소. 그런 후 자기 집은 현재 엉망이고, 딸이 도망가지 못하게 당장 집으로 돌아가야 한다며, 존스가 다시 자기 집에 얼쩡거리기만 하면 붙잡아서 거세한 말들의 경주에 참가할 수 있는 자격을 부여하겠다고 말 하곤 작별을 고했소.

이제 둘만 남게 된 올워디 영주와 블리필 사이에는 긴 침묵이 흘렀소. 이때 블리필은 간간이 한숨을 내쉬었는데, 얼마간은 실망감에서, 대부분 은 증오심에서였소. 소피아를 잃은 것보다는 존스가 소피아의 마음을 차 지했다는 사실에 그의 마음이 훨씬 더 아팠던 것이오.

마침내 침묵을 깨고 올워디 영주가 어떻게 할 것이냐고 물어보자, 블 리필이 대답했소. "외삼촌, 지금 전 너무 슬퍼요. 이성과 열정이 서로 다 른 길을 제시할 때, 사랑에 빠진 사람이 어떤 길을 선택할지 의문의 여지 가 있나요? 이런 곤란한 상황에 처했을 때 사랑에 빠진 사람은 거의 확실 히 자신의 감정을 따를 거라고 생각해요. 이성적으로 생각하면 전 다른 사람에게 마음을 두고 있는 여자를 잊어야 하고, 열정에 귀를 기울이면 아가씨의 마음도 시간이 지나면 바뀌어 결국에는 절 택할 거라는 희망을 갖게 돼요. 하지만 완전한 해결책이 제시되지 않는다면, 아가씨와의 혼사 를 계속해서 추진하는 게 잘못일 수도 있어요. 제 말은 다른 사람을 좋아 하는 소피아 아가씨의 마음속으로부터 바로 그 사람을 몰아내는 게 옳지 않을 수도 있다는 거예요. 하지만 웨스턴 영주님의 결심이 확고하다는 점을 고려해볼 때, 제가 이 혼사를 추진하는 게 모든 사람들을 (큰 불행에서 벗어나게 될 소피아의 부친은 물론이고, 결혼으로 말미암아 파멸하게 될 당사자들까지도) 행복하게 하는 데 보탬이 될 거예요. 존스와 소피아 아가씨의 일이 진척되면 아가씬 어느 모로 보나 파멸될 게 분명하니까요. 거지와 다름없는 사람과 결혼하게 되면 소피아 아가씬 재산의 대부분을 잃게 될 뿐만 아니라, 아가씨의 부친이 어쩌지 못하는 아가씨 소유의 약간의 재산조차도 존스가 아직까지도 사귀고 있는 여자 때문에 모두 없어질 게 분명하니까요. 하지만 이건 존스가 저지른 다른 악행에 비하면 아무것도 아니에요. 제가 알기로 존스는 이 세상에서 제일 나쁜 사람이에요. 여태까지 제가 숨기려 했던 걸 알고 계셨더라면 외삼촌은 그런 방탕하고 비열한 자를 틀림없이 이미 오래전에 버리셨을 거예요." 이 말에 올워디 영주가 "어떻게 내가 이미 알고 있는 것보다 더한 짓을 저지를 수 있단 말이냐? 그게 뭔지 말해보거라"라고 말하자, 블리필은 "안 됩니다. 이미 지난 일이고, 존스도 그 일을 후회하고 있을지 모르니까요"라고 대답했소. 이에 올워디 영주가 "네 말의 의미가 무엇인지 말하는 건 네 의무다. 그러니 네 의무를 지킬 것을 명한다"라고 말하자, 블리필은 "외삼촌도 아시다시피, 전 외삼촌 말씀을 거역한 적이 없어요. 다행히 그럴 이유도 전혀 없지만, 제가 보복이라도 하기 위해 이러는 것 같아 보여 이 말을 꺼낸 게 유감이네요. 하지만 꼭 말해야 한다고 하시면, 우선 존스를 용서해달라고 간청드리고 싶어요"라고 대답했소. 이 말에 올워디 영주가 "그 어떤 조건도 받아들이지 않겠다. 이미 난 그 아이에게 충분히, 그리고 네가 나에게 더 이상 고마워할 수 없을 정도로 호의적으로 대해왔어"라고 말하자, 블리필은 다음과 같이 대답했소. "제 생각에도 존스는 분에 넘칠 정도로 호의를 받아왔죠. 외삼촌이 위중하셨던 바로 그날, 저와 집안 식구들 모두

가 슬픔에 젖어 눈물 흘리고 있었는데, 술 마시고 야단법석을 떨면서 온 집안을 시끄럽게 했어요. 그래서 제가 꼴사나우니 그만두라고 조용히 말했는데도 오히려 화를 내며 저에게 욕을 퍼붓더니 악당이라고 부르면서 때리기까지 했어요." 이 말에 올워디 영주가 "어떻게 널 때릴 수가 있지?"라고 소리치자, 블리필이 말했소. "전 이미 오래전에 그 일을 용서했어요. 그리고 존스가 자신에게 그렇게 많은 은혜를 베풀어주신 외삼촌에게 저지른 배은망덕한 행동도 쉽게 잊을 수 있었으면 좋겠어요. 외삼촌, 존스를 용서해주세요. 존스에게 악마가 씌었던 게 틀림없거든요. 바로 그날 저녁 스와컴 선생님과 제가 들녘에서 바람을 쐬며 외삼촌의 병세가 호전되는 기미가 보이기 시작해 기뻐하고 있었을 때, 공교롭게도 존스가 어떤 여자와 말하기 뭐한 짓을 벌이고 있는 걸 보았어요. 이를 본 스와컴 선생님이 앞뒤 재시지 않고 다가가 존스를 꾸짖자, 이런 말씀을 드리게 돼 유감이지만, 존스는 선생님에게 달려들며 난폭하게 손찌검을 해, 지금까지도 선생님 상처가 아물었는지 모르겠어요. 저도 선생님을 구하려다 존스의 난폭한 행동에 좀 당했고요. 하지만 그 일도 전 이미 오래전에 용서했어요. 심지어 전 스와컴 선생님에게 존스를 용서해달라고 한 뒤 존스를 파멸시킬 수도 있는 그 일을 외삼촌에게는 절대 알리지 말라고 부탁까지 드렸어요. 제가 경솔해서 뜻하지 않게 그때 일을 지금 입 밖에 내었고, 모두 말하라고 하셔서 말씀은 드렸지만 존스를 위해 한마디만 드리게 해주세요." 이 말에 올워디 영주는 "애야, 네가 그런 극악무도한 존스의 행위를 잠시라도 숨겼다는 사실에 착한 마음을 가진 널 꾸짖어야 할지, 칭찬해야 할지 모르겠구나. 하여튼 스와컴 목사는 지금 어디에 계시냐? 네 말이 진짜 사실인지 확인하기 위해선 아니지만, 다른 사람 말도 들어봐야겠다. 그래야 이런 극악무도한 녀석을 본보기로 벌주더라도 세상 사람들이 날 정당하다고 생각할 게 아니냐"라고 말했소.

호출을 받자마자 나타난 스와컴은 블리필이 진술한 내용이 모두 사실임을 공식적으로 확인해주었소. 심지어 그는 존스의 육필이 멍의 형태로 아주 명료하게 기록된 자기 가슴을 보여주고는, 블리필이 간곡하게 청하지 않았더라면 이미 오래전에 그 일을 올워디 영주에게 알려주었을 것이라고 말했소. 그러고는 자신에게 못된 짓을 한 존스를 그 정도까지 용서해주는 건 정도(正道)를 벗어난 일이지만, 블리필은 어쨌든 아주 훌륭한 젊은이라고 말하면서 자신의 증언을 마쳤소.

사실 그 당시에 블리필은 이 일을 알리지 말라고 스와컴 목사를 설득하는 데 어느 정도 애를 썼소. 하지만 여기에는 여러 이유가 있었소. 우선 블리필은 사람이 아프게 되면 평소보다 마음이 약해지고 관대해진다는 사실을 잘 알고 있었고, 게다가 그 일이 벌어진 지 얼마 되지 않은 시점에서 알려지게 되면 진실을 밝혀줄 수 있는 의사가 집 근처에 있었기 때문에, 자신이 원하는 방향으로 악의적으로 사실을 왜곡하여 전달할 수 없게 될 거라고 생각했기 때문이었소. 또한 존스가 신중치 못한 행동을 해서 또 다른 문제를 야기할 때까지 이 일이 공개되지 않길 원했던 것도 그 이유 중 하나였소. 존스에 대한 여러 불만거리를 한꺼번에 터뜨리면 그를 완전히 끝장낼 수 있는 가능성이 높아질 거라고 생각했기 때문이었소. 따라서 블리필은 운명의 여신이 자신에게 이런 기회를 친절하게 제공할 때까지 기다리고 있었던 것이오. 마지막으로, 블리필은 스와컴에게 이 문제를 당분간 감추어달라고 부탁함으로써, 올워디 영주의 마음에 심어주려고 무척 애를 썼던, 그러니까 존스에 대한 자신의 우정이 진실된 것임을 다시 한 번 입증할 기회를 갖게 된다는 사실도 알고 있었던 것이오.

11장
짧지만, 선량한 독자들에게 상당한 영향을 미칠 수 있는 내용

화가 난 상태에서는 그 누구도 처벌하지 않고 심지어 하인도 절대 쫓아내지 않는 것을 자신의 소신으로 삼아 여태까지 이를 지켜오고 있었기 때문에, 그날 오후까지 올워디 영주는 존스에 대한 판결을 유보했소.

이 불쌍한 젊은이는 여느 때처럼 식사 시간에 나타났소. 하지만 가슴이 터질 것 같아 식사를 제대로 하지 못했던 존스는 올워디 영주의 매정한 표정을 보고는 한층 더 슬퍼졌소. 웨스턴 영주가 자신과 소피아 사이에 관해 모두 이야기했을 거라는 생각에서였소. 하지만 블리필이 올워디 영주에게 한 이야기는 조금도 눈치 채지 못했소. 블리필이 한 이야기의 상당 부분을 존스는 전혀 모르고 있었고, 나머지 알고 있는 부분도 (존스 자신은 이미 용서하고 다 잊어버렸기 때문에) 상대방이 기억하고 있으리라고는 전혀 생각지 못했기 때문이었소. 저녁식사가 끝나고 하인들이 나가자, 올워디 영주는 장황하게 이야기를 꺼내기 시작하더니, 존스가 저지른 수많은 죄악, 특히 오늘 자신이 알게 된 죄악을 열거하면서 존스가 납득할 만한 해명을 하지 못하면, 그를 영원히 추방하기로 결심했다는 말로 긴 연설을 마무리했소.

스스로를 변호하는 데 존스에게는 상당한 불이익이 뒤따랐소. 우선 존스는 자신이 무슨 혐의를 받고 있는지 전혀 몰랐소. 올워디 영주가 병석에 누웠을 당시 존스가 술에 취했던 일 그리고 그 밖의 일을 언급할 때, 올워디 영주는 자신과 관련된 내용은 언급하지 않았기 때문에, 존스는 자신의 혐의를 부인할 수 없었소. 게다가 지금 무척 상심하여 풀이 죽은 상

태라 자신을 변호할 여력도 없어 모든 것을 인정하고 말았던 것이오. 그러고는 절망에 빠진 죄인처럼 존스는 자비를 베풀어달라고 애원하면서, 자신은 어리석은 행동을 많이 저질렀고 무례한 행동을 무심코 여러 번 저질렀다는 사실은 인정하지만 가장 무거운 형벌을 받을 만한 잘못은 저지르지 않았다고 생각한다고 말했소.

이 말에 올워디 영주는 존스가 아직은 젊기 때문에 앞으로 나아질 거라는 희망에 여러 번 용서했지만 이제 보니 존스는 편들어주고 격려해주는 것 자체만으로도 범법 행위가 될 만한 아주 파렴치한 무뢰한이라는 사실을 깨닫게 되었다며 다음과 같이 말했소. "뻔뻔스럽게도 그 젊은 아가씨를 꼬여내려 한 네게 벌을 내려, 내가 그릇된 사람이 아니란 사실을 입증해야겠다. 너도 잘 알고 있듯이, 네게 관심 보이는 것 자체도 비난하는 세상 사람들은 내가 이번 일을 그냥 넘기면 네가 저지른 그 비열하고 야만적인 행동(내가 얼마나 혐오하는지 너도 잘 알고 있는, 또 너에 대한 내 애정을 생각해본다면 그리고 내 마음의 평정과 명예에 일말의 관심이라도 있다면, 절대 저지를 생각조차 하지 못할 그런 행동 말이다)을 내가 눈감아주고 있다고(사실 그건 어느 정도는 옳은 소리다) 생각할지도 모른다. 보기도 싫다, 이 녀석! 네 죗값에 맞는 벌은 이 세상천지 어디에도 없어! 그리고 지금 이걸 네게 주는 게 과연 옳은 일인지 나도 모르겠다. 하지만 널 자식처럼 키워왔기 때문에 벌거벗겨 쫓아내진 않겠다. 그러니 이 봉투를 열어보거라. 네가 부지런하기만 하면, 정직하게 먹고살 수 있게 해줄 뭔가가 들어 있으니 말이다. 하지만 그것을 나쁜 목적에 사용한다면, 더 이상 너에게는 아무것도 주지 않겠다. 그리고 무슨 일이 있어도 오늘 이후부터는 너와 말도 섞지 않겠다. 하지만 이 말만은 꼭 해야겠다. 내가 가장 화나는 건 그렇게 너를 사랑하고 존중해주었던 착한 블리펄에게 네가 못된 짓을 저질렀다는 사실이다."

이 마지막 말은 너무나 써서 삼킬 수 없는 약과도 같았소. 존스는 눈물을 펑펑 쏟으며 말을 할 수도 움직일 수도 없었소. 어느 정도 시간이 흘러서야 올워디 영주의 단호한 명령을 따를 수 있었던 존스는 형언하기 어려운 감정으로 영주의 손에 입을 맞춘 뒤 집을 나섰소.

이 당시에 올워디 영주에게 존스가 어떤 모습으로 비쳤는지를 알면서도, 그의 판결이 가혹하다고 비난하는 사람이 있다면 그는 매우 유약한 사람이 틀림없을 것이오. 하지만 유약해서인지 아니면 어떤 나쁜 동기에서 그런 것인지는 모르겠지만, 이웃 사람들은 모두 이 정의롭고 엄중한 조처를 매우 잔인하다고 비난했소. 전에는 사생아(사람들은 존스를 올워디 영주의 사생아라고 생각했소)에게 지나친 친절과 애정을 보인다며 이 선량한 사람을 비난했던 사람들이 이제 와서는 자기 자식을 쫓아냈다며 목청 높여 올워디 영주를 비난했던 것이오. 특히 대부분의 여자들은 존스의 편을 들며 일일이 기록할 수 없을 정도로 수많은 이야기를 지어냈소.

하지만 한 가지 사실만은 빠뜨려서는 안 될 것이오. 이런 비난을 하면서도 이들은 올워디 영주가 종이에 싸서 존스에게 준 5백 파운드나 되는 돈에 대해선 아무런 언급도 하지 않았다는 사실이오. 이들 모두는 존스가 한 푼도 받지 못하고 쫓겨난 거라고 생각했고, 심지어 어떤 이는 존스가 비인간적인 부친의 집에서 벌거벗긴 채 쫓겨났다고 말하기조차 했소.

12장
연애편지

당장 집을 떠나라는 명령을 받은 존스는 옷가지와 나머지 물건들은 원하는 곳으로 보내주겠다는 전갈을 받았소.

올워디 영주의 명령에 따라 집을 나선 존스는 자신이 지금 어디로 가고 있는지 신경도 쓰지 않고 알지도 못하는 상태에서 1.5킬로미터 이상을 걸어갔소. 그러다 작은 개울에 다다른 그는 개울가에 몸을 던지고는 약간 화를 내며 "그래, 아버지도 내가 여기서 쉬는 것까지 막으시지는 않을 거야?"라고 중얼거렸소.

이곳에서 곧 격렬한 고뇌에 빠진 존스는 자신의 머리를 쥐어뜯고는, 격노하거나 절망에 빠졌을 때 사람들이 일반적으로 하는 수많은 행동을 했소.

이런 식으로 처음 일어났던 감정을 발산한 뒤, 어느 정도 정신이 들기 시작한 존스는 다른 방식으로 좀더 온건하게 슬픔을 표출했고, 결국에 가서는 자신의 감정을 다스리고 이 통탄할 상황을 어떻게 대처해야 할지 생각할 수 있을 정도로 냉정을 되찾았소.

이제 존스에게 남은 가장 큰 고민거리는 소피아와의 문제를 어떻게 처리하느냐였소. 소피아를 떠난다는 생각만으로도 그의 가슴은 찢어지는 것 같았지만, 자신이 소피아를 파멸로 이끌 수도, 극빈의 상태에 처하게 할 수도 있다는 생각에 그는 더욱 괴로웠소. 소피아를 자기 사람으로 만들고 싶은 강한 욕망 때문에 그녀 곁을 떠나지 않겠다는 생각을 한순간 했지만 아무리 비싼 대가를 치르더라도 소피아가 자신의 소망을 들어줄 거란 확신을 하지 못했고, 설령 그렇게 되더라도 그것은 올워디 영주를 분노하게 하고 마음의 평정을 깨뜨릴 거라는 생각이 들어, 그런 선택을 하지 못했소. 그리고 마지막으로 소피아를 자기 사람으로 만들기 위해 모든 것을 희생한다 하더라도, 성공을 거두기란 불가능할 거란 생각이 최종적인 결정을 내리는 데 도움을 주었소. 따라서 불가능할 것이란 절망과 은인에 대한 감사의 마음이라는 지원을 받은 존스의 명예심이 결국은 그의 불타는 욕망에 승리를 거두어 (소피아를 원하긴 하지만, 그녀를 파멸로 이끄는 것보다는) 존스는 소피아를 떠나기로 결심하게 되었던 것이오.

자신의 열정을 억눌렀을 때 느낄 수 있는 이런 승리감을 맨 처음 떠올렸을 때, 존스의 가슴을 꽉 채운 흥분이 어떤 것인지는 한 번도 느껴보지 못한 사람은 상상도 하기 어려울 것이오. 이 순간 존스는 자부심으로 기분이 우쭐해졌고 지고의 행복조차 느꼈소. 하지만 이런 기분은 한 순간에 불과했소. 곧 소피아 생각이 떠오르자, 열정을 이겨냈을 때 느꼈던 기쁨이 이때 느끼게 된 쓰라린 고통으로 반감되었기 때문이오. 그것은 마치 수많은 피의 대가를 치르고 승리의 월계관을 얻은 선량한 장군이 피를 흘리며 쓰러져 있는 수많은 부하들을 보았을 때 느끼는 고통만큼 쓰라린 것이었소. 사랑하는 사람에 대한 수많은 생각들이 살해당한 채 사랑의 정복자 앞에 쓰러져 있는 것과 같았던 것이오.

하지만 우리의 위대한 시인 리*가 "거인"이라고 부른 "명예"를 쫓기로 마음을 먹게 된 존스는 소피아에게 작별 편지를 쓰기로 결심했소. 따라서 그곳에서 멀리 떨어지지 않은 어느 집으로 가 적절한 필기도구를 얻

---

* 너대니얼 리(Nathaniel Lee, 1653~1692): 호언장담과 과장된 말을 많이 사용한 17세기 영국의 드라마 작가. 이 구문은 너대니얼 리가 쓴 『테오도시우스 혹은 사랑의 힘Theodosius or Force of Love』(1680)에 나오는 바라네스의 말이다.

어 다음과 같은 내용의 편지를 썼소.

　소피아,

　지금 이 글을 쓰는 내 상황이 어떤지 헤아려보면, 이 편지의 모순
되고 앞뒤가 맞지 않는 내용을 마음씨 고운 당신은 용서해줄 거라고
생각하오. 지금 마음이 너무도 미어져 어떤 말로도 내 마음을 표현할
수 없기 때문이오.

　난 당신의 명령에 따라 사랑스런 당신의 모습으로부터 영원히 달아
나기로 결심했소. 당신의 명령은 실로 잔인한 것이었소. 하지만 잔인
한 사람은 당신이 아니라, 운명의 여신이오. 당신을 보호하기 위해선
나같이 비참한 존재가 있었다는 사실조차 당신은 잊어버려야 한다고
운명의 여신이 내게 말하고 있기 때문이오.

　내가 겪은 고통스런 일을 당신이 듣지 못할 가능성이 있다면, 거기
에 대해선 한마디도 언급하지 않았을 것이오. 그건 믿어주시오. 난
당신의 선하고 여린 마음을 잘 알고 있소. 그래서 불쌍한 사람들을
볼 때마다 당신이 느끼는 그런 고통을 안겨주고 싶지 않은 것이오.
내 가혹한 운명에 대해 듣게 될 경우, 잠시라도 걱정하지 않았으면
하오. 당신을 잃고 난 뒤에는 모든 것이 아주 사소하게 여겨질 것이
기 때문이오.

　오, 나의 소피아! 당신을 떠나기가 정말 힘드는구려. 그런데 날 잊
어달라고 말하는 건 더욱 힘이 드오. 하지만 당신을 진정으로 사랑한
다면 난 이 둘 다를 해야 하오. 나를 떠올릴 때마다 당신 마음이 편치
않게 될 거라고 생각하는 나를 용서하시오. 비참하지만 내가 그런 영
광을 누리고 있다면, 내 생각은 하지 말고 마음 편히 가지기 바라오.

내가 당신을 전혀 사랑하지 않았다고 생각하시오. 아니면 내가 당신을 얻기에는 얼마나 보잘것없는 사람인지만 생각하시오. 그리고 아무리 심한 벌을 받아도 죗값에는 미치지 않는 내 주제넘은 행동을 경멸하시오. 더 이상 말을 할 수가 없구려. 당신의 수호신이 영원히 당신을 보호해주길 기도하겠소.

편지를 쓴 뒤 존스는 풀을 찾기 위해 호주머니를 뒤졌으나, 풀은커녕 아무것도 발견할 수 없었소. 사실 그는 몹시 흥분하여 몸에 지니고 있던 모든 것을 집어던졌는데 그중에는(이제 막 그의 뇌리에 떠올랐소) 올워디 영주에게서 받은 채 열어보지도 않은 지갑도 있었소.

존스는 필기도구를 빌려준 집에서 밥풀을 얻어 편지를 봉하고는, 잃어버린 물건을 찾기 위해 급히 개울가로 향했소. 개울가로 가던 도중 존스는 오랜 친구인 블랙 조지를 만났는데, 그는 불행에 처한 존스를 진심으로 위로해주었소. 존스에 관한 소식은 블랙 조지뿐만 아니라 이미 마을 사람 모두의 귀에 들어갔던 것이오.

자신이 무엇을 잃어버렸는지 알려주자, 사냥터지기는 기꺼이 존스와 같이 개울로 돌아갔소. 그러고는 존스가 있었던 목초지와 존스가 가지도 않았던 목초지에 빽빽하게 들어찬 덤불까지 모두 뒤졌으나 아무 소용없었소. 그 물건이 그 당시에 목초지에 있었던 건 분명하지만 도저히 발견할 수 없었던 것이오. 그 이유는 그 물건이 있는 유일한 곳, 그러니까 조지의 호주머니를 뒤지지 않았기 때문이었소(조금 전에 그 물건을 발견한 조지는 다행스럽게도 물건의 값어치를 알아보고는 자신이 사용하기 위해 조심스럽게 호주머니에 넣었던 것이오).

사냥터지기는 마치 찾을 수 있을 것처럼 아주 열심히 찾더니, 존스에게 다른 곳에 간 적은 없는지 한번 생각해보라며 "그거를 쪼매 전에 잃가 뭇다면 분명히 여 그대로 있을 긴데요. 여는 사람들이 거의 안 다니는 곳이라가꼬요"라고 말했소. 조지 자신도 이곳을 지나게 된 건 순전히 우연이었소. 바스에 있는 가금상(家禽商)에게 다음 날 아침 대주기로 되어 있던 토끼를 잡기 위해 덫을 놓으려고 이곳을 지나가고 있었기 때문이오.

이제 잃어버린 물건을 찾겠다는 희망을 완전히 포기하고, 잃어버린 물건에 대한 생각조차 거의 하지 않게 된 존스는 고개를 돌려 블랙 조지를 쳐다보며 이 세상에서 가장 큰 부탁이 하나 있는데 들어줄 수 있겠느냐고 진지하게 물었소.

이 말에 조지는 좀 머뭇거리면서 대답했소. "지가 할 수 있는 거라면 말씀만 하이소. 쪼매라도 도움이 되길 진심으로 바라니까요." 사실 존스의 말에 그는 몹시 놀랐소. 웨스턴 영주 밑에서 일하면서 사냥한 동물을 팔아 상당한 돈을 모았던 자신에게서 존스가 돈을 빌리려는 게 아닌가 하는 걱정이 들었기 때문이오. 하지만 존스가 소피아에게 편지를 전해달라고 부탁하자, 곧 걱정에서 벗어난 블랙 조지는 그의 부탁을 들어주겠다고 아주 흔쾌히 약속했소(존스를 위해서라면 조지가 들어주지 않을 부탁이란 거의 없을 거라고 나는 진심으로 믿소. 그는 존스에게 아주 감사하는 마음을 가지고 있었고, 이 세상에서 돈을 가장 좋아하는 사람 정도만큼은 정직했기 때문이오).

존스의 편지를 소피아에게 전달할 적격자는 어너라는 데 의견의 일치를 본 뒤, 이 둘은 헤어졌소. 따라서 사냥터지기는 웨스턴 영주의 집으로, 존스는 자신의 연락책이 돌아오길 기다리며 이곳에서 8백 미터 떨어진 선술집으로 향했소.

주인집에 도착하자마자 조지는 어너를 만났소. 몇 가지 예비 질문을 통해 어너의 마음을 떠본 뒤, 조지는 그녀의 안주인에게 전달할 편지를 건네주었고, 이와 동시에 어너로부터는 그녀의 안주인이 존스에게 보내는 편지를 전달받았소(존스에게 보내는 안주인의 편지를 그날 하루 종일 가슴속에 품고 다녔던 어너는 자신도 이 편지를 전달할 방법을 찾는 걸 거의 단념했다고 조지에게 말했소).

사냥터지기는 기분이 좋아서 급히 존스에게 돌아왔고, 그로부터 소피아의 편지를 건네받은 존스는 즉시 자리를 뜨며 황급히 편지를 뜯어 읽었소.

존스 씨

존스 씨를 마지막으로 본 이래로 제가 느꼈던 감정은 말로 표현할 수가 없군요. 저 때문에 우리 부친에게서 그 지독한 모욕을 받으셨고, 그걸 참아내셨으니 제가 존스 씨에게 큰 빚을 지게 되었어요. 존스 씨도 우리 부친의 성격을 잘 아시니 저를 위해서라도 제발 우리 부친을 피하세요. 저도 존스 씨를 위로할 수 있었으면 좋겠어요. 하지만 이것만은 믿어주세요. 물리적 힘을 사용해 억지로 하게만 하지 않는다면, 그 어느 것도 존스 씨가 원치 않는 사람에게 제 손과 마음을 주지 않을 거라는 것 말이에요.

존스는 이 편지를 백 번도 넘게 읽었고 백 번도 넘게 키스했소. 그의 열정은 이제 사랑에 대한 욕망으로 다시 불붙었던 것이오. 따라서 존스는 앞에서 본 바와 같이 그런 내용의 편지를 소피아에게 보낸 걸 후회하게 되었는데, 더 후회가 되는 것은 조지가 편지를 전하러 간 사이 소피아에 대한 모든 생각을 접겠다고 굳게 약속하며 맹세까지 한 편지를 올워디 영주에게 보낸 것이었소. 하지만 냉정을 되찾고 다시 생각해보자, 소피아의 한결같은 마음을 보여주는 그녀의 편지는 존스에게 약간의 희망을 주고, 앞으로 상황이 좀더 유리해질 수도 있을 거라는 기대를 갖게 해주었지만, 한편으로는 자신의 현재 상황을 더 나아지게 하거나 바꾸지는 못한다는 사실을 명확하게 깨닫게 해주었소. 따라서 존스는 좀 전에 했던 결심을 다시 굳히고 블랙 조지와 헤어진 뒤, 그곳으로부터 8킬로미터 떨어진 도시, 즉 올워디 영주에게, 자신에게 내린 판결을 철회하지 않을 경우 자기 물건을 보내달라고 요청한 바로 그 도시를 향해 출발했소.

13장
같은 식으로 행동할 수 있는 여자들은 비난하지 않을 소피아의 행동
양심의 법정에서는 해결하기 어려운 문제에 대한 토로

소피아는 지난 24시간 동안을 매우 바람직하지 않게 보냈소. 그 시간 대부분을 신중*해야 한다는 점을 강조하는 고모의 설교를 들어야만 했기 때문이었소. 웨스턴 여사는 사랑(이 훌륭한 귀부인은 이 용어를 사용했소)이 철저히 조롱되는 상류사회, 그러니까 남자들은 사랑을 공직에 오르는 수단으로, 여자들은 단지 치부의 수단 혹은 출세 수단으로 간주하는 상류사회의 본을 따르라며, 이런 취지의 문구에 대해 몇 시간 동안이나 논평하며 자신의 달변을 과시했던 것이오.

---

* prudence: 올워디 영주가 톰에게 신중하라고 했을 때는 말 그대로 경솔하지 않게 행동하라는 뜻이지만 웨스턴 여사가 말하는 신중함이나 블리필이 갖고 있는 속성으로서의 신중함은 계산적이고 이해타산적인 의미에서의 신중함이다.

소피아의 취향이나 기질에 맞지는 않았지만, 이 현명한 훈계는 한 번도 눈을 감지 못하고 밤새 소피아가 한 생각보다는 그녀를 덜 괴롭혔소.

침대에 누워도 소피아는 잠을 잘 수도 쉴 수도 없었지만 달리 할 일이 없었기 때문에, 부친이 올워디 영주의 집에서 돌아온 다음 날 아침 10시까지 침대에 누워 있었소. 올워디 영주의 집에서 곧장 소피아의 방으로 올라간 웨스턴 영주는 방문을 연 뒤 소피아가 아직 일어나지 않은 것을 보고는 "오, 그래. 아직 안전하구나. 앞으로도 계속 그렇게 해야겠다"라고 말하고는 다시 소피아의 방문을 잠갔소. 그리고 어너에게 방 열쇠를 건네주면서 앞으로 자신의 명령을 충실히 따르면 많은 보상을 받겠지만, 믿음을 저버리면 큰 벌을 내리겠다고 무시무시한 협박을 했소.

이때 어너가 받은 명령은 영주 자신의 허락 없이는 소피아를 방에서 내보내서는 안 되고 자신과 소피아의 고모를 제외하고는 아무도 방에 들여보내서도 안 된다는 것이었소. 하지만 소피아가 절대 사용해서는 안 될 펜과 잉크 그리고 종이를 제외하고는, 소피아가 원하는 것은 무엇이든지 갖다주라는 지시도 함께 받았소.

옷을 갈아입고 식사 시간에 내려오라고 웨스턴 영주가 명령하면 소피아는 여느 때처럼 식탁에 앉았다가 다시 자기 감옥으로 호송되었소.

저녁이 되자 이제 간수지기가 된 어너는 사냥터지기에게 받은 편지를 소피아에게 갖다주었소. 소피아는 편지를 두세 번 이상 아주 주의 깊게 읽더니 침대에 몸을 던지며 왈칵 눈물을 쏟기 시작했소. 여주인의 이런 예상치 않은 행동에 몹시 놀란 어너는 왜 그런지 아주 간곡하게 물어보지 않을 수 없었소. 이에 한동안 아무런 대답도 하지 않던 소피아가 갑자기 벌떡 일어나 어너의 손을 잡고는 "어너! 난 이제 끝장이야"라고 소리치자, 어너는 "말도 안 돼요. 애기씨한테 그 편지를 전해주지 말고 태워뻤어야 하는데. 지는 애기씨가 그 편지를 읽으면 쪼매 위안이 될 기라고 생각했거든요. 글치 않았다믄 그 편지를 건드리지도 않고 귀신한테나 주삣을 긴데"라고 대답했소. 그러자 소피아는 "어너, 어너는 좋은 사람이야. 내 나약한 마음을 어너에게 더 이상 숨기려 해도 아무 소용없는 거 같아. 난 나를 버린 사람에게 내 마음을 다 주어버렸어"라고 말했소. 이에 어너가 "존스 도련님이 애기씰 배신했어요?"라고 묻자, 소피아는 "이 편지에서 그 사람은 나와 영원히 작별하겠대. 아니, 나보고 자신을 잊어달래. 그런데 날 사랑한다면 그런 말을 할 수 있어? 그런 생각을 품을 수 있느냐고!"라고 말했소. 그러자 어너는 이렇게 대답했소. "그건 진짜 아이죠. 우리나라에서 젤로 멋진 남자가 지보고 자기를 잊어달라 카믄, 그 말을 그대로 믿겠지만요. 내 참말로 기가 막히가! 애기씨가 그 사람한테 관심 보인 것 자체가 그 사람한테는 분에 넘치는 기죠. 애기씨는 우리나라에 있는 모든 젊은 남자 중에서 아무나 골라잡을 수도 있다 아입니꺼. 주제넘을지 모르것지만 제 짧은 생각에 블리필 도련님도 있잖아요. 그분은 훌륭한 집안 자손인데다가 이 근방에서 젤로 훌륭한 영주님이 될 낀데. 그라고 어리석지만 제 생각으론, 그분이 존스 도련님보다 훨씬 더 잘생기싯고 품위도 있을 거라고 생각해요. 게다가 억수로 신중하신 분이라 아무도 그분을 흠잡을 수 없을 기구요. 그분은 행실 나쁜 지저분한 계집애들을 쫓아댕긴 적도 사생아를 낳은 적도 없어요. 그러이 이제 존스 도련님은 잊으세요! 그 어떤 남자도 지한테 두 번씩이나 지를 잊어달라 칸 적은 없어요. 그런 수모를 당하진 않아서 참말로 다행이고요. 참말로 멋진 남자라도 지한테 그런 모욕적인 말을 하믄, 글고 다른 젊은 남자가 또 있다 카믄, 지는 그런 놈하고는 다시는 상종도 안 할 기라구요. 그리고 말씀드린 거맨키로 블리필 도련님도 있잖아요." 이 말에 소피아가 "그 혐오스런 이름은 꺼내지도 마"라고 소리치자, 어너는 "애기씨, 그 사람이 싫다면 다른 남자들한테도 쪼매 기회를 주세요. 그라믄 더 멋지고 잘생긴 젊은 남자들이 애기씨한테 들이댈 기라니까요. 애기씨가 맘을 두고 있는 거매로 보이기만 하믄, 우리 마을이나 옆 마을에 사는 젊은 신사들이 당장 애기씨한테 청혼할 기라구요"라고 말했소. 그러자 소피아는 "그런 허튼소리를 하는 걸 보니 날 참 불쌍하게 생각하나 보네! 난 이 세상 남자들을 모두 혐오한단 말이야"라고 소리쳤고, 이에 어너가 "애기씬, 지긋지긋할 만큼 억수로 많은 남자들을 거느릴 수도 있을 긴데, 그 따구 거렁뱅이 같은 사생아한테 홀대를 받다니"라고 말하자, 소피아는 "그 불경스런 혀를 함부로 놀리지 마. 어떻게 내 앞에서 그 사람에 대해 불경스럽게 말해? 그 사람이 나를 홀대했다고? 아니야! 그 사람 편지를 읽을 때 내 마음보다 그 잔인한 편지를 쓸 때 그 사람 마음이 더 아팠을 거야. 그 사람은 영웅처럼 고결하고 천사처럼 착한 분이야! 존경받아야 할 분을 내가 탓하다니! 이런 나약한 감정에 좌우되는 내 자신이 부끄러워. 어너, 그 사람이 생각하는 것은 오직 내가 잘되는 것뿐이야. 나를 위해 자신을 희생한 거라고! 날 파멸시킬지도 모른다는 생각에 절망에 빠져 그렇게 말한 거라고!"라고 소리쳤소. 이에 어너는 "애기씨가 그래 생각하신다니 참말로 다행이네요. 땡전 한 푼도 없이 쫓기난 사람한테 마음 주는 건 파멸이나 매한가지니까요"라고 말하자, 소피아는 "쫓겨나다니! 그게 무슨 말이야?"라고 황급하게 소리쳤소. 그러자 어너는 "주인 어르신이 올워디 영주님을 찾아가 존스 도련님이 애기씨한테 구애할라 했다고 말하자마자, 올워디 영주님이 존스 도련님을 발가벗기가 문밖으로 내 쫓았대요"라고 대답했고, 이 말에 소피아는 "뭐! 그 사람을 파멸시킨 저주받을 장본인이 나란 말이야? 발가벗겨 내쫓았다고! 어너, 이 돈 모두 받아. 손가락에 낀 이 반지도. 여기 시계도 있어. 이거 모두 그 사람에게 갔다줘. 빨리 그 사람을 찾아봐" 라고 말했소. 그러자 어너는 "제발, 애기씨. 주인 어르신이 이것들을 찾으시면 제가 책임지야 돼요. 그걸 한번 생각해보세요. 그러이 애기씨, 시계랑 보석은 갖고 계세요. 제 생각엔 돈만 주셔도 충분할 거예요. 그라고 주인 어르신도 돈을 주신 건 모르실 기구요"라고 대답했소. 이 말에 소피아는 "그럼 내가 갖고 있는 돈을 모두 가지고 가 그 사람에게 당장 전해줘. 가, 빨리! 지체할 시간이 없단 말이야"라고 소리쳤소.

소피아의 명령에 방을 나선 어너는 층계 아래에서 블랙 조지를 발견하고는 소피아가 갖고 있던 전 재산인 16기니가 든 지갑을(웨스턴 영주는 소피아에게 돈을 충분히 주었지만 소피아는 사람들에게 후하게 베풀어 돈이 많이 남아 있지는 않았소) 전달했소.

지갑을 전해 받고 술집을 향해 가던 도중 블랙 조지는 이 돈도 가질까 하는 생각을 했지만, 조지의 양심은 은인에게 배은망덕하다며 그를 꾸짖었소. 그러자 조지의 탐욕은 존스의 돈 5백 파운드를 가로챘을 때는 아무 말도 하지 않더니, 이제 와서 이런 사소한 일에 양심의 가책을 느끼는 척하는 건 위선까지는 아니더라도 불합리한 거라고 대답했소. 이 말에 조지의 양심은 유능한 변호사처럼, 물건을 전달하는 행위와 같이 신뢰가 개입되는 문제에 있어 신뢰를 완전히 깨는 것과 지난번 경우와 같이 발견한 것을 단순히 숨기는 것 사이에는 큰 차이가 있음을 강조했소. 하지만 조지의 탐욕은 이를 조롱하면서, 둘 사이에는 사실상 그 어떤 차이도 없는데 차이가 있는 것처럼 말하는 거라며, 어떤 경우에서든 일단 명예나 정직함을 포기하면 이를 되찾을 수 있었던 선례는 없었노라고 힘주어 말했소. 간단히 말해, 탐욕과의 논쟁에서 불쌍한 양심은 패배했을 것이오. 양심을 도우러 온 두려움이 두 행동 사이의 진짜 차이는 명예로우냐 아니냐가 아니라, 안전하냐 아니냐의 차이라고 매우 강력하게 주장하지 않았다면 말이오. 즉 5백 파운드를 은닉하는 것은 별로 위험하지 않지만, 16기니를 빼돌리는 것은 발각될 위험이 매우 크다고 두려움이 주장하지 않았다면 말이오.

이 친절한 두려움이 도와준 덕분에, 조지의 마음속에서 벌어졌던 싸움에서 완벽한 승리를 거둘 수 있었던 조지의 양심은 조지의 정직성에 대해 몇 마디 칭송을 하고는, 존스에게 돈을 전달하도록 했소.

14장
웨스턴 영주와 그의 누이 사이의 짤막한 대화

하루 종일 밖에서 용무를 보다 집으로 돌아온 웨스턴 여사는 웨스턴 영주를 만나자마자, 소피아는 어떻게 지내고 있느냐고 물었소. 이에 웨스턴 영주는 소피아를 안전하게 가두어놓았다고 하면서 "방에 가둬놓고 어너에게 열쇠를 맡겼어"라고 답했소. 이 사실을 자기 누이에게 알릴 때 굉장히 지혜롭고 현명한 표정을 지었던 것으로 미루어 보아, 웨스턴 영주는 누이동생이 자신의 행동을 칭찬할 것으로 기대했던 것 같았소. 하지만 무척 실망스럽게도 그의 누이가 아주 경멸하는 듯한 표정으로 다음과 같이 다그쳤소. "오라버니는 진짜 어리석은 사람이에요. 소피아를 다루는 문제를 왜 내 말대로 하지 않는 거죠? 왜 끼어들려는 거예요? 오라버닌 지금, 내가 무진 애를 써서 하려고 하는 것을 모두 허사로 만들었어요. 소피아에게 분별 있게 행동하기 위한 처세법을 주입시키려 했는데, 오라버니는 그 아일 자극해서 그걸 거부하게 만들었어요. 오라버니, 하나님께 감사드려야 할 일이지만, 우리나라 여자들은 노예가 아니에요. 그러니 우리나라 여자들은 스페인이나 이탈리아 여자들처럼 감금당하며 살 수 없어요. 우린 남자들처럼 자유를 누릴 권리가 있단 말이에요. 우리 여자들을 설득하려면 힘이 아니라, 이성과 논리를 통해서 해야 돼요. 오라버니, 난 세상 돌아가는 걸 잘 알고 있기 때문에 어떻게 하면 소피아를 설득할 수 있는지 잘 알고 있어요. 오라버니가 그 어리석은 행동으로 날 방해하지만 않았더라면 소피아를 설득해, 전에 가르쳤던 것처럼 소피아는 분별 있고 신중하게 처신했을 거예요." 이 말에 웨스턴 영주가 "그래, 내가 하는 건 맨날 다 틀리지!"라고 대답하자, 웨스턴 여사는 "오라버니, 오라버닌 알지도 못하는 일에 참견할 때를 빼놓고는 잘못을 저지르지는 않아요. 오라버닌 내가 세상을 잘 안단 사실을 인정해야 해요. 소피아를 내게서 데려가지 않았더라면, 소피아는 지금보다 훨씬 더 나아졌을 거예요. 소피아가 사랑이니 뭐니 하는 그런 허튼 생각을 갖게 된 건 오라버니와 이 집에서 살면서부터였으니까요" 하고 말했고, 이 말에 웨스턴 영주가 "내가 소피아에게 그런 걸 가르칫다고 생각하지는 않겠지!"라고 소리치자, 웨스턴 여사는 "위대한 시인 밀턴의 말처럼, 오라버니의 그 무지함은 내 인내심을 바닥나게 했어요*"라고 대꾸했소. 그러자 웨스턴 영주는 이렇게 말했소. "빌어먹을 놈의 밀턴. 그마이 대단한 인물이라 캐도, 그놈이 뻔뻔스럽게 내 면전에서 그래 말했다믄 물속에 처넣었을 거야. 뭐, 인내심이라고! 말이 나왔으이 하는 말인데, 네가 나를 다 큰 학생처럼 취급하는 데도 내가 을매나 마이 참은 줄 아나? 니는 내가 궁전 주변을 기웃거리지

---

* "이 대목을 밀턴의 작품에서 찾으려 한다면, 독자들은 자신의 인내심을 바닥나게 할지도 모르오." (필딩의 주).

존 밀턴(John Milton, 1608~1674): 17세기의 대표적인 영국 시인으로 『실낙원』을 썼다.

않았다고 해서 아무것도 모른다고 생각하는 거야!* 제기랄! 청교도 놈들과 하노버 가의 쥐새끼들**을 빼놓곤 죄다 바보라니! 세상이 이 지경까지 됐구나. 환장할! 그놈들을 바보로 만들고 모든 사람들이 '자신의 자유를 만끽할'***그런 날이 빨리 왔으믄 좋겄네. 그게 다다. 그런 날이 온믄 세상 사람들 전부 자유를 누릴 끼다. 난 하노버 가의 쥐새끼들이 곡물을 다 먹어치아뿌가꼬,**** 우리가 묵을 기라곤 순무*****만 남기놓기 전에 그날이 오는 게 참말로 보고 싶다니까." 이에 웨스턴 여사가 "진짜, 오라버니가 하는 말을 통 이해하지 못하겠네요. 오라버니가 말하는 '순무'와 '하노버 가의 쥐'가 뭘 말하는지 도무지 모르겠어요"라고 소리치자, 웨스턴은 "그런 말은 안 듣고 싶어가 그카는 거것지! 하이튼 언젠가는 우리 지방당 사람들이 승리할 기야"라고 대답했소. 이 말에 웨스턴 여사가 "자기 딸한테나 좀더 신경 써요. 우리나라보다 소피아가 더 위험에 처했으니까 말이에요"라고 말하자, 웨스턴 영주는 "지금 니는 내가 딸한테 신경 쓴다고 잔소리하던 것 아니냐? 하이튼 그 아일 너한테 맡기마"라고 대답했소. 이에 웨스턴 여사가 "다시는 간섭하지 않겠다고 약속하면, 소피아를 생각해서라도 그 일을 맡죠"라고 말하자, 웨스턴 영주는 "좋아, 그래 하자. 니

---

* 왕과 귀족들을 가까이해야 세상 돌아가는 걸 알 수 있다고 생각하는 웨스턴 여사에 대한 웨스턴 영주의 항변이다.
** 독일의 하노버 왕가 출신인 영국의 조지 2세의 지지자들을 경멸스럽게 부르던 호칭.
*** 제임스James 왕가를 지지하는 영국의 자코바이트Jacobite들이 18세기 당시 즐겨 부르던 「왕은 다시 자신의 것을 누리게 되리라The King shell enjoy his own again」라는 노래 제목과 유사하다.
**** 1742년 하노버 왕가의 군대를 재정적으로 지원하는 정부의 정책에 토리당 사람들을 포함한 반대 당 사람들은 비판을 가했다. 필딩도 이 정책에 대한 반대 의사를 팸플릿을 통해 분명히 했다.
***** 자코바이트들은 하노버 왕가를 "순무 정원"이라고 불렀다.

도 알다시피, 여자는 여자가 다라야 제격이라는 말에 난 항상 찬성해왔으니 말이야"라고 대답했소.

　웨스턴 여사는 방을 나서며, 경멸스런 어조로 여자와 국가의 운영에 관해 몇 마디 중얼거리곤 곧장 소피아의 방으로 갔소. 드디어 소피아는 하루 동안의 감금 상태에서 풀려날 수 있게 되었던 것이오.

2부

7권
3일 동안 벌어진 일

1장
세상과 연극무대의 유사점

이 세상은 종종 연극무대와 비교되어왔소. 시인뿐 아니라 많은 엄숙한 작가들은 인생을 한 편의 거대한 드라마로 간주하며, 테스피스*가 발명했다고 전해오는 그리고 모든 문명국가에서 그 가치를 인정하고 있는 무대 위에서의 장면 재현 방식이나 무대 위에서 벌어지는 그 밖의 여러 세부 사항에서, 드라마가 실제의 인생과 유사하다고 생각해왔소.

이런 생각은 이제 널리 확산되고 일반화되어 처음에는 이 세상을 묘사할 때 상징적으로 사용되었던 연극 용어가, 이제는 이 둘을 지칭하는 데 무차별적으로 그리고 문자 그대로 사용되고 있소. 따라서 무대나 장면이라는 용어는 연극 공연에서나 인생을 이야기할 때 공통적으로 사용되는 친숙한 용어가 되었고, 커튼 뒤에서 벌어지는 일이 언급될 때, 드루어리레인 극장**보다는 세인트 제임스 궁(宮)***이 우리 뇌리에 더 떠오르게 되었던 것이오.

---

* Thespis: 기원전 6세기의 고대 그리스의 비극 시인이자, 배우, 연출가로 '그리스 비극의 아버지'라고 불렸던 인물. 호라티우스가 『시학』에서 그에 관해 언급했다.
** Drury Lane: 17세기에 창립된 런던의 극장.
*** 세인트 제임스 궁(宮)은 영국 궁정을 대변하며, 따라서 여기선 궁정의 음모를 뜻한다.

이 연극무대는 단순히 재현하는 장소 혹은 아리스토텔레스의 말*처럼 실제로 존재하는 것을 모방하는 장소라는 사실을 고려해볼 때, 왜 인생을 드라마에 비유했는지 그 이유를 설명하기는 어렵지 않소. 따라서 우리는 글이나 행동으로 인생을 잘 모방하여, 어떤 의미에서는 원본과 혼동을 일으키게 하는 사람들에게 상당한 경의를 표할 수도 있을 것이오.

하지만 사실상 우리는, 어린아이들이 놀이도구를 다루듯 극작가가 인생을 재현하는 데 이용하는 이런 사람들**에게 경의를 표하고 싶어 하기는커녕, 그들을 야유하고 질타하는 데서 더 많은 쾌락을 느끼오. 세상과 연극무대 간의 유사성은 이 밖에도 많이 있소.

어떤 이는 많은 사람들이 자기 자신이 아니라 다른 사람의 역을 맡아 연기하는 배우와 같다고 생각하오. 하지만 배우가 자신이 연기하는 왕이나 황제로 간주될 수 없듯이, 이들도 자신이 흉내 내는 사람이 될 수는 없을 것이오. 이런 의미에서 위선자는 연극배우라고 불릴 수 있으며, 실제로 그리스인들은 위선자와 연극배우를 같은 이름으로 불렀던 것이오.***

인생이 짧다는 사실도 이런 비유를 가능하게 하는데, 불후의 셰익스피어가 다음과 같이 말했던 것도 이런 사실에 연유한 것이오.

"인생은 자신에게 할당된 시간 동안 무대 위에서
우쭐거리기도 하고 짜증내기도 하는, 그런 다음에는
더 이상 아무런 소리도 낼 수 없는 가련한 배우."****

---

* 아리스토텔레스의 『시학』.
** 배우를 말함.
*** 그리스어로 ὑποκριτής는 '위선자'와 '연극배우'라는 의미를 동시에 갖고 있다.
**** 셰익스피어의 『맥베스』 5막 5장에 나오는 맥베스의 대사.

독자들에게 이런 진부한 인용문을 읽도록 한 것에 대한 보상으로, 별로 읽은 사람이 없을 것 같은 아주 멋진 글을 하나 소개하겠소. 이 글은 대략 9년 전에 출판되었으나 그 이후로 오랫동안 잊혀왔던 「신」*이라는 시에서 발췌한 것으로, 좋은 책은 착한 사람처럼 나쁜 책보다 항상 오래 살아남는다는 사실을 입증하고 있소.

당신**으로부터 모든 인간 행위의 근원이 시작되오.
제국의 부흥과 왕들의 몰락이!
시간이라는 거대한 무대가 펼치는 광경을 보라.
다음에 등장한 주인공이 무대 위를 걷는 동안
화려하게 이어져 나타나는 빛나는 영상을,
어떤 지도자가 승리하고, 어떤 왕이 피 흘리는가를!
그대의 신이 맡긴 역할을 수행하라.
인간의 자만심과 열정은 다만 신의 목적을 이루기 위한 것.
태양이 비추는 동안 그들은 잠시 빛을 발하지만,
신이 고개를 끄덕이면, 모든 것은 사라진다. 마치 환영처럼.
모든 요란한 장면에서 유일하게 남은 것은
'그런 것들이 있었다'라는 기억뿐이다.

인생과 연극 사이의 유사점을 고찰하면서, 사람들은 무대라는 측면에서만 이 둘 사이의 유사성을 찾으려 했을 뿐, 내 기억으로는 아무도 이 거

---

* 18세기의 영국 시인인 새뮤얼 보이스(Samuel Boyse, 1708∼1749)가 1739년에 발표한 시.
** "신을 말한다." (필딩의 주)

대한 드라마를 구경하는 청중은 고려하지 않았소.

관객이 극장을 가득 메울 때 최고의 공연이 이루어지듯이, 삶을 관전하는 사람들의 행동과 배우의 연기를 구경하는 관객의 행동 사이에도 앞서 말한 유사점이 있소. 시간이라는 거대한 극장 안에는 친구도 앉아 있고, 비평가도 앉아 있으며, 박수 소리와 야유 소리, 비난하는 소리와 신음 소리도 들리는 법이오. 간단히 말해, 시어터로열 극장*에서 볼 수 있고 들을 수 있는 모든 것들을 실제 인생에서도 볼 수 있고 들을 수 있는 것이오.

한 가지 예를 통해 이 말이 사실임을 한번 입증해보겠소. 블랙 조지가 친구이자 은인이 갖고 있던 5백 파운드를 가지고 달아난 사실이 묘사된 이 책의 6권 12장에서 관객들의 행동을 그 한 예로 들어보겠소.

세상이라는 극장의 맨 위층 관람석**에 앉아 있는 사람들은 이 장면을 평상시처럼 고함을 치면서 바라보며, 틀림없이 온갖 상스러운 비난을 퍼부었을 것이오.

그다음으로 낮은 계층의 사람들이 앉아 있는 관람석을 찾아간다면, 우리는 덜 소란스럽고 덜 상스럽지만 이와 비슷한 혐오감을 드러내는 관객들을 보게 될 것이오. 이곳에 앉아 있는 선량한 여성들은 블랙 조지에게 지옥에나 가라고 말할 것이고, 이들 중 상당수는 발굽이 갈라진 신사***가 언제라도 조지를 데려갈 거라고 생각할 것이오.

---

* Theatre Royal: 영국의 연극 공연장으로 이런 이름의 극장은 영국 여러 곳에 있었다. 따라서 필딩은 여기서 이 용어를 극장의 대명사 격으로 사용한 것 같다.
** 18세기 당시 영국 극장의 관람석은 네 종류로 나누어질 수 있는데, 맨 위층 관람석Upper Gallery은 가장 싼 좌석으로 하인이나 마부 등의 하층민이 주로 앉았고, 중간 관람석 Middle Gallery에는 하인이나 하녀, 도시의 일반 시민들이, 일층 관람석Pit에는 재판관이나 재사 등 연극에 대해 나름대로 평가와 판단을 내리는 중류 혹은 중상류층들이, 칸막이 있는 관람석Box은 특등석으로 왕과 왕족이나 귀족 혹은 기타 상류층들이 앉았다고 한다.
*** 악마를 일컬음. 악마는 발굽이 갈라졌다고 믿었다.

여느 때처럼 일층 관람석 관객들의 의견은 분명하게 나누어질 것이
오. 이곳 일층 관람석에는 영웅적인 기품과 완벽한 인품을 갖춘 사람들에
게서 즐거움을 찾으며, 악행을 저지르는 사람은 본보기로 아주 호되게 처
벌해야 한다고 주장하는 사람들도 있고, "이봐요 신사 양반. 저 자는 악
당이오. 하지만, 그게 인간의 실제 모습이지"라고 외치는 드라마 작가의
몇몇 친구들도 있기 마련이오. 하지만 그 당시 그 장면을 관람하고 있던
모든 젊은 비평가와 사무관 그리고 견습공 들은 그 장면이 저속하다며 불
평을 늘어놓기 시작할 것이오.

칸막이 관람석에 앉아 있는 사람들은 평상시처럼 정중하게 처신할 것
이오. 이들 대부분은 다른 일에 정신에 팔려 이 장면을 제대로 보지도 못
했을 것이오. 하지만 이 장면을 본 몇 안 되는 사람 중 어떤 이는 조지가
나쁜 사람이라고 말할 것이고, 어떤 이는 훌륭한 비평가의 고견을 듣기
전에는 자기 견해를 밝히지 않으려 할 것이오.

이 인생이라는 거대한 드라마의 무대 뒤편을 볼 수 있는 우리는(이런
특권을 갖지 못한 작가는 사전이나 철자교본서 같은 책만 집필해야 할 것이
오) 자신이 연출하는 모든 드라마에서 늘 그러듯이, 자연의 여신이 악역
만을 맡도록 하지 않았을 블랙 조지라는 인물을 전적으로 혐오하지 않고,
단지 그의 행동만을 비난할 것이오. 이런 점에서 인생은 연극무대와 아주
똑같소. 똑같은 배우가 종종 악당과 영웅의 역할을 번갈아 하듯이, 오늘
당신의 존경을 받고 있는 사람이 내일은 당신의 혐오를 살 수도 있기 때
문이오. 내 생각에 가장 천재적인 비극 배우인 개릭 씨*도 때로는 광대역
을 했듯이, 호라티우스**에 따르면, 위대한 스키피오 장군***과 현명한 라

---

* 데이비드 개릭(David Garrick, 1717~1779) : 18세기 영국의 대표적인 연극배우.
** 호라티우스의 『풍자시편』.

일리우스*도 아주 오래전에 그런 역을 했고 심지어 키케로**의 말에 따르면 "믿을 수 없을 정도로 유치했다"고 하오. 이들이 내 친구 개릭처럼 장난삼아 바보 노릇을 한 것은 사실이오. 하지만 몇몇 유명 인사들은 살아가면서 아주 여러 번에 걸쳐 엄청난 바보짓을 해 이들이 과연 현명한 점이 많은지 아니면 어리석은 점이 더 많은지 혹은 찬사를 받아야 할지 아니면 비난을 받아야 할지, 감탄의 대상인지 아니면 경멸의 대상인지, 사랑을 받아야 할지 미움을 받아야 할지, 우리를 몹시 어리둥절하게 만들기도 하오.

이 거대한 극장의 무대 뒤에 있어보았던 사람들은 무대 뒤에서 쓰는 몇 가지 가면을 잘 알고 있을뿐더러, 감정이라는 이름의 극장 지배인이자 연출가(공연 허가권 소유자인 이성은 너무 게을러 별 활동을 하지 않는 것으로 알려져 있소)의 황당하고 변덕스런 행동을 잘 알고 있기 때문에, 호메로스의 "만사(萬事)에 경악(驚愕)치 말라"***라는 그 유명한 말의 의미, 우리말로 하자면 "어떤 것에도 놀라지 말라"라는 말의 의미를 잘 이해할 것이오.

무대에서 나쁜 역할을 한 번 했다고 해서 악당이 되지 않듯이, 살아가면서 한 가지 잘못을 저질렀다고 해서 악당이 되지는 않소. 극장 지배인처럼, 인간의 감정은 종종 당사자의 의견을 듣지도 않고(배우뿐만 아니라 사람들이 스스로의 행위를 비난할 수 있는 것은 이 때문이오) 때로는 당사자의 재능을 고려하지도 않고 어떤 역을 강요하기 때문이오. 따라서 이

*** 소(小) 스키피오 아프리카누스(Scipio Africanus Minor, 기원전 185~기원전 129) : 카르타고를 멸망시킨 로마의 장군.
 * 카이우스 라일리우스 사피엔스(Caius Laelius Sapiens) : 기원전 2세기의 로마의 웅변가이자 철학자.
 ** 키케로의 『변론가에 관하여De oratore』.
*** 호메로스의 『서한집』에 나오는 말(Nil admirari). 라틴어 문장을 한문 투로 옮긴 것이다.

아고* 역할이 정직한 얼굴을 가진 윌리엄 밀스 씨**에게는 어색해 보이듯이, 어떤 사람한테 악행이 어색하게 보이는 것은 흔한 일인 것이오.

대체로, 정직하고 제대로 된 판단력을 갖춘 사람은 절대로 남을 성급하게 비난하지 않는 법이오. 그런 사람은 잘못을 저지른 사람에 대해 분노하지 않고, 단지 그 사람의 불완전한 면이나 그 사람이 저지른 악행 자체만을 비난할 뿐이오. 한마디로 말해, 인생이나 연극무대에서 시끄럽게 항의하고 소란 피우는 사람들은 똑같이 어리석고 유치하고 그리고 똑같이 무례하고 심술궂은 사람들인 것이오. 일층 관람석에 있는 가장 저급한 사람들이 "저급하다"고 소리치는 경향이 많듯이, 가장 나쁜 사람들이 "불량배" 또는 "악한"이라는 용어를 입에 가장 자주 올리는 법이기 때문이오.

2장
존스의 자문자답

다음 날 아침 일찍 존스는 자신의 편지에 대한 다음과 같은 답신과 함께 올워디 영주집에서 보낸 자신의 물건을 전달받았소.

외삼촌은 심사숙고하신 끝에, 그리고 네가 잘못했다는 명확한 증거를 확보하신 뒤에야, 그런 조처를 내리신 것이기 때문에, 넌 외삼촌의 마음을 조금도 바꿀 수 없다는 사실을 외삼촌 지시에 따라 지금

---

* 셰익스피어의 『오셀로』에 등장하는 악인으로 오셀로와 그의 아내인 데스데모나 사이를 이간질한다.
** William Mills: 정직한 얼굴을 가졌다고 전해지는 18세기 영국의 배우.

네게 알려주는 거야. 외삼촌은 소피아 아가씨와의 모든 관계를 포기하겠다고 한 너의 그 주제넘은 말에 몹시 놀라고 계셔. 소피아 아가씨와 네 신분의 격차는 네가 넘볼 수 없을 정도라, 아가씨와 무슨 인연을 맺는다는 것 자체가 불가능한데 그런 말을 했으니 말이야. 외삼촌은 마지막으로, 네가 외삼촌의 뜻을 따르는 유일한 방법은 (이건 외삼촌이 요구하시는 것이기도 한데) 즉시 이 마을을 떠나는 것이란 걸 너에게 알리라고 하셨다. 편지를 마치면서 기독교인으로서 너한테 충고 한마디 안 할 수가 없다. 앞으로는 몸가짐을 똑바로 하는 문제에 대해 진지하게 생각해봐라. 네가 하나님의 은총으로 그렇게 되길 항상 기도하겠다.

W. 블리필

편지를 읽은 우리 주인공의 마음속에는 헤아릴 수 없이 다양한 종류의 상반된 감정이 일어났소. 그러다 마침내 존스의 여린 감정이 분노를 누르고 승리를 거두자, 시의적절하게 눈물이 쏟아져 내려 너무도 큰 불운으로 존스의 머리가 돌거나 가슴이 터지는 것을 막아주었소.

하지만 존스는 곧 자신이 눈물이라는 구제책에 의존하는 걸 부끄럽게 생각하며 벌떡 일어나 이렇게 소리쳤소. "그래, 하라고 하신 대로 하지. 당장 떠나겠어. 그런데 어디로 가야 하지? 운명의 여신이여, 나를 인도해주시오! 불쌍한 이 몸이 어떻게 되든 사람들이 대수롭지 않게 여기듯이, 나도 내가 어떻게 되든 관심 없으니 말이오! 나 혼자 신경 써야 해? 아무도 관심 없는 일을? 그런데 누군가는 내게 관심을 갖고 있을 거라는 생각은 정말 할 수 없는 건가? 이 세상 모든 것을 합친 것보다도 내게는 더 소중한 사람 말이야! 아니야, 소피아는 분명히 내가 어떻게 되든 관심이 없지는 않을 거야. 그런데 유일하게 내게 관심 보이는 사람을 내가 왜 떠나야 하지? 같이 있으면 안 되나? 그런데 어디서 같이 있지? 그리고 어떻게 같이 있을 수 있지? 소피아도 나처럼 만나길 바라겠지만, 부친의 노여움을 사지 않고 다시 만날 수 있을까? 하지만 왜 그래야 해? 소피아에게 스스로를 파멸시키는 일을 해달라고 부탁해도 되는 거야? 내 열정 때문에 소피아에게 그런 대가를 치르게 할 수 있겠어? 내 열정을 위해서 도둑처럼 이곳에서 숨어 지낼 수 있겠어? 아니야, 그런 생각조차 나는 경멸하고 혐오해. 안녕, 소피아. 안녕, 사랑스러운 그리고 내가 가장 사랑하는……" 여기서 감정이 복받쳐 오른 존스는 말을 멈추고 눈물을 흘렸소.

이제 이곳을 떠나기로 결심한 존스는 어디로 가야 할지 혼자 골똘히 생각에 잠겼소. 밀턴의 말대로 "세상은 그 앞에 펼쳐졌소."* 하지만 존스에게는 아담처럼 위로나 도움을 청할 만한 사람이 아무도 없었소. 자신이 아는 사람들은 모두 올워디 영주가 아는 사람들이었고, 올워디 영주가 존스에게 더 이상 호의를 베풀지 않기로 한 마당에, 그들에게서 그 어떤 도움도 기대할 수는 없었소. 그래서 대단한 명성을 가진 사람은 부양하던 사람을 버릴 때 신중해야 하오. 그가 버린 불행한 사람은 결국 다른 사람들한테도 버림받게 되는 법이기 때문이오.

어떤 인생행로를 선택할지 어떤 일을 해야 할지는 존스에게는 부차적인 문제였소. 하지만 우울하게도 이 문제에 관한 존스의 전망은 몹시 어두웠소. 무슨 직업을 갖더라도 그리고 무슨 일을 하려 해도 일정 시간이 필요한 법이오. 하지만 그에게 더욱더 곤란한 사실은 돈이 없다는 것이었소. 이런 점을 고려해보면 "무(無)에서는 무밖에 나올 것이 없다"**는 말

---

* 밀턴이 『실낙원』에서 에덴동산에서 쫓겨난 아담이 어디로 가야 할지 고민에 잠겼을 때의 심정을 표현한 말.

은 자연과학보다는 정치학에 더 잘 적용되는 금언이오. 돈이 부족한 사람은, 바로 그 이유 때문에 돈을 벌 수단을 갖지 못하니 말이오.

마침내 불행한 사람들에게 항상 호의적인 바다가 존스를 맞이하고자 그 거대한 팔을 벌렸고, 존스는 이 친절한 바다의 초대를 받아들이기로 마음먹었소. 좀 덜 상징적으로 표현하자면 존스는 바다로 가기로 결심했던 것이오.

이런 생각이 처음 떠오르자마자 이를 적극적으로 실행에 옮기기로 한 존스는 돈을 주고 말을 빌린 다음, 이를 실행에 옮기기 위해 브리스틀로 향했소.

하지만 존스와 함께 원정길에 따라나서기 전에, 우리는 잠시 웨스턴 영주의 집에 들러 아름다운 소피아에게 무슨 일이 일어났는지 살펴보겠소.

3장
몇 가지 대화

존스가 떠난 아침 웨스턴 여사는 소피아를 방으로 불러, 자신이 소피아를 부친으로부터 풀려나게 해주었다는 사실을 우선 알려주고는 결혼을 주제로 긴 강연을 시작했소. 하지만 이 강연에서 웨스턴 여사는 시인들이 묘사했던 것처럼, 사랑에 근간을 둔 것으로 행복을 이루기 위한 낭만적인 제도로서 결혼을 다루지 않았고, 성직자들이 가르치고자 했던 하나님이 부여한 결혼의 목적에 대해서도 일절 언급하지 않았소. 그녀는 결혼을 현

** 루크레티우스의 『사물의 본질에 관하여』에 나오는 구절.

명한 여자들이 많은 이자를 받기 위해 최대한 이득이 되는 곳에 자기 재산을 예탁하는 하나의 재원으로 간주했기 때문이오.

웨스턴 여사가 말을 끝내자, 소피아는 고모처럼 월등한 지식과 경험을 가진 사람과는, 특히 결혼과 같이 거의 생각해보지도 않은 주제에 관해서는 자신은 논쟁할 수 없다고 대답했소.

그러자 웨스턴 여사는 "나와 논쟁을 해? 난 그런 생각을 하지도 않았어! 내가 네 나이의 젊은 친구와 논쟁하려고 했다면, 내가 세상을 알아도 허투루 안 거지. 난 널 가르치려고 이 고생을 했던 거야! 소크라테스, 알키비아데스* 그리고 그 밖의 다른 고대 철학자들은 자기 학생들과 논쟁을 벌이지 않았어. 얘야, 넌 나를 네 의견이나 듣는 사람이 아니라 너에게 내 생각을 가르쳐주는 소크라테스처럼 생각해야 한다"**라고 대답했소. 이 마지막 말로 미루어 보아, 독자들은 웨스턴 여사가 알키비아데스의 책을 읽지도 않았고 소크라테스의 철학에 대해서도 모르는 것이 아닌가 하는 의심을 가질 수 있을 것이오. 하지만 우리는 이 문제에 대한 독자들의 의문점을 해결해줄 수가 없소.

이 말에 소피아는 "고모, 전 고모의 생각이 틀렸다고 주제넘게 나선 적은 한 번도 없었어요. 이미 말씀드린 것처럼 전 그 문제에 대해 한 번도 생각해본 적이 없었고, 앞으로도 그럴 거예요"라고 소리쳤소.

그러자 소피아의 고모는 "소피, 네가 날 속이려고 했다면 그건 바보짓이야. 결혼에 대해 한 번도 심각하게 생각해보지 않았다는 네 말을 믿

---

* Alchibiades: 기원전 4세기에 활동한 아테네의 장군이자 정치가이지 철학자는 아니다. 웨스턴 여사가 알고 있는 것 중 이처럼 잘못된 것이 많다는 사실을 드러내준다.
** 소크라테스는 강의가 아니라 논쟁을 통해서 지식을 가르치려 했다. 따라서 웨스턴 여사의 주장은 전혀 근거가 없다.

도록 하는 것보단 자기 나라를 방어하기 위해 남의 도시를 빼앗았다고 프랑스인이 날 설득하는 편이 차라리 더 쉬울 거야. 네가 누구와 결혼하고 싶어 하는지 내가 알고 있다는 사실을 네 스스로 잘 알면서, 어떻게 결혼에 대해 한 번도 생각해보지 않았다고 말할 수 있어? 프랑스와 개별적으로 동맹을 맺는 건 네덜란드에게 손해가 되듯이,* 네가 바라는 결혼은 자연법칙에도 어긋나고 네 스스로에게도 손해를 끼치는 거야! 하여튼 네가 아직까지 이 문제를 생각해보지 않았다면, 지금이 바로 생각해볼 때다. 네 아버지는 블리필 씨와 즉각 이 협정을 끝내기로 마음먹었거든. 그리고 난 이 문제에서 일종의 보증인이야. 네가 블리필과 결혼하겠다고 할 거라고 내가 보증했단 말이다."

이 말에 소피아가 "고모, 이번만큼은 고모와 아빠 뜻을 따르지 않을게요. 제가 이 결혼을 하지 않겠다고 결정하는 데에는 조금의 고민도 뒤따르지 않았어요"라고 말하자, 웨스턴 여사는 "내가 소크라테스처럼 위대한 철학자가 아니었다면 더 이상 참지 못했을 거다. 블리필과 결혼하지 않겠다는 이유가 도대체 뭐냐?"라고 물었소. 이에 소피아는 "제 생각엔 아주 분명한 이유가 있어요. 전 그 사람을 미워하거든요"라고 대답했소.

그러자 웨스턴 여사가 말했소. "넌 용어를 제대로 사용하는 법부터 배워야겠구나. 얘야, 베일리** 씨가 쓴 사전을 한번 찾아보거라. 너에게 아무런 피해도 주지 않은 사람을 미워한다는 건 불가능한 거야. 따라서 네가 사용한 '미움'이란 단어는 좋아하지 않는다는 의미에 지나지 않고,

<hr>

* 네덜란드는 프랑스와 독자적으로 평화협정을 맺으려 했으나 1747년에 결국 프랑스의 침입을 받았다.
** 너대니얼 베일리Nathaniel Bailey: 1721년에 출판된 『영어 사전Dictionarium Britannicum』의 저자.

그건 네가 그 사람과 결혼하지 않겠다는 이유로서는 충분치 못해. 난 서로를 대단히 좋아하진 않지만, 아주 편안하고 품위 있게 살아가는 부부들을 많이 알고 있어. 내 말을 믿어라. 얘야. 이런 문제는 내가 너보다 잘 알아. 너도 내가 세상 돌아가는 걸 잘 안다는 사실은 인정할 거야. 내가 아는 사람 중 자기 남편을 좋아하기보다는 좋아하지 않는다고 생각되길 바라지 않는 사람은 단 한 사람도 없단다. 그 반대의 경우는 생각만 해도 충격적인, 그리고 유행도 지난 난센스야."

이 말에 소피아가 "고모, 전 제가 좋아하지 않는 사람과는 결코 결혼하지 않을 거예요. 아빠 뜻을 거스르는 결혼은 결단코 하지 않겠다고 약속드렸기 때문에, 아빠도 제 뜻에 역행하는 결혼을 억지로 시키시지는 않을 거라고 생각해요"라고 대답하자, 웨스턴 여사는 흥분하여 "내 뜻이라고? 내 뜻! 너 참 놀랄 정도로 뻔뻔하구나! 네 나이의 여자가, 그것도 결혼도 안 한 여자가 '내 뜻'이라니! 하지만 너의 뜻이 어떻든 간에 네 아버지는 이미 결정했어. 네가 '내 뜻, 내 뜻' 하고 떠드는 걸 보니, 이 협정을 빨리 서두르라고 네 아버지한테 말해야겠구나. '내 뜻'이라니!"라고 소리쳤소.

이 말에 소피아는 털썩 무릎을 꿇었고, 빛나는 그녀의 두 눈에선 눈물이 흐르기 시작했소. 소피아는 웨스턴 여사에게 자신을 가엾이 여기고, 비참해지고 싶지 않은 자신에게 너무 화내지 말라고 애원하고는, 이 일은 자신의 일이고 더군다나 자신의 행복이 걸린 문제라는 사실을 간간이 강조했소.

영장을 발부받아 절대적인 권한을 부여받게 된 집행관은 신병을 확보한 불행한 채무자가 흘리는 눈물을 무심하게 바라보는 법이오. 즉 포로가 된 불쌍한 채무자는 집행관의 동정심을 사려고 남편을 빼앗기게 되는 가

여윈 아내, 혀짤배기소리하는 어린 남자아이와 겁에 질린 딸아이 이야기를 하지만, 고결하신 집행관 나리는 비탄에 빠진 채무자의 모습을 못 보고 못 들은 척하며, 자비심을 불러일으킬 수 있는 모든 상황들로부터 거리를 두고는, 불쌍한 채무자를 간수의 손에 넘겨주는 법이오.

이 집행관처럼 소피아의 고모는 소피아의 눈물과 애원을 외면한 채, 블리필이라는 간수의 손에 이 떨고 있는 처녀를 넘기기로 단단히 마음먹고선, 힘주어 말했소. "결혼 문제에서는 결코 너만 당사자가 아니야. 오히려 너와 관련되는 부분이 제일 적어, 아니 제일 중요치 않아. 결혼에서 가장 중요한 것은 집안의 명예다. 넌 한낱 도구에 지나지 않아. 프랑스 왕의 딸이 스페인으로 시집갈 때처럼,* 국가 간의 혼사에서 공주 혼자만 그 결혼의 당사자라고 생각하느냐? 아니지, 그것은 두 사람 사이라기보다 두 나라 사이의 혼사야. 우리같이 훌륭한 가문의 경우도 마찬가지다. 이 결혼에서 가장 중요한 사실은 집안끼리의 혼사라는 점이야. 너는 네 자신보다 집안의 명예를 더 소중히 여겨야 해. 공주들이 하는 결혼을 보고서도 결혼을 두 집안 사이의 행사로 생각해야 한다는 그 고귀한 정신을 받들기는커녕, 공주와 똑같은 방식으로 취급받는 걸 불평하다니, 그래선 안 돼."

이 말에 소피아가 약간 목소리를 높여 "고모, 제가 우리 집안을 수치스럽게 만드는 일은 결코 없을 거예요. 하지만 결과가 어떻든 간에 블리필 씨하고는 결단코 결혼하지 않겠어요. 저를 그 사람과 억지로 결혼시키지는 못할 거예요"라고 소리치자, 이들의 대화를 엿듣고 있던 웨스턴 영주는 더 이상 참지 못하고 몹시 흥분한 채 방으로 뛰어 들어와 소리쳤소.

---

* 1739년 프랑스 루이 15세의 딸 루이즈 엘리자베스Louise Elizabeth가 스페인의 필립 5세의 아들에게 시집간 일을 암시한다.

"우짜든지 블리필과 결혼시킬 끼다. 우짜든지 간에 결혼시킬 끼라고. 내 할 말은 그게 다다. 그게 다야. 그래, 우야든지 결혼시킬 끼구만."

　　소피아에게 몹시 화가 나 있던 웨스턴 여사는 이제 웨스턴 영주를 화풀이 대상으로 삼아 이렇게 말했소. "오라버니, 협상에 관해선 전적으로 나한테 맡겨놓겠다고 하고선 이렇게 끼어들다니 참 놀랍군요. 오라버니가 소피아를 가르칠 때 저지른 정책상의 실수를 우리 집안을 위해 내가 바로 잡으려고 중재에 나섰는데 말이에요. 오라버니, 그건 다 오라버니 때문이에요. 오라버니의 그 터무니없는 행동 때문에 소피아의 마음에 내가 심어놓았던 지혜의 씨앗이 모두 망가졌단 말이에요. 소피아에게 불복종을 가르친 건 오라버니 자신이라고요!" 이 말에 웨스턴 영주는 입에 거품을 물며 대답했소. "젠장! 아무리 참을성 많은 사람도 니 같은 인간한테는 승질을 안 낼 수가 없겠구나. 내가 내 딸년한테 복종하지 말라고 가르쳤다고? 여기 소피아가 있으니 함 물어봐라. 얘야, 솔직하게 말해봐라. 내가 너한테 복종하지 말라고 가르쳤던? 널 달래고, 네 비위를 맞출라꼬 그리고 널 순종적으로 만들라꼬 내가 안 한 짓이 있었드냐? 이 아인 어렸을 때 아주 순종적이었어. 네가 궁정에서 떠드는 말로 이 아이 머릿속을 채워 망가치기 전까지는 말이야, 안 그래? 안 글냐고! 네가 이 아이에게 공주처럼 굴어야 칸다고 한 말을 내 못 들은 줄 아나? 넌 이 아일 휘그파*로 만들어버렸단 말이야. 그러이, 우예 이 아이가 순종하길 기대할 수 있겠어?" 그러자 웨스턴 여사는 아주 경멸하는 듯한 태도로 답변했소. "오

---

* 18세기 영국에서 생긴 휘그당Whig에 속한 사람으로 토착 귀족이 주를 이루었던 토리당 Tory과 정치적으로 대립했다. 웨스턴 영주는 토리당과 정치적 소신을 같이하고 웨스턴 여사는 휘그파의 정치적 성향을 가지고 있는데, 당시에는 휘그당이 정권을 잡아 궁정에서는 휘그당이 주류를 이루었다.

라버니, 난 오라버니의 그런 정치관을 말로 다 할 수 없을 정도로 경멸해요. 하지만 나도 마찬가지로 소피아한테 한번 물어보고 싶어요. 내가 불복종을 신조로 삼으라고 가르쳤는지 말이에요. 오히려 그와는 정반대로 사람이 살아가면서 맺게 되는 인간관계가 진정으로 어떤 것인지 너에게 주입시키려고 하지 않았니? 자연법칙에 따라 자식은 부모에게 의무를 다해야 한다는 사실을 알려주려고 무진 애를 쓰지 않았어? 그런 취지로 플라톤*이 한 말을 너한테 말해주지 않았느냐고? 널 처음 돌보게 되었을 때, 넌 그런 문제에 대해 너무도 무지해서 난 네가 부녀지간의 관계가 어떤 것인지도 모를 거라고 생각했었다." 이 말에 웨스턴 영주가 "말도 되도 않는 소리 하지 마라! 이 아이가 열한 살이 될 때까지 지가 아버지와 한 핏줄이라는 사실도 모를 만치 바보는 아니었어"라고 대답하자, 웨스턴 여사는 "아니, 야만인보다 더 무지했었죠. 그런데 이 말은 꼭 해야겠는데, 오라버니의 매너는 회초리감이에요"라고 말했소. 그러자 웨스턴 영주는 "그래 회초리로 함 날 때려봐라. 할 수 있다고 생각한다면 말이다. 아니, 저기 네 조카딸년이 기꺼이 널 도와줄 기다"라고 소리쳤소. 이 말에 웨스턴 여사가 "오라버니, 난 오라버니를 말할 수 없을 정도로 경멸하지만, 더 이상 오라버니의 그런 무례한 말을 참고만 있지는 않을 거예요. 당장 마차를 준비시켜놓으라고 해요. 지금 당장 떠날 거니까"라고 대답하자, 웨스턴 영주는 "귀찮은 걸 떼버리게 되니 거 참 시원타. 네가 그딴 식으로 이야기한다면, 나도 네 오만불손한 행동을 더는 못 참겠다. 떠그랄! 니가 툭하면 날 경멸한다고 떠들어대샂는 걸 들어서, 내 딸년이 날 호구로 아는 거 아니냐? 하지만 이제 거도 끝이다"라고 말했고, 이 말에 웨스

* 플라톤의 『법률』에 부모의 권위에 대한 언급이 나온다.

턴 여사가 "오라버니 같은 무식쟁이는 아무리 우습게 여겨도 그보다 더 밑바닥이야"라고 소리쳤소. 이에 웨스턴 영주가 "머라꼬! 내더러 수퇘지* 라고? 난 수퇘지가 아이야. 나귀도 쥐새끼도 아이라고! 명심해, 난 쥐새 끼가 아니야. 진정한 우리나라 사람이지. 우리나라를 좀먹는 니네 하노버 가 패거리들이 아이란 말이다"라고 말하자, 웨스턴 여사가 "오라버닌, 그 황당한 원칙을 내세워 나라 안에서는 정부의 힘을 약화시키고, 나라 밖에 있는 적들에게는 힘을 실어주어 나라를 망치려고 하는 아주 현명하신 분 들과 한 패거리시군요"라고 소리쳤소. 그러자 웨스턴 영주는 "하이고오! 다시 정치 이야기로 돌아왔구먼. 난 거시기만큼이나 네가 말하는 정치가 참말로 싫다"라고 말하면서, 이 말에 가장 잘 어울리는 어떤 몸동작을 아 주 우아하게 곁들였소. 웨스턴 여사를 가장 화나게 한 것이 이 말이었는 지 아니면 그녀의 정치관에 대한 모독이었는지는 모르겠소. 하여튼 웨스 턴 여사는 몹시 화를 내며 여기서 밝히기엔 적절치 않은 발언을 하고는 문을 박차고 나갔소(그녀의 오빠도 조카딸도, 웨스턴 여사를 막거나 뒤따라 가는 건 적절하지 않다고 생각했소. 소피아는 몹시 걱정스러워서, 웨스턴 영 주는 몹시 화가 나서 미동도 하지 않았던 것이오).

하지만 웨스턴 영주는 달아나는 토끼를 뒤쫓아가는 사냥개에게 소리 치듯, "자, 어여. 힘내" 하고 누이의 등 뒤에서 소리쳤소. 웨스턴 영주는 이런 종류의 고함 소리를 아주 잘 구사했지만, 특히 여러 경우에 적절하 게 사용될 수 있는 이 소리를 애용했던 것이오.

웨스턴 여사처럼 세상 돌아가는 걸 잘 알고 또 철학과 정치에 지대한 관심을 보이는 여자들이라면 지금 이곳을 나선 웨스턴 영주의 적을 희생

* 영어로 무식쟁이(boor)라는 단어와 수퇘지(boar)라는 단어가 발음이 비슷해서 웨스턴 영 주가 오해한 것이다.

물로 삼아, 영주의 판단력에 대해 몇 마디 찬사의 말을 덧붙이고는, 그의 현재 기분에 편승해 자신에게 유리하게 상황을 이끌어냈을 것이오. 하지만 우리의 가련한 여주인공 소피아는 단순한 사람이었소. 물론 단순하다고 해서 이 용어와 일반적으로 동일시되는 어리석다는 의미는 아니오. 사실 소피아는 매우 현명하고 이해력이 매우 뛰어났으니 말이오. 다만 소피아는 모든 것을 자신의 목적 달성에 보탬이 되도록 만드는 계략이 부족했던 것뿐이었소(소피아의 이런 면은 머리가 아니라 가슴에서 비롯되었기 때문에 아주 어리석은 여자들의 속성이기도 하오).

4장
시골 영주 부인의 실제 삶

사냥개 부추기는 소리를 지른 뒤, 약간의 숨을 몰아쉰 웨스턴 영주는 이런저런 못된 여자들의 변덕에 항상 휘둘리게 되는 남자들의 불행한 운명을 애처롭게 한탄하기 시작했소. "난 남편이랍시고 네 어미에게 심하게 내몰리며 살아왔어. 그런데 네 어미를 따돌리고 나니 또 다른 년이 냄새 맡고 쫓아오네. 하지만 더 이상 이 잡것들에게 쫓기진 않을 거다."

소피아의 어머니는 소피아가 열한 살 때 세상을 떠났지만, 소피아는 어머니를 변호할 때를 제외하고는 그리고 블리필과의 불운한 일에 얽히기 전까지는, 어떤 일이 있어도 부친과 말다툼도 벌인 적이 없었을 정도로 웨스턴 영주를 사랑했소. 소피아의 어머니는 결혼생활 내내 남편에게 충실한 상급 하녀 노릇을 했고 이에 대한 보상으로 웨스턴 영주는 소위 말해 좋은 남편이 되어주었소. 즉 웨스턴 영주는 아내에게 거의 욕을 하지 않았고(아마 일주일에 한 번 이상 하지는 않았던 것 같소) 결코 때리지도 않았소. 또한 웨스턴 영주의 아내는 질투할 일도 의심을 품을 일도 없었으며, 자기 시간을 마음대로 사용할 수도 있었소. 남편이 아침은 사냥터에서, 저녁은 술친구와 함께 지내는 바람에 아무런 방해도 받지 않았던 것이오. 밑손질해놓은 고기를 즐겁게 써는 식사 시간을 제외하고 웨스턴 영주의 아내는 남편을 거의 만나보지도 못했는데, 이 식사 시간에도 그녀는 바다 건너에 있는 영국의 왕*을 위해 건배하기 위해서만 필요한 존재였고, 하인들이 나가고 대략 5분 뒤에는 식탁에서 물러나야만 했는데, 이는 웨스턴 영주의 지시에 의한 것 같았소. 여자는 첫 음식과 함께 들어오고, 첫 잔을 마신 후에는 나가야 한다는 게 그의 좌우명이었기 때문이오. 하지만 이런 지시를 따르는 게 어려운 일은 아니었을 것이오. 이들이 나누는 대화는(대화라고 불릴 수 있을는지 모르겠지만) 주로 여자들에게는 재미없는, 그러니까 사냥개 부추기는 소리, 노래, 사냥할 때 벌어졌던 모험담, 음담패설, 여자와 정부에 대한 비방 등으로 이루어졌기 때문이었소.

하지만 웨스턴 영주가 하루 중 자기 아내를 보는 건 오직 이때뿐이었소. 아내가 있는 침실로 돌아갈 때, 대개 그는 몹시 취해 아무것도 볼 수가 없었고, 사냥철에는 먼동이 트기도 전에 아내보다 항상 먼저 자리에서 일어났기 때문에, 영주의 아내는 자기 시간을 마음대로 쓸 수 있었고 사두마차도 언제든지 사용할 수 있었던 것이오. 불행히도 이웃 사람들이 어울릴 만한 사람들이 못 되었고, 길도 다니기에 불편해 둘 다 별 소용이 없었지만 말이오. 왜냐하면 목숨을 소중히 여기는 사람들은 이 길을 지나

---

* 프랑스에 망명해 있던 제임스 2세의 큰 아들 제임스 에드워드 스튜어트(James Francis Edward Stuart, 1688~1766)를 말함. 이는 웨스턴 영주가 자코바이트라는 사실을 암시하고 있다.

가려 하지 않았고, 시간을 소중히 여기는 사람들은 이런 이웃을 찾아가려 하지 않았기 때문이었소. 독자들에게 솔직하게 말하자면, 웨스턴 영주가 베푼 은혜에 소피아의 모친은 만족할 만한 보답을 하지 못했소. 부친의 강요에 원치 않는 결혼을 했지만, 그 결혼은 소피아의 모친에게는 유리한 것이었소. 웨스턴 영주의 영지에서는 1년에 3천 파운드 이상의 수입이 나왔지만, 소피아의 모친이 가져온 지참금은 8천 파운드에 지나지 않았기 때문이었소. 우울증이 그녀의 몸에 배게 된 것은 바로 이 때문이었던 것 같소. 소피아의 모친은 좋은 아내라기보다는 훌륭한 하녀였고, 웨스턴 영주가 시끌벅적하게 웃고 떠들며 그녀를 맞이해도, 기분 좋은 미소로 응대하지 않을 정도로 웨스턴 영주에게 감사의 마음도 갖고 있지 않았소. 게다가 그녀는 남편이 준 몇 안 되는 기회를 이용해 웨스턴 영주가 과도하게 술을 마신다며(자신과는 상관없는 일인데도 말이오) 아주 부드럽게 불만을 털어놓는 등 남편 일에 참견까지 했소. 소피아의 모친은 평생 딱 한 번 남편에게 부탁을 한 적이 있었소. 두 달 동안만 런던에 데리고 가달라고 아주 간곡하게 애원했지만 런던에 사는 남편들은 모두 오쟁이 진 남편이라고 확신했던 웨스턴 영주는 이를 단호히 거부했을 뿐만 아니라, 아내의 이런 요청에 화까지 냈소.

이 마지막 이유와 그 밖의 다른 여러 이유로 웨스턴 영주는 아내를 진짜로 미워하게 되었소. 그는 이런 미움을 아내가 죽기 전까지도 숨기지 않았으며, 아내가 세상을 떠난 뒤에도 이를 결코 잊지 않았소. 따라서 조금이라도 기분 나쁜 일이 생기는 날이면, 가령 사냥개가 사냥감 냄새를 제대로 쫓지 못한 날이나, 사냥개들이 전염병에 걸린 날 혹은 이와 비슷한 다른 불운한 일이라도 벌어진 날이면 "내 마누라가 지금 살아 있다면, 이 사실을 알고 춤이라도 출 거야"라고 말하며 이미 세상을 떠난 사람에게 화풀이를 했던 것이오.

　웨스턴 영주는 특히 소피아 앞에서 이런 욕설을 뱉고 싶어 했소. 그 누구보다도 소피아를 사랑한 탓에 소피아가 아내를 자신보다 더 사랑하는 것을 질투했기 때문이었소. 하지만 이런 경우 소피아는 늘 영주의 질투심을 더 불러일으켰소. 웨스턴 영주는 소피아의 모친에 대한 욕설로 소피아의 귀를 더럽히는 것만으로는 만족하지 못했기에, 소피아에게 자신의 비난에 전적으로 동의한다는 의사 표시를 분명히 하라고 강요했으나, 그 어떤 약속이나 그 어떤 협박으로도 소피아가 자신의 뜻을 따르도록 할 수는 없었기 때문이었소.

　따라서 몇몇 독자들은 웨스턴 영주가 혹시 자기 아내를 미워했던 것만큼이나 소피아를 미워하는 게 아닌가 하는 생각을 할 수도 있을 것이오. 하지만 아무리 질투를 한다 해도 사랑이 미움으로 바뀌지는 않소. 질투를 느끼는 사람은 질투의 대상을 죽일 수는 있어도 미워하지는 않는 법이기 때문이오. 이런 사실은 이해하기 몹시 어렵고 또 역설적인 면도 있기 때문에 이 장이 끝날 때까지 여기에 대해 독자들이 곰곰이 생각하도록 내버려두겠소.

5장
고모에 대한 소피아의 관대한 행동

　소피아는 부친이 앞서의 말을 하는 동안, 침묵을 지키며 한숨 쉬는 것 말고는 그 어떤 반응도 보이지 않았소. 하지만 웨스턴 영주는 그 의미를, 다시 말하면 소피아가 눈으로 말하는 의미를 이해할 수 없었기 때문에, 자신이 옳다는 말을 소피아에게서 직접 듣지 않고는 만족할 수 없었소. 따라서 소피아가 항상 그 못된 엄마 편을 들어왔듯이, 이번에도 자신을 반대하는 사람들 편을 드는 것 아니냐고 하면서 소피아가 자기 의견에 찬동해주기를 요구했소. 하지만 소피아가 여전히 침묵을 지키자, 웨스턴 영주는 "너, 귓구멍이 막혔냐? 왜 말을 안 해! 니 어미가 나한테 못되게 굴지 않았어? 대답해봐. 어! 너도 넬 깔보고, 말상대도 안 된다고 생각하는 기야?"라고 소리쳤소.

이 말에 소피아가 대답했소. "아빠, 제발, 제가 아무 말도 하지 않는 걸 그렇게 곡해하진 마세요. 아빠를 무시하는 그런 못된 짓을 저지르느니, 전 차라리 죽어버리겠어요. 제가 말을 하면 사랑하는 아빠를 화나게 하거나 저에게는 최고의 엄마(그래요, 엄마는 제게 항상 그런 분으로 남아 있을 거예요)에게 불손하고 극악무도한 배은망덕을 저지를 수 있는데 어떻게 제가 말을 할 수 있겠어요?"

이에 웨스턴 영주가 "그럼 니 고모는 내한테 가장 훌륭한 누이냐! 네 고모가 못된 년이라는 사실은 인정하것지? 니보고 그렇다고 말하라고 요구하는 건 정당하다고 생각하는데?"라고 말하자, 소피아는 "아빠, 전 고모한테도 큰 은혜를 입었어요. 고모는 저에게 두번째 어머니 같은 분이에요"라고 대답했소.

소피아의 대답에 웨스턴 영주가 "그럼 내한테도 두번째 마누라인 셈이네! 그래서 니는 니 고모 편을 또 들겠다는 거냐! 니 고모가 내한테는 이 세상에서 제일 못된 누이란 사실을 인정하지 않겠다는 기야?"라고 소리치자, 소피아는 "아빠, 제가 그렇다고 말한다 해도 그건 마음에 없는 소리예요. 고모와 아빠의 사고방식이 아주 다르다는 건 알아요. 하지만 고모가 아빠를 사랑한다고 말씀하시는 걸 전 숱하게 들었어요. 고모는 아빠에게 이 세상에서 제일 못된 누이가 결코 아니에요. 고모만큼 자기 오빠를 사랑하는 사람은 세상에 없을 거예요"라고 대답했소.

그 말에 웨스턴 영주가 "간단히 말해, 네 말은 결국 내가 잘못이라는 뜻이구나. 그래. 맞아! 여자들은 옳고, 남자들은 맨날 틀리지"라고 말하자, 소피아는 "죄송하지만, 아빠. 전 그렇게 말씀드리지 않았는데요"라고 대답했소.

그러자 웨스턴 영주는 "니는 뻔뻔시럽게 니 고모가 옳다고 말하지 않았느냐! 그 말은 결국 내가 잘못이라는 뜻이고. 그래, 그런 장로파주의자인 하노버 왕가 편을 드는 년을 내 집 안에 들이다니, 내가 잘못한 게 맞다! 어쩌면 니 고모는 내가 음모를 꾸몃다고 고해 바치가 내 영지를 하노버 패거리들에게 넘기뿔지도 몰라"*라고 말했고, 소피아는 "고몬 아빠나 아빠 영지에 절대 피해주시지 않을 거예요. 어제 고모가 돌아가셨더라면, 고몬 분명히 전 재산을 아빠한테 남기셨을 테니까요"라고 대답했소.

소피아가 의도적으로 이 말을 했는지 아닌지는 확실하게 단언할 수 없소. 하지만 확실한 것은 이 마지막 말이 소피아가 앞서 한 모든 말을 합친 것보다 웨스턴 영주의 가슴에 깊이 파고들었고 훨씬 큰 영향을 미쳤다는 사실이오. 이 말을 들은 웨스턴 영주는 머리에 총 맞은 사람처럼, 몹시 놀라며 비틀거리다가 얼굴이 하얗게 변했소. 그러더니 거의 1분 이상이나 아무 말도 하지 못하다가, 마침내 머뭇거리며 다음과 같이 말했소. "어제라고!? 니 고모가 어제 내한테 지 땅을 남기줄라 캤다고? 그런데 일 년 중 왜 하필이면 어제야? 만약에 니 고모가 낼 죽으믄 아마 다른 넘 한테 땅을 물리주서 우리 집안 게 안 될 끼야." 이 말에 소피아는 "아빠,

---

* 1744년 왕위 요구자의 자식들과 서신 왕래를 하는 사람은 반역죄로 다스린다는 법령이 통과되었고, 반역자의 재산은 국가가 몰수할 수 있었다.

고모는 성격이 불같으신 분이잖아요. 화나시면 고모가 어떻게 하실지 저도 책임질 수 없어요"라고 말했소.

그러자 웨스턴 영주가 말했소. "책임 못 진다꼬! 오야, 그럼 누구 땜에 니 고모가 그래 화가 난 긴데? 아니, 누가 니 고모를 그래 화나게 만들었냐고? 내가 이 방에 들어오기 전에, 니는 이미 니 고모와 그 문제 가꼬 심각하게 다투었잖아? 게다가 우리가 다툰 건 다 니 때문 아이냐? 니 문제만 없었다면 낸 니 고모와 다투진 않았을 끼다. 그런데 지금 내 때문에 니 고모가 전 재산을 우리 집안이 아이고 넘한테 냉겨버리면 그게 다 내 잘못이라고 하는 기야? 더 이상 니한테 뭘 기대하겠노? 니를 그마이 애낏는데 보답이 고작 이거냐?"

이 말에 소피아가 "그러니, 아빠. 제발 부탁드려요. 저 때문에 아빠와 고모가 다투셨다면 무릎이라도 꿇고 부탁드릴게요. 고모와 화해하시고 고모가 화가 나 떠나시는 건 막아주세요. 고모는 성격이 온화하신 분이라 부드럽게 몇 마디만 건네주시면 화를 푸실 거예요. 제발 부탁드려요, 아빠"라고 소리치자, 웨스턴 영주는 "그래서! 잘못은 니가 저질렀는데, 내가 가서 용서를 빌어야 한다꼬? 내가? 토끼는 니가 놓칫는데, 토끼를 다시 찾을라꼬 사방팔방으로 내가 찾아다니야 한단 말이냐? 그래, 확실하기만 하다면……"이라고 말하더니, 갑자기 말을 멈추었소. 이때 소피아가 더욱 간곡히 청하자, 결국 설득당한 웨스턴 영주는 소피아에게 두세 마디 냉소적인 말을 더 쏘아붙이더니, 마차가 떠날 준비를 갖추기 전 웨스턴 여사를 찾아내기 위해 최대한 서둘러 방을 나섰소.

그 후 소피아는 무덤 같은 자기 방으로 돌아와 사랑의 슬픔을 호사스럽게(이런 표현을 써도 된다면) 누렸소. 존스에게서 받은 편지를 몇 번이고 읽으며 머프로 눈물을 훔쳤기 때문에, 소피아 자신은 물론이요, 읽고 있던 편지와 머프를 눈물로 흠뻑 젖게 하면서 말이오. 이런 상황에서 친절한 어너는 상처받은 여주인을 위로하기 위해 자신의 능력을 최대한 발휘했소. 수많은 젊은 신사의 이름을 거론하며 그들의 재능과 외모를 칭찬하더니, 이 중 원하는 사람을 마음대로 고를 수 있을 거라고 확신한다고 하면서 말이오. 이런 방법은 소피아가 걸린 병과 비슷한 질병을 치료하는 데는 분명히 성공을 거두었을 것이오. 안 그랬다면 어너와 같은 능숙한 개업의가 절대 이 방법을 시도하지 않았을 테니 말이오(하녀를 육성하는 학교에선 이 방법을 여성 전용 약국에 비치되어 있는 그 어떤 치료약보다도 효능에선 결코 뒤지지 않는 최상의 치료책으로 간주한다는 말을 들었소). 하지만 소피아의 병이 겉으로 보기에 같은 증상을 보이는 다른 질병과 실제로 같은 것인지는 단언하지 못하겠소. 이 선량한 하녀가 쓴 방법은 소피아의 병을 치유하는 데 도움이 되기는커녕 오히려 그녀의 병세만 더 악화시켜, 몹시 화가 난 소피아(소피아를 화나게 하는 건 쉽지 않은 일이었지만 말이오)가 화난 목소리로 어너에게 눈앞에서 사라지라고 말했으니 말이오.

6장

여러 가지 내용

웨스턴 여사가 마차에 막 오르려는 순간, 그녀를 따라잡은 웨스턴 영주는 반은 강제적으로 반은 간곡하게 부탁해, 그녀의 말을 마구간에 다시 되돌려놓도록 했소. 웨스턴 영주는 별 어려움 없이 자신의 뜻을 이룰 수 있었는데, 우리가 이미 암시했듯이, 이 귀부인이 매우 달래기 쉬운 성격의 소유자였고, 자기 오라버니의 재능, 더 정확히 말하자면 세상에 대한 영주의 무지는 경멸했지만 영주 자신은 무척 사랑했기 때문이었소.

불쌍한 소피아는 두 사람 간의 화해의 물꼬를 트게 한 장본인이었지만, 이 화해를 이루기 위한 희생자가 되었소. 두 사람은 소피아의 처신을 똑같이 비난하며, 공동으로 소피아에 대한 전쟁을 선포하고는 어떻게 하면 이 전쟁을 강력하게 수행할지에 관한 협의에 들어갔던 것이오. 이를 위해 웨스턴 여사는 올워디 영주와의 협정을 즉각 매듭 짓고 이를 지체 없이 집행할 것을 권고하며 이렇게 말했소. "소피아 문제를 성공적으로 해결하기 위해서는 강력한 조처(소피아는 이에 저항할 확고한 의지가 부족하다고 웨스턴 여사는 확신했던 것이오)를 취하는 것 말고는 다른 방도가 없어요. 하지만 내가 말하는 강력한 조처라는 건 서둘러 이 일을 추진하자는 뜻이에요. 소피아를 감금하거나 소피아에게 무지막지한 힘을 사용해서는 절대로 안 돼요. 기습공격을 하기로 합의한 거지, 강탈하기로 합의한 것은 아니니까 말이에요."

두 사람이 이렇게 하기로 합의했을 때, 블리필이 소피아를 만나러 왔소. 웨스턴 영주는 블리필이 도착했다는 전갈을 듣자마자, 누이의 충고에 따라 예의를 갖추어 블리필을 맞이하라고 명령하기 위해 소피아를 찾아갔소. 하지만 소피아가 이를 거부하자, 격한 성격의 웨스턴 영주는 심한 욕설과 비난을 퍼부으며 그녀를 밀어붙였소. 그러자 소피아의 현명한 고모가 예견했듯이, 웨스턴 영주에게 저항할 수가 없었던 소피아는 부친의 뜻을 따르겠다는 말을 할 정신도 힘도 거의 없었지만, 블리필을 만나보는 데 동의했소. 사실 소피아가 사랑하는 부친의 명령을 단호하게 거부하기란 쉬운 일이 아니었소. 부친을 사랑하지 않았더라면 이보다 훨씬 덜 결연한 의지만으로도 자신의 뜻을 관철시킬 수 있었을 테지만 말이오. 하지만 소피아의 이런 행동을 전적으로 그녀가 겁이 많아서라고 생각하는 건 잘못일 것이오. 소피아가 부친을 두려워하는 이유는 부친을 사랑하기 때문이니 말이오.

부친의 엄명에 따라 소피아는 블리필을 맞아들였소. 하지만 우리가 보아온 바로는 독자들은 우리가 이런 장면을 세세히 묘사하는 걸 별로 달가워하지 않기 때문에, 두드러지게 부각시킬 수 없는 장면은 모두 생략하라고 작가들에게 지시한 호라티우스의 규칙*을 준수하고자 하오. 시인에게는 물론이요 역사가에게도 큰 도움이 되는 이 규칙은 아주 커다란 폐해 (모든 위대한 작품은 이런 이름으로 불리고 있소)를 작은 폐해로 만드는 데 탁월한 효과가 있으니 말이오.

소피아와 만났을 때 블리필이 사용한 술책은 상당히 뛰어나, 블리필과 같은 상황에 놓인 다른 사람이 이런 술책을 사용했더라면 소피아의 신임을 얻어, 소피아가 자신의 속마음을 전부 털어놓게 했을지도 모르오. 하지만 이 젊은 신사를 매우 좋지 않게 생각하고 있었던 소피아는 블리필을 믿지 않기로 이미 마음먹었기 때문에 그의 술책은 성공을 거두지 못했소. 단순한 사람도 일단 경계를 하게 되면 그 어떤 교활한 사람과도 대적할 수 있는 법이오. 소피아는 아주 부자연스럽게 행동했지만, 오히려 이는 남편감으로 지정된 사람과 정식으로 두번째 만나는 처녀들이 취해야 하는 행동에 부합하는 것이었소.

블리필은 소피아의 응대에 아주 만족했노라고 웨스턴 영주에게 말했지만, 자기 누이와 함께 이들의 대화를 모두 엿들었던 영주는 별로 만족스럽지 못했소. 따라서 그는 현명한 웨스턴 여사의 충고에 따라 이 문제를 최대한 밀고 나가기로 마음먹고는 미래의 사위에게 마치 사냥개를 부

---

* 4권의 14장, 247쪽에서 언급된 호라티우스의 『시학』에 나오는 규칙을 지칭한다.

추기듯 "자, 어서. 쫓아가, 쫓아가라니깐. 붙잡아, 붙잡아. 바로 그거야. 이젠 죽었다, 죽었어. 그래 머뭇거리지만 마. 나도 가만히 서 있지만은 않을 기야. 오늘 오후에 올워디 영주와 이 문제를 완전히 매듭 지어뿌야지. 내일 결혼식을 치라뿌자고!"라고 큰 소리로 외쳤소.

그러자 블리필은 만족스런 표정을 지으며 말했소. "세상에서 가장 사랑스럽고 훌륭하신 소피아 아가씨와 인연을 맺는 걸 제외하고는, 영주님 집안과 인연을 맺는 것만큼 제가 바라는 것은 없습니다. 그러니 제가 이 두 가지 소망을 얼마나 이루고 싶어 할지 영주님께서도 쉽사리 짐작하실 수 있을 겁니다. 따라서 제가 이 혼사를 서둘러 추진해달라고 영주님께 졸라대지 않는 것은, 이 축복받은 일을 서두르는 건 예의와 예법에 어긋나는 것이기에 아가씨를 화나게 할지도 모른다는 우려에서 그런 것입니다. 하지만 영주님께서 나서주신다면, 소피아 아가씨는 형식적인 절차를 생략하실지도 모른다고 생각합니다."

이 말에 웨스턴 영주는 다음과 같이 대답했소. "형식적인 절차라꼬! 환장할! 뭔 놈의 허튼소리야! 내 자네한테 다시 말하지만, 내일 소피아는 자네 끼 될 끼야. 자네도 내 나이쯤 되면 세상을 좀더 알게 되것지만, 여자란 할 수만 있다면 절대 승낙하지 않는 기거든. 승낙하는 게 요새 유행이 아이니 말이야. 그 아 엄마가 승낙해주기를 기다렸다면, 낸 여태까지 총각 신세를 면치 못했을 끼다. 그라이, 덮쳐, 덮치뿌는 거야. 바로 그거야. 자넨 역시 대단한 사내야. 내 다시 말하지만, 자넨 내일 아침 갸하고 혼인할 끼다."

블리필은 웨스턴 영주의 이 강력한 언변에 제압당하는 척했소. 이날 오후 웨스턴 영주가 올워디 영주를 찾아가기로 합의를 본 뒤, 그는 혼사를 서두르기 위해서 소피아에게 무엇이든 결코 강요는 하지 말아달라고

426

간곡히 청한 후(가톨릭 종교재판관이 교회법에 따라 이단자에게 선고를 내린 뒤 권력자에게 이단자를 양도하면서, 이단자에게 절대로 강압을 행사하지 말라고 간청하듯이 말이오) 웨스턴 영주의 집을 나섰소.

솔직히 말해 블리필은 소피아에게 이미 선고를 내린 것이나 진배없었소. 웨스턴 영주에게 소피아의 응대에 만족한다고 말은 했지만, 그는 소피아가 자신을 미워하고 경멸한다는 사실만 확인했을 뿐이었소. 따라서 그는 그 어떤 것에도 만족스럽지 않았고, 오히려 소피아를 미워하고 경멸하게 되었소. 그런데 블리필은 왜 이 구애를 즉각 중단하지 않았겠소? 이제 나는 독자들에게 다른 여러 이유뿐만 아니라 가장 핵심적인 이유를 알려주고자 하오.

블리필은 존스와는 성격이 달라 만나는 여자마다 모두 먹고 싶어 하지는 않았지만, 그렇다고 해서 모든 동물들이 공통적으로 가지고 있는 식욕이라는 것이 없었던 것은 아니었소. 그는 대상을 선택하는 데 있어서 혹은 여러 맛을 지닌 음식을 선택하는 데 있어서, 남다른 취향을 가지고 있었던 것이오. 바로 이 남다른 취향 때문에 블리필은 소피아를 아주 맛있는 음식으로 간주했고, 식도락가가 멧새를 볼 때 느끼는 욕망으로 소피아를 응시했던 것이오. 그가 이런 욕망을 갖게 된 데는 또 다른 요인이 있었소. 고뇌하는 소피아의 모습이 그녀를 더욱 아름답게 보이게 했던 것이오. 눈물로 소피아의 눈은 더 빛났고, 한숨으로 그녀의 가슴은 한층 부풀었기 때문이오(슬픔에 빠져 있을 때 가장 아름다운 모습을 띠게 되는 것은 바로 이 때문이오). 따라서 블리필은 지난번 소피아를 보았을 때보다도 더 강렬한 욕망을 느끼며 이 인간 멧새를 응시하게 되었던 것이오. 그가 소피아에게 욕망을 느끼게 된 또 하나의 요인은, 이제 깨닫게 된 자신에 대한 소피아의 혐오감이 그녀에 대한 자신의 욕망을 감소시키기는커녕, 오히려 소피아를 강제로 취할 때 느끼게 될 쾌락을(이때 그의 욕정은 승리감을 느끼게 될 것이오) 더욱 배가할 것이라는 생각이었소. 게다가 블리필이 소피아의 육신을 완전히 소유하고자 하는 데는 또 다른 동기가 있었는데, 여기서 언급하는 것조차 혐오스럽기는 하지만 그것은 바로 복수심이었소. 자신의 라이벌인 존스를 소피아의 애정 전선에서 몰아내는 것이(이는 블리필에게 기쁨을 가져다줄 수 있을 것이오) 이 혼사를 추진하려는 또 다른 동기였던 것이오.

양심적인 사람에게는 매우 악의적으로 느껴질 이런 동기 말고도, 극소수의 독자들만이 혐오스럽게 생각할 또 다른 동기를 블리필은 갖고 있었소. 그것은 바로 소피아와 그녀의 자손에게 물려주기로 한 웨스턴 영주의 영지였소. 자식에 대한 애정이 과도하여 자신이 선택한 사위와 소피아가 불행하게 사는 데 동의만 해준다면, 그 어떤 대가를 치르더라도 블리필을 사들이기로 웨스턴 영주는 마음먹었기 때문이오.*

바로 이런 이유 때문에 이 혼사가 성사되길 바랐던 블리필은 소피아를 사랑하는 척함으로써 소피아를 속이려 했고, 소피아의 사랑을 받는 척함으로써 그녀의 부친과 자기 외삼촌을 속이려 했던 것이오. 이를 위해 그는 의도한 목적이 종교적인 것이라면(분명 결혼은 종교적이오) 사용한 수단이 나쁘냐 아니냐는 중요치 않다는 스와컴의 철학을 활용했고, 또 때에 따라서는 수단이 올바르고 도덕적으로 옳다면 그 결과는 중요치 않다

---

* 소피아가 웨스턴 영주가 선택한 사위와 불행해지는 데 동의한다는 것은 '소피아가 결혼 승낙만 한다면'의 의미다. 소피아는 이 결혼이 불행하리라고 생각했기 때문에 화자는 이런 식으로 표현했지만, 영주는 소피아가 행복해질 거라고 생각해 이 결혼을 추진하는 것이므로 자식에 대한 과도한 애정 때문에 영주가 이 결혼을 추진했다는 화자의 진술은 틀린 말이 아니다. 즉 이 문장에는 소피아의 관점과 웨스턴 영주의 서로 상반되는 관점이 동시에 제시되어 모순적으로 보이는 것이다.

고 가르친 스퀘어의 철학을 적용하기도 했소. 사실 이 두 위대한 스승의 가르침을 통해 블리필이 어떤 종류의 것이든 간에 득을 보지 못하는 경우는 거의 없었던 것이오.

하지만 웨스턴 영주를 속일 필요는 별로 없었소. 블리필이 이해한 바로는, 웨스턴 영주에게 딸의 의향은 별로 중요하지 않았으니 말이오. 하지만 올워디 영주는 웨스턴 영주와는 상당히 다른 견해를 가지고 있어, 반드시 속일 필요가 있었는데 이 문제에 관해서 웨스턴 영주로부터 상당한 도움을 받아 별 어려움 없이 성공할 수 있었소. 소피아의 부친이 올워디 영주에게 소피아가 블리필을 진정으로 사랑하고 있으며, 자신이 존스에 대해 가졌던 의심은 전적으로 잘못된 것이라고 확언해주어 블리필 자신은 웨스턴 영주의 이 주장이 사실이라고 확인만 해주면 되었기 때문이었소. 이를 확인해줄 때에도 블리필은 항상 애매하게 진술하여 양심의 가책을 느끼지 않을 수 있었을 뿐만 아니라 거짓말하지 않고서도 외삼촌에게 거짓을 전하는 만족을 얻을 수 있었소. 즉 원치 않는 결혼을 여자에게 강요하는 범죄 행위에 자신은 결코 종범이 되지 않겠다며 올워디 영주가 소피아의 의향이 어떤지 물어보았을 때, 블리필은 젊은 여성의 속마음을 알긴 어렵지만, 자신을 대하는 소피아의 행동은 기대했던 것만큼 적극적이었다고 대답했던 것이오. 그러고는 소피아 부친의 말이 사실이라면 자신에 대한 소피아의 애정은 모든 연인들이 바랄 정도라며 이렇게 말했소. "외삼촌에게 한 행동을 보면 분명히 악당이라고 불러야 하겠지만, 전 존스를 그렇게 부르고 싶지는 않아요. 하여튼 존스는 허영심 때문에 아니면 어떤 못된 의도를 갖고 그런 거짓말을 자랑 삼아 떠들고 다녔던 것 같아요. 소피아 아가씨가 존스를 사랑한 게 사실이라면, 외삼촌도 잘 알고 계시겠지만, 아가씨가 갖고 있는 많은 재산 때문에라도 존스는 결코 아가씰 떠나지 않았을 거예요. 그리고 마지막으로 드리는 말씀인데, 제가 기대하는 정도의 열정을 아가씨가 저에 대해 갖고 있다는 확신이 들지 않으면 그 어떤 보상을 받는다 하더라도, 아니 온 세상을 다 얻는다 하더라도, 아가씨와는 결단코 결혼하지 않겠다고 약속드리겠어요."

애매모호한 말을 통해 혀로는 거짓말하지 않고, 오직 마음으로만 거짓을 전하는 이 놀라운 방법을 통해 악명 높은 수많은 사기꾼들은 양심의 가책을 느끼지 않으려 했소. 하지만 이런 방법으로 속이려는 대상이 전지전능한 분이라는 사실을 고려해볼 때 이런 방법으로는 매우 피상적인 위안만을 느낄 뿐일 것이오. 따라서 거짓을 전달하는 것과 거짓을 말하는 것 간의 미묘한 차이를 구분하려는 노력은 전혀 기울일 가치조차 없는 것이오.

웨스턴 영주와 블리펄의 말에 몹시 만족스러웠던 올워디 영주는 이틀 뒤에 협정을 체결했소. 이제는 목사가 나서기 전에 변호사가 할 일만 남았지만, 이 일을 하는 데 많은 시간이 소요될 것 같자, 이 젊은 커플의 행복을 지연시키고 싶지 않았던 웨스턴 영주는 온갖 서약을 스스로 했소. 그는 이 일에 너무도 진지하고 적극적이어서(매사에 적극적이었던 웨스턴 영주는 자신이 세운 이 계획의 성공 여부가 마치 자신의 모든 행복을 결정하는 것처럼 전력을 다해 추진했소) 제삼자가 보면 그가 결혼할 당사자라고 생각할 수도 있을 지경이었소.

따라서 소피아가 직접 나서서 이를 막지 않았다면, 즉 소피아가 이 협정을 무산시키지 않았다면, 그리고 인간이라는 종족을 번식시키는 일에 합법적으로 세금을 거두어야 한다고 생각하는 교회와 법원이라는 두 기구가 세금*을 거두어들이지 못하도록 소피아가 조처를 취하지 않았다면, 소

---

* 결혼 허가서를 받을 때 내는 돈과 과부 급여를 설정하는 데 드는 법률 비용을 말함.

피아의 부친과 블리필은 타인의 행복을 지연시키길 싫어하는 올워디 영주를 집요하게 졸라 이 혼사를 빨리 추진하도록 설득했을 것이오. 하여튼 그 이야기는 다음 장에서 다루겠소.

7장
소피아의 기이한 결심과 어너의 더 기이한 전략

어너는 주로 자신의 이해에 관계되는 일에만 관심을 가지고 있었지만, 소피아를 조금도 사랑하지 않는 것은 아니었소. 사실 모든 사람들이 일단 소피아를 알게 되면 그녀를 사랑하지 않고는 못 배기기 때문이오. 따라서 소피아에게 매우 중요할 것 같은 소식을 듣자마자, 어너는 이틀 전 소피아에게서 방에서 나가라는 소릴 들어 화가 났었던 일은 까맣게 잊고, 이를 알려주기 위해 황급히 소피아에게 달려갔소.

소피아의 방에 들어서자마자 어너는 여느 때처럼 급작스럽게 이야기를 꺼냈소. "애기씨! 우째 생각해요? 전 참말로 까무러치게 놀랐어요. 하지만 말씀드려야만 할 것 같네요. 애기씨가 화내실지도 모르것지만요. 사실 우리 하인들은 애기씨가 머 땜에 그래 화내시는지 전혀 모르거든요. 하지만 분명한 것은 모든 게 다 하인들 탓이라는 기죠. 우리는 맨날 애기씨가 기분 나쁠 때마다 야단맞으니까요. 그니까 애기씨가 화내신다 캐도 이상하게 생각허지는 않을 거예요. 하이튼, 애기씨가 지 말을 들으면 분명히 놀라실걸요. 아니, 놀라기만 할라꼬요." 이 말에 소피아가 "어너! 더 이상 서론은 그만두고 본론만 애기해봐. 분명히 말하지만, 날 놀라게 할 일은 별로 없어. 물론 충격을 줄 일은 더더욱 없을 거고"라고 말하자,

어너는 "애기씨, 주인 어르신이 오늘 오후에 결혼 허가증 받는 문제가꼬 서플 목사님하고 말씀하시는 걸 이 두 귀로 똑똑히 들었어요. 그리고 내일 아침에 애기씨가 결혼하게 될 기라고 말씀하시는 것도 분맹히 들었고요"라고 대답했소. 이 말에 소피아가 창백해지며 "내일 아침이라고!"라고 외치자, 이 신뢰할 만한 하녀는 "그래요, 애기씨. 주인 어른이 그래 말씀하싯다는 걸 맹세할 수도 있어요"라고 대답했소. 이에 소피아가 "어너, 지금 난 너무 놀라고 충격도 받아 숨도 못 쉬겠어. 힘도 다 빠졌고 말이야. 이런 끔찍한 상황에서 뭘 어떻게 해야 하지?"라고 묻자, 어너는 "애기씨에게 도움 될 만한 이야기를 할 수만 있으면 좋것네요"라고 대답했소. 이 말에 소피아가 "그럼, 해봐. 그래 제발 좀 해줘. 어너가 내 입장이라면 어떻게 할지 한번 생각해봐"라고 소리치자, 어너는 "애기씨, 애기씨와 제 상황이 뒤바낏으믄 좋것네요. 지 말은 애기씨한테 피해 주지 않고 말이에요. 애기씨가 지 대신 하녀가 되었으면 좋겠다는 뜻은 절대 아니에요. 하이튼 지가 그런 상황에 처해 있다면, 지는 전혀 힘들어하진 않았을 거예요. 지 짧은 생각엔 블리필 도련님도 매력적이고 친절하고 게다가 잘생긴 분이니까요"라고 말했소. 그러자 소피아는 "그런 허튼소린 하지도 마"라고 소리쳤고, 이에 어너는 소피아의 말을 받아 "허튼소리라뇨! 왜요? 어떤 사람한테는 약이 되는 기 다른 사람한테는 독이 될 수도 있는 기죠. 이건 여자한테도 마찬가지고요"라고 대답했소. 그러자 소피아는 "어너, 그런 혐오스런 인간의 아내가 되느니 차라리 내 가슴에 칼을 꽂겠어"라고 말했소. 이 말에 어너는 이렇게 대답했소. "하이고메, 애기씨. 이젠, 애기씨 때문에 지가 까무러치게 놀라겠어요. 제발 그런 위험한 생각은 하도 마세요. 아이고, 세상에, 온몸이 떨리네요. 애기씨, 생각해보세요. 옥스크로스에서 살았던 해프페니라는 농부처럼 정식으로 장례도 못

432

치르고, 대로변에 묻히가꼬 온몸에 말뚝까지 박히는 꼴을 당할 수도 있다는 거를요.* 그때 이후로 그 사람이 귀신이 되가꼬 나타났다는데, 그걸 본 사람들도 있다 카데요. 죽겠다는 그런 위험한 생각을 하게 하는 건 분명히 악마밖에 없어요. 지가 지를 해치는 게 다른 사람을 모두 다치게 하는 거보다 더 나쁜 기라고 여러 목사님이 그카시데요. 애기씨가 그 젊은 신사분을 억수로 혐오하고 싫어하시가꼬 잠자리에 같이 드는 걸 생각만 해도 끔찍하다 캐도 말이죠. 날 때부터 분명히 싫은 사람이 있기는 있는 기죠. 누구를 만지느이 차라리 두꺼비를 만지겠다 카는 사람도 있으이까요."

소피아는 깊이 생각에 잠긴 나머지 어녀가 앞에서 한 그 훌륭한 말에 별로 귀를 기울이지 않았소. 따라서 어녀의 말에 대답은 하지 않고, 그녀의 말을 막으며 말했소. "어녀, 나 결심했어. 오늘 밤 당장 집을 떠나기로 말이야. 그러니 어녀가 여러 번 말한 것처럼 날 아긴다면, 같이 가줘." 이 말에 어녀가 "그럴게요, 애기씨. 이 세상 끝까지라도 같이 갈게요. 하지만 그렇게 성급하게 행동하시기 전에 결과가 우예 될지 한번 생각해보세요. 애기씨가 가실 수 있는 데라도 있어요?"라고 묻자, 소피아는 "친척 중에 런던에 사시는 귀부인이 한 분 계셔. 일전에 시골에서 고모랑 같이 있을 때 그분이랑 몇 달 동안 같이 지냈지. 그때 그분은 날 친절하게 대해주시며, 나랑 같이 지내는 게 즐겁다고 하셨어. 그러고는 날 데리고 런던에 가게 해달라고 고모에게 아주 간곡하게 청하셨지. 그분은 아주 유명하셔서 쉽게 찾을 수 있을 거야. 틀림없이 날 반갑게 맞이해주실 거고"라고 대답했소. 이 말에 어녀가 "애기씨, 그기 말은 쉽죠. 제가 처음 모싯던 마

---

* 자살한 사람은 당시 기독교 교리에 따라 정식으로 장례를 치르지 못했고, 따라서 정식 묘지에 묻히지도 못했다. 심지어 죽은 뒤 산송장이 되어 무덤에서 나와 사람들을 해칠 수 있다는 생각에 가슴에 말뚝을 박아 무덤에서 못 나오게 했다.

님도 사람들을 자기 집으로 아주 간곡하게 초대하고선, 나중에 그 사람들이 오겠다 카믄 피하싯거든요. 게다가 다른 사람들처럼, 그분도 애기씰 보고 싶어 하실지는 모르지만, 애기씨가 주인 어른에게서 도망갔다는 이야길 듣게 되면……" 하고 말을 하자, 소피아는 이렇게 대답했소. "그건 어너가 잘못 생각하고 있는 거야. 그분은 부모의 권위를 나보다 훨씬 대수롭지 않게 여기셔. 나더러 런던에 같이 가자고 했을 때, 내가 아빠 허락 없이는 못 간다고 하니까, 날 비웃으시더니, 바보 같은 시골뜨기 여자애라고 부르셨거든. 그러고는 이렇게 순종적인 딸이니까, 나중에 순진하고 사랑스런 아내가 될 거라고도 하셨어. 그래서 난 그분이 날 받아주시고 보호해주실 거라고 믿어 의심치 않아. 내가 아빠의 힘이 미치지 않는 곳에 있다는 사실을 아시고, 아빠가 이성을 찾으실 때까지는 말이야."

이 말에 어너가 "하지만, 애기씨. 우예 여길 빠져나가죠? 말이나 탈 것을 어디서 얻죠? 주인 어르신캉 애기씨 사이가 지금 어떤지 하인들 전부 다 쪼매는 알고 있어가꼬 주인 어르신의 학실한 지시가 없으믄 로빈은 절대 애기씨 말을 마구간에서 꺼내주지 않을 긴데요"라고 대답하자, 소피아는 "문이 열려 있을 때, 걸어서 도망갈 거야. 마음에도 없는 소리를 하며 별로 마음에 들지도 않는 사람과 오랫동안 여러 번 걸어 다행히 다리는 튼튼하니 말이야. 평생의 동반자가 될지도 모르는 그 혐오스런 사람에게서 달아나는 데 이제 내 다리가 분명히 도움이 될 거야"라고 말했소. 이에 어너가 "아이구메, 애기씨! 지금 무신 말씀을 하고 계신지나 알고 있어요? 이 밤에 혼자서 여서 걸어 나갈 생각을 하고 있는 건 아이죠?"라고 소리치자, 소피아는 "혼자가 아니지! 나랑 같이 가겠다고 약속했잖아"라고 대답했소. 그러자 어너가 소리쳤소. "그래요. 분명히 온 세상 끝까지라도 애기씨를 따라갈 거예요. 하지만 애기씬 혼자 가는 거나 매한가지죠. 강도나 악당들과 마주친다 캐도, 진 애기씨를 보호해줄 수 없거든요. 오히려 애기씨맨큼이나 진 겁날 기라구요. 그 사람들은 우리 둘을 겁탈할라꼬 할 기 뻔하니까요. 글고 애기씨, 요즘엔 밤에 을매나 추운지도 생각하시야 돼요. 우린 얼어 죽을지도 모른다니까요." 이 말에 소피아가 "아주 빨리 걸으면 춥지는 않을 거야. 어너가 날 악당한테서 지켜주지 못한다면, 내가 어너를 지켜줄게. 총을 가지고 갈 거거든. 홀에 항상 장전된총이 두 자루 있잖아"라고 대답하자, 어너는 "애기씨, 와 이래 자꾸 사람겁나구로 그카세요. 설마 그 총을 쏜다 카는 건 아니지요. 애기씨가 그라구로 놔두느니, 차라리 될 대로 되구로 놔둘랍니다"라고 소리쳤소. 이 말에 소피아가 "왜? 자신의 순결을 위협하는 사람에게 총을 안 쏠 거야?"라고 웃으며 말하자, 어너는 "순결이 참말로 중요하기는 하죠. 특히 우리같이 없는 하인들한테는 더하구요. 몸뚱어리맨키로 순결로도 밥벌어 묵으니까요. 근데 총은 진짜 싫네요. 총 때문에 사고가 마이 일어나잖아요"라고 소리쳤소. 이 말에 소피아는 "알았어, 총을 가져가지 않아도, 훨씬 싼비용으로 어너의 순결을 지켜줄 수 있을 거야. 첫번째로 도착하는 마을에서 말을 빌리기로 하지. 거기까지 가는 도중에 누가 달려들지는 않을 거야. 어너, 난 떠나기로 결심했어. 나랑 같이 가준다면 최대한으로 보상해줄게"라고 말했소.

이 마지막 말이 앞서 한 모든 말보다 확실한 효과를 거두었소. 여주인의 확고한 결심을 알게 된 어너는 더 이상 그녀를 만류하지 않았던 것이오. 따라서 이들은 계획을 실행에 옮기기 위한 방법과 수단을 논의하기시작했소. 그러던 중 처리하기 난감한 문제가 하나 발생했소. 그것은 각자 물건을 어떻게 가지고 갈 것인가에 관한 것이었는데, 어너보다는 소피아가 이 난제를 훨씬 쉽게 극복했소. 여자가 애인에게로 달려가거나 애인으로부터 도망가기로 일단 결심하면 모든 장애물은 사소하게 여겨지게 마련이지만, 어녀에게는 그런 동기가 없었기 때문이었소. 즉 어녀에게는 기대할 만한 기쁜 일도 피해야 할 두려운 사람도 없었으니 말이오. 게다가 갖고 있는 재산의 상당 부분을 차지하는 옷의 실제 값어치를 따지기 전에, 어녀는 자신이 갖고 있는 몇 가지 가운과 그 밖의 물건들에 대해 유별난 애착을 가지고 있었소. 그녀가 이런 애착을 갖게 된 것은, 그 옷들이 자신에게 어울리기도 하고, 특별한 사람이 주어서이기도 하며, 최근에 산 것이기도 한 데다, 오랫동안 가지고 있었기 때문이라는 등등 여러 합당한 이유에서였소. 따라서 이 불쌍한 것들을 남겨놓고 떠나야 한다는 생각만으로도 그녀는 참을 수 없었던 것이오. 화가 난 웨스턴 영주가 어녀의 옷을 모두 순교시킬 걸 의심치 않았기 때문이었소.

이 영리한 어녀는 안주인을 단념시키기 위해 자신의 수사력을 총동원했지만, 소피아의 결심이 확고하자, 자기 옷을 옮길 방책, 그러니까 바로 그날 저녁에 자신이 이 집에서 쫓겨날 방책을 세우자고 했소. 소피아도 그 방법이 아주 좋다고 찬동하면서도 그런 상황을 어떻게 조성할 수 있을지에 대해선 몹시 난감해했소. 그러자 어녀는 "애기씨, 그건 지한테 맡기세요. 우리 하인들은 우예하면 주인한테서 그런 요청을 받는지 아주 잘 알고 있거든요. 주인이 기꺼이 지불할라는 거보다 하인한테 급료를 더 많이 주야 되는 경우엔, 하인이 오만불손해도 주인이 참고, 그만두겠다 카는 하인의 통고를 받아들일라 카지 않는 경우가 있기는 해요. 근데, 영주님은 그런 분은 아이에요. 글고 애기씨가 오늘 밤에 출발하시기로 결정하싯으니, 저도 오늘 오후에 해고당하도록 해보겠어요"라고 소리쳤소. 그러고는 소피아의 속옷 몇 가지와 잠옷 그리고 자기 옷가지를 같이 싸기로 결정했소. 소피아는 나머지 자기 옷들을, 자신의 목숨을 구하기 위해 선원들이 다른 사람의 물품을 배 밖으로 던질 때처럼 아무런 회환 없이 포기했던 것이오.

8장
별로 특별하지 않은 논쟁

어너가 소피아와 헤어지자마자, 무엇인가가(케베도*의 작품에 나오는 노파처럼, 이를 악마가 한 짓이라는 그릇된 주장을 하여 악마의 명예를 훼손시키고 싶지는 않소. 악마는 이 일에 관여하지 않았을지도 모르기 때문이오) 소피아의 희생이 뒤따르겠지만, 소피아의 비밀을 웨스턴 영주에게 고해바쳐 한밑천 잡는 게 좋지 않겠느냐고 부추겼고, 그 밖에도 여러 정황들이 이 사실을 알리라고 어너에게 촉구했소. 우선 웨스턴 영주가 환영할 만한 이런 소식을 알려주면 상당한 보상을 받을 수 있을 거란 기대심리가 어너의 탐욕을 부추겼고, 여기에 이들이 짠 계획에 수반되는 위험과 이 계획이 성공할지에 대한 불확실성, 그리고 밤과 추위 게다가 강도와 강간범들을 만날 수도 있다는 가능성이 어너의 두려움을 다시 일깨웠소. 이런 요인들로 강력하게 마음이 흔들린 어너는 곧장 웨스턴 영주를 찾아가 모든 상황을 알리기로 거의 마음을 굳혔소. 하지만 어너는 공정한 심판관이라 상대편의 주장도 듣지 않고 일방적인 판결을 내리는 사람은 아니었소. 우선 런던에 간다는 사실이 아주 강력하게 소피아 편을 들어주었소. 종교적 환희에 빠진 성인이 상상하는 천국에는 미치지 못하지만, 이 세상 어느

---

* 프란시스코 고메스 데 케베도(Francisco Gómez de Quevedo, 1580~1645): 스페인의 풍자작가. 그가 쓴 『꿈Visims』에서 어느 노파는 악마를 몰아내기 위해 선동한다.

곳보다도 멋지다고 생각했던 런던을 어너는 몹시 보고 싶었기 때문이오. 또한 어너는 소피아가 웨스턴 영주보다 훨씬 인심이 후하기 때문에 소피아를 배신하는 것보다는 충성함으로써 더 많은 보상을 얻을 수 있으리라는 사실도 잘 알고 있었소. 그다음으로 어너는 두려움을 불러일으켰던 모든 요인을 다시 심문하며 공정하게 그리고 면밀하게 살펴보니, 실제로 두려워할 게 별로 없다는 사실을 알게 되어 이제 판결의 저울은 완전한 평형상태를 이루게 되었던 것이오. 그때 정직과 저울질하고 있던 여주인에 대한 사랑이 점점 더 커져 저울은 그쪽으로 기울게 되었소. 그러자 어떤 사실(이 사실의 무게가 다른 쪽으로 더해지면 위험한 결과를 낳을 수도 있었을 것이오)이 어너의 뇌리를 스쳤소. 그것은 소피아가 약속을 지킬 수 있게 되기까지 걸릴 시간이었소. 어너는 부친이 사망했을 때 모친의 재산을 물려받았고, 성인이 되었을 때는 삼촌에게서 3천 파운드의 돈을 물려받았지만, 이 모두는 아주 먼 옛날의 이야기였소. 이런 상황에 처해 있던 어너에게 앞으로도 수많은 일들이 일어나 소피아가 약속한 보상을 못 받을 수 있지만, 웨스턴 영주에게선 당장이라도 보상받을 수 있다는 장점이 있다는 사실이 떠올랐던 것이오. 이런 생각을 하고 있을 때, 소피아의 착한 수호천사에 의해 혹은 어너의 정직한 마음을 관장하는 수호천사 혹은 단순한 우연에 의해, 어너가 충성을 지키도록 하고, 즉 그녀와 소피아가 계획한 일을 추진하도록 한 어떤 사건이 발생했소.

웨스턴 여사의 하녀는 여러 이유에서 자신이 어너보다 훨씬 우월하다고 주장해왔소. 그 이유 중 첫번째는 자신의 외증조모는 아일랜드 귀족의 멀지않은 친척이라는 것이었고, 두번째 이유는 자신의 급료가 더 많다는 것, 마지막 이유는 자신은 런던에서 생활했기 때문에 세상을 좀더 많이 알고 있다는 것이었소. 따라서 웨스턴 여사의 하녀는 어너와 항상 거리를 두며, 모든 여자들이 자신보다 신분이 낮은 여자들과 대화할 때 요구하는 후대(厚待)를 어너에게 항상 요구했던 것이오. 허나 어너는 그녀의 이런 생각에 동의하지 않았고, 존경심을 보여달라는 상대방의 요청을 종종 묵살했기 때문에, 웨스턴 여사의 하녀는 어너를 탐탁지 않게 생각했소. 따라서 다른 모든 하녀들 위에서 마음대로 군림할 수 있었던 여주인의 집으로 돌아가기를 간절히 바랐던 그녀는 여주인이 이곳을 떠나려던 순간 마음을 바꾼 것에 무척 실망해, 그때 이후로 줄곧 시쳇말로 심통이 났던 것이오.

웨스턴 여사의 하녀는 이처럼 결코 유쾌하지 않은 기분으로, 앞에서 언급한 것처럼 혼자 골똘히 생각에 잠겨 있던 어너의 방으로 들어가게 되었소. 이때 그녀를 본 어너는 다음과 같이 스스럼없이 말을 건넸소. "부인. 제 주인과 부인의 주인이 서로 다투시는 바람에 우리도 더 이상 같이 지내지 못할 뻔했는데, 다행히 계속 만날 수 있게 돼 기쁘네요." 그러자 상대방이 대답했소. "우리, 우리 하는데 그게 누굴 말하는 건지 모르겠네? 분명히 말하지만 이 집 하인 중 나와 자리를 같이할 자격이 있는 사람은 아무도 없어. 난 이 집 하인들보단 지체 높은 사람들하고만 상대할 사람이거든. 어너 때문에 이런 소릴 하는 건 아니야. 그래도 어너는 교양이 쪼끔은 있으니 말이야. 하지만 어너가 세상을 좀더 알아야지 세인트 제임스 파크에서 같이 산책하는 걸 난 부끄러워하지 않을 거야." 이 말에 어너가 "나 원 참, 기가 차서. 여사께선 어깨에 힘이 너무 들어가싯네요. 흥, 어너라고! 이봐요, 내 성을 불러요! 우리 애기씬 날 어너라고 부르지만, 나도 다른 사람들매로 성을 갖고 있거든요. 나랑 같이 걷는 게 부끄럽다고? 참 기가 막혀! 나도 당신처럼 웬만한 사람은 되거든!"이라고 소리치자, 상대방은 "내가 예의를 갖추어 대해주었는데, 그딴 식으로 나오다니! 어너, 난 너와 신분이 달라! 이런 촌구석에선 별놈의 하찮은 인간들을 다 만나야 하지만, 런던에서 난 상류층 여자만 골라서 만나. 어너, 난 너와 분명히 다르다니까"라고 대답했소. 이 말에 어너는 "나도 그래 생각해요. 하긴 나이도 다르고 외모도 다르긴 다르니까"라고 말하고는 코를 치켜들고 고개를 홱 돌렸소. 그러고는 스커트의 버팀대 살을 상대방 스커트 버팀대 살에 심하게 부딪치며, 경멸하는 태도로 상대방을 몹시 자극하면서 그 옆을 우쭐거리며 걸어갔소. 그러자 상대방은 아주 악의적인 웃음을 지으며 말했소. "하찮은 것 같으니라고! 넌 화낼 가치도 없는 인간이야. 이렇게 뻔뻔하고 건방진 데다가 행실도 더러운 여잘 욕하는 것 자체가 내 품위에 맞지는 않지. 하지만 이 말은 꼭 해야겠다. 이 뻔뻔한 것아. 네 교양머리 없는 행동을 보아하니 네 출생과 네가 받은 교육이 얼마나 하잘것없는지 알겠어. 시골 여자애의 천한 하녀 노릇이나 하기에 딱 맞긴 하겠군!" 이 말에 어너는 "우리 애기씨를 모욕하지 마. 그건 못 참으니까. 우리 애기씬 당신 쥔보다 훨씬 더 젊고 만 배는 더 이쁘니까 말이야"라고 소리쳤소.

이때 운이 나빠서 그랬는지 아니면 좋아서 그랬는지, 웨스턴 여사가 이곳으로 오고 있었소. 이를 본 그녀의 하녀가 눈물을 펑펑 쏟기 시작하자, 웨스턴 여사가 그 이유를 물었소. 그러자 여사의 하녀는 하잘것없는 족속(어너를 의미했소)이 무례하게 굴었기 때문에 눈물을 흘린 거라고 대답하고는 이렇게 말했소. "마님, 저 여자가 제게 한 말은 모두 무시할 수 있어요. 하지만 건방지게도 저 여자는 마님을 모독하고 못생겼다고 했어요. 그래, 맞아요. 저 여자가 제 면전에서 마님이 못생긴 늙은 고양이 같다고 했어요. 전 마님이 추하다고 말하는 걸 듣고는 참을 수 없어 울었던 거예요." 이 말에 웨스턴 여사는 "어떻게 그런 건방진 말을 여러 번 반복하는 거야?"라고 자기 하녀에게 말하고는, 어녀를 쳐다보며, 어떻게 건방지게 자기 이름을 버릇없이 부를 수 있냐고 따졌소. 이 말에 어녀가 "버릇없게라니요! 마님. 전 마님 이름은 뻥끗도 안 했어요. 기냥 전 누구는 우리 애기씨만큼 이쁘지 않다고 말했을 뿐이에요. 그건 마님도 잘 알고 계시잖아요"라고 대답하자, 웨스턴 여사는 "뻔뻔한 것 같으니! 내가 너같이 건방지고 행실 나쁜 것들이 마음대로 입에 올릴 사람이 아니라는 걸 가르쳐주어야겠다. 오라버니가 당장 널 쫓아내지 않으면, 이 집에서 다시는 자지 않겠어. 오라버니를 찾아 당장 널 쫓아내게 하겠어"라고 말했소. 이 말에 어녀는 "쫓아낸다고요! 내가 갈 데가 여기밖에 없는 줄 아나! 유능한 사람은 갈 데가 많은 법이에요. 그리고 마님을 이쁘다고 생각 안 하는 하인들을 모두 쫓가내뿌면, 분맹히 한 사람도 남지 않게 될 거구만요"라고 소리쳤소.

이에 대한 답변으로 웨스턴 여사는 어떤 말을, 보다 정확히 말하자면 고함(똑똑히 발음하지 않아 정확히 뭐라고 했는지 확신할 수도 없고, 기껏해야 웨스턴 여사의 명예에 별 도움이 되지도 않을 것 같아 여기선 그 말을 빼겠소)을 지른 뒤 몹시 화난 표정(이때 그녀는 인간보다는 분노의 여신을 닮은 표정을 지었소)으로 웨스턴 영주를 찾아 나섰소.

단둘이 남게 되자 이 두 명의 하녀는 다시 설전을 벌였고, 이는 좀더 활동적인 싸움으로 바뀌었소. 이 싸움에서 좀더 하위계층의 숙녀가 승리를 차지하기는 했으나 그녀 자신도 어느 정도의 피와 머리카락을 그 대가로 치렀고, 그녀가 입고 있던 속옷과 모슬린도 손상을 입었소.

9장

치안판사로서 웨스턴 영주의 현명한 처신
치안판사가 알아야 할 사무관의 자격 요건
부모의 분노, 그리고 부모에 대한 공경심이 잘 드러나는 놀라운 예

자신의 주장이 옳음을 입증하려는 논법가들은 때로는 자기 논법으로
인해 불리한 상황에 처하기도 하고, 정치가는 종종 제 꾀에 넘어가기도
하오. 바로 이런 일이 어너에게도 일어날 뻔했소. 자신의 나머지 옷가지
를 챙기기는커녕, 입고 있던 옷까지 모두 빼앗길 상황에 처했던 것이오.
어너가 자기 누이를 모독했다는 말을 듣자마자, 웨스턴 영주는 어너를 당
장 감화원에 보내겠다고 수십 번씩이나 맹세했기 때문이오.

웨스턴 여사는 매우 온후하며 보통은 용서를 잘하는 성격이오. 최근
그녀는 마차를 전복시켜 도랑에 빠뜨린 마부의 잘못도 용서해주었고, 심
지어 "당신 같은 예쁜 년들은 이런 보석 같은 건 필요 없겠지"라며 그녀
가 가진 돈은 물론 귀걸이까지 강탈한 노상강도를 법까지 어겨가며 기소
하는 것 자체도 거부했으니 말이오.* 하지만 사람의 기분은 항상 일정한
것은 아니오. 사람은 때에 따라 전과는 다른 모습을 보이듯이, 지금 웨스
턴 여사는 화를 전혀 누그러뜨리려 하지 않았소. 어너가 아무리 참회하는
척해도, 소피아가 어너를 위해 온갖 청을 다 해도, 웨스턴 여사는 웨스턴
영주에게 이 하녀에 대한 재판권(재판이라는 단어보다 한 음절이 더 많아

---

* 18세기 영국에서는 자신에게 강도질은 한 사람을 고소하지 않는 사람을 실제로 범죄행위를
저지른 사람으로 간주해 처벌을 했다. 그 강도가 다른 사람들에게도 피해를 줄 수 있다고
생각해서였다.

442

이 용어를 사용했소)을 행사해달라고 계속해서 강력히 요청했으니 말이오.

하지만 이때 치안판사의 사무관이 갖추어야 할 자격 요건, 다시 말해, 지금 이 상황과 관련된 법에 대해 다행히 어느 정도의 지식을 갖추고 있던 사무관이 어너가 치안을 문란케 하려고 시도하지는 않았기 때문에 그녀를 감화원에 보내는 건 영주의 권한 밖이라며 "법적으로 따지자면, 무례하게 굴었다고 해서 사람들을 다 감화원에 보낼 수는 없습니다"라고 치안판사의 귀에다 속삭였소.

매우 중요한 문제, 특히 사냥과 관련된 사건에 있어서는, 사무관의 조언에 이 치안판사는 귀를 기울이지 않았소. 사무관이 뭐라 하든 간에 사냥과 관련된 법을 집행할 때는, 다른 치안판사들처럼 자신이 많은 재량권을 가지고 있다고 생각하여, 사냥감을 죽인 도구를 찾고 이를 회수한다는 명분 아래 종종 죄를 (때로는 중죄를) 마음대로 저질렀으니 말이오.*

하지만 어너의 잘못은 그리 심각한 것이 아니었고 사회에 그다지 위협적이지는 않았기 때문에, 치안판사인 웨스턴 영주는 사무관의 조언에 어느 정도 귀를 기울였소. 사실 그는 두 번이나 직권을 남용했다는 고발을 당했기 때문에 한 번 더 그런 위험을 무릅쓰고 싶을 정도의 호기심은 없었던 것이오.**

따라서 웨스턴 영주는 아주 현명하고 의미심장한 표정을 지으며 몇 번 "흠, 어흠" 하고 일성을 지르더니 좀더 심사숙고해본 결과 다음과 같이 생각한다고 누이에게 말했소. "문을 부수거나 울타리를 부수는 일, 남

---

* 18세기 영국의 사냥법에 따르면 1년에 1백 파운드 이상의 수입이 나오는 땅을 가지고 있는 사람만이 총, 사냥개, 기타 사냥 도구를 가질 수 있었다. 치안판사는 이 법을 어긴 사람의 총이나 사냥 도구를 찾아내기 위해 사냥터지기에게 영장을 발부해주기도 했다.
** 치안판사가 권한을 여러 번 남용할 경우 자격이 취소될 수 있었다.

의 머리를 깨뜨리거나 혹은 그와 유사한 파괴 행위가 없었기 때문에, 이 일은 중죄에 해당하지 않고, 침입 죄나 파괴 죄에 해당하지도 않아, 법적으로 처벌할 수는 없어."

이 말에 웨스턴 여사는 자신은 법에 대해 그보다 훨씬 더 잘 알고 있을 뿐만 아니라, 주인을 모독한 죄로 호된 처벌을 받은 하인을 알고 있다며, 주인이 원할 때마다 하인을 감화원에 보낸 런던의 어떤 치안판사의 이름을 거론했소.

이에 웨스턴 영주는 "그만! 런던에서는 그랄랑가 모르겠지만, 시골 법은 달라"라고 소리쳤소. 그러고는 많은 독자들이 이해할 수 있을 거라고 생각했다면 여기에 삽입했을 법에 관한 매우 학술적인 논쟁을 누이동생과 벌였소. 결국 이들은 이 문제에 관해 누구의 주장이 옳은지 사무관에게 의뢰했고, 사무관이 치안판사의 편을 드는 바람에 웨스턴 여사는 어녀를 집에서 내쫓는 것으로 만족해할 수밖에 없었소. 이에 소피아는 아주 기꺼이, 그리고 즐거이 동의했고 말이오.

이처럼 운명의 여신은 평소대로 몇 가지 장난을 치다, 결국 우리의 여주인공에게 유리하게 일을 마무리했소. 즉 우리의 여주인공은 처음치고는 속임수를 쓰는 데(종종 보아왔듯이, 정직한 사람들은 어쩔 수 없이 속임수를 써야 할 상황이거나 혹은 속임수를 써야 할 가치가 있다고 생각하는 상황에 처해도, 속임수를 잘 쓰지 못하오) 상당한 성공을 거두게 되었던 것이오.

어녀도 자신의 역할을 완벽하게 해냈소. 말만 들어도 끔찍한 생각을 불러일으키는 그 감화원이란 곳으로 가게 될지도 모르는 위기에서 일단 벗어나자, 두려움으로 위축되었던 태도에서 벗어나 종전의 태도로 돌아와서는, 이보다 훨씬 더 중요한 일자리를 그만둘 때 사람들이 으레 그러듯, 이 일을 그만두어 오히려 만족스럽다는 듯이, 또 이런 일 하는 것을 경멸해왔다는 듯이 일자리를 내던졌던 것이오. 따라서 독자들이 양해해준다면, '쫓겨나다' 혹은 '내쫓기다'라는 표현과 항상 같은 의미로 간주되는 '사직하다'는 용어를 사용하여 그녀가 스스로 사직했다고 표현하고 싶소.

웨스턴 여사가 이처럼 건방지고 행실 나쁜 여자하고는 같은 지붕 아래서 하룻밤도 보내지 않겠다고 선언했기 때문에, 웨스턴 영주는 어너에게 빨리 짐을 싸라고 명령했고, 어너는 부지런히 짐을 싼 덕분에 초저녁 무렵 모든 준비를 마쳤소. 급료를 지급받은 뒤, 어너가 가방과 여행용 소화물을 꾸리자 모든 사람들이 만족해했소. 하지만 집에서 멀리 떨어지지 않은 어떤 곳에서 귀신이 나올 것 같은 12시 정각에 어너와 만나기로 해 자신도 곧 떠날 채비를 하기 시작한 소피아가 그 누구보다도 만족스러워했소.

하지만 소피아는 고모와 부친으로부터 고통스럽게 잔소리를 들어야만 했소. 웨스턴 여사는 전보다 더 단호한 어조로 말했고, 소피아의 부친은 소피아를 거칠고 난폭하게 대해, 이에 놀란 소피아는 부친의 뜻을 따르는 척할 수밖에 없었소. 그러자 이 선량한 영주는 몹시 기뻐하며 찡그렸던 얼굴을 펴고 미소를 짓더니, 위협을 그만두고 보상을 약속했소. 그러고는 자신은 맹세코 소피아만 생각한다며, 소피아가 자기의 뜻을 따라주어(소피아가 "아빠, 아시잖아요. 전 아빠의 명령을 무조건 거부해서도 안 되고, 거부할 수도 없어요"라고 한 말을 그렇게 해석했던 것이오) 자신은 이 세상에서 제일 행복하다고 말했소. 그러더니 원하는 장신구를 사는 데 쓰라고 상당한 액수의 돈을 주고는 소피아를 아주 사랑스럽게 키스하고 포옹했는데, 좀 전까지만 해도 분노의 불꽃을 내뿜던 웨스턴 영주의 눈에선 이때 기쁨의 눈물이 흘러내렸소.

사실 부모들의 이런 행동은 일상적인 것이어서, 독자들은 웨스턴 영주의 이런 행동에 별로 놀라지 않을 거라고 생각하오. 독자들이 설령 놀라워한다 하더라도, 나는 영주의 이런 행동을 설명하지 못한다는 사실을 고백할 수밖에 없소. 웨스턴 영주가 딸을 몹시 사랑한다는 사실은 내 생각엔 논란의 여지가 없기 때문이오. 많은 부모들이 이와 같이 행동해 자식들을 몹시 불행하게 만들고 있소. 이런 현상은 모든 부모들에게 거의 보편적으로 나타나는 것이지만, 이는 "그 기이하고 경이로운 피조물인 인간"*이 저지르는 불합리한 행동 중에서도 가장 이해하기 어려운 것이라고 나는 항상 생각해왔소.

웨스턴 영주의 나중 행동에 소피아의 여린 마음은 강한 영향을 받아, 그녀의 정치적인 고모가 아무리 궤변을 늘어놓아도, 그리고 그녀의 부친이 아무리 위협해도, 소피아가 한 번도 하지 않았던 어떤 생각을 하게 되었소. 효심이 지극하고 부친을 몹시 사랑했기 때문에, 웨스턴 영주를 즐겁게 할 때나 만족하게 할 때만큼 기쁨을 느낀 적이 없었던 소피아는(웨스턴 영주도 거의 매일이지만 딸에 대한 칭찬을 들을 때마다 억누를 수 없는 기쁨을 느꼈소) 이 결혼에 동의하면, 영주가 몹시 행복해할 거라는 생각을 하게 되었고, 또한 신앙심이 매우 깊었던 탓에 부모의 말을 따르는 것이 자식의 의무라는 사실을 다시금 강하게 의식하게 되었던 것이오. 마지막으로 자식으로서 부모에 대해 가져야 할 사랑과 의무에 비하면 자신이 겪어야 할 고통은 그리 대단한 것이 아니라는 생각까지 들자, 종교나 미덕과는 직접적인 관계는 없지만, 종교적인 일이나 미덕을 실행에 옮기는 데 도움이 되는 어떤 감정이 자신의 마음속에서 넘쳐나는 것을 느끼게 되었소.

---

* 이 문구는 17세기 영국의 풍자시인 존 윌못, 즉 로체스터 백작(2nd earl of Rochester)이 쓴 「인간에 대한 풍자Satyr against Mankind」에 나오는 구절이다.

소피아가 이처럼 영웅적인 행동을 상상하며, 아직 실행에 옮기지도 않은 일에 대해 스스로에게 찬사를 보내기 시작했을 때, 소피아의 머프 속에 숨어 있던 사랑의 신 큐피드가 갑자기 나타나, 인형극에 나오는 펀치넬로*처럼, 자기 앞에 놓인 모든 것들을 발로 차버렸소. 사실을 밝히자면(독자를 속이고 싶지도 않고 또한 소피아가 초자연적인 존재에 의해 충동적으로 이렇게 행동한 것처럼 말함으로써, 지금 드러나는 우리 여주인공의 이런 면모를 정당화하는 걸 우리는 떳떳하게 여기지 않기 때문이오) 연모하는 존스에 대한 생각, 특히 존스와 관련하여 소피아가 품고 있는 어떤 희망이 (아무리 멀리 있는 희망이라 하더라도) 부모에 대한 사랑과 효심 그리고 자식으로서의 자부심 등을 순식간에 무너뜨렸던 것이오.

하지만 소피아 이야기를 계속하기 전에 존스부터 돌아봐야겠소.

10장
자연스럽지만 저속한 몇 가지 일들

이 책 7권 시작 부분에서 바다에서 자신의 운을 시험해보고자, 더 정확히 말하자면, 뭍에 있는 운명의 여신으로부터 달아날 결심을 하고 브리스틀로 가고 있던 존스를 독자들은 기억할 것이오.

그런데 흔치 않은 일은 아니었지만, 길안내를 맡았던 가이드는 불행히도 브리스틀로 가는 길에 대해 아는 바가 없었소. 따라서 길을 잃은 뒤 남에게 물어보기 창피했던 그는 결국 밤이 되어 어두워지기 시작할 때까

---

* 이탈리아 인형극에 등장하는 요란 떠는 주인공으로 영국 인형극에서는 흔히 펀치Punch로 불렸다.

지, 앞으로 갔다 뒤로 갔다 이리저리 헤매기만 했소. 이에 의혹을 품기 시작한 존스가 우려를 표명하자, 가이드는 자신들은 지금 제대로 가고 있다고 우기며, 브리스틀로 가는 길을 자신이 모른다는 건 아주 기이한 일일 거라고 덧붙였소. 허나 가이드가 그곳으로 가는 길을 아는 게 훨씬 더 기이한 일이었을 것이오. 사실 그는 이곳을 한 번도 지나간 적이 없었으니 말이오.

가이드를 완전히 신뢰하지는 않았던 존스는 어떤 마을에 도착하자마자 그곳에서 처음 만난 사람에게 자신들이 지금 브리스틀로 제대로 가고 있는지 물었소. 이 말에 상대방이 "지금 어데서 오시는 길입니꺼?"라고 묻자, 존스는 다소 다급한 어조로 "그게 뭐 그리 중요하오? 난 이 길이 브리스틀로 가는 길이 맞는지만 알고 싶을 뿐이오"라고 대답했소. 그러자 상대는 머리를 긁적거리며 "브리스틀로 가는 길이 맞냐꼬요! 내 보기엔 일로 가가꼬는 오늘 밤 안에 브리스틀에 도착도 몬 할 거 같은데요"라고 말했소. "이보시오, 그럼 어느 길로 가야 하는지 말 좀 해주시구려." "완전 엉뚱한 데로 오싯구만요. 이 울창한 길은 글로스터로 가는 길인디……" "그럼, 어느 길이 브리스틀로 가는 길이요?" "선생들은 지금 브리스틀에서 점점 더 멀어지고 있습니더." "그럼, 되돌아가야겠군요." "글쵸, 그래야죠." "언덕 꼭대기까지 올라간 다음 어느 길로 가야 합니까?" "곧장 뻗은 길로 가시소." "내 기억엔 오른쪽으로 난 길과 왼쪽으로 난 길 두 개밖에 없었는데." "오른쪽으로 난 길로 가믄 됩니더. 그라곤 쭈욱 가시소. 그리고 첫번째 갈라지는 길에선 오른짝으로 가고, 다음 갈리는 길에선 다시 왼짝으로, 그다음 갈라지는 길에선 오른짝으로 가야 됩니더. 그라믄 영주님 댁이 나타날 깁니더. 그라믄 쭉 가가꼬 왼짝으로 가시소."

이때 또 다른 사람이 나타나 존스 일행에게 어디로 가는 중이냐고 물었소. 존스가 대답하자, 그는 우선 머리를 긁적거리더니, 손에 들고 있던 지팡이에 몸을 기대며 말했소. "오른짝 길로 대략 1.5킬로미터나 2킬로미터 그마이쯤 가다가, 왼짝으로 확 꺾어가 걸어가면, 진 베어니즈 씨 집 근처에 도착할 깁니다." 이 말에 존스가 "진 베어니즈 씨가 누구요?"라고 묻자, 상대방은 "아니! 진 베어니즈 씨를 모른다꼬요? 그짝은 도대체 어데서 오는 길입니꺼?"라고 소리쳤소.

이 두 사람의 대답에 더 이상 참을 수 없었던 존스에게 이때 나타난 검소한 옷차림의 준수한 외모를 지닌 어떤 남자가(그는 퀘이커교도였소) 말했소. "이보시오. 길을 잃으신 것 같은데, 내 충고 한마디 하겠소. 더 이상은 길을 찾으려 하지 마시오. 너무 어두워 길 찾기가 어려울 거요. 게다가 최근 여기서 브리스틀로 이어지는 길에 강도 사건이 몇 건 있었소. 근처에 평판이 좋은 숙소가 하나 있으니, 그곳에 가면 선생들과 선생들 말이 내일 아침까지 쉴 수 있을 거요." 이렇게 말하며 존스를 설득하는 바람에, 존스는 다음 날 아침까지 그곳에서 머물기로 하고, 그의 안내를 받아 그가 말한 숙소로 향했소.

여관 주인은 매우 공손한 태도로 아내가 집에 있는 물건들을 거의 모두 잠가놓고 열쇠를 가지고 떠나는 바람에 부족한 것이 많다며 존스에게 양해를 구했소. 사실, 이날 아침 이 여관 주인의 아내는 자신이 편애하는 딸과 얼마전에 결혼한 사위와 함께 이곳을 떠나 딸 집으로 향했는데, 이때 이 불쌍한 사람이 가진 돈과 물건을 전부 가지고 가버렸던 것이오. 자식이 여럿 있었지만, 자신이 특히 아끼는 딸 생각만 했던 여관 주인의 아내는 딸의 기분을 맞추기 위해 모든 것을(덤으로 남편까지) 기꺼이 희생했던 것이오.

다른 사람과 이야기를 나눌 기분이 아니었던 존스는 혼자 있고 싶었

지만, 이야기 좀 하자는 이 정직한 퀘이커교도의 끈질긴 요청을 거절할
수 없었소. 존스의 얼굴과 행동거지에서 존스가 우울해한다는 낌새를 눈
치 챈 이 퀘이커 교도는 같이 이야기를 나누면 존스의 울적함을 어느 정
도 달랠 수 있다는 생각에 그와의 합석을 더더욱 바랐던 것이오.

이 정직한 퀘이커교도는 어느 정도 시간이 지나자, 묵도예배를 할 때
그러듯이 어떤 영령(아마도 호기심이란 영령이었을 것이오)에 이끌린 것처
럼 존스에게 말했소. "이보시오. 무슨 슬픈 일을 겪었는지는 모르겠소만,
내 말을 듣고 위안을 좀 받으시오. 혹시 친구를 잃으셨소? 그렇다면, 우
리 모두 언젠가는 죽는다는 사실을 명심하시오. 슬퍼한다고 해서 그게 선
생 친구에게 아무런 도움도 되지 않는다는 걸 알면서 왜 슬퍼하시는 거
요? 우리는 모두 살아가면서 고통을 겪게 되어 있소. 지금 나 자신도, 선
생과 같은, 아니 선생보다 더 클지도 모르는 어떤 슬픈 일을 겪고 있는 중
이오. 난 1년에 정확히 1백 파운드의 수입이 나오는 땅도 가지고 있고,
하나님에게 감사드릴 일이지만, 아무런 죄도 짓지 않아 양심에 거리낄 일
도 없소. 몸도 건강하고 나에게 빚을 갚으라고 할 사람도 나한테 피해를
입었다고 날 고소할 사람도 없소. 하지만 선생도 나처럼 불행한 것 같아
가슴이 아프오."

이런 말을 하고선 이 퀘이커교도는 깊은 한숨을 내쉬었소. 이를 본
존스가 "무엇 때문에 그러신지는 모르겠지만, 안 좋은 일을 겪으신 것 같
아 유감입니다"라고 말하자, 퀘이커 교도는 "내 외동딸 때문이오. 내가
살아가는 최고의 기쁨이었던 내 딸이 며칠 전 도망쳐, 내가 반대하는 결
혼을 했소. 착실하고 재산도 많은 괜찮은 결혼 상대를 골라주었는데, 딸
아이는, 흥, 자신이 직접 선택하겠다며, 땡전 한 푼도 없는 어떤 젊은 놈
과 달아났지 뭡니까. 당신 친구처럼 내 딸이 차라리 죽었으면 난 더 행복

할 것 같소"라고 대답했소. 이 말에 존스가 "그것 참 이상한 말씀을 하시네요"라고 말하자, 퀘이커교도는 "거렁뱅이가 되는 것보다는 죽는 게 낫지 않겠소? 좀 전에 말한 것처럼, 그놈은 땡전 한 푼 가진 것도 없고, 딸년도 나한테서 한 푼도 받지 못할 테니 말이오. 난 절대로 한 푼도 주지 않을 작정이오. 사랑 때문에 결혼했으니, 할 수 있다면, 사랑을 먹고 살아보라고 할 거요. 사랑을 가지고 시장에 가서 은하고, 아니 반 페니하고라도 바꿀 수 있나 한번 보랄 거요"라고 대답했소. 이 말에 존스가 "본인일은 본인이 제일 잘 아시겠지요"라고 말하자, 퀘이커교도는 말을 이었소. "날 속이려고 오래전부터 음모를 꾸민 게 틀림없소. 그것들은 어렸을 적부터 서로 잘 알고 있었으니 말이오. 항상 사랑을 경계하라고 훈계했고, 사랑이란 건 아주 어리석고 사악한 거라고 수도 없이 말해주었는데도, 그 교활한 계집앤 내 말에 귀를 기울이는 척, 육신의 음탕함을 경멸하는 척했던 거요. 그러더니 결국 이층 창문으로 도망쳤지 뭐요. 그렇지 않아도 딸아이가 의심스러워 방에 가두고, 바로 다음 날 아침 내가 고른 사람과 결혼시키려고 했는데, 불과 몇 시간 앞두고 자기 애인에게로 도망쳐 내 계획이 수포로 돌아가게 된 거요. 만나자마자 이것들은 잠시도 지체하지 않고 결혼하고서는 잠자리에 들었다지 뭐요. 이 모든 일이 한 시간도 채 지나지 않아 벌어졌소. 하지만 이 일은 이 연놈들이 저지른 최고의 악수(惡手)가 될 거요. 결국 굶어 죽든지 구걸을 하거나 도둑질을 하게 될 거지만 난 절대 한 푼도 안 줄 테니 말이오." 이때, 존스가 벌떡 일어나 "진짜 혼자 좀 있어야겠으니, 나가주시면 좋겠소"라고 소리치자, 퀘이커교도는 "이봐요. 너무 슬퍼 마시오. 당신 말고도 불행한 사람이 이 세상에 더 있다는 사실을 이제 알게 되지 않았소?"라고 말했소. 이에 존스가 "이 세상에는 미친 사람과 바보와 악당 들만 있다는 걸 이제 알게 되었소. 하지만 내 충고 한마디 합시다. 선생의 딸과 사위를 집으로 부르시오. 그리고 선생이 사랑한다고 자처하는 사람에게 유일하게 고통을 안겨주는 그런 사람은 되지 마시오"라고 대답하자 퀘이커교도는 큰 소리로 "뭐, 딸하고 그년 남편을 집으로 부르라고! 차라리 내가 제일 싫어하는 원수 두 명을 집으로 불러들이겠소"라고 소리쳤고, 이에 존스가 "집으로 가시오. 원하는 곳이 어디든지 그곳으로 가시오. 난 선생 같은 사람과 더는 같이 못 있겠소"라고 말하자, 퀘이커교도는 "이봐, 나도 나 싫다는 사람하고 억지로 같이 있지 않겠어"라고 말하더니, 주머니에서 돈을 꺼내 존스에게 주려 했지만 존스는 그를 거칠게 밀어 방 밖으로 내보냈소.

퀘이커교도의 말에 큰 충격을 받은 존스는 그가 말하는 내내, 미친 사람처럼 눈을 동그랗게 뜨고 있었소. 존스의 이러한 모습과 뒤이은 존스의 행동을 보고 넓은 양태가 달린 모자를 쓴 이 퀘이커교도는 지금 자신과 같이 있는 존스라는 사람이 사실은 제정신이 아니라는 생각에, 존스의 이런 모욕적인 행동에 화를 내기는커녕, 오히려 그의 불행을 동정하게 되었소. 따라서 그는 자신의 이런 생각을 여관 주인에게 전하며, 존스를 잘 보살펴주고 정중하게 대접해주라고 부탁까지 했던 것이오.

이 말에 여관 주인이 말했소. "난 그렇게 정중하게 대접하지는 않을 겁니다. 신사들처럼 레이스 달린 조끼를 입고 있긴 하지만, 나처럼 신사도 아니고, 또 여기서 50킬로미터 정도 떨어진 어떤 지체 높은 영주의 집에서 자라긴 했지만, 지금은 쫓겨난(분명히 영원히 쫓겨난 것은 아니겠지만) 어떤 교구의 가난한 사생아일 뿐이기 때문이니까요. 그래서 최대한 빨리 우리 집에서 쫓아버릴 겁니다. 숙박비를 못 받는다 하더라도, 한 번만 손해보는 게 낫기 때문이죠. 은수저를 잃어버린 지 채 1년도 안 되었으니 말이에요."

이 말에 퀘이커교도가 "로빈, 어떤 교구의 사생아를 말하는 거요? 분명히 지금 사람을 잘못 보고 있는 것 같은데"라고 말하자, 로빈이라는 여관 주인은 "전혀 잘못 본 게 아닙니다. 그 사람을 아주 잘 아는 가이드가 그렇게 말했단 말이에요"라고 대답했소. 실제로 존스의 길안내를 맡았던 가이드는 부엌 난롯가에 앉자마자, 옆에 있던 모든 사람들에게 자신이 아는 것과 존스에 관해 들은 것을 모두 말했던 것이오.

존스의 태생과 존스가 겪은 불운에 대해 여관 주인으로부터 들은 이야기가 모두 맞다고 가이드가 확인해주자마자, 존스에 대한 퀘이커교도의 모든 동정심은 일시에 사라졌소. 그러고는 공작처럼 신분이 높은 사람이 존스와 같이 천한 사람에게서 모욕을 받았을 때 느꼈을 법한 그런 분노에 사로잡혀 이 정직하고 검소한 사람은 몹시 흥분한 채 집으로 돌아갔소.

이에 뒤지지 않을 만큼 자기 손님을 경멸했던 여관 주인은 존스가 벨을 눌러 호출해서는 침실로 가야겠다고 하자 침대가 없다고 말했소. 로빈이라는 이 여관 주인은 자기 손님의 천한 신분을 경멸하면서도, 존스가 자기 집을 털 기회를 노리고 있지 않나 하는 강한 의심을 품고 있었던 것이오. 사실 아내와 딸이 신중하게도 예방 조치 차원에서 이 집에 고정되어 있지 않은 것들을 모두 치워버린 덕분에, 이런 염려를 하지 않아도 되었지만, 천성적으로 이 여관 주인은 의심이(특히 은수저를 잃어버린 뒤부터 더욱) 많았기 때문이었소. 간단히 말해 여관 주인은 자기 집이 털릴까 봐 너무도 걱정을 많이 해 자신에게는 더 이상 잃어버릴 게 남아 있지 않다는 생각을 전혀 하지 못했던 것이오.

침대가 없다는 말을 들었지만 존스는 매우 흡족한 듯이 골풀로 만든 큰 의자에 앉았소. 그러자 이보다 훨씬 더 좋은 방에 있을 때도 최근 존스와의 만남을 회피했던 잠이 아량을 베풀어 이 초라하고 좁은 방에 있는 그를 찾아왔소.

하지만 걱정스러워 잠자리에 들지 못했던 여관 주인은 존스가 앉아 있는 거실, 정확히 말해 존스가 앉아 있는 작은 방(그 방의 창문은 고양이보다 큰 생명체는 도망치기 불가능할 정도로 작았소)으로 통하는 문을 지켜볼 수 있는 부엌 난로가로 돌아갔소.

11장
군인들 사이에서 벌어진 일

거실로 나 있는 문을 정확히 마주하고 앉은 다음, 여관 주인은 밤새 톰을 감시하기로 마음먹었소. 여관 주인이 이런 의심을 품고 있다는 사실을 알지도 못했고, 그런 의심을 품고 있지도 않았던 가이드와 다른 사람들을 여관 주인과 같이 오랫동안 보초를 서게 한 것은, 처음에는 이들을 잠들지 않게 하다가 결국에 가선 이들의 철야를 끝마치게 한 술이었소. 상당량의 술을 마신 이들은 처음에는 아주 시끄럽게 소란을 피웠지만, 결국에는 잠이 들었기 때문이오.

하지만 술은 여관 주인의 걱정을 중단시킬 힘까지는 없었던 것 같았소. 여관 주인은 의자에 앉아 존스의 방으로 들어가는 문에 눈을 고정하고는 계속 자지 않고 있었소. 하지만 그때 누군가가 밖에서 큰 소리로 불러내어, 여관 주인은 하는 수 없이 의자에서 일어나 문을 열었소. 그러자마자 작은 성을 기습공격으로 점령이라도 하려는 듯 아주 소란스럽게 달려 들어온 붉은 외투의 신사들로 그의 부엌은 가득 찼소.

이 많은 손님들이 간절히 요구하는 맥주를 갖다주기 위해 자리에서

454

일어날 수밖에 없었던 여관 주인은 지하실에 두세 번 갔다 온 뒤, 군인들 사이에서 불을 쬐고 있는 존스를 발견했소(이처럼 많은 군인들이 도착한 상황에서 최후의 심판을 알리는 나팔 소리만이 깨울 수 있는 사람*을 제외하고는, 그 누구도 잠에서 깰 수밖에 없으리라는 것은 쉽게 짐작할 수 있을 것이오).

이제 충분히 갈증을 해소한 군인들이 해야 할 일은 돈을 계산하는 것뿐이었소. 하지만 이런 일은 자신이 마신 술의 양에 비례해서 돈을 지불해야 한다는 원칙에 따라 금액을 산정하는 데 상당한 어려움을 겪는 일반 병사들 간에 종종 상당한 골칫거리와 불만을 낳는 법이오. 바로 그런 곤란한 상황이 지금 이 순간 벌어졌소. 게다가 술을 한잔 마신 뒤 너무도 급해서였던지, 앞에서 말한 셈에 일조해야 한다는 사실을 까맣게 잊고 그냥 떠나간 몇몇 병사들 때문에 이런 상황은 더욱 악화되었소.

곧이어 이들 간에는 격론이 벌어졌는데, 이들은 모두 맹세를 하면서(최소한 맹세 한마디가 다른 모든 말을 합친 것과 효력에서 맞먹기 때문이었던 것 같았소) 자신의 주장을 폈소. 이 논쟁에서 부대원 모두가 자신에게 유리한 주장을 폈고, 자신에게 배당된 액수를 줄이려 했기 때문에, 가장 예측 가능한 결론은 지불해야 할 금액의 상당 부분이 주인 스스로가 지불해야 할 몫으로 할당될 것이라는 혹은 (같은 의미지만) 지불되지 않을 것이라는 것이었소.

그동안 존스는 하사관(아주 오래된 관례에 따라 하사관은 돈을 나누어 내야 하는 의무에서 면제되었기 때문에, 그는 병사들 간에 벌어지는 논쟁에 전혀 관심이 없었소)과 이야기를 나누고 있었소. 하지만 군인들 간의 말다

* 이미 죽은 사람을 의미한다.

툼이 지나치게 격해져 결국은 군사적으로 결정해야 할 지경에 이른 것 같자, 존스가 앞으로 나와 겨우 3실링 4펜스*밖에 안 되는 술값을 모두 자신이 지불하겠다고 선언함으로써 이들의 요란스런 항의를 일시에 잠재웠소.

이 선언으로 존스는 전 부대원의 감사와 찬사를 받았고, 존경할 만하다느니 고귀하다느니 훌륭한 신사라는 등등의 말이 방 안 가득 울려 퍼졌소. 심지어 여관 주인조차도 존스를 호의적으로 생각하게 되어 가이드가 한 말을 거의 믿지 않게 되었소.

하사관은 존스에게 자신들은 지금 반란군과 싸우러 가는 중이며 위대한 컴벌랜드 공작**의 휘하에 들어가게 될 것이라고 말했소(이 말을 들은 독자들은 이때가 최근 일어났던 반란이 최고조에 달했던 때, 그러니까 도적떼들이 우리 국왕폐하의 군대와 싸우며 런던까지 밀고 들어오려 했던 바로 그때였다는 사실을 알 수 있을 것이오).

영웅적인 소양이 있던 존스는 자유라는 고귀한 이상과 개신교를 진심으로 지지하고 있었기 때문에 이 원정에 지원병으로서 일조해야겠다는 생각을 하게 되었소(이보다 훨씬 더 비현실적이고 무모한 일을 한다고 해도 정당화될 수 있는 상황에서 존스의 이런 결심은 결코 놀라운 일이 아닐 것이오).

존스의 이 고귀한 뜻을 알게 된 순간부터 이 부대를 인솔하고 있던 하사관은 존스의 뜻을 격려하고자, 자신의 권한으로 할 수 있는 말을 다 하고는 그의 이 고귀한 결심을 큰 소리로 선포했소. 그러자 전 부대원들

---

* 3실링 4펜스는 당시 술값으로는 적은 돈이 아닌데도 불구하고 화자는 별것 아닌 것처럼 말해 아이러니를 자아내고 있다.
** Duke of Cumberland: 본명은 윌리엄 아우구스투스(William Augustus, 1726~1765)로 1745년에 영국에서 일어난 2차 자코바이트 반란에서 반란군을 무찔렀던 조지 2세의 막내아들. 화자의 말로 미루어 보아 이 작품의 시간적 배경은 1745년, 즉 젊은 왕위 요구자 Young Pretender인 찰스 에드워드 스튜어트가 영국으로 진격한 해임을 알 수 있다.

은 아주 흔쾌히 존스의 결심에 찬사를 보내며 "주여! 조지 왕*과 우리의 총사령관께 축복을 내리소서!"라고 소리치고는, 수많은 맹세를 하면서 "우리는 두 분을 위해 최후의 피 한 방울까지도 바치겠습니다"라고 소리쳤소.

이 집에서 밤새 술을 마시고 있던 어떤 신사도 하사관의 말에 설득당해, 이 원정에 참여하기로 결정했소. 존스가 여행용 가방을 짐마차에 싣고 군인들과 함께 막 출발하려는 순간, 가이드가 존스에게 다가와 "밤새 말을 타고 댕깄고, 먼 데까지 왔는데, 쫌 더 생각해주십쇼"라고 말했소. 이 뻔뻔한 요구에 놀란 존스는 가이드가 길을 잘못 안내한 바람에 이곳까지 오게 되었다는 사실을 군인들에게 알려주었소. 그러자 군인들은 신사를 속이려 한다며 가이드를 이구동성으로 비난했소. 어떤 사람은 가이드의 목과 다리를 묶어야 한다고 했고, 어떤 사람은 가이드에게 태형을 가해야 한다고 했으며, 하사관은 막대기를 휘두르며 자기 부하였다면 본때를 보여주었을 거라며 가이드에게 욕설을 퍼부었소.

하지만 존스는 실제 행동으로 옮기지 않는 이 소극적인 처벌에 만족하고는 새 동료들과 함께 길을 나섰소. 뒤에 남은 가이드는 존스에게 악담을 퍼붓고 험담하는 정도의 초라한 복수밖엔 할 수 없었고, 이 험담에 동참하며 여관 주인은 이렇게 말했소. "참 순진한 사람이군. 그건 분명해. 군인이 될 생각을 다 하다니! 아주 대단한 신사야! 그리고 언젠가는 진짜 레이스 달린 조끼를 입게 될 거야. '빛난다고 다 금은 아니다'란 속담 오래되기는 했지만 참 맞는 말이지. 하여튼 우리 집에서 사라져줘서 아주 다행이야."

---

* 조지 2세를 말한다.

그날 하루 종일 하사관과 이제 새로 군인이 된 존스는 함께 행군했소. 교활하기도 했던 하사관은 자신이 참가한 전쟁에 얽힌 재미있는 이야기를 존스에게 많이 들려주었지만, 실제로 그는 어떤 전쟁에도 참가한 적이 없었소. 최근에야 군대 생활을 시작한 그는 교묘한 방법으로 장교들 마음에 들었고, 지원병을 모집하는 데 탁월한 기술을 가지고 있었기 때문에 하사관의 지위까지 진급하게 되었던 것이오.

행군하는 동안 군인들은 많이 웃고 떠들어댔소. 이들은 지난번 병사(兵舍)에서 일어났던 일들을 떠올리며 많은 이야기를 주고받았고, 장교들에게도 아주 스스럼없이 농담도 했소. 이들이 하는 농담 중 몇 가지는 상스럽고 거의 추문에 가까운 것이기도 하여 우리의 주인공은 책에서 읽었던 그리스인과 로마인들의 관습,* 즉 축제일이나 종교적인 행사가 있을 때 노예들이 주인을 마음대로 흉볼 수 있도록 허용했던 관습을 떠올리게 되었소.

두 개의 보병중대로 구성된 이 소규모의 군대가 그날 저녁 머물기로 한 장소에 도착하자, 하사관은 자신들의 지휘관인 중위에게 이날 행군 도중 두 명의 지원병을 확보했는데, 그중 한 사람(술꾼을 의미했소)은 키가 거의 180센티미터나 되고 균형 잡힌 몸과 튼튼한 사지를 가진 자로 자신이 일찍이 보아온 그 누구보다도 건장한 사람이며, 또 다른 사람(존스를 의미했소)은 후열에 세우면 적당할 사람이라고 보고했소.

신병들은 이제 차례대로 지휘관 앞에 불려나갔소. 지휘관은 먼저 불려온 키가 180센티미터인 사람을 면밀히 살펴본 뒤 존스에게로 다가갔소. 존스를 처음 본 순간 이 장교는 놀라움을 감출 수 없었소. 옷을 잘 차려

---

* 지금의 크리스마스 무렵에 행해지던 고대 로마의 축제인 농신제(農神祭) 때에는 하인이나 노예들이 주인을 조롱하는 것이 허용되었다.

입고 있었던 존스는 천성적으로 기품이 있었을 뿐만 아니라 보통 사람에게서는 거의 찾아볼 수 없고 상류층 사람들에게서도 늘 찾아볼 수는 없는 품위라는 걸 얼굴에 가득 담고 있었기 때문이었소.

중위가 "선생, 내가 현재 지휘하고 있는 이 부대에 입대하고 싶어 한다는 말을 하사관에게서 들었소. 그 말이 사실이라면 같이 무기를 들고 적과 함께 싸울 우리 부대로서는 큰 명예가 될 선생을 아주 기꺼이 맞겠소"라고 말하자, 존스는 자신은 입대한다는 말을 한 적은 없지만 이들이 지키려는 그 고귀한 이상을 자신도 열렬히 지지하기 때문에, 지원병의 자격으로라도 참여하기를 몹시 희망한다고 대답하고는 중위의 지휘 아래 있게 된 게 몹시 기쁘다며 그에게 찬사를 보낸 뒤 말을 마쳤소.

이에 정중한 인사로 존스에게 답례한 중위도 존스의 결심을 칭송하며, 그와 악수를 나눈 뒤, 다른 장교들과의 저녁식사 자리에 초대했소.

12장
장교들 사이에서 벌어진 일

앞장에서 언급한 이 부대의 지휘자인 중위의 나이는 거의 예순이 다 되었소. 젊은 시절에 입대해 타니에르 전투*에서 기수로 참여한 그는 이 전투에서 두 번이나 부상을 당하면서도 두각을 나타내, 말버러 공작**은 전투가 끝난 뒤 그를 즉시 중위로 진급시켜주었소.

그 후로 그는 줄곧, 그러니까 거의 40년 동안 중위의 지위에 머물렀

---

* Battle of Taisnières: 1709년 영국의 말버러 공작이 프랑스군에게 승리를 거둔 전쟁.
** 1702~1711년에 벌어진 영국과 프랑스 간의 전투에서 영국군을 지휘했던 장군.

소. 그동안 수많은 사람들이 자신의 상관이 되었고, 지금은 그가 처음 군에 입대했을 때 유모에게 맡겨졌던 아이의 아들의 지휘를 받는 수모를 겪으면서 말이오.

그의 일이 잘 풀리지 않았던 것은 힘 있는 사람을 알지 못해서만은 아니었소. 불행히도 그는 이 연대를 오랫동안 지휘하던 대령의 노여움을 샀던 것이오. 대령이 그에 대해 품고 있던 억제할 수 없는 적개심은 중위가 장교로서의 의무를 게을리 해서도, 자격 미달이어서도 또 어떤 결점이 있어서도 아니었소. 대령이 그에게 적개심을 품은 진짜 이유는 중위의 아내의 경솔한 행동 때문이었소. 매우 아름다웠던 중위의 아내는 남편을 무척 좋아했지만, 대령이 그녀에게 요구했던 어떤 호의를 들어주지 않아 그녀의 남편은 승진되지 못했던 것이오.

이 불쌍한 중위는 대령이 품고 있는 원한의 여파를 느끼면서도, 그가 원한을 품고 있다는 사실을 알지도, 그럴 거라고 의심치도 않았다는 점에서 더욱더 불행했소. 왜냐하면 그는 자신이 원인 제공도 하지 않은 일 때문에 남이 자신에게 적개심을 품을 수 있으리라는 생각을 전혀 할 수 없었으며, 그의 아내도 명예를 각별하게 생각하는 남편이 이 사실을 알게 되면 문제를 일으킬까 봐 염려가 되어, 자신의 도덕적 승리를 공개하지 않으며 정조를 지켰다는 사실 자체에 만족해했기 때문이었소.

이 불운한 장교는(나는 그가 이렇게 불릴 수 있다고 생각하오) 이 분야에서뿐만 아니라 다른 면에서도 여러 장점을 가지고 있었소. 신앙심이 깊고 정직하며 선한 성품을 가진 그는, 지휘를 잘하여 자기 부대의 병사들뿐만 아니라 전 연대의 병사들에게 상당한 존경과 사랑을 받고 있는 인물이었던 것이오.

그와 함께 부대를 이끌던 다른 장교로는 프랑스 중위가 있었소. 모국어를 잊어버릴 정도로 오랫동안 프랑스를 떠나 생활했지만, 영어를 배울 정도로 영국에 체재하지는 않아, 그 어느 나라 말도 제대로 하지 못했던 그는 대부분의 경우 다른 사람과 의사소통을 제대로 하지 못했소. 다른 장교로는 두 명의 기수가 있었는데, 그 둘은 아주 젊은 사람들로 한 사람은 사무변호사 밑에서 자랐고 또 다른 사람은 어떤 귀족의 집에서 일하는 집사의 아들이었소.

저녁식사가 끝나자마자 존스는 같이 행군했던 군인들이 당시에 하던 농담을 소개하면서 이 자리에 모인 사람들에게 "그렇게 요란스럽게 떠들어댔지만, 적과 마주쳤을 때는 트로이군보다는 그리스군처럼 행동할 게 분명합니다"라고 말하자, 기수 중 하나가 "그리스군과 트로이군이라니요! 유럽에 있는 모든 부대에 대해 들었지만, 그런 이름을 가진 부대는 처음 듣는데?"라고 말했소.

그러자 중위가 말했소. "노서턴, 괜히 모르는 척하지 말게. 포프가 번역한 호메로스의 작품을 읽지 않았는지는 모르겠지만, 그리스군과 트로이군에 대해서는 들었을 텐데 말이야. 여기 이 신사 양반이 말하니까 기억나는군. 호메로스는 트로이군의 행군을 꽥꽥거리며 시끄럽게 걷는 거위에 비유하고,* 그리스군의 과묵한 면은 칭찬했었지. 진짜, 이 미래의 장교 말이 맞는 것 같군."

이에 프랑스 중위도 "나도 기옥 잘 나요. 학교 다닌 때 다시에 부인** 책 일거써. 그리스 사람하고 트로이 사람하고 여자 때문에 싸운고. 예스,

---

* 실제로 포프는 자신이 번역한 『일리아드』에서 트로이 군대의 행진을 거위가 아니라 두루미가 나는 것에 비유했다.
** 안 르페브르 다시에(Anne Lefèvre Dacier, 1654~1729): 프랑스의 여성 문학자로 호메로스의 『일리아드』와 『오디세이아』를 프랑스어로 번역했다.

예스, 나도 일거써"*라고 말하자, 노서턴은 "빌어먹을 호메로스. 난 아직 이 궁둥이에 그놈 때문에 생긴 자국이 있어요. 우리 연대에 호메로스가 쓴 책을 항상 주머니에 넣고 다니는 토머스란 놈이 있는데, 그놈 책을 뺏어서 꼭 태워버릴 겁니다! 그리고 코르데리우스**란 개자식도 있었는데 그놈 때문에도 수도 없이 맞았죠."

"노서턴, 그럼 자넨 학교엔 다닌 게로군" 하고 중위가 묻자, 이 기수는 이렇게 대답했소. "제길, 그래요. 학교에 다녔죠. 무슨 놈의 생각이 들었는지 울 아버지가 날 학교에 보냈죠. 우리 촌뜨기 영감이 날 목사로 만들고 싶어 했으니까요. 빌어먹을! 그래 난 생각했죠. 감쪽같이 속일 거야, 이 얼간이 양반아 하고요. 그런 허튼 생각을 계속하도록 절대 내버려두진 않을 거라고요. 우리 연대에 제미 올리버란 친구가 있었는데, 그 친구도 그런 뚜쟁이 같은 놈이 되는 걸 간신히 면했죠. 안 그랬다면 진짜 안타까운 일이었을 겁니다. 그 친군 진짜로 이 세상에서 제일 멋져요. 바보 같은 영감탱이를 나보다 더 잘 속여넘겼으니 말이죠. 그 친구는 쓰지도 읽지도 못하니까요."

그러자 중위가 말했소. "친구를 참 좋게 이야기해주는구면! 아마 그런 소릴 들어 마땅한 사람이겠지! 그런데 노서턴, 욕이나 하는 그런 바보 같고 못된 짓은 이제 그만두게. 그렇게 말하는 게 재치 있고 세련된 거라고 생각한다면, 그건 분명 잘못된 생각이네. 그리고 성직자 욕은 이제 그만두게. 어떤 집단에게든 험담하거나 비방하는 건 항상 정당화될 수는 없네. 특히 신성한 일을 하는 성직자를 비방하는 건 더 그렇네. 어떤 집단

---

* 영어가 서툰 프랑스 중위의 대사를 서툰 외국인의 발음으로 옮겼다.
** 마튀렝 코르디에(Mathurin Cordier, 1479~1564)의 라틴어 식 발음. 16세기 프랑스의 개신교 학자로 그의 책은 영어로 번역되어 18세기 영국의 학교에서 교제로 많이 사용되었다.

을 욕하는 건 그 집단에 속한 사람들이 하고 있는 일도 욕하는 셈이니 말이네. 개신교를 지키기 위해 싸우러 가는 사람*이 그렇게 행동하는 게 얼마나 일관성 없는 일인지 한번 생각해보게."

마치 이들의 대화에 전혀 귀 기울이지 않는 것처럼 여태까지 앉아 신나게 떠들어대며 노래를 읊조리던 잭 애덜리라는 또 한 명의 기수가 이때 "O monsieur, on ne parle pas de la religion dans la guerre"**라고 말하자, 노서턴은 "잭, 말 참 잘했어. 우리가 종교 문제로 전쟁을 하는 거라면 우리가 아니라 목사들끼리 싸워야지!"라고 소리쳤소.

이에 존스는 다음과 같이 말했소. "선생들 생각은 어떤지 모르겠지만, 자신의 종교보다 더 고귀한 이상을 위해 싸울 순 없다고 생각합니다. 얼마 되는 않지만 내가 읽은 역사책에서 보면 종교적 열정이 충만한 사람만큼 용감하게 싸우는 군인은 없더군요. 우리 국왕폐하와 내 조국과 내 조국에 사는 사람들을 모두 사랑하지만 제가 이 전쟁에 참여하려고 군에 지원한 가장 큰 이유는 개신교를 위해서거든요."

이때 노서턴은 애덜리에게 눈짓한 뒤 은밀하게 "이 도덕군자 녀석을 한번 놀려주자"라고 속삭이고는, 고개를 돌려 존스를 쳐다보며 "선생이 우리 부대에 지원해 아주 기쁘군요. 우리 목사 양반이 술에라도 취하게 되면, 선생이 우리 목사 양반 일을 대신해줄 수 있다는 걸 알았으니까 말이오. 대학엔 다녔겠죠? 어느 대학인지 알려달라고 부탁드려도 되겠소?"라고 물었소.

---

 * '영 프리텐더'를 지지하는 자코바이트들은 상당수 가톨릭의 성향을 지니고 있었고, 당시 영국의 왕과 국교는 개신교를 옹호하고 있었기 때문에 자코바이트와의 전쟁은 가톨릭과 개신교의 싸움으로도 간주될 수 있다.
 ** "우린 전쟁 중에 종교 이야기 안 합니다"라는 의미의 프랑스어. 당시에 이들은 프랑스군의 지원을 받은 찰스 에드워드 스튜어트와 전쟁을 벌이던 중이었다.

이 말에 존스는 "대학에 다닌 적은 없소. 그러고 보니 선생보다는 내가 유리한 입장이군요. 난 학교란 델 가본 적이 없었으니까 말이오"라고 대답했고, 이에 이 기수가 "당신의 그 방대한 학식을 알게 된 뒤 나도 그렇게 생각했소"라고 소리치자, 존스는 "학교에 다니지 않고서도 뭘 안다는 것은 가능하오. 학교에 다녔으면서도 아무것도 모르는 것처럼 말이오"라고 대답했소.

이 말에 중위가 "거 말 참 잘하셨소, 젊은 지원병 양반. 그리고, 노서턴, 이제 그만둬. 자넨 이 양반의 상대가 못 돼"라고 소리쳤소. 존스의 이런 조롱이 별로 마음에 들지는 않았지만, 존스에게 주먹을 날리거나 이때의 답변으로 유일하게 떠오른 단어인 악당이니 불한당과 같은 호칭을 사용할 정도로 존스의 말이 도발적이라고는 생각지 않았던 노서턴은 당분간 침묵을 지키며, 존스의 재치 넘치는 말을 욕설로 갚을 기회를 엿보기로 마음먹었소.

순번에 따라 이제 건배 대상을 제안할 차례가 된 존스는 사랑하는 소피아를 언급하지 않을 수 없었고, 현재 이곳에 있는 그 누구도 그가 누구를 말하는지 짐작조차 하지 못할 거라 생각했기 때문에 흔쾌히 소피아의 이름을 댔소.

하지만 건배를 제의한 중위가 이름만으로는 안 된다며 성도 반드시 알아야겠다고 하자, 존스는 잠시 머뭇거린 뒤 소피아 웨스턴이라고 이름을 다 밝혔소. 그러자 노서턴 기수는 소피아가 정숙한 사람이 틀림없다고 누군가 보증하지 않는다면, 자신은 소피아의 건강을 위해 건배하지 않겠다고 단언하고는 "난 소피 웨스턴이란 사람을 알고 있어. 그 여잔 바스에 있던 젊은 남자들 중 거의 절반하고 잠자리를 같이했는데, 그 여자하고 지금 저 사람이 말한 여자가 같은 사람인 것 같아"라고 말했소. 이 말에 존스는 자신이 말한 사람은 그런 사람과는 정반대되는 사람이며 상당히 높은 신분을 가진 여자라고 아주 정색을 하며 말했소. 그러자 노서턴 기수는 "맞아, 맞아. 그 여자도 그래. 분명히 같은 여자야. 우리 연대에 있던 톰 프렌치가 브리짓 스트리트*에 있던 술집에 데려왔었지. 내 말이 사실이라는 데 버건디** 여섯 병 걸지"라고 말하더니, 소피아의 외모를 정확하게 묘사하고는(사실 그는 소피아와 그녀의 고모가 함께 있는 것을 본 적이 있었소), 소피아의 부친이 서머싯셔에 큰 영지를 가지고 있다는 사실을 밝히며 말을 맺었소.

사랑에 빠진 연인은 남이 자신의 애인의 이름을 가지고 조금이라도 희롱하는 걸 참지 못하는 법이오. 존스는 연인으로서의 자질과 영웅으로서의 면모를 충분히 가지고 있었지만, 이와 같은 중상모략에 금방 화를 내지는 않았소. 사실 존스는 이런 식의 장난을 거의 접해본 적이 없었기 때문에 기수의 이런 장난을 금방 이해하지 못했고 따라서 오랫동안 노서턴이 자신의 연인과 다른 사람을 진짜로 착각하고 있다고 생각했던 것이오. 그러다 마침내 노서턴 기수가 자기 연인을 희롱하고 있다는 사실을 눈치채게 되자 단호한 표정을 지으며 말했소. "이봐, 장난하려면 다른 대상을 골라. 더 이상 그 사람의 인격을 농락하면 보고만 있지 않을 거야." 이 말에 노서턴이 "농락하다니! 내 평생 지금처럼 진지하게 이야기한 적은 없어. 우리 연대의 톰 프렌치가 바스에서 그 여자와 그 여자 고모랑 같이 잤다니까"라고 소리치자, 존스도 "그럼 내 진심으로 말하는데, 넌 이 세상에서 제일 뻔뻔한 악당이다"라고 소리쳤소.

존스가 이 말을 하자마자 노서턴 기수는 욕설을 퍼부으며 존스의 머

---

* Bridget Street: 18세기에 수많은 매음굴이 있던 런던의 거리.
** burgundy: 프랑스 부르고뉴 산 포도주.

리를 향해 술병을 던졌고, 오른쪽 관자놀이의 약간 윗부분을 맞은 존스는 그 자리에서 쓰러졌소.

눈앞에서 엄청난 양의 피를 흘리며 쓰러져서 꼼짝도 하지 못하는 적을 보고 있던 승리자는 더 이상의 영광을 누릴 수 없는 이 전쟁터에서 빠져나갈 궁리를 하기 시작했지만, 중위가 문 앞으로 가 그를 가로막으며 퇴로를 차단했소.

이에 노서턴은 자신이 이곳에 남아 있으면 좋지 않은 일만 생길 거라면서 가게 내버려달라고 통사정을 했소. 그러고는 존스의 말에 어떻게 이보다 덜한 반응을 보일 수 있었겠느냐고 반문하면서 "제기랄, 전 이 친구에게 장난친 것뿐입니다. 웨스턴이라는 여자가 무슨 잘못을 저질렀다는 말도 전혀 들은 적도 없고요"라고 말했소. 그러자 중위는 "못 들었다고? 그렇다면 그런 장난질을 하고 또 그런 무기를 사용한 자네는 진짜 교수형감이야. 이제부터 자넨 내 포로니 정식 교도관이 잡아갈 때까지 여기서 꼼짝 말고 있게"라고 말했소.

우리의 불쌍한 주인공을 바닥에 쓰러뜨릴 용기를 가지고는 있었지만, 중위에게 완전히 압도당한 노서턴은 설령 옆구리에 칼을 차고 있었다 하더라도 감히 칼을 뽑지는 못했을 것이오. 게다가 이 방에 걸려 있던 모든 칼들은 말다툼이 벌어지기 시작할 때 이미 프랑스 장교가 확보해두었기 때문에 노서턴은 자신이 저지른 일의 최종 결과를 기다릴 수밖에 없게 되었소.

프랑스 장교와 애덜리는 지휘관의 명령에 따라 존스의 몸을 일으켰소. 하지만 존스가 살아 있는 기색이 보이지 않자, 애덜리는 존스 때문에 조끼에 피가 묻었다며 욕설을 퍼붓고, 프랑스 장교는 "이런! 쥬근 사람 만지면 안 대지. 쥬근 사람 마쥐막 만쥔 사람 교수영 시키는 영쿡법 두룬

적 잇써"라고 말하면서, 존스를 다시 바닥에 떨어뜨렸소.

선량한 중위는 급히 문으로 가 벨을 눌러 사환을 부른 뒤, 두 명의 머스킷 총병과 의사를 불러오라고 지시했소. 하지만 사환은 자신이 받은 명령을 전달하면서 자신이 본 것도 함께 보고하여 군인들은 물론이요, 이 집 주인과 그의 아내 그리고 이 집 하인들과 당시 이 여관에 머물던 모든 사람들이 이곳으로 몰려왔소.

내가 설령 마흔 개의 펜을 가지고 있다 하더라도 이를 동시에 사용할 수 없는 한, 제각기 한마디씩 하는 이 사람들의 모습을 모두 세세하게 묘사하고 다음 장면에 나오는 이들의 대화를 모두 기록하는 건 불가능할 것이오. 따라서 독자들은 가장 중요한 사건들을 제외한, 나머지 사건들에 대해 듣지 못한다 해도 양해해야 할 것이오.

중위가 첫번째 해야 할 일은 노서턴의 신병을 확보하는 것이었소. 중위는 하사가 지휘하는 여섯 명의 병사로 구성된 구금대에 노서턴을 넘겼고, 이들에 의해 노서턴은 자신도 몹시 떠나고 싶어 하던 곳에서 나와 불행히도 자신이 전혀 가고 싶지 않은 곳으로 이송되었소. 인간의 야망은 참으로 변덕스러운 것이오. 앞서 말한 명예를 얻는 순간, 자신의 명성이 들리지 않을 후미진 곳으로 물러나고 싶어 하는 것을 보면 말이오.

이 훌륭하고 선량한 중위가 상처 입은 사람의 목숨을 구하려 하기보다는 범죄자의 신병을 확보하는 데 신경 썼다는 사실에 독자들은 놀랐을지도 모르오. 우리가 이 사실을 언급하는 건 중위가 왜 이런 이상한 행동을 했는지 그 원인을 설명하기 위해서가 아니라, 이런 사실을 발견했다고 나중에 뻐길 몇몇 비평가들의 입을 사전에 막기 위해서요. 우리도 비평가 양반들처럼 등장인물들의 기이한 점을 간파할 능력이 있다는 사실을 알아주었으면 하오. 하지만 우리의 임무는 사실(우리가 하는 말이 사실임을 보여주는 정당한 근거로 그 출처를 밝히지는 않을 것이오) 을 있는 그대로 전하는 것이고, 그것이 사실임을 확인하기 위해 실제 세계를 참고하는 것은 학식이 깊고 현명한 독자들의 몫이오.

지금 이곳에 도착한 사람들은 서로 다른 성향을 가지고 있었소. 나중에 좀더 관심을 끌 만한 상황이 벌어지기 전까지 이들은 노서턴 기수에게는 아무런 호기심도 보이지 않았소. 대신 바닥에 쓰러져 피를 흘리고 있다가, 지금은 살아서 움직일 기미를 보이기 시작하던 존스에게 관심을 집중했소. 이들은 존스가 살아 있다는 기미를 감지하자마자(처음에 이들은 모두 존스가 죽었다고 생각했소) 일시에 처방을 내리기 시작했소(현재 의사가 없었기 때문에 모든 사람들이 의사의 직무를 떠맡았던 것이오).

방에 있던 사람들은 모두 방혈을 해야 한다고 이구동성이었지만, 불운하게도 이를 시행할 사람이 근처에는 아무도 없었소. 그러자 모두 "이발사를 불러오시오"라고 소리는 쳤으나, 한 발자국도 꿈쩍하는 사람은 없었소. 이에 몇 사람이 각성제를 써보았으나, 그것도 아무 소용없자, 결국엔 최상의 각성제라면서 여관 주인이 독한 맥주 한 컵을 존스에게 처방하기에 이르렀던 것이오.

이때 도움이 되었던 유일한 사람은(조금이라도 이바지했던 혹은 이바지한 것처럼 보였던 유일한 사람은) 여관 안주인이었소. 존스의 피를 멈추게 하기 위해 그녀는 자기 머리털을 잘라내어 상처 부위에 갖다 대고는, 존스의 관자놀이를 손으로 문지르기 시작했소. 그러고는 남편이 처방으로 내린 맥주에 상당한 경멸감을 드러내더니, 하녀를 시켜 가져오게 한 브랜디를 이제 막 정신이 든 존스를 설득해 상당량 마시게 했소.

잠시 후 도착한 의사는 존스의 상처를 살펴본 뒤 고개를 저으며 사람들이 내린 처방이 잘못되었다고 비난하고는, 환자를 곧장 침실로 데리고 가라고 지시했소. 존스가 침실에서 좀 쉬도록 내버려두는 게 옳은 것 같기에 우리도 여기서 이 장을 마감하고자 하오.

13장
여관 안주인의 대단한 연설과 의사의 대단한 학식
그리고 훌륭한 중위의 대단한 궤변

부상자가 침실로 옮겨지고 이 사고로 인한 소란이 진정되어 다시 평온이 찾아오자, 여관 안주인은 지휘관에게 말했소. "나리, 이 젊은이가 나리께 지대로 예의를 갖차가 행동 안 했는갑죠? 지는 그런 사람은 죽어도 싸다고 생각합니다. 아랫것에게 동석을 허용할 땐 은제든지 거리를 두야 되는 기죠. 하지만 제 첫번째 남편 말처럼, 을매나 거리를 가지야 카는지 아는 사람은 밸로 없어예. 나 같으면 신사 양반덜이 모이는 자리에 이런 작자들이 낑기들게 내버려두진 않았을 기라예. 이 사람이 신병이란 말을 하사관한테 듣기 전까지는 지도 이 사람이 장교라고 생각했다 아입니꺼."

이 말에 중위가 대답했소. "지금 뭔가 크게 오해하고 계신 것 같소. 그 젊은이는 아주 훌륭하게 처신했소. 난 그 젊은이가 그를 모욕한 기수보다 훨씬 더 나은 사람이라고 생각하오. 만약 그 젊은이가 죽게 된다면 그 젊은이를 때린 자는 자신이 그런 일을 저질렀단 사실을 뼈저리게 후회하게 될 쓰라린 결과를 맞보게 될 거요. 우리 연대가 군의 수치인 그 골치 아픈 자를 제거해버릴 테니 말이오. 부인, 그자는 절대 정의의 심판을 피하지 못할 것이오. 내가 할 말은 그게 전부요."

이 말에 여관 안주인은 "아! 그래예! 그럼 참말로 안됐네예. 누가 그랄 끼라고 생각했겠어예? 나리께서 이 일을 올바르게 처리하신다 카이 다행이네예. 분밍히 모든 사람들한테 그래야 안 되겠습니꺼. 신사라도 몬사는 사람을 죽이믄 책임을 지야 되지예. 몬사는 사람도 돈 많은 사람들처럼 영혼이 있으니까예"라고 대답했소.

이에 중위가 "부인, 부인께서는 그 지원병에 대해 잘못 알고 있소. 그 사람은 그자보다 신분이 훨씬 높은 사람이오"라고 말하자, 여관 안주인은 다음과 같이 소리쳤소. "하이고, 글습니꺼! 제 말 좀 들어보시지예. 제 첫번째 남편은 현명한 사람이었는데예, 사람은 거죽만 봐선 모르는 기라고 항상 말하곤 했어예. 그 말이 맞을 깁니다. 전 그분이 온몸에 피를 뒤집어쓰기 전까지는 못 봤으니께, 누가 그랄 끼라고 생각했겠습니꺼. 어쩌믄 실연 당해가 그랄랑가도 모르지만 참말로 안됐지예. 만약 저러다 세상이라도 뜨게 되면, 부모 되시는 분이 을매나 가심 아파 하겠심니꺼! 분맹히 저 못된 사람은 귀신에 홀리가 그런 짓을 저지른 걸 깁니다. 나리 말씀처럼 그 사람은 분명히 군대의 수치일 깁니더. 지가 만난 군인 양반들은 저 사람하고는 아주 달랐으니까예. 그 사람들은 기독교인일 뿐만 아니라 다른 사람의 피도 흘리게 하는 걸 넘사시럽게 생각하는 것 같드만요. 제 말은, 제 첫 남편 말처럼 평상시에 말입니더. 전쟁터에 나갔을 때엔 피를 볼 수밖에 없것지예. 하지만 그것 때문에 욕을 먹어서는 안 되는 거지예. 전쟁터에서는 적을 많이 죽이면 죽일수록 좋은 기니까예. 전 우리 군인들이 적들을 모두 죽이뿟으믄 좋겠어예."

이 말에 중위가 웃으면서 "이런! 모두 죽이길 바라는 건 너무 잔인하지 않소?"라고 묻자, 여관 안주인이 말했소. "어데요 지는 전혀 잔인한 사람이 아이거든예. 적한테만 그래예. 그건 잘못이 아니잖아예. 적이 죽기 바라는 건 분맹히 자연스런 거니까예. 그래야 전쟁도 끝나고 세금도 적어질 테니까네예. 지금같이 세금 내는 건 정말 끔찍한 일이다 아입니꺼. 우린 창문세*로 40실링 이상을 내야 되지예. 그래가 창이란 창은 죄다 막아가 집 안이 아주 깜깜하지예. 그래가 지가 세금 징수관한테 말했다 아입니꺼. 우리들은 좀 봐주야 된다꼬요. 우리는 참말로 나랏일 하시는 분들한테 엄청난 돈을 바치고 있다 아입니꺼. 근데도 나랏일 하는 분들은 한 푼도 내지 않는 사람들보다 우리한테 더 고마워하지도 않는 것 같다는 생각이 쪼매 드네예. 하모요, 그기 세상 돌아가는 이친 기라예."

여관 안주인이 이런 식으로 계속 이야기를 하고 있을 때, 의사가 들어왔소. 그를 본 중위가 환자의 상태가 어떠냐고 물어보자, 의사는 "내가 오기 전보단 상태가 훨씬 나아졌소. 하지만 좀더 빨리 왔었더라면 더 좋았을 거요"라고만 대답했소. 이 말에 중위가 "두개골은 골절되지 않았겠죠?"라고 묻자, 의사는 "흠, 골절이 가장 위험한 것은 아니오. 타박상과 열상(裂傷)이 골절보다 더 심각한 증상을 종종 동반하기도 하고 어떤 경우엔 더 치명적이기도 하니까요. 이런 사실을 모르는 사람들은 두개골만 골절되지 않으면 괜찮을 거라 생각하죠. 하지만 두개골이 완전히 골절되는 게 오히려 어떤 경우에는 타박상보다 낫습니다"라고 말했소. 이에 중위가 "지금 그런 증상은 없는 거죠?"라고 묻자, 의사는 이렇게 대답했소. "증상이란 것은 지속적으로 나타나는 것도 변하지 않는 것도 아니지요. 아침에는 증상이 좋지 않았다가도 점심때가 돼서 나아졌다가 밤이 되면 다시 안 좋아지는 경우도 있으니 말이오. 그래서 '그 간악지심(奸惡之深)을 짐작(斟

---

* 18세기 영국에서 시행되었던 세법으로 집에 있는 창문의 크기와 개수에 따라 내는 세금. 여기서 여관 안주인이 창문세로 40실링을 냈다는 것은 과장이다. 당시 집에 최대한 부여할 수 있는 창문세는 20실링이었다.

酌)하는 게 불가(不可)하다' *라는 말은 맞기고 하고 또 사실이기도 하죠. 일전에 내가 본 어떤 환자는 경골에 심한 타박상을 입고 외피도 찢어져 피를 상당히 많이 흘렸고, 내부의 얇은 막(膜)도 벌어져 그 틈으로 뼈가 똑똑히 드러나 보이기까지 했죠. 게다가 발열이 시작되어(환자의 맥박이 과도하게 뛰어 나는 정맥 절개술이 필요하다고 생각했소) 언제라도 괴저(壞疽)가 일어날지도 모른다는 생각에 이를 방지하기 위해 난 그 사람의 왼팔에 있는 정맥에 큰 구멍을 내고 5백 시시가량의 피를 뽑았죠. 늑막염에 걸린 사람처럼, 그 사람의 피가 찐득찐득하고 점착성이 있든지 아니면 응고되었을 거라 생각했었는데, 놀랍게도 붉고 진한 핏빛으로 점도도 건강한 사람의 피와 별반 차이가 없더군요. 그래서 환부에 습포제를 붙였더니 내 의도대로 병세가 호전되었고 서너 번 더 치료를 했더니, 상처 부위에서 짙은 고름이 나오기 시작하더군요. 상처가 아물기 시작했다는 의미지요. 헌데 내 말을 제대로 이해하고 계시나 모르겠소." 이에 중위는 "아니요, 한마디도 못 알아듣겠소"라고 대답하자, 의사는 "그래요? 그럼 더 이상 피곤하게 길게 이야기하진 않겠소. 간단히 말해 그 환자는 6주가 채 안 돼서 타박상을 입기 전처럼 완벽하게 걸을 수 있게 됐다는 말이오"라고 말했소. 이 말에 중위가 "의사 양반, 지금 치료 중인 젊은 신사가 입은 상처가 치명적인지 아닌지만 좀 알려주시겠소?"라고 묻자, 의사는 "처음 치료하면서 상처가 치명적일지 아닐지 추정하는 건 아주 어리석고 바보 같은 짓이죠. 결국 우린 모두 죽게 되어 있지 않습니까? 치료가 진행되는 중엔 가장 훌륭한 의사조차도 전혀 예견치 못한 증상이 종종 일어날 수도 있으니 말입니다"라고 대답했소. 이 말에 중위가 "하여튼, 그 젊은 친구

---

* '그 간악함의 깊이를 알 수 없다'는 뜻. 이 라틴어 문장은 유베날리스의 『풍자시집』에 나오는 구절이다.

의 상태가 지금 위험하다고 생각하시오?"라고 재차 묻자, 의사는 "위험한 상태냐고요? 물론 그래요! 아무리 건강해도 위험하지 않다고 할 수 있는 사람이 어디 있겠소. 그러니 이런 심한 상처를 입은 사람이 위험에서 벗어났다고 말할 수 있겠소? 하여튼 지금 내가 말할 수 있는 건 날 부른 건 잘한 일이고, 좀더 일찍 불렀더라면 좀더 좋았을 뻔했다는 것뿐이오. 내일 아침 일찍 다시 진찰할 예정이니 그동안은 조용히 내버려두시오. 그리고 묽은 죽을 많이 먹게 해주시오"라고 대답했소. 이 말에 여관 안주인이 "셰리주를 넣은 유장(乳漿)을 주도 되겠습니꺼?"라고 묻자, 의사는 "그래요, 셰리주를 넣은 유장도 좋아요. 도수를 아주 약하게만 한다면 말이오"라고 대답했소. 이에 안주인이 "닭고깃국을 쪼매 넣어도 될랑가요?"라고 묻자, 의사는 "그래요, 닭고기국도 아주 좋소"라고 대답했소. 이 말에 다시 안주인이 "젤리도 만들어주믄 어떨랑가요"라고 묻자, 의사는 "좋죠. 젤리는 상처에 아주 좋소. 상처를 금방 아물게 하거든요"라고 대답했소. 이때 안주인이 강한 향신료를 넣은 소스를 언급하지 않은 건 다행이었소. 거래처를 잃고 싶지 않았던 의사는 아마 무조건 주라고 했을 것이기 때문이었소.

의사가 가자마자 안주인은 의사의 명성에 대해 호들갑을 떨며 중위에게 말했소. 하지만 의사를 잠깐 보았던 중위는 안주인이나 이곳에 사는 다른 사람들처럼 의사의 능력에 대해 그리 호의적인 평가를 하지 않았소. 하지만 안주인의 생각이 옳을지도 모르오. 좀 잘난 척하기는 했지만, 상당히 실력 있는 의사일지도 모르니 말이오.

의사와의 학문적인 대담을 나눈 뒤 존스의 상태가 상당히 위독하다고 추정하게 된 중위는 노서턴을 엄중히 감시하라는 명령을 내렸소. 글을 읽지도 쓰지도 못하며 제대로 구사할 줄 아는 언어도 하나 없지만, 장교로서는 훌륭한 프랑스 중위에게 군대를 이끌고 글로스터로 가도록 위임한 중위는 다음 날 아침 자신이 직접 죄수를 치안판사에게 데려가기로 결심했소.

저녁이 되자 이 지휘관은 성가시지 않다면 한번 찾아가고 싶다는 전갈을 존스에게 보냈고, 중위의 이 정중한 청을 호의적으로 생각한 존스는 그의 제안을 고맙게 받아들였소. 존스의 방으로 올라간 중위는 존스의 상태가 예상보다는 훨씬 괜찮다는 사실을 알게 되었고 존스에게선 의사의 특별 지시만 없었다면, 자신은 이미 오래전에 일어났을 거라며, 몸 상태가 평소와 같고 얻어맞은 머리 쪽이 아픈 걸 빼놓고는 상처로 인한 별다른 불편을 느끼지 않는다는 말을 들었소.

이에 중위가 말했소. "선생 생각처럼 몸이 나아졌다면, 나도 무척 기쁘오. 그렇다면 선생 스스로가 이 문제를 바로잡을 수 있을 테니 말이오. 치고받고 싸우는 경우처럼 이런 싸움의 경우에는 화해가 이루어질 수 없는 것이기 때문에, 선생이 그자에게 빨리 결투를 신청하면 할수록 좋을 것이오. 하지만 선생은 실제보다 자신의 몸 상태가 더 호전되었다고 생각하는 것 같소. 그럴 경우 선생보단 그자가 훨씬 더 유리할 거요."

이 말에 존스가 "하지만 제게 칼만 빌려주신다면, 어떻게든 한번 해보겠습니다. 전 아직 칼을 마련하지 못했거든요"라고 말하자, 중위는 "언제라도 내 칼을 사용해도 좋소"라고 소리치면서, 존스에게 입을 맞춘 뒤 다음과 같이 말을 이었소. "선생은 참 용감한 젊은이오. 선생의 그 기백이 마음에 드오. 하지만 선생이 과연 결투를 할 힘이 있을까 그게 심히 우려스럽소. 그렇게 맞고 그 많은 피를 흘렸으니 분명 힘이 많이 빠졌을 거요. 침대에 누워 있을 때는 잘 느끼지 못하지만, 한두 번 칼을 휘두르고 나면 자신이 힘이 빠졌다는 사실을 십중팔구 느끼게 될 것이오. 그래서 선생이 오늘 밤 그자와 결투를 벌이는 데는 찬성할 수 없소. 우리가 출발한 뒤 며칠 지나서 우리를 뒤쫓아오기 바라오. 그러면 내 명예를 걸고 선생이 그자와 결투를 할 수 있게 해주겠소. 혹 그렇게 되지 않는다면 선생을 해친 저 자를 우리 부대에 더 이상 있지 못하게 할 작정이오."

이 말에 존스가 "이 문제를 오늘 밤에 결정지었으면 합니다. 지금 그 말씀을 들으니, 가만히 쉬고만 있을 수가 없군요"라고 말하자, 중위는 "그런 생각은 결코 하지 마시오. 2, 3일 뒤에 해도 별 차이는 없소. 명예가 입은 상처는 육신의 상처와는 달라 치료가 늦어진다고 해서 큰일이 일어나는 건 아니오. 지금 하나, 일주일 뒤에 하나 마찬가지니 말이오"라고 대답했소.

이에 존스가 "하지만 상처가 악화돼 제가 죽게 된다면 어떻게 합니까?"라고 반문하자, 중위는 "그렇게 된다면 선생은 자신의 명예를 만회하기 위해 별다른 조처를 취할 필요는 없을 것이오. 내가 본 선생의 모습을 내가 직접 밝히고, 몸이 회복되었더라면 선생이 적절한 조처를 취하려 했다는 사실을 세상 사람들에게 증언할 테니 말이오"라고 대답했소.

이 말에 존스가 "이 일을 늦추는 게 전 아직도 우려스럽습니다. 군생활을 하고 계신 분께 말씀드리기엔 좀 뭐하긴 하지만, 전 앞뒤 가리지 않는 무모한 면은 있어도 아주 진지한 순간에는, 그리고 근본적으로는 진실한 기독교인입니다"라고 말하자, 중위는 "나도 그렇소. 나도 독실한 기독교인이라, 식사 시간에 선생이 종교적인 대의를 옹호할 때 선생이 마음에 들었던 것이오. 하지만 다른 사람들에게 자신의 신조를 밝히는 걸 망설인 것에 대해선 좀 실망스럽소"라고 대답했소.

이에 존스가 "하지만 진정한 기독교인이라면 이를 분명하게 금하신 분의 명을 거슬러 마음속에 적의를 품는 건 잘못된 일이 아닙니까?* 아파 누워 있으면서도 어떻게 제가 그런 마음을 품고 있을 수 있겠습니까? 아니 그걸 금하는 종교를 가슴속 깊이 믿고 있으면서 어떻게 제가 그런 일을 할 수 있겠습니까"라고 항변하자, 중위는 이렇게 대답했소. "하나님이 그런 명을 내린 것은 맞소. 하지만 명예를 존중하는 사람은 그 명령을 지킬 수 없소이다. 군대에 있으려면 우선 자신의 명예를 소중히 여겨야 하오. 나도 펀치를 마시면서 군목에게 이 문제에 대해 문의한 적이 있었는데, 그때 군목은 설명하기 무척 난감하다고 실토를 하더니, 이런 경우 군인들에겐 그런 게 허용될 수 있을지도 모른다고 대답했소. 허용될 수 있을 거라고 희망하는 게 우리의 임무요. 군인이 명예를 잃고서 어떻게 살아갈 수 있겠소? 아니, 결코 살아갈 수가 없소. 살아 있는 동안 좋은 기독교인이 되시오. 하지만 명예도 소중히 여겨야 하니, 결코 모욕을 참아서는 안 되오. 이 세상 그 어떤 목사도 모욕을 참도록 날 설득하지는 못할 것이오. 난 내가 믿는 종교를 존중하지만, 내 명예는 더 소중히 여기오. 성경 말씀을 글로 옮기는 데 혹은 우리말로 번역하는 데 아니면 성경을 이런저런 식으로 해석하는 데 실수가 있었던 게 틀림없소. 어쨌든 간에 사람은 자신의 명예를 지켜야 하기 때문에 때론 위험을 무릅쓸 수밖에 없는 것이오. 그러니 오늘 밤은 쉬시오. 이 일을 바로잡을 기회를 선생에게 줄 것을 약속할 테니 말이오." 이렇게 말하고서, 중위는 존스를 힘껏 포옹하고 악수를 한 뒤 방을 나섰소.

중위는 자신이 편 논리가 무척 만족스러웠지만, 존스는 전적으로 만족스럽지는 못했소. 따라서 마음속으로 이 문제를 계속 생각하던 존스는

---

* 필딩은 당시 귀족들 간에 유행하던 결투가 반기독교적이라며 매우 부정적으로 생각하고 비판했다. 그의 마지막 소설인 『아멜리아』에서뿐만 아니라, 『코번트가든 저널』 1752년 1월 7일 자에 실린 에세이에서도 필딩은 자신의 이런 생각을 밝혔다.

마침내 결심을 하기에 이르렀소. 그 결심이 무엇인지는 다음 장에서 알게 될 것이오.

14장
독자들이 저녁에, 특히 혼자 있을 때,
읽을 엄두도 내지 못할 정도로 무시무시한 이야기

닭고기와 1파운드의 베이컨이라도 먹을 수 있었을 존스는 닭고깃국 한 대접을 아주 맛있게 비운 뒤, 몸 상태가 더 나빠졌거나 평소보다 힘이 더 없진 않다는 사실을 깨닫고는 자리에서 일어나 노서턴을 찾으러 가기로 결심했소.

이에 앞서 존스는 이곳에 있는 군인 중 가장 먼저 알게 되었던 하사관을 불러달라고 사람을 보냈소. 하지만 운 사납게도 그 훌륭한 군인은, 말 그대로 술로 배를 가득 채운 뒤, 얼마 전에 베개를 베고 요란하게 코를 골며 자고 있어, 그의 콧구멍에서 나오는 소리를 압도하는 소리를 내어 그의 귀에 전달하기란 쉬운 일이 아니었소.

하지만 존스가 그를 꼭 만나겠다고 끈질기게 요구했기 때문에, 목청 큰 여관 사환은 결국 하사관을 깨워 존스의 전갈을 전달했소. 전갈을 받은 하사관은 이미 옷을 입고 있었던 상태라 침대에서 즉시 일어나 존스를 만나러 갈 수 있었소. 하지만 존스는 자신의 의도를 그에게 알리는 건 적절하지 않다고 생각했소. 알려주었다손 치더라도 별일 없었을 테지만 말이오. 이 하사관은 명예를 소중히 여기는 사람이었고 부하를 죽인 적도 있는 데다가, 밝힌다고 해서 보상금이 따르지 않는 비밀은 굳게 지켜왔기에 이 일도 분명 비밀에 부쳤을 것이기 때문이오. 하지만 하사관을 안 지 얼마 되지 않아 그가 이런 미덕을 갖고 있는지 몰랐던 존스가 이처럼 조심하는 것은 현명하고도 칭찬받을 만한 일일 것이오.

존스는 군에 입대한 사람에게 가장 필요한 장비라 할 수 있는 칼을 자신은 가지고 있지 않아 창피스럽다며, 칼을 하나 구해주면 대단히 고맙겠다고 하고는 "칼에 대해선 적당한 값을 쳐주겠소. 칼자루가 은일 필요는 없소. 칼날만 좋고 군인이 차기에 어울릴 만한 것이면 되오"라고 하사관에게 말했소.

무슨 일이 일어났었는지 잘 알고 있었고, 게다가 존스가 매우 위독한 상태라고 들었던 하사관은 이 밤중에 이런 몸을 한 사람에게서 이런 말을 듣게 되자, 즉각 존스의 정신이 이상해졌다고 판단했소. 따라서 어떤 상황에도 항상 대처할 준비가 되어 있었던(이 말을 일반적인 의미로 사용한다면) 하사관은 병자의 이 엉뚱한 생각에 편승하기로 마음먹고는 이렇게 말했소. "하나 마련해줄 수 있을 것 같기는 합니다. 아주 좋은 칼을 하나 갖고 있는데, 선생이 바라는 것처럼 군인에게는 어울리지 않는 은으로 된 것은 아니지만, 손잡이는 웬만하고, 칼날은 유럽에서 가장 좋은 것이지요. 간단히 말해, 그게 어떤 칼날이냐면…… 당장 가지고 올 테니 한번 보고 만져보시오. 하여튼 많이 나아진 걸 보니 기쁘군요."

금방 다시 돌아온 하사관은 존스에게 칼을 건네주었소. 칼집에서 칼을 뽑아본 뒤, 존스가 아주 쓸 만하다며 가격을 말하라고 하자, 하사관은 이 물건에 대한 칭찬을 길게 늘어놓더니 다음과 같이 말했소(말했을 뿐만 아니라, 힘주어 맹세까지 했소). "이 칼은 데팅겐 전투*에 참전했던 아주

---

* Battle of Dettingen: 프랑스와 영국 연합국 간에 벌어졌던 오스트리아 왕위 계승 전쟁 중 하나로 1743년에 벌어진 전투. 이 전투에서 영국은 프랑스에 대승을 거두었다.

지위 높은 프랑스 장교의 것이었소. 그 장교의 머리를 내리쳐 쓰러뜨린 다음, 그 옆에 떨어진 이 칼을 내가 집어 온 것이오. 이 칼의 손잡이는 원래 금으로 된 것이었는데, 그건 어떤 신사에게 팔았죠. 개중에는 칼날보다 칼 손잡이를 더 소중하게 여기는 사람도 있는 법이니까요."

이때 존스는 하사관의 말을 막으며 다시 가격을 말하라고 했소. 존스가 지금 제정신이 아니며 또 죽음에 임박했다고 생각한 하사관은 존스에게 너무 적은 돈을 요구하면 자기 가족에게 피해를 줄 수도 있을 거라고 우려했소. 따라서 잠시 망설이던 그는 칼 값으로 20기니를 부르는 것으로 만족해하며, 친동생한테라도 단 한 푼도 덜 받고는 팔지 않겠다고 맹세까지 했소.

이에 놀란 존스가 말했소. "20기니라고! 선생은 지금 내가 미쳤거나 아니면 평생 칼을 본 적도 없는 사람이라고 생각하고 있는 것 같군. 20기니라니! 선생이 날 속이려 할 거라곤 상상도 하지 않았는데. 자, 여기 도로 가져가시오. 아니지, 다시 생각해보니 이 칼을 갖고 있다가 내일 아침 당신 상관한테 보여주고 당신이 칼 값으로 얼마를 요구했는지 말하는 게 좋겠군."

전술(前述)**한 대로*** 이 하사관은 어떤 상황에도 항상 대처할 준비가 되어 있는 사람이었기 때문에 존스의 상태가 자신이 생각하던 것과는 다르다는 걸 분명히 알게 된 이 순간, 존스처럼 몹시 놀란 척하며 이렇게 말했소. "내가 그렇게 터무니없는 요구를 하지는 않았다고 생각하오. 게다가 이 칼이 내가 가진 유일한 칼이고, 칼이 없으면 상관의 화를 자초할 수도 있는 위험을 감수해야 한다는 사실을 한번 생각해보면, 20실링 달라고 한

---

* '앞서 말한 의미에서'라는 뜻.

게 그렇게 지나친 요구가 아니라고 생각하오."

이에 존스가 "20실링이라고! 조금 전에 20기니를 달라고 하지 않았소?"라고 소리치자, 하사관이 대답했소. "어떻게 내가 그랬겠소! 내 말을 잘못 알아들으신 게 분명하오. 아니면 내가 잘못 말했거나. 사실 난 아직 잠이 덜 깬 상태라. 20기니라니! 그렇게 화를 낸 게 놀랄 일이 아니군요. 난 20기니, 아니 20실링이라고 말하려던 거였소. 그건 분명하오. 그리고 여러 상황을 고려해볼 때, 그 가격이 터무니없다고 생각하지는 마시길 바라오. 그보다 더 적은 돈으로 이 정도의 칼을 구입할 수 있을는지는 모르오. 하지만……"

이 말에 존스는 하사관의 말을 막으며 "이 문제로 더 이상 왈가왈부하지는 맙시다. 자, 요구한 것보다 1실링 더 주겠소"라고 말하고는 하사관에게 1기니*를 주었소. 그러고는 하사관에게 침실로 돌아가 쉬고, 다음 날 아침에 출발 잘하기 바란다고 하고는 자신도 연대가 우스터에 도착하기 전에 뒤따라갈 수 있게 되길 바란다며 말을 맺었소.

하사관은 거래에 매우 만족해하며 존스가 제정신이 아닐 거라는 잘못된 판단 때문에 저지른 실수를 교묘히 만회한 걸 대단히 기뻐하면서 매우 정중하게 존스와 작별을 고했소.

하사관이 떠나자마자 존스는 침대에서 일어나 옷을 입은 뒤, 피가 그대로 묻어 있는 흰 코트를 걸쳤소. 새로 산 칼을 손에 움켜쥐고 방을 나가려는 순간, 존스는 자신이 무슨 일을 하려는지 한번 생각해보고는 갑작스럽게 걸음을 멈추었소. 그러고는 잠시 후 자신이 어떤 사람의 목숨을 앗아가거나 자신이 목숨을 잃을 수도 있다는 생각에 다음과 같이 중얼거렸

---

* 1기니는 21실링이다.

소. "좋아. 그런데 내가 무슨 명분으로 목숨을 걸고 이 일을 하려는 거지? 그래, 내 명예를 지키기 위해서지. 그래, 이 인간은 어떤 잔가? 아무 이유 없이 나를 때리고 모욕한 악당이지 않은가. 하지만 하나님은 복수를 금하셨어. 그래, 그런데 세상은 내게 복수하라고 해. 하나님이 분명하게 내리신 명을 거부하고, 세상의 명을 따라야 하는 걸까? 겁쟁이, 악당이라고 남들에게 손가락질당하는 것보다는 하나님의 노여움을 사는 게 차라리 나을까? 더 이상 아무 생각도 하지 말자. 결심했어. 난 그자와 싸워야 해."

여관의 사환으로부터 노서턴이 정확히 어디에 갇혀 있는지 알아낸 존스가 그를 찾아가기 위해 조용히 방문을 나섰을 때, 시계는 12시를 쳤고 노서턴을 지키고 있던 보초를 제외한 모든 사람이 잠자리에 들었소. 이때의 존스보다 더 공포스러운 모습을 상상하는 건 쉬운 일이 아닐 것이오. 앞서 말했듯이, 존스는 피로 뒤범벅이 된 흰 코트를 입고 있었고, 게다가 의사가 5백 시시 정도의 피를 뽑은 뒤 또다시 5백 시시의 피를 흘린 탓에 얼굴은 몹시 창백했으며, 그의 머리에 감긴 상당량의 붕대는 마치 터번처럼 보였기 때문이었소. 따라서 오른손으로는 칼을, 왼손으로는 초를 들고 있는 존스의 모습은 피 흘리는 뱅코 장군*도 비견될 수 없을 정도로 무시무시했소. 사실 교회 묘지에서도 혹은 크리스마스 저녁 서머싯셔의 어느 집 난롯가에 앉아 있는 그 누구의 상상 속에서도, 이보다 더 무시무시하게 생긴 유령이 출몰하지는 않았을 거라 생각하오.

처음 우리의 주인공이 다가오는 것을 본 보초병의 머리털이 곤두서는 바람에 그의 보병모가 살며시 올라갔소. 이내 양 무릎이 서로 부딪히기 시작하더니 급기야는 학질에라도 걸린 듯 온몸을 떨기 시작한 보초병은

---

* 셰익스피어의 비극 『맥베스』에 나오는 뱅코Banquo 장군은 맥베스에 의해 살해된 뒤, 피 흘리는 유령의 모습으로 후에 왕이 된 맥베스의 연회장에 등장한다.

총을 발사한 뒤, 바닥에 얼굴을 대고 납작 엎드렸소.

그가 총을 발사한 것이 두려움 때문이었는지 아니면 용기 덕분이었는지 그도 아니면 공포의 대상을 향해 정확히 총을 겨누고 발사한 것인지는 모르겠소. 하지만 총을 겨누었다 하더라도 다행히 사람을 맞추지는 않았소.

보초병이 쓰러지는 것을 본 존스는 자신이 아슬아슬하게 위험에서 벗어났다는 사실에 대해선 조금도 생각지 않고, 그가 놀란 이유를 짐작하고는 웃지 않을 수 없었소. 그러고는 쓰러진 자세로 계속 누워 있는 보초병 옆을 지나 노서턴이 갇혀 있다고 전해 들은 방으로 들어갔소. 하지만 이 방 테이블 위에는 엎질러진 맥주와 빈 단지만 남아 있어 존스는 얼마 전까지 이 방에 누군가 있었지만, 지금은 아무도 없다는 사실을 알게 되었소.

이 방이 다른 방으로 연결되었을지도 모른다는 생각에 존스는 주변을 샅샅이 뒤져보았지만 자신이 들어온 문과 보초병이 서 있던 문 말고는 그어떤 문도 발견할 수 없었소. 이에 존스는 노서턴의 이름을 몇 번이고 불렀지만, 아무런 대답도 듣지 못했고 오히려 보초병만 더욱 두려움에 떨게했을 뿐이었소. 상처를 입고 죽은 지원병이 귀신이 되어 자신을 죽인 사람을 찾으러 온 거라고 확신했던 보초병은 극도의 공포를 느끼며 누워서 떨고만 있었던 것이오. 까무러칠 정도로 놀라는 사람의 역을 맡게 될 배우들은 극장의 제일 싸구려 좌석에 앉은 관객들의 환대와 찬사를 받기 위해 몇 가지 기묘한 재주를 부리거나 몸동작을 하는 대신, 지금 이 보초병의 모습을 보기 바라오. 실제로 놀란 사람의 모습을 그대로 재현할 수 있을 테니 말이오.

죄수가 달아났다는 사실을 알고는, 죄수 찾는 걸 단념한 우리의 주인공은 총소리에 여관에 있던 모든 사람들이 놀랐을 거라 생각하고는, 들고 있던 촛불을 끈 다음 살그머니 방으로 되돌아갔소. 통풍으로 침대에 꼼짝 못하고 누워 있던 어떤 사람을 제외한 나머지 사람 중 누군가가 존스가 올라간 계단에 있었더라면 존스는 들키지 않고 자기 방으로 돌아갈 수는 없었을 것이오. 존스가 자기 방에 도착하기 전에, 보초병이 배치되었던 홀은 사람들로 거의 반쯤 차버렸기 때문이었소. 어떤 이는 셔츠 차림으로 어떤 이는 옷을 제대로 입지도 못했지만 그러면서도 모두들 서로에게 무슨 일이냐고 아주 진지하게 물어보았소.

보초병은 그 자리에 그 자세 그대로 계속 누워 있었소. 몇몇 사람은 그를 즉각 일으켜 세우려 했지만 어떤 이는 그가 죽었다고 생각하고는 내버려두었소. 하지만 죽었다고 생각한 이들은 곧 자신들 생각이 틀렸다는 사실을 알게 되었소. 보초병은 자기 몸에 손댄 사람들과 드잡이를 했을 뿐만 아니라 고래고래 소리까지 지르기 시작했기 때문이었소. 진상을 밝히자면, 유령에 대한 공포에 사로잡혔던 보초병은 수많은 유령들 혹은 악마들이 자신을 잡아가려 한다고 생각했소. 보초병은 현재 자신이 보고 있고 자신과 접촉한 모든 사람들을 유령이나 망령이라고 생각한 것이오.

마침내 여러 사람들에게 제압당해 어쩔 수 없이 일어나게 된 보초병은 누군가 가져온 촛불로 동료 두서너 명의 얼굴을 확인한 뒤에야 약간 정신을 차리게 되었소. 하지만 그의 동료들이 무슨 일이냐고 묻자, 보초병은 "난 죽은 거야. 그래. 난 분명히 죽은 거라고. 그 사람을 봤단 말이야"라고 대답했소. 이 말에 어느 병사가 "무엇을 보았단 말인가?"라고 질문을 던지자 그는 "어제 죽은 그 젊은 지원병을 봤어"라고 대답하고는, 온몸에 피를 뒤집어쓰고, 입과 콧구멍에서 불을 내뿜으면서, 자기 옆을 지나 노서턴 기수가 있던 방으로 가 노서턴의 목을 잡고는 우레 같은 소리를 내며 존스가 날아가는 것을 분명히 보았다면서, 자기 말이 거짓이면 스스로에게 지독한 저주를 내리겠다고 했소.

이 말을 들은 사람들은 "이런" "저런" "큰일 났네" 등등의 말을 했소. 여자들은 모두 보초병의 말을 확고히 믿으며 살려달라고 기도했고, 남자들도 대부분 이 말을 믿었소. 하지만 나머지 사람들은 이 말을 한 보초병을 놀리고 조롱했으며, 특히 당시 그 자리에 있던 하사관은 "젊은 친구, 자네가 보초 서면서 졸고 꿈까지 꾼 것에 대해선 나중에 더 이야기하기로 하지"라며 아주 냉정한 반응을 보였소.

이 말에 보초병은 "절 벌주셔도 좋습니다. 하지만 그때 전 지금처럼 잠이 완전히 깬 상태였습니다. 그리고 말씀드린 것처럼, 제가 본 게 두 눈이 횃불처럼 불타던 지원병이 아니라면, 그 사람이 기수를 데려갔듯이, 귀신이 절 데려가도 좋습니다"라고 대답했소.

이때 군 지휘관과 여관의 지휘관 두 사람이 도착했소. 당시 잠자리에 들지 않았던 군 지휘관은 보초병이 총을 발사하는 소리를 듣고도 무슨 큰일이 일어났을 거라고는 생각하지 않았지만, 즉시 일어나는 게 자신의 의무라 생각해 이곳에 온 반면에, 여관의 지휘관은 자기 집 숟가락이나 술잔이 자신의 명령을 받지도 않고 행군을 떠날까 봐 상당히 우려가 되어 이곳으로 온 것이었소.

조금 전 자신이 보았다고 생각하는 유령만큼이나 별로 달갑지 않은 군 지휘관이 출현하자, 이 불쌍한 보초병은 피와 불을 더 많이 첨가해 그 무시무시한 이야기를 다시 했소. 하지만 불운하게도 그는 마지막으로 출현한 이 두 사람의 신뢰를 얻지는 못했소. 군 지휘관은 매우 신앙심이 두터운 사람이었지만, 귀신을 보았다는 식의 이야기는 믿지 않는 사람이었고, 게다가 우리들처럼 존스의 건강 상태를 얼마 전에 확인했기 때문에 존스가 죽었다고는 생각하지 않았기 때문이었소. 또한 대단히 신앙심이 깊지는 않았지만, 귀신과 관련된 기독교적 교리에 특별한 반감을 갖고 있지 않던 여관 안주인은 보초병의 이야기가 사실이 아니라는 어떤 정황을 알고 있었는데, 그것이 무엇인지는 곧 독자들에게 알려주겠소.

노서턴이 천둥 속으로 혹은 불꽃 속으로 사라졌든 혹은 다른 방식으로 사라졌든 간에, 그가 더 이상 방에 갇혀 있지 않다는 사실은 이제 확실해졌소. 이에 중위는 하사관이 좀 전에 내렸던 것과 크게 다르지 않은 판단을 내리고는 보초병을 즉각 투옥하라는 명령을 내렸소. 따라서 운명은 기이하게 뒤바뀌어(군대에서 이런 일은 아주 특별한 일이 아니지만) 보초병이 감시를 받는 상황이 벌어지게 되었던 것이오.

15장
앞 이야기의 결말

보초병이 잠을 자고 있지 않았나 하는 의심 말고도 중위는 이 불쌍한 보초병에 대해 더 나쁜 의심을 품고 있었소. 그것은 바로 그가 자신을 속이려고 하는 게 아닌가 하는 것이었소. 보초병이 한 유령 이야기를 한마디도 믿지 않던 중위는 그의 말이 모두 자신을 속이기 위해 지어낸 이야기이며, 사실 보초병은 노서턴이 탈출하도록 도와주고 뇌물을 받았다고 생각했던 것이오. 그가 이런 생각을 하게 된 이유는 그 누구보다도 용감하고 대담무쌍하다는 평판이 나 있었고 수많은 전투에 참전하여 여러 차례 부상을 입으면서도 항상 훌륭하고 용감한 군인으로서의 모범을 보였던 보초병이 이처럼 두려워하는 게 몹시 부자연스러워 보였기 때문이었소.

따라서 우리는 독자들이 이 보초병을 조금이라도 나쁘게 생각하지 않도록 하기 위해 더 이상 지체하지 않고 그의 누명을 벗겨주고자 하오.

앞서 보았듯이 노서턴은 존스에 대한 승리를 통해 얻은 영광에 대해선 매우 만족해했으나 영광 뒤에는 항상 시기심이 뒤따라오게 마련이라는 사실을 보았거나 들었거나 혹은 추측했던 것 같았소. 이렇게 말한다고 해서 그가 이교도처럼 복수의 여신을 믿거나 섬긴다는 뜻은 아니오. 사실 그는 복수의 여신이라는 이교도 여신의 이름을 들어본 적도 없다고 나는 확신하기 때문이오. 활동적인 성격이었던 그는 치안판사가 자신의 숙사로 배정할지도 모르는 글로스터 성의 밀폐된 겨울 병사(兵舍)*를 몹시도 싫어했을 뿐만 아니라, 나무로 만들어진 어떤 건축물(이 건축물은 다른 어떤 공중건물보다도 사회에 더 도움이 되거나 또는 최소한 사회에 도움이 되도록 이용될 수 있기 때문에, 이 건축물의 존재에 대해 부끄러워하기보다는 이 건축물에 대해 경의를 표해야 한다고 주장하는 사람들의 견해를 존중해서, 이 건축물의 이름은 밝히지 않겠소)에 대해 생각할 때도 마음 편치 않았소. 그가 왜 이런 행동을 취했는지 그 동기에 대해선 그만 이야기하기로 하고, 한마디로 상황을 설명하겠소. 노서턴은 그날 저녁 이곳을 떠나고 싶어 했기 때문에, 그에겐 이를 실행에 옮길 방법(그것은 좀 어려운 문제였소)을 궁리하는 일만 남게 되었소.

도덕적인 면에서는 다소 비뚤어졌지만 외모 면에서는 반듯했던 이 젊은 신사는 힘도 매우 세고 풍채도 좋았소(넓고, 붉은 얼굴에 꽤 고른 이를 가진 그를 대부분의 여자들은 잘생겼다고 생각했소). 그의 잘생기고 멋진 외모를 상당히 선호했던 여관 안주인은 이에 깊은 인상을 받았고 더 나아가 그에게 동정심까지 느끼게 되었소. 따라서 의사에게서 존스의 상황이

---

* 감옥을 말한다.

안 좋다는 말을 들은 여관 안주인은 사태가 기수에게 불리하게 돌아갈 거라고 판단하고는 기수를 면회할 허락을 얻어내었소. 그러고는 상당히 우울해하고 있던 기수에게 존스가 살아날 가망이 거의 없다고 말해 그를 더욱 우울하게 만든 다음, 은근히 어떤 제안을 했소. 그러자 상대방은 이 제안을 기꺼이 그리고 열렬히 받아들여 이들은 모종의 합의를 보게 되었던 것이오. 즉 여관 안주인이 어떤 신호를 보내면, 기수는 부엌과 연결된 굴뚝으로 올라갔다가 부엌으로 내려오기로 했고, 이를 위해 여관 안주인은 장애물을 깨끗이 치우기로 합의했던 것이오.

하지만 여관 안주인과는 다른 생각을 가진 독자들이 이번 경우를 보고는 동정심에서 나온 모든 행위는 어리석고 사회에 위해를 끼친다고 성급하게 판단하지 않도록 하기 위해, 여관 안주인이 이렇게 행동하는 데 어느 정도 역할을 한 또 다른 세부 요인을 언급하는 게 적절하다고 생각하오. 그것은 바로 당시에 이 기수가 가지고 있던 부대 소속의 돈 50파운드였소. 부대원들에게 줄 급료였던 이 돈은 부대의 지휘관인 중위와 말다툼을 벌였던 대위가 노서턴에게 맡겨두었던 것이지만 노서턴은 나중에 나타나 자신의 혐의에 대한 일종의 보석금 내지 보증금의 용도로 이 돈을 여관 안주인에게 맡겨놓는 게 적절하다고 생각했던 같소. 그 조건이 어떤 것이었든 간에 여관 안주인은 돈을, 기수는 자유를 얻게 되었다는 것만은 확실하지만 말이오.

이 선량한 여성의 동정심 많은 성격으로 미루어 보아, 독자들은 그녀가 아무런 잘못도 저지르지 않으면서도 체포된 불쌍한 보초병을 보고는, 즉각 그를 변호했을 거라 생각할지도 모르오. 하지만 앞에서 언급한 일에 동정심을 모두 써버려서 그랬는지 아니면, 노서턴의 얼굴과 크게 다르지는 않았지만, 보초병의 얼굴이 그녀의 동정심을 일으킬 정도는 아니어서 그랬는지는 모르겠지만, 여관 안주인은 현재 감금된 보초병을 변호하기는커녕 보초병이 죄를 지은 게 틀림없다고 그의 상관에게 강력히 주장하고는, 눈과 손을 높이 치켜들며 이 세상을 다 주어도 자신은 살인자의 도피에는 결단코 관여하지 않을 거라고 맹세까지 했소.

이제 모두 다시 잠잠해지자, 대부분의 사람들은 각기 침실로 돌아갔소. 하지만 원래 활달한 성격이어서 그랬는지 아니면 접시를 도둑맞을까 걱정이 돼서 그랬는지는 모르겠지만, 잠 생각이 없었던 여관 안주인은 한 시간 뒤면 떠날 장교들을 설득해 펀치를 같이 마시며 함께 시간을 보냈소.

그동안 내내 깨어 있었기 때문에 사람들이 허둥대고 법석거리는 소리를 대부분 다 들었지만, 그 세세한 내막을 알고 싶었던 존스는 하인을 부르러 최소한 스무 번은 벨을 눌렀는데, 아무 소용이 없었소. 여관 안주인은 같이 있던 사람들과 몹시 웃고 떠들어 자기 목소리를 제외하고는 그 어떤 소리도 들을 수 없었고, 부엌에 같이 앉아 있던 사환과 하녀는(사환은 혼자 앉아 있을 수 없어서, 하녀는 침대에 혼자 누워 있을 수 없어서 이곳으로 왔소) 벨이 울리는 소리를 들으면 들을수록 더욱더 공포를 느껴 그 자리에서 꼼짝도 할 수 없었기 때문이었소.

마침내 다행히도 이들의 잡담이 잠깐 멈추었을 때, 이 선량한 여관 안주인의 귀에 벨소리가 전달되었소. 그러자 여관 안주인은 곧 소환령을 발하여 두 명의 하인을 즉각 호출했소. 여관 안주인이 이들에게 "니는 신사분이 벨 울리는 소리도 안 듣기드나? 와 안 올라가노?"라고 묻자, 사환은 "손님 방에 가는 건 지가 할 일이 아이고, 베티가 할 일 아입니꺼!"라고 대답했소. 이 말에 하녀는 "니 말대로믄 신사들 시중드는 거도 내가 할 일은 아이지. 우짜다 그런 일을 하기는 했지만서도. 니가 먼저 그 얘기를 꺼냈으이 카는 말인데, 내 다시는 안 할 끼라"라고 말했소. 이때 벨

소리가 여전히 요란하게 울리자, 안주인은 분통을 터뜨리면서 당장 손님 방으로 올라가지 않으면 그날 아침으로 사환을 쫓아버리겠다고 했소. 하지만 이 말에도 사환은 "그래도 몬 합니더. 딴 사람이 할 일을 제가 만다꼬 합니꺼"라고 말하자, 여관 안주인은 하녀를 부드럽게 타이르려고 했소. 하지만 이도 아무 소용없었소. 베티도 사환처럼 막무가내였던 것이오. 즉 이 둘은 모두 자기 일이 아니라며 하지 않겠다고 고집을 피웠던 것이오.

이 모습을 본 중위는 웃기 시작하더니 "이봐요. 내가 이 시빗거리를 해결해주겠소"라고 말했소. 그러고는 하인들을 쳐다보며 자신의 주장을 끝까지 밀고 나가는 그들의 결의를 칭찬하더니, 한 사람이 손님방으로 가겠다고 하면 다른 사람도 같이 가겠느냐고 물어보았소. 그러자 이 둘은 즉시 그 제안을 따르겠다고 하고는 서로 사랑하는 연인처럼 딱 달라붙어서 손님방으로 함께 올라갔소. 이들이 떠난 뒤 중위는 이 둘이 왜 그처럼 혼자 가기 싫어했는지 그 이유를 설명해주자 여관 안주인은 화를 가라앉혔소.

곧 돌아온 이들은 안주인에게 존스가 죽기는커녕 아주 건강한 사람처럼 목소리에 힘이 있었다고 알려주었소. 그러고는 군 지휘관에게 안부를 전해달라고 하고선, 출발하기 전 만났으면 좋겠다는 부탁까지 했다고 전했소.

존스의 요청에 따라 즉시 그의 방으로 올라간 이 선량한 중위는 존스 침대 옆에 앉아 아래층에서 벌어졌던 일을 알려준 뒤, 본보기로 보초병을 처벌하겠다는 의사를 밝혔소. 이 말에 곧 존스는 중위에게 상황의 전모를 말해주고는 보초병은 거짓말을 하려 한 것도 중위를 속이려 한 것도 아니며 단지 기수가 도망간 사실을 모르고 그랬을 거라며, 그를 처벌하지 말아달라고 진심으로 간청했소.

이에 중위는 잠시 망설이더니 다음과 같이 대답했소. "선생이 그가 받은 혐의의 일부를 벗게 해주었으니, 그의 나머지 혐의를 입증하는 건 이제 불가능해졌소. 그자 혼자서 보초를 선 것은 아니었으니 말이오. 하여튼 난 그 친구가 겁을 먹었기 때문에 벌을 줄 작정이오. 하지만 유령을 무서워한 결과가 어떨지 누가 알았겠소? 사실 그 친구는 적과 마주칠 때는 항상 잘 싸워왔소. 하여튼 이 친구들에게 신앙심이 있다는 걸 알게 된 것은 좋은 일이오. 그러니 행군을 떠나기 전 그 친구를 풀어주겠다고 약속은 하겠소. 그건 그렇고 저 소리가 들리시오? 행군 전 전 부대원을 소집하기 위해 치는 북소리요! 젊은이, 내 한 번 더 젊은이와 입을 맞추고 싶소. 너무 심란해하거나 너무 서두르지 말고, 인내하라는 기독교의 가르침만 기억하시오. 그러면 선생은 곧 이 일을 바로잡을 수 있을 거고, 선생을 해친 그자에게 명예로운 복수를 할 수 있게 되리라 확신하오." 이 말을 하고 중위가 떠나자, 존스는 마음을 가라앉히고 쉬려 했소.

8권

대략 이틀 동안 벌어진 일

1장

우리가 여태까지 쓴 가장 긴 서론으로 경이로움에 관해 다룬 경이로울 정도로 긴 장

이야기 진행상 여태까지 벌어진 그 어떤 일보다도 기이하고 놀라운 내용을 진술해야 할 단계에 돌입했기에, 이 권의 첫 장에서 이른바 경이로운 내용을 쓰는 것에 대해 한마디하는 건 잘못이 아닐 것이오. 이를 위해 우선 우리 자신들뿐만 아니라 다른 사람들을 위해서라도 어떤 한계를 설정하고자 하오. 서로 다른 견해를 지닌 비평가들*이 이 문제에 대해 극단적으로 다른 생각을 가질 수 있으므로, 이보다 더 필요한 일은 없을 것이기 때문이오. 다시에 씨**처럼 불가능한 일도 개연성이 있을 수 있다고 생각하는 사람도 있겠지만,*** 역사책이나 시를 읽을 때 암묵적으로 가져야 할 믿음이 결여되어 있는 사람들은 자신이 목격하지 않은 일은 일어날

---

* "여기서와 마찬가지로 이 작품의 다른 곳에서도 이 단어는 전 세계의 독자를 지칭한다." (필딩의 주)
** 앙드레 다시에(André Dacier, 1651~1722): 아리스토텔레스의 『시학』을 번역한 18세기 영국의 비평가로 이 책 461쪽에 나오는 다시에 부인의 남편.
*** "다시에 씨가 아일랜드인이 아닌 것은 다행이다." (필딩의 주)
당시 영국인들은 아일랜드인이 모순적인 진술을 잘한다고 생각했다. 필딩이 다시에가 아일랜드인이 아니라 다행이라고 한 것은 그가 아일랜드인이었다면 그의 역설적인 진술이 단순히 자기 모순적인 진술로 받아들여졌을 것이라는 의미다.

가능성도, 개연성도 없다고 생각할 수 있기 때문이오.

우선 나는 모든 작가들에게, 인간이 할 수 없는 일을 했다고 믿는 건 불가능하니, 가능성이 있는 내용만 써달라고 아주 당당하게 요구하고자 하오. 인간이 할 수 없는 것을 이루어지게 하기 위해 고대 이교도 신들에 관한 많은 이야기가 생겨난 것 같소(이런 이야기의 대부분은 시를 통해 생겨났소). 시인들은 자신들의 터무니없고 과도한 상상을 충족시키기 위해 어떤 초월적 존재(독자들은 이들의 능력의 한계를 알 수 없기 때문에 혹은 이들의 능력이 무한하다고 생각하기 때문에 이런 존재와 관련된 놀라운 이야기를 들어도 충격 받지 않기 때문일 것이오)에 의존했기 때문이오. 호메로스의 글에 나오는 초자연적인 현상은 이런 초월적 존재에 의해 정당화되었고 또한 이것이 이들의 행위라고 주장함으로써 합리화될 수 있었소. 포프 씨가 주장했듯이,* 이는 율리시스가 매우 어리석은 파이아케스인들에게 황당한 거짓말을 한 것으로서가 아니라, 이런 우화를 신앙처럼 믿는 이교도인들에게 이야기한 것으로 이해해야 할 것이오.** 동정심이 많은 탓에 나는 폴리페모스***가 식사로 우유만 마셔 자기 눈을 보존했기를 바랐으며, 키르케****가 율리시스의 동료들을 돼지로(키르케는 인간의 육신을 존중했기 때문에 베이컨으로 바꾸어놓지는 않았다고 생각하오) 바꾸었을

---

* 알렉산더 포프가 번역한 『오디세이아』에 나오는 장면이기는 하지만, 다음에 나오는 필딩의 진술은 윌리엄 브룸(William Broome, 1689~1745)이 쓴 「『오디세이아』 10권에 대한 평Observation on the Tenth Book of the *Odyssey*」에 나오는 글의 내용과 유사하다.

** 아리스토텔레스는 『시학』에서 우화적인 이야기도 청중들이 사실로 믿는다면 써도 좋다고 했다.

*** Polypheme: 호메로스가 쓴 『오디세이아』에 등장하는 외눈박이 거인으로 율리시스는 자신의 일행을 잡아먹은 것에 대한 보복으로 그의 눈을 찔러 멀게 한다.

**** Circe: 『오디세이아』에 나오는 마녀로 아이아이아Aiaiē라는 섬에 살고 있는데, 오디세우스의 부하들에게 마법의 술을 마시게 해 돼지로 만들었다.

때, 율리시스 이상으로 그들에 대해 걱정했소. 이와 마찬가지로 나는 호메로스가 호라티우스가 제정한 규칙*에 따라, 가능한 한 초자연적인 존재를 등장시키지 않았으면 하고 진심으로 바랐소. 그랬다면 사소한 일로 등장해, 존경받지 못할 뿐만 아니라 경멸과 조소의 대상이 될 수도 있는 행동을 신들이 종종 저지르는 걸 보지 않아도 되었을 테니 말이오.** 사실 신들이 이런 행동을 했다는 것은 경건하고 현명한 이교도들도 믿기 힘든 사실로, 이는 누가 보아도 위대한 시인이 자신과 동시대에 사는 사람들의 미신적인 신앙을 희화화하려고 그랬을 거라는 가정(때로는 나의 이런 가정이 사실이 아닐까 하는 생각이 들기도 하오)을 하지 않고서는, 결코 이해될 수 없는 것이기 때문이오.

기독교 작가들에게는 별 의미도 없는 원칙에 대해 너무 오랫동안 이야기한 것 같소. 자신의 종교에서 언급되는 천사라 할지라도 기독교 작가가 천사를 작품에 등장시킬 수 없듯이,*** 불멸의 제위에서 오래전에 폐위된 이교도 신에 대한 연구 서적을 기독교 작가가 뒤적이는 건 몹시 유치한 일일 것이오.**** 현대 작가가 뮤즈의 도움을 청하는 것만큼 썰렁한

---

* 호라티우스는 『시학』에서 꼭 풀어야 할 복잡한 상황이 있을 때만 신을 개입시켜야 한다고 말한다.
** 그리스의 철학자이자 수사학자(修辭學者)인 롱기누스(Dionysius Cassius Longinus, 213?~273)는 『숭고함에 관하여』에서 호메로스가 신들이 저지르는 못된 장난과 신들이 감정에 휩싸이는 모습을 보여준 것을 불경하다고 비난한다.
*** 프랑스의 비평가이자 시인 니콜라 부알로(Nicolas Boileau-Despréaux, 1636~1711)는 『시학L'Art Poétique』에서 서사시에서 기독교에서 말하는 초자연적인 존재를 등장시키는 것에 반대했고, 18세기 영국의 비평가 존 데니스John Dennis도 그와 비슷한 견해를 밝혔다.
**** 많은 비평가들이 기독교 작가들이 자신들의 작품에 그리스나 로마 신화의 신들을 등장시키는 것에 반대했다. 조지프 애디슨도 『스펙테이터』 1712년 10월 30일 자 에세이에서 그런 것은 유치할 뿐만 아니라 용서받지 못할 거라고 썼다.

일은 없다고 한 새프츠베리 경*도 그렇게 하는 것은 몹시 불합리한 일일 거라고 부연 설명했을지도 모르오. 현대 작가는 발라드를 쓰기 위해서 『휴디브라스』의 저자가 그랬듯이 (몇 사람들은 호메로스도 그랬을 거라고 생각하고 있지만) 히포크레네 샘**이나 헬리콘 산***의 물보다도, 시를 쓰는 데 훨씬 더 많은 영감을 줄 수 있는 맥주 한 잔을 갈구하는 편이 훨씬 더 나을 것이오.

현대 작가들에게 조금이라도 허용될 수 있는 유일한 초자연적인 존재는 유령이오.**** 하지만 나는 현대 작가들에게 이런 유령도 가급적 등장시키지 말라고 충고하겠소. 유령들은 아주 조심해서 사용해야 할 비소나 위험한 의약품과 같은 것이기 때문이오. 또한 독자들의 너털웃음이 적대적으로 혹은 굴욕적으로 느껴지는 작가는 자신의 작품에 이런 초자연적인 존재를 일절 등장시키지 말라고 충고하겠소.

꼬마 요정이나 여자 요정 혹은 이와 같은 부류의 존재들에 대해선 언급하지 않겠소. 인간의 물리적인 한계를 넘는 무한한 능력을 가진 놀라운 상상력을(상상력을 통해 만든 작품은 새로운 창조물로서 간주될 수 있기 때문에, 작가는 자신의 상상력을 통해 하고 싶은 일을 마음대로 할 수 있는 정당한 권리를 가지고 있기 때문이오) 구속하고 싶지는 않으니 말이오.

하지만 아주 특별한 경우를 제외하고는 역사가나 시인들이 다루기에

---

 * 새프츠베리는 자신의 저서 『인간, 풍습, 여론, 시대의 특징*Characteristics of Men, Manners, Opinions, Times*』에서 현대 작가가 뮤즈를 불러내는 것은 어색하다고 비판한다.
 ** 뮤즈가 지키는 샘으로 이 샘물은 시인에게 영감을 주는 것으로 알려져 있다.
 *** 뮤즈의 샘이 있다고 전해지는 그리스 남부의 산.
 **** 존 드라이든의 극 『그라나다 정복*The Conquest of Granada*』(1672)의 서문 격으로 붙여진 「영웅 극에 관하여Of Heroique Playes」에서 드라이든은 영웅 극에 유령을 등장시키는 것을 옹호했다.

가장 적절한 주제는 바로 인간이오. 따라서 인간의 능력을 넘어서는 일을 인간이 하는 것으로 묘사할 때는 각별한 주의를 기울여야 하는 것이오.

그러나 가능한 것만 이야기해야 한다는 규칙을 지키는 것만으로는 충분치 않소. 우리는 개연성을 가져야 한다는 규칙도 함께 지켜야 하기 때문이오. 진술된 내용이 아무리 사실일지라도, 믿기 힘든 것을 진술하는 건 용납될 수 없다는 말을 아리스토텔레스*가, 혹은 오랜 세월이 지나면 상당한 권위를 갖게 될 어떤 현자가 한 것 같소. 이런 규칙이 시에는 적용될 수 있을지 모르겠지만, 역사가에게까지 확대해 적용하는 것은 비현실적이라고 생각할 수도 있을 것이오. 사실로 받아들이기에는 너무도 놀라운 일이라 이를 받아들이는 데에는 상당한 신뢰가 필요할지 모른다 하더라도, 역사가는 자신이 알게 된 사실을 있는 그대로 기록해야 하니 말이오.** 헤로도토스***가 묘사한 크세르크세스 왕****의 실패한 전쟁 준비와 아리안*****이 진술한 알렉산드로스 대왕의 성공적인 원정이 바로 그런 것들이오. 후대에 있던 그런 예들로서는 해리 5세******가 아쟁쿠르 전투에서 쟁취한 승리와 스웨덴의 찰스 12세가 승리를 거둔 나르바 전투가 있는데 이것들은 모두 생각하면 생각할수록 더욱더 놀라워 보이는 것들이오.

---

* 아리스토텔레스는 『시학』에서 불가능하지만 사실 같은 것이 가능하지만 사실 같지 않은 것보다 우선해야 한다고 주장했다.
** 아리스토텔레스의 『시학』에 나오는 내용이다.
*** Herodotos(기원전 484?~기원전 425?): 키케로가 '역사의 아버지'라고 부른 고대 그리스의 역사가로 페르시아 전쟁사를 다룬 『역사』를 썼다. 필딩이 언급한 내용은 『역사』에서 제시된 내용이다.
**** Xerxes: 기원전 5세기의 페르시아의 왕.
***** 본명은 아리아누스 크세노폰(Lucius Flavius Arrianus Xenophon, 92~175)으로 영국에서는 아리안Arian이라는 이름으로 알려진 고대 그리스의 역사가이자 철학자.
****** 원본에는 'Harry the fifth'라고 되어 있으나, 사실 해리는 헨리의 애칭으로, '헨리 5세'가 정확한 표현이다.

이러한 사실들은 이야기의 큰 줄기 더 나아가 이야기의 핵심을 형성하기 때문에, 역사가가 이를 있는 그대로 기록하는 것은 정당한 것이고 오히려 있는 그대로의 사실을 빼먹거나 바꾸는 건 용서받지 못할 일이오. 하지만 사실임이 충분히 입증되었지만 독자들의 회의적인 시각 때문에 망각될 수도 있는 혹은 그렇게 중요하지 않거나 반드시 기록할 필요가 없는 사실도 있소. 여기에 속하는 것으로는 조지 빌리어스의 유령*에 대한 놀라운 이야기가 있소. 하지만 이런 유령 이야기는 반란을 다룬 역사책과 같은 심각한 저서에 소개되기보다는 드를랭쿠르 박사의 죽음에 관한 이야기**의 앞부분에 등장하는 빌 여사의 유령과 자리를 함께하도록 드를랭쿠르 박사에게 선사하는 것이 좀더 적절할 것이오.

실제로 일어난 일만 기술하려 하고, 많은 사람들이 사실이라고 증언했다 해도, 자신이 보기엔 거짓이라고 확신하는 내용은 철저히 거부하는 역사가도 때로는 경이로운 일을 묘사할 때가 있소. 하지만 역사가는 믿을 수 없는 사건은 결코 다루지 않소. 즉 역사가는 독자를 종종 놀라게는 하지만, 결코 독자들로 하여금 호라티우스가 언급한 바 있는, "불신에서 오는 미움"***을 품도록 하지는 않는 법이오. 우리가 이러한 규칙을 어기게 되는 경우는, 즉 자신의 본분을 저버리고 로맨스 작가로서 새출발하지 않

---

* 에드워드 하이드(Edward Hyde, 1609~1674)가 1641년에 쓴 『영국의 반란과 내전에 대한 진짜 역사 이야기 *The True Historical Narrative of the Rebellion and Civil War in England*』(출간은 1702~1704년에야 이루어졌다)에서는 나중에 피살당할 아들에게 경고를 하기 위해 빌리어스가 유령으로 등장한다.
** 1706년에 출판된 샤를 드를랭쿠르(Charles Drelincourt, 1595~1669)의 책 『죽음의 공포에 대한 기독교인의 방어책 *The Christians Defense Against the Fears of Death*』에 수록된 다니엘 디포가 쓴 「빌 여사의 유령에 관한 진짜 이야기」에서 빌이라는 여자는 죽은 뒤 자신의 오랜 친구에게 유령으로 나타난다.
*** 호라티우스의 『시학』.

는 한 결코 버리지 말아야 할 이 개연성이라는 규율을 역사가가 저버리게 되는 경우는, 바로 허구를 쓸 때뿐이오. 이 점에서 공공의 일을 기술하는 역사가가 개인의 삶만 기술하는 우리들보다 유리한 입장에 있소. 공공의 일을 기록한 역사는 일반적인 평판에 의해 오랫동안 사실이라는 신뢰를 받아왔고, 공적 기록물과 이를 뒷받침하는 많은 저술가들의 증언을 통해 그것이 사실임을 앞으로도 증언해줄 것이기 때문이오. 따라서 트라야누스 황제와 아우렐리우스 황제, 네로 황제와 칼리굴라 황제 들이 실제로 존재했다고 후세 사람들이 믿으며, 그렇게 좋은 사람과 그렇게 나쁜 사람이 과거에 인간을 지배했었다는 사실을 의심치 않는 것이오.*

하지만 개개인을 다루기 때문에 후미진 곳을 뒤적이며 구석구석에서 미덕과 악의 전형이 되는 인물들을 찾아내야 하는 우리들은 우리가 하는 이야기가 사실임을 주장하는 데 그들보다 불리한 상황에 처해 있소. 전해져 내려오는 평판도 없고, 우리의 견해가 맞다고 지지해주는 증언도 없으며, 우리가 전달하려는 내용이 신뢰할 만한 것임을 보여주거나 입증할 만한 그 어떤 기록도 없기 때문에, 우리는 가능할 뿐만 아니라 개연성이 있는 이야기만 해야 하기 때문이오. 특히 아주 선량하고 훌륭한 사람을 묘사할 때 더더욱 그래야만 하오. 사람들은 아주 사악한 사람이 존재한다고 믿기 때문에, 작가가 그리고자 하는 인간의 악행과 어리석음이 터무니없지만 않다면, 사실이라고 좀더 쉽게 수긍하기 때문이오.

피셔**라는 인물에 관한 이야기가 사실이 아닐지도 모른다는 의심을

---

* 트라야누스Trajanus와 아우렐리우스Marcus Aurelius Antoninus는 로마의 '5현제'에 속할 만큼 선정을 편 반면, 네로Nero와 칼리굴라Caligula는 포악하기로 악명 높은 황제들이었다.
** 피셔가 더비라는 사람을 죽인 상황을 묘사한 이어지는 이야기는 실제로 있었던 일이다.

받지 않는 이유가 바로 여기에 있소. 더비 씨의 후한 인심 덕에 오랫동안 생계를 유지해온 피셔라는 사람은 어느 날 아침 더비 씨로부터 상당한 액수의 돈까지 받았음에도 불구하고 더비 씨의 서랍장에 남아 있는 돈까지 모두 갖기 위해, 더비 씨 방과 이어진 복도 한쪽의 템플 법학원 사무실에 몸을 숨기고 있었다고 하오. 이곳에서 그는 더비 씨가 그날 저녁 만찬(피셔도 그 자리에 초대받았다고 하오)에 초대했던 사람들을 접대하면서 자신의 울적함을 달래는 것을 엿들었지만, 더비 씨에 대해 그 어떤 애정도, 그 어떤 감사의 마음도 들지 않아 저지르려던 일을 그만둘 생각은 전혀 하지 않았다고 하오. 오히려 이 가련한 신사의 손님들이 더비 씨의 방에서 나오자, 피셔는 더비 씨의 뒤를 따라 살며시 그의 방으로 들어가서는 더비 씨의 머리에 권총을 쏘았다고 하오. 피셔의 뼈가 그의 심장처럼 다 썩어버렸을 때에도 사람들은 이 이야기가 사실이라고 믿을 것이고, 심지어 이 악당이 이틀 뒤 어떤 젊은 여성들과 함께 「햄릿」을 관람했을 때, 그중 한 여성이 자신이 지금 그자와 얼마나 가까이 붙어 있는지도 모르고 "세상에! 더비 씨를 죽인 사람이 지금 이 자리에 있다면 어쩔 뻔했어!"라고 소리치는 걸 표정 하나 바꾸지 않고 가만히 듣고만 있었다고 누군가 말한다 해도 사람들은 그의 말을 믿었을 것이오. 수에토니우스*에 따르면, 네로 황제는 자기 어머니가 죽자 감당할 수 없을 정도로 죄책감이 커져, 병사들과 원로원들 그리고 일반 시민들이 아무리 축하해주어도 양심의 가책 때문에 고통스러워했다는데, 피셔라는 인물은 이런 네로 황제보다도 더 파렴치한 인간이라는 사실을 그의 이런 행동이 보여주고 있지만 말이오.

---

* 가이우스 수에토니우스 트란퀼루스(Gaius Suetonius Tranquillus, 69~130): 『로마 황제들의 생애』를 쓴 로마의 역사가.

이와는 반대로 내가 아는 어떤 사람은 항상 청렴하며 사람들에게 조금도 불의를 저지르거나 피해를 주지 않으면서, 교역에 이바지해 공공의 이익을 증대시키면서도, 뛰어난 통찰력을 통해 전대미문의 방식으로 많은 재산을 모았다고 말한다면, 또한 자신의 재산에서 나오는 수익금의 일부분을 위엄 있으면서도 소박한 건축물 건립을 통해 자신의 뛰어난 취향을 드러내는 데 사용하고, 수익금의 나머지는 뛰어난 사람들이나 궁핍한 사람들에게 베풀어 그 누구보다도 선한 자신의 성품을 드러내는 데 사용했다고 말한다면, 그리고 곤궁에 처한 훌륭한 인물들을 부지런히 찾아내어 그들의 궁핍함을 덜어주면서도 자신이 한 일을 애써 숨기려(아마도 지나칠 정도로) 했다고 말한다면, 그리고 그 사람의 집과 가구, 정원과 식탁, 그리고 그를 찾아온 손님을 접대하는 방식과 일반 사람에게 베푸는 그의 자선 행위가 그 어떤 허식이나 겉치레 없는 그의 넉넉하고도 고귀한 마음을 잘 보여준다고 말한다면, 그리고 조물주에 대해 경건한 마음과 깊은 신심을 가지고 있으며 군주를 열성적으로 섬기고 아내에게는 사랑스런 남편 노릇을 하는 사람이라고 말한다면, 그리고 친척들과 친구들을 친절히 대하고 사람들에게는 많이 베풀며, 동료들에게는 유쾌하고 박식한 사람이라고 말한다면, 그리고 하인들에게는 관대하고 가난한 자에게는 자비를 베풀며, 모든 사람들에게 많은 인정을 베푸는 사람이라고 말한다면, 그리고 현명하고 용감하고 고상하고 우리말에 있는 그 밖에 여러 좋은 형용사를 붙여 그 사람이 그렇다고 말하고, 그리고 내가 그런 사람을 안다고 말한다면, 나는 분명히 "소유인(所有人)은 분명(分明) 불신(不信)하리라"*라는 말을 들

---

* '누가 그걸 믿어? 분명히 아무도 안 믿을 거야. 두세 명 정도는 믿을까? 아니야, 아무도 안 믿어'라는 의미의 라틴어 문장을 '모든 사람들이 믿지 않을 것이오'라는 의미의 한문 투로 옮긴 구문.

게 될 것이오. 하지만 실제로 나는 앞에서 기술한 그 모든 점을 갖춘 사람*
을 알고 있소. 내가 말한 사람이나 그와 비슷한 사람에 대해 들어본 적 없
는 수천 명의 사람들은 이 한 가지 사례(사실 나는 이와 같은 예를 더는 알
지 못하오)를 가지고 이 세상에는 이처럼 훌륭한 사람이 존재할 수 있다
는 내 말을 정당화할 수는 없다고 생각할 테지만 말이오. 따라서 이런 보
기 드문 사람은 묘비명을 쓰는 사람**이나 독자의 분노를 사지 않고 아무
렇지도 않은 듯이 이 사람의 행적을 2행 연구(聯句)로 표현하거나 압운을
맞추어 묘사할 시인***에게나 위탁해야 할 것이오.

마지막으로 지켜야 할 규칙은 작품에 등장하는 인물의 행동은 사람이
할 수 있는 것이어야 할 뿐만 아니라 사람이 할 수 있다고 가정되는 것,
그리고 그 등장인물이 할 것 같은 그런 행동이어야 하오. 어떤 사람에게
는 단지 의아스럽고 놀라운 일을, 다른 사람이 했다고 말할 경우에는 개
연성이 없고 불가능한 것으로 여겨질 수 있으니 말이오.

이 마지막 조건은 드라마 비평가들이 말하는 소위 성격의 일관성****
이라고 부르는 항목에 해당하는 것으로, 이는 상당한 판단력과 인간의 본
성에 대한 매우 정확한 지식을 필요로 하오.

세차게 흐르는 물줄기가 물이 흐르는 반대방향으로 배를 실어 나를

---

* 박애주의자이자 많은 문인들의 후원자였던 랠프 앨런(Ralph Allen, 1693~1764)을
  염두에 둔 말인 것 같다
** 묘비명을 쓰는 사람은 죽은 사람이 어떤 사람이건 간에 그에 대한 찬사를 늘어놓기 때
  문에 화자가 말한 사람처럼 훌륭한 사람은 묘비명에 씌어진 내용과 부합할 수 있다는
  의미다.
*** 사람의 행적을 시로 쓰는 시인도 그 사람이 어떤 사람이건 간에 찬사를 늘어놓는 것이
  관례이기 때문에 화자가 말한 사람을 묘사하는 데 적합하다는 의미다.
**** 아리스토텔레스는 『시학』에서, 호라티우스 또한 자신의 『시학』에서 등장인물의 행동은
  그의 성격에 부합해야 한다고 주장했다.

수 없듯이, 아무리 하고 싶다 해도 사람은 자신의 성격을 정반대로 거스르는 일을 결코 할 수 없다는 어느 뛰어난 비평가*의 말은 찬사 받을 만하오. 자신의 본성과 정반대의 행동을 하는 것이 불가능하지는 않더라도, 이는 아주 개연성이 없고 믿을 수 없는 것이라고 감히 말하겠소. 마르쿠스 아우렐리우스 황제의 행적 중에서도 가장 훌륭한 행적이 사실은 네로 황제가 한 것이었다고 말한다면 혹은 네로 황제가 일평생 저지른 가장 사악한 일이 사실은 아우렐리우스 황제가 한 것이라고 말한다면, 이보다 더 충격적이고 믿기 어려운 일이 어디 있겠소? 이러한 일들이 실제로 그 일을 행한 사람의 행위로 제대로 기술되기에 그 내용이 실로 경이로운 것으로 받아들여지는 것이오.

희극을 쓰는 대부분의 현대 작가들은 바로 이런 점에서 잘못을 저지르고 있소. 그들의 희극에 나오는 남자 주인공 대부분은 처음 4막까지는 천하의 악당들이고, 여자 주인공들은 여기저기서 굴러먹은 파렴치한 인간들이지만, 5막에 가서 남자 주인공은 매우 훌륭한 신사로, 여자 주인공은 미덕을 갖춘 사려 깊은 여자로 변신하니 말이오. 하지만 작가는 이런 터무니없는 변신의 근거를 제시하지도 않고 성격상의 비일관성이라는 모순을 해결하려 하거나 이를 설명하려 하지도 않소. 마치 생의 마지막 순간에 모든 사람들이 그렇듯이, 극의 마지막 장면에서 악당이 참회하는 것은 자연스러운 것이기라도 한 듯, 악당이 이렇게 변하는 이유는 극이 결말에 이르렀기 때문이라는 것 말고는 달리 없는 것 같소. 사람들이 최후의 순간

---

* 올워디의 모델이기도 한 정치가이자 문인인 조지 리틀턴(George Lyttleton, 1709~1773)은 『성 바울의 개종과 사도의 지위에 관한 평*Observations on the Conversion and Apostleship of St. Paul*』(1747)에서 물살을 거슬러 배가 올라갈 수 없듯이 사람은 자신의 성격과 반대되는 행위를 하지 못한다고 말했다.

에 참회하는 건, 희극의 마지막 장면이 연출되기에 매우 적절한 타이번*에서 일반적으로 벌어지는 일이오. 희극의 주인공들은 자신들을 교수대에 서게 하고, 그리고 일단 교수대에 섰을 때 자신들을 영웅으로 만들 그런 재능을 가졌기 때문이오.

이런 몇 가지 조건을 준수한다면 모든 작가는 자신이 원하는 만큼의 놀라운 일을 다룰 수 있을 것이오. 여기서 더 나아가, 신빙성이 있어야 한다는 규칙을 지키며 독자를 놀라게 하면 할수록 작가는 독자의 관심을 더 끌 수 있고 독자를 더 매료시킬 수 있을 것이오. 최고의 천재 작가가 『베이소스』**의 5장에서 말했듯이 "모든 시를 쓸 때 필요한 기술은 신빙성과 놀라움을 결합하기 위해 진실과 허구를 섞는 것"이기 때문이오.

훌륭한 작가라면 개연성을 지켜야 하지만, 그의 작품에 등장하는 인물이나 그의 작품에서 벌어지는 사건들이 길거리나 모든 집안에서 혹은 가정사를 다룬 신문 칼럼에서 접할 수 있는 그런 진부하거나 일상적인 일일 필요는 없소. 또한 대다수 독자들이 결코 알 수 없을지도 모르는 부류의 사람들이나 사건은 묘사하지 못하도록 작가를 저지해서도 안 될 것이오. 앞에서 언급한 규칙을 엄격하게 지킨다면, 작가는 자신의 역할을 다한 셈이며 독자들로부터 신뢰를 받을 자격이 있기 때문이오. 그런데도 불구하고 독자가 그의 말을 믿지 않는다면, 글을 읽을 때 지켜야 할 신의를 오히려 독자가 지키지 않는 셈이 되는 것이오. 이런 신의를 저버린 한 예로, 어떤 작품에 등장하는 상류층의 젊은 여성***에 대한 독자들의 반응

---

* Tyburn: 18세기 당시 런던에 있던 공개처형 장소.
** 알렉산더 포프의 『페리 베이소스 *Peri Batbos*』를 말함.
*** 여기서 필딩이 말하는 작품은 공연 첫날부터 비난을 받았던 자신의 드라마 「현대 남편 The Modern Husband」을, 그리고 여기서 말하는 상류층 여인은 이 극에 나오는 레이

이 떠오르오. 최상류층의 많은 여성들은 이 등장인물들에 대해 좋은 평가를 내렸고, 그중에서도 특히 탁월한 지적 능력을 갖춘 어느 여성은 이 작품에 나오는 여성 등장인물이 자신이 아는 상당수 사람들의 모습을 있는 그대로 보여주었다고 분명히 밝혔지만, 상당수의 사무관과 견습공들은 한결같은 목소리로 이 작품의 등장인물들이 자연스럽지 못하다고 비난했으니 말이오.

2장
존스를 찾아간 여관 안주인

중위와 작별한 뒤 존스는 눈을 감고 잠을 청했지만 아무 소용이 없었소. 정신이 너무나도 맑고 또렷하여 잠을 이룰 수 없었던 것이오. 따라서 그는 훤한 대낮까지 소피아 생각으로 즐거운, 아니 고통스런 시간을 보냈으나 결국은 잠들지 못하고 차를 가져다달라고 청했소. 그런데 여관 안주인이 몸소 존스를 찾아왔소.

여관 안주인이 존스를 본 것은, 최소한 존스를 눈여겨본 것은, 이번이 처음이었소. 하지만 존스가 지체 높은 사람이라고 중위가 분명하게 말해주었기 때문에, 안주인은 최대한 존스에게 경의를 표하기로 마음먹었소. 광고에서 사용하는 어투로 말하자면, 사실 이 집은 돈만 내면 귀족 같은 접대를 받는 그런 곳이었으니 말이오.

디 샬럿Lady Charlotte을. 이 인물에 대해 찬사를 보낸 사람은 필딩의 사촌이자 작가이기도 한 메리 워틀리 몬태규(Lady Mary Wortley Montagu, 1689~1762)를 지칭하는 것으로 보인다.

차를 준비하자마자 여관 안주인이 말했소. "아이구메! 이래 멋진 젊은 신사분이 그런 군인들캉 같이 댕기시다이 참말로 안됐네예. 장담하는데 그 군인들도 제간에는 즈그들이 신사라고 떠들고 댕길 기구만예. 그치만 첫 남편 말맨키로, 그 사람들한테 돈을 갖다 바치는 사람은 바로 우리라 카는 거를 그 사람들도 분밍히 알아야 될 낀데 말이죠. 우리처럼 숙박업을 하는 사람들이 군인들한테 돈도 대주고 먹을 것도 갖다 바칠 수밖에 없다 카는 건 참말로 너무하지예.* 지난밤엔 장교들캉 일반 뱅사 스무 명이 울 집에서 묵었지예. 근데 장교보다 일반 뱅사가 더 낫습니다. 째쟁이 장교들은 당최 만족하는 뱁이 없그든예. 이 청구서를 보시믄 분맹히…… 아이고! 아무것도 아이라예. 훌륭하신 영주님 가족 분들은 말에 드는 비용을 빼놓고도 하룻밤에 40이나 50실링을 내시라 캐도 별 문제를 일으키시진 않지예. 그런데 장교들은 1년에 5백 파운드나 버는 영주님들이 지하고 똑같다고 생각한다 카드만요. 부하들이 그런 놈들한테 쫓아댕기믄서 '나리' '나리' 카는 걸 들으면 을매나 듣기 좋것습니꺼. '나리'라니 참말로 기가 맥히가. 한상 차려 시키묵으믄서 한 밍당 1실링뿐나 안 내면서 말이지예. 그카고 서로 욕설을 어찌나 해쌌는지, 참말로 놀래삣다 아이라예. 그런 나쁜 놈들한테 지대로 되는 일이 어데 있겠어예. 그중 한 놈이 나리한테 그마이 못되게 굴었다 카데요? 나머지 것들이 글마를 지대로 가다두기나 할까 싶더라니까예. 글마들이 단합 하나는 기가 맥히거든예. 안 그래가 다행이기는 한데, 나리가 죽을지도 모른다 캐도 그 못된 인간들은 상관도 안 합니더. 글마들이 살인자를 풀어주삣을 깁니더. 하지만 이 세상을 다 준다 캐도, 전 책임질 죄를 지지 않을 기라예. 하나님 덕분에 나

---

* 당시에는 숙소를 운영하는 사람들이 군인들에게 직급에 따라 저렴한 가격으로 숙식을 제공하도록 법으로 제정되어 있었다.

리가 회복되실 것 같기는 하지만, 그런 사람들은 법으로 다라야 안 되겠습니꺼. 스몰 변호사를 고용하시믄 그 변호산 분밍히 글마를 도망가구로 할 기라예. 그전에 벌씨로 도망치뿔지도 모르지만예. 오늘은 여 있어도, 내일은 떠나는 기 그런 사람들이 사는 법이다 아입니꺼. 그치만 앞으론 나리도 정신 단디 차리시고 고향으로 돌아가싯으믄 좋것네예. 나리가 없어지가꼬 가족들 맴이 엄청시리 아플 깁니더. 무신 일이 일났는지 그분들이 아시기만 카믄 말입니더. 아이구메! 내가 시방 먼 소리 하노. 그분들은 절대 알믄 안 되지예! 우리사 무슨 일인지 억수로 잘 알고 있지만. 이 마이 멋진 신사분한테 여자 분이 없을 리가 있습니꺼? 지가 나리라믄 군인이 될라 카기 전에 그 훌륭한 여자 분을 만나러 갔을 기라예. 하이고! 그래 얼굴 붉히지 마시이소(실제로 존스는 얼굴을 몹시 붉혔소). 와예, 나리, 지가 소피아 아가씨를 모른다고 생각하시는 기라예?" 이 말에 존스가 벌떡 일어나면서 "어떻게 소피아 아가씨를 알고 있소?"라고 묻자, 여관 안주인은 "우예 아느냐고예? 기가 맥히가! 아가씨가 우리 집에 을매나 마이 오싯는데예"라고 대답했소. 이에 존스가 "고모하고 같이였겠죠"라고 말하자, 안주인은 "하모요, 하모. 그 나이 지긋이 잡산 분도 잘 알죠. 소피아 아가씬 참말로 상냥한 분이시지예"라고 소리쳤소. 이 말에 존스가 "상냥한 사람이라고!"

그녀를 닮기 위해 천사도 아름답게 화장을 했네.
천국에 있다고 우리가 믿는 모든 것이 그녀에게 있네.
놀라울 정도의 광채와 순수함, 진실,
그리고 영원한 기쁨과 영원한 사랑이.*

"맙소사! 부인이 소피아 아가씨를 알 거라고 어떻게 상상이나 할 수 있었겠소!"라고 말하자, 안주인은 "나리가 소피아 아가씨에 대해 지가 아는 것의 반만이라도 알았으믄 좋겄네예. 지금 아가씨가 누벘던 침대 옆에 앉아 있는 기분이 으때예? 아가씨 목덜미가 을매나 사랑스러봤는가 모릅니더. 지금 나리가 누바 있는 그 침대에 소피아 아가씨가 그 아름다운 팔다리를 쭉 뻗고 주무싯어예"라고 말했소. 이 말에 존스가 "여기서 말이오! 소피아가 여기에 누웠었단 말이오?"라고 소리치자, 안주인은 "하모요. 여짜서예. 바로 저 침대에서예. 지금 바로 저 침대에 나리캉 아가씨가 같이 있으면 을매나 좋겄습니꺼. 아마 아가씨도 그래 되길 바라싯을 거라예. 나리 이름을 아가씨가 지한테 말하신 적이 있거든예"라고 대답했소. 이에 존스가 "뭐요? 소피아가 이 불쌍한 존스에 대해 말한 적이 있단 말이오? 지금 기분 좋으라고 나한테 그런 소릴 하고 있군. 믿을 수 없소"라고 말하자, 여관 안주인은 "지금 말한 것이 하나라도 사실이 아이라 카믄 귀신이 붙잡아가도 좋습니더. 지는 아가씨가 존스라 카는 이름을 말하는 걸 들은 적이 있는데예. 하지만 공손하이 억수로 조심스럽게 말하시데예. 그치만 말하는 것 이상으로 아가씨가 나리를 훨씬 더 애끼고 있다는 걸 알 수는 있었지예"라고 대답했소. 이 말에 존스는 "사랑스런 나의 소피아! 난 당신이 생각해줄 만한 자격이 없는 사람이오. 오! 그녀는 너무도 상냥하고 친절하고 마음씨 고운 사람이라오. 그녀의 따스한 마음을 잠시라도 편치 않게 하는 나 같은 악당이 왜 태어났는지, 그리고 난 왜 그런 저주를 받은 건지 모르겠소. 소피아를 행복하게 해줄 수만 있다면, 그 어떠한 재앙과 고통도 기꺼이 감수하련만. 소피아가 행복하게만 된다면, 어

---

* 17세기 영국의 왕정복고 시대의 드라마 작가인 토머스 오트웨이(Thomas Otway, 1652~1685)의 『수호된 베니스 *Venice Preserved*』에 나오는 대사.

떤 것도 내게는 고통스럽지 않을 거요"라고 말했소. 이 말에 안주인이 "잘 들어보시소예. 전 아가씨한테 나리는 한결같이 아가씨만 생각하는 분이라 캤어예"라고 말하자, 존스는 "이봐요. 언제부터 날 알고 있었는지, 그리고 나에 관해 어디서 들었는지 말해주시오. 난 이곳에 온 적도 부인을 본 기억도 없는데 말이오"라고 물었소. 그러자 안주인은 "나리가 그걸 우예 아시겠습니꺼. 처음 영주님 집에서 나리를 제 무릎에 앉혔을 때 나리는 얼라였거든예"라고 대답했고, 이에 존스가 "어떻게 영주님 집에 있었소? 그러면 그 훌륭하신 올워디 영주님을 안단 말이오?"라고 묻자, 안주인은 "하모요. 이곳 사람 중 올워디 영주님을 모르는 사람이 어데 있것습니꺼"라고 대답했소. 이에 존스는 이렇게 말했소. "그분의 덕망에 대해선 더 먼 지역 사람들도 틀림없이 알고 있을 것이오. 그분의 자비로운 마음을 알아보실 수 있는 하나님이 당신이 베푸실 수 있는 최대한의 자비를 그분이 직접 실천하도록 이 지상에 보내셨으니 말이오. 하지만 인간은 그런 자비를 받을 만한 자격이 없을 뿐만 아니라, 그분이 행하는 그런 거룩한 자비를 알아보지도 못하오. 특히 그분이 이렇게까지 높이 키워주신 나처럼 그분의 자비를 받을 만한 자격이 없는 사람도 없을 거요. 주인장도 아시겠지만, 그분은 나같이 불쌍하고 천한 아이를 거두어서 당신의 양자로 삼아 친자식처럼 키우셨는데, 난 어리석은 행동을 저질러 그분의 노여움을 사고 결국 이렇게 벌을 받게 되었으니 말이오. 그래요, 난 그런 벌을 받아도 마땅한 자요. 난 그분이 날 부당하게 대했다고 생각할 정도로 배은망덕한 사람은 절대 안 될 것이오. 절대로! 난 지금처럼 쫓겨나도 마땅한 사람이니, 주인장은 내가 군인이 되려 한다고 해서 날 책망하진 않을 거라 믿소. 특히 지갑에 든 거라곤 이것밖에 없는 처지에 말이오." 이렇게 말하면서 존스는 지갑을 흔들어 보였는데, 거기에는 아주 적은 돈

(안주인이 보기에는 더 적은 돈)밖에 없었소.

이 말에 (세속적으로 표현하자면) 확 깬 여관 안주인은 자신이 처한 상황에서 어떻게 처신하는 게 가장 적절한지는 본인이 가장 잘 판단할 수 있을 거라고 아주 냉정하게 대답하더니 "잠깐만예! 누가 부르는 거 같은데? 갑니다! 간다꼬요! 이 잡것들이 모두 귀신들렸나. 아무도 이 소릴 못 듣는 걸 보이! 아래층에 내리가 봐야것네요. 아침식사를 더 하고 싶으면, 하녀를 올리 보내드릴게예. 갑니데이!"라고 말하고는 제대로 인사도 하지 않은 채 방을 뛰쳐나갔소. 하층민들은 다른 사람들에게 예를 표하는 데 아주 고집스러울 정도로 한결같소. 지체 높은 사람들에게 이들은 공짜로 예의를 표하지만, 자신과 같은 계층 사람들에게는 그들로부터 자신들의 노고에 대한 상당한 보수를 받을 수 있다 할지라도, 신경조차 쓰지 않고 예를 표하려 들지 않으니 말이오.

3장
의사의 두번째 등장

이야기를 진행하기에 앞서, 여관 안주인이 실제로 존스에 대해 알고 있는 것보다 더 많이 알지도 모른다고 독자들이 오해하지 않도록 하기 위해 또한 여관 안주인이 이처럼 존스에 대해 많이 아는 것에 대해 독자들이 놀라지 않도록 하기 위해, 중위가 안주인에게 소피아라는 이름을 가진 어떤 아가씨 때문에 싸움이 벌어지게 되었다는 사실을 말해주었다는 것을 독자들에게 알려줄 필요가 있을 것 같소. 그 밖의 나머지 정보를 여관 안주인이 앞 장면에서 어떻게 얻어냈는지는 현명한 독자들이라면 짐작할 수 있을 것이오. 여관 안주인의 뛰어난 점에는 호기심도 포함되어 있다는 사실을 상기해보면 말이오. 여관 안주인은 평소에 자기 여관에 머물렀던 사람들의 이름과 그들의 가족 그리고 그들의 재산 정도에 대해 가능한 한 많은 정보를 수집했기 때문이오.

안주인이 떠나자, 존스는 여주인의 행동을 비난하기는커녕 소피아가 사용했다는 침대에 자신이 누워 있다는 사실을 상기하고는 오만 가지 상념에 젖었소. 독자들 중에 존스와 같은 사랑에 빠진 사람은 별로 없을 것이기 때문에 이에 대한 상세한 언급은 하지 않겠지만 말이오.

존스의 상처를 치료하기 위해 의사가 다시 찾아왔을 때 존스의 상태는 바로 이러했소. 검사 결과 존스의 맥박이 고르지 않다는 걸 알게 된 의사는 잠을 자지 못했다는 존스의 말을 들은 후, 그의 상태가 매우 위험하다고 단언하고는, 고열이 일어날 위험이 있다며 방혈로 이를 막아야 한다고 했소. 하지만 더 이상 피가 빠져나가는 것을 원치 않았던 존스는 의사의 지시를 따르려 하지 않으며 "의사 선생. 머리에 붕대만 좀 감아주시겠소? 하루 이틀 지나면 분명히 나을 것 같소"라고 말했소.

이 말에 의사는 "한두 달이면 나을 수 있을 거란 말을 나도 하고 싶소. 하지만 그렇게 되진 않을 거요. 이런 타박상은 그렇게 금방 낫지 않으니 말이오. 하여튼 내 환자한테서 내 시술에 관해 한수 가르침을 받지는 않겠소. 그러니 붕대를 감아주기 전에 꼭 혈액 유도법*을 실시해야겠소"라고 대답했소.

하지만 존스가 이를 완강히 거부하자, 의사는 앞으로 생길지 모르는 결과에 대해 자신은 아무런 책임이 없으며 존스가 자신의 권고를 따르지

* revulsion: 상처를 입은 신체 부위의 염증을 제거하기 위해 다른 부위를 시술하는 것을 말하는데 여기서는 방혈을 의미한다.

않았다는 사실을 인정해주기 바란다고 말했소. 존스가 그렇게 하겠다고 약속하자 의사도 결국 존스의 뜻을 따르기로 했소.

부엌으로 간 의사는 그곳에 있던 여관 안주인에게 존스가 고열이 있으면서도 방혈을 거부한다며 거기에 대해 몹시 불평하자, 여관 안주인은 "그러고 보이 그 사람이 걸린 병은 먹성을 좋게 하는 열병인갑죠. 오늘 아침식사로 버터 발라 구운 빵을 두 개씩이나 먹어치아뿌는 걸 보이 말입니더"라고 말했소.

이 말에 의사는 이렇게 말했소. "그럴 가능성이 아주 많아요. 고열이 생길 때마다 유독 잘 먹는 사람들이 있는데, 그런 현상은 아주 쉽게 설명할 수 있어요. 발열로 인해 생긴 과다한 산의 분비가 횡경막 신경을 자극해 식욕과 잘 구분이 되지 않는 어떤 욕망을 불러일으키죠. 하지만 실제로 음식물을 먹게 되면 음식물이 흡수되어 유미(乳糜)로 바뀌지 않고, 혈관 구멍만 부식시켜, 고열 증상을 더 악화시키게 되오. 지금 이 신사 양반의 상태는 진짜 위급하기 때문에 방혈하지 않으면 죽을지도 모르오."

이 말에 여관 안주인이 "누구나 언젠가는 다 죽는다 아입니꺼. 그러이 그건 내 상관할 일은 아이죠. 헌데 그 사람의 피를 뽑을 때 나보고 붙잡아달라 카지는 마이소. 그리고 내 말 좀 들어보이소. 충고 하나 해야겄는데 더 이상의 치료를 하기 전에, 누가 치료비를 낼지 잘 알아보이소"라고 말하자, 의사는 "치료비를 낼 사람이 없단 말이오! 지금 내가 치료하는 환자가 웬만큼 지체가 있는 사람이 아니란 말이오?"라고 물었소.

이 질문에 안주인은 "내도 그래 생각했습니더. 하지만 첫 남편 말맨키로, 꺼죽만 보고 우예 알것습니꺼. 그 사람은 형편없는 사람이 분명합니더. 이 문제에 대해서 난 아무 말도 안 한 걸로 해주이소. 장사하는 사람들끼리는 이런 사실을 알리주야 칸다고 생각해 말한 기니까예"라고 대답했소.

이 말에 화가 난 의사는 "그런 작자가 날 가르치려 들게 내버려두었다니! 돈도 안 낼 자가 내 의술을 모독하는 걸 듣고만 있었다니! 그래도 제때에 알았으니 다행이지. 이제 방혈을 할지 안 할지 한번 두고 보겠어"라고 씩씩거리더니, 곧장 계단을 올라가 존스의 방문을 확 열어젖혀 잠에 푹 빠졌던, 그것도 소피아 꿈을 황홀하게 꾸고 있던 불쌍한 존스를 깨우며 "방혈할 거요, 말 거요?"라고 화를 내며 소리쳤소. 이에 존스가 "내 결심을 이미 말하지 않았소? 내 말대로 해주시길 진심으로 바라오. 그런데 선생은 내가 여태까지 꾼 가장 달콤한 꿈을 지금 깨웠소이다"라고 대답하자, 의사는 "그것 참 안됐군. 많은 사람들이 졸면서 허송세월하기는 하지. 음식처럼 잠이라고 항상 좋은 것은 아닌데 말이야. 하여튼 마지막으로 다시 말하는데, 방혈 안 할 거요?"라고 다시 소리쳤소. 그러자 존스도 "나도 마지막으로 대답하겠소. 안 하겠소"라고 말했소. 이에 의사가 "그럼 선생 일에 대해선 나도 이제 손 씻겠소. 치료비나 내시오. 한 번에 5실링 하는 왕진이 두 번, 두 번의 상처 치료에 5실링 더, 그리고 정맥절개 비용 반 크라운이오"라고 말하자, 존스는 "지금 이 상태에서 치료를 그만둔다는 건 아니겠죠?"라고 물었소. 이에 의사가 "그럴 거요. 그만둘 거요"라고 대답하자, 존스는 "그렇다면, 불한당처럼 군 선생에게 단 한 푼도 지불하지 않겠소"라고 말했소. 이 말에 의사는 "좋아, 손해보더라도 지금 여기서 그만두는 게 상책이지. 이런 부랑자 같은 놈을 치료하라고 날 오라고 하다니, 빌어먹을"이라고 소리치고는 방 밖으로 뛰쳐나갔고, 그의 환자는 몸을 돌려 다시 잠을 청했으나 불운하게도 더 이상은 꿈을 꿀 수가 없었소.

4장

바그다드의 이발사*나 『돈키호테』에 나오는 이발사**와 같이
역사상 기록된 가장 재미있는 이발사의 등장

시계가 5시를 쳐서야 존스는 일곱 시간 동안의 낮잠에서 깨어났소. 원기를 회복하고 본래의 건강과 기운을 되찾은 존스는 자리에서 일어나 옷을 입기 위해 여행 가방을 열고 깨끗한 내의와 정장 한 벌을 꺼냈소. 하지만 우선은 프록코트를 걸쳐 입고 먹을 것을 주문하기 위해 부엌으로 내려갔소. 뱃속에서 벌어지는 반란을 잠재우기 위해서였소.

여관 안주인을 본 존스가 아주 공손하게 "저녁식사로 뭐 먹을 깃 없겠소?"라고 묻자, 안주인은 "머라꼬요! 이 시간에 저녁식사를 하시겠다 캤어예? 지금은 갖차논 음식 재료도 음꼬 부뚜막에 불도 거의 다 꺼짓는데예"라고 대답했소. 이에 존스가 "하지만 뭔가 먹어야겠소. 뭐든지 상관은 없소. 내 평생 지금처럼 배가 고파본 적이 없거든"이라고 말하자, 여관 안주인은 "그래요, 그라믄 먹을 만한 걸로 찬 우둔살 한 쪽하고 당근이 있는데"라고 대답했소. 이에 존스가 "그것이면 충분하오. 그런데 튀겨주면 고맙겠소"라고 말하자, 여주인은 그렇게 해주겠다고 하고는 존스의 몸이 많이 회복된 것을 보니 기쁘다며 웃으면서 말했소. 안주인이 이렇게 미소 지은 이유는 우리의 주인공이 상냥하게 그녀를 대했기 때문이기도 하지만, 돈을 너무나도 좋아해 가난해 보이는 사람들을 싫어해서 그렇

---

* 에스 사미트라고 불리는 『천일야화』에 나오는 수다쟁이 이발사.
** 스페인의 문호 세르반테스가 쓴 『돈키호테Don Quixote』에는 수다쟁이 니콜라스라는 이발사가 등장한다.

지 사실 여관 안주인이 본래부터 부루퉁한 사람은 아니었기 때문이었소.

음식이 준비되는 동안 존스는 옷을 갈아입으러 방으로 돌아왔고, 존스의 요청에 따라 이발사가 존스를 찾아왔소.

리틀 벤저민이라는 이름으로 통하는 이 이발사는 아주 별나고 익살스러운 사람으로, 그 익살스러움 때문에 빰을 맞거나 엉덩이를 차이거나 뼈가 부러지는 등 여러 사소한 애로사항에 종종 직면하기도 했는데, 이는 모든 사람들이 그의 농담을 이해하지 못했고, 그의 농담을 이해한 사람들도 농담의 대상이 된 것에 대해 종종 불쾌하게 생각했기 때문이었소. 하지만 그는 이 나쁜 버릇을 고칠 수가 없었소. 자기가 한 농담 때문에 종종 고통을 당하면서도 농담거리가 일단 떠오르면 상대방이 누구든 간에 때와 장소를 가리지 않고 반드시 그 농담을 했으니 말이오.

그는 성격상 특이한 점이 아주 많았는데, 이 특이한 인물을 좀더 알게 되면 독자들도 그것이 무엇인지 아주 쉽사리 눈치챌 것이기 때문에, 지금은 언급하지 않겠소.

우리가 쉽게 짐작할 수 있는 어떤 이유에서 서둘러 옷을 갈아입고 싶었던 존스는 이발사가 면도거품을 준비하는 데 지루할 정도로 오래 걸리자, 서둘러달라고 했소. 이 말에 무슨 일이 있어도 결코 서두르지 않는 이 이발사는 "'유유(幽幽)히 서둘러라'*라는 말은 제가 오래전에 면도날을 만지기 시작할 무렵 배운 속담입니다"라고 아주 근엄하게 대답했소. 이에 존스가 "알고 보니 대단한 학자시구려" 하고 대꾸하자, 이발사는 "아주 형편없는 학자죠. '인간은 만능인(萬能人)은 아닌 법이니 말이오'**"라고 말했

---

* '천천히 서둘러라'라는 뜻.
** '사람은 모든 것을 다 할 수는 없다'라는 뜻. 베르길리우스의 『전원시 Eclogues』에 나오는 구절.

소. 이에 존스가 "다시 또 그러시네. 시구(詩句)의 끝 자로 시작하는 글을 짓는 데 아주 능숙한 분이구려" 하고 말하자, 이발사는 "글쎄요. '소인(小人)은 그런 영광(榮光)을 향유(享有)할 자격(資格)이 있다고 사료(思料)되지 않습니다'*"라고 대답하고는 "면도거품을 다룬 이래로 알게 된 것인데, 사람들이 면도를 하는 데는 수염을 기르기 위해서거나 수염을 없애기 위해서라는 단 두 가지 이유밖에 없다는 사실을 알게 됐죠. 손님께서는 면도한 지 얼마 안 된 것으로 보아 앞에 든 이유에서 면도하시는 것 같군요. 분명히 말씀드리는데, 손님께서는 성공하셨어요. 손님 수염이 '이발사에게는 난제(難題)'**이니까요"라고 덧붙여 말했소. 이 말에 존스가 "아주 재미있는 분이구려"라고 말하자, 이발사는 "틀렸습니다. 철학 공부에 너무 빠져 '이런 연유(緣由)로, 이처럼 많이 낙루(落淚)하게 되었죠.'*** 그것이 제 불행의 원인이 되었죠. 너무 많이 공부를 해 신세를 망치게 되었으니 말입니다"라고 대답했소. 이에 존스가 "그렇군요. 선생과 같은 직업을 가진 사람들보다는 공부를 더 많이 하신 것 같군요. 하지만 공부를 많이 했다고 해서 어떻게 피해를 볼 수 있는지는 이해할 수 없구려"라고 말하자, 이발사는 "슬픈 일이지만 우리 부친께서는 그 때문에 제 유산 상속권을 박탈했으니까요. 부친은 춤을 가르치시는 분이었는데, 춤을 출 수 있기도 전에 제가 글을 읽을 줄 알게 되자, 절 몹시 싫어하셨죠. 그래서 다른 형제들에게만 유산을 남기셨어요. 관자놀이 부분도 면도해야겠지요? 이런! 미안합니

---

* '제가 그런 영광을 누릴 자격이 있다고는 생각하지 않습니다'라는 뜻. 베르길리우스의 『아이네이스』에 비슷한 구절이 나온다.
** '면도하는 사람에게는 골치 아픈 문제'라는 뜻.
*** '이런 이유에서 이처럼 많은 눈물을 흘리게 되었습니다'라는 뜻. 라틴어 글에서 흔히 쓰이는 속담식 표현이다.

다. '서결유간(書缺有間)'*이군요. 전쟁에 참여할 거라는 말을 들었는데, 그건 실수하시는 겁니다"라고 대답했소. 이 말에 존스가 "왜 그렇게 생각하죠?"라고 묻자, 이발사는 "손님께서는 현명한 분이라 이미 다친 머리를 그곳으로 가지고 가시진 않겠죠? 그건 석탄을 뉴캐슬**로 운반하는 것과 마찬가지니 말입니다"라고 대답했소.

이 말에 존스가 "참 묘한 분이군요. 선생의 그 익살스런 말이 참 마음에 드오. 식사를 마친 뒤 내 방에서 나랑 같이 술이나 한잔하면 좋겠소. 선생에 대해 좀더 알고 싶구려"라고 제안하자, 이발사는 "손님이 좋으시다면, 손님에게 그보다 열 배는 더 호의를 베풀 수도 있습니다"라고 말했소. 이 말에 존스가 "그게 무슨 뜻이오?"라고 묻자, 이발사는 "손님이 괜찮다면, 손님과 술 한 병을 같이 마시겠단 말입니다. 전 선량한 사람을 좋아하기 때문이죠. 제가 익살꾼이라는 걸 손님이 알아보셨듯이, 저도 손님이 아주 선량한 사람이란 걸 알아보았으니까요. 제가 틀렸다면 저에게 관상 보는 재주가 전혀 없는 사람이라고 말해도 좋습니다"라고 대답했소. 이발을 마치고 말쑥하게 차려입은 존스가 계단을 내려갔을 때의 모습은 아도니스***를 뺨칠 정도였소. 하지만 안주인의 눈에 존스는 아무런 매력도 없어 보였소. 외모 면에서 비너스를 전혀 닮지 않았던 이 안주인은 취향에 있어서도 전혀 비너스를 닮지 않았기 때문이었소. 이 집 하녀인 낸시가 여관 안주인처럼 존스를 바라보았더라면 얼마나 다행이었겠소! 하지만 이 가련한 여인은 존스를 본 지 불과 5분 만에 그를 지독하게 사랑

---

* '책의 내용이 군데군데 빠진 데가 있다'는 뜻. 여기서는 수염이 군데군데 없는 곳이 있다는 의미다.
** 석탄 수출로 유명한 잉글랜드 북부의 항구 도시.
*** Adonis: 사랑의 여신 비너스의 연인으로 준수한 외모를 가졌다고 전해진다.

하게 되어, 훗날 이로 인해 수많은 한숨을 쉬게 되었으니 말이오. 이 낸시란 하녀는 정말 예쁘고 수줍음도 많아 같이 여관에서 일하는 사환의 구애도 거부하고 이웃 마을에 사는 두 젊은 농부의 구애도 거부했지만, 우리 주인공의 빛나는 눈에 그녀의 얼음 같은 마음이 일순간에 녹아버렸던 것이오.

존스가 부엌으로 왔을 때는, 아직 식탁보도 펴지지 않았고 또한 그럴 기미조차 보이지 않았소. 그의 저녁식사 재료는 아까 상태 그대로였으며, 음식을 요리할 불도 여전히 꺼진 채였던 것이오. 이때 존스가 느낀 실망감은 철학적인 성품을 지닌 사람도 분노하게 할 정도로 컸지만, 우리의 주인공 존스는 아무런 감정의 변화도 보이지 않고 안주인을 부드럽게 나무라기만 하며, 고기를 데우는 것이 그렇게 어렵다면, 데우지 않은 채 그냥 먹겠다고 했소. 그제야 여주인은 동정심에서 그런 건지 아니면 부끄러워서 그런 건지, 그것도 아니면 어떤 다른 이유에서 그런 건지 모르겠지만, 내리지도 않은 지시를 따르지 않았다며 하인들을 호되게 꾸짖고 나서는 태양실에 식사용 냅킨을 깔라고 사환에게 지시한 뒤, 열심히 식사 준비를 하더니 이내 끝마쳤소.

존스가 안내받은 태양실은 "수림(樹林)은 발광(發光)하지 않기에 그리 칭(稱)해진다"*는 말처럼 태양을 거부한다는 의미에서 태양실이라는 이름이 붙여진 방이었소. 즉 이 방은 햇빛이 거의 들지 않는 방이었던 것이오. 실제로 이 방은 이 집에서 제일 나쁜 방이었지만, 그것이 존스에게는 오히려 다행이었소. 게다가 존스는 지금 너무 배가 고파 이를 탓할 수도 없었소. 하지만 일단 배를 채우자 존스는 사환에게 포도주 한 병을 좀더 나

---

* '숲은 빛을 발하지 않기 때문에 그렇게 불린다'는 뜻.

516

은 방으로 가져다달라며 이런 굴같이 어두운 방으로 안내한 것에 대해 화를 좀 내었소.

사환이 떠난 뒤 얼마 지나지 않아, 존스의 지시대로 이발사가 찾아왔소. 부엌에서 여관 안주인의 말을 듣고 있지 않았더라면, 이 이발사는 존스를 그처럼 오래 기다리게 하지는 않았을 것이오. 당시 여관 안주인은 자신이 직접 존스에게서 들은 이야기와 불쌍한 존스에 관해 자신이 천재적으로 지어낸 이야기를 주변에 모인 사람들에게 해주고 있었던 것이오. "그 사람은 어떤 교구에 살던 가난한 아이였는데, 올워디 영주님이 자기 집으로 들이가 견습공*으로 키았다 카데요. 그런데 못된 짓을 저질러, 그중에서도 특히 주인 아가씨에게 찝쩍거리기도 하고, 너므 집을 털기도 해가 쫓기난 것 같아요. 아니면 얼마 되지는 않지만 그 사람이 갖고 있는 돈이 어디서 났을라고요? 이런 작자들도 신사 행세를 하다니 참 기가 막히가." 이 말에 이발사가 "올워디 영주의 하인이라고요! 그 사람 이름이 뭐죠?"라고 묻자, 안주인은 "자기 이름이 존스라 캤어요. 아마 가명을 사용했을 거예요. 게다가 지금은 자신이 영주와 다탓지만, 영주가 자신을 친아들처럼 키았다고 하데요"라고 대답했소. 이에 이발사가 "그 사람 이름이 존스라면 그 사람 말이 사실이오. 그 지역에 사는 친척이 있는데, 어떤 사람들은 그가 영주의 아들이라고 하더이다"라고 말하자, 여관 안주인은 "그런데 왜 자기 아버지 성을 안 쓰는가예?"라고 물었소. 이에 이발사가 "그 이유는 모르겠소. 하지만 자기 아버지의 성을 쓰지 않는 사람들도 많아요"라고 대답하자, 여주인은 "그 사람이 사생아라 카더라도 신사분의 자식이란 걸 알았더라면 진작에 다르게 대접했을 낀데. 사생아로 태어난

---

* 18세기 영국에서는 기술을 습득해 직업을 갖고자 하는 사람은 기술을 가진 장인 밑에 견습공으로 들어가 기술을 배웠다.

사람들도 결국은 지체 높은 사람이 된다 아인가예. 우리 불쌍한 첫 남편은 우리 집에 묵는 신사는 절대 모욕하지 말라 캤거든예"라고 말했소.

5장
존스와 이발사의 대화

이 대화는 존스가 굴 같은 방에서 식사하는 동안, 그리고 거실에서 존스가 이발사를 기다리는 동안 벌어졌소. 앞서 말했듯이 대화가 끝나자마자 벤저민이 존스를 찾아가자, 존스는 벤저민에게 자리에 앉으라고 정중히 청하고는 술을 한산 따라주면서 그를 "학자 이발사(學者 理髮師)"*라고 부르며 건강을 기원했소. 이에 이발사는 "감사(感謝)합니다"라고 말하고는, 아주 뚫어지게 존스를 쳐다보았소. 그러고는 마치 전에 본 얼굴을 기억이라도 해낸 듯 아주 심각하고도 놀란 표정을 지으며 "혹 이름이 존스가 아닌지요?"라고 물었소. 존스가 그렇다고 대답하자, 이발사는 "참으로 운명이란 얄궂기도 하네요. 절 몰라보시는 것 같군요. 하지만 놀랄 일은 아니죠. 절 본 적이 한 번밖에 없으니까요. 그것도 아주 어렸을 적에 말입니다. 그런데 올워디 영주님은 어떻게 지내시나요? '성덕(盛德)한 후원자(後援者)'**는 어떻게 지내시는가 말입니다?"라고 물었소. 이에 존스가 "날 아시는 게 분명하군요. 하지만 미안하게도 난 선생이 기억나지 않소"라고

---

* '학식이 깊은 이발사'라는 뜻.
** '훌륭한 후원자'라는 뜻. 로마의 서정시인 가이우스 카툴루스(Gaius Valerius Catullus, 기원전 84?~기원전 54?)의 『시집』에 나오는 구절이다. 이 이발사가 앞으로 인용하는 라틴어 문장은 상당수가 라틴어 교본의 예문에서 따온 것들이다. 나중에 밝혀지지만 그는 학교 선생을 했던 인물이어서 라틴어 교본에 나오는 문장에 익숙한 것이다.

말하자, 이발사는 "그건 놀랄 일이 아닙니다. 하지만 하나도 안 변하셨는데, 좀더 일찍 알아보지 못한 제자신이 놀랍군요. 그런데 무슨 일로 이곳에 오신 건지 물어봐도 실례가 되지 않겠습니까?"라고 물었소. 이에 존스가 "이발사 양반, 자, 잔이나 채웁시다. 더 이상의 질문은 사절이오"라고 말하자, 벤저민이라는 이발사는 "귀찮게 하려고 이러는 게 아닙니다. 주제넘게 남의 일을 궁금해하는 그런 사람으로 절 생각하시지는 않길 바랍니다. 그리고 아무도 제가 그런 사람이라고 말하진 못할 겁니다. 하지만, 도련님 정도로 지체 높으신 분이 하인도 대동하지 않고 여행한다면, '어떤 모르는 불행(不幸)'을 겪고 계신 것이 아닌가 하는 추측을 하기가 쉽죠. 제가 도련님 이름을 말하지 말았어야 했나 봅니다"라고 대답했소. 이에 존스가 "솔직히 말해, 내가 이렇게 잘 알려진 사람인지는 생각지도 못했소. 하지만 특별한 이유가 있어서이니, 내가 이곳을 떠날 때까지 다른 사람한테는 내 이름을 말하지 않으면 고맙겠소"라고 말하자, 이발사는 "**편언(片言)만 하겠습니다**'.* 저 말고 이곳에 있는 그 누구도 도련님을 몰랐으면 좋겠습니다. 혀를 나불거리는 사람들이 있기 마련이잖아요. 하지만 저는 비밀을 지켜드리겠다고 약속드리죠. 제게 악의적인 사람들도 제가 입이 무겁다는 사실은 인정할 겁니다"라고 대답했소. 이 말에 존스가 "이발사 양반, 그것은 선생의 직업과는 맞지 않는 것 같소"라고 말하자, 벤저민은 이렇게 대답했소. "'**금일**(今日) **불운**(不運)**했다 해서, 항시**(恒時) **그러라는 법은 없죠**'.** 사실 제 원래 신분이나 제가 받은 교육은 이발업과는 전혀 상관이 없습니다. 제 인생의 대부분을 신사분들하고만 보냈으니까요. 제

---

 * '몇 마디만 할게요'라는 뜻.
 ** '오늘 운이 안 좋다고 해서 항상 그러라는 법은 없다'라는 뜻. 이 구절은 호라티우스의 『송시』에 나오는 것이다.

입으로 말하기는 좀 우습지만, 그래서 전 상류사회에 대해 좀 알고 있기도 합니다. 도련님께서 절 다른 사람들만큼이나 터놓고 이야기할 만한 사람이라고 생각하셨다면, 저도 비밀을 잘 지킬 수 있는 사람이란 걸 도련님에게 보여드렸을 겁니다. 남들 다 있는 부엌에서 도련님 이름에 먹칠을 하지는 않았을 거고요. 어떤 사람들은 도련님을 깎아내리면서 도련님이 말해준 올워디 영주님과 도련님 사이에 있었던 말다툼에 대해 떠들어대며, 거기에다 자기들이 지어낸 이야기도 덧붙이더군요. 제가 거짓말인 걸 뻔히 아는 것들을 말이에요." 이 말에 존스가 "날 참 놀라게 하는군요" 하고 소리치자, 벤저민이 대답했소. "맹세코, 전 사실만을 말했습니다. 여관 안주인이 바로 그 사람이란 사실은 말할 필요도 없겠지요? 전 그 이야기를 듣고 마음이 무척 아팠습니다. 그리고 그 말이 모두 거짓이길 바랐고요. 전 도련님을 아주 존경하고 있었거든요. 분명히 말씀드리지만, 전 도련님이 블랙 조지한테 은혜를 베푸신 이후로 항상 존경해왔습니다. 마을 사람들 모두가 그 이야기를 했고, 저도 그 얘기에 관한 몇 통의 편지도 받았으니까요. 사람들이 모두 도련님을 좋아하는 건 바로 그 때문입니다. 그러니 양해하십시오. 제가 이런 질문을 드리는 건 제가 들은 게 사실인지 염려가 돼서 그러는 것이니까요. 제가 이러는 건 주제넘게 알려고 해서가 아니라, 착한 성품을 가진 분을 좋아하기 때문입니다. 그래서 전 '당신을 향(向)한 극진(極盡)한 애정(愛情)'*을 품고 있는 거죠."

불행한 사람들은 자신에게 호감을 갖고 있다고 공언하는 사람을 쉽사리 믿게 되는 법이오. 따라서 불행할 뿐만 아니라 아주 허심탄회한 성격을 가진 존스가 벤저민의 이러한 공언을 쉽사리 믿고 그에게 흉금을 털어

---

* '당신에 대한 무한한 사랑'이라는 뜻. 이 구절은 키케로의 『친구에게 보낸 편지Epistulae ad Familiares』에 나오는 구절이다.

놓는다 해도 그건 놀라운 일이 아닐 것이오. 심오한 문학적 풍취가 나지는 않지만 벤저민이 적절히 구사한 단편적인 라틴어 문장은 벤저민이 보통 이발사보다는 우월한 무엇인가를 가지고 있다는 사실을 보여주는 것 같았고, 그의 모든 행동도 이를 뒷받침하는 것 같았소. 따라서 이발사가 밝힌 본래의 신분과 그가 받은 교육에 대한 이야기를 모두 믿게 된 존스는 이발사의 간곡한 청에 따라 "나에 대해 이미 많은 것을 들었고, 사실이 무엇인지 그처럼 알고 싶어 하니 인내심을 가지고 듣겠다면, 모든 상황을 말해주겠소"라고 말했고, 이에 벤저민은 "인내심이요? 너무 길지만 않다면 그렇게 할 겁니다. 제게 그런 영광을 베풀어주셔 정말 감사드립니다"라고 소리쳤소.

이 요청에 따라 존스는 깜빡 잊어버린 한두 가지 상황만 빼먹고는, 스와컴과 싸웠던 날에 벌어졌던 일부터 시작해 바다로 가기로 결심하게 된 사연 그리고 북쪽 지방에서 일어난 반란으로 마음을 바꾸고 지금 이곳까지 오게 된 경위 등등에 대해 모두 이야기했소.

존스의 이야기를 집중해 듣던 리틀 벤저민은 존스의 말을 한 번도 막지 않았소. 하지만 존스가 이야기를 마쳤을 때, 존스를 위해하려는 사람이 분명히 무엇인가를 지어내어 올워디 영주에게 존스를 모함한 게 틀림없다고 존스에게 말했소. 그 근거로 그는 그처럼 훌륭한 분이 자신이 그토록 사랑했던 사람을 그런 식으로 내쫓을 수는 없다고 말하자, 존스는 자신을 파멸시키기 위해 그런 비열한 술책이 이용되었을 거라고는 생각지 않는다고 대답했소.

존스가 추방당한 진짜 이유를 존스에게서 듣지 못한 사람들은 누구든지 이발사와 같은 말을 하지 않을 수 없었을 것이오. 존스의 행동이 그에게 불리하게 왜곡되어 올워디 영주에게 전달되었지만, 이를 몰랐던 존스는 자신의 행동을 그런 관점에서 보면 어떻게 보일지 알 수가 없었고 또한 남들이 올워디 영주에게 자신에 대한 어떤 거짓 죄목을 지어내 고해 바쳤는지도 몰랐기 때문에, 작금의 상황으로 자신을 이끈 가장 중요한 핵심을 존스는 빼먹을 수밖에 없었던 것이오. 따라서 존스가 말한 모든 내용을 전반적으로 살펴볼 때 그것은 오히려 존스에게 유리해 보였기 때문에, 존스가 말한 내용을 아무리 악의적으로 보려 해도 존스를 비난하는 건 쉽지 않았을 것이오.

이는 존스가 사실을 은폐하려거나 숨기려 했기 때문은 아니었소. 오히려 존스는 자신을 처벌한 일로 올워디 영주가 비난받는 것보다는 그런 처벌을 받은 자신의 행동이 비난받기를 더 원했을 것이오. 하지만 자신에 대해 이야기하는 사람들은 모두 존스가 지금 말한 방식으로 이야기할 것이오. 즉 아무리 정직하게 말하려 해도, 자신의 행위에 대해 이야기할 때는 자신도 모르게, 아주 우호적으로 그러니까 자신의 단점은 걸러서 전달해, 잘 걸러진 나쁜 술처럼 더러운 것은 모두 뒤에 남게 되는 법이니 말이오. 우리가 스스로에 대해 이야기할 때 사실 그 자체만을 말한다 하더라도, 우리가 설명한 행위의 동기나 상황은 우리에게 적대적인 사람이 말한 것과는 너무도 달라, 우리가 말한 것이 사실인지 아닌지 구분할 수 없게 되는 법이오.

이발사는 존스의 이야기를 탐욕스럽게 귀로 단숨에 들이마셨지만, 여전히 의문점이 남아 만족스럽지 못했소. 그가 몹시 알고 싶어 하는 한 가지 사실이 아직 남아 있었던 것이오. 존스는 자신이 사랑에 빠졌다는 사실과 블리필이 사랑의 라이벌이 되었다고 말은 했지만, 신중하게도 상대 여성의 이름은 숨겼기 때문이었소. 따라서 이발사는 잠시 망설이다가 여러 번에 걸쳐 "음" "허어"라고 소리를 내더니, 이 모든 불운의 주원인으로 보이는 그 여성의 이름을 알려달라고 간청하게 되었던 것이오. 그러자 존스는 잠시 말을 멈추더니 대답했소. "선생을 믿고 여기까지 이야기했고, 게다가 그 여자 분의 이름은 이미 많이 알려져 있으니 굳이 숨기지는 않겠소. 그분의 이름은 소피아 웨스턴이오."

"웨스턴 영주님한테 그렇게 다 자란 따님이 있었나요!" 이발사의 이 말에 존스는 "그래요, 이 세상 그 누구와도 비할 바 없는 분이오. 그 누구도 그녀처럼 아름다운 여인을 보지는 못했을 것이오. 하지만 그건 소피아의 훌륭한 점 중 가장 사소한 것에 지나지 않소. 소피아는 뛰어난 분별력과 착한 성품을 갖고 있으니 말이오! 평생 소피아 아가씨를 칭송한다 해도, 아가씨의 뛰어난 점의 반도 다 말하지 못할 거요"라고 대답했소. 그러자 이발사는 이렇게 소리쳤소. "웨스턴 영주님에게 그처럼 다 자란 따님이 있다니! 그 아가씨의 부친이 어린 소년이었을 때가 기억나는데 말입니다. '시간(時間), 천만사물(千萬事物)의 탐식자(呑食者)여'."*

술을 다 마시자 이발사는 이번에는 자신이 꼭 술 한 병 사야겠다고 했소. 하지만 존스는 이미 자신은 주량을 넘었다며 단호히 거절하고는, 이제는 방으로 돌아가 책을 읽고 싶다고 했소. 그러자 벤저민이 말했소. "책이요! 어떤 책을 읽고 싶습니까? 라틴어로 된 것 아니면 우리말로 된 책? 제겐 이 두 가지 말로 된 진귀한 책도 몇 권 있습니다. 라틴어로 된 것으론 에라스무스가 쓴 『대화집』하고 오비디우스가 쓴 『비가』 그리고 『파르나소스로 오르는 계단』**이 있고, 우리말로 된 아주 좋은 책들도 몇 권 있습니다. 그중 몇 권은 조금 찢어지긴 했지만요. 하지만 저는 스토가

---

* '모든 것을 삼켜버리는 시간이여'라는 뜻. 이는 오비디우스의 『변신』에 나오는 구절이다.
** 1686년에 출판된 이 책은 고전 시인의 글에서 발췌해서 동의어 형용사 구문 등을 모아놓은 책이다.

쓴『연대기』*의 주요 부분과 포프가 번역한 호메로스의 책 여섯 권 그리고『스펙테이터』세 권과 에커드가 쓴『로마 역사』두 권 그리고『크래프츠맨』**하고『로빈슨 크루소』그리고 토마스 아 켐피스***가 쓴 책과 톰 브라운****이 쓴 책도 두 권 가지고 있습니다.”

이에 존스가 “마지막으로 말한 책은 한 번도 본 적이 없는 책들이니, 그중 하나만 빌려주시면 좋겠소”라고 말하자, 이발사는 그 작가는 일찍이 영국이 배출한 가장 위대한 재사 중 한 명이라며, 재미있어 할 게 틀림없다고 하고는 바로 옆에 있는 자기 집으로 얼른 달려가서는 책을 가지고 다시 돌아왔소. 존스가 그에게 자신에 관해선 비밀로 해달라고 다시 한 번 신신당부하자, 이발사는 반드시 비밀에 부치겠다고 맹세했소. 그 후 이 둘은 헤어져, 이발사는 자기 집으로, 존스는 자기 방으로 각각 돌아갔소.

6장
벤저민의 또 다른 재능
이 특이한 벤저민이란 인물의 정체

아침이 되자 존스는 상처에 붕대를 감지 않아 문제가 생기거나 상태가 위험해질까 걱정이 되기 시작해 의사가 가버린 게 다소 불안해졌소.

---

* 존 스토(John Stow, 1525?~1605): 영국의 고고학자.
** Craftsman: 당시의 수상이었던 휘그당의 월폴Robert Walpole에 반대하는 잡지로 토리당의 기관지 역할을 했다.
*** Thomas à Kempis(1380~1471): 독일 출신의 중세 가톨릭 수사로『그리스도를 본받아』(1441)를 저술했다.
**** Tom Brown(1663~1704): 18세기 영국의 풍자가이자 번역가다.

따라서 여관의 사환에게 이 근방에 다른 의사는 없느냐고 물어보았소. 그러자 사환은 멀지 않은 곳에 다른 의사가 한 사람 있기는 하지만, 그 의사는 다른 의사가 먼저 본 환자의 치료에는 절대 관여하지 않는 것으로 안다며 이렇게 말했소. "하지만 나리. 제 말대로 하시겠다면 말씀드리죠. 어젯밤 나리와 같이 있었던 이발사를 부르세요. 그 사람보다 나리를 잘 치료할 수 있는 사람은 우리나라에 없을 겁니다. 이곳 사람들은 그 사람이 이 근방에서 제일 유능한 의사라고 생각하거든요. 이곳에 온 지 3개월도 안 되었는데 이미 여러 사람들을 치료해주었어요."

존스는 리틀 벤저민을 불러오라고 사환을 곧 내보냈고, 자신을 어떤 목적에서 부른지 알게 된 벤저민은 준비를 갖추어 존스를 찾아왔소. 하지만 그는 팔에 세면기를 끼고 왔을 때와는 너무나도 다른 태도와 표정을 하고 있어, 과연 그가 같은 사람인지 알아차리기가 어려울 정도였소.

이에 존스가 "그래, 이발사 양반. 직업을 여러 개 갖고 계시군요" 하고 말하자, 벤저민은 아주 엄숙하게 "의사는 단순한 직업이 아니라, 전문직이죠. 어젯밤에 제가 의술을 업으로 한다는 사실을 말하지 않았던 이유는, 당시 도련님께서는 다른 의사의 치료를 받고 계시다고 생각했기 때문입니다. 전 동료가 하는 일에 끼어드는 걸 좋아하지 않거든요. 이는 '일체(一切) 전문가(專門家)들의 공통점(共通點)이죠.'* 하여튼 머리를 좀 살펴보겠습니다. 그리고 머리뼈를 검사한 뒤, 상태가 어떤지 제 소견을 말씀드리죠"라고 대답했소.

그의 이 새로운 직업을 별로 신뢰하지는 않았지만 존스는 그가 붕대를 풀고 상처를 살펴보도록 내버려두었소. 상처를 살펴보자마자 벤저민은

---

* '이는 모든 전문가에게는 공통되는 겁니다'라는 뜻.

신음 소리를 내기 시작하더니 세차게 머리를 흔들었소. 그러자 존스는 짜
증스런 어조로 바보짓하지 말라며, 상태가 어떤지만 말하라고 했소. 그러
자 벤저민은 "의사로서 대답할까요, 아니면 친구로서 대답할까요?"라고
물어보았고, 이에 존스가 "친구로서, 하지만 진지하게 대답해주시오"라
고 대답하자, 벤저민은 "그럼, 진심으로 말씀드리는데, 이 정도라면 한두
번의 치료로 완쾌되지 않도록 만들기가 더 어려울 겁니다. 제가 가지고
온 연고만 바르신다면 완쾌되실 거라고 장담합니다"라고 말했소. 이 말에
존스가 그의 말대로 하겠다고 하자, 벤저민은 존스에게 연고를 바른 고약
을 붙여주었소.

　　벤저민이 "됐습니다. 이제는 이전의 제 모습으로 돌아가겠습니다. 하
지만 이런 일을 할 때는 일굴에 근엄한 표정을 유지해야 해요. 안 그러면
세상 사람들은 의사한테 치료를 받지 않으려고 할 테니까요. 근엄한 표정
이 근엄한 성격에 얼마나 중요한지는 상상도 못하실 겁니다. 이발사는 사
람을 웃게 하지만, 의사는 사람을 울게 해야 하거든요"라고 말하자, 존스
가 "이발사 양반, 아니 의사 양반, 그것도 아니면 이발사의사 양반" 하고
부르자, 벤저민은 그의 말을 막으며 " '왕후(王后)시여, 당신이 상기(想起)시킨
비애(悲哀)는 형용불가(形容不可)요.'* '세력(勢力)을 연합(聯合)하면 더욱 강대(强大)
해진다'**라는 그 오래된 격언이 의미하는 것처럼, 나누어지게 되면 양쪽
이 다 큰 손해를 보게 되는데도 불구하고 도련님의 그 말씀은 잔인하게도
나누어질 수밖에 없었던 연합공제조합***을 떠올리게 하는군요. 이 둘을

---

　* '여왕이시여, 당신이 내게 되살린 슬픔은 말로 표현할 수 없습니다'라는 뜻. 베르길리우
　　스의 『아이네이스』에서 아이네이아스Aeneas가 디도Dido 여왕에게 트로이의 운명에 대
　　해 이야기를 시작할 때 하던 말.
　** '뭉친 힘은 더욱 강하다'라는 뜻.

결합한 저에게는 이 둘이 분리된 것이 얼마나 큰 타격이었는지 모릅니다"
라고 대답했소. 이에 존스가 "선생이 어떤 이름으로 불리기를 바라든 간
에 선생은 내가 만난 사람 중 확실히 제일 특이하고 익살스런 사람이니,
선생이 살아온 삶에는 분명 뭔가 놀라운 일이 있을 거요. 선생도 인정해
야겠지만, 난 그 이야길 들을 자격이 있다고 생각하는데"라고 말하자, 벤
저민은 "인정합니다. 도련님이 한가하실 때 기꺼이 말씀드리죠. 제 이야
기를 다 하려면 상당한 시간이 걸릴 게 분명하거든요"라고 대답했소. 이
말에 존스가 지금이 자신에게는 가장 한가로운 때라고 말하자, 벤저민은
"그러면, 도련님 말대로 하지요. 그렇지만 아무도 방해하지 못하게 우선
문부터 잠가야겠어요"라고 말하고는, 문을 잠근 뒤 근엄한 태도로 존스에
게 다가와 "제 이야기는 제 인생에 가장 큰 피해를 끼친 사람은 바로 도
련님이라는 사실을 밝히는 것으로부터 시작해야 할 겁니다"라고 말했소.
이 갑작스런 선언에 몹시 놀란 존스는 단호한 표정을 지으며 "내가 선생
에게 피해를 끼쳤다고! 이봐요!"라고 소리치자, 벤저민은 이렇게 대답했
소. "아니, 화내진 마세요. 저도 분명히 화나지는 않았으니까요. 도련님
이 제게 피해를 입히려고 의도하신 건 아니에요. 당시 도련님은 갓난아기
였으니 말이에요. 하지만 제 진짜 이름을 밝히는 순간 모든 수수께끼가
풀릴 거라 생각합니다. 도련님은 영광스럽게도 도련님의 친부라고 알려
진, 그리고 바로 그런 영광을 얻게 된 덕분에 불운하게도 파멸당한 패트
리지라는 사람에 대해 들어본 적이 없습니까?" 이 말에 존스가 "그 패트
리지라는 분에 대해 들은 적은 있소. 그리고 내가 그분의 아들이라고 항
상 믿어오고 있었소"라고 대답하자, 벤저민은 "그래요, 제가 바로 그 패

*** 런던의 이발사와 외과 의사는 처음에는 하나의 조합에 속했지만 1745년에 분리되었다.

트리지입니다. 하지만 도련님이 저에 대해 가지셨다는 자식으로서의 의무를 지금 이 순간부터 모두 면제해드리지요. 도련님은 분명히 제 자식이 아니니까요"라고 말했소. 이 말에 존스가 "어떻게 잘못된 의심 하나 때문에, 나도 잘 알고 있는 그런 고초를 겪는다는 게 가능하죠?"라고 묻자, 벤저민은 다음과 같이 말했소. "가능합니다. 실제로 그렇게 되었잖습니까. 자신에게 고통을 안겨준 사람을, 설령 아무런 잘못이 없다 하더라도 미워하는 건 자연스런 일입니다. 하지만 전 다릅니다. 전에 말했듯이 블랙 조지에게 은혜를 베풀었다는 이야길 들은 뒤 전 도련님을 좋아해왔습니다. 그리고 이렇게 예기치 않게 도련님을 만나게 된 것도 도련님의 출생으로 제가 겪은 모든 고통에 대해 도련님이 보상해주기 위해서라는 확신도 들었습니다. 도련님을 만나기 전날 꾼 꿈에서 의자에 걸려 넘어졌는데도 다치지 않았거든요. 이건 무언가 좋은 일이 생길 거란 사실을 말해주는 거죠. 지난밤에도 꿈을 꾸었는데, 도련님 뒤에서 저는 우유처럼 하얀 암말을 타고 있었죠. 그것도 아주 좋은 길몽으로 제가 아주 큰 행운을 얻게 될 거라는 징후죠.* 그래서 저는 도련님이 절 가혹하게 막으시지만 않는다면 이 행운을 좇기로 결심했습니다."

이 말에 존스가 "패트리지 씨, 나 때문에 선생이 겪은 고통에 대해 보상해줄 힘이 있다면 나도 기쁘겠소. 당장은 별 가능성이 없지만 앞으로 내가 선생께 해줄 수 있는 건 다 해드리겠소"라고 말하자, 벤저민은 "도련님은 충분히 하실 수 있습니다. 제가 바라는 건 도련님의 여행길을 수행할 수 있도록 허락해달라는 것뿐이니까요. 게다가 저도 그렇게 하기로

---

* 18세기 중반에 꿈의 의미를 해석하는 책들이 영국에서 많이 출간되었다. 패트리지는 가톨릭 성향의 자코바이트로서 당시 영국인들은 가톨릭을 미신적이라고 생각했기 때문에 필딩도 패트리지의 미신적 성향을 강조한 것으로 보인다.

확실하게 마음을 정했으니, 제 청을 거절하시면 도련님은 이발사와 의사 두 사람을 단번에 죽이는 셈이 될 겁니다"라고 대답했소.

이 말에 존스는 웃으면서 자신이 남에게 그렇게 큰 피해를 입히는 것은 상당히 유감스러운 일일 거라면서 벤저민(앞으로 우리는 그를 패트리지라 부르겠소)의 생각을 바꾸기 위해 여러 신중한 이유를 개진했지만 모두 소용없었소. 우유처럼 흰 암말 꿈을 철석같이 믿고 있었던 패트리지는 다음과 같이 말했소. "게다가 도련님, 분명히 말씀드리지만, 저도 다른 사람들 못지않게 이 대의를 지지하고 있으니 함께 가는 걸 도련님이 허락하시든 아니든 간에 전 도련님을 따라갈 겁니다."

패트리지가 상대를 마음에 들어 한 만큼이나 존스 또한 패트리지가 마음에 들었소. 따라서 존스가 패트리지에게 따라오지 말고 여기 남아 있으라고 한 것은, 자신이 원해서가 아니라 상대방을 위해서였소. 하지만 패트리지의 결심이 이처럼 확고한 것을 알게 되자, 결국 존스는 그의 뜻을 받아들였소. 그러나 그 순간 자신의 현재 처지가 어떤지 떠오른 존스는 "선생은 어쩌면 내가 선생의 여행 경비를 대줄 능력이 있을 거라고 생각할지 모르오. 하지만 실제로 난 그런 능력이 없소"라고 말하면서 지갑을 꺼내 전 재산이라며 9기니를 세어 보였소.

이 말에 패트리지는 자신이 기대하는 건 앞으로 존스가 자신에게 베풀게 될 호의라고 하고는 곧 그렇게 될 거라고 확신한다며 이렇게 말했소. "지금은 우리 둘 중 제가 더 부자인 것 같군요. 제가 가진 돈을 모두 마음대로 쓰세요. 이 돈을 전부 가져가시고 도련님 하인으로 도련님의 여행길을 수행할 수 있게만 허락해주시면 됩니다. '테우크로스의 영도(領導)와 보호(保護) 하(下)에서는 절망(絶望)은 불필(不必)하다'"* 하지만 자기 돈을 전부 쓰라는 패트리지의 이 관대한 제안을 존스는 결코 받아들이지 않았소.

이들은 다음 날 아침 출발하기로 결정했소. 하지만 존스의 여행 가방이 너무 커, 말이 없으면 가지고 다닐 수 없는 난처한 상황이 벌어지자 패트리지는 이렇게 제안했소. "제가 조언을 하나 해드리지요. 이 여행 가방에서 속옷 몇 가지만 빼고 여행 가방은 두고 가기로 하죠. 속옷은 제가 가져가면 될 거고 나머지 옷들은 제 집에 갖다 놓고 문을 잠가놓으면 안전할 겁니다." 존스가 패트리지의 이 제안을 따르겠다고 하자, 이발사는 예정된 출정 준비를 위해 자기 집으로 향했소.

7장

패트리지의 이러한 행동에 대한 좀더 그럴듯한 이유
존스의 약점에 대한 변명
여관 안주인에 관한 몇 가지 에피소드

패트리지가 지나치게 미신에 사로잡힌 사람이긴 하지만, 그가 바라는 게 단순히 전쟁터에서 얻게 될 전리품을 나누어 갖는 것뿐이라면, 의자와 흰 암말이 뜻하는 단순한 조짐 때문에 원정길에 나선 존스와 동행하기를 바라지는 않았을 것이오. 사실 패트리지는 존스에게서 들은 이야기에 대해 곰곰이 생각해본 결과, 올워디 영주가 자기 아들(그는 존스가 올워디의 아들이라고 아주 확고하게 믿고 있었소)을 존스가 말한 이유로 쫓아냈다고는 도저히 생각할 수 없었소. 따라서 서신 왕래를 하던 사람으로부터 존스가 몹시 자유분방하다고 전해 들었던 패트리지는 존스가 부친에게서 도

---

* '테우크로스의 지도와 보호 아래서는 결코 절망할 필요가 없다'라는 뜻. 호라티우스의 『송시』에 나오는 구절을 약간 변형한 것이다.

망나왔으며 자신이 들은 이야기는 존스가 지어낸 것이라는 결론을 내렸던 것이오. 따라서 패트리지는 이 젊은이를 설득해 그의 부친에게로 돌아가게 한다면, 이는 올워디 영주에게 큰 도움(이를 통해 올워디 영주가 자신에게 품었던 모든 분노를 잊게 만들 수도 있을 거라고 생각했소)이 될 거라고 생각하기에 이르렀던 것이오. 더 나아가 패트리지는 자신에 대한 올워디 영주의 분노 그 자체도 사실은 꾸며낸 것, 그러니까 올워디 영주가 자신의 명예를 지키기 위해 자기를 희생시킨 것이라고 생각하고 있었소. 자신은 아무런 잘못도 저지르지 않았기 때문에, 다른 사람들도 자신이 죄를 저질렀다고는 상상도 하지 않을 거라고 생각했던 패트리지는 올워디 영주가 업둥이에 대해 갖고 있던 애정, 그리고 자신에 대한 올워디 영주의 가혹한 처사, 마지막으로 일 년에 정기적으로 자신에게 지불되던 돈이 공개적으로 취소된 뒤에도 오랫동안 자신에게 은밀하게 돈(패트리지는 이것을 일종의 상해배상금 혹은 부당한 처사에 대한 보상금으로 간주했소)이 송금된 사실 등을 근거로 판단해볼 때, 자신의 의심이 맞다고 생각했던 것이오. 누군가에게 은혜를 입게 될 때, 다른 동기를 의심해볼 수 있는데도 불구하고 그저 순수한 자비심에서 비롯된 처사라고 여기는 것은 매우 특이한 일이기 때문이오. 따라서 패트리지는 무슨 수단을 써서라도 이 젊은 신사를 설득해 집으로 돌아가게만 할 수 있다면, 올워디 영주의 총애는 물론, 그간의 노고에 대한 큰 보상까지 받을 수 있을 뿐만 아니라, 율리시스*보다도 더 열렬히 갈망하던 고향으로 돌아갈 수 있으리라 믿어 의심치 않았던 것이오.

상대방의 말이 사실이라고 믿었던 존스는 패트리지가 단지 자신을 좋

---

* 율리시스는 오디세우스의 라틴어식 이름으로 오디세우스가 트로이 전쟁이 끝난 뒤 집으로 돌아가는 데는 장장 10년의 세월이 걸렸다.

아하고 게다가 자신이 추구하는 대의에 공감했기 때문에 자신을 따르는 것이라고 생각할 수밖에 없었소. 이는 존스가 조심성이 부족한 데다 다른 사람의 말을 한 번쯤 의심해볼 줄도 몰랐기 때문인데, 이 점에서 그는 비난받아 마땅할 것이오. 존스에게 부족한 이 놀라운 자질을 갖추는 길은 오직 두 가지 방법밖에 없소. 하나는 오랜 경험이고 또 다른 하나는 천성적으로 타고나는 것이오(후자는 특별한 재능이나 타고난 재능이라고 불릴 만하다고 생각하오). 이 둘 중 후자의 것이 훨씬 더 나은데, 그 이유는 이러한 재능을 좀더 일찍 갖출 수 있는 데다가, 실수를 덜 하고 정확하게 판단할 수 있기 때문이오. 다른 사람에게 무수히 많이 속아본 사람은 오히려 정직한 사람을 만나고 싶다는 희망을 버리지 않는 반면에, 자신의 내부로부터 필요한 교훈을 이미 얻은 사람들*은 애당초 그런 희망을 품을 일이 없으며 혹 이들이 다시 속는다면, 그것은 이들의 지적 능력이 모자라기 때문일 것이오. 존스는 이런 재능을 천부적으로 갖지도 못했으며, 경험을 통해 이런 재능을 얻기에는 너무나 젊었소. 사람의 말을 믿지 않는 지혜는 나이가 많이 들어서야만 얻을 수 있는 것이니 말이오. 노인들이 자신보다 젊은 사람들의 지적 능력을 경멸하는 경향이 있는 것은 바로 이러한 이유 때문일 것이오.

존스는 이날 대부분의 시간을 새로 알게 된 사람과 함께 보냈는데, 그는 다름 아닌 이 여관의 주인 더 정확히 말하자면 여관 안주인의 남편이었소. 최근에야 아래층으로 내려와 기거하게 된 여관 안주인의 남편은 오랫동안 지속된 통풍으로 인해 일 년의 반은 자기 방에 갇혀 지냈고, 나머지 반은 여관 일에는 전혀 신경 쓰지도 않은 채, 집 안을 돌아다니거나

---

* 천성적으로 남의 말을 의심하는 사람을 지칭한다. 화자는 톰이 신중하지 못하다고 비난하는 것같이 말하지만 실제로는 천성적으로 남을 의심하는 사람들을 은근히 조롱하고 있다.

담배를 피우거나 혹은 아는 사람들과 술을 마시며 지냈소. 이른바 신사*
가 되도록, 즉 무위도식하며 자랐던 그는 부지런한 농부였던 삼촌에게서
물려받은 아주 적은 재산을 사냥과 경마 그리고 투계에 다 써버린 뒤, 말
못할 어떤 이유에서 여관 안주인과 결혼했는데, 결혼 뒤에도 오랫동안 그
이유를 말하지 않아 안주인으로부터 상당한 미움을 받아왔었소. 하지만
그는 퉁명스러운 사람으로 별 반응도 보이지 않았기 때문에, 그의 아내는
첫 남편과 현재의 남편을 비교하면서 현재의 남편을 종종 나무라는 것을
낙으로 삼으며 살아왔소. 그녀는 수입의 대부분을 본인이 다 챙겼기 때문
에, 집안을 돌보고 집안을 통치하는 책임을 기꺼이 떠맡았고, 오랫동안
남편과 다투었지만 별 소득이 없자 이제는 남편이 하고 싶은 대로 하게
내버려두었던 것이오.

저녁이 되어 존스가 자기 방으로 돌아가자, 존스를 두고 이 다정한
부부 사이에 작은 논쟁이 벌어졌소. "머라꼬요. 그 사람캉 술을 마싯다구
요!"라고 아내가 말하자, 남편은 "그래, 같이 술 한 병 비웠어. 그 사람
진짜 신사야. 경주마에 대해서도 아주 잘 알고 있더군. 하지만 아직 젊어
서 세상을 많이 알지는 못하는 것 같아. 경마장에도 몇 번 안 가본 것 같
고 말이야"라고 대답했소. 이 말에 여주인이 "얼씨구! 그래요. 그 사람도
당신하고 같은 과든가베요? 경마에 미칫다 카믄, 신사가 틀림없것네요.
귀신은 뭐 하고 있나 그런 작자 안 잡아가고! 진짜 그런 족속들은 좀 안
봤으믄 좋겠어. 그래, 낸 경마에 정신 나간 사람을 좋아할 이유가 있기는
하지"라고 말하자, 그녀의 남편은 "그렇지, 나도 그런 사람 중 하나잖아"
라고 대답했소. 이 말에 안주인이 "글치. 당신은 진짜 완전한 경마광이

---

* 여기서 신사는 실제로 어느 정도의 재산을 갖춘 중상류층의 인물을 말하는 것이 아니라, 대
다수의 신사들처럼 별달리 하는 일 없이 무위도식하는 사람을 지칭하는 용어로 사용되었다.

지. 내 첫 남편 말맨키로, 당신이 번 돈을 모두 내 눈에 넣어도 앞이 안
보일 일은 없것지"라고 대답하자, 그녀의 남편은 "그 빌어먹을 놈의 첫
남편 소리"라고 소리쳤고, 그의 아내는 "당신보다 나은 사람을 그래 욕하
지 마. 그 사람이 살아 있었다믄, 감히 그러지도 못했을 거믄서 말이야"
라고 대답했소. 이 말에 여관 주인이 "그렇다면 내가 당신만큼의 용기도
없다고 생각하는 거야? 당신도 내가 듣는 앞에서 당신 첫 남편을 여러 번
욕했잖아"라고 대꾸하자, 안주인이 말했소. "내가 그랬다 카더라도 몇 번
이고 후회했을 기야. 설령 지금 내가 성질머리 급하게 그런 말을 한 마디
라도 했다 카더라도, 첫 남편은 벨일 아인 듯이 날 용서해줏을 끼야. 하
지만 당신은 내한테 그런 말 씨부릴 자격도 없어. 그 사람은 내한테 남편
구실은 했으니께. 남편 구실은 했단 말이야! 내 화가 나 못된 말을 했다
카더라도 그 사람을 악당이라고 부른 적은 음써. 또 설령 내가 그 사람을
악당이라고 불렀다 카더라도 그건 거짓말이야." 그러고도 안주인은 훨씬
더 많은 말을 했지만, 그녀의 남편이 듣는 앞에서 하지는 않았소. 그녀의
남편은 담배에 불을 붙이고는 뒤뚱거리면서도 서둘러 그곳을 떠났기 때문
이오. 따라서 전하기에는 너무도 상스러운 여관 안주인의 말을 더 이상
여기에 옮기지는 않겠소.

아침 일찍 패트리지는 등에 배낭을 메고 여행 갈 채비를 갖추고 존스
의 침실에 나타났소. 여러 직업을 가지고 있었던 패트리지는 이 배낭을
직접 만들었는데, 그의 직업 중 하나는 바로 재단사였던 것이오. 자신이
가진 총 네 벌의 셔츠를 넣은 이 배낭 안에 존스의 셔츠 여덟 벌을 추가로
챙겨 넣은 다음 패트리지는 여행 가방을 싸서는 자기 집으로 가려 했소.
하지만 셈을 다 치르기 전까지는 그 어느 것도 자기 집을 벗어나지 못하
게 했던 여관 안주인에 의해 그는 저지당할 수밖에 없었소.

앞서 말했듯이 이 여관의 안주인은 이 구역에서는 절대적인 통치자였기 때문에 모든 사람들이 그녀의 규칙에 따라야만 했소. 그녀는 곧 청구서를 작성했는데, 그 금액은 존스가 받았던 접대를 고려해볼 때, 예상보다 훨씬 많은 것이었소. 여기서 우리는 술집 주인이 자신들의 직업상 굉장한 비법으로 여기는 몇 가지 좌우명을 알려주지 않을 수 없소. 그중 첫번째 좌우명은 자신들의 집에 좋은 것이 있다면(이런 일은 상당히 드문 일이긴 하오) 그것을 호화로운 마차를 타고 여행하는 사람에게만 제공하라는 것이고, 두번째 좌우명은 최악의 음식에 최고의 음식 값을 청구하라는 것이며, 마지막 좌우명은 이런 손님이 적게 주문할 시에는 그들에게 제공하는 모든 항목에 대해 각각 두 배의 값을 청구해, 결국 전체 청구 금액은 똑같게 만들라는 것이었소.

작성된 청구서에 따라 돈을 지불한 뒤, 존스는 배낭을 멘 패트리지와 함께 출발했소. 하지만 여관 안주인은 이들에게 잘 가라는 인사조차 하지 않았소. 그 이유는 이 여관이 지체 높은 사람들이 종종 찾는 곳이기 때문인 것 같았소. 왜 그런지는 모르겠지만 지체 높은 사람들을 자신들의 생계수단으로 삼는 사람들은 마치 자신들이 그런 계층에 실제로 속하기라도 한 듯, 보통 사람들에게는 아주 오만하게 대하기 때문이오.

8장
글로스터에 도착한 뒤, 벨 여관으로 간 존스
그 여관에 대한 세간의 평판과 그곳에서 존스가 만난 협잡꾼

존스와 패트리지, 다른 이름으로는 리틀 벤저민('리틀'이라는 형용사

는 아이러니컬하게 붙여진 것 같소. 실제로 그는 키가 거의 180센티미터나 되었기 때문이오)은 앞서 말한 숙소를 떠난 뒤, 별다른 일을 겪지 않고 글로스터에 도착했소.

글로스터에 도착한 이들은 표지판에 종 그림이 그려진 숙소*를 쉴 곳으로 선택했는데, 이 숙소는 이 고도(古都)를 방문하는 모든 독자들에게 내가 강력 추천하고 싶은 아주 훌륭한 곳이오. 이 숙소의 주인은 그 유명한 설교자 화이트필드** 씨의 형제였지만, 감리교파의 독소적인 교의나 기타 이단적인 교파의 교의에 전혀 오염되지 않았소. 그는 진정으로 정직하고 솔직담백한 사람으로, 교회나 국가에 어떤 분란도 일으키지 않을 사람이라고 나는 생각하오. 그의 아내도 미인이라고 자부할 수 있을 정도로 아름답고도 매우 훌륭한 여성이었소. 그녀의 외모와 행동거지는 최상류층 사람들 사이에서도 두드러질 정도였는데, 그녀 자신도 자신이 이런 장점뿐만 아니라 그 밖에 여러 다른 장점도 갖추었다는 사실을 의식하고는 있었지만, 신이 부여한 현 상황에 만족해하며 이를 받아들이는 것 같았소. 자신의 현 상황에 이처럼 순응하는 것은 그녀가 신중하고 지혜로운 사람일 뿐만 아니라, 현재는 자기 남편처럼 감리교의 교리를 따르지 않고 있었기 때문이오. 우리가 현재라는 단어를 사용한 이유는, 시동생이 쓴 글을 보고 처음에는 강렬한 인상을 받아, 영적인 감동을 체험하게 된다는 현장에 참가하기 위해 긴 후드***를 샀지만, 3주간의 실험 기간 동안 조금도 감동을 받지 못해 결국은 후드를 벗어던지고 교단을 떠났다고 고백

---

  * 18세기 영국에서는 글을 읽을 줄 모르는 사람들이 대다수였기 때문에 글 대신 그림으로 상호를 대신하기도 했다.
 ** 조지 화이트필드(George Whitefield, 1714~1770): 18세기 영국 감리교파의 설교자. 그의 형제 리처드 화이트필드Richard Whitefield가 이 숙소를 운영했다.
*** 여자 감리교도들이 즐겨 입던 검소한 옷을 말한다.

했기 때문이오. 한마디로 말해 그녀는 몹시 친절하고 마음씨가 고왔으며 남에게 끊임없이 호의를 베풀려고 했기 때문에, 이 집에서 큰 만족을 얻지 못하는 손님은 아주 까다로운 사람이 틀림없을 거라 생각하오.

존스와 그의 수행원이 이 집에 들어섰을 때 화이트필드 부인은 마당에 있었소. 우리 주인공의 풍채에서 평범한 사람과는 다른 뭔가를 곧 발견한 이 명민한 부인은 하인을 시켜 존스를 방으로 안내했소. 그러고는 식사 시간에 존스를 초대했는데, 존스는 매우 감사한 마음으로 이 초대에 응했소. 아무것도 먹지 못한 채 오랫동안 걸은 터라, 화이트필드 부인보다 훨씬 덜 마음에 드는 사람이 이보다 훨씬 더 형편없는 대접을 했더라도 존스는 무조건 환영했을 것이오.

식사 자리에는 존스와 이 훌륭한 여주인 말고도, 올워디 영주에게 블리필 부인의 임종 소식을 전한(전에 이름을 언급한 적은 없었지만) 다울링이라는 솔즈베리 출신의 변호사와 서머싯셔에 있는 리드린치* 근방에 살며 스스로 변호사라고 사칭하는 또 다른 자가 있었소. 스스로 변호사라고 사칭은 했지만 사실 이자는 그 어떠한 판단력이나 지식도 없는 아주 사악한 협잡꾼이었으며 법의 시중을 들기 위해, 더 정확히 말하자면 뼈 빠지게 일 시키기 위해 변호사가 임시로 채용한 사람으로, 단 몇 푼의 돈을 벌기 위해 우편배달부보다도 멀리 말을 타고 달려야 하는 사람이었소.

저녁식사를 하는 동안, 올워디 영주의 부엌을 종종 들락거렸던 이 서머싯셔 출신의 협잡꾼은 영주의 집에서 보았던 존스의 얼굴을 기억해내고는 올워디 영주의 가까운 친구 혹은 지인에게나 어울릴 법한 친근한 어조로 존스에게 영주의 가족들 안부를 물었소. 그는 올워디 영주의 집에 거

---

* Lydlinch: 이 마을은 서머싯셔가 아니라 실제로는 도싯셔에 위치해 있다.

주하는 사람 중 집사 이상의 신분을 가진 사람과 말을 나누는 영광을 누리지는 못했지만, 자신이 올워디 영주의 친구 혹은 가까운 지인이라도 되는 듯한 인상을 은근히 심어주기 위해 자신이 할 수 있는 모든 것을 다 했소. 이 협잡꾼을 한 번도 본 적이 없었던 존스는 이자의 모습과 행동거지로 미루어 보아, 그가 신분상 전혀 가까이할 수 없는 상류층과 친밀한 척하고 있다는 판단을 내렸지만, 그의 질문에 아주 공손하게 대답했소.

지각 있는 사람에게 이런 부류의 인간과의 대화는 그 무엇보다도 혐오스런 것이었기에, 존스는 식탁보가 치워지자마자 자리를 떠, 불쌍한 화이트필드 부인이 자기 대신 그 고행을 겪도록 잔인하게 내버려둔 셈이 되었소. 티머시 해리스*와 고상한 취향을 가진 여러 숙박업소 운영사들이 자신들의 직업에 부수적으로 따라온다고 한탄하는 아주 가혹한 운명, 다시 말해 이런 부류의 손님과 동석할 수밖에 없는 운명에, 화이트필드 부인이 처하게 된 것이었소.

존스가 방을 나서자마자, 이 협잡꾼은 화이트필드 부인에게 그 멋진 젊은이가 누군지 아느냐고 속삭이듯이 물었소. 화이트필드 부인이 자신은 그 신사를 전에 본 적이 없다고 대답하자, 그는 "신사라니요? 그래요, 진짜 대단한 신사죠! 사실, 그자는 말 도둑질을 하다가 교수형 당한 작자의 사생압니다. 누군가 그 작자의 애를 어느 영주의 집 앞에 던져놓았는데, 영주 집 하인이 빗물이 가득 찬 상자에 들어 있던 아이를 발견한 거죠. 다른 운명을 타고나지 않았더라면 그때 그 아인 분명히 익사했을 겁니다"라고 말했소. 이 말에 다울링이 "아! 그건 말할 필요 없소이다. 그 운명이 무엇인지 우리는 아주 잘 알고 있으니 말이오"라고 아주 익살스럽게 웃으

---

* Timothy Harris: 서리Surrey에 있는 레드 라이언Red Lion이라는 숙소의 주인.

538

며 소리치자, 협잡꾼은 다음과 같이 말을 이었소. "그런데 영주가 그 아이를 집 안에 데려다 키우라고 명령했죠. 모두가 알다시피, 그 사람은 소심한 탓에 자신이 곤란한 상황에 처하게 될까 봐 두려웠던 거죠. 그래서 그 아인 그 집에서 누가 보아도 신사처럼 키워졌고 신사처럼 먹고, 또 신사처럼 입었죠. 그런데 그 아이가 자라서 영주 집 하녀를 임신시키고 나서는 임신한 아이가 영주의 자식이라고 맹세하도록 만들었다지 뭡니까. 그 뒤에는 헤픈 여자들을 쫓아다닌다고 야단쳤다는 이유로 스와컴 목사의 팔을 부러뜨리기까지 했고요. 그 친구는 블리필 씨의 등 뒤에서 총을 쏜 적도 있고, 영주가 아팠을 때는 영주의 잠을 방해하려고 북을 가져와 온 집 안을 돌아다니며 두들겨대기도 했다는군요. 이것 말고도 못된 짓을 엄청 저질러 내가 그 마을을 떠나기 직전, 그러니까 4, 5일 전에, 영주가 그 친구를 완전히 발가벗겨 집에서 쫓아버렸죠."

이 말에 다울링이 "그건 아주 정당한 처사요. 내 자식이 그런 짓을 반만 저질렀어도, 난 내쫓아버렸을 거요. 그런데 그 대단한 신사분의 존함은 도대체 무엇이오?"라고 소리치자, 협잡꾼은 "그 친구 이름이요? 토머스 존스라고 하죠"라고 대답했소.

이에 다울링이 다소 진지하게 "존스라고! 올워디 영주 댁에 사는 그 존스! 우리와 같이 식사한 그 신사가 존스요?"라고 묻자, 상대방은 "바로 그 사람입니다"라고 대답했소. 그러자 다울링이 "나도 그 신사에 대한 이야기는 꽤 들었소. 하지만 그 사람에 대해 나쁘게 이야기하는 걸 들은 적은 전혀 없었소"라고 말하자, 화이트필드 부인도 "이 신사분이 말씀하신 것의 반만이라도 사실이라면, 존스라는 사람은 여태까지 제가 본 사람 중에서도 가장 사람들을 속이기 쉬운 외모를 가진 사람이네요. 그 사람 모습은 지금 말한 사람하고는 전혀 다른 느낌을 주거든요. 그리고 별로 보진 못했지만, 같이 이야기를 나누고 싶을 정도로 정중하고 교양 있는 사람처럼 보이기도 했고요"라고 말했소.

여느 때처럼 증언을 하기 전에 틀림없다는 맹세를 하지 않았다는 사실을 떠올린 이 협잡꾼이 자기가 한 말은 사실이라며 수없이 맹세하더니, 자기 말이 틀리면 저주를 받아도 좋다고 하자, 이에 충격을 받은 여주인은 그의 말을 믿겠다며 그의 맹세를 중단시켰소. 그러자 이 협잡꾼은 다음과 같이 말했소. "부인, 내가 사실인지 아닌지도 모르면서, 다른 사람에 대해 이런 말을 하는 걸 부끄럽게 여길 줄 모르는 사람 같습니까? 나한테 아무런 피해도 끼치지 않은 사람을 나쁘게 말한다고 해서 나에게 무슨 득이 되겠습니까? 내 말 하나하나가 모두 사실이고, 그곳 마을에 사는 모든 사람들이 알고 있다는 걸 분명히 말씀드립니다."

이 협잡꾼이 존스를 모독할 까닭이 없었고, 그렇다고 일부러 존스를 모독할 만한 사연이 있을 거라고는 짐작조차 할 수 없었기에, 이 협잡꾼이 수많은 맹세를 하며 주장한 말을 믿었다고 해서, 우리가 화이트필드 부인을 비난할 수는 없을 것이오. 결국 자신이 사람 보는 눈이 모자란다고 생각하게 된 화이트필드 부인은 존스가 혐오스럽게 보여 그가 자기 집에서 나가주기를 진심으로 바라게 되었소.

여주인이 존스에게 느낀 혐오감은 화이트필드 씨가 부엌에서 패트리지에게서 들은 말로 인해 더더욱 가중되었소. 패트리지는 부엌에 모인 사람들에게 톰 존스(그는 존스를 이렇게 불렀소)는 거실에서 융숭한 대접을 받고 있는 동안, 자신은 배낭이나 메고 다니며 하인들과 함께 지내고는 있지만, 실제로 자신은 존스의 하인이 아니라 그의 친구이자 동료이며 존스와 같은 신사라고 말했기 때문이었소.

그동안 다울링은 손가락을 깨물기도 하고 얼굴을 찡그리다가도 씩 웃기도 하는 등 몹시 교활한 표정을 지으며 아무 말도 하지 않다가, 마침내 입을 열어 존스라는 사람은 아주 다른 부류의 사람인 게 분명하다고 하고는, 아주 급하게 청구서를 달라고 했소. 그러고는 그날 저녁까지 헤리퍼드에 도착해야 한다며, 자신은 일에 너무 쫓기며 산다고 신세타령을 하더니, 스무 곳에 동시에 있을 수 있다면 몸이 스무 개로 나뉘어도 좋다고 말했소.

변호사의 뒤를 이어 협잡꾼도 여관을 떠나자, 존스는 화이트필드 부인에게 차 한잔 같이 하자고 정중하게 제안했소. 하지만 화이트필드 부인이 식사 때와는 사뭇 다른 태도로 존스의 제안을 거절해, 존스는 좀 놀랐소. 우리가 앞서 칭송하던 온화한 표정 대신 어색하고 엄한 표정을 짓는 여주인을 보고는 부인의 태도가 완전히 바뀌었다는 걸 깨닫게 된 존스는 불쾌한 마음이 들어 아무리 늦었다 하더라도 그날 저녁 이 집을 나서기로 결심했소.

존스는 여주인의 태도가 이처럼 돌변한 이유를 오해하고 있었소. 여자들은 원래 변덕스러워서 언제 변할지 모른다는 식의 부당한 견해 말고도, 숙박업을 하는 사람 입장에서는 사람보다도 더 바람직한 손님인 동물(침대 시트를 더럽히지 않기 때문에 사람보다도 더 많은 숙박료를 지불하는 셈이기 때문에 그렇소), 그러니까 말을 데려오지 않아 여관 안주인이 자신에게 공손하게 대하지 않은 게 아닌가 하는 의심을 품었던 것이오. 하지만 화이트필드 부인을 공정하게 평가하자면, 그녀는 존스가 의심하는 것보다는 훨씬 더 관대한 사람이었소. 그녀는 완벽하리만큼 교양이 있었고, 도보 여행을 하는 사람들*에게도 매우 친절한 사람이었소. 사실 화이트필

---

* 걸어서 여행을 한다는 것 자체가 하층민임을 보여주는 것이다. 즉 화이트필드 부인은 하층민에게도 친절했다는 의미다.

드 부인이 존스를 그처럼 냉대했던 이유는 우리의 주인공을 형편없는 불한당으로 간주했기 때문이었소. 이런 사실을 독자들처럼 존스도 알고 있었다면, 그도 그녀를 비난할 수는 없었을 것이오. 그러기는커녕 존스는 그녀의 행동이 옳다고 인정하고는 그녀의 무례함 때문에 오히려 화이트필드 부인을 그만큼 더 존경했을 게 틀림없을 것이오. 바로 이런 것이 부당하게 중상모략 당한 사람에게 벌어질 수 있는 최악의 상황이오. 서로 몹시 친밀하고 서로를 속속들이 알아 상대방이 중상모략하고 있다고 확신하는 경우를 제외하고는, 자신의 평판이 나쁘다는 걸 알고 있는 사람은 자신을 무시하고 경멸하는 사람에게 당당하게 화내지 못하고, 자신과 대화하는 걸 즐기는 척하는 사람들을 경멸해야 하니 말이오.

하지만 존스의 경우는 그렇지 않았소. 진상을 전혀 모르고 있었던 터라 자신이 받은 대우에 당연히 화가 났고, 따라서 셈을 치른 뒤, 패트리지의 반대를 무릅쓰고 그곳을 떠났던 것이오. 처음에 패트리지는 강력하게 반대했으나 아무 소용이 없자, 결국은 배낭을 메고 친구를 따라 길을 떠나게 되었소.

9장
사랑, 추위, 배고픔과 그 밖의 여러 문제에 관해 존스와 패트리지가 나눈 대화
본심을 들킬 뻔했던 패트리지

이제 저 높은 산으로부터 거대한 그림자가 내려오기 시작하자, 날개 달린 하나님의 피조물들은 휴식을 취하러 갔고, 지체 높은 양반네들은 정찬을 먹기 위해, 하층민들은 저녁을 먹기 위해 식탁에 앉았소. 간단히 말

해 존스가 글로스터를 떠났을 때는, 밤을 지새우기 위해 낮 동안 내내 침대에서 자다가 이제 막 일어난 취객의 얼굴처럼 넙적하고 붉은 달(月)이 막지만 않았다면(지금은 한겨울이었기 때문이었소), 밤이 그 더러운 검은 손으로 이 세상에 검은 커튼을 드리웠을 5시였소. 길을 나선 지 얼마 되지 않아 존스는 아름다운 달을 칭송하더니, 동료를 쳐다보며 이처럼 멋진 저녁을 본 적이 있느냐고 물었소. 하지만 패트리지가 이 질문에 금방 대답하지 않자, 존스는 달의 아름다움에 대해 몇 마디 언급하고는 이 천상의 발광체를 묘사하는 데 여타 시인을 확실히 능가하는 밀턴*의 작품에 나오는 한 구절을 낭송했소. 그러고는 『스펙테이터』에 소개된 바 있는, 서로 멀리 떨어져 있게 되면 정한 시간에 달을 쳐다보기로 약속하며, 똑같은 시간에 같은 대상을 볼 수 있다는 생각에 즐거워했다는 두 연인에 관한 이야기를 들려주며, "이 연인들은 인간이 느낄 수 있는 모든 열정 중에서도 가장 숭고한 열정인 사랑을 진실로 느낄 수 있는 영혼을 가진 게 틀림없었을 것이오"라고 덧붙이자, 패트리지는 이렇게 소리쳤소. "십중팔구 그럴 것 같군요. 하지만 그들이 추위를 느끼지 못하는 신체를 지녔다면 전 더 부러웠을 겁니다. 전 지금 추위 죽을 지경이거든요. 하여튼 전 지금 너무 추워서 다른 숙소에 도착하기 전에 코가 떨어져나갈까 걱정이 됩니다. 뿐만 아니라 제 평생 발을 들여놓은 가장 좋은 숙소에서 어리석게도 이 밤에 이렇게 뛰쳐나온 걸 하나님이 심판하신다 해도 이상할 것 같지 않네요. 제 평생 그렇게 좋은 숙소를 본 적이 없었는데 말입니다. 아무리 지체 높은 양반네들도 그 집에서처럼 대접받을 순 없을 거예요. 그런데 그런 집을 나와 지금 어디로 가는지도 모르면서 이 향간(鄕間)의 소

---

* 밀턴의 『실낙원』에는 달에 대한 예찬이 여러 곳에 나온다.

로(小路)를 경유(經由)하여* 헤매고 다니다니! 그것도 다 좋아요! 하지만 남들은 우리가 제정신이라고 생각하지는 않을 겁니다." 이 말에 존스가 "무슨 소리요! 좀더 용기를 내시오. 지금 우린 적을 맞으러 가는 중이란 걸 명심하시오. 그런데 이깟 추위를 두려워하는 거요? 하여튼 어느 길로 가야 하는지 알려줄 사람이라도 있었으면 좋긴 하겠는데"라고 말하자, 패트리지는 "조언 하나 드려도 될까요? 우인(愚人)도 때로 지혜지언(知慧之言)을 할 수 있죠**"라고 말했소. 이 말에 존스가 "그래 어느 길로 가면 좋겠소?"라고 묻자, 패트리지는 "솔직히 말해, 둘 다 아니에요. 우리가 확실하게 아는 유일한 길은 우리가 왔던 길이죠. 부지런히 한 시간 정도 걸으면 글로스터로 되돌아갈 수 있을 거예요. 하지만 계속 앞으로만 가면, 언제, 어디에 도착할지 아무도 모를 겁니다. 전 최소한 80킬로미터는 내다볼 수 있는데, 우리 앞에는 집이 하나도 없어요"라고 대답했소. 그러자 존스가 말했소. "진짜 경치가 아름답지 않소? 눈부신 달의 광채로 더 아름다워졌지만 말이오. 하여튼 난 왼쪽 길로 갈 거요. 그 길이 우스터에서 멀리 떨어지지 않은 저 언덕으로 곧장 이어지는 것 같으니 말이오. 그런데 지금이라도 날 떠나고 싶다면 되돌아가도 좋소. 난 계속 갈 거니 말이오." 그러자 패트리지는 "제가 그럴 거라고 생각하시다니 참 너무하시는군요. 저뿐만 아니라 도련님을 위해 드린 말씀인데 말입니다. 하지만 계속 가시겠다고 하니 저도 따라가겠습니다. 먼저 행차(行次)하시오. 후종(後從)하겠습니다"***라고 말했소.

---

* '이 시골 길을 지나'라는 뜻. 오비디우스의 『변신』에 나오는 구절.
** '바보도 때로는 올바른 말을 한다'는 뜻.
*** '먼저 가시지요. 뒤따라 가겠습니다'라는 뜻. 고대 로마 초기의 희극 작가 푸블리우스 테렌티우스(Publius Terentius Afer, 기원전 185~기원전 159)가 쓴 희극 『안드로스에서 온 아가씨Andria』에 나오는 구절.

이들은 수 킬로미터를 걷는 동안 서로에게 아무런 말도 걸지 않은 채 내내 걷기만 했소. 그사이 존스는 종종 한숨을 내쉬었고, 패트리지는 비통하게 신음 소리를 내었소. 서로 아주 다른 이유에서였지만 말이오. 마침내 존스가 걸음을 멈추고 고개를 돌려 "이 세상에서 가장 사랑스러운 여인이 지금 내가 쳐다보고 있는 저 달을 보고 있지 않겠소?"라고 탄식하자, 패트리지는 "십중팔구 그럴 겁니다. 하지만 전 아주 먹음직스럽게 구운 등심 스테이크를 바라볼 수만 있다면, 저 달뿐만 아니라 저 달에 달린 뿔도 덤으로 악마가 가져가도 상관없습니다*"라고 대답했소. 이 말에 존스가 "아무리 미개한 야만인이라도 그렇게 말하진 않았을 거요? 선생은 평생 단 한 번이라도 사랑을 느껴본 적이 있소? 아니면 살다 보니 그런 기억이 흔적도 없이 사라진 거요?"라고 소리치자, 패트리지는 "아, 슬프도다! 사랑이 무엇인지 몰랐더라면 얼마나 좋았을까! '왕후(王后)시여, 당신이 상기(想起)시킨 비애(悲哀)는 형용불가(形容不可)요'. 저도 그런 열정에 뒤따라오는 애틋함과 숭고한 마음 그리고 쓰라림을 확실히 다 맛보았습니다"라고 대답했소. 이에 존스가 "그럼 사랑했던 여인이 선생을 잔인하게 대했던 거요?"라고 묻자, 패트리지는 "아주 잔인했죠. 저랑 결혼해 이 세상에서 제일 지독한 마누라가 되었으니 말이에요. 하지만 이제는 하나님을 찬양할 겁니다. 마누라가 이 세상을 떠났으니까요. 일전에 읽었던 책에 적힌 것처럼, 세상을 떠난 영혼들이 달에 모여** 제 마누라도 저 달에 있다면, 전 마누라를 다시 볼까 무서워 절대 달을 쳐다보지도 않을 겁니다. 하지만 도련님을 위해서라면 저 달이 거울이고, 소피아 웨스턴 아가

---

* 당시 서양에서는 아내가 바람을 피우면 남편의 머리에 뿔이 돋는다고 생각했다. 달에 뿔이 생겼다 함은 여성으로 흔히 묘사되는 달이 다른 남자와 바람을 피웠다는 의미다.
** 플루타르코스의 『윤리론』에 나오는 내용.

씨가 그 앞에 앉아 있었으면 좋겠네요"라고 대답했소. 그 말에 존스는 이렇게 소리쳤소. "그거 참 멋진 생각이오! 그건 분명 사랑에 빠진 사람만이 할 수 있는 생각이오. 오! 한 번만이라도 더 그녀의 얼굴을 볼 수 있다면! 하지만 슬프게도 소중한 나의 꿈은 이제 영원히 사라졌소. 앞으로 내게 닥칠지 모르는 불행에서 벗어나는 유일한 방법은 나에게 모든 행복을 가져다주었던 소피아 아가씰 잊는 것이니 말이오." 이에 패트리지가 "정말로 웨스턴 아가씨를 다시 만날 거라는 희망을 버리신 겁니까? 제 충고를 따르신다면 아가씨를 다시 볼 수 있을 뿐만 아니라 품에 안을 수도 있다고 분명히 약속드리지요"라고 말하자, 존스는 "아! 그런 생각을 다시는 하게 하지 마시오. 더 이상은 그런 소망을 품지 않으려고 안간힘을 쓰고 있으니 말이오"라고 소리쳤소. 이 말에 패트리지가 "아니! 사랑하는 사람을 품에 안고 싶지 않다니, 도련님은 정말이지 특이하신 분입니다"라고 대답하자, 존스는 "그나저나, 그 이야기는 그만둡시다. 하여튼 무슨 충고를 하겠단 말이오?"라고 물었소. 이에 패트리지가 "이제 우리는 군인이니, 군대 용어로 말하지요. '우향우'! 늦었지만 오늘 밤 안에 글로스터에 도착할 수 있도록 왔던 길로 되돌아가죠. 잘은 모르겠지만 계속 앞으로 가보았자 어떤 숙소나 집도 찾지 못한 채 헤매고 다니게 될 것 같으니 말이에요"라고 말하자, 존스는 "계속 앞으로 갈 거라고 이미 말하지 않았소? 하지만 선생은 돌아가는 게 좋겠소. 하여튼 여기까지 같이 와주어 고맙소. 고마움의 표시니 1기니를 받아주시면 좋겠소. 선생을 더 가게 하는 건 못할 짓이니 말이오. 솔직히 말해 내 궁극적인 목표는 국왕폐하와 우리나라를 위해 싸우다 영광스럽게 죽는 것이오"라고 대답했소. 이 말에 패트리지는 이렇게 말했소. "도련님, 돈은 도로 집어넣으시죠. 도련님한테선 어떤 돈도 받지 않을 겁니다. 제 보기엔 우리 둘 중 지금은 제가 돈이 더 많은 것 같으니까 말이에요. 하여튼 계속 가시겠다고 결심하셨다니, 저도 도련님을 계속 쫓아갈 겁니다. 뿐만 아니라 자포자기하신 걸 보니, 도련님을 곁에서 꼭 돌보아야 할 것 같군요. 단언하지만 제가 도련님보단 훨씬 더 신중하니 말입니다. 도련님이 전쟁터에서 죽을 결심을 하셨다니 전 도련님을 절대 다치게 하지 않겠다고 굳게 결심했습니다. 하지만 언젠가 가톨릭 신부님이 하신 말씀처럼 이 일은 전쟁을 치르지 않고서도 곧 끝날 것이기 때문에, 별 위험은 없을 거란 생각이 드니 좀 위안이 되기는 합니다." 이 말에 존스가 "가톨릭 신부가 자기 종교를 옹호하기 위해 한 말을 믿어서는 안 된다고 들었소"라고 말하자, 패트리지는 "네, 하지만 그 신부가 자기 종교를 옹호하기 위해 한 말은 절대 아닙니다. 변화가 생긴다고 해서 가톨릭교도들이 얻을 건 없다고 분명히 말했거든요. 찰스 왕자*는 우리나라 사람 누구 못지않게 개신교도고, 단지 자신의 권리를 되찾으려다 보니 자신과 가톨릭교도들이 자코바이트가 된 것뿐이라고 했어요"라고 대답했소. 그러자 존스는 "난 그가 왕이 될 권리가 없다고 생각하는 것만큼이나 그가 개신교도가 아니라고 믿고 있소. 그리고 우리가 결국 승리할 거라고 확신하고 있소. 하지만 전쟁을 치르지 않고서는 안 되오. 그래서 선생 친구인 그 가톨릭 신부만큼 낙관적이지 않은 것이오"라고 말했소. 이에 패트리지가 대답했소. "제가 읽은 모든 예언서에 따르면, 엄청나게 많은 사람들이 이 싸움에서 피를 흘릴 것이고, 세 개의 엄지손가락을 가진 어떤 물방앗간 주인이 무릎까지 피에 잠긴 채, 세 분의

---

* 영국의 정당한 왕위 계승자를 자처하며 1745년 군대를 일으켜 프랑스에서 영국으로 진격했던 찰스 에드워드 스튜어트. 대부분의 가톨릭교도들은 역시 가톨릭을 믿던 찰스를 지지했다. 많은 가톨릭교도들이 자코바이트였던 것은 이 때문이다. 필딩은 『자코바이트 저널』에서 찰스 스튜어트가 가톨릭의 수호자라며 그를 옹호하는 세력을 비판했다.

왕의 말을 끌고 갈 거라고 했어요. 주여, 우리 모두에게 자비를 베푸시고, 좋은 세상이 오게 해주소서!" 이 말에 존스는 이렇게 말했소. "어떻게 그런 어처구니없고 터무니없는 생각을 하는 거요? 이것도 그 가톨릭 신부한테서 들은 것 같은데? 하여튼 괴물이나 기이한 인물들을 등장시키는 건 황당하고 불합리한 교리를 옹호하는 데 아주 적절하게 사용되는 방법이긴 하지. 그렇지만 자유와 진실한 종교를 위한 길은 조지 왕을 지지하는 것이오. 바꾸어 말하면 상식적인 기준에서 보아도 조지 왕이 옳다는 말이오. 브리아레오스* 자신이 백 개의 엄지손가락을 가지고 다시 살아나 물방앗간 주인이 된다 해도, 우리가 확실히 승리할 것이오." 패트리지는 아무런 대꾸도 하지 않았소. 적당한 기회가 없어 알려주지 못했던 비밀을 이제 독자들에게 알려주고지 하오. 사실 패트리지는 자코바이트였소. 그는 존스가 자신과 같은 편이며 지금 반란군에 합류하기 위해 가고 있는 중이라고 생각했던 것이오. 하지만 그가 아무런 근거도 없이 이런 생각을 하게 된 것은 아니었소. 『휴디브라스』에 따르면 "키가 큰 어떤 귀부인"이, 베르길리우스**에 따르면 수많은 눈과 혀, 입 그리고 귀를 가져 괴물같이 생긴 소문의 여신이 존스와 노서턴 간에 벌어진 싸움을 전달하던 도중, 사실 관계에 대해선 평소처럼 별 신경을 쓰지 않고 소피아의 이름을 프리텐더, 즉 왕위 요구자인 찰스라는 이름으로 바꾸면서, 존스가 얻어맞아 쓰러지게 된 이유는 그가 프리텐더의 건강을 위해 건배하려 했기 때문이라고 전했던 것이오. 따라서 이 소문이 사실이라고 확고하게 믿었던 패트리지는 존스에 대해 앞에서 언급한 것과 같은 생각을 품게 되었으니, 이

---

* Briareos: 그리스 신화에 나오는 괴물로 1백 개의 팔과 50개의 머리를 가졌다.
** 베르길리우스의 『아이네이스』에서 소문의 여신은 많은 귀, 눈, 입을 가진 여인으로 묘사되었다.

는 놀라운 일이 아닌 것이오. 심지어 그는 자신의 실수를 깨닫기 전에 하마터면 존스에게 이런 사실을 밝힐 뻔하기조차 했소. 존스가 처음 자신의 결심을 밝혔을 때, 그가 사용한 문구의 의미가 분명치 않았다는 사실을 상기해보면, 독자들도 이런 사실에 별로 놀라지 않을 것이오. 그 당시 존스의 말이 덜 애매했더라면, 패트리지는 지금처럼 정확히 이해했을 것이오. 게다가 패트리지는 모든 국민들이 마음속으로는 자신과 같은 생각을 하고 있을 거라고 확신했기 때문에, 존스가 군인들과 합류하려는 게 자신에게는 별로 놀랍지 않았던 것이오. 다른 사람들과 마찬가지로 군인들도 자신과 같은 생각을 하고 있다고 생각했으니 말이오.

제임스나 찰스*에게 많은 호감을 갖고는 있었지만, 이 두 사람보다도 리틀 벤저민, 즉 자신에 대해 훨씬 더 많은 애착을 갖고 있었기 때문에, 패트리지는 자신과 함께 여행하는 사람의 정치적 소신이 무엇인지 알게 되자, 자신의 신조를 숨기거나 혹은 겉으로나마 자신의 신조를 포기하는 게 적절하다고 생각했소. 존스와 올워디 영주 사이의 관계가 복원될 것이라는 희망을 갖고 있었던 패트리지는 앞으로 자신이 한몫 잡을 수 있느냐 없느냐는 전적으로 존스에게 달려 있다고 생각했기 때문이오. 그가 이러한 생각을 하게 된 이유는, 마을을 떠난 뒤 지금까지 줄곧 자신과 서신 왕래를 해오던 이웃 사람으로부터 올워디 영주가 이 젊은이(패트리지는 존스가 올워디 영주의 상속자가 될 거라는 말을 들었고, 앞서 말한 것처럼 존스가 올워디 영주의 아들이라고 생각했기 때문이었소)에게 품고 있는 애정에 대해 부풀려진 이야기를 많이 들었기 때문이었소.

따라서 두 사람 사이에 어떤 이견이 있었던 간에, 존스가 일단 고향

---

* 제임스 스튜어트와 그의 아들 찰스 스튜어트.

으로 돌아가게 되면 분명히 두 사람은 화해하게 될 거라고 생각했던 패트리지는 이 기회를 이용해 이 젊은 신사의 마음에 든다면, 자신은 큰 이득을 볼 수 있을 것이고 또한 무슨 수를 써서라도 그를 집으로 돌아가게 한다면, 앞서 말했듯이 올워디 영주가 자신에게 상당한 호감을 갖게 될 거라고 확신했던 것이오.

패트리지는 아주 선량한 사람이며, 앞에서 이미 언급했듯이 존스의 인격과 성품을 몹시 흠모하고 있다고 스스로 밝히기까지 했소. 하지만 방금 전에 언급한 목적 때문에 패트리지가 이 원정길에 따라나섰고 신중한 아버지와 아들처럼 매우 우호적인 분위기에서 같이 여행은 하지만, 존스와 자신이 서로 다른 파를 지지하고 있다는 사실을 알게 된 뒤에도 이 원정을 계속했던 데에는 어느 정도 이런 복적이 작용했을지도 모르오. 사랑, 우정, 존경심 혹은 이와 유사한 기타 감정들이 인간에게 강력한 영향을 미치기는 하지만, 자신의 목적을 위해 타인을 이용하고자 할 때, 현명한 사람들은 이해관계라는 요인을 절대 간과하지 않는다는 사실을 보아왔기 때문에 이런 추측을 하게 된 것이오. 이해관계는 효능이 뛰어난 약과 같아서, 워드 씨*가 만든 알약처럼 고치고 싶은 특정 신체 부위(그것이 혀든 손이든 혹은 다른 어떤 신체 부위든 간에)로 곧장 달려가, 원하는 결과를 즉시 가져다주기 때문이오.

---

* 조슈아 워드(Joshua Ward, 1685~1761): 자신이 만든 약을 만병통치약이라고 선전하던 18세기 영국의 약제사.

10장

매우 놀라운 모험을 겪게 되는 우리의 여행객

존스와 그의 일행이 앞 장에서 나눈 대화를 막 끝마쳤을 때, 이들은 몹시 가파른 언덕 아래에 당도했소. 그러자 존스는 갑자기 걸음을 멈추고 위를 쳐다보며 잠시 침묵하더니 패트리지를 부르며 이렇게 말했소. "이 언덕 위로 올라갔으면 하오. 그곳에 가면 달빛에 비친 아주 멋진 광경을 분명히 볼 수 있을 거요. 달이 사방에 던지는 장엄한 암영이 우울한 상념에 잠기고 싶어 상상의 나래를 펴는 사람들에게는 말로 할 수 없을 정도로 아름다울 테니 말이오." 이 말에 패트리지는 "십중팔구 그럴 겁니다. 언덕 꼭대기가 우울한 생각을 불러일으키기에 아주 적절한 곳이라면, 언덕 아래는 즐거운 생각을 불러일으킬 것 같군요. 이 둘 중 전 즐거운 생각이 훨씬 더 좋습니다. 저에겐 이 세상에서 제일 높아 보이는 저 산의 꼭대기라는 말만 들어도 소름이 오싹 끼치는군요. 안 됩니다, 안 돼요. 어디론가 가야 한다면 서리를 피할 수 있는 산 아래 어딘가로 가야 합니다"라고 대답했소. 이에 존스가 "그럼 그렇게 하시오. 단지 내가 소리치면 들리는 곳에만 있으시오. 다시 돌아오면 소리를 지를 테니 말이오"라고 말하자, 패트리지가 "도련님, 분명히 미치신 것은 아니죠?"라고 물었소. 이 말에 존스가 "그래요, 난 미쳤소. 이 언덕을 올라가는 게 미친 짓이라면 말이오. 하지만 춥다고 그렇게 불평하니 여기에 그냥 있으시오. 한 시간 안에는 반드시 돌아오겠으니 말이오"라고 대답하자, 패트리지는 "미안합니다, 도련님. 도련님이 어디를 가시든 전 따라갈 겁니다"라고 소리쳤소. 사실 패트리지는 혼자 남는 게 무척 두려웠소. 그가 두려워하는 건 한두 가지가 아니었지만, 그중에서도 가장 무서워했던 것은 바로 이런 밤에 혹은 이런 황량한 장소에 아주 잘 어울리는 유령이었기 때문이오.

이때 패트리지는 나무 사이로 비쳐오는 희미한 불빛을 발견하고는 몹시 기뻐하며 소리쳤소. "도련님! 하나님이 드디어 제 기도를 들어주시어 우리를 숙소로 인도하셨군요. 아마 저것은 여관일 겁니다. 도련님, 저나 도련님 자신을 동정하신다면, 제발 하나님의 호의를 거부하지 마시고 저 불빛이 있는 곳으로 당장 가시죠. 저게 여관이든 아니든 간에 저기 사는 사람이 기독교인이라면 우리처럼 비참한 상황에 처한 사람에게 쪽방 하나쯤은 내어줄 겁니다." 패트리지의 간절한 청을 결국 거절하지 못한 존스는 불빛이 새어 나오는 곳을 향해 곧장 걸었소.

이들은 곧 어떤 집, 아니 어떤 오두막집(이 두 가지 이름으로 다 불려도 크게 잘못된 표현은 아닐 것이오) 문 앞에 도착했소. 하지만 존스가 몇 번이고 노크했지만 안에서는 아무런 대답이 없었소. 그러자 유령, 악마, 마녀 등등의 생각에 사로잡힌 패트리지는 벌벌 떨기 시작하면서 소리쳤소. "주여, 자비를 베푸소서! 여기 있던 사람들은 모두 죽은 게 분명해요. 지금은 아무 불빛도 안 보이지만 방금 전까지만 해도 촛불이 켜져 있는 걸 두 눈으로 똑똑히 보았거든요. 전에 이런 일에 대해 들은 적이 있어요." 이 말에 존스는 "무슨 소리를 들었는지 모르겠지만 이 집에 사는 사람들이 아주 깊이 잠들었거나 너무나 한적한 곳이라 문을 열어주기 무서워서 그럴 거요"라고 말하더니, 아주 크게 소리치기 시작했소. 그러자 마침내 어떤 노파가 위층 창문을 열더니 누구며, 무슨 일로 왔느냐고 물었소. 존스가 자신들은 길 잃은 나그네며, 창가의 불빛을 보고 몸을 좀 녹일 수 없을까 해서 이곳까지 오게 되었다고 대답하자 노파는 "누구든 간에 우리완 아무 상관없어요. 그리고 이 밤중엔 아무한테도 문을 열어주지 않을 거예요"라고 소리쳤소. 사람 목소리를 듣고서 어느 정도 두려움에서 벗어난 패트리지는 추위서 다 죽게 되었다며(사실은 추위만큼이나 공포 때문에 다 죽어갔지만 말이오) 단 몇 분 동안만이라도 불을 쬐게 해달라고 아주 간곡하게 애원했소. 그러고는 조금 전에 말을 한 사람은 지체 높은 영주님이라고 말하고는 한 가지만 빼놓고 모든 논법을 총동원했소. 여기에 존스가 그 나머지 한 가지 논법을 아주 효율적으로 추가했는데, 그것은 바로 반 크라운의 돈을 주겠다는 약속이었소. 달빛에 환하게 드러난 존스의 품위 있는 외모와 공손한 태도에 존스가 도둑일지도 모른다는 의구심은 완전히 사라졌기 때문에, 반 크라운이라는 돈은 노파가 거부하기에는 너무도 큰 뇌물이었소. 결국 노파는 이들을 집 안으로 들였고 집에 들어온 패트리지는 자신들을 맞을 준비가 되어 있던 근사한 난로를 발견하고는 몹시 기뻐했소.

하지만 몸을 덥히자마자, 이 가련한 사람의 뇌리를 항상 차지하고 있던 어떤 생각이 패트리지를 점차 혼란스럽게 만들기 시작했소. 주술의 힘에 대한 패트리지의 믿음만큼 강력한 것은 없었는데, 지금 바로 그의 앞에 서 있는 노파만큼이나 주술을 떠올리기에 적절한 사람을 독자들도 상상하기 어려울 것이오. 이 노파는 오트웨이의 「고아」에 등장하는 마녀*의 모습을 그대로 빼닮았기 때문이었소. 이 노파가 제임스 1세**가 통치하던 시절에 살았더라면, 별다른 증거 없이 생김새만으로도 교수형에 처해졌을 정도였으니 말이오.

---

* 토머스 오트웨이의 작품 「고아」에 등장하는 마녀로, 샤몽에게 그의 누이이자 이 극의 여주인공인 모니미아에게 위험이 닥칠 것이라고 경고한다.
** 1603년 영국의 왕위에 오른 제임스 1세는 『악마론 Demonology』이라는 책을 저술했는데 그가 왕위에 오르자마자 주술 혹은 이와 관련된 행위를 금지하는 법이 통과되었다.

외모뿐만 아니라 여러 정황이 어우러져 패트리지의 의심은 보다 확고해졌소. 이렇게 외딴 곳에서 혼자 사는 것도 그렇고, 겉으로 보기에도 이 노파에게는 과분해 보이는 이 집에서, 그것도 아주 격조 높은 가구가 구비된 이 집에서 살고 있는 것이 그의 의심을 불러일으킬 만했던 것이오. 사실 존스 자신도 적잖이 놀랐소. 방이 놀라울 정도로 깔끔했을 뿐만 아니라 예술품 전문가의 관심도 끌었을 만한 수많은 골동품과 진기한 물건으로 장식되어 있었기 때문이었소.

존스가 이 물건들을 놀란 시선으로 바라보고 있는 동안, 지금 자신들이 마녀의 집에 들어온 거라고 확신하게 된 패트리지는 사시나무 떨듯 온몸을 떨며 앉아 있었소. 이때 노파가 "가급적 서둘러주세요. 곧 주인이 돌아오실 거예요. 돈을 두 배로 주신다 해도, 나리들이 여기 계신 걸 우리 주인이 보시게 하고 싶진 않아요"라고 말하자, 존스는 "그럼, 집주인이 따로 있단 말씀이오? 사실 이 훌륭한 물건들을 보고 난 몹시 놀랐거든요"라고 물었소. 그러자 노파는 "그래요, 이 물건의 20분의 1만 있어도 전 부자일 거예요. 하지만, 나리, 더 계시면 안 돼요. 주인이 곧 돌아올 거예요"라고 대답했소. 이에 존스가 "인정상 베푼 일로 주인이 화를 내진 않을 겁니다"라고 말하자, 노파는 이렇게 대답했소. "하지만 우리 주인은 보통 사람들과는 달리 좀 특이한 분이에요. 누구하고도 같이 있으려 하지 않고, 누가 자신을 보는 것도 싫어해서 밤에만 나가죠. 그래서 이곳 마을 사람은 모두 우리 주인을 무서워해요. 주인이 입은 옷만 해도 익숙하지 않은 사람들에게는 무섭게 보이거든요. 그래서 사람들은 밤에 산 위를 걷는다고 해서 우리 주인을 '산사람'이라고 부르고, 귀신보다 더 무서워하는 것 같아요. 나리들이 여기 있는 걸 보게 되면 주인이 분명 역정 낼 거예요." 이 말에 패트리지가 "도련님, 집주인을 화나게 하진 맙시다. 이제 전 걸을 준비가 다 됐어요. 몸도 아주 따뜻해졌거든요. 그러니, 이제 갑시다. 벽난로 위에 있는 저 총이 장전되었는지 아닌지 그리고 이 집 주인이 저 총으로 무슨 짓을 할지 누가 알겠어요"라고 말하자, 존스는 "겁내지 마시오, 패트리지. 내가 지켜줄 테니 말이오"라고 소리쳤소. 그러자 노파가 말했소. "그런 걱정은 하지 마세요. 우리 주인은 누구를 해치는 분은 결코 아니니까요. 하지만 안전상 무기를 갖고 있을 필요는 분명히 있어요. 누군가 우리 집을 털려고 한 게 한두 번이 아니거든요. 며칠 전 밤에는 도둑놈들이 우리 집 주변을 돌아다니는 소리를 들은 것 같기도 하고요. 이런 시각에 혼자 돌아다니시니 악당들이 우리 주인을 해치지나 않을까 종종 걱정이 되기도 해요. 하지만 사람들이 우리 주인을 무서워하고 또 빼앗을 만한 물건도 없을 거라고 생각할 테니 그렇게 걱정은 하지 않아요." 이 말에 존스가 "이 진귀한 수집품을 보니 주인께서는 여행을 꽤 많이 하신 것 같군요"라고 묻자, 노파는 "맞아요. 나리. 여행을 진짜 많이 했어요. 그래서 여행에 관해서라면 우리 주인보다 더 많이 아는 사람은 없을 거예요. 그런데 사랑 때문이거나 아니면 제가 모르는 다른 무언가 때문에 큰 상처를 받으신 것 같아요. 30년 동안이나 같이 지냈는데, 제가 본 바로는 우리 주인과 말을 나눈 사람은 채 여섯 명도 안 되거든요"라고 대답하고는, 나가달라고 다시 간청했소. 이에 패트리지도 노파의 말을 거들며 나가자고 했지만, 존스는 의도적으로 더 남아 있으려 했소. 사실 존스에게는 이 특이한 집주인을 한번 만나보고 싶은 호기심이 생겼던 것이오. 따라서 노파가 답변할 때마다 존스에게 매번 나가달라고 요청했고, 패트리지도 그의 소매를 잡아당기기까지 했지만, 존스는 계속해서 새로운 질문을 던졌던 것이오. 그러다 마침내 노파가 놀란 표정으로 집주인이 보내는 신호가 들린다고 말하는 순간, 여러 명의 사람들이 문밖에서

"빌어먹을, 당장 돈 내놔. 돈 말이야, 이 촌놈아. 안 그러면, 네 머리통을 날려버리겠어"라고 소리치는 소리가 들렸소.

이에 노파가 "맙소사! 악당들이 지금 우리 주인에게 해코지하고 있는 게 틀림없어요. 어머나! 어떻게 하죠? 어떻게 해요?"라고 소리치자, 존스는 "어떻게 하느냐고요? 이 총 장전되어 있습니까?"라고 물었소. 이 말에 노파가 "나리, 거긴 아무것도 안 들어 있어요. 진짜로요. 제발 우릴 죽이진 마세요"라고 애원했지만(사실 이 노파는 지금 집 밖에 있는 사람들과 자신이 집 안에 들여놓은 사람들이 같은 패거리라고 생각했던 것이오), 존스는 아무런 대꾸도 하지 않고 방에 걸려 있는 오래된 칼을 잡아채서는 곧장 밖으로 나갔소. 그러고는 두 명의 악당과 몸싸움을 벌이고 있던 어떤 노신사가 살려달라고 애원하는 것을 보자, 존스는 이들에게 아무것도 묻지 않고 재빠르게 칼을 휘둘러, 악당들은 노신사를 붙잡았던 손을 즉시 놓고서는 우리의 주인공에게 덤벼들 시도도 하지 못한 채, 재빨리 뛰어 달아났소. 노신사를 구출한 것만으로도 만족해했던 존스는 더 이상 이들의 뒤를 쫓으려 하지 않았소. 사실 존스는 이들을 거의 해치운 거나 진배없다고 생각했던 것이오. 달아나면서 이 두 사람은 자신들이 죽은 거나 다름없다고 소리쳤기 때문이었소.

존스는 드잡이하다 바닥에 내동댕이쳐진 노신사를 일으켜 세우려 곧장 달려갔소. 그러고는 다치지 않았느냐고 매우 걱정스러운 듯이 물어보자 이 노신사는 잠시 동안 존스를 쳐다보더니 "아니요, 별로 다치지 않았소. 고맙소. 주여 자비를 베푸소서!"라고 소리쳤소. 이 말에 존스는 "어르신을 구해준 사람마저 두려워하시는군요. 절 의심하시는 걸 탓할 수는 없습니다만, 조금도 염려하실 필요는 없습니다. 지금 여기엔 어르신 편밖에는 없으니까요. 저희는 길을 잃어 너무도 추운 나머지 실례를 무릅쓰고 어르신 댁에서 몸을 녹이고 있다가, 막 나오려는 순간 도와달라는 어르신 소릴 듣게 된 겁니다. 그러니 저희가 어르신을 돕게 된 건 하나님의 뜻인 것 같습니다"라고 말했소. 그러자 노신사는 "그렇다면, 하나님의 뜻이겠 군요"라고 대꾸했소. 이에 존스는 "분명히 그렇습니다. 여기 어르신 칼이 있습니다. 어르신을 구하기 위해 좀 썼지만 이제 돌려드리지요"라며 칼을 돌려주었소. 악당들의 피가 묻은 칼을 건네받은 노신사는 한동안 존스를 응시하더니 한숨을 쉬며 말했소. "날 용서하시오, 젊은 신사 양반. 난 남 을 의심하는 성격도 아니었고, 배은망덕한 사람도 아니오." 이 말에 존스 가 "그럼 어르신을 구하도록 허락해주신 하나님에게 감사하십시오. 전 단 지 어르신 같은 상황에 처한 사람들에게 응당 해야 할 사람의 도리를 한 것뿐이니까요"라고 대답하자, 노신사는 "얼굴을 좀더 봅시다. 그렇다면 선생은 인간이란 말이오? 아마도 그렇겠지요. 날 구해주셨으니 누추하지 만 우리 집으로 갑시다"라고 말했소.

노파는 주인이 화를 낼까 봐 두려움에 떨면서도 주인 걱정에 제정신 이 아니었소. 하지만 패트리지는 노파보다도 더욱 큰 두려움에 휩싸여 있 었소. 자기 주인이 존스에게 친절하게 이야기를 건네는 것을 보고는 무슨 일이 있어났는지 알게 된 노파는 정신을 차리게 되었지만, 기이한 옷을 입은 노신사를 보게 된 패트리지는 기이한 이야기를 들었을 때나 문밖에 서 소동이 일어났을 때보다도 더 큰 공포를 느꼈던 것이오.

사실 집주인은 패트리지보다 쉽게 동요되지 않는 사람도 다분히 놀랄 만한 모습을 하고 있었소. 눈처럼 하얗고 긴 수염을 기른 데다 키가 큰 집 주인은 나귀 가죽으로 만든 코트를 입고 동물의 가죽으로 만든 신발과 모 자를 쓰고 있었던 것이오.

집에 들어온 노신사에게 노파가 악당들에게서 무사히 빠져나와 다행이라고 말하자, 노신사는 "그래, 이분이 날 구해준 덕에 빠져나올 수 있었지"라고 말했소. 그러자 노파가 말했소. "하나님의 축복이 이분과 함께 하시길! 이분은 분명히 훌륭하신 신사분이에요. 아까는 이분을 집 안에 들여놔 나리께서 화내실 거라 걱정했어요. 달빛으로 보니 신사분이 틀림없었고, 추위에 몹시 떨고 계셔서 집 안에 들어오시게 한 거예요. 그렇지 않았더라면 분명히 집 안에 들이지 않았을 거예요. 지금 생각해보니 이분을 이곳으로 오게 하시고, 제가 문을 열도록 하신 분은 분명히 천사일 거예요."

노신사가 존스에게 "젊은이, 우리 집에는 브랜디 빼고는 먹을 거나 마실 것이 없소. 괜찮다면 30년 동안 갖고 있던 아주 좋은 브랜디를 한잔 대접할 순 있소"라고 말했소. 존스가 이 제안을 아주 공손하고 예의 바르게 거절하자 노신사는 존스에게 어디로 가다가 길을 잃었는지 물어보고는 "나도 젊은이 같은 사람이 이 밤중에 걸어서 여행하는 걸 보고는 사실 좀 놀랐소. 젊은인 이 지역 사람이 아니요? 말도 없이 멀리까지 여행할 사람처럼 보이진 않는데 말이오"라고 말했소.

존스가 "사람들은 종종 겉모습에 현혹당하는 법이죠. 겉모습은 실제와는 다르거든요. 사실 전 이 고장 사람이 아닙니다. 지금 제가 어디로 가고 있는지 저 자신도 모르고 있고요"라고 답하자 노신사는 "젊은이가 누구든 어디로 가고 있든 간에, 난 평생을 다해도 갚을 수 없는 빚을 젊은이에게 졌소이다"라고 말했소.

이 말에 존스가 "다시 한 번 말씀드리지만, 저에게 아무 빚도 지시지 않았습니다. 어르신을 도우려 제 스스로도 대수롭지 않게 생각하는 목숨을 건 것이 보상받을 만한 일도 아니고요. 제게는 제 목숨만큼 혐오스러운 건 없으니까요"라고 말하자, "젊은이, 그 나이에 그렇게 불행한 사연이 있다니, 참 안됐구려"라고 노인이 대답했소.

존스가 "그렇습니다. 이 세상에서 제일 불행한 사람이죠"라고 대답하자, 상대방은 "친구나 연인 때문에 괴로우신 모양이구려"라고 말했소. 이에 "절 몹시 괴롭게 하는 두 단어를 말씀하셨군요"라고 존스가 탄식하자, 노신사는 "두 단어 모두 사람을 몹시 괴롭겐 하지. 더 이상 묻지는 않겠소. 내 호기심이 이미 도를 넘은 것 같소이다"라고 대답했소.

이에 존스는 이렇게 말했소. "솔직히 말씀드려 지금 이 순간 제가 어떤 감정을 아주 강하게 느낀다고 해서 제 자신을 비난할 순 없군요. 죄송스런 말씀입니다만, 처음 이 집에 들어와서 보고 들은 것 때문에 아주 큰 호기심이 생겼습니다. 무언가 아주 특별한 일 때문에 이렇게 사시기로 결심하셨겠지요. 또 사시는 동안 불행한 일이 없었던 것 같지는 않아 보이고요."

존스의 말에 노신사는 다시 한숨을 내쉬고는 얼마 동안 아무 말도 하지 않다가 존스를 진지하게 쳐다보며 말했소. "좋은 인상은 하나의 추천서와 같다는 글을 읽은 적이 있소.* 그 말이 사실이라면 젊은이처럼 강력한 추천을 받을 사람은 이 세상에 없을 거요. 그리고 또 다른 이유에서 내가 젊은이에게 동정하는 마음을 갖지 않는다면, 난 이 세상에서 가장 은혜를 모르는 혐오스런 인간일 것이오. 하지만 내 감사의 마음을 젊은이에게 말로 전하는 것 말고는 다른 방법이 없다는 사실이 마음에 걸리오."

이 말에 잠시 머뭇거리던 존스는 말로 자신을 만족시켜줄 수 있다고 하고는 이렇게 말했소. "호기심이 생겼다고 이미 솔직히 말씀드렸잖습니까. 어르신께서 혹 제 호기심을 풀어주신다면, 제가 얼마나 고맙게 생각

---

* 3세기의 그리스 철학자 디오게네스 라에르티오스Diogenes Laertius가 쓴 『유명한 철학자들의 생애』에 아리스토텔레스가 이런 말을 했다고 쓰여 있다.

할지 굳이 말씀드릴 필요가 있을까요? 그러니 무슨 특별한 이유 때문에 말씀 못하시는 게 아니라면, 무슨 연유에서 사람들과 떨어져서 마치 이 세상에 존재하지도 않는 것처럼, 이렇게 살고 계신지 말씀해달라고 부탁 드려도 되겠습니까?"

이 말에 노인은 이렇게 대답했소. "내 목숨을 구해주셨는데, 무슨 요구를 하신다 하더라도 거절할 순 없을 것 같구려. 이 불행한 사람의 이야기를 정 듣고 싶다면, 이야기해드리리다. 사람들이 모여 사는 곳을 등진 사람에게는 특이한 운명이 있을 거라는 젊은이의 짐작이 맞소. 하지만 역설적으로 아니면 모순적으로 보일지는 모르지만, 사람을 피하거나 혐오하는 것은 시기심이나 적대감, 배신, 잔인함과 그 밖의 여러 악감정 같은 개인적이고 이기적인 악덕 때문이 아니라 박애정신 때문이오. 진실한 박애정신을 가진 사람은 이런 악덕을 보거나 알고 싶어 하지 않고 오히려 혐오하기 때문에, 사람 그 자체를 피하는 것이오. 하지만 기분 좋으라고 하는 말은 아니지만, 젊은이는 내가 피해야 하거나 혐오해야 할 그런 사람처럼 보이진 않소. 오히려 젊은이가 무심코 던진 말을 들어보니 우리 두 사람의 운명은 비슷한 것 같소. 하지만 젊은이의 운명이 내 운명보다는 낫기 바라오."

우리의 주인공과 의례적인 인사말을 나눈 뒤, 집주인이 자신의 이야기를 시작하려 하자, 패트리지가 그의 말을 가로막았소. 이제 걱정거리는 사라졌지만 두려움으로 인한 후유증을 여전히 겪고 있던 패트리지는 노신사가 전에 언급한 브랜디를 상기시켰던 것이오. 패트리지의 청에 따라 노신사가 브랜디를 즉시 가져오자, 패트리지는 브랜디를 큰 잔에 따라 벌컥 들이켰소. 그러자 노신사는 더 이상의 서두 없이 이야기를 시작했는데, 그 내용은 다음 장에서 읽게 될 것이오.

11장

자신의 이야기를 시작하는 산사람

"난 1657년에 마크라는 서머싯셔의 한 마을에서 태어났소. 부친께서는 소위 말하는 호농(豪農)으로 일 년에 3백 파운드가량의 수입이 나오는 작은 땅을 갖고 계셨고, 그 정도 수입이 나오는 또 다른 땅을 임대하고 계셨소. 부친께서는 신중하시고 부지런하신 데다 아주 훌륭한 농부셨기 때문에 매우 편안하고 풍족하게 사셨을 거요. 몹시 심술궂은 아내가 가정의 평화를 깨뜨리지 않았더라면 말이오. 이런 아내 때문에 부친이 불행하셨는지는 모르겠지만, 가난하지는 않았소. 어머니가 다른 곳에 가 사치를 부려 재산상의 손실을 입히는 걸 막기 위해, 어머니의 끊임없는 책망을 들으시면서도 어머니를 거의 집에만 머무르도록 하셨기 때문이었소.

크산티페*(이때 패트리지는 소크라테스의 아내도 그렇게 불렀다고 말했소)처럼 악처셨던 우리 어머니에게서 부친은 두 명의 아들을 두셨는데, 그중 작은아들이 바로 나였소. 부친께서는 우리 형제에게 좋은 교육을 시키려 하셨지만 어머니가 편애하시던 형은 불행히도 공부를 거의 하지 않아, 5, 6년 동안이나 학교를 다녔는데도 전혀 나아진 게 없었소. 게다가 형을 가르치던 선생이 형은 학교에 있어보았자 아무 소용없을 거라고 말하자, 부친께서는 어머니가 폭군이라고 불렀던 그 선생에게서 형을 빼내 집으로 데려오고 싶어 하시는 어머니의 뜻을 따르게 되었소. 당시 형을 가르치던 분은 형이 게으름을 피워도 거기에 상응할 만큼 꾸짖지도 않았

---

* 고대 그리스의 철학자 소크라테스의 아내로 악처로 널리 알려져 이 이름 자체가 악처의 대명사로도 사용된다.

지만, 형 입장에선 생각 이상으로 야단을 쳤기 때문에, 형은 선생이 자신을 가혹하게 대한다고 어머니에게 늘 불평했고, 어머니도 그런 형의 말을 항상 들어주었던 것이오."

이 말에 패트리지가 "맞아요, 나도 그런 학부모들을 본 적이 있어요. 또 욕도 먹은 적이 있었죠. 아주 부당하게 말입니다. 그런 학부모는 애들만큼이나 혼 좀 나봐야 해요"라고 소리치며 이 노신사의 말에 끼어들었소.

존스는 이 전직 교사를 나무랬지만 노신사는 다음과 같이 말을 이었소. "열다섯 살이 되자 형은 사냥개와 총 다루는 걸 제외하고는 공부나 그 밖의 것들과 완전히 담을 쌓게 되었소. 하지만 형의 총 다루는 솜씨는 무척 뛰어나, 젊은이는 믿을 수 없다고 할지 모르겠지만, 정지한 목표물뿐만 아니라 하늘을 나는 까마귀도 쏘아 맞힐 수 있었소. 게다가 토끼도 아주 잘 찾아내 마을에서 가장 뛰어난 사냥꾼이라는 평판을 얻게 되어, 형과 어머니는 형이 뛰어난 학자라고 불리기라도 한 듯 무척 좋아했었소.

형은 늘 이런 식으로 지내는데, 나만 학교에 계속 남아 있어야 한다는 것이 나에게는 가혹하게 느껴졌소. 하지만 곧 내 생각은 바뀌었소. 공부가 진척되자 공부가 쉬워졌고, 수업 과정도 즐거워졌기 때문이오. 오히려 휴일이 내겐 가장 달갑지 않은 날이 되어버렸소. 나를 전혀 사랑하지 않았던 어머니는, 내가 형보다 부친의 사랑을 더 많이 받고 있다는 생각이 들자 또 학식을 갖춘 분들이, 특히 교구목사님이 형보다 나한테 관심이 더 많다는 걸 알게 되자 아니면 그럴 거라는 생각이 들자, 날 보는 것조차 싫어하셔서 난 집이 몹시 싫어지게 되었던 것이오. 그래서 학생들이 우울하게 여기는 월요일이 나한테는 일 년 중 가장 좋은 날이 되었소.

드디어 난 톤턴에 있는 학교를 졸업하고 옥스퍼드에 있는 엑서터 대학에 진학했소. 그곳에서 4년 동안 공부했는데, 4년이 다 되어갈 무렵 공부를 완전히 접어야 할 사건이 벌어졌소. 내 인생의 중차대한 위기를 초래한 일이 본격적으로 시작된 날이 바로 그날이었던 것이오.

내가 다니던 학교에 상당한 재산을 상속받게 될 조지 그레섬 경이라는 친구가 있었소. 이 친구는 부친의 유언에 따라 스물다섯 살이 되어야 재산을 상속받을 수 있었지만, 마음 좋은 후견인들 덕분에 부친이 신중하게 내린 조처를 별로 유감스러워할 이유가 없었소. 그의 후견인들은 그가 학교에 다닐 동안 일 년에 5백 파운드의 돈을 대주어, 그 친구는 학교생활을 하면서도 말과 창녀를 거느리며 아주 사악하고도 방탕한 생활을 할 수 있었기 때문이오. 또한 그 친구는 후견인을 통해 받았던 5백 파운드 말고도 1천 파운드를 더 쓸 수 있는 방도를 알아내었소. 당시 그 친구는 스물두 살이 넘었기 때문에 별 어려움 없이 원하는 대로 신용대출을 받을 수 있었던 것이오.

이 젊은 친구에게는 단점이 많았지만 그중에서도 특히 못된 점이 하나 있었소. 그것은 자신보다 재산이 적은 젊은이들을 부추겨 감당할 수 없는 정도의 비용을 지출하게 해 파멸시키는 것이었소. 상대방이 성실하고 훌륭한 젊은이일수록, 파멸시키는 데서 그는 더욱더 큰 쾌락과 승리감을 맛보는 것 같았소. 따라서 그 친구는 악마처럼 항상 먹잇감을 두루 찾아다녔던 것이오.*

이런 사람을 알게 되고, 또 가까이하게 된 것이 바로 나의 불운이었소. 열심히 공부하는 학생이라는 평판이 났던 내가 그자의 사악한 목표물로 딱 맞아떨어졌던 것이오. 게다가 내 성격이 그 친구가 목적을 이루는 데 아주 용이했소. 난 책을 좋아해 무척 열심히 읽었지만, 다른 데서도

---

* 「베드로전서」 5장 8절에 이와 비슷한 표현이 나온다. "근신하라. 깨어라. 너희 대적 마귀가 우는 사자같이 두루 다니며 삼킬 자를 찾나니."

큰 즐거움을 느꼈기 때문이오. 즉 혈기왕성하고 힘이 넘쳐났던 난 야심찼으면서도 몹시 호색적이었던 것이오.

조지 경과 가깝게 지낸 지 얼마 되지 않아, 난 그 친구가 즐기는 모든 쾌락을 함께했소. 하지만 일단 그런 길에 들어서게 되자, 성격이나 기질상 난 그 친구의 보좌 역할만 할 수는 없었소. 방탕한 행동을 하는 데 그 누구한테도 뒤지지 않았고, 소란을 피우거나 소동을 일으키는 데도 곧 두각을 나타내어, 비행 학생 명단에서 내 이름은 제일 윗자리를 차지하게 되었던 것이오. 따라서 사람들은 나를 조지 경의 불운한 추종자로 안타깝게 생각한 것이 아니라, 전도양양한 젊은 신사를 나쁜 길로 들어서게 하고 타락시킨 장본인으로 여기며 비난하게 되었소. 사실은 그 친구가 모든 악행을 주도하고 선동했지만, 사람들은 결코 그렇게 여기지 않았던 것이오. 결국 난 부총장으로부터 징계를 받게 되었고, 간신히 제적만 면하게 되었소.

지금 내가 말하고 있는 생활방식이 공부와는 결코 양립될 수 없고, 방탕한 쾌락에 빠지면 빠질수록 공부에는 점점 더 태만해질 수밖에 없다는 사실을 젊은이도 잘 알 거요. 그리고 사실 결과도 그렇게 되었소. 하지만 이게 다가 아니었소. 내가 쓴 비용은 내가 받았던 돈뿐만 아니라 곧 다가올 학사학위 취득에 필요하다는 구실로 불쌍하고 관대하신 부친에게서 추가로 받아낸 돈을 합친 것보다도 크게 웃도는 것이었소. 그러다 내가 돈을 지나치게 자주 그것도 너무 많이 달라고 하자, 부친께서는 나에 대한 이런저런 소문에 점차 귀를 기울이시게 되었소. 그리고 전해 들은 말을 항상 크게 그대로 반복해 말하시던 어머니는 거기에 덧붙여서 '아하! 이게 그 잘난 신사가 하는 짓이군요. 우리 집안을 영광스럽게 하고 집안을 일으켜 세울 학자라는 녀석이 하는 짓이라고요! 그 잘난 공부를 한다는 게 결국은 이런 식이 될 거라는 거 난 알고 있었다니까요! 이런 비싼 이자(난 이자가 결국 얼마나 커질지 생각해보았다니까요!)를 치르게 하는 그 잘난 공부를 마치도록 하기 위해, 지 형한테는 필요한 돈도 주지 못하게 하고선 말이에요. 결국 그 아이 때문에 우린 모두 망할 거예요'라고 말했소. 이런 식으로 어머니는 이보다 훨씬 더 많은 말을 했지만, 그 내용이 어떤 것이었을는지는 이 정도면 충분히 짐작할 거라 생각하오.

결국 부친께서는 내가 요청한 대로 돈을 보내주시는 대신 나를 타이르셨소. 그때문에 나는 좀더 빨리 위기에 몰렸던 것 같소. 하지만 부친이 수입금 모두를 내게 보내주셨다 하더라도 조지 그레셤 경의 씀씀이를 따라잡기 위해선 그 돈도 얼마 가지 못했을 거요.

갚을 가망이 전혀 없을 정도로 빚을 지기 전에 눈을 떴더라면, 그리고 당시에 돈 때문에 겪었던 여러 곤란한 상황과 이런 식으로 계속 사는 건 불가능하다는 사실을 깨닫고 정신 차렸더라면 아마 난 공부를 다시 시작했을 것이오. 하지만 조지 경은 이를 막기 위해 (그 친구의 표현에 따르자면) 자신과 같은 재력가와 감히 경쟁하려 했던 수많은 바보들 혹은 거드름쟁이들을 파멸시키는 데 사용했던 아주 교활한 술책을 부렸소. 약간의 돈을 꾸어주어, 이들이 다른 사람들의 신용을 얻도록 도와줌으로써, 결국 이런 신용 거래를 또다시 하게 해 결국 다시는 일어설 수 없을 정도로 파멸하게 만들었던 것이오.

이런 수법에 넘어가 내 경제적인 상황은 물론이요 내 마음도 절망적인 상태에 이르게 되자, 난 거기서 벗어나기 위해 그 어떤 사악한 행동도 불사할 생각이었소. 사실 난 자살도 심각하게 고려해보았는데, 이보다는 덜한 죄악이지만 더 수치스러운 어떤 행동을 할 생각을 하지 않았더라면 분명히 자살을 결심했을 거요." 여기서 그는 잠시 멈칫거리더니 소리쳤소. "수많은 세월이 흘렀지만 그때 저지른 일로 느꼈던 수치심은 아직도 가시지 않아 그 이야기를 하는 것조차도 부끄러워 얼굴을 붉히게 될것 같소." 그의 이 말에 존스는 말하기 고통스러운 부분은 굳이 할 필요 없으니 다음으로 넘어가라고 했소. 하지만 패트리지는 "노인장, 그 이야기를 꼭 좀 들려주십시오. 난 무엇보다도 그 이야기가 듣고 싶군요. 하지만 남들한테는 맹세코 한마디도 하지 않겠습니다"라고 애원했소. 존스는 패트리지를 나무라려 했지만 노신사는 존스를 막으며 이야기를 계속했소. "용돈을 많이 받지는 않았지만 근검절약해서 40기니 이상의 돈을 모아 서랍장에 보관하고 있던 아주 계획성 있고 알뜰한 친구가 하나 있었소. 난 그 친구가 잠든 사이 바지 호주머니에서 열쇠를 훔친 다음, 서랍장을 열고 돈을 모두 빼냈소. 그러고는 그 친구 호주머니에 열쇠를 도로 넣어두곤 잠든 척했소. 밤새 단 한 번도 눈을 감지 못했지만, 그 친구가 기도(당시 난 기도를 해본 지 상당히 오래되었소)하러 일어날 때까지 난 침대에 계속 누워 있었소.

겁 많은 도둑은 지나치게 조심스러워 대담한 도둑이라면 결코 들키지 않았을 일을 종종 들키기 마련이오. 바로 그런 일이 내게 닥쳤소. 대담하게 그 친구의 서랍장을 부수어 열었더라면, 아마도 그 친구의 의심을 사진 않았을 거요. 하지만 그 친구의 물건을 훔친 자가 열쇠를 가지고 있었다는 사실은 명백했기 때문에, 돈이 없어진 걸 처음 알았을 때 이미 그 친구는 내가 도둑질했다는 사실을 알았을 것이오. 하지만 겁이 많았고 힘이나 (내 생각에는) 용기 면에서도 나보다 열세라, 자기 신체에 어떤 결과가 미칠지 두려워 그 친구는 대놓고 말하지는 못했소. 따라서 그 친구는 곧장 부총장을 찾아가 돈을 도둑맞았다는 사실과 도둑맞은 정황에 대해 설명한 다음, 자신의 진술이 사실이라고 맹세까지 하여 가뜩이나 학교 안에서 평판이 나빴던 나에 대한 체포영장을 손쉽게 얻어낼 수 있었소.

다행히 난 그다음 날 저녁 학교에 없었소. 바로 그날 어떤 젊은 여자와 마차를 타고 휘트니로 가서 밤새 그곳에 있다가 다음 날 아침 옥스퍼드로 돌아오는 길에 친구를 만나 체포영장에 관한 소식을 듣고는 그 즉시 말머리를 돌렸기 때문이었소."

이 말에 패트리지는 "선생, 그 친구란 사람이 영장에 대해 말하던가요?"라고 물었소. 하지만 상관없는 질문에 신경 쓰지 말고 계속 이야기를 해달라고 존스가 부탁하자 노신사는 다음과 같이 말을 이었소.

"옥스퍼드로 돌아갈 생각을 완전히 포기했을 때, 내게 맨 먼저 떠오른 생각은 런던으로 가는 것이었소. 같이 있던 여자에게 내 생각을 말했더니, 처음엔 반대했지만 내가 돈을 꺼내 보여주자, 금방 동의했소. 그래서 우리는 시골을 가로질러 시렌스터 대로*를 급히 내달린 덕에 다다음 날 저녁은 런던에서 보낼 수 있었소.

당시 내가 어디에 있었고 누구와 같이 있었는지를 생각해본다면, 부정하게 얻은 돈을 다 쓰는 데 얼마 걸리지 않았을 거라고 쉽게 상상할 수 있을 것이오.

이전보다 난 훨씬 더 궁핍한 상황에 처하게 되었고, 생필품조차 부족해지기 시작했소. 하지만 날 더 비참하게 만든 것은 이제 몹시 좋아하게 된 내 정부도 나처럼 궁핍한 상황에 처했다는 사실이었소. 사랑하는 여인이 궁핍한 상황에 놓이게 되었을 때, 그리고 자신이 그런 상황에 빠뜨린 장본인이면서도 거기서 벗어나게 해줄 방도가 없을 때, 어떤 감정을 느끼게 될지는 이를 느껴보지 못한 사람은 도저히 상상조차 할 수 없을 정도

* Cirencester Road: 글로스터와 런던 사이를 잇는 길.

로 끔찍하고 저주스러운 것이오." 이 말에 존스는 "저도 진심으로 그럴 거라고 생각합니다. 그리고 어르신의 상황을 마음속 깊이 동정합니다"라고 말했소. 그러더니 방을 두서너 바퀴 돈 뒤, 미안하다고 말하고는 의자에 털썩 앉아 "그런 일은 피했으니 하나님께 감사할 따름입니다"라고 소리쳤소.

노신사는 다음과 같이 말을 이었소. "이런 일로 말미암아 끔찍스러웠던 당시 상황은 더욱더 악화되어 참기 힘들 정도까지 되었소. 충족되지 않은 내 강렬한 욕구, 심지어 배고픔이나 갈증보다도 그 여자의 변덕스런 욕망을 충족시켜주지 못하는 것이 내겐 더 고통스러웠소. 당시 난 그 여자에게 몹시 빠져 있어서, 내가 아는 사람들 중 절반 이상이 그 여자의 정부 노릇을 했다는 사실을 뻔히 알면서도 그 여자와 결혼하리라고 굳게 마음먹기까지 했소. 하지만 그 여자는 세상 사람들이 내가 많이 손해보는 거라고 생각하는 내 제안을 받아들이려 하지 않았소. 그리고 자기 때문에 매일매일 걱정하는 나를 동정해서였는지 모르겠지만 내 고통을 끝내주기로 결심이라도 한 듯, 이 골치 아프고 당혹스런 상황에서 나를 구해낼 방도를 찾아내었소. 그 여자를 기쁘게 해주려고 여러 방법을 시도하느라 정신 나간 사이, 그 여자는 아주 친절하게도 옥스퍼드에서 사귀었던 과거 애인 중 한 사람에게 나를 밀고했고, 난 그자 덕분에 즉각 체포되어 감옥에 갇히게 되었던 것이오.

감옥에서 난 평생 처음으로 내 잘못된 행동과 내가 저지른 잘못 그리고 스스로 자초한 불행과 이 세상에서 가장 훌륭하신 부친께 안겨드린 슬픔에 대해 진지하게 생각하기 시작했소. 이 모든 것에다 애인이 배신했다는 사실에까지 생각이 미치자 이 세상이 너무도 혐오스러워 난 더 살기를 바라기는커녕 부끄럽지만 않다면 가장 소중한 친구처럼 죽음을 받아들였을 것이오.

곧 순회재판을 할 시기가 다가와 나는 인신보호영장에 따라 옥스퍼드로 이송되었소. 그곳에서 난 유죄가 선고될 거라고 예상했지만 놀랍게도 법정 개정 시한 마지막 날까지도 날 고소한 친구가 나타나지 않아 난 석방되었소. 간단히 말하자면, 게을러서 그랬는지 아니면 어떤 다른 이유에서 그랬는지는 모르겠지만, 옥스퍼드를 이미 떠난 그 친구는 이 문제에 대해 더 이상 관여하지 않으려 했던 것이오."

이 말에 패트리지가 "아마도 그 사람은 자기 손에 노인장의 피를 묻히고 싶지 않아서 그랬을 겁니다. 그건 잘한 일이죠. 본인의 증언 때문에 누군가가 교수형 당한다면, 나중에라도 그의 귀신이 찾아올까 두려워 혼자서는 잠도 자지 못했을 테니 말이죠"라며 끼어들자, 존스는 "패트리지, 난 당신이 용감한 사람인지 아니면 진짜 현명한 사람인지 정말 그게 의심스럽소"라고 말했소. 그러자 패트리지가 "절 비웃어도 좋아요, 도련님. 하지만 지금 제가 하는 이야길 조금만 들으시면 틀림없이 생각이 바뀌실 겁니다. 제가 태어난 교구에……"라고 대꾸하자, 존스는 패트리지가 더 이상 말을 하지 못하도록 하려 했소. 하지만 노신사는 이야기를 한번 들어보자고 하고는, 그사이 자신은 어떤 이야기를 더 할지 생각해보겠다고 했소.

이 말에 패트리지는 다음과 같이 말을 이었소. "제가 태어난 교구에 브라이들이라는 농부가 살았는데, 그에게는 전도유망한 프랜시스라는 아들이 하나 있었죠. 전 프랜시스라는 친구와 중학교를 같이 다녔는데, 제 기억에 그 친구는 오비디우스의 『서한집』을 공부하면서도 어떤 때는 사전도 안 찾고 라틴어 문장 세 줄 정도는 번역할 수 있었습니다. 게다가 일요일에 교회를 한 번도 빠진 적이 없을 정도로 훌륭한 젊은이였고 교구에서 찬송가도 제일 잘 불렀죠. 물론 가끔씩 술을 너무 많이 마시기는 했지만, 그게 유일한 결점이었습니다." 여기서 존스가 "이제 유령 이야기로 들어갑시다"라고 그의 말을 끊자, 패트리지는 "걱정 마세요. 곧 끝낼 거예요. 그러면 말씀드리죠" 하고는 말을 이었소. "어느 날 그 친구의 부친이 암말을(제 기억으론 밤색 말이었는데) 잃어버렸어요. 그런데 그 일이 있은 지 얼마 안 돼서 프랜시스가 힌던에서 열린 장터에 갔는데, 그때가 제 생각엔…… 날짜는 기억 못하겠네요. 하여튼 그 친구가 그곳에 갔을 때, 부친의 말을 타고 있던 어떤 남자를 보았다지 뭡니까. 그래서 프랭크*는 그 사람을 보자마자 도둑 잡으라고 소릴 질러댔고, 장터 한가운데라 도망갈 수 없었던 그자를 사람들이 붙잡아 치안판사 앞에 끌고 갔죠. 제 기억에 당시 치안판사는 노일 출신의 윌러비라는 아주 훌륭한 신사분이었는데, 말을 도둑질한 사람은 곧 감옥에 송치했고, 프랭크는 증인으로 출두하라는 '서약recognizance' ('다시re'라는 단어와 '인식cognosco'이라는 단어가 합해져 만들어졌는데 의미도 다른 합성어와는 달리 단순하지 않고 어려운 단어죠)을 하도록 했죠. 드디어 순회재판을 담당할 페이지 재판관**이 내려와, 말도둑은 기소되었고 프랭크는 증언을 하도록 소환되었는데, 죄인이 무슨 잘못을 저질렀는지 말해보라는 재판관의 말에 프랭크가 짓던 표정을 전 평생 잊지 못할 겁니다. 재판관은 벌벌 떨고 있는 불쌍한 프랭크에게 '이 보시오, 젊은 친구. 할 말이 있으면 해보시오. 말을 더듬고 우물쭈물하지 말고, 탁 터놓고 말하란 말이오'라고 했죠. 하지만 프랭크에게는 친절하게 말했던 재판관은 잡혀온 사람한테는 호통을 치기 시작했어요. 변론할

---

* 프랭크Frank는 프랜시스Francis의 애칭.
** 프랜시스 페이지 경(Sir Francis Page, 1661~1741): 18세기 영국에서 교수형 선고로 악명 높던 재판관.

말이 있느냐는 재판관의 질문에 자신은 단지 말을 발견했을 뿐이라고 대답하자, 재판관은 '아하! 당신 참 운이 좋군. 난 40년 동안이나 순회재판을 다녔지만 단 한 번도 혼자 돌아다니는 말을 본 적이 없거든. 그런데 이봐, 당신은 그 이상으로 운이 좋아. 말뿐만 아니라 말고삐까지 발견했을 테니 말이야'라고 했죠. 전 평생 그 말을 잊지 못할 겁니다. 하여튼 그 말에 모든 사람들이 웃음을 터뜨렸죠. 누가 웃지 않을 수 있었겠어요? 뿐만 아니라 그 재판관은, 지금은 기억하지 못하지만 농담을 스무 가지 정도나 더 했는데 말(馬)에 대해서도 아는 게 아주 많아 사람들을 모두 웃게 만들었죠. 그 재판관은 학식도 많고 아주 용감한 게 틀림없었어요. 살릴 것이냐 죽일 것이냐를 결정하는 그런 판결을 듣는 건 아주 재미있죠. 단지 제 생각에 한 가지 좀 가혹했던 점은, 죄인의 변호인이 피고를 위해 한마디만 하게 해달라고 요청했지만 허락하지 않았다는 거예요. 검사에게는 30분 넘게 피고를 기소하도록 허락하면서도, 변호인의 요청은 들어주지 않았던 거죠. 재판관과 법정에서 일하는 사람들, 배심원과 검사 그리고 그 불쌍한 사람에게 불리한 증언을 한 수많은 사람들 가운데서 홀로 사슬에 묶여 있던 죄인을 생각하면, 그건 좀 가혹했다는 생각이 들었어요. 당연한 일이지만 하여튼 그 사람은 교수형 당했고, 불쌍한 프랭크는 그 문제로 마음이 편치 않아 어둠 속에 혼자 있을 때마다 그 사람의 혼령을 보았대요." 여기서 존스가 "그래, 이게 하려던 이야기였소?"라고 묻자, 패트리지는 "아닙니다, 아니에요. 주여, 우리에게 자비를 베푸소서! 이제 막 그 이야기를 시작하려던 참이었어요. 어느 날 밤 술집에서 나와 길고 좁은 어두운 골목길을 따라 집으로 돌아가는 도중 유령이 프랭크에게 곧장 달려들었대요. 온몸에 흰 옷을 두르고 있던 귀신이 프랭크를 공격하자 건장한 젊은이였던 프랭크도 덤벼들어 둘은 싸움을 벌이게 됐죠.

하지만 불쌍한 프랭크는 끔찍할 정도로 두들겨 맞아 간신히 기어서 집까지 들어갔대요. 하지만 매도 많이 얻어맞았고 무섭기도 해 2주 동안이나 아파서 누워 있었다는군요. 제 말은 모두 사실이에요. 교구 사람들 모두 제 말이 사실이라는 걸 증언할 수도 있다고요."

이 말에 노신사는 미소를 지었고, 존스는 크게 웃음을 터뜨렸소. 그러자 패트리지는 이렇게 소리쳤소. "그래, 웃어도 좋아요. 그랬던 사람들도 있었죠. 특히 무신론자와 다를 바 없던 어떤 영주가 그랬죠. 다음 날 아침 프랭크가 지나던 길에서 핏기가 가신 죽은 송아지를 발견하고는 그 송아지가 사람에게 달려들기라도 했다는 듯, 프랭크가 싸운 건 송아지라고 우겼으니까요. 프랭크는 귀신이 분명하다며, 당시 자신은 술을 한두 병 정도밖에 마시지 않았다는 걸 맹세까지 할 수 있다고 했는데도 말이에요. 주여, 우리에게 자비를 베푸시어, 저희 손에 피를 묻히지 않게 하소서!"

이 말에 존스가 "어르신, 패트리지가 이제 자기 이야기를 다 했으니, 더 이상 어르신 말씀을 방해하진 않을 거라 생각합니다"라고 말하자, 노신사는 말을 이었소. 하지만 이 노신사가 잠시 한숨 돌렸듯이, 우리도 독자들에게 잠시 한숨 돌릴 시간을 주는 게 좋을 성싶소. 따라서 이번 장은 이것으로 마감하고자 하오.

12장
계속되는 산사람의 이야기

산사람은 다음과 같이 말을 이었소. "자유는 얻었지만, 난 명예를 잃게 되었소. 법정에서 간신히 무죄방면된 것과 양심상 그리고 다른 사람들 생각에도 죄가 없는 것 사이에는 큰 차이가 있는 법이오. 내 스스로가 내 죄를 알고 있었기 때문에, 사람들 보기가 부끄러웠던 나는 사람들이 날 보기 전에, 다음 날 아침 날이 밝자마자 옥스퍼드를 떠나기로 결심했소.

옥스퍼드를 벗어났을 때, 내게 가장 먼저 떠오른 생각은 부친이 계신 집으로 돌아가 부친에게 용서를 비는 것이었소. 하지만 부친이 이미 지난 일을 모두 알고 계실 거란 사실과 부정직한 행동을 몹시 싫어하신다는 사실을 잘 알고 있었던 나는 부친이 나를 받아들이실 거란 희망은 거의 갖지 않았소. 특히 어머니가 어떻게 나오실지 잘 알고 있는 터라 더욱 그랬소. 설령 화는 나셨지만 부친이 날 용서해주신다 하더라도 내가 과연 뻔뻔스럽게 부친을 뵐 수 있을지, 내 이런 비열한 행동을 알고 있는 사람들과 어떻게 같이 지내고 어떻게 만날 수 있을지, 나 스스로 의문을 품게 되었던 것이오.

따라서 난 아주 잘 알려진 사람들을 제외한 보통 사람들이 슬픈 일을 당하거나 부끄러운 짓을 저지른 경우 최상의 은신처로 선택하는 런던으로 서둘러 갔소. 그곳에서는 혼자 있으면서도 동시에 다른 사람들과 같이 있을 수 있기 때문에, 다른 곳에서라면 홀로 있을 때 겪게 되는 불편함을 겪지 않고서도 남의 간섭을 받지 않을 수 있는 장점이 있어 그곳을 택했던 것이오. 특히 내가 그곳을 정한 이유는 아무도 지켜보지 않는 가운데 홀로 걷거나 앉아 있을 수도 있고, 이런저런 소음과 바삐 살아가는 사람들의 모습, 그리고 끊임없이 이어지는 여러 정황들이 자칫 침체될 수 있는 기분을 전환시켜주고, 정신이 피폐해지는 것뿐만 아니라 슬픔과 수치심(이것은 건강에 아주 나쁜 것으로 많은 사람들은 남들 앞에서만 수치심을 느끼지만, 어떤 사람들은 혼자 있을 때 가장 많이 느끼오)에 빠지는 것도 막아주기 때문이었소.

　모든 선에는 반드시 거기에 수반되는 악이 있듯이, 주위에 아무런 관심도 기울이지 않는 인간의 속성 때문에 불편을 겪게 되는 사람들도 있소. 내 말은 돈이 없는 사람들을 말하는 것이오. 모르는 사람에게 당혹스러운 일을 당하지는 않는다 하더라도, 모르는 사람이 우리에게 옷을 주거나 먹을 것을 주지는 않기 때문이오. 그렇기 때문에 아라비아 사막에서처럼 우리는 리든홀 시장*에서도 얼마든지 굶어 죽을 수 있는 것이오.

　내 보기엔 넘쳐나도록 많이 가진 작가들이 큰 해악이라고 칭하며 우려를 표명하는 것, 즉 돈을 당시에 난 조금도 가지고 있지 못했소.” 이 말에 패트리지가 “외람된 말씀이지만, 전 돈을 해악이라고 부른 작가가 누군지 떠오르질 않는군요. 하지만 돈을 ‘악(惡)의 유발자(誘發者)’**라고 부르고, ‘악(惡)을 유발하는 부(富)는 땅에서 발굴(發掘)해낸다’***라고 말한 작가가 누군지는 기억합니다”라고 말하자, 노신사는 다음과 같이 말을 이었소. “그것이 해악이든 해악의 원인이든 간에, 어쨌든 난 돈이 한 푼도 없었고, 친구도 아는 사람도 전혀 없었소. 그러던 어느 날 저녁, 배가 몹시 고팠던 내가 비참한 기분에서 이너템플****을 지나가고 있을 때, 누군가 내 이름을 아주 친근하게 부르는 소리를 들었소. 고개를 돌려보니, 내게 그처럼 인사를 건넨 사람은 내게 불행이 닥치기 오래전 학교를 이미 떠난 대학 동료였소. 왓슨이라는 이 친구는 내 손을 잡고 아주 힘차게 악수를 하더니, 몹시 반갑다며 당장 같이 가 술이나 한잔하자고 했소. 처음에 난

---

　　* Leadenhall Market: 18세기 당시 런던 시에 있던 유럽에서 가장 큰 먹을거리 시장.
　　** 오비디우스의 『변신』에 나오는 구절.
　*** 오비디우스의 『변신』에 나오는 라틴어 구절로 ‘악을 유발하는 부는 땅에서 파낸다’는 의미다.
**** Inner Temple: 당시 영국의 4법학원 중 하나.

볼 일이 있는 척하며 그 제안을 거절했지만, 워낙 간곡히 청했기 때문에 당시 몹시 배가 고팠던 나로서는 결국 자존심을 버리기로 했소. 따라서 난 솔직하게 호주머니에 지금 돈이 없다고 고백하고는, 그날 아침 바지를 갈아입어서 그렇게 되었다고 거짓말을 했소. 그러자 왓슨이란 그 친구는 '자네의 오랜 친구인 나한테 그런 말을 할 필요는 없다고 생각하는데'라고 말하더니, 내 팔을 잡고는 끌고 갔소. 하지만 그 친구가 날 끌고 가는 것보다도 내 욕망이 훨씬 더 강하게 날 끌었기 때문에, 별 힘을 들이지 않고서도 날 끌고 갈 수 있었을 것이오.

당시 우리는 사람들이 웃고 떠들고 노는 프라이어스*의 한 유흥주점으로 갔소. 하지만 그곳에 도착했을 때 왓슨은 요리사는 쳐다보지도 않고 바텐더만 불렀소. 내가 식사한 지 오래되었을 거라곤 생각하지 않았던 모양이오. 하지만 실상은 그 친구가 생각하는 것과는 전혀 달랐기 때문에 난 또 다른 거짓말을 지어내었소. 중요한 용무로 런던 시 외곽까지 가는 바람에 양고기를 한 점밖에, 그것도 급하게 먹는 바람에 배가 고프니, 술에다 구은 고기도 하나 추가해주면 좋겠다고 말했던 것이오." 이 말에 패트리지가 "거짓말을 하려면 기억력이 좋아야 해요. 지금 그 말은 양고기 사먹을 돈은 바지에 있었다는 말이 되는 게 아닙니까?"라고 소리치자, 산사람은 "선생 말이 맞소. 거짓말을 할 때 이런 실수는 늘상 일어나는 법이오. 하여튼 이야기를 계속하자면, 그때 난 몹시 행복한 기분이 들기 시작했소. 음식과 술이 들어가자 난 기분이 한껏 고무되어, 옛 친구와의 대화가 무척 즐거웠소. 특히 그럴 수 있었던 것은, 그 친구가 학교를 떠난 뒤 벌어진 일을 그 친구는 전혀 모를 거라고 생각했기 때문이었소.

---

* 18세기 당시 도둑과 사기꾼, 창녀 들이 자주 다녔던 런던 템스 강 근처의 유흥가.

하지만 그 친구는 내가 이 기분 좋은 망상에 오래 빠져 있게 내버려 두진 않았소. 그 친구는 한 손으로는 큰 술잔을 들고, 다른 손으로는 나를 잡고선 '고소는 당했지만 명예롭게 무죄방면된 걸 축하하며 건배하세'라고 소리쳤으니 말이오. 그 말에 내가 몹시 당황해하는 것을 보자, 그는 이렇게 말했소. '아니, 이 친구야, 부끄러워할 필요 없어. 무죄방면되었으니, 아무도 자네가 죄를 지었다고 말하진 못할 거야. 하지만 친구인 나한테만 말해보게. 난 자네가 진짜로 그 친구를 털었기를 바랐거든. 그런 용렬하고 한심스러운 인간쓰레기의 돈을 뺏는 건 상 받을 만한 일이니 말이야. 난 자네가 2백 기니가 아니라 2천 기니쯤 빼앗았더라면 더 좋아했을 거네. 이봐, 주저하지 말고 솔직하게 말해보게. 자넨 지금 그런 비열한 인간과 같이 있는 게 아니거든. 그래서 난 자네가 더 존경스럽네. 맹세코 말하지만, 나라면 조금도 망설이지 않고 그런 일을 했을 거네.'

그 친구가 이렇게 단언하자, 나도 창피함을 좀 덜 느꼈소. 그러다 술이 어느 정도 들어가 좀더 솔직해진 나는 도둑질을 했다는 사실을 인정하면서도 액수는 그가 말한 것의 50분의 1이 약간 넘는다며, 액수에 대해선 잘못 알고 있다고 말했소.

내 말에 그 친구는 '그 말을 들으니 정말 유감이네. 다음에는 좀더 큰 성공을 거두길 바라겠네. 하지만 내 말대로 하면 다시는 그런 위험을 무릅쓸 필요가 없을 거네'라고 말하면서, 주머니에서 주사위를 꺼내더니 '자, 이게 바로 그것이네. 이 연장 말이네. 이게 대부분의 지갑이 걸리는 병을 치료할 수 있는 의사란 말이네. 내 말대로 하겠다고만 하면, 넥타이공장에 갈 위험 없이 얼간이들의 주머니를 털 방법을 알려주겠네'라고 말했소."

이 말에 패트리지가 "넥타이공장이요? 그게 뭐죠?"라고 묻자, 노신사는 "교수대를 의미하는 은어요. 도박꾼들이 하는 짓도 노상강도와 별반 다르지 않기 때문에 그들이 쓰는 말도 아주 비슷하오"라고 대답했소.

"각자 술을 한 병씩 비우자, 왓슨은 판이 준비됐으니 이제는 가봐야 한다며 같이 가서 운을 한번 시험해보지 않겠느냐고 내게 진지하게 권했소. 하지만 지금은 돈이 없다는 사실을 이미 알려주었던 나는 내가 그렇게 할 수 없다는 걸 잘 알고 있지 않느냐고 대답했소. 사실 난 그 친구가 우리 사이의 우정에 대해 아주 여러 번 강조했기 때문에, 그 용도로 사용할 약간의 돈을 빌려줄 거라고 믿어 의심치 않았던 것이오. 하지만 그는 '그건 신경 쓰지 말게. 노름빚은 갚지 않고 토끼면* 되네(이때 패트리지는 이 말이 무슨 뜻인지 물어보려 했으나, 존스가 그의 입을 막았소). 하지만 누구한테 그렇게 할지는 신중하게 생각해서 해야 하네. 누가 적당한 사람인지는 내가 알려주겠네. 자네는 도회지에 대해 모르고 부자 멍청이와 의심 많은 자들을 구별할 줄도 모르니, 이건 반드시 알아야 할 정보니까 말이네'라고 대답했소.

청구서가 오자 왓슨은 자신이 먹은 음식 값만 지불하고 떠나려고 해, 난 얼굴을 붉히며 지금 내 수중에 돈이 한 푼도 없다는 사실을 그에게 다시 한 번 상기시켰소. 그러자 그 친구는 '그것은 별로 중요치 않아. 외상을 달든지 아니면 대담하게 토끼고 그 뒷일은 신경 쓰지 말게. 그것도 아니면 여기 남아 있다가 내가 아래층에 내려간 다음, 여기 내가 음식 값으로 남겨놓은 돈을 집어 들고 그냥 나가, 전부 외상 긋는 거야. 골목에서 자네를 기다리고 있을 테니 말이야'라고 말했소. 난 그런 방법은 싫다며, 그가 돈을 다 내줄 거라고 생각했다고 하자, 그 친구는 자기 호주머니엔

---

* '도망간다'는 의미의 속어.

60페니도 안 남았다며 맹세까지 했소.

그렇게 말하고서 왓슨은 아래층으로 내려갔고, 난 그가 식탁 위에 올려놓은 돈을 집어 들고서 그를 뒤따라갔소. 바로 그 친구 뒤를 따라 내려갔기 때문에, 난 그가 바텐더에게 식탁 위에 음식 값을 놓고 왔다고 말하는 소릴 들을 수 있었소. 그러자 바텐더는 나를 지나 이층 계단으로 올라갔고, 나는 그가 시킨 대로 카운터에는 한마디도 하지 않은 채, 서둘러 거리로 나와 바텐더가 어떤 반응을 보였는지는 듣지 못했소.

우리는 곧장 도박장으로 갔고, 많은 사람들이 그랬듯이 왓슨 역시 놀랍게도 상당히 많은 돈을 꺼내 자기 앞에 내려놓았소. 그곳에 있던 사람들은 모두 자기 앞에 쌓아놓은 돈을 옆 사람들도 돈을 쌓도록 유인하는 일종의 미끼로 생각하는 것 같았소.

운명의 여신이, 더 정확히 말해, 주사위가 자신의 신전에서 부린 변덕을 일일이 다 열거하는 건 몹시 지루할 것이오. 산처럼 쌓아놓은 금화가 잠시 후 테이블 한쪽에서 사라졌다가 테이블 다른 쪽에서 솟아오르기도 하고, 부자가 일순간에 가난뱅이가 되고 가난뱅이는 갑자기 부자가 되었소. 그러니 철학자들이 제자들에게 부를 경멸하라고 혹은 부라는 것이 얼마나 허망한 것인지 가르치기에 이곳보다 더 좋은 곳은 없을 것이오.

처음에 난 가지고 있던 약간의 돈을 상당히 불렸지만 결국에는 모두 잃게 되었소. 여러 번 행과 불운을 오갔던 왓슨도 몹시 흥분해 자리에서 일어나서는 정확히 1백 파운드 잃었다며 더 이상 게임을 하지 않겠다고 하고는, 나에게 와 술집으로 돌아가자고 했소. 하지만 난 그의 제안을 단호히 거절하면서, 본인도 돈을 모두 잃어 지금은 나와 같은 상황일 텐데, 두 번 다시 그런 난처한 꼴을 당하고 싶지는 않다고 말했소. 그러자 그는 '사실, 조금 전에 친구한테서 2기니를 빌렸어. 그중 하나는 자네에게 주겠네'라고 말하더니, 1기니를 내 손에 쥐어주어, 난 더 이상 그의 제안을 거절하지 않고 그를 따라나섰소.

그처럼 꼴사납게 도망쳐 나온 술집으로 다시 돌아가는 것을 보고 처음에 난 다소 충격을 받았소. 하지만 바텐더가 다가와 아주 공손하게 우리가 음식 값을 지불하는 걸 잊어버린 것 같다고 하여, 마음이 아주 편해진 나는 깜빡 잊고 그랬다고 하고는 1기니를 주면서 이것으로 음식 값을 치르겠다고 말했소.

왓슨은 생각해낼 수 있는 가장 비싼 음식을 주문했소. 아까는 평범한 적포도주를 주문했었지만, 이제는 가장 값비싼 버건디라야만 그는 만족할 수 있었던 것이오.

우리가 있던 곳은 도박장에서 온 사람들로 곧 채워졌소. 나중에 알게 된 일이지만 그곳에 있던 사람들 대부분은 술을 마시러 온 게 아니라, 도박 때문에 온 것이었소. 어느 도박꾼은 목표로 삼은 두 명의 젊은 친구들에게 열심히 술을 권하면서도 정작 자신들은 몸이 안 좋은 척하며 술을 마시지 않았소. 난 그들의 비법을 알지는 못했지만, 운 좋게도 그들 덕분에 돈을 좀 딸 수는 있었소.

도박이 벌어지던 중 이 술집에선 아주 놀라운 일이 벌어졌소. 판돈이 조금씩 없어지더니 결국에는 완전히 사라져버린 것이오. 도박이 처음 시작될 때는 테이블이 금화로 반쯤 덮여 있었지만, 도박이 끝난 다음 날인 일요일 오후엔 테이블 위에 단 한 푼의 돈도 보이지 않게 되었던 것이오. 게다가 더욱 이상한 것은 나를 제외한 모든 사람들이 돈을 잃었다고 하는 것이었소. 귀신이 돈을 가지고 간 게 아니라면 돈이 어떻게 되었는지 설명할 길이 없었을 것이오."

이 말에 패트리지가 말했소. "분명히 그럴 겁니다. 그 방에 사람들이 아무리 많다 해도, 귀신은 사람들 눈에 띄지 않고도 무엇이든 가져갈 수 있으니까요. 설교 시간에 놀고 있던 못된 사람들을 귀신이 한꺼번에 데려갔다 해도 전 놀라지 않을 겁니다. 남의 부인 침실에 있던 남자를 귀신이 붙잡아서 열쇠구멍으로 데리고 나갔던 일도 이야기해줄 수 있는걸요. 전 그 일이 일어난 집을 본 적이 있는데, 그 일 이후로 30년 동안 그 집엔 아무도 살지 않고 있습니다."

존스는 패트리지의 이 엉뚱한 말에 짜증은 좀 났지만, 단순한 그의 면모에 미소 짓지 않을 수 없었소. 패트리지의 말에 산사람도 역시 웃더니 이야기를 계속했소. 그 내용은 다음 장에 소개하겠소.

13장
다시 계속되는 산사람의 이야기

"대학 동창으로 인해 인생의 새로운 국면을 맞이하게 된 나는 곧 도박꾼 조직과 접촉하게 되면서 그들의 비법을 전수받게 되었소. 내 말은 미숙하고 경험이 없는 사람들을 속이기에 적당한 조잡한 속임수를 배우게 되었다는 의미요. 좀더 고차원적인 속임수는 그 분야의 선두를 달리는 몇몇 고수들만이 알고 있었기 때문이었소. 하지만 그건 내가 도저히 바랄 수조차 없는 영광스런 자리였소. 난 술을 너무 좋아하고 원래부터 흥분을 잘하는 터라, 대부분의 엄격한 철학처럼 냉철함을 필요로 하는 이 분야에선 큰 성공을 거둘 수가 없었기 때문이오.

이제는 나와 가깝게 지내게 된 왓슨도 지나칠 정도로 술을 좋아하는 약점이 있어, 다른 사람들처럼 이 일로 큰돈은 벌지 못하고 돈을 땄다 잃기를 반복했소. 그도 도박판에서 얼간이들에게서 빼앗은 돈을 술병을 앞에 놓고도 맛도 보지 않는 냉철한 도박꾼에게 다 내어줄 수밖에 없었던 것이오.

하지만 우리 둘은 넉넉하지는 않았지만 그럭저럭 살아갈 정도의 돈은 벌었소. 이 일을 2년 동안 하면서 난 온갖 흥망성쇠를 겪어, 어떤 때는 돈이 아주 많아 떵떵거리며 풍족하게 지냈고 또 어떤 때는 믿지 못할 정도의 경제적 어려움과 싸울 수밖에 없었소. 어떤 날에는 사치를 부렸지만, 다음 날에는 아주 조악하고 형편없는 식사를 해야만 했고, 저녁에 좋은 옷을 입고 나갔다가도 다음 날 아침이면 그 옷을 전당포에 맡기는 경우도 종종 있었소.

그러던 어느 날 밤 도박장을 나와 빈털터리가 되어 숙소로 돌아가고 있을 때, 아주 큰 소동이 벌어져 많은 사람들이 길거리에 모여 있는 것을 보았소. 소매치기당할 염려가 없었기 때문에 나는 그곳으로 가보았소. 사람들에게 물어보니 어떤 사람이 악당들에게 강도를 당하고 심하게 폭행까지 당했다는 것이었소. 강도를 당해 상처까지 입은 그 사람은 피를 많이 흘려 제대로 일어설 수도 없을 것 같아 보였소. 당시의 내 삶이나 내가 살아가던 방식이 날 부정직하고 수치심도 느끼지 못하는 인간으로 만들긴 했지만, 아직까지도 나에게는 인도적인 마음이 남아 있었던 터라, 그 불운한 사람에게 즉시 도움을 제안했소. 그분은 내 제안을 감사히 받아들이며(당시 그 자리에 있었던 사람들의 옷차림이 모두 그렇고 그래, 그분은 그들을 믿을 수 없었던 것 같았소). 내게 몸을 의지하고는, 피를 많이 흘려 정신을 잃을 것 같으니 의사를 부르게 어디 쉴 수 있는 곳으로 데려가달라고 내게 부탁했소.

난 불쌍한 그분의 팔을 잡고 당시 가장 가까운 곳에 위치한 (우리가 모이곤 했던) 숙소로 갔는데, 다행히도 거기에 의사 한 분이 있었소. 그 의사 선생은 그분의 상처를 정성껏 치료해주며 생명에 지장을 받을 정도는 아니라고 말했소.

아주 신속하고 능숙하게 치료를 마친 의사가 상처 입은 신사에게 지금 어디서 묵고 있느냐고 묻자, 그 신사는 바로 그날 아침 런던에 도착했으며, 타고 온 말은 현재 피커딜리의 어느 숙소에 있지만 자신은 달리 머물 곳도 없고, 런던에 아는 사람도 없다고 대답했소.

지금 이름은 정확히 기억나진 않지만, 이름이 R로 시작하는 그 의사 선생*은 의술 분야에선 최고의 명성을 갖고 계신 분으로 그 당시 왕의 주치의였소. 여러모로 훌륭하신 분이었던 그 의사 선생은 아주 관대하고 마음씨도 좋아 항상 사람들을 도와주려 했기 때문에, 강도를 당한 신사분의 귀에다 대고 자기 마차를 타고 숙소에 가라면서 필요하면 돈도 대주겠다고 속삭였소.

하지만 당시 그 불쌍한 신사분은 이 관대한 제안에 감사하다는 말도 할 수 없었소. 얼마 동안 나를 뚫어지게 응시하더니 의자에 철퍼덕 앉아, 오! 내 아들! 내 아들! 하고 소리치고는 혼절했기 때문이었소.

당시 그 자리에 있던 많은 사람들은 그분이 피를 많이 흘려 그런 거라고 생각했소. 하지만 그분의 말과 거의 동시에 부친의 모습이 떠오르기 시작했던 나는 내 막연한 느낌이 맞았고, 눈앞에 계신 분이 바로 부친이라는 확신이 들었소. 난 곧 달려가 두 팔로 부친을 들어 올리며 아주 열렬하게 부친의 차가운 입술에 입을 맞추었소. 그다음 일은 더 이상 묘사할 수 없기 때문에 이 장면에서 커튼을 드리워야겠소. 잠시 동안 부친이 그

---

* 조지 2세의 주치의였던 존 랜비(John Ranby, 1703~1773)를 지칭하는 듯하다.

러셨듯이, 나도 의식을 잃지는 않았지만 너무도 놀라 부친이 다시 정신을 차리셨을 때까지 수분 동안 무슨 일이 벌어졌는지 전혀 알지 못했기 때문이오. 단지 내가 말할 수 있는 것은 정신을 다시 차렸을 때 난 부친의 팔에 안겨 있었고, 우리 둘 다 눈물을 흘리면서 사랑스럽게 포옹하고 있었다는 것뿐이오.

당시 그곳에 있던 사람들 대부분은 이 모습에 무척 감동받은 듯했지만, 이 장면을 연출한 배우라고 볼 수 있는 우리는 가능한 한 빨리 관객들의 시야에서 벗어나고 싶었소. 따라서 부친은 마차를 빌려주겠다는 의사의 친절한 제안을 받아들이셨고 나도 그 마차를 타고 부친의 숙소로 같이 갔소.

우리 둘만 남게 되었을 때 부친은 내가 그렇게 오랫동안 편지도 하지 않은 걸 조용히 나무라시면서도 그럴 수밖에 없었던 내 잘못에 대해선 전혀 언급하시지 않았소. 부친께서는 어머니가 임종하셨다는 사실을 내게 알려주시며 집에 꼭 같이 가야 한다고 하시고는, 당신께서는 내 걱정을 너무도 많이 하셔서 내가 죽었을까 봐 걱정했는지 아니면 차라리 내가 죽었기를 바랐는지 알 수 없을 정도였다고 하셨소. 그런데 어느 날 똑같은 곳에서 아들을 찾은 이웃 사람이 내가 어디 있는지 알려주어, 나를 개심시킬 작정으로 이렇게 런던까지 오게 된 것이라고 하셨소. 그리고 당신의 목숨을 앗아갈 수도 있었을 사고를 당한 덕에 오히려 나를 찾게 되었다며 하나님께 감사를 드리셨소. 그러고는 당신이 목숨을 부지할 수 있었던 게 나의 인간적인 면모 때문이었다는 사실에 기쁘시다며, 내가 당신을 알아보고 효심을 발휘한 것보다 알아보지 못하면서도 돌보아준 내 인간적인 면모에 더 마음이 흡족하다고 하셨소.

악행을 저지르기는 했지만 자격도 없는 자식에게 보여준 부모의 그처럼 큰 사랑을 깨닫지 못할 정도로 난 타락하지 않았소. 난 곧 부친의 뜻에 따라 부친이 길을 나설 수 있을 정도로 몸이 회복되면 부친과 함께 집으로 돌아가겠다고 약속했는데, 부친의 치료를 맡았던 그 훌륭한 의사 덕분에 며칠 지나지 않아 우리는 길을 떠날 수 있게 되었소.

집으로 출발하기 전날(그전까지 난 부친의 곁을 떠난 적이 거의 없었소) 난 가장 가까운 지인들, 특히 왓슨에게 작별을 고하러 갔소. 왓슨은 어리석은 노인의 바보 같은 말에 따라 시골에 묻혀 살지는 말라고 날 설득하려 했소. 하지만 그의 설득은 아무 소용이 없었고, 난 다시 숙소로 돌아왔소. 부친께서는 내게 결혼 문제에 대해 한번 생각해보라고 아주 간곡하게 말씀하셨지만 난 그런 생각조차도 몹시 혐오스러웠소. 이미 사랑을 경험해보았기 때문이었을 것이오. 젊은이도 사랑이라는 그 강렬한 열정이 과도하면 어떻게 되는지 잘 알 거라고 생각하오." 이 말을 하고서 노신사는 잠시 말을 멈추더니 짧은 순간에 얼굴이 몹시 붉어졌다가 다시 창백해진 존스를 유심히 쳐다보았소. 하지만 거기에 대해선 아무 말도 하지 않은 채, 이야기를 이어갔소.

"이제 살아가는 데 필요한 것을 다 얻게 된 나는 전력을 다해 다시 공부에 몰입했소. 그것도 과거 그 어느 때보다도 엄청나게 열심히 했소. 난 나의 모든 시간을, 많은 사람들이 단지 익살과 조롱의 대상으로 생각하던 철학을 다루는 고대와 현대 저서를 읽는 데 썼고, 아리스토텔레스와 플라톤의 저서는 물론, 고대 그리스인들이 세상 사람들에게 물려준 더없이 귀중한 보물 같은 책들을 정독하는 데 썼소.

이 저서들은 부와 세속적인 권력을 얻는 데 도움이 될 방법은 가르쳐주지 않고 오히려 부와 권력을 추구하는 걸 경멸하도록 했소. 또한 인간의 마음을 고양시키고, 운명의 여신의 변덕스러움에 대비해 우리의 마음을 강화하고 굳건하게 해주기도 했던 이 저서들은, 내게 지혜를 가르쳐주었을 뿐만 아니라 지혜의 습성에 대해서도 보다 확실하게 알게 해주었으며, 현세의 삶에서 지고의 행복에 도달하려면 혹은 도처에서 우리를 노리고 있는 불행에 맞서 우리 자신을 방어하고 보호하기 위해서는, 이 책들이 가르쳐준 지혜가 우리의 지침서가 되어야 한다는 사실도 분명하게 보여주었소.

여기에 나는 한 가지 공부를 더했는데, 이것과 비교해보면 지혜로운 이교도인들이 가르쳐준 모든 철학은 단지 허황된 꿈이며, 어리석은 광대가 일찍이 말했듯이 허영심에 지나지 않았소. 그것은 바로 성서에서만 찾을 수 있는 하나님의 지혜였소. 성서는 현세의 삶이 우리에게 줄 수 있는 그 어떤 것보다도 우리가 훨씬 더 관심을 기울여야 할 것들이 무엇인지 알려주며, 이를 확신시켜주었는데, 황공스럽게도 하나님이 우리 인간에게 알려준 이러한 지혜는 아무리 뛰어난 지성을 가진 사람도 하나님의 도움 없이는 도저히 도달할 수 없는 것들이었소. 따라서 나는 훌륭한 이교도*들이 쓴 글을 읽는 데 보낸 시간이 헛되었다는 생각이 들기 시작했던 것이오. 이교도들의 가르침이 비록 유쾌하고 즐거울는지는 모르겠지만 또 현세의 삶에서 올바르게 처신하도록 우리 자신을 통제하는 데 적합할지는 모르겠지만, 이들이 쓴 훌륭한 글들도 성서와 비교해보면, 어린아이들의 유치한 놀이나 놀이에 사용되는 규칙과 같이 사소하고 중요치 않게 보였기 때문이었소. 철학은 인간을 보다 현명하게 만든다는 것은 사실이오. 하지만 기독교는 우리를 좀더 나은 사람으로 만드오. 철학은 인간의 마음을 고양시키고 강건하게 하지만, 기독교는 인간의 마음을 부드럽고 온화

---

* 고대 그리스나 로마의 철학자나 사상가를 말한다.

하게 만들어주오. 또한 철학은 우리를 사람들의 동경의 대상이 되게 하지만, 기독교는 우리를 하나님의 사랑을 받는 대상이 되게 하오. 철학은 우리의 일시적인 행복을 책임지지만, 기독교는 영원한 행복을 책임지오. 두서없는 말을 늘어놓아 피곤하게 한 것 같구려."

이 말에 패트리지가 "전혀 아닙니다. 이런 좋은 말을 듣고 피곤해할 리가 있겠습니까?"라고 소리치자, 산사람은 말을 이었소. "난 세상사에 전혀 개의치 않고 오로지 명상에 몰두하면서 아주 흡족하게 4년가량을 보냈소. 그러던 어느 날 이 세상에서 가장 훌륭하신, 내가 그토록 사랑했던 부친이 세상을 떠나시게 되었소. 그때의 슬픔은 말로 다 표현할 수 없을 정도였소. 난 책읽기를 포기하고 한 달 내내 우울과 절망에 빠졌소. 하지만 우리의 마음을 치료히는 가장 훌륭한 의사인 시간은 결국 나의 아픔을 덜어주었소." 이 말에 패트리지가 "그래요, 그래. '오! 시간(時間), 천만 사물(千萬事物)의 탄식자(吞食者)여'"라고 소리쳤지만, 산사람은 계속 말을 이었소. "그때 난 전에 하던 공부를 다시 계속했고 그 덕에 내 아픔은 완전히 치유되었소. 철학과 종교는 정신의 수련이라고 불릴 만하오. 병든 몸에 운동이 유익하듯이, 혼란스러운 마음에 유익한 철학과 종교는 우리의 정신을 강화하고 군건히 해주기 때문이오. 호라티우스의 훌륭한 시가 표현하듯 말이오.

> 경륜(經綸)을 쌓고 자기 신뢰(自己信賴)를 소유(所有)하며
> 자신(自身)이 행(行)할 궤적(軌迹)을 따라가면서
> 원대(遠大)한 기세(氣勢)로 불운(不運)을 타파(打破)할 자(者)가
> 확고(確固)해질 때까지*

경륜을 쌓아 스스로를 믿고

자신이 가야 할 길을 가며

엄청난 힘으로 자신의 불운을 타파하는 사람이

스스로에 대해 확고해질 때까지

프랜시스 옮김**"

　이 말에 존스는 갑자기 어떤 생각이 떠올라 미소 지었으나, 내 보기
에 산사람은 이를 눈치 채지 못한 채, 계속해서 말을 이었소.
　"세상에서 가장 훌륭한 분의 죽음으로 내 상황은 큰 변화를 겪게 되
었소. 이제 집안의 가장이 된 형은 나와 성격이나 인생 목표가 너무도 달
라, 같이 지내기에는 최악의 인물이었기 때문이었소. 하지만 형과 내가
같이 지내는 걸 더더욱 불쾌하게 만들었던 것은 나를 자주 찾아오는 몇
안 되는 사람들과, 사냥부터 시작해서 뒤풀이까지 형을 졸졸 따라다니는
수많은 사냥꾼들과의 불협화음이었소. 그자들은 시끄럽게 굴고 허튼소리
를 해 우리를 괴롭혔을 뿐만 아니라 항상 모욕적이고 경멸적인 태도로 우
리를 대했소. 그들은 항상 이런 식이어서 나는 물론이고 내 친구들조차도
이들과 같이 식사를 하게 될 때면 사냥 용어를 모른다 해서 항상 조롱을
당했소. 진정한 학문과 보편적인 지식을 갖춘 사람들은 다른 사람들의 무
지를 항상 동정하지만, 하찮고 저속하며 경멸받을 만한 잡기에 능한 사람
들은 그 잡기를 모르는 사람들을 항상 경멸하는 법이기 때문이오.

---

　* 호라티우스의 『풍자시편』에 나온 시를 한문 투으로 옮긴 것이며, 우리말 번역을 함께 실었
　　다. 필딩도 라틴어 시를 소개한 뒤 이어서 영어로 번역된 문장을 다시 소개하고 있다.
　** 필립 프랜시스(Philip Francis, 1708～1773)를 말한다. 그는 호라티우스의 글을 영어로
　　번역했는데, 필딩은 그의 번역문을 이 작품에서 여러 차례 인용했다.

간단히 말해 우리는 곧 갈라섰고, 의사의 권고에 따라 난 광천수를 마시러 바스에 갔소. 앉아서만 지낸 데다가 고통스런 일을 겪고 나니 일종의 마비가 찾아왔는데, 의사는 광천수가 가장 확실한 치료책이라고 생각했던 것이오.* 바스에 도착한 지 이틀째 되던 어느 날 강가를 걷던 나는, 연초였지만 태양이 너무나도 강렬해 버드나무 그늘이 드리워진 강가로 가 앉았소. 그런데 얼마 지나지 않아, 버드나무 저편에서 어떤 사람이 한숨을 쉬며 비통하게 신음하더니 갑자기 지독한 욕설을 퍼부으면서 '더 이상 못 참겠다'고 소리치고는 곧장 강물로 뛰어들었소. 난 벌떡 일어나 그곳으로 달려가 최대한 큰 소리로 도와달라고 소리를 질렀소. 그러자 키 큰 사초속(屬) 식물들에 가려 보지는 못했지만, 나보다 약간 아래에서 낚시를 하던 어떤 사람이 다행히 내 소릴 듣고 올라와, 우리 둘은 생명의 위험을 무릅쓰고 그 사람을 뭍으로 끌어올렸소. 처음 우리는 그 사람이 살아 있다는 조짐을 찾아볼 수 없었소. 하지만 발뒤꿈치를 잡고 그의 몸을 들어 올리자(우리는 곧 여러 사람의 도움을 받을 수 있었소) 그 사람의 입에선 많은 양의 물이 쏟아져 나왔고, 마침내 그는 숨 쉬는 조짐을 보이며 손과 발을 움직이기 시작했소.

당시 우연히 그 자리에 있던 약제사가 물에 빠졌던 사람이 물을 거의 다 토해냈고 심한 경련을 일으키기 시작하니 당장 따뜻한 침대에 눕히는 것이 좋겠다고 하여, 난 약제사와 함께 그 사람을 데리고 길을 나섰소.

그 사람의 거처를 몰랐던 우리는 일단 근처에 있던 여관을 향해 가고 있었는데, 운 좋게도 어떤 여자가 큰 소리로 비명을 지르며 그 신사가 자

---

* 영국의 의사이며 저술가인 조지 체인(George Cheyne, 1671~1743)은 『바스 온천물의 특성에 대한 설명Account of the Nature and Quality of Bath-Waters』(1737)에서 바스의 광천수가 중풍과 같은 병으로 인한 몸의 마비를 치유하는 데 효험이 있다고 주장했다.

기 여관에 묵고 있다고 말해주었소.

그곳에 안전하게 당도한 뒤, 나는 약제사가 모든 적절한 치료 방법을 강구하리라고 생각하며 약제사에게 그의 간호를 맡겼소. 그러고는 다음 날 아침 그를 찾아갔을 때 그가 완전히 정신을 차렸다는 소식을 들었소.

그때 난 그가 왜 그런 자포자기적인 행동을 했는지 그 이유를 알아내어 다시는 그런 사악한 일을 말라고 충고하기 위해 그를 찾아갔소. 그의 방에 들어서자마자 우리 둘은 즉시 서로를 알아보았소. 그는 다름 아닌 왓슨이었던 것이오. 가능한 한 장황하게 말하고 싶지는 않기 때문에 우리가 다시 만났을 당시의 일을 지루하게 다 말하지는 않겠소." 이 말에 패트리지는 "전 다 듣고 싶은데요. 그 사람이 왜 바스에 왔는지 진짜 알고 싶은데요."라고 애원했소.

그러자 산사람은 "중요한 것은 다 말해주겠소"라고 대답하더니, 다시 이야기를 계속했소. 하지만 그 내용은 우리나 독자들도 잠깐 쉰 뒤에 기술하겠소.

14장
자신에 관한 이야기를 마무리하는 산사람

노신사는 말을 이었소. "왓슨은 운이 나빠 생긴 어떤 불행한 상황 때문에, 자살을 결심하게 되었다고 아주 솔직하게 내게 말했소.

난 자살을 정당화하는 이교도적이며 악마의 사주라도 받은 듯한 그의 논리에 이의를 달며, 아주 심각하게 그와 논쟁을 벌이기 시작했소. 그러고는 나에게 일어난 일 중 이런 문제와 연관해 생각해볼 수 있는 일들을 모두 말해주었소. 하지만 안타깝게도 아무 소용이 없어 보였소. 그 친구는 자신이 저지른 행동을 전혀 후회하지 않았을 뿐만 아니라, 또다시 그 끔찍한 일을 시도할 것 같았으니 말이오.

말을 마쳤을 때, 그 친구는 내 말에 아무런 답변도 하지 않은 채 물끄러미 내 얼굴을 바라보더니 미소 지으며 말했소. '지금 자네의 모습은 내가 기억하고 있던 모습과는 많이 다르네. 자네는 참 이상하게 변했어. 자네보다 자살하지 말라는 논리를 더 잘 펼 수 있는 주교가 과연 있을까 하는 의문까지 드네. 하지만 내게 정확히 1백 파운드를 빌려줄 사람을 찾아내지 못한다면, 난 교수형을 당하거나 물에 빠져 죽거나 아니면 굶어 죽게 될 걸세. 마지막 방법이 가장 끔찍하게 죽는 방법이긴 하지만 말이네.'

그의 말에 난 그를 마지막으로 본 이래로 난 진짜 많이 변했고, 과거의 어리석은 행동을 돌이켜보고는 후회하게 되었다고 아주 심각하게 대답했소. 그러고는 나와 같은 길을 가자고 권하며, 그에게 도움이 된다면 그리고 주사위에 그 운명을 맡기지만 않는다면 1백 파운드를 빌려주겠다는 말로 이야기를 마쳤소.

내 이야기의 앞부분을 듣고 있을 때는 잠든 것처럼 내내 가만있던 왓슨이 뒤에 한 내 말을 듣고는 마치 잠에서 깬 것 같았소. 그는 내 손을 진지하게 잡으며 몇 번이고 고맙다고 하고는 나야말로 자신의 진실한 친구라고 하더니, 그 많은 일을 겪고도 그처럼 여러 번 자신을 속인 그 빌어먹을 주사위를 자신이 아직도 믿고 있다고 생각하지는 말기 바란다고 했소. 그러더니 '아니야, 아냐. 다시 한 번만 자금 좀 두둑하게 대주게. 그러면 나중에 운명의 여신이 날 파산한 장사치로 만들더라도 운명의 여신을 용서할 테니 말이야'라고 소리쳤소.

'자금이 두둑하다' '파산한 장사치'란 용어가 무엇을 의미하는지 잘 알고 있었던 난 아주 엄숙한 표정으로 말했소. '왓슨, 자네는 생계를 꾸려 나갈 수 있는 일이나 직업을 찾아야 해. 나중에라도 자네에게 빌려준 돈을 되돌려 받을 가망이 있다면, 그리고 정당하고 명예로운 직업을 얻는 데 필요하다면, 자네가 지금 말한 액수보다 훨씬 더 많은 돈을 빌려주겠네. 하지만 도박은 직업으로 삼기에는 천하고 사악할 뿐만 아니라, 내가 알기에도 자네에겐 맞지도 않아. 자네는 그런 일을 하다가 결국 파멸하게 될 걸세.'

이 말에 그는 '그것 참 이상하네. 자네나 다른 친구들도 내가 이런 일에 대해선 좀 알고 있다는 사실을 인정하려 들지 않으니 말이야. 하지만 난 자네들 누구보다도 게임은 더 잘할 수 있다고 믿네. 그래서 자네의 전 재산을 걸고 자네와 한번 제대로 붙어보고 싶어. 그것보다 더 재미있는 게임은 없을 테니 말이야. 게다가 자네가 정하는 게임을 하겠네. 그런데 자네 지금 1백 파운드 가지고 있나?'

그의 말에 난 지금은 50파운드밖에 없다고 대답하고는, 50파운드를 주면서 다음 날 아침 나머지 돈을 가져다주겠다고 약속했소. 그러고는 한두 마디 충고를 더 한 뒤, 작별을 고했소.

하지만 난 약속한 시간보다도 더 빨리 그와의 약속을 지키려 했소. 바로 그날 오후 그를 다시 찾아갔던 것이오. 그의 방에 들어갔을 때, 난 그 친구가 어떤 악명 높은 도박꾼과 침대에 앉아 카드게임을 하고 있는 것을 보았소. 선생들도 짐작하겠지만, 그 모습은 나한텐 무척 충격적이었소. 게다가 치욕스럽게도 내가 준 돈을 상대방에게 건네주고는 잔돈으로 겨우 30기니를 되돌려 받는 것이었소.

상대방이 방을 나서자 왓슨은 나 보기가 부끄럽다며 이렇게 말했소. '난 진짜 운이 안 좋다는 걸 알았기 때문에 도박을 영원히 그만두기로 결심했네. 자네가 내게 한 그 친절한 제안에 대해 줄곧 생각해보았는데, 자네 말대로 하지 않는 일은 절대로 없을 거라고 약속하겠네.'

난 그 친구의 약속을 별로 믿지는 않았지만 약속한 대로 나머지 돈을 그에게 주었소. 그는 돈을 받았다는 각서를 써주었지만 그것이 그에게 돈을 준 데 대한 보답의 전부였소.

이때 약제사가 들어와 우리는 더 이상 이야기를 나눌 수 없게 되었소. 얼굴에 기뻐하는 표정이 완연했던 약제사는 환자의 상태는 물어보지도 않고 모든 사람들이 곧 알게 되겠지만 편지를 통해 굉장한 소식을 알게 되었다며 이를 말해주겠다고 했소. 그것은 몬머스 공작*이 대규모 네덜란드 군대를 이끌고 서쪽 지역에 상륙했고, 노퍽 해안 주변을 맴돌고 있는 또 다른 함대가 양동 작전으로 공작을 돕기 위해 그곳을 급습할 예정이라는 것이었소.

당시 그 약제사는 위대한 정치가로서 환자보다도 하찮은 소식을 실은 우편선을 더 좋아했고, 마을 사람 중 그 누구보다도 한두 시간 더 빨리 소식을 접하는 데서 최고의 기쁨을 누리는 사람이었소. 하지만 그의 정보는 정확한 적이 별로 없었소. 사람들 말을 무조건 다 믿는 그의 성격을 이용해 많은 사람들이 그를 속였기 때문이었소.

당시에 그가 알려주었던 소식도 마찬가지였소. 얼마 후에 공작이 실제로 상륙하긴 했지만, 공작이 이끌고 온 대규모 군대라는 것은 단 몇몇의 수행원에 불과했고, 노퍽에서 벌어질 것이라는 양동 작전은 완전히 잘못된 정보였던 것이오.

---

* Duke of Monmouth: 본명이 제임스 스콧(James Scott, 1649~1685)인 영국의 찰스 2세의 큰아들로 개신교신자인 그는 찰스 2세의 동생이자 가톨릭교도인 제임스 2세에게로 넘어간 영국 왕권을 빼앗기 위해 1685년 네덜란드 군대를 이끌고 영국에 상륙했다.

이 소식을 우리에게 알린 뒤 약제사는 자기 환자에게 한마디 말도 하지 않은 채, 이 정보를 마을 전체에 퍼뜨리기 위해 방을 나섰소.

이런 종류의 사건은 대개 개인적인 관심사를 잊게 하는 법이어서 우리의 대화는 완전히 정치적인 내용으로 바뀌었소. 난 가톨릭교도 군주*때문에 개신교가 이처럼 심각한 위험에 처하게 된 현실에 대해 심각하게 우려했소. 그리고 그런 우려가 이러한 봉기를 정당화하기에 충분하다고 생각했소. 권력으로 무장한 가톨릭교도들의 박해를 막기 위한 진정한 방어 조치는, 우리의 슬픈 경험을 통해서 곧 알게 되었듯이, 가톨릭교도들에게서 그들의 권력을 빼앗는 것 이외에는 다른 방도가 없었기 때문이오.**선생들도 제임스 왕이 당시 몬머스 공작의 시도를 무산시킨 뒤 어떻게 행동했는지, 그가 왕으로서 한 약속과 즉위식에서 한 맹세, 그리고 국민들의 자유과 권리를 얼마나 하찮게 여겼는지에 대해 알고 계시지 않소! 하지만 처음에 사람들은 그러리라곤 전혀 예견하지 못했기 때문에 몬머스 공작은 별 지지를 받지 못했던 것이오. 하지만 재앙이 닥치자 많은 사람들이 이를 통감하게 되었고, 그래서 결국은 왕을 몰아내기 위해 힘을 합쳤던 것이오. 하지만 권력을 잡았던 여당 인사들은 여전히 왕의 축출을 막기 위해 많은 사람들과 싸우려 했소."

이 말에 존스도 한마디 거들었소. "어르신 말씀은 아주 지당하십니다. 우리의 종교와 자유를 지키기 위해 온 국민이 제임스 왕을 축출하려

---

* 1685년에 찰스 2세의 뒤를 이어 영국의 왕으로 즉위한 제임스 2세를 말한다. 당시 영국 국교는 개신교의 한 분파인 성공회였지만 그가 즉위한 뒤 가톨릭 복고를 꾀하고 절대주의적 경향을 강화하자 많은 반발을 사게 되어 결국에는 1688년, 명예혁명(혹은 무혈혁명)을 통해 제임스 2세는 왕위에서 물러나 프랑스로 망명했다. 후에 영국의 정당한 왕위 계승자라고 주장한 올드 프리텐더와 영 프리텐더는 그의 자식과 손자다.
** 제임스 2세를 몰아낸 명예혁명을 지칭한다.

고 힘을 합쳤던 것이 불과 얼마 전 일인데 그의 가족이 다시 왕위에 오르기를 바라는 정신 나간 무리들*이 우리 가운데 있다는 사실은 제가 여태까지 읽은 어느 역사책에서도 찾기 힘든 아주 놀라운 일일 거라는 생각이 종종 듭니다." 이 말에 노신사는 이렇게 말했소. "진담이 아니겠죠! 그런 무리들이 어떻게 있을 수 있겠소! 인간이라는 종족을 좋지 않게 생각은 하고 있지만, 그 정도로 분별력을 잃었다는 말은 믿을 수 없소. 가톨릭 신부들에게 넘어가 그 무모한 싸움에 끼어들고 그 싸움을 성전(聖戰)이라고 생각하는 몇몇 과격한 가톨릭신자들이 있을 수는 있을 거요. 하지만 개신교신자들, 그러니까 국교도**들이 스스로에게 중죄***를 저지르는 그런 배교자가 되었다는 말은 믿을 수 없소. 그건 아닐 거요, 젊은이. 지난 30년 동안 무슨 일이 벌어졌는지 모르겠지만, 그런 바보 같은 소리를 믿을 정도로 쉽게 속아 넘어가는 사람은 아니오. 내가 세상 돌아가는 걸 모른다는 사실을 빌미로 날 가지고 장난치는 것 아니오?" 이 말에 존스가 "아무리 세상을 등지고 살고 계신다고는 하지만, 그동안 제임스 왕의 자손을 옹립하기 위한 반란****이 두 번 일어났고, 그중 하나는 지금 이 순간 이 나라 한복판에서 벌어지고 있다는 사실조차 모르실 수 있습니까?"라고 반문하자, 노신사는 자리에서 벌떡 일어나 아주 엄숙한 목소리로 하나님에 맹세코 지금 존스가 한 말이 사실인지 말해달라고 간청했소. 이에 존스가 엄숙하게 사실이라고 말하자, 그는 아무 말 없이 방을 서너 바퀴 돌더니 소리를 한 번 지른 뒤 웃었소. 그러고는 무릎을 꿇고 이런 황당하

---

* 제임스 2세의 후손을 지지하는 소위 자코바이트들을 가리킨다.
** 영국의 국교인 성공회(Anglican Church)는 일종의 개신교로 가톨릭에 대해 부정적이다.
*** 필딩은 『진정한 애국자』 1746년 6월 3일 자 에세이에서 프리텐더를 지지하는 개신교도들을 "스스로에게 중죄를 저지르는 사람"이라고 칭했다.
**** 1715년과 1745년에 일어난 자코바이트들의 반란을 말한다.

고 터무니없는 짓을 저지를 수 있는 인간으로부터 자신을 구원해주어 감사하다며 큰 소리로 기도하고는 하나님을 찬미했소. 이때 노신사가 하던 이야기를 중단했다는 사실을 존스가 상기시키자 노신사는 다시 말을 이었소.

"당시 사람들의 광기는 현재 사람들의 광기(세상 사람들로부터 오염되지 않도록 그들로부터 떨어져 혼자 살아왔기 때문에 난 그런 광기를 모면할 수 있었소)에는 미치지 않았기 때문에, 상당수 사람들은 몬머스 공작을 지지했소. 나도 공작과 같은 생각이어서 공작의 진영에 합류하기로 결심했는데, 다른 동기에서였지만 왓슨도 나와 같은 결심을 했소(이런 경우에 도박꾼들은 애국심에서 참여하는 사람만큼 적극적인 법이오). 우리는 필요한 물건을 곧 준비한 뒤 브리지워터에 있던 공작에게로 갔소. 불운하게도 이 일이 어떻게 끝났는지는 선생들도 잘 알고 있을 터이니 요점만 말하겠소. 세지모어 전투에서 가벼운 상처를 입은 나는 왓슨과 같이 도망쳤소. 우리는 엑서터 길을 따라 거의 60킬로미터를 달린 다음, 말을 버리고 들판과 샛길을 지나 공유지에 있는 어떤 작은 오막살이집에 도착했는데, 그곳에 살고 있던 가난한 노파가 정성껏 돌봐주며 상처에 연고도 발라준 덕에 난 금방 나을 수 있었소."

이 말에 패트리지가 "상처는 어디에 입었습니까?"라고 물어보자 산사람은 팔이라고 하고는 이야기를 계속했소. "왓슨은 컬럼턴 읍에서 식량을 좀 얻어오겠다는 구실로 다음 날 아침 집을 나섰소. 그런데 내가 이 이야기를 끝까지 할 수나 있을지 모르겠소. 설령 하더라도 선생들이 내 말을 믿을 수 있을지도 모르겠고. 글쎄 이 왓슨(그는 비열하고 잔인하고 배신을 일삼는 악당이었소)이란 자가, 소위 친구란 자가 제임스 왕의 기병대에게 날 팔아넘기고 돌아와서는 그들의 손에 날 넘겨버렸던 것이오.

여섯 명의 병사들이 나를 잡아 톤턴 유치장으로 호송하려 했소. 당시의 내 상황이나 앞으로 내게 닥칠 상황이 두렵기는 했지만, 날 배신한 친구와 같이 있을 때 느꼈던 혐오감만큼이나 그 두려움이 크지는 않았소. 항복한 뒤 그 친구도 나처럼 죄인 취급을 받기는 했지만, 나를 밀고한 덕에 나보다는 좋은 대접을 받았소. 처음에 그는 날 배신한 것이 아니라고 변명하려 했지만 내가 그를 경멸하고 비난하자, 곧 태도를 바꾸어 나를 가장 잔악하고 악의에 찬 역도라고 욕하더니, 인자하고 합법적인 국왕에 대항해 무기를 들도록 자신을 위협했다고 주장하면서, 자신이 저지른 모든 죄는 다 내 탓이라고 했소.

그의 이 거짓 증언은(사실 그는 나보다도 그 일에 훨씬 더 적극적이었소) 골수에 시무쳐 이를 느껴보지 못한 사람들은 상상도 못할 정도의 분노를 불러일으켰소. 하지만 운명의 여신도 마침내 나를 동정하게 되었소. 웰링턴을 조금 지나 좁은 길로 들어섰을 때, 거의 50명이나 되는 적들이 근방에 있다는 허보(虛報)를 받은 호송병들이 각자 알아서 피신하는 바람에, 나와 나를 팔아넘긴 자도 마찬가지 상황에 처하게 되었소. 그러자 그 악당은 즉시 내게서 달아났는데 그게 오히려 다행이었소. 안 그랬다면, 나는 비록 무기는 없었지만, 비열한 행동을 한 그자에게 틀림없이 복수하려 했을 것이니 말이오.

다시 자유의 몸이 된 나는 즉시 대로에서 벗어나 들판을 따라 걸었소. 어디로 가는지도 모르면서, 단지 사람들이 많이 다니는 길과 마을 심지어 아주 초라한 집도 피하면서 말이오. 만나는 사람들 모두가 날 배신할 거란 생각이 들었기 때문이었소.

며칠 동안 벌판에서 자연의 여신이 야만인들에게 베풀어주었던 침상과 음식을 제공받으며 배회한 끝에 나는 이곳에 도착했고, 이곳의 고적함과 황량함이 마음에 들어 이곳에 거주하기로 결심했소. 처음 이곳에 나와 같이 거주했던 사람은 이 노파의 모친으로, 명예혁명이 일어났을 때까지 나와 같이 이곳에서 숨어 지냈소. 명예혁명으로 내 안위를 걱정할 필요가 없게 되자, 난 고향으로 다시 돌아가 내 재정 상태를 살펴본 뒤, 나나 형 둘 다 만족스럽게 일을 마무리했소. 모든 것을 형에게 양보하는 대신, 형은 나에게 1천 파운드의 돈과 평생 동안 매년 일정한 금액을 지불하기로 합의를 보았던 것이오.

다른 일과 마찬가지로 나와의 이 마지막 일에서도 형은 이기적이고 인색하게 굴었소. 그래서 난 형을 좋게 생각할 수 없었고, 형도 내가 그러길 바라는 것 같지도 않았소. 결국 난 모든 지인들은 물론이요 형과도 이별을 고한 뒤, 그날 이후 아무도 만나지 않아, 지금까지 살아온 내 이야기는 백지나 진배없게 되었던 것이오."

이 말에 존스가 "그럼 그날부터 지금까지 계속 이곳에서만 머물러 계셨단 말씀입니까?"라고 묻자, 노신사는 "그건 아니오. 그동안 난 여행을 많이 다녔소. 가보지 않은 유럽은 거의 없을 정도로 말이오"라고 대답했소. 이에 존스가 "어르신, 어렵게 많은 말씀을 해주셨는데, 지금 이런 부탁까지 드리는 건 무례하기 짝이 없고, 잔인할지도 모르겠습니다. 하지만 판단력도 있으시고 세상을 많이 아시는 분이니 그 오랜 여행 기간 동안 보고 느끼신 것을 말씀해달라고 부탁드려도 될까요?"라고 청하자, 산사람은 "좋소, 젊은 양반. 할 수 있는 한 그 문제에 대한 젊은이의 호기심을 풀어주겠소"라고 대답했소. 이에 존스가 미안하지만 다시 부탁한다고 말하려 했으나, 노신사는 존스의 말을 막고서는 말을 이었소. 존스와 패트리지가 그의 말을 놓치지 않고 듣기 위해 귀를 곤두세우고 있는 동안, 그가 한 말의 내용은 다음 장에 소개될 것이오.

15장

"이탈리아 여관 주인은 몹시 과묵하지만 프랑스 여관 주인은 말이 많고 친절했소. 또 대부분의 독일과 네덜란드 여관 주인은 몹시 무례했소. 하지만 이들 모두 정직하지는 못했소. 여행을 목적으로 고용했던 하인들은 호시탐탐 여행객을 속일 기회만 노리고 있었고, 마부들은 국적을 막론하고 모두 똑같았소. 내가 말을 섞은 사람들은 이런 부류의 사람들뿐이었기 때문에, 여행 도중 인간에 대해 목격한 것도 이들과 관련된 것들뿐이오. 내 여행의 목적은 하나님이 지상 곳곳에 배치한 풍경과 짐승, 새, 물고기, 곤충과 식물 들을 바라보면서 즐기는 것이었소. 창조주의 권능과 지혜 그리고 창조주의 선을 놀랄 만큼 잘 보여주는 자연의 다양한 면모를 관조하는 사람에게 큰 즐거움을 줄 수 있기 때문이오. 솔직히 말해 창조주가 만든 피조물 중에서 창조주에게 유일하게 불명예스런 존재(난 그것과는 오래전부터 그 어떤 이야기도 나누고 있지 않소)가 하나 있소."

이 말에 존스가 "실례지만, 전 어르신이 말씀하신 그 피조물도 다른 피조물처럼 아주 다양하다고 항상 생각해왔습니다. 성향의 차이뿐만 아니라 관습과 풍토에 따라 인간의 본성도 아주 다양하다고 들었거든요"라고 말하자, 이 노인은 "사실 별 차이가 없었소. 인간의 다양한 관습을 알기 위해 여행하고자 하는 사람들은 베네치아에서 벌어지는 축제에 가면 별다른 수고를 하지 않고도 알 수 있을 것이오. 그곳에 가면 유럽의 여러 궁정에서 볼 수 있는 것을 한 번에 다 볼 수 있으니 말이오. 어느 궁정에서나 볼 수 있는 똑같은 위선과 똑같은 협잡 말이오. 간단히 말하자면, 의상만 다르지 어느 궁정에서나 볼 수 있는 어리석음과 악행을 볼 수 있단 말이오. 스페인에서는 이런 것들을 위엄으로, 이탈리아에서는 화려함으로 치장하고 있었소. 프랑스 악당은 멋스럽게 옷을 차려입었고, 북유럽 악당은 꾀죄죄한 차림이었소. 하지만 인간의 본성은 어디서든지 똑같았고, 나에게는 똑같이 혐오와 경멸의 대상일 뿐이었소.

사람들이 구경거리를 보기 위해 한 손으론 코를 막고 다른 손으론 호주머니를 지키면서 구경꾼들을 헤치고 나아가듯이, 난 내가 보고 싶은 것을(그 자체로 재미는 있지만, 사람들 때문에 겪게 되는 골칫거리를 생각하면 충분한 보상이 되지는 못하는 구경거리였소) 보기 위해, 주위 사람들에게 한 마디도 하지 않은 채 군중들을 밀치고 가듯이, 이 모든 나라를 지나왔소."

이 말에 존스가 "여행한 나라 사람들 중에서 다른 나라 사람들보다 대하기 덜 힘든 나라 사람들은 없었나요?"라고 묻자, 노신사는 "있었소. 터키 사람들*이 기독교인들보다는 훨씬 더 참을 만했소. 터키인들은 아주 과묵하여 쓸데없는 질문으로 이방인을 귀찮게 하지는 않았으니 말이오. 종종 길거리를 걷는 타지 사람들에게 짤막한 욕을 하거나 얼굴에 침을 뱉기도 했지만 그것으로 끝이었소. 그 나라에서는 평생을 살아도 단 열 마디도 듣지 않을 수 있소. 하지만 내가 만난 사람 중 제일 끔찍한 사람은 프랑스인들이었소. 자기 나라의 영예를 위해서(그들은 그렇게 부르기 좋아했소) 그들은 빌어먹을 놈의 수다와 예의범절로 법석을 떨었지만, 사실은 자신들의 허영을 위한 것이었소. 프랑스인들은 정말이지 골치 아픈 존재들이라 파리에 다시 발을 내딛느니 차라리 평생을 호텐토트에서 사는 게

---

* 당시의 터키는 이슬람 문화권으로 기독교인들에게는 대표적인 이교도 국가이다. 산사람이 터키인이 다른 기독교 국가 사람보다도 낫다고 한 것은 이 점에서 더욱 역설적이다.

나을 것이오. 호텐토트 사람*들은 역겹기는 하지만 외형적으로 역겨운 것
이고, 프랑스나, 내 지칭은 안 하겠지만 그 밖의 다른 나라 사람들은 모
두 내면적으로 역겨운데, 호텐토트 사람들이 내 코에 풍기는 역겨운 냄새
보다 프랑스인들이 내 이성에 풍기는 역겨운 냄새가 훨씬 더 심했기 때문
이오.

내가 살아온 이야기는 이것이 전부요. 이곳에 은거하며 살아온 이후
어떠한 변화도 겪지 않아, 하루밖에 살지 않은 사람과 나는 다를 바가 없
소. 난 아주 철저하게 은둔 생활을 했기 때문에 테바이스** 사막에서의
삶도 수많은 인구가 북적대는 이 나라 한복판에서의 내 삶보다는 덜 고립
되었을 것이오. 난 땅을 가지고 있지 않기 때문에 소작인이나 집사한테서
괴롭힘을 당할 일도 없었고, 포기의 대가로는 아주 적지만 매년 일정한
금액을(당연히 그래야겠지만) 정기적으로 받고 있어 누구의 방문도 허용
할 필요가 없었기 때문이오. 내 집을 관리하는 저 노파도 필요한 물건을
구입해주고, 나한테 애걸복걸하려는 사람들이나 나와 거래를 원하는 사람
들이 내게 접근하는 것을 막아주고, 내가 가까이 있을 때는 항상 입을 다
물고 있어야만, 이 일을 계속할 수 있다는 사실을 잘 알고 있으니 더욱 그
렇소. 게다가 황량하고 사람이 다니지 않는 이곳에서도 항상 밤에만 산책
을 나가기 때문에, 다른 사람을 만날 일도 없소. 우연히 몇 사람 만나긴
했지만 내 옷차림과 행색이 하도 기이해서 날 귀신이나 도깨비로 생각하
고는 잔뜩 겁에 질려 자기 집으로 달아나기 일쑤였으니 말이오. 하지만
오늘 밤에 일어난 일은 이곳조차도 인간의 악행으로부터 안전할 수만은
없다는 사실을 보여주었소. 젊은이의 도움이 없었더라면 난 강도를 당했

---

*남아프리카 종족으로 미개인의 의미로 사용되기도 한다.
** Thebais: 고대 이집트의 수도였던 테베Thebe 인근에 있던 지역.

을 뿐만 아니라, 십중팔구 살해되었을지도 모르니 말이오."

존스는 산사람의 이야기에 감사를 표한 뒤 이런 고립된 삶을 어떻게 견뎌낼 수 있었는지 의아하다며 "저라면 이렇게 아무 변화 없는 삶에 불만이 있을 것 같은데, 안 그러십니까? 어르신께서 이처럼 오랜 시간 동안 무슨 일을 하면서 보내셨는지 아니면 어떻게 시간을 때우셨는지 정말이지 놀라울 따름입니다"라고 말했소.

이 말에 노인은 대답했소. "이 세상을 연모하고 이 세상에 관심을 갖고 있는 사람들에게는 내가 이곳에서 아무런 일도 하지 않고 허송세월만 하는 것처럼 보일 것이오. 하지만 인간이 평생을 다 바쳐도 할 수 없는 일이 분명히 있소. 이 지구는 물론이요 심지어 저 하늘에서 빛나고 있는 수많은 발광체들(이들 상당수는 또 다른 세계를 비추는 태양과도 같지만, 우리가 사는 지구와 비교해보았을 때 작은 덩어리에 지나지 않는 것처럼 보일 수도 있소)과 같이, 당신의 창조물 한가운데에 계신 영광스러운 불멸의 존재에 대해 사색하고 숭배하는 데 어찌 시간이 남아돌 수 있겠소? 신성한 명상을 통해 말로 표현할 수도 이해할 수도 없는 장엄함과 교통하도록 허락된 사람은 황홀한 시간을 보내기 마련이오. 이런 사람에게 하루나 일년 혹은 일생이 길게 느껴진다고 생각하시오? 이 세상에서 누릴 수 있는 사소한 즐거움과 결국에는 물리게 될 쾌락 그리고 어리석은 세상사에 몰입하는 사람에게 시간이 빨리 간다고 느껴질 것 같소? 혹은 이처럼 고귀하고 중요한 그리고 영광스런 연구에 몰두하는 사람들에게 시간이 더디게 간다고 느껴질 것 같소? 중요한 일을 하는 데 충분한 시간이란 있을 수 없듯이 이런 일을 하기에 부적합한 곳 또한 이 세상에 없소. 우리가 보는 모든 것이 하나님의 권능과 지혜로움 그리고 하나님의 선을 떠올리게 하기 때문이오. 하나님의 위엄을 찬양하기 위해서라면, 굳이 떠오르는 태양이 동쪽 수평선 위로 그 불꽃같은 영광의 빛을 발할 필요도, 요란한 바람이 동굴에서 뛰쳐나와* 하늘 높이 치솟은 숲을 뒤흔들 필요도, 광활하게 펼쳐진 구름이 벌판에 비를 쏟아 부을 필요도 없소. 하나님이 창조하신 가장 하등한 곤충과 식물도 위대한 조물주의 속성을 보여주는 표식을 담고 있기 때문이오. 조물주의 권능뿐 아니라 조물주의 지혜와 선을 나타내는 표식 말이오. 조물주가 마지막으로 그리고 가장 위대하게 만든 피조물이며, 이 지상의 왕이기도 한 인간만이 비열하게도 타고난 본성을 더럽혔소. 게다가 정직하지 못하고 잔인하며 배은망덕과 배신을 일삼아, 자비로우신 조물주께서 무슨 의도로 그처럼 어리석고 사악한 존재를 만드셨나 하는 의구심을 자아내게 하며, 동시에 조물주가 과연 선의를 갖고 인간을 창조하셨나 하는 의심까지 품게 만들었소. 바로 이것이 내가 불행히도 소통하지 못하고 있으며 그러한 소통 없이는 인생이 지루하고 재미없다고 생각하는 인간들의 참모습인 것이오."

이 말에 존스는 이렇게 대답했소. "어르신이 앞서 하신 말씀에 대해선 진심으로 그리고 전적으로 동의합니다. 하지만 어르신이 인간에 대해 최종적으로 표명하신 혐오감은 인간을 지나치게 일반화한 데서 비롯된 것이라고 저는 믿고 싶습니다. 어느 뛰어난 작가**가 말했듯이, 종(種) 중에서도 가장 훌륭하고 완벽한 개체에서 발견되는 특성을 그 종의 공통된 특성으로 간주해야 하는데, 어르신은 가장 악하고 가장 비열한 사람을 통해 인간의 본성을 판단하는(제 짧은 경험으로 보아도) 오류를 범하신 것 같습

---

* 베르길리우스의 『아이네이스』에는 바람의 신 아이올로스가 동굴 속에 바람을 가두어놓고 있는 것으로 기록되어 있다.
** 『투스쿨란의 대화』에서 키케로는 인간의 본성은 가장 좋은 본보기에서 찾아야 한다고 주장한다.

니다. 제 생각에 이런 오류는 친구나 지인을 선택할 때 적절한 주의를 기울이지 않아, 사악하고 무가치한 인간들로부터 피해를 입은 사람들이 일반적으로 저지르게 되는 판단상의 오류 같습니다. 두세 번 그런 경험을 하셨다 해서 모든 인간의 본성이 그렇다고 판단하시는 것은 매우 부당합니다."

이 말에 노신사가 "난 그런 일을 충분히 겪었다고 생각하오. 내 생의 첫 애인과 첫 친구가 비열하게 날 배신하여, 수치스런 죽음을 맞이할 뻔했으니 말이오"라고 대답하자, 존스는 "실례지만 어르신, 그 애인이란 사람이 누구이며, 그 친구란 사람이 누구인지 한번 생각해보십시오. 매춘굴에서 시작된 사랑이나 도박장에서 생겨 그곳에서 키워간 우정에서 어떻게 그 이상의 것을 기대하실 수 있겠습니까! 전자의 경우를 통해서 여자의 속성을 규정하거나 후자의 경우를 통해서 남자의 속성을 규정하는 것은 화장실 안의 공기가 그렇다고 해서, 공기는 원래 구역질나고 유독한 것이라고 주장하는 것처럼 아주 잘못된 것입니다. 살아온 날은 짧지만, 전 최고의 우정을 나눌 남자와 최고의 사랑을 나눌 만한 여자를 알고 있습니다"라고 말했소.

이 말에 산사람은 "슬픈 일이오, 젊은이! 젊은이의 말처럼, 젊은이는 이 세상을 얼마 살아보지 않았소. 나도 한때는 젊은이와 같은 생각을 했었지. 그때 내 나이가 젊은이보다 약간 많았던 것 같기는 하지만 말이오"라고 대답했소. 그러자 존스는 "그렇다면 어르신께서 사랑할 대상을 선택하시면서 불운을 겪으시지 않았더라면, 감히 말씀드리지만 경솔하시지 않았더라면, 그때의 생각을 아직도 고수하셨을지도 모르겠군요. 하지만 악한 일을 훨씬 더 많이 겪었다 하더라도 인간의 본성이 원래 다 그렇다고 일반화시킬 수는 없습니다. 악행의 상당수가 단순한 사고로 인해 생기기도 하고, 악행을 저지르는 많은 사람들이 근본적으로는 악하지도 타락하지도 않을 수 있기 때문입니다. 사실 본래부터 사악한 사람(어르신은 그런 분이 아니라고 확신합니다만)을 제외하고는 그 누구도 인간의 본성이 악하다고 주장할 자격이 없다고 생각합니다."

이 말에 산사람은 "그런 사람은 그런 주장을 펴는 데 항상 주저하는 법이오. 노상강도가 길에 도둑이 있다고 알려주지 않듯이, 악당들도 인간이 근본적으로 비열하다는 사실을 믿게 하려 하지 않소(내가 앞에서 한 말은 항상 경계심을 가져 악당들의 의도를 무산시키기 위한 것이오). 바로 이런 이유 때문에, 내 기억으로는 악당들은 특정 인물을 욕하지, 인간의 보편적인 본성에 대해서는 절대 비난하지 않는 것이오"라고 말했소. 이 말을 하면서 노신사가 지나치게 흥분했기 때문에, 그의 생각을 바꿀 수 없다고 판단한 존스는 그를 화나게 하고 싶지 않아 더 이상 대꾸하지 않았소.

이제 태양이 그 첫 아침 햇살을 발산하기 시작하자, 존스는 너무 오랫동안 이곳에 있어 노신사를 쉬지 못하게 한 것에 대해 사과했소. 이 말에 산사람은 자신에게는 낮과 밤의 구별이 별 의미가 없다며 자신은 보통 낮에는 휴식을 취하고 밤에는 산책하고 책을 읽기 때문에 지금은 쉴 필요가 없다고 했소. 그리고 나선 "아침이 매우 아름다우니 당장 쉬거나 식사를 하지 않아도 된다면, 내 생각엔 젊은이가 아직 한 번도 보지 못한 아주 멋진 광경을 보여드리고 싶소"라고 말했소.

존스가 기꺼이 이 제안을 받아들여, 이들은 곧장 밖으로 나갔소. 패트리지는 산사람이 자신의 삶에 관한 이야기를 마쳤을 때 이미 호기심이 충족되었고, 그다음 이야기는 잠의 유혹을 뿌리칠 정도로 그의 흥미를 끌지 않았기 때문에, 그의 이야기가 끝나자마자 깊은 잠에 빠졌소. 존스가 패트리지를 자도록 내버려두었듯이, 지금 이 순간 독자들도 우리가 이와 똑같은 호의를 베풀길 원할지 모르니, 이제 8권의 종지부를 찍고자 하오.

9권

12시간 동안 벌어진 일

1장

이런 이야기를 합법적으로 쓸 수 있는 사람과 쓰지 않을 사람에 관해

각 권의 시작 부분에 서론과 같은 성격을 띤 장을 넣은 이유 중 하나는, 이 책처럼 역사를 다루는 글 중, 어떤 글이 진짜고 진실한 것인지, 또 어떤 글이 거짓되고 지어낸 것인지를, 무관심한 독자들도 구별할 수 있게 해줄 하나의 표식을 제시하기 위해서요. 두세 명의 작가가 최근에 쓴 엉터리 저서가 대중의 호평을 받자, 이에 고무된 많은 사람들이 이와 같은 일을 할 가능성이 있으므로(앞으로는 우스꽝스러운 소설과 황당한 로맨스들이 수없이 출판되어 출판업자는 가난하게 될 것이고, 독자들은 많은 시간을 낭비하고 도덕적으로 타락하게 될 것이며, 추문과 중상모략으로 훌륭하고 정직한 사람들의 명예가 손상당할 것이오) 이런 종류의 표식이 곧 필요하게 될 것 같소.

『스펙테이터』에 글을 쓴 천재적인 작가가 자신이 쓰는 모든 글 앞에 그리스어와 라틴어로 된 제구(題句)를 붙이는 이유는 삼류작가(작가로서의 재능은 없고 습자 교사가 가르쳐준 것만 알고 있는 이들은, 사자의 가죽을 쓰고 나귀 소리를 내는 우화 속 자신들의 동료들처럼, 위대한 천재들과 같은 이름을 사용하는 걸 두려워하거나 부끄러워하지도 않소)의 추격에서 자신을 방어하기 위해서라는 걸 나는 의심치 않소.*

606

학문적인 언어로 쓴 한 문장의 제구도 이해하지 못한 채 『스펙테이터』에 실린 그 작가의 글을 모방하는 게 불가능하듯, 전혀 사고할 줄 모르며, 에세이를 쓸 수 있는 학식도 없는 사람들이 나를 모방하는 것을 막을 수 있는 방법은 바로 이것이기 때문이오.

지금 내가 쓰고 있는 이런 부류의 책의 가장 뛰어난 장점을 이 서론의 성격을 띤 장에서 발견할 수 있다고 말하려는 것은 아니오. 하지만 작가의 견해와 사상을 담고 있는 부분보다 단순히 이야기만 담고 있는 부분이 모방하기에 훨씬 더 쉬운 것은 사실이오. 지금 나는 셰익스피어를 모방한 로**와 카토를 맨발의 부루퉁한 얼굴을 한 모습으로 그린 호라티우스***가 언급했던, 어떤 로마인을 염두에 두고 말하는 것이오.

훌륭한 이야기를 만들어내고 이를 잘 표현하는 것은, 아주 보기 드문 재능일 것이오. 하지만 이 두 가지 모두를 자신의 목표로 삼는 데 주저하는 사람을 나는 거의 본 적이 없소. 세상에 넘쳐나는 로맨스와 소설들을 살펴보면, 대부분의 작가들이 로맨스나 소설 이외의 글에 대해선 (이런 표현을 해도 괜찮다면) 자신의 이빨을 드러내려 하지 않고, 다른 주제에 대해서는 단 열 문장도 써내려갈 수 없을 거라는 결론에 도달하게 되오. **"숙련(熟練) 정도(程度)에 무관(無關)하게 우리는 작시(作詩)한다"******라는 말은 그

---

   * 『스펙테이터』221호(1711년 11월 13일 발간)에서 조지프 애디슨은 자신이 쓰는 에세이 앞에 제구를 붙이겠다고 했다. 하지만 필딩처럼 그 제구를 붙이는 이유를 설명하지는 않았다.
  ** 니컬러스 로(Nicholas Rowe, 1674~1718) : 18세기 영국의 계관시인이자 드라마 작가로 셰익스피어를 모방해 『제인 쇼 Jane Shore』(1714)라는 작품을 썼다.
 *** 호라티우스는 『서한집』에서 문학에서의 모방에 대해 토의를 하며 카토를 잘못 모방한 어느 작가에 관해 이야기한다. 카토(Marcus Porcius Cato, 기원전 234~기원전 149)는 고대 로마의 정치가이자 장군이며 덕망 높은 사람으로 존경을 받았다.
**** "구제할 길 없는 모든 바보들이 글을 쓰고자 나선다/ 살아 있는 모든 사람들이 시를 쓴다.(프랜시스)"(필딩의 주)

어떤 글보다도 역사가나 전기 작가의 글에 잘 적용되오. 모든 예술과 과학 심지어 비평도 어느 정도의 학식과 지식을 필요로 하기 때문이오. 어쩌면 시는 여기서 제외되어야 한다고 생각할지도 모르오. 하지만 시는 운율이나 운율 비슷한 것을 필요로 하기에 그렇진 않소. 이와 달리 소설과 로맨스를 쓰는 데는 종이와 펜 그리고 잉크와 이것들을 사용할 수 있는 손만 있으면 되오. 작가 자신이 이런 생각을 하고 있다는 사실은 바로 이들이 쓴 작품이 보여주고 있으며 혹 이들의 작품을 읽는 독자가 있다면, 바로 그 독자들도 이런 생각을 할 것이오.

따라서 다수가 그렇기 때문에 전체가 다 그럴 것이다라는 식의 평가를 내리는 세상 사람들은 기록된 문헌에서 소재를 택하지 않는 역사가들을 경멸하게 되는 것이오. 우리가 로맨스란 용어를 기피하게 된 이유 또한 그런 경멸을 당할지 모른다는 우려에서요(그렇지 않았다면 우린 이 용어를 매우 만족스럽게 사용했을 것이오). 다른 곳에서 말한 것처럼, 실제 있는 것을 그대로 기록한 방대한 토지대장*같이, 우리 이야기에 등장하는 모든 인물들도 실제로 존재했다는 사실을 입증할 근거를 가지고 있기 때문에, 우리의 노고의 산물인 이 책은 역사라는 이름을 부여받을 만한 충분한 자격이 있소. 따라서 어느 뛰어난 재사가 '뇌의 창조적 가려움증,'** 더 정확히 말하자면, 산만한 뇌에서 나왔다고 하는 그런 부류의 글과는

이 문구는 호라티우스의 『서한집』에 나오는 구절로 문자 그대로 해석하자면 "숙련되었건 그렇지 않건 간에, 우리는 모두 똑같이 시를 갈겨쓴다"라는 뜻.

* domesday book: 영국의 왕 윌리엄 1세가 1086년에 제작한 것으로 토지와 같은 부동산뿐만 아니라 각 개인이 소유한 재산까지 세밀하게 기록한 책이다.

** 18세기 영국의 시인 알렉산더 포프와 조너선 스위프트가 집필한 『페리 베이소스』라는 작품에 나오는 구절. 즉 실제와는 상관없는 병적인 상상력에서 나온 글을 가리키는 말이다.

분명히 구분될 필요가 있는 것이오.

　이런 엉터리 작가들을 고무하면 이들의 글과는 달리 재미있고 유익한 글의 명예까지 더럽힐 뿐만 아니라 더 심각한 문제까지 야기할 수도 있을지 모른다는 우려에는 합당한 이유가 있소. 내 말은 이들이 글쓰기에 종사하는 수많은 훌륭한 작가들의 평판을 더럽힐 것이라는 뜻이오. 우둔한 작가는 우둔한 동료가 그렇듯이 항상 불쾌감을 주며, 상스러운 말과 욕설을 많이 사용하기 때문이오. 따라서 앞에서 언급된 말이 사실이라면, 이처럼 역한 곳에서 탄생한 이들의 작품은 그 자체가 역할 수밖에 없으며, 남들도 역하게 만들 소지가 있다는 사실에 새삼 놀랄 필요는 없을 것이오.

　여가를 남용하여 제멋대로 글을 쓰고 또 출판의 자유를 남용하여 엉터리 글들이 과도하게 출판되는 것을 막기 위해, 이런 남용으로 인해 그 어느 때보다도 위협 받고 있는 요즘 역사가들이 반드시 갖추어야 할 자격 요건을 말하고자 하오.

　역사가가 갖추어야 할 첫번째 요건은, 호라티우스*가 말했듯이 충분히 갖추지 못하면 아무리 학문이 높아도 아무 소용이 없게 될 천재성이오. 여기서 천재성이란 사물을 통찰하고 그것들 사이의 근본적인 차이를 구별할 수 있는 능력, 더 정확히 말하자면 정신적 능력을 의미하오. 이 천재성은 창의력과 판단력을 말하는데, 태어날 때 부여받는 자연의 선물이기 때문에 천재성이라는 포괄적인 이름으로 불리는 것이오. 하지만 많은 사람들이 이 각각의 용어에 대해 아주 큰 오해를 하고 있는 것 같소. 사람들은 일반적으로 창의력을 창조력으로 이해하는데, 창의력이 이런 것이라면 대부분의 로맨스 작가가 이런 능력을 가장 많이 갖고 있다고 말할

---

* 호라티우스는 『시학』에서 시인의 천재성을 강조했다.

수 있을 것이오. 하지만 창의력*은 그 용어가 암시하듯이, 발견 혹은 찾아내는 것을 의미하오. 이를 좀더 상세히 설명하자면, 창의력은 우리가 사색하는 대상의 본질을 빠르고 기민하게 꿰뚫어보는 능력으로 판단력과 공존할 수밖에 없는 것이오. 두 사물의 차이점을 모르면서 각 사물의 본질을 안다고 말할 수는 없는 것이며 이 차이점을 아는 것은 의심할 나위 없이 판단력의 영역이기 때문이오. 그런데도 한 사람이 결코 이 두 가지를 동시에 가질 수 없다고 생각하는 우둔한 자들에게 동의를 표하는 재사들도 있소.

하지만 심오한 학식 없이 이 두 가지만으로는 우리의 목적을 달성할 수 없소. 학식이 얼마나 중요한지 보여주기 위해 호라티우스나 다른 작가들의 글을 다시 인용할 수도 있소. 기술을 사용해 갖고 있는 도구를 갈고 닦지 않거나, 어떻게 해야 하는지 장인(匠人)에게 방향 제시를 할 수칙이 없을 때, 혹은 장인이 작업할 대상이 없을 때, 도구는 장인에게 아무런 소용이 없다는 걸 입증할 필요가 있다면 말이오. 바로 학식이 이 모든 것들을 제공할 수 있소. 자연의 여신은 우리에게 직업에 필요한 도구만 제공했기 때문에, 우리는 학식을 통해 이 도구들을 사용하기 적합하게 만들어야 하고, 이 도구들을 어떻게 사용할지 알아야 하며, 마지막으로 이 도구로 작업을 할 대상을 제공받아야 하는 것이오. 이 점에서 우리는 역사와 순(純)문학에 대해 충분히 알 필요가 있소. 최소한 이런 것도 모르면서 역사가임을 자처하는 것은 목재나 회반죽 혹은 벽돌이나 돌도 없이 집을 지으려는 것처럼 허황된 일이기 때문이오. 자신들의 작품에 운율이라는 장식을 더하기는 했지만,** 우리와 같은 부류의 역사가였던 호메로스나

---

* Invention: 창조라는 의미를 갖고 있지만, 어원적으로는 '발견한다'는 의미도 내포하고 있다.
** 운율을 더했다는 의미는 시로 썼다는 뜻이다.

밀턴이 당시의 모든 학문에 정통했었던 것은 바로 이 때문이오.

여기에 하나 더 필요한 것을 말하자면, 학문을 통해서가 아니라 타인과의 소통을 통해서만 얻을 수 있는 부류의 지식이 있소. 사람의 특성을 이해하는 데 필요한 이것은 대학에서 책에 파묻혀만 살아온 현학자들은 갖추고 있지 못한 것이오. 작가들이 인간의 본성을 얼마나 정교하게 묘사했건 간에, 실제 세계는 세상을 통해서만 배울 수 있는 것이기 때문이오. 이는 다른 부류의 지식에도 마찬가지로 적용되오. 의술이나 법은 책만 가지고는 배울 수 없소. 농부나 경작자, 그리고 정원사가 독서를 통해서 얻은 기본 지식은 경험을 통해서만 완성되는 것이기 때문이오. 천재적인 밀러 씨*가 어떤 식물을 아무리 정확하게 기술했다 하더라도, 학생에게는 직접 정원에 나가 그 식물을 보라고 권유할 것이오. 또한 셰익스피어나 존슨, 위철리** 혹은 오트웨이가 아무리 멋진 글 솜씨를 발휘한다 해도, 개릭이나 시버 여사 혹은 클라이브 여사***의 제대로 된 연기가 전달하는 그런 실제적인 느낌을 독자에게 전달해주지는 못할 것이오. 마찬가지로 등장인물은 글로 묘사될 때보다는 실제 무대에서 더 선명하고 뚜렷하게 그 모습이 드러나는 법이오. 위대한 작가들이 실생활에서 따온 훌륭하고

---

* 필립 밀러(Philip Miller, 1691~1771) : 18세기 영국의 원예학자.
** 벤 존슨(Ben Johnson, 1572~1637) : 17세기 영국의 드라마 작가.
　　윌리엄 위철리(William Wycherley, 1640~1716) : 영국 왕정복고 시기의 대표적인 희극 작가.
*** "이 위대한 남자 배우 한 명과 찬사를 받는 여배우 두 명을 이 자리에서 언급하는 것은 매우 합당하다. 그들은 모두 선배 배우를 모방해서가 아니라 실제 세계를 연구함으로써 배우로서의 자리매김을 해왔기 때문이다. 따라서 그들은 선배들을 능가할 수 있었는데 이는 모방에만 급급한 비굴한 배우들은 도저히 이룰 수 없는 장점이다."(필딩의 주)
　　데이비드 개릭(David Garrick, 1717~1779), 수전너 시버(Susannah Cibber, 1714~1766), 캐서린 클라이브(Catherine Clive, 1711~1785)는 18세기 당대 영국에서 가장 뛰어난 배우들이었다.

짜임새 있는 인물을 묘사할 경우도 이러할진대, 실제 세계가 아니라 책에서 따온 글이라면 과연 얼마나 사실적으로 느껴질 수 있겠소? 책에서만 따온 등장인물은 불충분한 모사에 지나지 않아 원본을 제대로 전달할 수도, 원본의 정신을 담을 수도 없는 법이기 때문이오.

우리 역사가들은 광범위한 대상, 즉 모든 지위 모든 신분의 사람들과 소통해야 하오. 소위 상류사회에 대해 알고 있다고 해서 하층민에 대해 알 수 있는 것은 아니듯, 거꾸로 하층민을 안다고 해서 상류층 사람들의 관습을 알 수 있는 것도 아니오. 이 중 하나만 아는 경우에 최소한 자신이 알고 있는 그 하나는 제대로 묘사할 수 있다고 생각할지도 모르겠소. 하지만 실상은 그렇지 않소. 양 계층 사람들의 어리석은 면은 서로의 참모습을 잘 드러내주기 때문이오. 예를 들어 하층민의 소박한 관점에서 보았을 때, 상류계층의 위선이 더욱 뚜렷하게 드러나고 우스꽝스럽게 보이듯, 하층민들의 무례함과 야만적인 행동은 이를 억제할 것을 요구하는 예의범절과 대비되고 대조될 때, 그 불합리함이 훨씬 더 분명하게 드러날 수 있기 때문이오. 이 밖에도 두 계층에 속하는 사람들과의 교류를 통해 우리 역사가들의 행동거지도 개선될 것이오. 하층민과의 교류를 통해선 꾸밈없고 솔직한 인간의 면모를 볼 수 있게 될 것이고, 상류계층과의 교류를 통해선 비천한 태생의 사람이나 제대로 교육받지 못한 사람들에게서는 거의 찾아볼 수 없는 세련되고 우아하고 공평무사한 인간의 면모를 볼 수 있게 될 것이기 때문이오.

하지만 역사가가 소위 말해 착한 성품을 가지고 있지도 않고 더욱이 무감각한 사람이라면, 여태까지 말한 모든 자격 요건도 아무 소용없을 것이오. 호라티우스*가 말했듯이, 나를 울릴 수 있는 작가는 우선 자신이 울어야 하는 법이기 때문이오. 슬픈 상황을 그릴 때 본인이 그런 슬픔을 느끼지 못한다면, 그 슬픈 상황을 제대로 그릴 수는 없소. 따라서 가장 애처롭고 가슴 아픈 장면을 쓸 때, 작가 자신도 눈물을 흘렸을 거라고 나는 확신하오. 이는 우스꽝스러운 장면에서도 마찬가지요. 독자에 앞서 내가 먼저 웃었어야만, 독자를 진정으로 웃길 수 있을 거라고 확신하기 때문이오. 물론 이는 독자가 나와 함께 웃는 것이 아니라, 나를 비웃고 싶은 경우에는 해당하지 않소. 하지만 이 장의 어떤 구절이 바로 앞에서 말한 상황**을 야기할지도 모른다는 염려가 드니, 이번 장은 여기서 마감하도록 하겠소.

2장
존스가 산사람과 함께 걷던 중 겪게 되는 놀라운 사건

존스가 산사람과 함께 걸어서 매저드 산 위로 올라갔을 때, 아우로라 여신***은 처음으로 자신의 창문을 열었소. 쉬운 말로 하자면, 날이 밝기 시작했소. 이들이 산 정상에 도착했을 때, 이 세상에서 가장 웅대한 광경이 이들의 눈앞에 펼쳐졌소. 독자들에게 이 광경을 보여주고 싶지만 두 가지 이유 때문에 할 수가 없을 것 같소. 첫째는, 이 광경을 본 사람들은 우리의 풍경 묘사에 탄복할 것 같지 않아서고, 둘째는, 이 광경을 보지 못한 사람들은 우리가 한 풍경 묘사를 제대로 이해할 수 있을지 의심스럽기 때문이오.

---

* 『시학』에서 호라티우스는 좋은 작가는 반드시 좋은 사람이어야 한다고 주장했다.
** 독자가 화자를 비웃을 것 같은 상황을 말한다.
*** 새벽(의 여신).

얼마 동안 존스는 같은 자세로 꼼짝 않고 서 있더니, 남쪽으로 시선을 돌렸소. 이를 본 노신사가 무엇을 그리 열심히 보느냐고 묻자, 존스는 한숨을 쉬며 "참, 슬프군요. 지금까지 제가 온 길을 찾아보고 있었습니다. 맙소사, 여기서 글로스터까지는 진짜 멀군요! 지금 이곳과 제 고향 사이를 거대한 땅덩이가 가로막고 있는 것을 보면 말입니다"라고 대답했소. 그러자 노신사는 "그거 참 안됐구려, 젊은이. 내가 잘못 생각하고 있는지는 모르겠지만, 고향보다 더 사랑하는 누구 때문에 지금 한숨 쉬는 것 같은데 젊은이가 지금 생각하고 있는 대상이 보이지 않는 곳에 있어서 그렇게 생각하는 것 같구려. 하지만 그쪽을 바라보는 것만으로도 마음은 기쁠 거라고 생각하오"라고 말했소. 이 말에 존스는 웃음 지으며 "어르신도 젊은 시절에 느꼈던 감정을 잊으시지는 않았나 봅니다. 어르신이 짐작하시는 대로, 전 다른 생각을 하고 있었습니다"라고 대답했소.

이제 그들은 거대하고 광대한 숲 위로 솟아오른 북서쪽에 위치한 산의 정상으로 발걸음을 옮겼소. 그런데 그곳에 도착하자마자, 그들 바로 아래에 있는 숲 속에서 어떤 여인의 날카로운 비명 소리가 흘러나왔소. 잠시 귀를 기울이던 존스는 동행인에게 한마디 말도 하지 않고(상황이 매우 긴박해 보였기 때문이었소) 자신의 안전은 조금도 걱정하거나 염려하지 않은 채, 언덕을 달려 내려가, 더 정확히 말해 언덕을 미끄러지듯 내려가서는 곧장 소리가 나는 수풀로 향했소.

숲 속으로 얼마 들어가지 않아 존스는, 어떤 악당이 반쯤 벌거벗겨진 어느 여인의 목을 양말대님으로 감아 나무 위로 끌어올리려 하는 아주 충격적인 장면을 목격하게 되었소. 이를 본 존스는 아무런 질문도 하지 않은 채, 곧장 그에게 달려가 참나무 몽둥이로, 그가 방어 태세를 갖추기도 전에, 더 정확히 말하자면 그 악당이 자신이 공격당할 거란 사실을 미처 깨닫기도 전에, 악당을 때려눕히곤, 악당이 죽은 것 같다며 이제 그만 하라고 여인이 소리칠 때까지 몽둥이를 휘둘렀소.

이 가련한 여인이 존스에게 무릎을 꿇고는 구해주어서 감사하다고 수없이 말하자, 존스는 그녀를 일으켜 세우며, 어떤 도움의 손길도 미칠 수 없을 듯한 이런 곳에 자신이 그야말로 놀랄 정도로 우연히 오게 되어 몹시 다행스럽다며, 하나님이 그녀를 보호할 행복한 도구로 자신을 예정한 것 같다고 말했소. 이 말에 여인은 "그뿐 아니라, 저에겐 선생님이 착한 천사가 아닌가 하는 생각까지 드네요. 사실 제 눈에 선생님은 인간이라기보다 천사처럼 보이거든요"라고 대답했소. 실제로 존스는 매력적인 사람이었소. 멋진 체구와 잘생긴 이목구비, 여기에 젊음과 건강, 강인함, 신선함 그리고 기백과 착한 성품이 더해질 때 천사와 같다고 한다면, 존스는 분명 그런 천사를 닮았던 것이오.

하지만 존스가 구해낸 여인은 존스처럼 반인 반천사의 특징을 많이 갖고 있지는 않았소. 최소한 중년의 나이로 보이는 그 여인의 얼굴은 그다지 예쁘지는 않았으니 말이오. 하지만 그녀의 상의가 찢겨나가는 바람에 그대로 드러나게 된 그녀의 봉긋한 흰 가슴이 그녀를 구해준 사람의 시선을 끌어, 이들은 잠시 동안 아무 말 없이 서로를 응시하기만 했소. 이때 바닥에 쓰러졌던 악당이 움직이기 시작하자, 존스는 악당의 팔을 뒤로 돌려 다른 용도로 사용될 뻔했던 양말대님으로 묶고는, 그의 얼굴을 찬찬히 살펴보았소. 그런데 놀랍게도 (존스에게는 아주 만족스럽게도) 존스는 그가 노서턴 기수라는 사실을 알게 되었소. 노서턴 기수도 정신이 들자마자 과거의 적을 알아보고는 존스만큼 놀랐지만, 이때 그가 느낀 기쁨은 존스보다는 훨씬 작았을 거라 생각하오.

노서턴을 일으켜 세운 뒤 그의 얼굴을 빤히 쳐다보던 존스는 "나를 다시는 못 만날 거라고 생각했겠지! 사실 나도 당신을 여기서 볼 거라곤 전혀 예상치 못했으니까 말이야. 하지만 운명의 여신이 당신을 다시 만나게 해줘, 당신에게 당한 피해를 되갚을 기회가 생겼군"이라고 말했소.

이 말에 노서턴이 "등 뒤에서 사람을 공격하다니, 참으로 명예를 존중하는 사람이군! 지금은 칼이 없어 결투에 응할 수 없으니, 신사답게 칼을 구할 수 있는 곳에 같이 가지. 그럼 명예를 존중하는 사람답게 상대해줄 테니 말이야"라고 말하자, 존스는 "네놈 같은 악당이 명예를 들먹거리며, 명예란 이름을 더럽히다니! 너 같은 놈과 쓸데없는 이야기로 시간을 낭비하진 않을 거다. 널 정의의 심판에 맡기겠어"라고 소리치고는, 여인을 쳐다보며 그녀의 집이 근처에 있는지, 치안판사를 만나는 데 필요한 적당한 옷을 구할 수 있는 곳이 근방에 있는지 물었소.

이 말에 여인이 자신은 이 지역에 대해선 전혀 모른다고 대답하자, 잠시 생각에 잠기던 존스는 그곳으로 안내해줄 수 있는 사람이 근방에 있다고 말했소. 사실 존스는 노신사가 왜 쫓아오지 않았나 상당히 의아스러워했지만, 선량한 산사람은 총을 들고 산마루에 앉아 매우 끈기 있게 그리고 아주 무관심하게 사태를 지켜보고 있었던 것이오.

숲 밖으로 나온 존스는 조금 전 묘사한 대로 노신사가 앉아 있는 것을 보고는, 최대한 민첩하게 움직여 놀라운 속도로 언덕을 오르기 시작했소.

노신사는 여자에게 필요한 것을 구할 수 있는 가장 가까운 마을이 업턴이라며, 그곳으로 여자를 데리고 가라고 존스에게 조언했소. 노신사에게 그곳으로 가는 길을 안내받은 뒤, 존스는 그 산사람에게 패트리지에게 그리로 오라고 전해달라는 부탁을 하고는 산사람과 작별을 고한 뒤 서둘러 숲으로 돌아왔소.

노신사를 찾으러 숲을 나섰을 때, 우리의 주인공은 악당의 팔을 뒤로 돌려 묶었기 때문에, 악당이 그 불쌍한 여인에게 못된 짓을 하진 못할 거라고 생각했소. 게다가 여자의 목소리가 들리지 않을 정도로 멀리 가는 것도 아니었기 때문에, 설사 악당이 여자에게 해코지할 마음을 품더라도 이를 실행에 옮기기 전에 자신이 돌아올 수 있을 거라고 생각한 데다가 조금이라도 그가 못된 짓을 하려 한다면 즉시 보복할 거라고 악당에게 분명히 밝히기까지 했기 때문에, 존스는 그렇게 생각했던 것이오. 하지만 존스는 노서턴의 손은 묶였지만, 불운하게도 그의 다리는 마음대로 움직일 수 있다는 사실을 잊고 있었소. 게다가 다리를 마음대로 사용해서는 안 된다는 지시를 포로에게 내리지 않았기 때문에, 다리를 사용하지 않겠다는 선서도 하지 않았고, 규율에 근거한 공식적인 방면을 기다려야 할 의무도 없다고 생각했던 악당은, 자기 마음대로 그곳을 떠나도 자신의 명예는 더럽혀지지 않을 거란 생각을 했던 것이오. 따라서 그는 마음대로 움직일 수 있는 다리를 이용해 도망치기에 유리한 숲을 지나 달아나버렸던 것이오. 그동안 자신의 구원자만 쳐다보고 있던 여인은 그가 탈출하리라는 생각을 한 번도 하지 않았고 그의 탈출을 막기 위해 애를 쓰지도 않았으며 그의 탈출에 전혀 관심도 없었소.

따라서 존스가 돌아왔을 때는, 이 여인만 남아 있게 되었던 것이오. 존스가 노서턴을 찾으려 하자, 이 여인은 존스를 막으며 산사람이 알려준 마을로 데려가달라고 애원하면서 이렇게 말했소. "그 사람이 도망쳤다고 해서 걱정이 되진 않아요. 철학서나 성경을 보면 우리에게 피해를 입힌 사람을 용서하라고 하잖아요. 오히려 제가 선생님에게 폐를 끼치게 될까 봐 그게 걱정이네요. 옷을 제대로 입지도 못한 상태라 선생님 얼굴 보기도 민망하고요. 절 데리고 가주시지 않는다면 전 혼자서라도 갈 거예요."

존스는 그 여인에게 자기 코트를 주며 입으라고 했으나, 어떤 이유에선지 그녀는 존스의 간절한 권유를 단호히 거절했소. 그러자 존스는 지금 그녀가 당혹스럽게 생각할 두 가지 점에 대해선 잊으라며 이렇게 말했소. "제가 부인을 구해드린 것은 제 의무를 다한 것에 지나지 않기 때문에 첫 번째 점에 대해서는 신경 쓰실 필요가 없습니다. 또 제가 부인보다 앞서 걸어갈 테니, 두번째 점에 대해서도 신경 쓸 필요는 없을 겁니다. 부인보다 앞서서 걸으려는 것은 부인 뒤를 따라갈 경우 어쩔 수 없이 부인을 쳐다보게 되어, 부인의 기분을 상하게 할 수도 있어서지만, 이런 매력적인 미인에게 저항할 힘이 제게 있을지 장담할 수도 없기 때문입니다."

결국 우리의 주인공과 그가 구해준 여인은 오르페우스와 에우리디케* 가 예전에 걷던 방식으로 걷게 되었소. 그때 존스가 뒤를 돌아보도록 이 아름다운 여인이 의도적으로 유혹했다고는 믿지 않지만, 울타리를 넘어갈 때마다 그녀는 존스의 도움을 청했고, 가다가 여러 번 발을 헛디뎌 넘어지거나 이런저런 사고를 당해 존스가 종종 뒤를 돌아볼 수밖에 없는 상황에 처했지만 말이오. 하지만 존스는 불쌍한 오르페우스보다는 운이 좋았소. 존스는 자신의 일행을, 더 정확히 말하자면 자신을 뒤따라오는 사람을, 업턴이라는 그 유명한 마을로 안전하게 데려올 수 있었으니 말이오.

---

* 저승에 잡혀갔던 아내를 이승으로 데려오려던 오르페우스는 뒤따라오는 아내 에우리디케를 돌아보지 않는다는 조건에서 이승으로 향한다. 하지만 결국 오르페우스가 뒤를 돌아보는 바람에 이승으로 아내를 데려오는 데 실패하고 만다. 이 이야기는 오비디우스의 『변신』에 소개되어 있다.

3장

업턴의 어느 여관에 도착한 존스와 여인
이곳에서 벌어진 싸움

이 여인이 누구인지 그리고 이 여인이 어떻게 노서턴의 손아귀에 놓이게 되었는지 독자들은 몹시 알고 싶어 할 것이오. 하지만 독자들도 나중에는 짐작할 수 있는 어떤 타당한 이유에서 이를 알려주는 걸 잠시 미뤄야만 하기 때문에, 잠시 동안 이에 대해선 그 어떠한 호기심도 갖지 말아달라고 당부해야겠소.

마을에 들어서자마자 존스와 이 여인은 제일 괜찮아 보이는 숙소로 곧장 들어갔소. 이곳에 들어선 존스는 하인을 불러 이층 방으로 안내해달라고 하고는 하인을 따라 이층으로 올라갔고, 찢기고 헝클어진 옷차림의 이 여인도 황급하게 그 뒤를 따라 올라가려 했소. 하지만 이때 여관 주인이 이 여인을 붙잡고는 "어이구! 이 거지 같은 여자가 지금 어데 가는 거야? 여기 가만있어!"라고 소리쳤소. 그러나 바로 그 순간 위층에 있던 존스가 "그 여자 분을 올라오시게 하시오"라고 아주 위엄 있게 큰 소리로 말하자, 여관 주인은 잡았던 손을 즉시 놓아, 그 여인은 재빨리 방으로 들어갈 수 있었소.

방에 들어온 존스는 안전하게 이곳에 도착해 다행이라고 하고는, 약속한 대로 입을 옷가지를 여관 안주인을 통해 들려 보내겠다며 방을 나섰소. 존스의 친절한 행동에 이 불쌍한 여인은 진심으로 감사하다며, 감사의 마음을 더 표할 수 있도록 곧 다시 볼 수 있기 바란다고 말했소. 이 짤막한 대화를 나누는 동안 그녀는 팔로 자신의 흰 가슴을 최대한 가렸고,

존스도 그녀의 기분을 상하게 하지 않기 위해 최대한 신경을 썼지만, 한 두 번 살짝 그녀의 가슴을 훔쳐보지 않을 수는 없었소.

이 두 여행객이 머물게 된 곳은 매우 정숙한 아일랜드 여인들과 이와 비슷한 부류의 북부 지방 처녀들이 바스로 가는 도중 자주 들르는 평판이 아주 좋은 숙소였소. 이 여관의 안주인은 자기 집에서 불미스러운 일이 벌어지는 걸 절대 허용하지 않았는데, 부정한 행동은 감염성이 강해 이곳을 오염시킬 수도 있지만, 그런 일이 벌어지도록 내버려두면 이곳이 매음굴이라고 불릴 수도 있기 때문이었소.

나는 베스타 여신*의 사원에서나 찾아볼 수 있을 정숙함을 이런 대중 숙박업소에서 고집할 거라고 말하는 것은 아니오. 여관 안주인도 그런 것까지는 기대하지 않았고 앞에서 언급한 여자들 혹은 아주 엄격하다고 소문난 사람들도 그런 걸 기대하거나 그래야 한다고 고집하지는 않았을 것이오. 하지만 저속한 내연 관계에 있는 사람들을 못 들어오게 하고 누더기 차림의 창녀 같은 여자를 집에서 몰아내는 건 누구나 할 수 있는 일이오. 여관 안주인은 이 원칙을 아주 강경하게 고수했는데, 누더기를 걸치지 않은 그녀의 정숙한 손님들도 여관 안주인이 그렇게 해주기를 (참으로 마땅한 일이지만) 기대했을 것이오.

존스와 누더기가 다 된 옷을 입은 여자가 어떤 못된 의도로 이곳에 온 게 아닌가 하고 의심하는 것은, 대단히 비난받아야 할 정도의 의구심을 품지 않고서도, 능히 할 수 있는 일이오. 이들이 지금 의심받고 있는 것은 몇몇 기독교 국가 사람들은 너그럽게 보고, 어떤 나라 사람들은 눈 감아주며, 모든 나라에서 실제로 벌어지는 일이기는 하지만, 우리나라 사

---

* Vesta: 가정의 수호신으로 이 여신의 사제들은 순결한 처녀들로 구성되어 있다고 한다.

람들이 믿는 종교에서는, 살인이나 기타 끔찍한 범죄 행위처럼 명백히 금지된 것이었소. 따라서 여관 안주인은 앞에서 말한 사람들이 자기 집에 들어왔다는 보고를 받자마자, 이들을 신속하게 쫓아낼 방법을 강구하기 시작했던 것이오. 이를 위해 그녀는 개미가 부지런히 공들여 만들어놓은 것을 하녀들이 없앨 때 사용하는 길고 치명적인 도구를 준비했소. 일반적으로 사용되는 용어를 빌리자면, 여관 안주인은 빗자루를 집어 들었던 것이오. 허나 이 빗자루를 들고 부엌에서 막 뛰쳐나오려는 순간, 갑자기 나타난 존스가 위층에 있는 반라(半裸)의 여인에게 가운과 몇 가지 옷을 갖다달라고 부탁했소.

몹시 화를 돋운 사람에게 무엇을 해주라고 과도한 부탁을 하는 것보다 더 화가 나고, 인간이 가져야 할 기본적인 덕목인 인내에 더 위협적인 것은 없소. 이런 연유에서 셰익스피어는 데스데모나의 남편*이 질투를 느끼는 것은 물론 광분할 정도로 분노에 사로잡히도록 하기 위해, 데스데모나로 하여금 자기 남편에게 카시오의 청을 들어주라고 간청하게 했던 것이오. 따라서 이 불운한 무어인은 아내에게 준 소중한 선물이 자신의 라이벌이라고 생각하는 자의 손에 들려 있는 것을 보았을 때보다도, 자신의 분노를 더 통제할 수 없었던 것이오. 사실 이런 부탁을 들어주기가 무척 힘든 것은 자존심 때문만은 아니오. 우리는 이를 우리 자신에 대한 모욕으로 간주하기 때문이오.

여관 안주인은 마음씨 고운 사람이었지만 이런 종류의 자존심을 어느

---

* 셰익스피어의 『오셀로』의 주인공인 오셀로를 말함. 무어인인 오셀로는 이아고의 간계에 넘어가, 아내 데스데모나와 카시오의 관계를 의심하게 되는데, 이아고는 데스데모나를 부추겨 오셀로에게 술 마시고 소동을 피워 파면당한 카시오를 복직시켜달라고 말하도록 하여, 오셀로의 화를 더욱 돋운다.

정도는 가지고 있었던 것 같았소. 존스가 이런 요청을 하자마자, 그녀는 길지도 날카롭지도 단단하지도 않은, 겉으로 보기에는 생명을 위협하거나 상처를 입힐 것 같지는 않지만, 많은 현명한 사람들뿐만 아니라 용감한 사람들도 두려워하고 혐오하는 무기(장전된 대포 구멍을 들여다볼 정도로 대범한 사람들조차도 이 무기를 휘두르는 사람의 입을 감히 쳐다보지도 못하게 하고 또 이 무기의 파괴력을 경험하기보다는 지인들 앞에서 초라하고 비굴한 길을 택하게 할 정도로 무시무시한 무기였소)로 존스를 공격하기 시작했소.

솔직히 말해 존스도 이런 사람 중 한 명인 것 같소. 앞에서 언급한 무기로 공격당하고 호되게 얻어맞았지만, 존스는 전혀 저항도 하지 못했을 뿐만 아니라 오히려 겁먹은 태도로 공격을 중단해달라고 애걸복걸하기까지 했으니 말이오. 좀더 쉽게 말하자면 존스는 자기 이야기를 들어달라고 여관 안주인에게 간절히 애원했소. 하지만 여관 안주인이 그의 부탁을 들어주기 전에, 여관 주인이 이 싸움의 현장에 나타나 별 도움을 필요로 하지도 않는 사람의 편을 들어주었소.

상대할 사람의 성격과 행동에 따라 싸울지 아니면 싸움을 피할지 결정하는 주인공들이 있소. 이런 사람들은 상대할 남자가 어떤 사람인지 안다고 말할 수 있을 터인데, 존스는 자신이 상대할 여자가 누군지를 알고 있었던 것 같소. 따라서 여관 안주인에게는 순종적이었던 그는 그녀의 남편에게 공격을 당했을 때는, 즉각 화를 내며 화를 돋우지 말고 입 다물라고 소리치고는 자기 말대로 하지 않으면 혼쭐이 날 줄 알라고 경고했던 것이오.

그러자 여관 주인은 몹시 분개하며 동시에 몹시 가소롭다는 듯이 "그렇게 할 수 있도록 해달라고 우선 기도나 해보쇼. 당신보다는 내가 괜찮은 남자지. 어느 모로 보나 그래"라고 대답하고는 이층에 있는 여인에게 창녀라고 여러 번 욕설을 퍼부어, 존스는 들고 있던 곤봉으로 그의 어깨를 강하게 내리쳤소.

이제는 여관 주인과 안주인 중 누가 더 빨리 이 타격에 응하는가의 문제만 남았소. 아무것도 들지 않았던 여관 주인은 주먹을 쥐고 존스에게 덤벼들기 시작했고, 안주인은 빗자루를 존스의 머리에 겨냥했기 때문에, 이 싸움뿐만 아니라 존스까지도 곧 끝장날 판이었소. 이교도 신의 기적적인 개입*이 아니라 현실 세계에서 일어날 수 있는 운 좋은 일로 인해, 이 빗자루가 저지당하지 않았다면 말이오. 즉 언덕에서부터 내내 공포에 떨며 달려와 바로 이 순간 이 숙소에 들어온 패트리지는 자기 주인 혹은 동료(독자들은 이렇게 부르길 바랄 것이오)가 위험에 빠진 것을 보자, 하늘 높이 치켜든 여관 안주인의 팔을 붙잡아 그 통탄할 재앙을 막았던 것이오.

빗자루로 내리치려던 여관 안주인은 자신을 막은 장애물이 무엇인지 곧 알게 되었으나, 패트리지에게서 팔을 빼낼 수가 없었기 때문에 빗자루를 떨어뜨렸소. 그러고는 "맙소사! 내 친구를 죽이려는 거요?"라고 소리치며 자신의 존재를 알린 이 불쌍한 패트리지를 아주 맹렬하게 공격하기 시작했소. 존스는 자기 남편이 혼내주도록 내버려둔 채 말이오.

싸움을 그렇게 좋아하지는 않았지만, 패트리지는 친구가 공격당할 때 팔짱끼고 가만히 앉아만 있을 사람도 아니었고, 이 싸움에서 자신이 감당해야 할 몫을 그다지 달가워하지 않는 사람도 아니었소. 따라서 안주인으로부터 가격을 당하자마자, 이를 되갚아주었소. 이제 싸움은 본격적으로 시작되어, 운명의 여신이 누구 편을 들어줄지 실로 알 수 없는 형국이 되었소. 하지만 싸움이 벌어지기 직전 이들의 대화를 듣고 있던 찢기고 헝

---

* 고대 그리스나 로마의 극에서는 주인공이 절체절명의 위기에 처하게 되거나 상황이 복잡하게 뒤엉켜 인간의 힘으로는 풀 수 없을 것 같은 경우 신을 개입시켜 주인공을 구하거나 복잡한 상황을 풀어냈다.

클어진 옷차림의 여인이 계단 꼭대기에서 갑자기 내려와서는 이 대 일로 싸우는 건 불공평하다는 생각도 하지 않은 채, 패트리지와 싸우고 있던 그 불쌍한 여인을 공격하기 시작했소. 그러자 자신을 도우러 새 응원군이 온 것을 알게 된 이 위대한 투사는 싸움을 멈추지 않고 오히려 더 맹렬히 싸웠소.

아무리 용감한 군인들도 자신들보다 많은 수의 군인들에게는 굴복할 수밖에 없소. 따라서 이 여관의 하녀인 수전이 다행히도 여주인을 도우러 오지 않았다면, 이 싸움에서의 승리는 여행객들의 차지가 되었을 것이오. 이 수전이라는 여인은 이곳에 있는 다른 사람들과 마찬가지로 (흔히 사용하는 용어로 말하자면) 양손을 사용할 수 있었기 때문에, 그 유명한 탈레스트리스*나 그녀의 백성인 그 어떤 아마존 여인도 무찌를 수 있었을 것이오. 그녀의 신체는 강건하고 남자 같았으며, 모든 면에서 이런 싸움에 적합했기 때문이었소. 그녀의 손과 팔은 적에게 큰 피해를 줄 수 있도록 형성되었고, 얼굴은 얻어맞아도 별로 손상당하지 않게 생겼소. 그리고 코는 얼굴에 납작하게 붙어 있었고, 입술은 하도 커서 아무리 부어도 부었는지 이를 알 수 없을 정도였으며, 게다가 단단하기까지 하여 그 어떤 주먹도 흔적을 남기기 어려울 정도였소. 마지막으로 그녀 자신도 놀라울 정도로 좋아하는 이런 싸움이 벌어질 것을 대비해, 자연의 여신은 그녀의 눈을 방어하기 위한 일종의 요새로 그녀의 광대뼈를 튀어나오게 했소.

싸움터에 들어서자마자, 이 여인은 여주인이 한 명의 남자와 한 명의 여자로 구성된 적과 불리한 싸움을 벌이고 있는 현장으로 돌진하여, 패트리지에게 일대일 대결을 신청했고, 이를 받아들인 패트리지와 필사적인

---

* Talestris: 아마존의 여왕.

싸움을 벌였소.

전쟁의 참화로 피까지 보는 상황이 전개되었소. 황금 날개를 갖고 있는 승리의 여신*은 어느 편으로도 가지 않고 공중에 정지해 있었고, 운명의 여신은 선반 위에 올려진 운명의 저울을 꺼내, 한쪽 추에는 톰 존스와 그의 여자 일행 그리고 패트리지를 달았으며, 다른 쪽 추에는 여관 주인과 그의 아내 그리고 하녀를 달아, 운명의 무게를 재었으나 양쪽의 추는 정확히 균형을 이루었소. 이때 우연히도 좋은 일이 발생해, 전투원 중 절반은 충분히 즐길 만큼 즐긴 이 피비린내 나는 싸움이 갑작스럽게 중단되었소. 대형 사두마차가 여관에 도착했던 것이오. 사두마차가 도착하자마자, 여관 주인과 안주인은 즉시 싸움을 멈추고 적들에게 싸움을 그만두자고 요청했소. 하지만 수전은 패트리지에게 그처럼 친절하게 대하지는 않았소. 아마존 여전사처럼 생긴 이 여인은 적을 쓰러뜨린 다음 그 위에 올라타서는 휴전하자는 적의 요청과 '사람 살려'라는 적의 부르짖음에도 아랑곳하지 않고, 양손으로 강타를 날리고 있었으니 말이오.

존스는 여관 주인과의 싸움을 중단하자마자, 패배한 동료를 구하러 달려갔으나 분노한 하녀에게서 패트리지를 떼어내는 데 무척 애를 먹었소. 하지만 패트리지는 자신이 구출되었다는 사실을 금방 알아차리지도 못한 채 바닥에 납작 엎드려 손으로 얼굴을 가리곤, 계속 소리만 질러댔소. 존스가 억지로 자신을 쳐다보게 해 싸움이 종결되었다는 사실을 알기 전까지 말이오.

눈에 뜨일 정도의 상처는 입지 않은 여관 주인과 심하게 긁힌 얼굴을 손수건으로 가린 여관 안주인은 이제 막 마차에서 내리려는 어떤 젊은 여

---

* 승리의 여신 니케Nike는 황금의 날개를 가진 것으로 종종 묘사된다.

인과 그녀의 하녀를 맞이하러 황급히 문 앞으로 달려갔소. 여관 안주인은 이들을 존스와 함께 온 여인을 처음 들였던 방으로 안내했는데, 이는 이 숙소에서 제일 좋은 방이었기 때문이었소. 이들은 사람들 눈에 띄지 않기 위해 손수건으로 얼굴을 가린 채, 싸움터를 황급히 지나 방으로 달려갔지만 사실 그렇게까지 신경 쓸 필요는 전혀 없었소. 이 모든 유혈 참사의 원인 제공자였던 가련하고 불운한 헬레나*는 얼굴을 숨기는 데 급급했고, 존스는 분노한 수전에게서 패트리지를 구해내는 데 몰두했으며, 다행히 수전에게서 빠져나온 불쌍한 패트리지는 얼굴을 씻기 위해 그리고 수전한테 맞아 콸콸 쏟아지는 코피를 멈추게 하기 위해 펌프가로 갔기 때문이오.

4장

여관에 도착한 군인이 이들의 싸움을 끝내고, 양쪽 진영에 확고하고 지속적인 평화를 가져다주는 장면

이 무렵 탈영병을 호송하던 하사관과 두 명의 머스킷 총병이 이곳에 도착했소. 도착하자마자 이 마을의 행정관이 누군지 물어본 하사관은 여관 주인으로부터 자신이 그런 일을 담당한다는 말을 듣자, 막사를 준비해 달라고 요청하고는 맥주 한 잔을 주문했소. 그러고는 춥다고 푸념하면서 부엌 난롯가로 가 사지를 뻗고 자리에 앉았소.

당시 존스는 부엌에 놓인 테이블 옆에 앉아 머리를 팔에 기대며 자신의 불운을 한탄하고 있던 그 불쌍한 여인을 위로하고 있었소(하지만 여기

---

* Helen: 트로이 전쟁의 발단이 된 미모의 스파르타 왕비.

626

서 우리는, 특히 우리 여성 독자들이 심려하지 않도록 하기 위해, 이층 자기 방을 나서기 전 이 여인은 그곳에서 발견한 베갯잇으로 몸을 잘 감싸, 그 당시 부엌엔 남자들이 많았지만, 조금도 품위를 손상시키지 않았다는 사실을 알려주고자 하오). 이때 군인 한 사람이 하사관에게 다가가 귀에다 대고 무언가 속삭이자, 하사관은 그 여인을 거의 1분 동안이나 응시한 뒤 가까이 다가가서는 "죄송합니다, 부인. 제 생각이 맞는 것 같은데, 워터스 대위님 사모님이시죠?"라고 물었소.

곤란한 지경에 처해 있던 관계로 부엌에 같이 있던 사람들의 얼굴은 거의 쳐다보지도 않았던 이 가련한 여인은 하사관을 보자마자 그를 기억해냈소. 그녀는 하사관의 이름을 부르며, 그의 생각처럼 자신이 바로 그 불행한 사람이라고 대답하고는 "이런 걸 입고 있어서 알아보기 힘들었을 거예요"라고 말했소. 이 말에 하사관이 그런 걸 입고 있어서 자신도 놀랐다며, 무슨 사고라도 있었느냐고 묻자, 그녀는 "맞아요, 사고가 있었죠. 내가 죽지 않고 살아서 지금 그 사실을 말할 수 있는 건 (존스를 가리키면서) 바로 이 신사분 덕이에요"라고 대답했소. 그러자 하사관은 "이분이 무슨 도움을 주셨든 간에 대위님이 충분한 보상을 해주시리라 확신합니다. 무슨 도움이라도 필요하시면 분부만 내려주십시오. 부인을 도울 수만 있다면 저는 무척 기쁘게 생각할 겁니다. 다른 사람들도 마찬가지겠지만 말입니다. 대위님께서 충분히 보상해주실 테니까요"라고 소리쳤소.

하사관과 워터스 부인 사이에 오고 간 대화를 계단에서 엿들은 여관 안주인은 황급히 계단에서 내려와 곧장 워터스 부인에게 달려갔소. 그러더니 자신이 저지른 무례를 용서해달라고 빈 뒤, 자신이 그랬던 것은 워터스 부인의 신분을 몰랐기 때문이라며 이렇게 말했소. "부인! 부인처럼 지체 높은 분이 우째 그런 옷을 입고 나타나실 끼라고 상상이나 했겠어예? 분명히 말씀드리지만, 부인이 그런 지체 높은 분일 끼라고 단 한 번이라도 생각했다 카믄, 그런 말을 하느니 차라리 제 혀를 뽑아버릿을 깁니더. 그라이 옷이 준비될 때까지 이 가운을 받아주시믄 좋겟네요."

이 말에 워터스 부인이 "그런 무례한 말은 집어치워. 너희같이 천한 것들의 입에서 나온 말에 내가 조금이라도 신경 쓸 것 같아? 하지만 내가 어떤 사람인지 알게 된 뒤에도, 그 더러운 옷을 걸쳐줄 거라고 생각하다니, 참 놀랄 정도로 뻔뻔스럽군. 내 말 잘 들어! 난 그런 사람이 아니야" 라고 말하자, 중재에 나선 존스가 안주인을 용서하고 그녀가 제시한 가운을 받아들이라고 워터스 부인에게 간청한 뒤, 다음과 같이 말했소. "솔직히 말씀드리면, 처음 이곳에 들어왔을 때 우리 모습이 좀 의심을 살 만했습니다. 이 여자 분이 그렇게 행동한 건 본인도 말했듯이 이 집의 평판 때문이었을 거라고 생각합니다."

이 말에 안주인이 말했소. "하모예, 참말로 그랬지예. 이분은 진짜 신사처럼 말씀하시네예. 지금 보이 진짜 신사분이시기도 하고요. 우리 집은 평판이 억수로 좋은 집으로 알려져 있그든요. 제 입으로 말씀드리기는 쪼매 뭐하지만, 아주 지체 높은 아일랜드 분이나 우리나라 분들도 자주 찾아오시구예. 지 말이 틀릿다 카는 사람 있으믄 나와보라 카지예. 그리고 좀 전에 말씀드릿듯이, 부인이 그마이 지체 높은 분 줄 알았드라믄 부인을 모욕하느니 차라리 지 손에 장을 지졌을 기라예. 그저 신사분들이 우리 집에 오시가꼬 돈을 쓰고 가시는데, 어데를 가든 돈보다 이를 더 넘기는 가난하고 꾀죄죄한 버러지 같은 인간들 때문에 우리 집에 오시는 신사분들이 화나시게 되는 기 싫었던 깁니더. 그런 인간들은 하나도 안 불쌍하지예. 또 그런 인종들을 동정하는 건 쓸데없는 일이기도 하고예. 하이튼 판사 나리들이 으당 하싯어야 할 일을 하싰드라믄, 그런 작자들은

628

모두 우리나라에서 싹 쓸리나갔을 기라예. 그라고 그래 해야 되는 기 맞구예. 우예 됐기나 마님께서 그런 불행한 일을 당하싯다니 참말로 안됐네예. 하여튼 옷이 준비될 때까지만이라도 제 옷을 입어주시는 영광을 베풀어주신다 카믄, 제가 갖고 있는 것 중 젤 좋은 옷을 갖다드리지예."

추워서 그랬는지 아니면 창피해서 그랬는지 혹은 존스의 설득으로 그랬는지는 모르겠지만, 워터스 부인은 여관 안주인의 말에 마음을 누그러뜨리고, 옷을 입기 위해 여주인을 따라 자리에서 일어났소.

자기 부인처럼 여관 주인도 존스에게 긴 변명을 늘어놓으려 했소. 하지만 이 도량 있는 젊은이는 그의 말을 곧 중단시키고 힘차게 악수를 건넨 뒤, 자신은 모두 용서했다며 "선생이 이제 그만두기 원하신다면, 나도 분명히 그렇게 하겠소"라고 말했소. 사실 어떤 의미에서 이 여관 주인은 싸움을 그만 하길 바랄 아주 분명한 이유가 있었소. 자신은 지긋지긋할 정도로 얻어맞았지만 존스는 거의 한 대도 맞지 않았으니 말이오.

존스와 여관 주인이 악수를 나누는 순간, 그동안 내내 펌프 가에서 코피를 씻고 있던 패트리지가 부엌으로 돌아왔소. 원래 평화를 좋아하는 성격인지라 그는 이 화해의 조짐에 몹시 기뻤소. 그의 얼굴에는 수전이 남긴 서너 개의 주먹 자국과 이보다 훨씬 많은 손톱 자국이 남아 있었지만, 또 다른 싸움을 벌여 이기려 하기보다는 이 마지막 싸움에서 이 정도 다친 것에 만족해했던 것이오.

패트리지의 공격으로 눈가가 시꺼멓게 멍이 들었지만 수전도 자신이 거둔 승리에 대체로 만족했던 터라, 이 두 사람 사이에는 일종의 동맹이 맺어졌고, 이들이 전쟁 도구로 사용했던 손은 이제 평화의 중재자*가 되

---

* 악수를 했다는 의미.

었소.

이렇게 하여 다시 평화가 찾아오자 자신의 직업정신과는 대치되지만 하사관은 이 상황에 만족감을 표명하며 말했소. "그래요, 그러는 게 좋아요. 한바탕 싸운 뒤에도 서로 적대적인 감정을 품는 건 딱 질색이오. 친구끼리 싸울 때는 본인들이 원하는 대로 주먹을 쓰거나 칼 혹은 총을 사용해서 싸우되, 우리 남자들 말처럼 끝장 볼 때까지 우호적으로 싸운 다음, 모든 걸 잊어야 해요. 난 친구와 싸우고 났을 때 친구를 가장 사랑한다오. 악의를 품는 건 우리나라 사람이 아니라, 프랑스인들이나 할 짓이죠."

그러더니 하사관은 이런 종류의 조약에 꼭 필요한 의식의 일부라며 헌주(獻酒)*를 제안했소. 따라서 독자들은 그가 고대 역사에 정통했을 거라고 생각할지도 모르오. 그럴 가능성이 매우 높기는 하지만, 이런 관례의 정당성을 옹호하기 위해 그 어떤 전거도 인용하지 않았기 때문에, 그가 고대 역사에 대해 잘 알고 있다고 자신 있게 말하지는 못하겠소. 하지만 그가 이렇게 하는 것이 옳다며 아주 여러 번 강력하게 주장했기 때문에, 그의 이러한 견해가 매우 훌륭한 전거에 의거했을 가능성은 상당히 높소.

이 제안을 듣자마자 즉각 그렇게 하기로 한 존스는 이런 경우에 흔히 사용되는 커다란 잔에 가득 채운 술, 더 정확히 말해 커다란 조끼에 가득 채운 술을 주문하고는, 스스로 이 의식을 시작했소. 그는 자기 오른손을 여관 주인의 오른손에 올려놓고, 왼손으로는 잔을 집어 들고, 으레 하는 말로 헌주했고, 참석자 모두 이를 따라 했소. 이때 이들이 치른 의식은 고대 작가의 글이나 이를 전사(轉寫)한 사람들의 글에 기록된 것과 별반 다

---

* 그리스어로 조약(협정)이라는 단어의 문자적 의미는 헌주다.

르지 않기 때문에, 상세히 묘사할 필요는 없을 것 같소. 다만 중요한 차이점이 두 가지 있었소. 첫째는, 여기 모인 사람들은 술을 자신들의 목구멍 안으로만 부었다는 것이고,* 둘째는, 사제 역할을 하던 하사관이 마지막으로 술을 마셨다는 것이오. 하지만 이곳에 모인 사람들 중에서 그가 가장 큰 잔에 술을 담아 마셨다는 것과, 이 의식을 도와준 걸 빼놓고는, 이 헌주에 그 어떠한 기여도 하지 않은 유일한 사람이라는 점에서 나는 그가 고대로부터 내려온 이 의식을 준수했다고 생각하오.

이제 이 선량한 사람들은 부엌 난롯가에 앉아, 매우 유쾌한 시간을 함께 보냈소. 패트리지는 자신의 수치스런 패배를 잊었을 뿐만 아니라, 식사 후 마신 술 덕분에 익살까지 떨었소. 하지만 우리는 이 유쾌한 모임에서 나와 존스가 주문한 식사(식사를 준비하는 데는 별로 시간이 걸리진 않았소. 사흘 전에 이미 요리가 다 된 것이어서 다시 덥히기만 하면 되었기 때문이었소)가 준비되어 있는 워터스 부인의 방으로 존스와 함께 가야만 하오.

5장
왕성한 식욕을 가진 우리의 주인공에 대한 변명
사랑이라는 전쟁에 대한 묘사

아첨가들의 말에 현혹되어 주인공들이 스스로를 고상하다고 생각하거나, 세상 사람들이 주인공들을 고상하다고 생각할지는 모르겠지만, 주

---

* 원래 헌주에서는 술을 땅에 뿌리는 의식이 거행된다.

인공들은 분명 신적이기보다는 동물적인 면모를 더 많이 갖고 있소. 따라서 그들의 마음이 아무리 고결하다 할지라도, 그들의 신체는 최악의 결점을 갖기 십상이며, 주인공들은 본성 중에서도 가장 사악한 본성의 지배를 받게 되는 것이오. 이런 것 중 하나로, 몇몇 현자들이 아주 미천하고 또한 철학적인 인간의 위엄에 손상을 주는 것으로 간주하는 먹는 행위는, 이 지상에서 가장 지체 높은 군주와 영웅 혹은 철학자들도 다 하는 것이오. 게다가 자연의 여신이 장난스럽게도 최하층민보다도 오히려 위엄을 갖춘 인물들에게 이러한 행위를 더 요구하는 경우도 종종 있소.

사실 이 지구상에 그 어떤 존재도 인간보다 우월하지는 않기 때문에, 절대적으로 필요한 이 행위를 이행하는 걸 그 누구도 부끄러워할 필요는 없소. 하지만 조금 전 언급한 그 위대한 사람들이 이런 천한 행위를 자신만 하려고 할 때 혹은 쌓아두거나 없애버림으로써, 타인이 이런 행위를 하는 걸 막고 싶어 할 때, 그들은 분명 저속하고 경멸스런 인간이 되는 것이오.

우선 이렇게 짤막하게나마 서두를 꺼냈으니, 당시에 존스가 매우 열정적으로 식사했다고 말한다고 해서 이것이 우리 주인공에 대한 비방은 아니라고 생각하오. 『오디세이아』라는 서사시에 나오는 모든 영웅들 중에서도 가장 식욕이 왕성해 보이는 율리시스도 그보다 더 잘 먹을 수 있을지 의심스럽지만 말이오. 소의 신체 형성에 공헌했던 살 중 최소한 3파운드는 영광스럽게도 존스라는 한 개인의 일부분이 되었으니 말이오.

이처럼 세세한 사항을 언급해야만 하는 것은, 우리의 주인공이 함께 온 아름다운 여인에게 비록 잠깐 동안이지만 아무런 관심도 보이지 않았던 이유를 설명할 수 있기 때문이오. 그와 함께 온 여인은 식사를 아주 조금만 했을 뿐만 아니라, 24시간 동안 아무것도 먹지 않은 존스가 배고픔을 완전히 해결할 때까지 전혀 눈치채지 못한 다른 종류의 생각에 잠겨 있었소. 하지만 식사를 마치자마자, 다른 문제에 관한 존스의 관심이 되살아났는데, 그것이 무엇인지 이제 독자들에게 알려주고자 하오.

외모에 대해 여태까지 별로 언급은 하지 않았지만, 존스는 이목구비가 출중한 젊은이로 매우 건강해 보였을 뿐만 아니라, 상냥하고 선량한 인상을 주었소. 존스의 눈에 담긴 기백과 감수성은 꼼꼼한 관찰자라면 분명 알아차리겠지만, 통찰력이 모자란 사람은 알아보지 못할 수도 있을 것이오. 하지만 존스의 얼굴에 나타난 선한 성품은 너무도 선명히 드러나, 그를 본 사람들은 누구나 다 알아보았을 것이오.

그의 얼굴이 말로 표현할 수 없을 정도의 섬세함을 지닐 수 있었던 것은 그의 훌륭한 성격 덕분이었소. 존스는 몹시 섬세해서, 아도니스와 같은 외모와 헤라클레스와 같은 남성적 태도가 결합되지 않았더라면, 아주 여성적인 분위기를 풍겼을지도 모르오. 하여튼 존스는 활동적이며 기품 있고 쾌활하고 성격 좋으며 자신이 참여하는 모든 대화를 활기차게 만드는, 그런 넘치는 활력을 가지고 있었소.

우리 주인공이 이처럼 많은 매력을 가지고 있다는 사실과 워터스 부인이 그에게 큰 은혜를 입었다는 사실을 고려해볼 때, 그녀가 존스에게 깊은 호감을 품었다고 해서 그녀를 좋지 않게 생각하는 건, 솔직하지 못한, 그야말로 내숭 떠는 것밖에는 안 될 것이오.

워터스 부인에 대해 어떤 비난이 쏟아지든 간에, 있는 그대로의 사실을 이야기하는 게 우리의 임무이기 때문에 말하겠소. 사실 워터스 부인은 우리의 주인공에 대해 호감뿐만 아니라 상당한 연모의 정까지 느꼈소. 좀 더 단도직입적으로 말하자면, 워터스 부인은 사람들이 일반적으로 말하는 의미에서의 사랑, 그러니까 우리의 모든 열정과 욕구 그리고 오감이 원하는 대상에 무차별적으로 사용되는(어떤 특정 음식에 대해 갖는 선호도로도 이해되는) 그런 의미에서의 사랑에 빠졌던 것이오.

여러 대상에 대한 사랑이 모든 경우에 동일할 수도 있지만, 작용하는 방식은 서로 다르다는 점은 인정해야 할 것이오. 우리가 아주 좋은 소 등심이나 버건디 포도주 혹은 다마스크 장미나 크레모나*에서 만든 바이올린과 사랑에 빠진다 해도, 이를 얻기 위해서 미소 짓거나 추파를 던지거나 옷을 잘 차려입거나 혹은 아첨을 떨거나 하는 등의 술책이나 책략을 사용하지는 않소(물론 우리는 때로 한숨을 쉴 수는 있소. 하지만 그것은 사랑하는 대상과 함께 있을 때가 아니라, 사랑하는 대상과 함께하지 못할 때 그렇소). 만일 그렇지 않다면, 파시파에**가 수소의 마음을 얻기 위해, 소보다 훨씬 더 분별력 있고 다정한 마음을 지닌 훌륭한 신사의 마음을 얻기 위해 여자들이 으레 하는 온갖 교태를 부리다 실패할 경우, 파시파에가 자신을 무시한 수소에 대해 그럴 수 있듯이, 우리도 이것들이 배은망덕하고 무심하다며 불평할 수도 있을 것이오.

같은 종족이지만 성이 다른 존재들 사이에서 발생하는 사랑의 경우에는 이와 반대되는 현상이 일어나는 법이오. 이런 종류의 사랑에 빠지게 되면, 우리의 주요 관심사는 사랑하는 대상의 애정을 어떻게 획득하느냐에 초점이 맞추어지게 되오. 젊은 사람들이 타인의 호감을 사는 방법을 배우려고 하는 이유가 이밖에 또 어디 있겠소? 이 모든 것이 사랑을 얻기 위해서가 아니라면 외모를 꾸며주고 치장해주는 일에 종사하는 사람들은

---

* 아마티Amati, 스트라디바리Stradivari, 과르니에리Guarneri와 같은 명 바이올린을 만든 롬바르디Lombardy의 마을.
** Pasiphae: 크레타의 왕 미노스Minos의 아내로 소와 교접하여 소의 몸뚱이와 사람의 머리를 가진 미노타우로스Minotauros를 낳는다.

어떻게 생계를 꾸려나갈 것이며, 근본적으로 인간과 동물을 구별 지을 수 있는 예법이란 것을 좀더 세련되게 갖추게 해주는 사람들과 댄스 교사들이 어떻게 존재할 수 있겠소? 간단히 말해, 젊은 여자들과 신사들이 타인으로부터 배우는 세련된 예법과 거울의 도움을 받아 스스로 터득하여 개선시킨 본인들의 매력은, 오비디우스가 종종 언급했던 '애정(愛情)의 침(針)과 화염(火焰),'* 우리말로 바꾸어 말하면 '사랑의 포화'인 것이오.

우리의 주인공과 함께 자리에 앉자마자, 워터스 부인은 이 '사랑의 포화'를 존스에게 겨누기 시작했소. 하지만 그 누구도 시도하지 않았던 것을(산문이나 운문으로도) 묘사하고자 하니, 이런 경우에 틀림없이 도와줄 천상의 존재에게 도움을 청하는 게 적절하다고 생각하오.

천상의 거주지와 같은 성녀 세라피나의 용모에 거주하고 있는 미의 세 여신이시여, 말해주시오! 진실로 신과 같은 존재인 그대는 세라피나와 항상 함께 있어 사람을 매료시키는 비법을 잘 알고 있을 테니 말이오. 그러니 말해주시오! 존스의 마음을 사로잡기 위해 지금 사용된 무기가 무엇인지 말이오!

우선, 빛을 발하는 아름다운 푸른 눈은 두 개의 예리한 추파를 발사했소. 하지만 다행히도 그 추파는 존스가 그때 마침 접시로 옮기던 큰 쇠고기 덩어리만 맞추어, 존스에게는 아무런 피해를 입히지 않고 그 힘만 소진되었소. 자신의 추파가 오발된 것을 알게 되자 이 여전사는 아름다운 가슴으로부터 곧장 그 치명적인 한숨을 쏟아냈소. 이것은 듣는 사람의 마음을 뒤흔들고 멋진 남자들을 단번에 무너뜨릴 수도 있는 그리고 너무나도 부드럽고 달콤하며 사랑스러워, 우리 주인공의 마음에 은밀히 파고들

---

* 오비디우스의 『사랑의 기술』에 언급된 부분.

었을 그런 한숨이었소. 그때 존스가 따르던 맥주 거품 소리가 다행히 이를 그의 귓전에서 밀어내지만 않았다면 말이오. 이 밖에도 워터스 부인은 다른 많은 무기들도 시도해보았지만 음식의 신(자신 있게 주장하지는 못하겠지만, 만일 그런 신이 있다면)은 자신의 숭배자를 보호했소. **"난제(難題)에 봉착(逢着) 전에는 신(神)을 등장(登場)시키지 말라"** *는 말에 따라 이를 사실적으로 설명하자면, 존스가 현재 안전한 것은 자연스런 일의 결과라고 할 수도 있을 것이오. 즉 사랑이 종종 배고픔의 공격으로부터 우리를 보호해주듯이, 배고픔도 어떤 경우에는 사랑으로부터 우리를 보호해줄 수 있기 때문이오.

여러 번의 실패에 화가 난 이 여인은 잠시 휴전하기로 결심하고는 저녁식사가 끝난 뒤 다시 시작될 전쟁에 동원할 무기들을 준비하는 데 전념했소.

식탁보를 치우자마자 그녀는 다시 작전을 개시했소. 우선 워터스 부인은 자신의 오른쪽 눈을 비스듬히 존스 얼굴에 고정시키고 아주 예리한 시선을 쏘았소. 이때 그녀의 시선의 대부분은 우리의 주인공에게 도달하기 전에 이미 다 소진되었지만, 전혀 영향을 미치지 못한 것은 아니었소. 이를 눈치 챈 이 여인은 황급히 시선을 거두고는 자신의 이런 행동이 걱정이라도 된다는 듯 아래를 쳐다보았소. 이 방법을 통해 워터스 부인은 존스가 경계심을 거두게 만들고 마침내는 자신이 기습 공략 목표로 삼은 존스의 마음으로 통하는 눈을 뜨게 하려 했던 것이오. 이제 이 가련한 존스에게 무언가 인상을 남기기 시작한 그 빛나는 두 눈을 살며시 들어 올린 워터스 부인은 미소 띤 얼굴로부터 작은 매력들을 수없이 발산했소.

---

* '해결해야 할 골치 아픈 일이 있기 전에는 신을 개입시키지는 말라'는 뜻. 호라티우스의 『시학』에 나오는 구절.

이때 그녀가 지은 미소는 즐거움이나 환희의 미소가 아니라, 대부분의 귀부인들이 필요할 때 쓰기 위해 항상 준비하고 있는, 그리고 자신들의 착한 성품과 예쁜 보조개, 하얀 이를 일시에 드러낼 수 있는, 그런 애정 어린 미소였소.

이 미소를 눈에 정확히 맞은 우리의 주인공은 그 위력에 즉시 비틀거렸소. 이 순간 적의 의도가 무엇인지 깨닫기 시작한 존스는 적이 성공을 거두었다는 걸 알게 되었소. 이제 두 당사자 간에는 협상이 시작되었지만, 이 협상이 진행되는 동안에도 이 책략적인 여인은 아주 교묘하게 그리고 상대방이 눈치채지 못하게 공격을 계속해, 다시 전투가 시작되기도 전에 우리 주인공의 마음을 거의 다 정복했소. 솔직히 말하자면, 존스는 네덜란드군*과 비슷하게 방어를 펼치다가, 아름다운 소피아와 동맹을 맺었다는 사실을 제대로 고려하지도 않은 채, 상대방에게 요새를 넘겨주는 배신을 저질렀던 것이오. 간단히 말하자면, 사랑의 협상이 끝나자마자, 이 여인은 자신의 목에서 목도리를 무심코 떨어뜨림으로써 사랑의 포화를 날린 포대의 위치를 알려주었고, 이로 인해 존스의 마음은 완전히 점령당해, 이 아름다운 정복자는 자신의 승리를 만끽하게 되었던 것이오.

미의 세 여신들이 이 장면을 여기까지만 묘사하는 게 적절하다고 생각하는 것 같으니, 우리도 여기서 이 장을 마감하는 것이 적절할 것 같소.

---

* 18세기에 프랑스와 전쟁을 벌이던 영국은 자신들과 연합을 맺어 프랑스와 대적해 싸우던 네덜란드 군대의 사령관이 뇌물을 받고 자신들이 차지했던 마을을 프랑스군에게 넘겨주었다고 성토했으며, 이는 신문의 중요 기사 내용이 되었다.

6장
아주 평범하지만 그다지 우호적으로 끝나지 않은 부엌에서의 우호적인 대화

앞장에서 묘사한 것처럼 두 연인이 이러는 동안, 이들은 부엌에 있는 사람들에게 흥밋거리를 제공했소. 두 가지 의미에서 흥밋거리를 제공했는데, 첫째는, 이들에게 대화거리를 제공했다는 의미에서고, 둘째는, 이들의 기분을 상승시킬 술을 제공했다는 의미에서요.

지금 부엌 난롯가에는 이따금씩 오가는 여관 주인과 여관 안주인 말고도, 패트리지와 하사관 그리고 지체 있는 젊은 여인과 하녀를 마차에 태우고 온 마부가 모여 있었소.

존스가 워터스 부인을 처음 만났을 때 워터스 부인의 상황이 어떠했었는지 산사람에게 전해 들은 그대로를 패트리지가 이곳에 모인 사람들에게 알려주자, 하사관도 워터스 부인에 대해 자신이 알고 있는 이야기를 하기 시작했소. 하사관은 그녀가 자기 부대 소속의 워터스 대위의 아내이며 워터스 대위와 종종 진영에서 같이 지냈다고 하고는 이렇게 말했소. "그 사람들이 과연 교회에서 합법적으로 결혼했는지 의심하는 사람들도 있지만, 그건 내 상관할 바 아니오. 하지만 난 저 여자가 우리와 별반 다를 바 없는 사람이라고 생각하오. 대위는 비가 오는 데도 햇빛이 쨍쨍한 날에만 천국에 갈 수 있는 그런 사람이라고 난 생각하오. 설령 대위가 천국에 간다 해도, 그건 나와 아무 상관없는 일이고 대위도 같이 갈 동행인을 원치도 않을 테지만 말이오. 또 인정할 건 인정해야 한다면, 저 부인은 아주 좋은 사람이오. 군인을 좋아해, 항상 공정하게 대우해주려고 하니 말이오. 대위에게 부탁해 많은 불쌍한 군인들을 용서받게 해주어 저

부인 덕에 여태까지는 처벌받은 군인은 없었소. 하지만 지난 막사에 있을 때 저 부인은 노서턴이라는 기수와 아주 가깝게 지냈소. 이건 틀림없는 사실이오. 대위는 거기에 대해선 전혀 모르고 있지만 본인만 괜찮다면, 그게 뭐 대수겠소! 안다고 해도 저 부인을 덜 사랑하지는 않을 거고, 오히려 부인을 욕하는 사람이 있으면 단칼에 베려 할 게 틀림없을 테니 말이오. 하여튼 난 저 부인을 험담하려는 게 아니라, 다른 사람들이 하는 말을 전했을 뿐이오. 하지만 모든 사람들이 이구동성으로 하는 말이 어느 정도 사실인 건 분명하오." 이 말에 패트리지가 "그렇죠. 분명히 상당 부분 사실이죠. 하지만 진실(眞實)은 증오(憎惡)를 잉태(孕胎)하는 법이오*"라고 거들자, 여관 안주인은 "지금 무신 노무 허튼소리를 하고 있는교? 그분은 억수로 지체 높은 부인처럼 차려입어가 그래 보이기도 하는 데다 행동도 그래 하는데 말입니더. 제 옷을 입고 1기니나 주신 거를 보믄 틀림없지예"라고 말했소. 이 말에 여관 주인도 "그래, 아주 훌륭하신 부인이지. 당신이 좀 성급하지만 않았더라면, 그렇게 싸우지는 않았을 텐데 말이야"라고 한마디 했소. 이에 안주인이 "우예 나한테 그래 말할 수 있어? 당신이 그딴 헛소리만 안 했으믄 아무 일도 안 일어났을 끼라고! 상관도 없는 일에 끼들어가 등신 같은 소리를 한 거는 당신 아인가베?"라고 대꾸하자, 여관 주인은 "알았어, 알아. 지난 일은 어쩔 수 없으니, 이제 그만둬"라고 말했소. 그러자 안주인은 "그래, 이번엔 기양 넘어가지. 하지만 앞으로는 좀 나아질라나? 당신 그 등신 짓거리에 이런 일 겪은 기 어데 한두 번인가? 앞으로 집에서는 주디 다물고, 당신이 해야 할 바깥일에나 신경 써. 7년 전 일을 벌써 잊었나베?"라고 소리쳤소. 이 말에 여관 주인은

---

* '진실은 미움을 낳는 법이다'라는 뜻. 푸블리우스 테렌티우스의 『안드로스에서 온 아가씨』에 나오는 구절.

"여보, 지난 이야기는 그만하지. 자, 이제, 됐어. 내가 한 행동은 미안해"라고 대답했소. 이 말에 여관 안주인이 다시 대꾸하려 했으나, 하사관이 이 둘을 화해시키려고 나서자, 재미있는 걸 몹시 좋아해 대개는 희극적으로 끝나는 이런 무해한 싸움을 부추기기 좋아하던 패트리지는 기분이 언짢아졌소.

하사관이 패트리지에게 주인과 함께 어디로 가는 중이냐고 묻자, 패트리지는 이렇게 대답했소. "쿤이라고 부르지 마시오. 분명히 말하는데, 난 그 누구의 하인도 아니오. 불운한 운명 탓에 지금은 이 모양이지만, 내 이름 석 자 앞에는 항상 신사라는 호칭이 따라다녔소. 지금은 가난하고 요 모양 요 꼴이 되었지만, 전성기 땐 학교에서 학생들도 가르쳤단 말이오. **오호통재**(嗚呼痛哉)**라, 금시**(今時)**의 난 과거**(過去)**의 내가 아니오.*** "이 말에 하사관이 "나쁜 뜻으로 한 말은 아니니 기분 나쁘게 생각진 마시오. 결례를 무릅쓰고 물어보겠는데, 그럼 선생과 선생 친구 분은 지금 어디로 가시는 중이오?"라고 묻자, 패트리지는 "이제 우리를 제대로 부르는군요. **우리는 붕우**(朋友) **사이입니다.**** 그리고 분명히 말하지만, 내 친구는 지체가 아주 높은 신사요(이 말에 여관 주인과 안주인은 귀를 쫑긋 세웠소). 그 친구는 올워디 영주님의 후계자거든요"라고 대답했소. 이 말에 여관 안주인이 "머라꼬요? 좋은 일을 많이 하싯다는 그 영주님 말씀입니꺼?"라고 소리치자, 패트리지는 "그렇소. 바로 그분이오"라고 대답했소. 그러자 여관 안주인이 "그라믄 분명히 그분은 앞으로 엄청시리 넓은 땅을 갖게 되것네예"라고 말하자, 패트리지는 "분명히 그렇게 되겠죠"라고 대답했소. 이 말에 여관 안주인은 "맨 처음 그분을 봤을 때 억수로 훌륭한 신사분이라

---

* '슬프게도 지금 난 과거의 내가 아니오'라는 뜻.
** '우린 친구 사이입니다'라는 뜻.

생각했지예. 근디 여 내 남편이란 인간은 지가 젤 똑똑한 줄 안다니까요" 라고 말했소. 이 말에 여관 주인이 "여보, 내가 실수했다는 건 인정해"라고 말하자, 안주인은 "뭐시라? 실수라꼬? 내가 그런 실수 저지르는 거 한 번이라도 본 적 있나!"라고 대꾸했소. 그러고는 "그란데, 그마이 지체 높은 분이 우예 마차도 안 타고 걸어 댕기시는 기라예?"라고 물었소. 이에 패트리지가 대답했소. "그건 나도 왜 그런지 모르겠소. 지체 높은 사람들은 때로 변덕스러우니까 말이오. 이 양반은 글로스터에 열두 필의 말과 하인들까지 있는데도 마땅치 않은 모양이오. 지난밤은 아주 더워서 그랬는지 몸을 식히려 저 높은 언덕 꼭대기까지 걸어 올라가 나도 그곳까지 따라가긴 했는데, 다시는 그곳에 가진 않을 거요. 내 평생 그렇게 놀란 적은 없었소. 그곳에서 아주 이상한 사람을 만났으니 말이오." 이 말에 여관 주인이 "사람들이 산사람이라고 부르는 사람이 틀림없을 겁니다. 진짜 사람이라면 말입니다. 하지만 악마라고 믿는 사람들도 있어요"라고 거들자, 패트리지는 "그래요. 충분히 그럴 가능성이 있을 것 같소. 선생 말을 듣고 하는 말이지만, 나도 진짜 악마라고 생각하거든요. 갈라진 발굽* 을 보진 못했지만, 악마는 원하는 대로 모습을 바꿀 수 있으니, 그걸 숨길 능력도 있을 테니 말이오"라고 말했소. 그러자 하사관은 "그런데 선생, 내가 하는 질문을 기분 나쁘게 생각하진 마시오. 악마가 진짜 있소? 악마란 원래 없는데, 목사들이 자신들의 생계를 위해 지어낸 거라고 몇몇 장교들이 말하는 걸 들은 적이 있소. 악마가 없다는 사실이 공개적으로 알려지면, 군인들이 평화 시에 필요 없듯이, 목사들도 더 이상 필요 없게 될 테니 말이오"라고 말했소. 이에 패트리지가 "그 장교들은 참 대단하신

---

* 악마는 갈라진 발굽을 가졌다는 생각은 오래된 서양의 미신이다.

학자들인 것 같군요"라고 말하자, 하사관은 "대단한 학자는 아니오. 내 생각에 그 사람들 학식은 선생의 반에도 미치지 못하는 것 같으니 말이오. 대위도 그중 한 사람이었소. 그 사람들은 그렇게 말하지만, 난 분명히 악마가 있다고 생각하오. 악마가 없다면 어떻게 악마에게 나쁜 놈들을 잡아가달라고 말할 수 있겠소? 나도 그런 거에 대해 책에서 읽을 적이 있소"라고 대답했소. 그러자 여관 주인이 말했소. "내 생각에 선생이 말하는 그 장교들은 악마한테 잡혀가서 곤욕을 치르게 될 거요. 나한테 빚을 진 장교도 틀림없이 혼쭐이 날 거고요. 우리 집에서 반년 동안이나 묵었던 장교가 하나 있었는데, 제일 좋은 방을 차지하고도 뻔뻔하게 하루에 1실링도 쓰지 않았소. 게다가 일요일에는 저녁식사를 제공하지 않는다고 했더니 지 부하들이 우리 부엌에서 양배추를 구워 먹게 내버려두지 뭡니까. 이런 못된 작자들을 혼 구멍 내줄 악마가 반드시 있기를 모든 신량한 기독교인들은 틀림없이 바랄 거요." 이 말에 하사관이 "이봐요, 쿄장, 우리 군인들을 욕하지 마시오. 다시 한 번 욕하면 가만있지 않겠소"라며 발끈하자, 여관 주인은 "빌어먹을 군바리들, 난 그놈들한테 당할 만큼 당했소"라고 소리쳤소. 그러자 하사관은 "여기 있는 신사 양반들, 이자가 우리 국왕폐하를 욕했다는 사실을 증언해주시오. 이건 대역죄요!"라고 했고, 이에 여관 주인은 "이 악당아, 내가 언제 국왕폐하를 욕했어!"라고 소리를 질렀소. 그러자 하사관은 "그래, 우리 군인을 욕한 건 국왕폐하를 욕한 거나 마찬가지야. 우리 군인을 욕하는 놈들은 국왕폐하에게도 욕하려 드는 놈들이니 말이야. 그래서 그건 똑같은 거야"라고 대꾸했소. 이에 패트리지가 "미안합니다만, 하사관 양반. 그건 불합리(不合理)한 추론(推論)*이오"라고 말하자, 하사관은 자리에서 벌떡 일어나면서 "그 정체 모를 이상한 말은 집어치워. 난 우리 군인들이 욕먹는 걸 가만히 듣고만 있진 않겠어"라고 대답했소. 그러자 패트리지는 "지금 내 말을 오해하는 것 같은데, 난 군인을 욕할 생각이 전혀 없소. 단지 선생이 내린 결론이 '불합리한 추론'이라고 말했을 뿐이오"라고 말했소. 이 말에 하사관이 "당신도 똑같은 사람이군. 난 당신처럼 세퀴투르*가 아니야. 당신들은 모두 악당이야. 내 증명해 보이지. 당신들 중에서 제일 센 사람하고 20파운드 걸고 한번 붙어보자고"라고 소리를 질렀소. 하사관의 이 결투 신청은 최근에 양껏 얻어맞아 다시 얻어맞고 싶은 욕망이 쉽게 돌아오지 않았던 패트리지의 입을 아주 효율적으로 봉쇄했소. 하지만 패트리지처럼 뼈마디가 아프지 않았던, 게다가 싸우고 싶은 마음도 어느 정도 있었던 마부는 자신도 일부 받았다고 생각하는 이 모욕을 쉽사리 참을 수가 없었소. 따라서 그는 자리에서 벌떡 일어나 하사관에게 다가가서는 자신은 군대에 있는 그 누구와도 견줄 수 있을 만큼 괜찮은 남자라고 생각한다며, 1기니를 걸고 한번 붙어보자고 했소. 이 말에 하사관은 내기는 하지 않겠다면서도 싸움에는 응했소. 이들은 즉시 옷을 벗고 싸움을 시작했는데, 결국에는 마부가 군인들을 인솔해온 하사관에게 실컷 두들겨 맞고는 살려달라고 애원하는 데 얼마 남지 않은 힘을 다 쓰는 것으로 결말이 났소.

이때 지체 높은 젊은 여인이 이곳을 떠날 터이니 마차를 준비시키라는 지시가 내려왔소. 하지만 아무 소용이 없었소. 그날 저녁 마부는 자신의 직무를 이행할 수 있는 상태가 아니었기 때문이오. 아마 고대 이교도들은 마부의 직무불능 상태를 전쟁의 신과 술의 신 탓으로 돌렸을 것이

---

* Non Sequitur: "하사관이 불행히도 모욕이라고 오인한 이 단어는 논리학 용어로 전제에서 벗어나 내린 결론이라는 의미다." (필딩의 주)
* 패트리지가 말한 "논 세퀴투르Non Sequitur"라는 라틴어의 의미를 모르는 하사관은 이 말을 "세퀴투르가 아니다"(non을 no의 의미로 생각함)라는 뜻으로 오해한다. 물론 그는 세퀴투르Sequitur의 뜻도 모르고 있다.

오. 싸움을 벌였던 두 사람은 전쟁의 신과 술의 신 모두에게 산 제물로 바쳐졌기 때문이오. 알기 쉽게 말하자면, 이들 둘은 몹시 취했소. 패트리지도 별반 나은 상태는 아니었지만, 술 마시는 것이 직업인 여관 주인에게 술은 별다른 영향을 미치지 않았소. 술이 술을 담는 그릇에 어떠한 영향도 미치지 못하듯이 말이오.

존스와 존스의 일행에게 차를 가져다주러 간 안주인은 앞서 벌어진 일을 자세히 이야기하고는, 출발하지 못하게 되어 몹시 불안해하고 있는 지체 높은 여자가 몹시 걱정스럽다며 이렇게 말했소. "그분은 참말로 아름답고 상냥하신 분이지예. 분맹히 전에 그분을 뵌 적이 있는데…… 근데 지금은 누구캉 사랑에 빠지가 가족한테서 도망치고 있는 거 같데예. 누가 알겠습니꺼? 그분처럼 울적한 어떤 젊은 신사분이 그분을 기다리고 있을지 말입니더."

이 말을 듣고 긴 한숨을 쉬는 존스를 본 워터스 부인은 안주인이 방에 있는 동안에는 모른 척했지만, 안주인이 방을 나서자마자, 존스의 애정을 두고 자신과 경쟁하는 위협적인 상대가 있는 게 아닌지 넌지시 물어보았소. 워터스 부인의 질문에 직접적으로 대답하지는 않았지만, 존스의 어색한 행동을 본 그녀는 자신의 짐작이 맞았다고 확신하게 되었소. 하지만 그녀는 이런 일에 크게 신경 쓸 정도로 애정 문제에 까다롭지 않았소. 존스의 잘생긴 외모에 많이 끌렸지만, 사람의 마음은 볼 수 없는 것이라 존스의 마음에 대해선 전혀 관심 갖지 않은 채, 사랑의 향연을 마음껏 즐길 수 있는 사람이었기 때문이오. 자신이 현재 즐기고 있는 향연을 이미 다른 사람도 즐겼고, 앞으로도 즐기게 될 거라는 생각은 전혀 하지 않고서 말이오. 그녀의 이런 면모는 천박하지만 상당히 실리적인 것이오. 어떻게 보면 그녀의 이런 욕망은, 다른 사람이 자기 연인의 마음을 차지하지는 않을 거라고 확신하게 되어서야 비로소 만족하며 연인에 대한 소유권을 포기하는 다른 여성들의 욕망보다는 덜 변덕스럽고 덜 심술궂으며 덜 이기적인 것이오.

7장

워터스 부인에 대한 상세한 설명
존스의 도움으로 빠져나왔던 그 곤란한 상황에 그녀가 처하게 된 이유

자연의 여신이 모든 인간에게 똑같은 호기심과 허영심을 분배하지는 않았지만, 억제하거나 제어하기 위해서는 상당한 요령과 노력을 요구하는 만큼의 호기심이나 허영심을 부여받지 않은 사람은 없을 것이오. 하지만 호기심이나 허영심을 제어할 수 있는 힘은 지혜롭다거나 예의 바르다는 평판을 들을 자격이 있는 사람들이라면 필히 가져야 할 자질이오.

따라서 예의 바른 사람이라고 불릴 만한 존스는 워터스 부인이 어떻게 해서 그 특이한 상황에 처하게 되었는지 알고 싶은 호기심을 억눌렀소. 처음에 존스는 거기에 대해서 넌지시 몇 마디 던졌지만 워터스 부인이 끝까지 그 어떤 설명도 하지 않자, 사건의 전모를 밝히려면, 워터스 부인이 부끄러워할 어떤 상황을 언급하지 않을 수밖에 없을지 모른다는 생각에 더 이상 그 일에 대해 캐묻지 않기로 마음먹었던 것이오.

하지만 몇몇 독자들은 존스처럼 이 일을 쉽사리 넘길 것 같지는 않고, 또 우리도 독자들의 호기심을 풀어주고 싶기 때문에, 각고의 노력 끝에 알아낸 사건의 진상을 알려주는 것으로 9권을 마감하고자 하오.

당시 노서턴이 속한 연대에 근무했던 워터스 대위와 몇 년간 같이 살

았던 이 부인은 부대 안에서는 대위의 아내로 통했고, 실제로 대위의 성을 사용하기도 했소. 하지만 하사관이 말했듯이 이들이 실제로 결혼했는지에 관해서는 몇 가지 의문점이 있으나, 지금 그 의문을 풀려고 하지는 않겠소.

이런 말을 하게 되어 유감스럽기는 하지만, 워터스 부인은 앞에서 말한 기수와 얼마 동안 아주 친밀한 관계(이런 관계는 그녀의 평판에 별 도움이 되지는 못했소)를 유지해왔고, 이 젊은 친구에게 상당한 호감을 품었다는 것은 분명한 사실이오. 하지만 워터스 부인이 그와의 관계를 매우 부적절한 단계로까지 발전시켰는지는 그리 분명하지 않소. 여자가 남자에게 한 가지 호의만 빼놓고 다 들어주는 게 불가능하지 않다면 말이오.

워터스 대위가 속한 연대의 한 분대는 노서턴이 기수로 있는 중대보다 이틀 먼저 행군을 떠났기 때문에, 존스와 노서턴 사이에 그 불운한 충돌이 벌어졌던 바로 그날 워터스 대위는 이미 우스터에 도착해 있었소.

대위의 행군을 따라 우스터까지 간 워터스 부인은 그곳에서 대위와 작별한 뒤, 바스로 돌아와 반역도들과의 겨울 전투가 끝날 때까지 머무르기로 대위와 합의를 보았소.

노서턴도 이들의 합의를 알고 있었소. 솔직히 말하자면, 워터스 부인은 우스터에서 노서턴과 밀회를 갖기로 했고, 대위의 부대가 돌아올 때까지 그곳에서 머무르기로 약속했던 것이오. 어떤 의도 혹은 어떤 목적에서 이런 약속을 했는지는 독자들의 직감에 맡기겠소. 진실만을 말해야 하지만, 우리의 품성에 맞지 않는 일, 그러니까 피조물 가운데서도 가장 아름다운 여성이라는 종족에게 불리한 진술은 하고 싶지 않으니 말이오.

이미 보았듯이, 노서턴 기수는 포로 상태에서 벗어나자마자 서둘러 워터스 부인을 뒤따라갔소. 아주 재빠르고 민첩했던 그는 워터스 대위가 워터스 부인과 헤어진 지 채 몇 시간도 지나지 않아 마지막으로 언급한 그 도시에 머물고 있던 워터스 부인을 따라잡을 수 있었소. 처음 그곳에 도착했을 당시 노서턴은 조금도 망설이지 않고 그녀에게 그 불운한 사건을 마치 불운으로 인해 생긴 일인 것처럼 말해주었소. 즉 일반 법정에서는 의심스럽다고 판단될 수 있는 상황들은 빼먹으면서도 명예에 관한 판단을 내리는 법정에서는 소위 과실이라고 불릴 수 있는 사항들을 모두 말했던 것이오.

여성들을 칭찬하는 말인데, 여성들은 사랑하는 사람의 이익만을 추구하는 사리사욕이 없는 강렬한 열정, 그러니까 사랑이라는 걸 남자들보다는 잘할 수 있는 존재요. 따라서 워터스 부인은 자신의 애인이 위험에 처했다는 사실을 알게 되자마자, 그의 안전 말고는 그 어떤 것도 생각하지 않았소. 따라서 그녀의 이런 태도를 반기며 노서턴은 이 문제에 관해 그녀와 즉각 논의했던 것이오.

상당한 논의를 거친 뒤, 마침내 이들은 마을을 가로질러 헤리퍼드로 가, 그곳에서 교통편을 이용해 웨일스에 있는 항구 도시로 간 다음, 해외로 도피하기로 결정했소. 워터스 부인은 노서턴과 끝까지 동행하겠다고 하고는, 그에게는 매우 중요한 문제인 여행 경비를 제공하겠다면서, 얼마 정도의 현금 말고도 90파운드에 달하는 지폐 석 장과 상당한 값어치가 나가는 다이아몬드 반지도 갖고 있다는 사실을 이 사악한 남자에게 솔직하게 다 말했소(그녀가 이런 말을 한 것은 그가 자신에게 강도짓을 할지도 모른다는 생각을 전혀 하지 않았기 때문이었소). 그러자 노서턴은 우스터에서 말을 빌렸기 때문에, 자신들이 어떤 경로로 갈지 추적자들이 알아차릴 게 틀림없다며, 우선은 걸어가자고 제안했소. 이에 워터스 부인도 동의했는데, 이는 서리가 단단히 굳어 걷기에 아주 좋았기 때문이었소.

워터스 부인의 짐 대부분은 이미 바스에 있어서 현재 그녀가 갖고 있는 속옷 몇 가지는 그녀의 애인 노서턴이 주머니에 넣어가기로 했소. 이 모든 것을 그날 저녁에 결정한 이들은 다음 날 아침 일찍 일어나 날이 밝기 두 시간 전인 5시에(당시 만월이었던 달이 이들이 가는 길을 비춰주었소) 우스터를 떠났소.

　　워터스 부인은 한 장소에서 다른 장소로 이동하는 데 교통수단이라는 발명품에 의존해야만 하는, 따라서 마차를 생활필수품으로 생각하는 그런 허약한 여성은 아니었소. 그녀의 수족은 튼튼하고 민첩했으며 생기 또한 넘쳐났기 때문에, 민첩한 자기 애인에 결코 뒤지지 않고 걸을 수 있었기 때문이오.

　　노서턴이 헤리퍼드로 이어지는 대로라고 전해 들은 길을 따라 몇 킬로미터를 가자, 이들은 동틀 무렵에 어떤 커다란 숲 근처에 도착했소. 그때 노서턴은 갑자기 발걸음을 멈추고 얼마 동안 생각에 잠기는 척하더니, 남의 눈에 띄는 길로 더 이상 갈 수 없다며, 워터스 부인을 설득해 숲으로 이어지는 길로 따라가다가, 결국엔 매저드 언덕 아래까지 이르게 되었던 것이오.

　　이 순간 그가 실행에 옮기려는 이 못된 계획이 사전에 의도된 것인지 아니면 순간적으로 떠오른 것인지는 모르겠소. 하지만 그 누구의 방해도 받을 가능성이 희박한 한적한 곳에 도착하자마자, 노서턴은 갑자기 다리에서 양말대님을 재빠르게 벗은 다음, 이 불쌍한 여인을 거칠게 붙잡고는 전에 언급한(신의 섭리에 따라 이때 나타난 존스가 다행히 막을 수 있었던) 그 끔찍하고 혐오스런 범행을 저지르려 했던 것이오.

　　워터스 부인이 허약한 여자가 아니었던 건 실로 다행이었소. 노서턴이 양말대님으로 매듭을 만드는 것을 보고, 또 노서턴이 하는 말을 듣고,

그의 흉악한 의도가 무엇인지 알아차린 워터스 부인은 강력하게 자신을 방어했소. 도와달라고 내내 비명을 지르며 아주 격렬하게 저항해 이 악당이 하려던 짓을 수분 동안 지연시킬 수 있었던 것이오. 하지만 이 때문에 힘이 다 빠져버린 탓에 그녀는 결국 완전히 제압당하게 되었소. 바로 그 순간 존스가 달려와 이 악당의 손아귀에서 구해준 덕분에 그녀가 입은 피해는 옷의 등 부분이 찢겨지고 반지를 잃은 것(싸우는 동안 워터스 부인의 손가락에서 반지가 떨어져나간 것인지 아니면 노서턴이 그녀의 손에서 반지를 비틀어 빼낸 것이지는 모르겠소)이 전부였던 것이오.

독자들이여, 우리는 당신들을 만족시키기 위해 아주 공들여 조사한 사실을 알려주었소. 우리는 지금(당시 자신은 이미 살인을 저질렀기 때문에 법에 따라 목숨을 잃게 될 것이라고 노서턴이 확신하고 있었다는 사실을 상기하지 않는다면) 인간이 저질렀다고 믿기에는 힘들 정도로 어리석고 사악한 행위를 그대들에게 보여주었소. 자신을 안전하게 지킬 수 있는 유일한 방법은 도망가는 것뿐이라고 결론 내린 노서턴은 이 불쌍한 여인의 돈과 반지를 빼앗은 것이 자신이 추가적으로 느끼는 양심의 가책을 보상해줄 것이라고 생각했던 것이오.

여기서 우리는 독자들에게 아주 엄중한 주의를 하나 주겠소. 그것은 바로 이런 사악한 자의 못된 행동을 근거로, 군 장교들과 같이 훌륭하고 존경받을 만한 남성들의 집단을 비난하지 말라는 것이오. 독자들에게 이미 알려주었듯이, 노서턴이라는 자는 신사의 신분으로 태어난 것도 신사의 교육을 받은 것도 아니며 신사 부류에 포함될 수도 없는 사람이라는 사실을 명심하시오. 따라서 노서턴의 비열한 행위 때문에 다른 사람도 비난받아야 한다면, 그 사람은 바로 그를 장교로 임관시킨 사람들일 것이오.

(2권에 계속)

'대산세계문학총서'를 펴내며

2010년 12월 대산세계문학총서는 100권의 발간 권수를 기록하게 되었습니다. 대산세계문학총서의 발간은 앞으로도 계속될 것이고, 따라서 100이라는 숫자는 완결이 아니라 연결의 의미를 지니는 것이지만, 그 상징성을 깊이 음미하면서 발전적 전환을 모색해야 하는 계기가 된 것은 분명합니다.

대산세계문학총서를 처음 시작할 때의 기본적인 정신과 목표는 종래의 세계문학전집의 낡은 틀을 깨고 우리의 주체적인 관점과 능력을 바탕으로 세계문학의 외연을 넓힌다는 것, 이를 통해 세계문학을 바라보는 우리의 시각을 전환하고 이해를 깊이 해나갈 수 있도록 한다는 것이었다고 간추려 말할 수 있습니다. 그리고 궁극적으로는 우리의 인문학을 지속적으로 발전시켜나갈 수 있는 동력이 될 수 있기를 희망하는 것이었습니다. 이러한 기본 정신은 앞으로도 조금도 흐트러지지 않고 지켜나갈 것입니다.

이 같은 정신을 토대로 대산세계문학총서는 새로운 변화의 물결 또한 외면하지 않고 적극 대응하고자 합니다. 세계화라는 바깥으로부터의 충격과 대한민국의 성장에 힘입은 주체적 위상 강화는 문화나 문학의 분야에서도 많은 성찰과 이를 바탕으로 한 발상의 전환을 요구하고 있습니다. 이제 세계문학이란 더 이상 일방적인 학습과 수용의 대상이 아니라 동등한 대화와 교류의 상대입니다. 이런 점에서 대산세계문학총서가 새롭게 표방하고자 하는 개방성과 대화성은 수동적 수용이 아니라 보다 높은 수준의 문화적 주체성 수립을 지향하는 것이며, 이것이 궁극적으로 한국문학과 문화의 세계화에 이바지하게 되리라고 믿습니다.

또한 안팎에서 밀려오는 변화의 물결에 감춰진 위험에 대해서도 우리는 주의를 게을리하지 말아야 할 것입니다. 표면적인 풍요와 번영의 이면에는 여전히, 아니 이제까지보다 더 위협적인 인간 정신의 황폐화라는 그늘이 짙게 드리워져 있는 것이 사실입니다. 대산세계문학총서는 이에 대항하는 정신의 마르지 않는 샘이 되고자 합니다.

'대산세계문학총서' 기획위원회